国家出版基金项目
NATIONAL PUBLICATION FOUNDATION

莫言
文学世界研究

张志忠　著

作家出版社

丛书总序

张志忠

一

呈现在读者面前的这部九卷本丛书，是笔者主持的国家社科基金重大招标项目"世界性与本土性交汇：莫言文学道路与中国文学的变革研究"的最终结项成果。从 2013 年 11 月立项，其间在青岛和高密几次召开审稿会，对项目组成员提交的书稿几经筛选，优中选优，反复打磨，历时数载，终于将其付梓问世，个中艰辛，焦虑纠结，真是不足为外人道也。

"世界性与本土性交汇：莫言文学道路与中国文学的变革研究"课题内含的总体问题是：作为从乡村大地走来、喜欢讲故事的乡下孩子，到今日名满天下的文学大家莫言；作为拨乱反正、改革开放的伟大时代之情感脉动的新时期文学；作为在被西方列强的坚船利炮打开国门，被动地卷入现代性和全球化，继而变被动适应为主动求索，走上中华民族独立和复兴之路的三千年未有之大变局的描述者和参与者的百年中国新文学这三个层面上，在其发生和发展的过程中，做出哪些尝试和探索，结出哪些苦果和甜果，建构了什么样的文学中国形象？百余年的现代进程所凝结的"中国特色中国经验"，如何体现在同时代的文学之中？在讲述中国故事的同时，百年中国新文学塑造了怎样的自身形象？它做出了哪些有别于地球上其他国家、其他民族文学的独特贡献而令世界瞩目？

针对上述的总体问题，建构本项目的总体框架，是莫言的个案研究与中国新时期文学、百年中国新文学的创新变革经验和成就总结相结合，多层面地总结其中所蕴涵的"中国特色中国经验"，通过个案研究与宏观研究相结合的方式展开，研究重点突出，问题意识鲜明。我们认为，莫言的文学创新之路，是与个人的不懈探索和执着的求新求变并重的，是与新时期文学和百年中国乡土文学的宏大背景和积极助推分不开的，而世界文化的激荡和本土文化的复兴，则是其变革创新的重要精神资源。反之，莫言的文学成就，也是新时期文学和百年中国乡土文学的重大成果，并且以此融入中外文化涌动不已的创新变革浪潮。

本项目的整体框架，是全面考察在世界性和本土性的文化资源激荡下，莫言和中国文学的变革创新，总结新时期文学和百年中国乡土文学所创造的"中国特色中国经验"。这一命题包括两条线索，四个子课题。

两条线索，是指百年中国新文学面临的两大变革。百年中国新文学，其精神蕴涵，是向世界讲述现代中国的历史沧桑和时代风云，倾诉积贫积弱面临灭亡危机的中华民族如何置之死地而后生，踏上悲壮而艰辛的独立和复兴之路，以及与之相伴随的民族情感、社会形态的跌宕起伏的变化的。百年中国新文学自身也是从沉重传统中蜕变出来，在急骤变化的时代精神和艺术追求中，建构具有现代性和民族性特征的审美风范。前者是"讲什么"，后者是"怎么讲"。这两个层面，对于从《诗经》《左传》《楚辞》起始传承甚久的中国文学，都是"数千年未有之大变局"，表现内容变了，表现方式也变了，都需要从古典转向现代，表述现代转型中的时代风云和心灵历程。

所谓"中国特色中国经验"，并非泛泛而言，是强调地指出莫言和新时期文学对中国形象尤其是农民形象的塑造和理解、关爱和赞美之情。将目光扩展到百年中国新文学，自鲁迅起，就是把中国乡土和广大农民作为自己的重要表现对象的。个中积淀下来的，是以艺术的方式向世界传递来自古老而又年轻的东方国度的信息，显示了正在经历巨大的历史转型期的"中国特色和中国经验"，其

莫言与当代中国文学创新经验研究

中有厚重的历史底蕴，就是中国农民在现代转型中一次又一次地迸发出强悍蓬勃的生命力，在历史的危急关头展现回天之力，如抗日战争，就是农民组成的武装，战胜了装备精良的外来强敌。改革开放的新时期，农民自发地包产到户，乡镇企业的勃兴，和农民工进城，都具有历史的标志性，根本地改变社会生活的面貌，改变中国的命运，也改变了农民自身——这些改变，恐怕是近代以来中国最为重要最为普遍的改变。

文学自身的变革，也是颇具"中国特色"的。古人云，若无新变，不能代雄。今人说，创新是文学的生命。这是就常规意义而言。对新时期文学而言，它有着更为独特的蕴涵。新时期文学，是在"文革"造成的文化断裂和精神荒芜的困境中奋起突围。这样的变革创新，不是顺理成章的继往开来，而是在很大程度上另起炉灶，起点甚低，任重道远。由此，世界文化和本土文化资源的发现和汲取，就成为新时期文学能够狂飙突进、飞速发展的重要推力。百年中国新文学的起点，五四新文学运动，同样地不是有数千年厚重传统的古代文学自然而然的延伸，而是一次巨大的断裂和跳跃，它是在伴随着现代资本主义的政治经济扩张汹涌而来的世界文化、世界文学的启迪下，在对传统文学、传统文化的彻底审视和全面清算的前提下，在与传统文化的紧张对立之中产生，又从中获得本土资源，破土而出，顽强生长，创建自己的现代语言方式和现代表达方式的（有人用"全盘性反传统"描述五四新文学，只见其对传统文化鸣鼓而攻之的一面，却严重地忽略了五四那一代作家渗入血脉中的与传统文化的联系）。

我们的研究，就是以莫言的创新之路为中心，在世界性与本土性的中外文化因素的交汇激荡中，充分展现其重大的艺术成就，揭示其与新时期文学和百年中国乡土文学的内在联系和变革创新，为推进二十一世纪中国的文化创新和走向世界提出新的思考，作出积极的贡献。

为了使本项目既有深入的个案研究，又有开阔的学术视野，在个案考察和宏观研究的不同层面都作出新的开拓，本项目设计由点

莫言文学世界研究

到面、点面结合，计有"莫言文学创新之路研究""以莫言为中心的新时期文学变革研究""莫言及新时期文学变革与中外文化影响研究""从鲁迅到莫言：百年中国乡土文学叙事经验研究"四个子课题。

本项目相关的阶段性成果计有报刊论文 400 余篇，学术论著 10 部，分别在多所大学开设"莫言小说专题研究"课程，并且在"中国大学慕课"开设"走进莫言的文学世界"和"莫言长篇小说研究"课程，在"五分钟课程网"开设"张志忠讲莫言"30 讲，多位老师的研究论著分获省市级优秀学术成果奖，可以说是成果丰厚。作为结项成果的是专著 10 部，论文选集 1 部，共计 280 万字。一并简介如下（丛新强教授的《莫言长篇小说研究》已经由山东大学出版社出版，论文集《百年乡土文学与中国经验》因为体例问题未收入本丛书）：

（一）子课题一"莫言文学创新之路研究"包括 3 部专著。

张志忠著《莫言文学世界研究》。要点之一是对莫言创作的若干重要命题加以重点阐释：张扬质朴无华的农民身上生命的英雄主义与生命的理想主义；一以贯之地对鲁迅精神的继承与拓展，对"药""疗救"和"看与被看"命题的自觉传承；大悲悯、拷问灵魂与对"斗士"心态的批判；劳动美学及其对现代异化劳动的悲壮对抗等。要点之二是总结莫言研究的进程，提出莫言研究的新的创新点突破点。

李晓燕著《神奇的蝶变——莫言小说人物从生活原型到艺术典型》，对莫言作品人物的现实生活原型索引钩沉，进而探索莫言塑造人物的艺术特性，怎样从生活中的人物片断到赋予其鲜活的灵魂与秉性，完成从蛹到蝶的神奇变化，既超越生活原型，又超越时代、超越故乡，成为世界文学殿堂中熠熠生辉的典型形象，点亮了神奇丰饶的高密东北乡，也成就了世界的莫言。

丛新强《莫言长篇小说研究》指出，莫言具有自觉的超越意识，超越有限的地域、国家、民族视野，寻求人类的精神高度。莫言创作中的自由精神、狂欢精神、民间精神等等无不与其超越意识有关。它是对中心意识形态话语所惯有的向心力量的对抗和制衡，是对个体生存价值和人类生命意识的全面解放。

（二）子课题二"以莫言为中心的新时期文学变革研究"的2部书稿，城市生活之兴起和长篇小说的创新，一在题材，一在文体，着眼点都在创新变革。

二十世纪七十年代末期开始的社会—历史的巨大转型，是从农业文明形态向现代文明和城市化的急剧演进，成为我们总结莫言创作和中国文学核心经验的新视角。江涛《从"平面市井"到"折叠都市"——新时期文学中的城市伦理研究》将伦理学引入文学叙事研究，考察新时期以来城市书写中的伦理现象、伦理问题、伦理吁求，揭示文本背后作者的伦理立场，具有青年学人的新锐与才情。

新世纪以来，长篇小说占据文坛中心，风云激荡的百年历史，大时代中形形色色的人物命运与心灵悸动，构成当下长篇小说创作的主要表现对象。王春林《新世纪长篇小说叙事经验研究》就是因应这一现象，总结长篇小说艺术创新成就的。作者视野开阔，笔力厚重，对动辄年产量逾数千部的长篇作品做出全景扫描，重点筛选和论述的长篇作品近百部，不乏名家，也发掘新作，涵盖力广博，尤以先锋叙事、亡灵叙事、精神分析叙事、边地叙事等专题研究见长。

（三）子课题三"莫言及新时期文学变革与中外文化影响研究"的成果最为丰富，有4部书稿。

樊星教授主编《莫言和新时期文学的中外视野》立足于全面、深入地梳理莫言在兼容并包世界文学与中国本土文学方面表现出的个性特色与成功经验，莫言创作与后期印象派画家凡·高、高更色彩、意象和画面感之关联，莫言与影视改编、市场营销、网络等大众文化，莫言的文学批评，莫言的身体叙事等新话题，对作家和文本的阐释具有了新的高度。

张相宽《莫言小说创作与中国口头文学传统》指出，从口头文学传统入手，才能更好地理解莫言小说。大量的民间故事融入莫言文本，俚谚俗语、民间歌谣和民间戏曲选段的引用及"拟剧本"的新创，对说书体和"类书场"的采用、建构与异变，说书人的滔滔不绝汪洋恣肆，对莫言与赵树理对乡村口头文学的借重进行比较分析，深化了本著作的命题。

莫言与福克纳的师承关系，研究者已经做了许多探讨。陈晓燕《文学故乡的多维空间建构——福克纳与莫言的故乡书写比较研究》独辟蹊径，全力聚焦于福克纳的约克纳帕塔法文学领地和莫言的高密东北乡文学王国的建构与扩展，采用空间叙事学、空间政治学等空间理论方法，从空间建构的角度切入，刷新了莫言与福克纳之比较研究的课题。

李楠《海外翻译家怎样塑造莫言——〈丰乳肥臀〉英、俄译本对比研究》，将莫言《丰乳肥臀》的英俄文两种译本与原作逐行逐页地梳理细读，研究不同语种的文字转换及其中蕴涵的跨文化传播问题，中文、英文、俄文三种文本的对读，文学比较、语言比较和文化比较，界面更为开阔，论据更为丰富，所做出的结论也更有公信力说服力。

（四）子课题四"从鲁迅到莫言：百年中国乡土文学叙事经验研究"是本项目中界面最为开阔的，也是难度最大的。百年中国的现代进程，就是乡土中国向现代中国、农业化向城市化嬗变的进程。百年乡土文学，具有最为深厚的底蕴，也具有最为深刻的中国特色中国经验。从研究难度来说，它的时间跨度长，涉及的作家作品众多，要梳理其内在脉络谈何容易。现在完成并且提交结项的是1部专著，1部论文集，略显薄弱。

张细珍《大地的招魂：莫言与中国百年乡土文学叙事新变》从乡土小说发展史的动态视域出发，发掘莫言乡土叙事的新质与贡献，探索新世纪乡土叙事的新命题与新空间，凸显其为世界乡土文学所提供的独特丰富的中国经验与审美新质，建构本土性与世界性同构的乡土中国形象。

张志忠编选的项目组成员论文集《百年乡土文学与中国经验》，基于 2018 年秋项目组主办"从鲁迅到莫言：百年乡土文学与中国经验"国际学术研讨会的会议成果，也增补了部分此前已经发表的多篇论文。它的要点有三：其一，勾勒百年乡土文学的轮廓，对部分具有代表性的重要作家和作家群落予以深度考察。其二，对百年乡土文学中若干重要命题，作出积极的探索。其三，在方法论上有所探索和创新。这部论文集选取了沈从文、萧红、汪曾祺、赵树理、浩然、陈忠实、贾平凹、路遥、张炜、莫言、刘震云、刘醒龙、李锐、迟子建、格非、葛水平等乡土文学重要作家，以及相关的山西、陕西、河南、湖南、四川、东北等乡土文学作家群落，从不同角度对他们提供的文学经验予以深度剖析，并且朝着我们预设的建立乡土文学研究理论与叙事模型的方向做积极的推进。

三

在提出若干学术创新的新命题新论点的同时，我们也在研究方法上有所探索和创新。务实求真，文本细读，大处着眼，文化研究、精神分析学、城市空间与地域空间理论、城市伦理学、比较文学研究、民间文学研究理论、文化领导权理论、生态批评、叙事学、文学发生学、文学场域等理论与方法，都引入我们的研究过程，产生良好的效果，助推学术创新。

本项目成果几经淘洗，炼得真金，在莫言创作和中国现当代文学的创新经验研究上，都有可喜的原创性成果。它们对于增强文化自信、以文学的方式向世界讲述中国故事和促进中国文学走出去，都有极好的推动作用。对于当下文坛，也有相当的启迪，鼓励作家在世界性与本土性交汇中创造文学的高原和高峰。

我要感谢本项目团队的各位老师，在七八年的共同探索和学术交流中，我们进行了愉快的合作，沉浸在思想探索与学术合作的快乐之中。我要感谢吴义勤先生和作家出版社对出版本丛书的鼎力支持，感谢李继凯教授和陕西师范大学人文社科高等研究院对丛书出版的经费资助，感谢本项目从立项、开题以来关注和支持过我们的多位文学、出版、传媒界人士。深秋时节，银杏耀金，黄栌红枫竞彩，但愿我们这套丛书能够为中国文学的繁荣增添些许枝叶，就像那并不醒目的金银木的果实，殷红点点，是我们数年凝结的心血。

2020 年 11 月 5 日

目　录

引论　红高粱上飞翔的自由精灵：莫言综论

　　莫言获得诺贝尔文学奖，是中国当代文学发展到新的历史阶段后，一个水到渠成的结果，是中国当代文学赢得世界关注的一个标志。从二十世纪七十年代末期以来，中国文学华丽转身，进入了一个面向世界、多元探索、蓬勃进取的时期，在四十余年间，产生了一大批优秀的作家作品，堪与世界文学比肩者亦可以数出若干，他们以艺术的方式向世界传递了来自古老而又年轻的东方国度的信息，他们显示了正在经历巨大的历史转型期的中国特色和中国经验。莫言是这灿烂星河中的一颗明星，也是其中最杰出的代表之一。

　　莫言的作品，数量众多，门类繁多，小说、散文、诗歌、报告文学、电影及电视连续剧剧本和话剧、歌剧、戏曲剧本，都有所涉猎，就其文学意义和代表性而言，他是以小说名世的。纵览其四十余年的文学创作，对其小说的基本特征和发展轨迹进行有深度的阐述，并且力图由此辨析中国文学如何与世界文学对话的内在机制，即如何处理普世性和本土性的关系问题，是导论的用心所在。

"我本质上是一个地地道道的农民"

　　莫言创作的一个精神特征，是身为农民，为农民立言。在百年来的文学中，为农民代言者不在少数，但是，能够作为农民自身，表现原生态的农民的精神状态、感觉特征和情感方式的，却极为难能可贵。

从五四新文化运动、五四新文学运动以来到当下，就是通常所说中国现当代文学的时段，表现乡村题材的文学作品，一直是中国现当代文学中分量非常重的一个板块。然而，在此前的中国古代小说中，农民形象却是付之阙如的。譬如说《水浒传》，在特定的语境下，被诠释为表现农民起义的作品，而且，就梁山义军的基本构成而言，也确实是以农民为兵卒的。但是，梁山好汉一百零八将，有几个是出身于农家而且以务农为业呢？宋江是郓城县小吏，卢俊义是豪门富商，林冲是八十万禁军教头，就连黑旋风李逵，也是江州的狱卒；严格地说，只有阮氏三雄阮小二、阮小五、阮小七以打鱼为生，是渔民。毛泽东在延安时期和斯诺谈话时，说到他从小读了很多古书，《三侠五义》《水浒传》《三国演义》等等，这些作品都有其各自的魅力。"我熟读经书，可是不喜欢它们。我爱看的是中国旧小说，特别是关于造反的故事。我很小的时候，尽管老师严加防范，还是读了《精忠传》《水浒传》《隋唐》《三国》和《西游记》。这位老先生讨厌这些禁书，说它们是坏书。我常常在学堂里读这些书，老师走过来的时候就用一本正经书遮住。大多数同学也都是这样做的。许多故事，我们几乎背得出，而且反复讨论了许多次。关于这些故事，我们比村里的老人知道得还要多些。他们也喜欢这些故事，常常和我们互相讲述。我认为这些书大概对我影响很大，因为是在容易接受的年龄里读的。"①

后来，毛泽东接受父亲的安排，辍学而帮助父亲种田，晚上和业余时间仍然坚持了阅读的习惯。读到后来，毛泽东发现一个重大问题，这么多书，为什么就没有表现中国农民的小说——

　　我继续读中国旧小说和故事，有一天我忽然想到，这些小说有一件事情很特别，就是里面没有种田的农民。所有的人物都是武将、文官、书生，从来没有一个农民做主

---

① （美）埃德加·斯诺：《西行漫记》，董乐山译，生活·读书·新知三联书店1979年版，第108页。

人公。对于这件事，我纳闷了两年之久，后来我就分析小说的内容。我发现它们颂扬的全都是武将，人民的统治者，而这些人是不必种田的，因为土地归他们所有和控制，显然让农民替他们种田。①

这既表明了毛泽东从思想文化上为农民兄弟争得一席之地的思想渊源，并且和他在成为中共领袖以后所推行的文艺表现工农兵、为工农兵服务的方针之思路一脉相承。对于中国古代文学来讲，农民形象的匮缺由来已久。我国古代有许多诗人和作家，都表达过对农民生活艰辛的同情和怜悯，都表现过悠远出尘的农村生活景象、田园风光，但是真正的农民形象，很少出现在他们的作品中。五四新文学运动以来，这个现象得到了彻底的扭转。鲁迅先生作为新文学的奠基人，写了《阿Q正传》，写了《祝福》《风波》和《故乡》。鲁迅先生的小说，表现了两个人物形象系列，一个是中国的知识分子，一个是中国的农民。在鲁迅先生之后，出现了大批表现乡村生活的作家作品。重要的有茅盾、废名、蒋光慈、沈从文、萧红、赵树理、孙犁、周立波、柳青、高晓声、路遥、贾平凹、陈忠实等。莫言的创作，源源不断，爆发力强，他也是从中国的乡村吸取自己的创作资源，为乡土文学作出重大贡献。

农民形象的匮缺与五四新文学运动以来的井喷泉涌，这一矛盾现象令人深思。这是因为，在现代视野的观照下，无论是在数千年的历史中，还是在二十世纪中国的历史进程中，乡村所占的比重，乡村所需要面对的时代难题和时代困惑，特别重要。近代以来的中国，同时要面对双重难题。一是列强瓜分中国的危机，从1840年的第一次鸦片战争到二十世纪三四十年代的抗日战争，百年间，帝国主义国家在中国划分势力范围，建租界，设兵营，修铁路，办工厂，民族危亡日甚一日，驱逐帝国主义势力，争取民族独立，成为

---

① （美）埃德加·斯诺：《西行漫记》，董乐山译，生活·读书·新知三联书店1979年版，第109页。

当务之急。二是要彻底改造中国，要将一个农业文明源远流长的古老国度建设成现代化的国家，也必须花大力气彻底改变乡村状况。从这一点上来讲，决定了中国现当代文学中的乡村生活描写的比重。但是，文学又是最讲究个性的，最讲究作家自己独特的思索以及独特的艺术表现力的。那么，同样是表现乡村生活，莫言和我们前面讲到的这些作家之间，有什么大的区别，有什么东西可以作为莫言自己的独特标志呢？

　　表现乡村生活的作家，或者是在乡村生长起来的，或者是曾经有过乡村生活记忆。比如说鲁迅先生，他从小出生和生活在绍兴城里，但是因为母亲家在乡村，少年鲁迅经常要跟母亲到乡村去，形成其对乡村和农民的深刻记忆。鲁迅看取乡村生活，他采取的是什么样的角度，什么样的立场？鲁迅先生作为一个时代的先行者，作为一个比较早地受到世界性的现代化思潮和民族独立、个性解放、启蒙潮流熏陶的作家，他从事文学创作，是要揭出病苦，唤醒人们的关注，引起疗救的注意，是要改造国民性。他是用启蒙思想家的目光看待乡村、表现乡村，于是他写出阿Q的愚昧，写出华小栓、华老栓父子的无知，写出闰土少年时代充满童心、充满灵性，和人到中年饱经沧桑、对于现实生活无限苍凉的感慨。鲁迅也写过《社戏》这样的作品，几个孩子划着小船去看戏，戏看到没有不要紧，重要的是那种童心盎然、其乐融融的氛围。还有《风波》一开始的片断，太阳将落，沿河的人家都在家门前泼水泼出一块地皮来，摆上小饭桌和矮凳。"老人男人坐在矮凳上，摇着大芭蕉扇闲谈，孩子飞也似的跑，或者蹲在乌桕树下赌玩石子。女人端出乌黑的蒸干菜和松花黄的米饭，热蓬蓬冒烟。河里驶过文人的酒船，文豪见了，大发诗兴，说，'无思无虑，这真是田家乐呵！'"

　　把这一点放大开来，可能就是废名和沈从文笔下的乡村。沈从文写乡村，表现湘西边城世界，他是在走出湘西之后，来到北平，来到上海和昆明，在远离故乡的地方，在城市和文化人中间，感受到现实生活中城市的嘈杂、平庸、污秽，知识分子的虚伪、丑陋，以及人际关系的扭曲和畸变，在这样的感遇之下，回忆遥远的湘西世界，把湘西的小小边城，描绘成理想的桃花源，塑造出《边城》中翠翠这样的浪漫情怀映照下的超凡脱俗的女性形象。

赵树理也写乡村，他是以什么样的眼光看待生活，从哪个角度截取乡村生活的侧面？赵树理写乡村，以及和赵树理同时代、同进退的那样一批山西作家，被称为"山药蛋派"的作家群，马烽、西戎、孙谦、胡正、李束为，他们表现乡村，首先不是以文人的超然目光看取生活，而是同时在处于不断裂变中的乡村推广具体工作方针政策的。赵树理说他的小说可以称为"问题小说"。赵树理在太行山根据地的报社工作，他经常要下乡，到乡村去指导工作，比如说推行减租减息，指导基层政权的建设，在工作中发现了一些问题，这些问题又不是三言两语可以直截了当地解决的，赵树理就把它们写成小说，希望读小说的人们可以从中得到启悟，得到点化。他的小说都是从问题入手。《小二黑结婚》写乡村推行自由恋爱、自由结婚的新婚姻法遭遇到老一代保守农民家长的抵制，一些工作经验不足的青年干部则徒有工作热情，却非常容易被某些表象所蒙蔽，无法正确地判断形势、推进工作。《李有才板话》是写减租减息和乡村基层政权建设的。关键在于怎么样识别乡村中哪些人是真正的积极分子，哪些人是善于顺应时势随机应变、同时又在大捞私利作威作福的人。只有像县农会主席老杨同志这样，非常熟悉乡村生活，到了乡下，能够很快和贫苦农民李有才们打成一片，才能迅速掌握乡村的真实情况，帮助这样一个小小的村庄，扶正驱邪，帮助农民建立一个真正代表农民利益的新的乡村政权。在老杨同志之前来到乡下的年轻工作干部，书生意气，官僚主义，就会被那些坏人，被那些假相，被有钱有势又假装进步的人遮蔽了双眼。

到二十世纪八十年代，也有一批和莫言相似的，年龄相似和在表现乡村生活现象上相似的青年作家，贾平凹、路遥，和二十世纪九十年代表现乡村生活的重要作品《白鹿原》的作者陈忠实，他们的情况和莫言也有区别。以路遥为例。路遥的作品，《人生》和《平凡的世界》，在当代文学史上很有地位，而且在图书市场上长销不衰。我在大学生当中做过调查，也看到过别人从图书出版方面做的调查，都表明路遥的作品《平凡的世界》广受欢迎，在十几年的再版中，达到一个非常大的数量，拥有非常多的读者。路遥也是"乡下人"，出身于陕北清涧县的一个贫困农民家庭，因为家中子女众多、生计艰难，路遥在八岁的时候被过继给在延川当农民的大伯为养子，但仍然没有摆脱缺衣少食的窘况，许多时候连饭都吃不饱。路遥在极为贫寒的境遇中求学和成长，在县城读完了初中三年。在"文化大革命"初期，曾经充当过县城的造反派领袖，在十八岁时担任过县革命委员会的副主任。但是，在很短的时间里，他被清除出县革委会，有过短期的回乡务农的经历，随即又被调到延川县从事文化工作，并且于1973年被推荐入延安大学中文系，挣脱了终身务农的桎梏。从自身的经历出发，乡村生活的困窘，个人处境的卑微，现代城市的召唤，使他聚焦于乡村知识青年为改变自身命运而付出的沉重苦辛。路遥的小说写的是接受过中学教育的、渴望走出乡村的青年农民的坎坷，有才华、有抱负的知识青年想离开乡村，想寻找和创造新的人生，所付出的艰辛和代价。《人生》和《平凡的世界》，表现出不同的结局。高加林在外面闯荡一圈，由于种种情况的限制，又回到乡村。孙少平真正走出了乡村，不但走出了乡村，而且确立了自己的人生追求、理想价值，不断地追求，不断地努力。这对我们很多的来自底层的、来自乡村的青少年，都是很有亲和力和感染力的。在路遥这里还可以看到，他是继承了柳青的思想家的气质，思考当代农村青年的人生道路，他们的前途，他们的追求的。

而莫言，可以比较明确地把他确定为当代的农民式的作家，本色的农民作家。我们先引一段莫言的话：

> 我的祖辈都在农村休养生息，我自己也是农民出身，在农村差不多生活了20年，我的普通话到现在都有地瓜味。这段难忘的农村生活是我一直以来的创作基础，我所写的故事和塑造的人物，甚至使用的语言都不可避免地夹杂着那里的泥土气息。最初，我总是习惯在记忆里寻找

往昔的影子直接作为素材，之后，写作注重审视现实生活时候，有段时间总是觉得不太顺手，直到重新回到故乡高密，才终于找到问题的答案。所以，现在再从现实生活中挖掘素材的时候，我常常自觉地把它放在故乡的背景中构建，寻找默契。……我本质上一直是个地地道道的农民。①

　　莫言在乡村中整整生活了二十年。莫言 1955 年出生于山东高密，他上学很早，五岁就跟着姐姐去上学。当时的乡村学校，对于小学生的年龄没有严格的限制。他这样五岁的小孩子，和十几岁的半大后生，都坐在一个教室里读书。但是他读到五年级，在十岁、十一岁的年龄，因为"文革"，就中断了学业。对于乡村的孩子，你不读书干什么？乡村不养闲人，男孩子要下地劳动，而且是和成人一起劳动。莫言从十岁到二十岁，当兵入伍离开家乡之前，彻头彻尾地当了十年农民。像路遥、贾平凹等，也是在乡村成长，但是，他们在上中学读书时，就离开乡村，离开了乡村生活和土地，中学毕业后回到乡村，劳动几年后又被推荐上了大学。这样的离去和归来，使他们改变了观察和体验乡村生活的角度，与乡村产生了疏离。莫言对于乡村生活，对于乡村的劳动，有着更为本真、持续和更为深入的体验。路遥和贾平凹在写乡村生活的时候，都有一些知识分子或者文人的气质和思考。路遥写陕北的黄土地，思考知识青年的出路何在，贾平凹写商州的山和水，保留了对乡村生活的纯朴美好的记忆和欣赏，有着传统文人的气质。莫言在十岁到二十岁之间，就是一个本色的农民。路遥也写劳动，《人生》中写高加林在村里泼命干活，近乎于自我摧残一样，付出那么多的汗水和苦痛；但是，路遥写沉重的劳动，劳动越是沉重越是艰辛，离开乡村的愿望就越是强烈。因为高加林在县城读过高中，他知道外面的世界很精彩，和乡村生活差距很大。莫言写《透明的红萝卜》，劳动

① 莫言：《文学视野之外的莫言》，《广州日报》，2002 年 9 月 15 日。

就是劳动，瘦骨伶仃的小黑孩在劳动工地上砸石头，举起羊角锤来摇摇晃晃地落下来，力不胜任，承受不了那么沉重的体力劳动，却还得勉强为之。他也没有试图逃离，他无处可逃离。那么，小黑孩的希望在哪里呢？在小黑孩和大自然的亲密联系，感受世界万物、感受大自然那种独特的感受能力，以及由此展开的神奇想象。

儿童视角、神奇意象和生命通感

莫言创作的第一次"爆炸"，是在二十世纪八十年代中后期。1981 年 9 月，莫言在河北保定的《莲池》上发表了小说处女作《春夜雨霏霏》，这尚且处于文坛试笔，是"小荷才露尖尖角"；到 1985 年春天，在《中国作家》第 2 期发表《透明的红萝卜》，堪称是"映日荷花别样红"了。

《透明的红萝卜》中的黑孩，既是作品的主人公，又是作品中各种事件的在场者、观察者和隐形的叙事者。他进入一个成人的世界，在展开自己的心灵想象的同时，也在观察、认识、体验着特定年代的成人生活的世界。黑孩的一双眼睛，既看到现实生活的沉重，也看到现实生活的欢乐，同时还拥有一个神奇的想象世界。他有一种超常的感觉能力，同时有一种独特的理想追求。他保持了对现实、对自然万物的一种敏锐感受，一种奇特的通感，把听觉、视觉、触觉、嗅觉等都放大了数倍而且融为一体的那样一种能力。黑孩在成人的世界里很难与人交流，他从头到尾不说一句话，"莫言"，没有语言怎么交流？但是这个小黑孩，用自己的全部感官，与周围的大自然，与乡村生活的各种景物，进行交流，具有一种非常奇特的感觉能力。他还有一种独特的追求和美好向往。童心当中的理想，通过透明的红萝卜的意象表现出来：

黑孩的眼睛原本大而亮，这时更变得如同电光源。他看到了一幅奇特美丽的图画：光滑的铁砧子，泛着青幽幽蓝幽幽的光。泛着青蓝幽幽光的铁砧子上，有一个金色的红萝卜。红萝卜的形状和大小都像一个大个阳梨，还拖着一条长尾巴，尾巴上的根根须须像金色的羊毛。红萝卜晶莹透明，玲珑剔透。透明的、金色的外壳里苞孕着活泼的银色液体。红萝卜的线条流畅优美，从美丽的弧线上泛出一圈金色的光芒。光芒有长有短，长的如麦芒，短的如睫毛，全是金色……①

紧接着，在短短两年间，莫言一鼓作气推出了《枯河》《白狗秋千架》《爆炸》《金发婴儿》《球状闪电》等一批中短篇小说，不仅是以其井喷般的写作眩人耳目，更以其鲜明而新颖的艺术风格吸引了众多的读者。《红高粱》《高粱酒》《高粱殡》《奇死》《狗道》等系列中篇小说，辉煌壮丽洸成血海的红高粱，荡气回肠惨烈悲壮的抗日故事，敢爱敢恨纵情尽性的快意人生，以至作品主人公"我爷爷""我奶奶"的独特称谓，都使它不胫而走，名满天下。"红高粱系列"经张艺谋改编为《红高粱》电影，助推后者捧得了柏林电影节的"金熊奖"，而莫言也借助这部电影，让自己的作品赢得了更多的关注，而且走出了国门。

莫言的这一时期，以一种具有巨大的冲击力的笔墨，描写中国乡村的历史和现实，建构了齐鲁大地上的"高密东北乡"的文学领地，在那年代万马奔腾的文学创新竞赛中，脱颖而出，震撼文坛。其艺术风格可作如下概括：

其一，童心盎然的叙事视角。孩子的目光，从《透明的红萝卜》开始，在莫言的作品当中，就形成一个先后相承、不断采用的叙述视角。不管作品讲的是什么年代，讲的是什么样的故事，儿童的参与，儿童的观察和思考，都给这些作品带来了一种别致的、对读者有很多诱惑力的艺术元素。比如《红高粱》故事的主体，写的是"我爷爷"余占鳌、"我奶奶"戴凤莲那一代人的故事。作品中，既有成人世界的爱与死，情感与心灵，又有中国农民和日本侵略者之间的殊死搏斗。在《透明的红萝卜》中，如果拿掉小黑孩，这个作品不能成立，在《红高粱》中，如果把还是个孩子的小豆官这个人物拿掉，这个作品的主体恐怕不会受到大的伤害，但是恰恰是由于小豆官的在场、插叙，不谙世事又强作解人，使得这个作品非常生动和鲜活，有了一种童心童趣。莫言的作品里，多采用儿童视角，或者是一些心智不全的成人，以长不大的孩子的心态叙述故事，这在《丰乳肥臀》《四十一炮》等作品中都有很好的体现。《生死疲劳》中的西门闹经历六道轮回，转世为驴、牛、猪、猴子，但是作品结末之处，却是西门闹最终投胎为人，作为新生儿，一开口就会讲故事，奇哉神也。

其二，在写实和幻奇之间自由穿行，而以象征意象的营造为其熔接点。孩子童心未泯，对真实和虚幻没有严格的区分，似有特异功能。莫言的写实，源于其远胜他人的足足十年的乡村生活经验，幻奇，得益于马尔克斯和拉美文学的魔幻现实主义，也植根于胶东半岛地域文化中的浪漫、炫奇、夸诞不经的因子，植根于莫言那种天马行空、无拘无束的艺术想象力。"透明的红萝卜""红高粱""枯河""球状闪电"等，既贴合乡村生活经验，又经过作家的生花妙笔超拔为或精美或豪壮的意象。红高粱是北方的田野上最为常见的农作物，但是，在莫言笔下，它成为自由奔放的生命的外化。在这里，象征意象的营造，内在地接通了中国古典文学的血脉——象征意象，不仅是古典诗歌的追求，在千古绝唱的《红楼梦》中，大者从"太虚幻境"到女娲遗石，小者从一个谜语、一只风筝到一首诗词，都具有象征性，同时，又与西方现代主义文学有某种暗合，如卡夫卡的《城堡》、萨特的《恶心》等。

其三，象征意象的营造，得益于丰盈敏锐的艺术感觉。法国学者丹纳在《艺术哲学》中阐述作家的感受能力说："艺术家需要一种必不可少的天赋，便是天大的苦功与耐性也补偿不了的一种天赋，否则只能成为临摹家和工匠。就是说艺术家在事物前面必须有独特的感觉：事物的特征给他一个刺激，使他得到一个强烈的特殊的印象。换句话说，一个生而有才的人的感受力，至少是某一类的感受力，必然又迅速又细致。他凭着清醒而可靠的感觉，自然而然能辨别和抓住种种细微的层次和关系……而这个鲜明的，为个人所独有的感觉并不是静止的；影响所及，全部的思想机能和神经机能都受到震动。"[1]莫言的独特性在于，他的艺术感觉是以生命意识、生命本体为内核的，生命的充分开放性和巨大的容受性，表现为感觉的充分开放性和感觉的巨大容受性。开放的感觉，没有经过理性的剪裁、删削和规范，而是以其每一束神经末梢、每一个张大的毛孔面向外界的。在莫言笔下，触觉、嗅觉、视觉、听觉、味觉等都变得分外灵敏，而且可以互相转换，即所谓"通感"。莫言是以一种独具的生命感觉和神奇想象，将心灵的触角投向生生不息的大自然，获得超常的神奇感觉能力，建构了一个充满生命活力、生命激荡的世界，一个农业民族在几千年的生存和劳动中创造出来的属于人的世界。农业，包括种植业和养殖业，都是创造活的机体，都是自然生命的诞生、成长、繁盛、枯朽的运动。万物皆有生有灭，有兴有衰，都以自己的生命活动同人的生命活动一起参加大化运行，既作为人们生存需要的物质环境，又作为人们的劳动对象，在几千年间与人们建立了不可分割的密切关系。而且，作为农业劳动对象的自然物，不仅是有生命的，还是有情感有灵魂的，丰收的粮食，好像在酬答人们辛勤的汗水，驯化的禽畜，似乎能理解人们美好的心愿。在人类自己的创造面前，人们惊呆了，仿佛冥冥之中有一个赋万物以生命的神灵主宰着人和自然的命运。

　　这也是我所说的莫言的农民本位的重要特征——他不但在情感和思想上代表了农民，他的感觉世界的方式也是地道的农民式的。这表现在若干方面。例如，他的修辞方式，总是在人—植物—动物之间进行换喻。如《透明的红萝卜》中的一段经典描写："黑孩的眼睛原本大而亮，这时更变得如同电光源。他看到了一幅奇特

①　（法）丹纳：《艺术哲学》，傅雷译，人民文学出版社1988年版，第27页。

美丽的图画：光滑的铁砧子，泛着青幽幽蓝幽幽的光。泛着青蓝幽幽光的铁砧子上，有一个金色的红萝卜。红萝卜的形状和大小都像一个大个阳梨，还拖着一条长尾巴，尾巴上的根根须须像金色的羊毛。红萝卜晶莹透明，玲珑剔透。透明的、金色的外壳里苞孕着活泼的银色液体。红萝卜的线条流畅优美，从美丽的弧线上泛出一圈金色的光芒。光芒有长有短，长的如麦芒，短的如睫毛，全是金色……"①萝卜像阳梨，像麦芒，像人的眼睫毛，而且充满了动态的生命。《生死疲劳》中的西门闹，遭受不公正的处决而死，投入六道轮回，莫言也让他投胎变猪，变牛，变驴，都是乡村中常见的家畜。而《红高粱》中，最普通常见的红高粱成为狂放不羁、尽情尽兴的余占鳌和戴凤莲的生命象征。

和伟大变革的时代一起成长

郑板桥的题画诗云："四十年来画竹枝，日间挥写夜间思。冗繁削尽留清瘦，画到生时是熟时。"不断地求新求变，不断地超越自己，开拓出新的局面，这是每一个出类拔萃的艺术家的共同追求。从发表第一个短篇小说《春夜雨霏霏》至今，莫言的创作已逾四十年。回望既往，莫言正是在不断的寻找和探索中，和伟大变革的时代一起成长，实现了重大的艺术突破，从而创造了新的艺术高峰。

对此，莫言有着充分的自觉。早在十余年前，他就这样说："尽管我的'高密东北乡'与福克纳的'约克纳帕塔法县'毫无共同之处，但我还是愿意坦率地承认我受过这位前辈作家的影响。我与福克纳有许多可比之处，我们都是农民出身，都不是勤奋的人，都没有受过正规的教育，但我与他的不同点更多。我想最重要的是福克

---

① 莫言：《透明的红萝卜》，莫言中篇小说集：《欢乐》，上海文艺出版社2012年版，第32页。

纳的创作自始至终变化不大，他似乎一出道就成熟了，而我是一个晚熟的品种。晚熟的农作物多半是不良品种，晚熟的作家也好不到哪里去。我从事小说创作二十年，一直在努力地求变化。就像我不愿意衰老一样，我也一直在抗拒自己的成熟。这种抗拒的努力，就使我的小说创作呈现出比较多彩的景观。"①

莫言是否超越了福克纳的问题，这里不拟讨论，但是，莫言的艺术创新的自觉，既是难能可贵的，也是其创作动力持久保持旺盛状态，源源不断地推出富有新变化的新作，一直在领跑着中国当代文坛的重要原因。

莫言的创作甫一起步就达到了一个相当的高度，表现出一种汪洋恣肆不择地而涌流的自由放纵。但是，下一步迈向何方？《诗》云："靡不有初，鲜克有终。"经历了"十年内乱"而郁结多年的思考和情感需要释放，改革开放带来的欧风美雨启迪了人们对文学的多样化理解，八十年代的文学腾飞，催生出诸多的弄潮儿。但是，在后来的文学进程中，许多人失去了创新的活力，或者丧失了对文学的尊重和信仰，渐渐从人们的视野中退隐消失。莫言却不是这样。他没有被已经取得的成就所陶醉，他不屑于重复自我，而是将八十年代文学的锐气和热情保持下来，在一次次的文学探险中上下求索，在曲折的创新小径上勇敢攀登。

当然，他也有低迷和困惑，有一时间失去了文学追求的方向感造成的迷茫。在《红高粱》等作品名满天下之后，他曾经继续家族小说的创作，写了《食草家族》和《欢乐》，也有过拓展文学题材的努力，写了《天堂蒜薹之歌》《十三步》《酒国》。但是，《食草家族》和《欢乐》显然失去了《红高粱》等作品的历史蕴涵和自由意志，在审丑上走得过远；《天堂蒜薹之歌》《酒国》等，在国外受到欢迎，在本土却没有引起充分的关注。在福克纳和马尔克斯之后，外来文学影响的减弱，对中国作家具有普泛性，如何激活本土的文

① 莫言：《努力抗拒成熟——加拿大华汉网文化栏目负责人川沙采访录》，莫言：《说吧莫言：作为老百姓写作》，海天出版社 2007 年版，第 14 页。

化资源却仍然是一个问题。何况，还有市场经济时代对文学的冲击和框范。这都让莫言感到莫名的焦虑。九十年代初期，莫言写了一个中篇小说，《你的行为使我们恐惧》。作品的梗概是，被乡间的朋友们称为"骡子"的乡村歌手吕乐之，从农村走向城市，带着童年的生活记忆和乡村音乐的旋律登上歌坛，以乡村的清新质朴、雄健粗犷，给歌坛带来新的气象，一举成名，大红大紫，赢得了世俗社会所追求的一切，在名声、金钱和女人的漩涡中打转，可谓是功成名就，志得意满。可是，风水轮流转，好景不长在，他以创新的姿态闯入歌坛，现在，那造就了他的成功的东西，反过来压迫他追逐他——他以创新而成名，人们在熟悉了他的风格特征以后，就不再满足和陶醉于昨日之他，而是强求他继续出新，玩出新的花样，形成新的风格。在强大的压力下，吕乐之几乎是走投无路，黔驴技穷，又不甘引退，只好出奇制胜，悄悄回到乡间自阉，以求获得新的音色，创造世界上从来没有过的新唱法（这或许是吕乐之的误断，早先的意大利歌剧，没有女演员，就是将男童阉割以后，让他们唱女声的），创造"抚摸灵魂的音乐"。这种奇想，当然是来自莫言的大脑，不过，这比《红高粱》中的活剥人皮还要惨烈的情节，怎么会写得出来？

按照心理分析学的无意识理论，作品是作家的心理的折射。吕乐之的那种苦闷和焦躁，似乎也透露出莫言自己的焦灼不安。八十年代中期，莫言以《透明的红萝卜》一举成名，出手不凡。他是以创新而出众的，而且起点很高，这表明他的成熟，却也为他后来的继续创作，留下了很大的难题。就像一个歌手，一开始起的调子高了，接下来该怎么唱，还有没有后劲儿，就成了严峻的考验，他还能不能实现自我超越呢？

印证我的这一论点的，是莫言自己为长江文艺出版社的《跨世纪文丛》所选的小说集《金发婴儿》（1993年出版），这个集子所收的都是我们前面所列举的《红高粱》等作品，在《红高粱》之后则只收入《你的行为使我们恐惧》，尽管他在八九十年代之交的创作量仍然不小，却自觉不如前一阶段的作品那样扎实。同期的长篇小说《酒国》，在国外影响不错，美国和日本的学者都给以很高评价，但是，也许是读作品的角度不同，它在国内似乎没有引起什么动静。莫言的心情，在这样的情况下，显然不会太好。吕乐之的那种为创新所迫、铤而走险的方式，固然是纸上的游戏，却印证着作家自己的内心烦恼。

好在，莫言没有一蹶不振，他很快就摆脱了这种内在的和外在的双重压力，自我解脱了。八十年代文学创新的激流奔腾，成就了一批人，却也耽误了一批人，让他们一味地以创新为务，唯新是趋，终于因为无法找到和掀起新新文学潮流而偃旗息鼓，稍纵即逝。回顾一下，八十年代中期文坛上的弄潮儿，如今默默无闻者不在少数。创新不仅是艺术形式上的，也是思想情感上的，同时，就其根本而言，在艺术形式上，评判的标准不是"新"与"旧"，而是与作品内容的谐调融合。明乎此，就不会单纯地追求创新，不会愤而自阉，损伤自己的生命力创造力。

莫言的自我调整是比较快的，如果说，莫言的中篇小说新作《白棉花》又回到了他所熟悉的乡村生活和童年记忆的路子上，描写高密东北乡的一群青年农民种植和加工棉花的劳动生活，那么，《丰乳肥臀》则是他心灵和情感的又一次迸发和燃烧。据我的追踪研究，在此前的作品中，莫言并没有对母亲的形象进行过深刻的描绘，不只是情感的遮蔽，还有艺术的困惑，使他难以下笔。在《红高粱》中的戴凤莲那里，烈性情人和女中豪杰是其主调，其母性特征并不突出；在《枯河》中，母亲的形象只是一个配角，未能得到深度的刻画；还有《欢乐》中的母亲，坦率地说，尽管作家着墨不少，但是作品的某些具有生理刺激的描写，遮蔽了其情感的抒写。是莫言母亲的去世，激发了他的情感和记忆，刺激了他的写作欲望，在短短的两三个月时间里，挥笔写下了对于母亲的悼念和深思。这就是曾经引起很大争议、乃至在政治上被泼了很多污水的《丰乳肥臀》。哀悼生身母亲之感情的真切，为作品提供了坚实的基础，艺术想象的灵动，营造了瑰丽多姿的文学世界；尽管说，《丰乳肥臀》问世以后曾经遭受过指责并给莫言的命运带来波折，但是，今天重新解读它，却仍然能够感受到作家那颗眷眷的心。

首先从书名说起。在今人眼中，丰乳肥臀是表示女性的性感特征，是容易让人想入非非欲望冲动的，但是，我们为什么不能听取作家自己的解释，相信莫言对于这一词语的还原能力？丰乳肥臀，在生活经验和民间话语中，是生殖力旺盛、哺乳能力强的外部特征，是多子多福的好兆头，莫言所举证的，出土的非洲古代女体塑像，其丰满肥硕身体的夸张和变形，将这一点表达得淋漓尽致。而且，只是由于时势变迁，和当下人们的欲望的空前膨胀，使它蒙上了邪恶的色彩，为什么要由此殃及莫言和他的作品呢？

更重要的，是作品中浓墨重彩的对母亲形象的描绘。"母亲心情舒畅，脸上呈现着圣母般的，也是观音菩萨般的慈祥，姐姐们围绕着母亲的莲座，听她讲述高密东北乡的故事"。[1]将中国的观世音菩萨和西方的圣母叠加在一起，这是对母亲最高的礼赞了。作品中的母亲，让我们想到《百年孤独》中那个生命力顽强、为子子孙孙遮风避雨的老祖母，但是，在自抗日战争以来的中国现实的大环境下，母亲又确实具有中国特色。

命运多舛的她，因为只生女不生男，一连生了7个女儿，在家庭中的地位每况愈下，以致她再次临产的时候，丈夫一家人宁愿去关照即将生小驹的母驴而弃她于不顾；在她和驴子都难产、需要请人帮助的时候，家里人又是以先驴后人的顺序来对待她。就是这样一个卑微的女人，却不得不承担起沉重的使命，要独自抚养包括新出生的孪生姐弟金童玉女在内的9个孩子，而且，在后来的世事如棋、跌宕起伏中，她又先后收留了一群外孙和外孙女们，继续哺育新的生命。高密东北乡的土地上，各种势力如同走马灯一样地轮转，既有在日本人进攻之时保卫家乡的顽强抗争，也有各路好汉相互拆台、相互暗算，上官家那些长大成人的女儿们，先后与各个方面的头面人物结成婚姻，不由自主地卷入了仇杀的漩涡中，敌友情仇之间争斗不已，甚至殃及她们的子女。是的，濒临渤海的胶东半

① 莫言：《丰乳肥臀》，上海文艺出版社2012年版，第95页。

岛，在抗日战争和解放战争中，都是兵家必争之地，八路军、国民党军和日军、伪军之间的拉锯战，格外惨烈，后来还有康生在山东地区土地改革中大刮极左之风，招来国民党还乡团的疯狂报复和杀戮。这样的情形，在峻青的《黎明的河边》和《马石山上》、冯德英的《苦菜花》《迎春花》、张炜的《古船》和苗长水的《犁越芳冢》中，都有生动透辟令人心悸的描写，可以与《丰乳肥臀》中的惨烈血腥的场面相互证明。也许，正是因为历史的残酷，才激起了作家们对人性和母亲的咏赞，博大的母爱才格外动人。在《苦菜花》中，就出现过母亲代替参加了革命工作的娟子抚养年幼的外孙女的情节。在张炜的作品中，我们也不难感悟到作家的悲天悯人的情怀。在莫言笔下，则是基于不可抗拒的死亡而产生的对于生命的崇拜，因为崇拜生命，所以歌颂孕育生命、哺育生命、护佑生命的母亲。是历史的风霜使她变得坚强刚毅，"我变了，也没变。这十几年里，上官家的人，像韭菜一样，一茬茬地死，一茬茬地发，有生就有死，死容易，活难，越难越要活。越不怕死越要挣扎着活。我要看到我的后代儿孙浮上水来那一天，你们都要给我争气！"[1]这是掷地有声的"母亲宣言"。

母亲一直是身体力行地为了子孙后代而活着的，她拼着性命去救护那些年幼的孩子；作品中的那样一个细节，更加感人：在饿殍遍野的大饥荒年代，母亲给生产队磨豌豆的时候，把一把把豌豆生吞到肚子里，回到家中又尽量地呕吐出来，清洗之后喂哺孩子们，这些混杂着母亲的胃液和血丝，以及迫不得已的"偷窃"所产生的心灵自责的豌豆，成了家中的孩子们的"救命粮"。而且，母亲的爱，不止于是给自己的孩子们的，动乱年月里，母亲和金童正在被红卫兵押着游街示众，遇到一个乡亲要投水自尽，母亲不顾自己尚且在危难之中，冲出了游街的队伍，怒斥那些袖手旁观看热闹的人们，向濒危的乡亲伸出援助之手，她毫不顾及自己的处境，也不计较着这位乡亲不久前曾经凌辱过她自己，这样的举止，岂是轻易就

---

① 莫言：《丰乳肥臀》，上海文艺出版社 2012 年版，第 342 页。

莫言文学世界研究

可以做出的？因此，母亲去世的场景，才写得那样深情：

> 母亲双手扶着膝盖，端坐在小凳子上，她闭着眼睛，好像睡着了。一丝儿风也没有，满树的槐花突然垂直地落下来。好像那些花瓣儿原先是被电磁铁吸附在树枝上的，此刻却切断了电源，纷纷扬扬，香气弥漫，晴空万里槐花雪，落在了母亲的头发上、脖子上、耳轮上，还落在她的手上、肩膀上，她面前的土地上……①

作品中另一个主要人物金童，是高密东北乡数十年的历史风云的又一个见证。他降生在日本鬼子闯进村庄的时刻，看到了那么多的血污和丑恶，也看到了在商潮滚滚中乡村的分化和欲望的膨胀；他的命运的跌宕浮沉，折射出社会环境的种种变化和大开大阖的悲剧喜剧以至闹剧。生活是如此丰富多彩底蕴深厚，却偏偏由一个不谙世事不明内情的傻孩子眼中见出，他的一些奇特怪异的举止，又无法用常规的思维方式加以解释，两者间有多大的反差！

这种假托"白痴""愚人"的形象，对历史、现实和世人进行机智的嘲讽，恐怕是一种风气。福克纳的《喧哗与骚动》中，就让一个小白痴参加进来讲故事，尽管他的故事讲得一窍不通；格拉斯的《铁皮鼓》中的奥斯卡，那个在意外中受孕，在意外中停止了正常生长，却意外地获得特异功能的孩子，把纳粹德国及其后来的时代描述得匪夷所思；好莱坞电影《雨人》和《阿甘正传》，都用一个傻孩子做主角，将生活演绎得啼笑皆非；韩少功的《爸爸爸》，阿来的《尘埃落定》，也不约而同地选定了弱智、痴呆者充当历史中的重要角色。金童跻身于他们中间，可以说是相得益彰。是世界上傻瓜越来越多，还是作家艺术家们变得越来越聪明了？

如果说，丧母的切肤之痛，再一次地激发了莫言最深挚的情感，构成了作品中母亲朴素平凡而又大气磅礴的襟怀，那么，金童

---

① 莫言：《丰乳肥臀》，上海文艺出版社 2012 年版，第 537 页。

的出现和他作为故事的重要叙述者，让莫言接通了《透明的红萝卜》和《红高粱》中的儿童视角叙事。他的笔触，再一次地摇曳多姿，左右逢源，让他再度领悟到叙述的力量。《丰乳肥臀》成为莫言创作中一个重要的转折点，标志着他再度走向辉煌，而且更加开阔。由此，莫言又推出了《檀香刑》《四十一炮》《生死疲劳》《蛙》等一系列重要作品。这不仅是说，莫言的创作开始转向以长篇小说为主，作品的情感和叙事的容量都大为增强，更为重要的是，他把沉重的创伤性的历史记忆，与主人公的个人命运融合得更为贴切，还在讲故事的方法上，在故事的叙述者身份上，花样翻新，层出不穷。他的重要作品，几乎每一部都有鲜明的创新性。《檀香刑》将地方戏曲的"七字句""十字句"等唱词结构和合辙押韵融入作品的语言构造，让赵甲、赵小甲、孙丙、钱丁、眉娘等分别充当了各章节的叙事者，而且把作品分为"凤头""猪肚""豹尾"的三段式，其胆魄可嘉。《生死疲劳》采用了古典小说的章回体，语言上是文白杂糅，内容上则是化用了佛教的六道轮回观念，让西门闹经历了猪、牛、驴、狗和猴子的生死轮转。《蛙》的结构方式是多文体并置，既有书信体，也有剧本式，在艺术的表现力上，做出了很大的拓展。

残酷叙事与生死英雄

在经历过二十世纪九十年代之初的困惑和迷茫之后，从《丰乳肥臀》开始，莫言创作中的英雄主义、理想主义再度迸发出来，而且一发而不可收。这也成为莫言的"高密东北乡"传奇的精神内核。

前面说到，莫言在《欢乐》《食草家族》等作品中，对现实中的丑陋、悲凄，进行了决绝的揭露和控诉，其艺术情趣也趋向于审丑，即对一些丑陋、阴暗、卑污现象的倾力描写。平心而论，这样的写作，也有其存在的充足理由。西方现代主义文学可以说在很大程度上就是审丑的文学。波德莱尔的《恶之花》首开其端，如其在

《腐尸》中所写："天空对着这壮丽的尸体凝望，/好像一朵开放的花苞，/臭气是那样强烈，你在草地之上/好像被熏得快要昏倒。/苍蝇嗡嗡地聚在腐败的肚子上，/黑压压的一大群蛆虫/从肚子里钻出来，沿着臭皮囊，/像黏稠的脓一样流动。/这些像潮水般汹涌起伏的蛆子/哗啦哗啦地乱撞乱爬，/好像这个被微风吹得膨胀的身体/还在度着繁殖的生涯。"还有，卡夫卡《变形记》中那个丑陋的、受伤的背上嵌入了霉烂的苹果而在天花板上乱爬的大甲虫，戈尔丁的《蝇王》中那一群从少年童真向兽性残暴转换的孩子，闻一多的《死水》中描绘的那一沟藏污纳垢"五彩斑斓"的绝望死水……《欢乐》也是沿着这条线路前行的。教室里充塞的高考之前的紧张和喧嚣，县种猪站散发热乎乎腥气的种猪精液，在母亲的身体上乱跳、从衰老的胸脯跳入阴毛和阴道的跳蚤，用来杀虫而过量使用的"六六六"粉弥漫在田野上的刺鼻气息，用暴力手段推行计划生育政策形成的暴力和恐慌……你不能否认这就是乡村中的现实之一种，也由此接近了那个最终绝望至极自杀身亡的落榜生永乐。《酒国》中"红烧婴儿"匪夷所思，不但有"婴儿宴"，还有"肉孩饲养室"，在"红高粱系列"中酒壮英雄胆，在"酒国市"，美酒成为残害婴儿缱宴助兴的重要帮凶。

《欢乐》和《酒国》都是极致写作，把乡村的凋敝、生命的困境和人性的荒诞、残忍，都推到了无以复加的地步。这样的写作，固然痛快淋漓，却因为它给出的生活图景，背离了人们的切身体验，或者说，因为其赤裸裸地剖析人性之恶，展览丑恶，却未能在这邪恶和残忍中生发出真正令人深思的情思，在中国本土，它们很难让人们喜爱和认同。

在此意义上，《丰乳肥臀》同样是一个重要的转折点。"眼前无路想回头"。这倒不是说，《欢乐》和《酒国》没有得到应有的读者回响，而是说，莫言的极致写作，在将对丑恶和残暴推向极致以后，要么就继续地强化这种趋向，要么就需要做出必要的转换。莫言的选择是后者。从《丰乳肥臀》开始，莫言逐渐地变得有了温馨，有了关爱，在接通了《透明的红萝卜》和《红高粱》时期的浪漫、理想情怀的同时，其历史视野更为廓大，被后现代主义理论家宣布已经终结的"宏大叙事"，莫言毫不犹豫地予以力挺。而源自乡村的原生态的蓬勃生命力，也在更为质实的情景中，得到了新的展现。我将其称为生命的英雄主义，生命的理想主义。

残酷、暴力、苦难、血腥，通常被读者和评论家用来概括莫言的作品特征，有人将其提升到"暴力美学"的高度以阐释莫言[①]，也有人提出了"残酷叙事"以解读莫言。[②]是的，莫言的小说是把乡村生活的苍凉和残酷进行了极致的描写。

对此可以做出许多合理性的诠释。比如说，漫长的中国历史的血腥残暴，从《尚书》记载牧野之战大规模杀戮的"血流漂杵"，到《史记》中记载秦国大将白起在长平之战中坑杀数十万赵国兵卒，和秦始皇的焚书坑儒，从明成祖朱棣的"灭十族"到康雍乾盛世的"文字狱"，从史籍记载的"人相食""易子而食"，到十殿阎罗、过奈何桥、下油锅、锯人体的想象，从一次又一次的大规模战争，到改朝换代之际的暴行杀戮，再到近代以来的强敌入侵、军阀混战、抗日战争，和五六十年代之交的大饥荒，"文革"时期的残酷斗争无情打击，这恐怕是世所罕见的。鲁迅自称，他的《狂人日记》得名于果戈理的同名小说，但是比后者"忧愤深广"。面对数千年古国的沉重的令人窒息的"吃人"历史，其忧愤何以复加？斯诺曾经询问过毛泽东，为什么轻捷明快的四二拍子的《国际歌》在中国传唱时变成了沉重低回的四四拍子？毛泽东回答说，这是因为中国人承受的苦难太多太多。

细读莫言的作品，在残酷、暴力、苦难、血腥的描写中，经常会有让人的生理心理受到强烈刺激的段落。但是，莫言并不是单纯地一味地表现残酷、暴力、苦难、血腥。透过这些描写，他的作品中经常涌动着的，是对于中国农民的自由精神的一种推重和夸张，

① 如朱大可的《乡村暴力美学之二：莫言的肉刑之歌》，见搜狐网之"朱大可博客"，http://zhudake.blog.sohu.com/225482010.html。
② 如叶开的《莫言用残酷叙事建立一个隐秘王国》，纽约时报中文网，2012 年 10 月 11 日。

是红高粱地上飞翔的自由精灵。无论在什么样的不堪承受又不得不承受的困境中，人们都表现出一种不屈意志，一种自由选择。他在《捍卫长篇小说的尊严》里说过这样一段话，可以印证他的审美态度：

> 《圣经》是悲悯的经典，但那里不乏血肉模糊的场面。佛教是大悲悯之教，但那里也有地狱和令人发指的酷刑。如果悲悯是把人类的邪恶和丑陋掩盖起来，那这样的悲悯和伪善是一回事。《金瓶梅》素负恶名，但有见地的批评家却说是一部悲悯之书。这才是中国式的悲悯，这才是建立在中国哲学、宗教基础上的悲悯，而不是建立在西方哲学和西方宗教基础上的悲悯。①

《透明的红萝卜》中的小黑孩，家中无爱，身上无衣，疟疾初愈，身单力薄却加入成人的劳动中，砸石头，拉风箱，都超出了他的体力所能承担的极限。但是，他面对种种艰辛，一是变被动为主动，从被迫接受到主动挑战。菊子姑娘心疼他身体瘦弱难以承受铁匠炉的烟熏火烤和超体力劳动，要强行带他离开，他竟然在菊子的手腕上咬出两排牙印，挣脱出来，坚决地守在铁匠炉那里。另一个情节是，小铁匠要他把刚从炉火中取出的炽热的钢钻子捡回来，黑孩接连捡了两次。第一次因为不知尚未冷却的钢钻子高温烧灼的厉害，把手心都烫焦了。但是，他出乎意料地再次出手，硬是忍着烧灼的剧痛把钢钻子握在手中——

> 他的一只手揣在背上，一只手从肩前垂下去，慢慢地接近钢钻，水珠沿着指尖滴下去，钢钻子嗞啦一声响。水珠在钻子上跳动着，叫着，缩小着，变成一圈波纹，先扩大一下，立即收缩，终于消逝了。他的指尖已经感到了钢

① 莫言:《捍卫长篇小说的尊严》,《当代作家评论》,2006 年第 1 期。

莫言与当代中国文学创新经验研究

钻的灼热，这种灼热感一直传导到他心里去。

"你他妈的在那儿干什么，弯腰撅腚，冒充走资派吗？"小铁匠在桥洞里喊他。

他一把攥住钢钻，哆嗦着，左手使劲抓着屁股，不慌不忙走回来。小铁匠看到黑孩手里冒出黄烟，眼象疯瘫病人一样斜着叫："扔、扔掉！"他的嗓子变了调，象猫叫一样，"扔掉呀，你这个小混蛋！"①

他的另一种对抗苦难的方式是驰骋想象力，用亦真亦幻的世界对抗这冷酷残忍的现实世界。一个个头小到不屑于一吃的红萝卜，在摇曳的炉火的映照下，居然在小黑孩眼中熠熠生辉，晶莹璀璨，放射出神奇的光彩，展现出奇美的魅力。《枯河》中的小男孩小虎，在玩耍时从树上坠落下来，把一同玩耍的村支书的小女儿砸伤了。在成人看来，这当然是对乡村权威人物的绝大冒犯，会给小虎一家人带来厄运，毁了一家人的前程。于是，父亲和哥哥轮番殴打他，全无半点亲情可言。小虎当然无力抵抗父兄的暴力，无力保护自己；殴打的场景的描写也确实残酷万端。但是，小虎无法选择暴力交加下的生存，他就选择了死亡，在夜深人静中逃出家门，在枯河上死去，用自己的伤痕累累而爬满阳光的屁股向冷漠的家人和村民们示威，感到一种报仇雪恨后的欢娱。

更不用说《红高粱》中"红高粱精神"的提出，余占鳌和戴凤莲那荡气回肠的爱情、舍命拼搏的抗战了。他们敢于在儒教传统根深蒂固的孔孟之乡反叛"父母之命，媒妁之言"，敢于用血肉之躯决战现代武装的日本侵略军。我们习惯于说，个性解放，恋爱自由，是五四新文化运动倡导的启蒙精神的重要组成，似乎它们需要觉醒了的新一代知识分子"先知觉后知"地向蒙昧的普通民众进行传导，莫言却明确地宣布，余占鳌和戴凤莲是农民的个性解放的先

①　莫言：《透明的红萝卜》，莫言中篇小说集：《欢乐》，上海文艺出版社2012年版，第21—22页。

莫言文学世界研究

锋。而且，他们的反叛和抗战，没有经过任何的启蒙，只是顺应生命的召唤和人性的本能。往深里说，期盼个性解放，争取自由发展，本来是每个人心灵中应有之义，或者说心中的"慧根"，只是看有没有合适的契机得以醒觉，只是看你有没有强大的生命爆发力，看你有没有舍生忘死地进行追求的勇气。

从《丰乳肥臀》到《生死疲劳》，莫言的创作，格局更为开阔，气象更为壮观，在近代以来的严酷血腥的历史风云中，烘托出中国农民的卑微而顽强的希望，执着而坚韧的抗争。《丰乳肥臀》中的母亲上官鲁氏，是为了延续生命、传宗接代这样的念想而存在的，这是人类繁衍自身的需要，甚至也可以说是生物界的一种本能，各个物种都要尽力地繁衍传承自己的后代。就其精神价值而言，这说不出有什么形而上，说不出多么地高迈超拔，但是她为此付出的常人难以承受的艰辛努力，穿越历史的苦难动荡的坚忍不拔，却是感人至极，充塞激荡于天地之间。

《丰乳肥臀》铺张了"生"，"生生不息"，虽然是一个普通的农家妇女，却让我们想到"天地之大德曰生"。《檀香刑》展现的是"死"的命题：如何坦然面对死亡，坦然走向死亡。孙丙是如此，钱丁也是如此。德国殖民者在强大的军事力量支持下在胶州半岛修胶济铁路，孙丙们的奋起抗争，与其说是出于民族大义，不如说是现实的伤痛。传言中的每一条枕木之下埋着一根中国男人的辫子，使得被剪去辫子的男人失去了精气神，和现实中的因为修铁路造成的祖坟搬迁，破坏了固有的风水，似乎都很蒙昧可笑，但是，这不过是在列强肆虐造成的现实的和精神的创伤的一种投射罢了。这有其蒙昧的一面，也有其合理性的一面。直接造成孙丙揭竿而起的事件，是两个德国的工程人员在大庭广众之下，肆意地凌辱欺压孙丙的妻子和一双小儿女。孙丙的复仇当然具有天然的合理性。此后，事件就像滚雪球一样越滚越大，直至大规模的义和团起义和血肉拼杀。不过，莫言的关注点在于最后的酷刑，如其作品的命名《檀香刑》。面对这举世罕见的刑罚，孙丙本来是可以逃脱的，小山子自愿冒名顶替代他去死，丐帮首领朱八爷率众前往救他出狱。孙丙拒绝了救援，自愿地走向刑场。檀香刑令他痛不欲生是可想而知的，他却顽强地唱起了猫腔。如果说，阿Q在赴死之前想到要不要唱一句戏文，是他没有掂量出死亡的临近，孙丙的唱戏，既是合乎其猫腔演员的身份，更有一种威武不能屈的超人气概。进一步而言，不仅是孙丙，作品中的几个主要人物，个个都不简单。县令钱丁，有胆有识，有强烈的民本意识，也有独身闯入孙丙营帐的勇气；刽子手赵甲，在他的职业生涯中，把杀人的刑罚做到了极致，也不当凡夫俗子相看；即便是窝窝囊囊地活了许多年的赵小甲，在危急的关头，也能够舍身替孙丙挡住锋利的尖刀，为他的生命终点画了一个令人刮目相看的惊叹号。

还有《生死疲劳》中的西门闹和蓝脸，他们以各自的方式对抗着无法抵抗的命运。土地是农民的命根子，这样的话我们听得多了，也就习以为常。莫言却通过两个村民的顽强抗争，他们对土地的执着不移的爱，令我们拍案惊奇。西门闹因为其地主的身份，在土改运动中被处决，死后下了地狱，在长达两年多的地狱生涯中遭受了各种酷刑，下油锅被炸成了冒青烟的焦干，"像一根天津卫十八街的大麻花一样酥焦"，仍然不肯屈服，信守本心：

> 我知道自己已经焦煳酥脆，只要轻轻一击，就会成为碎片。我听到从高高的大堂上，从那高高大堂上的辉煌烛光里，传下来阎王爷几近调侃的问话："西门闹，你还闹吗？"
>
> 实话对你说，在那一瞬间，我确实动摇了。我焦干地趴在油汪里，身上发出肌肉爆裂的噼啪声。我知道自己忍受痛苦的能力已经到达极限，如果不屈服，不知道这些贪官污吏们还会用什么样的酷刑折磨我。但如果我就此屈服，前边那些酷刑，岂不是白白忍受了吗？我挣扎着仰起头——头颅似乎随时会从脖子处折断——往烛光里观望，看到阎王和他身边的判官们，脸上都汪着一层油滑的笑容。

一股怒气，陡然从我心中升起。豁出去了，我想，宁愿在他们的石磨里被研成粉末，宁愿在他们的铁臼里被捣成肉酱，我也要喊叫："冤枉！"[1]

这样的执着，让西门闹拒绝饮下孟婆汤，拒绝遗忘他的冤情和仇恨，带着沉重的记忆，回到高密东北乡，以驴、马、猪、牛、猴子的身份经历六道轮回，旁观世事变化。另一位村民蓝脸，本来是西门闹捡回来的冻馁濒危的弃婴，在西门家长大后当起了长工。好不容易在土地改革中分得了土地，他死守着自己的"一亩三分地"，在从互助组到人民公社的历次运动中，死拖赖抗，坚决不放弃自己的土地所有权，遭受了那么多的磨难，做了几十年的个体农民，堪称是一个小小的奇迹。最终，他又迎来了二十世纪八十年代的农村土地制度的变革，无论用什么样的词汇去指称它规范它，在蓝脸看来，这就是再次实行分田"单干"，完成了一次农村土地制度的轮回。

中国农民故事：本土性与世界性

而且，这样张扬的背后是有厚重的历史底蕴的，就是农民的信念、农民的执着、农民的质朴，农民强悍的生命力。这是中国农民的特征中的另一面，不容忽视而今天又经常会视而不见的一面。这样也就回答了我们前面讲到的，近代以来的中国所面对的双重难题是如何得到积极解决的。我们说一个民族，一个国家，几千年农业文明和传统文化延续下来，它的真正的践行者应该讲是普通民众，是占据中国人口绝大多数的广大农民。

二十世纪的中国，广大的农民再一次爆发出了强大的、蓬勃的生命力。《檀香刑》描写的义和团战争，《红高粱》写的抗日战争，

---

[1] 莫言：《生死疲劳》，上海文艺出版社 2012 年版，第 3—4 页。

《儿子的敌人》写到的解放战争，战争和革命的主体都是农民；他们用战争手段，克服了内忧外患，实现了民族独立和国家统一，建立了中华人民共和国。改革开放的新时期，他们又用自己的血汗，推动了中国的现代转型。

改革开放时代的最重要的标志是什么？我以为，前面是各地农民自发的包产到户，解决了十几亿中国人的吃饭问题，后面是亿万名农民工进城，盖高楼大厦，修高速公路，或者在工厂里打工，迅速改变了城市的面貌。中国这四十年、一百年历史的进程，就是农民一次又一次地证明他们顽强的生命力，证明他们即使活得很卑微，很艰难，但是他们有创造性，有凡人的英雄气。追溯其基本动因，为什么敢冒风险实行包产到户，是因为吃够了"大锅饭"的苦头，种了几十年庄稼，连饭都吃不饱。为什么含辛茹苦进城打工，是要改变家庭的经济状况，让父母亲和妻子孩子活得好一点，造福全家。从这个意义上说，没有什么高深的理论，没有多少形而上的思考，都是为了维持和改善生活的基本需要。就像鲁迅所言，一是要生存，二是要温饱，三是要发展。但是，就是这些切近的现实的追求，在社会条件许可的情况下，付诸实行，才推动了历史，创造了历史。这才是我所说的生命的英雄主义、生命的理想主义的最终的立足点吧。

我们从两个方面阐发了莫言为中国农民立言的精神特征：在审美特性上，情致盎然的童年视角，基于乡村世界的生命浑融所形成的艺术感觉和象征意象的营造；在价值评判上，在残酷、血腥、艰辛无比的生存境遇中张扬生命的英雄主义和理想主义。

我们讲改革开放四十年，可以总结很多，农民的贡献，农民的创造性，是最为突出最为可敬的。他们承受最底层的、最艰辛的生活状况，改变社会生活的面貌，改变中国的命运，也改变了自身。从这个层面来讲，莫言的小说正好印证了中国农民强大的生命力、创造力，生生不息，追求不已，揭示了中国崛起之谜。这就是文学化了的中国特色中国经验。

进一步而言，当下的中国文学既要有本土性，又要有普世性，要和世界文学有一个对话的平台，两者之间的平衡，分寸感是很难把握的。莫言的经验是，从塑造人物形象入手，写人的命运、人的心灵，实现跨文化沟通，是行之有效的制胜之策。

文学在本质上，是写人物，写人性的。苏联著名作家高尔基说过："我的主要工作，我毕生的工作不是地方志学，而是人学。"以此被归纳为"文学是人学"。尽管东西方的社会形态和政治格局不同，但是人心是相同和相通的。彼此之间，在历史和政治的理解上，可能会有很多障碍，有意识形态的偏见；但是，就像莫言所说："文学不能脱离政治，但好的文学应该大于政治，因为好的文学是写人的，人的情感，人的命运，人的灵魂中的善与美，丑与恶，只有这样的东西才能引发读者的共鸣。我知道有一些国外的读者希望从中国作家的小说里读出中国政治、经济等种种现实，但我也相信，肯定会有很多的读者，是用文学的眼光来读我们的作品，如果我们的作品写得足够好，这些海外的读者会忘记我们小说中的环境，而会从小说的人物身上，读到他自己的情感和思想。"①

莫言说过，小说三要素是人物形象、语言和叙事结构。我们可以说，其中最重要的是写人物，语言和叙事结构，都是为塑造人物、讲述故事服务的。小黑孩、余占鳌、戴凤莲、上官鲁氏、孙丙、赵甲、西门闹、蓝脸，这些血肉丰满、乡土气息浓郁的人物，以及他们各自的质朴而神奇的故事，具有跨越政治和文化阻隔的魅力。而劳动，斗争，英雄主义，大悲悯，拷问灵魂，这都是世界文学的基本命题。这两者互为表里，才是莫言能够走向世界的奥秘所在吧。

莫言的创作植根在中国的土地上，强调中国的本土性，同时，写出中国农民的神髓，写出中国二十世纪的苦难而辉煌的进程，它本身就是人类的共性、世界历史的有机组成部分。在中国社会变革

---

① 莫言：好作品能让海外读者摘下"眼镜"，http://theory.people.com.cn/GB/11241458.html。

和经济起飞的奇迹背后，是中国农民的生命的英雄主义，生命的理想主义。这不但是属于中国的，它所具有的人类的普泛性，也是毋庸置疑的。因为中国农民的强大的生命力，不仅改变了中国，同时也改变了世界。

附：如何向世界讲好中国故事

在全球化语境下，如何向世界讲述中国故事，是中国知识界和文化界长期思考的一个问题。

近年来，有一种来自国外汉学界的批评声音，反对中国作家用讲故事的方式写小说。其立论的依据是，世界文学潮流是现代小说已经放弃了讲故事，用小说讲故事，既落后又缺少现代性。中国作家依然在沿用十九世纪的文学方式讲故事，太落伍了。这样的批评，要害在于指责中国作家与世界文学发展潮流脱节。而与之相映成趣的，是国内学界一直有一种声音，批评莫言和许多当代作家是为了迎合西方人的价值标准而写作，甚至是为了迎合诺贝尔文学奖评委会的嗜好而写作，放弃了民族本位的立场，脱离乃至扭曲了中国的现实。如果说，前者是指责莫言和当代作家"太中国而不世界"，那么后者就是指责他们"太世界而不中国"，虽说各自立场大为不同，却有"异曲同工之妙"。

回答这些责难，需要考察作家的成长记忆和时代的风云变迁，以及如何形成具有世界意义的中国故事。莫言在斯德哥尔摩发表的诺贝尔文学奖的获奖演讲，题目就是《讲故事的人》。这是他对自己的角色定位。似乎为了证明这一点，他在这篇演讲中，一口气讲了七八个故事，有的简洁，有的蕴藉。其中关于作者母亲"卖白菜"的故事、"捡麦穗"的故事，催人泪下。同时，莫言也讲述了自己的文学追求和对人性的思考，即如何向世界讲述中国故事。这些宝贵的创作经验，值得我们珍视和阐发。

以莫言为例，莫言出生于齐鲁大地，直至二十一岁参军离开家乡，一直生活在山东高密的乡村，一个充满了乡土气息又不乏神奇性的地方。打小，莫言就从爷爷那里、从集镇上的说书人那里，听到很多民间故事。他有篇小说叫《草鞋窨子》，写的是冬闲时节男人们扎堆在地窨子里打草鞋和聊天，讲述自己遇到或听来的奇闻异事。近万字的作品，除了环境和场面的叙述、氛围的渲染，竟然编织了11个各色各样的故事，其中有的是生活的辛酸，有的是生活的喜剧，而更多的是精怪故事。即便是乡村集镇上的说书人，也能给莫言带来倾听和诉说的快乐。

当然，仅仅是萃集了一肚子的民间故事，也无法产生今日之莫言。成就一名优秀作家的，还有时代的馈赠、作家的颖悟、世界文学大潮的冲击。

二十世纪以来的中国，风云跌宕，世事沧桑。社会与家庭，国家与个人，都是穿越时代风风雨雨，饱经世事沉浮，有多少基于共同经验和集体记忆的艰难坎坷。事件多、变动多，故事就多。故事和变动，又都和时代变化紧密相连，以至于当下的电视剧中有一大门类，叫作"年代剧"，而作家们则被称作"五〇后""六〇后""七〇后""八〇后"——这里的年代印象不只是时间的自然延伸，而是有着不同时期的历史印记的不同，有着特定的时代背景和社会变迁的情感集聚。

当下的中国，虽说已进入二十一世纪，却仍在农业文明、工业文明以及信息时代和后工业社会中并存交叠。欧美发达国家已经完成了现代转型，几至日复一日常态运行，生活同质化，信息传媒化，太阳底下早已没有新的故事。中国却正在这大转型的征途上，艰难地开辟道路、创造伟业。个人、家庭乃至整个民族都有说不尽的故事和道不完的精彩。基于民族的共同记忆和共同经验，又分解到每一个具体的人物经历之中。正如许多作家曾经表述过的那样，中国的现实，远远超越了作家的想象力，比文学更具有传奇性。韩少功曾说，许多外国作家在和中国同行交流时，非常羡慕中国作家所拥有的丰厚的本土创作资源。"二战"后，西方发达国家的社会状况一直是常规常态的，而在中国，发生了多少重大的社会变故，导致了无数人的命运浮沉，作家们有多少故事可写啊。①

　　与之相应的，是中国作家讲述故事的方法亦丰富多彩。我很赞赏余华写在《兄弟》封底上的一段话："这是两个时代相遇以后出生的小说。前一个是'文革'中的故事，那是一个精神狂热、本能压抑和命运惨烈的时代，相当于欧洲的中世纪；后一个是现在的故事，那是一个伦理颠覆、浮躁纵欲和众生万象的时代，更甚于今天的欧洲。一个西方人活400年才能经历这样两个天壤之别的时代，一个中国人只需40年就经历了。400年间的动荡万变浓缩在了40年之中，这是弥足珍贵的经历。"要讲述这"中国40年，相当于西

① 放到一个微观的范围内，观察世界与中国的变化，在访谈中，莫言也讲过一段非常有说服力的话：

记者：福克纳笔下的"故乡"几十年如一日，发生的变化很少，但是您笔下的"高密东北乡"像一个人一样，有生命，在变化，而且不断地给人不同的感觉。

莫言：这个我想可能也是生活决定的吧。例如欧洲，10年前我们去过，我们现在再去，发现和10年之前一样：那个小咖啡店还在那个地方，那条街道还在那个地方。但是中国最近这30年的变化，是非常巨大的。比如5年前我去过青岛，现在再去青岛，很多建筑找不着了，很多建筑没见过，很多街道换了名字了，很多商店换了好几茬了。中国社会本身的变化可以说是日新月异，那么生活本身的这样一种流云般的快速变化，在我的作品里面也得到了表现。

所以我的小说中的"高密东北乡"确实就像一个人一样，在不断成长。一方面是高密的地理地貌、物理方面的变化，它从一个破败的、封闭的乡村变成一个现代化的、交通发达的、高楼大厦林立的生活空间，当然旧的东西也还存在；另外一个方面就是这里的人在发生变化。这里的人过去是一些没有文化的、思想比较保守的农民，而现在生活在这里的是一些现代的和来自外地的人，年轻人的观念也和他们的父辈、祖辈大不一样，城乡之间的距离也在逐渐缩小……我觉得最根本的一点是，中国独特的社会现实决定了我小说中的"高密东北乡"是不断地扩展、不断地变化、不断地发生着新的事件。而福克纳笔下的"乡土"一直没有发生变化也是美国的社会决定了他的这种写法。福克纳在他的小说中也描写了对原始森林的破坏，他感觉到了工业文明对乡村文明的蚕食，而且他表现了一种深深的忧虑，他希望能够保持一个自给自足的、永远不变的乡村，但事实上这是一种梦想。——莫言谈创作："高密东北乡"，我创造的文学王国，http://www.sd.xinhuanet.com/2012-10/16/c_113388913.htm。

莫言与当代中国文学创新经验研究

方400年"的故事，不但是说，从文艺复兴时代到后现代主义的创作方法，包括十九世纪经典现实主义作家的创作经验，可以尽为我所用，而且本土的明清白话小说，"爱听秋坟鬼唱诗"的蒲松龄的搜奇志异，以至秦腔和猫腔（茂腔）等民间戏曲的流韵（如《秦腔》和《檀香刑》），辞典和方志的编撰（如《马桥词典》《十个词汇里的中国》和《炸裂志》），都被作家们信手拈来、运用自如，写出了当下中国的"精气神"。

在中国故事中融入世界眼光，向世界讲述中国故事，也绝不是所谓"迎合西方人的口味和眼光"所能诋毁的，而是莫言和中国作家展现出的最鲜明的中国特色和中国经验。

首先，亿万中国人民为了改变民族苦难命运而奋斗抗争，为东方古国和中华文明的再度崛起而屡败屡战、越挫越勇，这本身就是人类宝贵经验的重要组成部分，是全球性现代转型的重要一环，极大地影响了人类历史的进程。其次，就文学艺术而言，既有酷好新奇巨变、追踪世事沧桑而营造曲折神奇的品性，也有潜心于人性、探索乃至拷问灵魂的本性。同时，数千年的文学长河，前后相承继，对于人性的揭示和刻画，在嬗变与恒定中，积淀了一些基本的命题，弘扬真善美、鞭笞假恶丑，形成了自己的文化底线，并不断地鼓励和张扬积极的精神追求和自我提升。莫言这样说："我有野心把高密东北乡当作中国的缩影，我还希望通过我对故乡的描述，让人们联想到人类的生存和发展。"

这就是他写作的制高点，高密东北乡，既是中国的，又是世界的，中国特色和普遍人性，是互为羽翼的。《丰乳肥臀》中的母亲，她经历的一个世纪的苦难，当然是非常本土化的，但母爱和悲悯，却是普世性的。《生死疲劳》中，农民与共和国时代的土地关系，当然"很中国"，那神奇的六道轮回，那顽强的记忆传承，那虽千万人而吾往矣的坚守，却感动了世界。《蛙》讲述的计划生育对乡村的巨大影响，也是中国所独有的，但是，"姑姑"的心灵困惑、"我"的精神忏悔，以及淳朴乡村在时代转型中出现的工业污染、生态破坏和人心不古，却是可以跨越民族和国界得到理解的。

指责莫言的作品通过展览落后、暴露丑陋、渲染血腥变态而博得西方欢心和奖赏的言论，看似理由充足，但是，如此简单化的批评，拒绝回眸中国曾经的落后、丑陋、暴戾、畸曲，没能看到莫言着意于对中国农民生命的理想主义和英雄主义的标举与倡扬，恐怕也是差之毫厘，失之千里了。

中国作家协会主席铁凝祝贺莫言获得诺贝尔文学奖的一段话，非常有概括力："他的作品始终深深扎根于乡土，他的视野亦从来不拒'外来'。他从我们民族百年来的命运、奋斗、苦难和悲欢中汲取思想的力量，以奔放而独异的鲜明气韵，有力拓展了中国文学的想象空间和艺术境界。他讲述的中国故事，洋溢着浑厚、悲悯的人类情怀。他的作品不仅深受国内广大读者的喜爱，而且就我所知，在国外也深受一大批普通读者的喜爱。"这是研究评价莫言和中国文学现状的一个恰切的角度。

第一编 作品新论（上）：童年·故乡·战争

第一章 《透明的红萝卜》：这个黑孩好神奇

在八十年代中期，正是中国文坛名家辈出、新作迭现这样一个空前绝后的时期，这一时期，也是寻根文学和先锋派小说双峰并峙、二水分流的这样一个时期。莫言就在1985年，写出了《透明的红萝卜》，一举成名，引起文坛重视。在《透明的红萝卜》之后，莫言的创作一发而不可收，先后发表《枯河》《爆炸》《金发婴儿》《白狗秋千架》等一系列作品，以及真正奠定了他在当代文坛上的重要地位的《红高粱》。从八十年代末，一直到二十一世纪之初，莫言一直是当代文坛上一位非常活跃、非常有成就、非常有影响力的作家。这一段时期，他的重要作品有《酒国》《丰乳肥臀》《檀香刑》《四十一炮》《生死疲劳》《蛙》，还有短篇小说《师傅越来越幽默》等等。可以说，从1985年，莫言发表《透明的红萝卜》开始，他是当代文坛上创作丰富，新作迭出，而且在表现生活、表现心灵的深度和力度上，在小说艺术的探索上，都做出重要的努力、取得了骄人的成绩的实力派作家。

本章就是对莫言的中篇小说《透明的红萝卜》的文本解读。解读分为五个部分：第一，《透明的红萝卜》创作前后；第二，瘦弱而神奇的小黑孩先声夺人；第三，小黑孩走进新奇而沉重的成人世界；第四，小黑孩的形象特征——承受苦难，挑战苦难；第五，非凡的通感与绚丽的幻美。

《透明的红萝卜》创作前后

1984 年的秋天，莫言走进解放军艺术学院，是文学系创作班的第一届学员。1985 年春天，莫言就写出了《透明的红萝卜》，一举成名天下知，引起文坛重视。至于《透明的红萝卜》的研究，从莫言发表这部作品起，就已经开始，是与他的创作同步的。《透明的红萝卜》发表在 1985 年第 2 期的《中国作家》上。这是中国作家协会主办的大型文学刊物，能够跻身这样的刊物，对每一个作家来说都是一种标志。莫言非常幸运，《透明的红萝卜》写成后，被他的老师，当时担任解放军艺术学院文学系主任的著名作家徐怀中推荐到《中国作家》，得到及时的发表。而且，就在发表《透明的红萝卜》的这一期《中国作家》刊物上，同期发表了莫言的老师和同学，徐怀中和军艺文学系部分作家对这部作品的座谈讨论，题目就叫《有追求才有特色》。这个对话，围绕着作品创作缘起、作品的意象性、如何处理"文革"时期的社会生活而又不落入"伤痕文学"的悲情叙述窠臼等展开。紧接着，《中国作家》杂志社又召开了有二十多位京城内外的著名作家批评家参加的座谈会，对这部具有鲜明艺术探索的作品进行研讨。《中国作家》负责人、老作家冯牧主持，汪曾祺、雷达、李陀、史铁生、曾镇南、许子东等与会，会议颇为热闹：新潮文学的弄潮儿李陀强调《透明的红萝卜》具有中国古典文学的意象性，发表过《受戒》的老作家汪曾祺用弗洛伊德的潜意识理论解读小黑孩暗恋菊子姑娘的心理，对宗教颇有心得的史铁生则阐释莫言这篇作品中的宗教情结……优秀的作品往往都具有多重蕴涵，让人可以从不同角度进入，耐人寻味，正所谓"横看成岭侧成峰，远近高低各不同"。争论的空间越大，作品的影响越大。而且，如果不是在八十年代，在文坛上轰轰烈烈地进行创新竞赛的良好氛围当中，这样快捷、及时地推荐新人新作的现象是很难想象的。"新松恨不高千尺"，在多方面力量的推动下，莫言成为一个响亮的名字，一颗文学新星升起在当代文坛。《透明的红萝卜》作为莫言的成名作和代表作之一，一再地成为莫言小说集的书名，出现在各种版本的莫言中短篇小说选中。

对于莫言自己，他对《透明的红萝卜》在他的创作道路上的重要性，也是非常看重的。在荣获诺贝尔文学奖的获奖演说《讲故事的人》演讲中，他这样讲：

> 很多朋友说《透明的红萝卜》是我最好的小说，对此我不反驳，也不认同，但我认为《透明的红萝卜》是我的作品中最富有象征性、最意味深长的一部。那个浑身漆黑、具有超人的忍受痛苦的能力和超人的感受能力的孩子，是我全部小说的灵魂，尽管在后来的小说里，我写了很多的人物，但没有一个人物，比他更贴近我的灵魂。或者可以说，一个作家所塑造的若干人物中，总有一个领头的，这个沉默的孩子就是一个领头的，他一言不发，但却有力地领导着形形色色的人物，在高密东北乡这个舞台上，尽情地表演。①

莫言文学世界研究

莫言言之有理。正是从《透明的红萝卜》开始，莫言在许多作品中，都采用了儿童视角的叙事方式，择其大者如《红高粱》中的小豆官，《丰乳肥臀》中的金童，《四十一炮》中的罗小通，《生死疲劳》中的动物叙事则是其变体。以孩子作为作品的主人公，进入残酷的成人社会，产生一系列的坎坷磨难，对这一系列的坎坷磨难的叙述，成为莫言创作的标志性特征。

① 莫言:《讲故事的人》,《当代作家评论》,2013 年第 1 期。

瘦弱而神奇的小黑孩先声夺人

我们就此开始解读莫言的《透明的红萝卜》，兼及莫言的其他一些作品，从而对莫言的这篇小说和他的创作特色，有一种比较深入的了解。

《透明的红萝卜》的第一个特点，是瘦弱的小黑孩先声夺人。这是一篇在孩子的眼睛中展现"文化大革命"时期的农村生活的作品。《透明的红萝卜》作品主人公黑孩，十岁左右，他既是作品的主人公，又是作品中各种事件的在场者、观察者。这和我们通常的儿童文学作品是不一样的。儿童文学作品，通常以孩子为主人公。但是他们仅仅是生活在一个儿童的世界，或者仅仅是在儿童和成人世界的关系上（孩子与家长、学生与老师之间）发生各种纠葛各种矛盾。《透明的红萝卜》是一个孩子来到一个成人的世界，孩子在展开自己的心灵想象的同时，也在观察、认识、体验着那样一个特定年代的成人生活的世界。同时，《透明的红萝卜》并不是一个按照我们通常的分析，有矛盾的开端、发展、高潮、结尾，以情节和冲突见长的作品，而是让黑孩的一双眼睛，既看到现实生活的沉重，也看到现实生活的欢乐，同时还看到一个神奇的想象的世界的作品。

写这样的一个孩子，莫言的笔墨，先声夺人。作品一开篇，就把这样十岁左右一个小孩子，身体瘦弱，发育不良，细胳膊细腿，刚刚打过摆子，就是得过疟疾，不知道是否痊愈，既愚钝至极又灵性十足的孩子，写得过目难忘。生产队长指派小石匠和小黑孩到公社水利工地去出公差的场景，就写得非常富有内涵。它先写了一个英姿勃勃的小石匠，让他的发问引出生产队长指派小黑孩和他一起到公社的水利工地去的细节，也用他非常有光彩的形象，和小黑孩的邋遢肮脏、瘦弱不堪形成一种对比。在描写小黑孩的瘦弱不堪上，莫言非常着意，笔墨摇曳。在队长的眼中，先看到的是一双赤着的脚板，腿上的伤疤，脏兮兮的大裤头子，再是"孩子那凸起的瘦胸脯"，鸡胸缺钙；"他的头很大，脖子细长，挑着这样一个大脑袋显得随时都有压折的危险"；视线是从下而上。在队长的口中，"你这个熊样子能干什么？放个屁都怕把你震倒。你跟上小石匠到滞洪闸上去当小工吧，怎么样？回家找把小锤子，就坐在那儿砸石头子儿，愿意动弹就多砸几块，不愿动弹就少砸几块"，根本就没有把他当作有什么劳动能力的少年。还有视角的转换，从队长一个人转到让在场的众人看小黑孩，又回转到队长眼中：孩子向前跑了，有跑的动作，没有跑的速度，两只细胳膊使劲甩动着，象谷地里被风吹动着的稻草人——这个形象非常精确，在地里的稻草人，是用来吓唬驱赶麻雀的，他的胳膊可能会动弹，却又是被固定在地面的——人们的目光都追着他，看着他光着的背，忽然都感到身上发冷。队长把夹袄使劲扯了扯，对着孩子喊："回家跟你后娘要件褂子穿着，嗐，你这个小可怜虫儿。"作品前面有一段文字，就是写秋天的露水很重，天气有了寒意，应该已经是仲秋季节。队长穿着夹袄，后面还写到小石匠这一天是"穿着一条劳动布的裤子，一件劳动布夹克式上装，上装里套一件火红色的运动衫"，而小黑孩还是光着脊梁赤着脚，让人们"都感到身上发冷"。他想跑又跑不动，只有跑的动作，没有跑的速度，更是疟疾初愈身体乏力的表现。这个缺衣少食的孩子，父亲外出多年，后妈对他不疼不爱，没有及时照管他随着季节变化穿上长衣长裤，因此被看作"小可怜虫儿"①。

　　但是，仅此而已，不过是写了一个命运悲惨的乡村少年。莫言的意图，从来不会一味地诉苦，他写出了小黑孩这个苦孩子、小可怜虫儿的另一面，营造出一种生命的张力。充满年轻朝气的小石匠对小黑孩态度友善，小黑孩心性善良懂得感恩，他主动地向小石匠表达友好之情，蹭到他身边，扯扯他的衣角，并且得到了友好的回

① 莫言：《透明的红萝卜》，莫言中篇小说集：《欢乐》，上海文艺出版社2012年版，第2页。

莫言文学世界研究

应。虽然没有言语，却也足以沟通情感。更为重要的是，这里写了小黑孩的"两只又黑又亮的眼睛"。两只眼睛又黑又亮，这样的词语谁不会用呢？我们可能会说，莫言写小黑孩的瘦弱乏力，笔墨非常生动，写小黑孩的眼睛的句子就近乎平庸。

> "黑孩儿，你这个小狗日的还活着？"队长看着孩子那凸起的瘦胸脯，说："我寻思着你该去见阎王了。打摆子好了吗？"
>
> 孩子不说话，只是把两只又黑又亮的眼睛直盯着队长看。他的头很大，脖子细长，挑着这样一个大脑袋显得随时都有压折的危险。[1]

可是，带着这样的疑问，接着往下读，就会发现，小黑孩的又黑又亮的眼睛，可是非同一般，成为作品的结穴之处。小石匠在向菊子姑娘夸奖小黑孩的时候，就这样说——

> 这孩子可灵性哩，他四五岁时说起话来就像竹筒里晃豌豆，咯崩咯崩脆。可是后来，话越来越少，动不动就像尊小石像一样发呆，谁也不知道他寻思着什么。你看看他那双眼睛吧，黑洞洞的，一眼看不到底。[2]

人们描写一个人的眼睛，经常会说，他的眼睛会说话。小黑孩在铁匠炉那里拉风箱，他的眼睛又发生了变化，更加精彩了——

> 黑孩在铁匠炉上拉风箱拉到第五天，赤裸的身体变得像优质煤块一样乌黑发亮；他全身上下，只剩下牙齿和眼

---

[1] 莫言：《透明的红萝卜》，莫言中篇小说集：《欢乐》，上海文艺出版社2012年版，第1—2页。

[2] 莫言：《透明的红萝卜》，莫言中篇小说集：《欢乐》，上海文艺出版社2012年版，第12页。

白还是白的。这样一来，他的眼睛就更加动人，当他闭紧嘴角看着谁的时候，谁的心就像被热铁烙着一样难受。他的鼻翼两侧的沟沟里落满煤屑，头发长出有半寸长了，半寸长的头发间也全是煤屑。现在，全工地的男人女人们都叫他"黑孩"儿，他谁也不理，连认真看你一眼也不。只有菊子姑娘和小石匠来跟他说话时，他才用眼睛回答他们。①

眼睛是心灵的窗户。在高明的艺术家笔下，眼睛的传神作用是无可替代的。晋代大画家顾恺之说："四体妍蚩，本无关于妙处，传神为照，正在阿堵中。"鲁迅先生也说过："要极省俭的画出一个人的特点，最好是画他的眼睛。我以为这话是极对的，倘若画了全副的头发，即使细得逼真，也毫无意思。"②（《我怎么做起小说来》）小黑孩的这双眼睛，在后面还有更为神奇的表现。

小黑孩走进新奇而沉重的成人世界

小黑孩来到水利工地，他所观察到的成人世界，包括这样几组人物关系。

一组是五人世界，黑孩、小石匠、小铁匠、老铁匠和善良慈爱的菊子姑娘这样一组人物关系，小黑孩砸石头伤了手指，被指派到桥洞下给铁匠炉拉风箱，和老铁匠小铁匠一起劳作，也把关爱他的小石匠和菊子姑娘引到铿锵的打铁声和熊熊的炉火旁边。

再一组是三人世界，三角关系，小铁匠、小石匠，两个都很优秀的年轻人，通过小黑孩结识了美丽善良的菊子姑娘，都爱上了菊

莫言文学世界研究

---

① 莫言:《透明的红萝卜》，莫言中篇小说集:《欢乐》，上海文艺出版社2012年版，第13页。
② 鲁迅:《我怎么做起小说来》，《鲁迅全集》第四卷，人民文学出版社2005年版，第527页。

子姑娘，由此围绕爱情展开激烈的争夺和决斗。

再一条线索，是老少二人组，师徒关系。这是老铁匠和小铁匠之间的关系，中国传统的手工艺人之间，师傅和徒弟的教和学，怎么教，怎么学。当然还有潜在的成规，有一句老话，教会徒弟，饿死师傅。在一个相对有限的市场里，师傅往往要保留一种绝招，一种诀窍，以保持他的技术垄断，继续占有一个非常有限的市场。小铁匠跟老铁匠打铁打了三年，而且，在打铁的劳动中，场面非常精彩，出神入化，但是就是有一种技术没有学会——淬火。老铁匠把锻打好的钢钻子放到水里去淬火，这样一道工艺，是他严格地保守秘密，不让小铁匠插手的。这个过程，既有怎样把钢钻子放到水中，同时还有对水温的控制。小铁匠为了学会这个手艺，趁老铁匠不注意的时候，一下子把手臂伸进水桶里去，测试水温，体会水温。老铁匠毫不犹豫地，把烧红的钢钻子一下子捅到小铁匠的胳膊上。但是这样的细节背后，作家还写了另一笔，老铁匠胳膊上同样也有一个这样的伤疤。这样就让大家去联想，很可能老铁匠当年也是用同样的办法，从师傅那里偷学来这样的手艺。当然，生存非常残酷。小铁匠虽然被烫伤，但是他掌握了铁匠这一行技术中淬火这样一道工序的诀窍，于是老铁匠最后只好卷铺盖，很悲凉地离开，小铁匠取而代之独自经管铁匠炉。

从故事的内容来讲，师傅和徒弟传艺斗法的故事，两个年轻男性和菊子姑娘的爱情纠葛问题，似乎未必都有什么特殊的、鲜为人知的秘密，但它的独特性在于，这是一个在孩子眼中展开的故事。老托尔斯泰说过，在孩子和外来人眼中，他们所看到的世界都是陌生的。艺术要追求陌生化的效果，要推陈出新，使用儿童视角，用儿童的眼光看世界，就会有一种陌生感，一种新奇感，产生许多新的体验。黑孩来到水利工地，来到周围的人们当中，他眼睛里看到的老铁匠、小铁匠、小石匠、菊子姑娘，以及他们之间发生的种种纠葛和联系，对于小黑孩来讲，都是很新奇的，都是第一次经见。这样，作品就有一种新鲜感、陌生感。而艺术的很重要一条，就是推陈出新，用艺术的方式，改造我们观察生活、体验生活、思考生活的角度和目光。

陌生化，是文学理论中一个重要的命题，它的提出者是俄国文艺理论家什克洛夫斯基。什氏指出，日常生活的凡庸重复，磨钝了人们的感觉，对于许多事物都习以为常，视而不见。所以，为了打破感知的机械性，就需要采用"陌生化"，创造出新形式，把人们感知从机械性中脱出来。艺术的程序，就是陌生化程序。艺术的价值就在于让人们通过阅读作品恢复对生活的新鲜感受。什克洛夫斯基称赞列夫·托尔斯泰是使用陌生化手法的艺术大师，"他不用事物的名称来指称事物，而是像描述第一次看到的事物那样去加以描述，就像是初次发生的事情。同时，他在描述事物时所使用的名称，不是该事物已通用的那部分的名称，而是像称呼其他事物中相应部分那样来称呼。由此唤起我们第一次去感知此事物的感觉，造成一种对客体的特殊感受"。① 与之异曲同工的是曹雪芹，他让新来乍到的林黛玉，见识有限的刘姥姥，乃至阔别经年的贾元春，一次次地充当读者的导游，让她们以新奇的目光打量气势非凡、庭院繁复的荣国府和大观园，将贾府里的奢华绮靡一幕幕地展现出来，给读者提供了如临其境、眼界大开的奇妙感觉。

在《透明的红萝卜》中，小黑孩以他的少不更事的懵懂目光，将我们带到公社的水利工地，带到那个桥洞中的铁匠屋。而且，儿童视角，孩子的目光，从《透明的红萝卜》开始，在莫言的作品当中，就形成一种先后相承、不断采用的叙述视角。不管作品当中讲的是什么年代，讲的是什么样的故事，儿童的参与，儿童的观察和思考，都给这些作品带来了一种奇异的、别致的、对读者有很多的诱惑力和想象力的艺术元素。比如说《红高粱》。《红高粱》故事的主体，写的是"我爷爷"余占鳌、"我奶奶"戴凤莲那一代人的故事。作品当中，既有成人世界的爱与死，情感与心

---

① 范方俊：《"陌生化"的旅程——从什克洛夫斯基到布莱希特》，《中国比较文学》，1998年第4期。

灵，又有民族之间，中国农民和日本侵略者之间的殊死搏斗。在《透明的红萝卜》中如果拿掉小黑孩，这个作品不能成立，在《红高粱》当中，少年人小豆官，如果把这个人物拿掉，这个作品的主体恐怕不会受到大的伤害，但是恰恰是由于小豆官的在场、评述，使得这个作品非常生动，非常鲜活，使这个故事有了一种童心盎然的情趣。

小黑孩的形象特征——承受苦难，挑战苦难

见证成人世界的悲欢苦乐，是小黑孩的一个侧面。他自己也在承受着比成人更为沉重的苦难与孤独，同时又在心灵的层面上挑战苦难，超越苦难。有论者指出：小黑孩是中国文学中绝对罕见的儿童艺术形象。通过黑孩，概括了历代农民的命运。小说描写孤苦无依的黑孩，在后母的虐待和社会冷漠中熬出的对苦难的非凡的忍受力和在苦难中撞击出的美丽幻觉的毁灭，让人不忍卒读，唏嘘感叹。老编辑家汪兆骞说得好："黑孩如柔韧的野草，却并不是个简单化的孩子，他的内心世界丰富复杂。他以冷漠对待世人的冷漠，与自然却保持着一种超乎寻常的密切和亲和力。显然，这种对黑孩人世荒凉的移位补偿，使作品笼罩一种荒枯、悲凉又透出一点暖意的精神氛围。……黑孩又是有神秘色彩的精灵，小说有意把他忍受苦难的痛苦状态弱化，而强化他忍受苦难的内心力量。这既宣泄了作者的孤愤，又使作品不会陷入通常见到的摹写生活表面形态的弊病。"[1]

小黑孩，小小年龄，母亲去世，父亲远走关东，继母呢，自己有一个儿子，还经常酗酒，喝醉了就对小黑孩又打又咬，对他的排斥厌弃可想而知。尽管天气越来越寒冷，从秋天到深秋，但是黑孩

---

① 汪兆骞：《往事流光：见证文学的光荣年代》，重庆出版社 2015 年版，第 158 页。

永远是光着脊梁，让人们看到后，不由得感到自己的肌肤都变得寒冷起来。同时，小小年龄的孩子还要去和成人一起干活，承受成人那样的体力付出：

> 他左手摸着石头块儿，右手举着羊角锤，每举一次都显得精疲力竭，锤子落下时好像猛抛重物一样失去控制。有时姑娘几乎要惊叫起来，但什么也没发生，羊角铁锤在空中划着曲里拐弯的轨迹，但总能落到石头上。①

这一段文字是写他拉风箱的情形：

> 孩子急促地拉着风箱，瘦身子前倾后仰，炉火照着他汗湿的胸脯，每一根肋巴条都清清楚楚。左胸脯的肋条缝中，他的心脏像只小耗子一样可怜巴巴地跳动着。老铁匠说："拉长一点，一下是一下。"②

从他瘦弱的胸脯，可以看到他的心脏像一只小耗子一样勃勃跳动，他的瘦小，他干活的吃力，跃然纸上。但是，在这些苦难面前，在这些沉重的劳动面前，小黑孩表现出了异常顽强的生命力。在这样的生存状态中，黑孩并不是让我们觉得他孤苦伶仃，人人怜悯。他经常是处于一种挑战苦难、超越苦难的精神状态。菊子姑娘看他砸石头的时候砸破了手指，害怕他感染细菌，给他用一块绣着月季花的手绢包起来，很快他把手绢解下来，悄悄藏起来；他非常珍重菊子姑娘对他的情感和关怀，他既没有父爱，家里又缺少母爱，碰到了菊子姑娘这样好心的年轻女性，他对于这关爱情感的看重，是可以理解的。但是，小说中还有两个地方，都是强化他承受苦难

---

① 莫言：《透明的红萝卜》，莫言中篇小说集：《欢乐》，上海文艺出版社2012年版，第10页。

② 莫言：《透明的红萝卜》，莫言中篇小说集：《欢乐》，上海文艺出版社2012年版，第16页。

的超常能力的。一个地方是写天气冷起来了，老铁匠给他找一件油油腻腻的衣服来穿，他还不要穿，把衣服脱下来。另一个地方讲，小铁匠为了偷偷地学会淬火的工艺，失败了很多次，一生气把烧红的钢钻子扔出好远，又要小黑孩把它捡回来。他不知道这东西温度特别高，拿手去捡钢钻子，把手给烫伤了。小黑孩第一次是因为不知道它温度很高，用手去捡它；等他发现这个钢钻子温度仍然很高，第二次居然照样伸手把它捡回来。连小铁匠都难以承受这样一种疼痛，小黑孩倒从容坦然。这样一个孩子，在苦难当中生存，并没有被苦难所吓倒，令我们像小铁匠一样对他产生恐惧、敬佩、惊叹。

非凡的通感与绚丽的幻美

造成小黑孩的超常承受能力的原因是什么呢？这就是作品的另一面，小黑孩独特的心灵世界。他面对现实，软弱无力，是一个弱者，一个小孩子，在成人世界当中，没有独立的地位，不管是菊子姑娘的保护，或者小铁匠的恶作剧，他都很难直接拒绝，许多时候还遭受他们的摆弄。另一方面，小黑孩又有一个自己的独特的心灵世界。在现实生活当中，他很迟钝，似乎他没有多少痛苦感，也没有语言能力，作品并没有讲黑孩是不是一个哑巴，但是黑孩从头到尾，没有说过一句话。这或许就是所谓"钝感力"。

同时，这种感觉的迟钝，语言的匮乏，和小黑孩的性格，和他心灵的另一侧面，形成一种有趣的对照。他有一种超常的感觉能力，同时有一种独特的理想追求。这样一个孩子，他保持了对现实、对自然万物的一种敏锐感受，一种奇特的通感，把听觉、视觉、触觉、嗅觉等融为一体的感受能力。

在作品里，有很多这样的描写。在工地上，公社的刘副主任"刘太阳"给民工讲修水利的意义，自以为是地训话——

　　刘副主任的话，黑孩一句也没听到。他的两根细胳膊拐在石栏杆上，双手夹住羊角锤。他听到黄麻地里响着鸟叫般的音乐和音乐般的秋虫鸣唱。逃逸的雾气碰撞着黄麻叶子和深红或是淡绿的茎秆，发出震耳欲聋的声响。蚂蚱剪动翅羽的声音像火车过铁桥。①

注意这一句，听到秋虫鸣唱，听到鸟叫般的音乐，这我们还可以理解，我们也可能听到鸟鸣，下面这一句，逃逸的雾气，碰撞着黄麻叶子和深红或是淡绿的茎秆，发出震耳欲聋的声响。雾气，本来是一种视觉的东西，在这里变成了听觉，小黑孩可以听到。蚂蚱剪动翅羽的声音像火车过铁桥，火车过铁桥，和小蚂蚱振动翅羽，两者的差距有多么大？但是他就可以听到。另一个地方，是写黑孩坐在那里砸石头，但是他听到河上传来一种奇异的声音：

> 黑孩的眼睛本来是专注地看着石头的，但是他听到了河上传来了一种奇异的声音，很像鱼群在唼喋，声音细微，忽远忽近，他用力地捕捉着，眼睛与耳朵并用，他看到了河上有发亮的气体起伏上升，声音就藏在气体里。只要他看着那神奇的气体，美妙的声音就逃跑不了。他的脸色渐渐红润起来，嘴角上漾起动人的微笑。②

黑孩因为在成人的世界里很难与他人交流，尤其因为他从头到尾不说话，别人怎么理解他的心态？从他的眼睛，从他的点头摇头，这只是比较简单的交流。但是莫言笔下的小黑孩，在用自己的非常奇特的感受能力，用眼睛，用耳朵，用鼻子，用皮肤，在与周围的大自然，与乡村生活的各种景物进行交流，具有一种非常奇特的感觉能力。莫言自己说过，他十一二岁参加劳动，因为年龄小，

① 莫言：《透明的红萝卜》，莫言中篇小说集：《欢乐》，上海文艺出版社2012年版，第6页。
② 莫言：《透明的红萝卜》，莫言中篇小说集：《欢乐》，上海文艺出版社2012年版，第10页。

莫言文学世界研究

于是派他一个人去放牛放羊，在放牛放羊的时候，经常在山坡上草丛里与自然万物交流对话，对自然万物体察入微。而且这样一些描写，都更新了我们自己对于生活的感觉印象，让我们耳目一新，让我们发现自己感官的迟钝和蒙昧。

小黑孩令我们感到神奇的，还不仅仅是特殊的感觉能力。他还有一种自己的理想追求。莫言在谈到《透明的红萝卜》的写作的时候，他这样讲："我觉得写痛苦年代的作品，要是还像刚粉碎'四人帮'那样写得泪迹斑斑，甚至血泪斑斑，已经没有多大意思了。就我所知，即使在'文革'期间的农村，尽管生活很贫穷落后，但生活中还是有欢乐，一点欢乐也没有是不符合生活本身的；即使在温饱都没有保障的情况下，生活中也还是有理想的。当然，这种欢乐和理想都被当时的政治背景染上了奇特的色彩，我觉得应该把这些色彩表达出来。把那段生活写得带点神秘色彩、虚幻色彩，稍微有点感伤气息也就够了。"[①]莫言的小说，一方面对于农村的那样沉重的充满了荒凉感的生活状况，描写得力透纸背，它表现这种生活举重若轻，灵活自如。

小黑孩的许多痛苦许多苦难都不必多说，他一出场那样的景象，然后队长问他，你的打摆子好了吗？后来在工地上，羊角锤摇摇晃晃东倒西歪地落下去，就表达了很多沉重的东西，很多令人感叹的东西。但另一方面，小黑孩的奇特感觉，不仅是他的"特异功能"，还朝向他的理想追求，朝小黑孩的童心当中的理想凝聚和迸发，通过透明的红萝卜的意象表现出来。

这都是建立在小黑孩奇特的感觉能力、和大自然万物的心灵交流的能力的基础上的。正因为在作品当中许多地方，描写了铺垫了小黑孩的这种神奇的能力，于是，当小黑孩在铁匠炉旁边看到那样一只璀璨透明、银色的液体流动着的红萝卜的时候，我们会顺理成章地接受，而不会责怪，小黑孩怎么会把一只普普通通的红萝卜

---

① 莫言等：《有追求才有特色——〈透明的红萝卜〉讨论会纪要》，《中国作家》，1985 年第 2 期。

看得这么玲珑剔透，璀璨夺目，富有一种神奇的魅力呢？当然，也许是因为小黑孩的现实世界有太多的乏匮，太多的沉重，太多的压抑，他的心灵无法在现实中得到释放，得到解脱，于是假借这么一只普普通通微不足道的红萝卜表现出来——这只萝卜个头过小，几个人吃东西的时候遗漏掉了，随手放在打铁用的铁砧子上，然后在炉火的映照下突然焕发出奇光异彩。而且这种神奇焕发，只有小黑孩看到了，这样一个场面，写得非常之美，非常传神：

> 黑孩双手扶着风箱杆儿，炉中的火已经很弱了，一绺蓝色火苗和一绺黄色火苗在煤结上跳跃着，有时，火苗儿被气流托起来，离开炉面很高，在空中浮动着，人影一晃动，两个火苗又落下去。孩子目中无人，他试图用一只眼睛盯住一个火苗，让一只眼黄一只眼蓝，可总也办不到，他没法把双眼视线分开。于是他懊丧地从火上把目光移开，左右巡睃着，忽然定在了炉前的铁砧上。铁砧踞伏着，像只巨兽。他的嘴第一次大张着，发出一声感叹（感叹声淹没在老铁匠高亢的歌声里）。黑孩的眼睛原本大而亮，这时更变得如同电光源。他看到了一幅奇特美丽的图画：光滑的铁砧子，泛着青幽幽蓝幽幽的光。泛着青蓝幽幽光的铁砧子上，有一个金色的红萝卜。红萝卜的形状和大小都像一个大个阳梨，还拖着一条长尾巴，尾巴上的根根须须像金色的羊毛。红萝卜晶莹透明，玲珑剔透。透明的、金色的外壳里苞孕着活泼的银色液体。红萝卜的线条流畅优美，从美丽的弧线上泛出一圈金色的光芒。光芒有长有短，长的如麦芒，短的如睫毛，全是金色……①

---

① 莫言:《透明的红萝卜》，莫言中篇小说集:《欢乐》，上海文艺出版社2012年版，第31—32页。

小黑孩的又大又亮的眼睛，这时才完全派上了用场，把一只普通的红萝卜，上升到一个非常神奇的审美意象当中；小黑孩被这种炉火映照下的萝卜的熠熠生辉所吸引，唤起了他对美的追求和向往，进而第一次发出了惊叹声。爱美之心，人皆有之，但是，能够做到小黑孩这样，对乡村生活和劳动的沉重荒凉缺少必要的感应，却对美的事物美的幻象有超常的感应能力，令人叹为观止了。

　　于是在作品当中，这只萝卜被不明就里的小铁匠随手扔到河里，小黑孩也曾经下河去想把这只透明的红萝卜打捞起来，不顾深秋的河水之严寒。这种大海捞针似的打捞注定是徒劳的。后来他再一次来到萝卜地，就想在萝卜地里拔出来的萝卜上重新看到那样一种令人迷醉的动人景象。常理常情可想而知，怎么可能重现炉火映照下的神奇的萝卜的那样一种似真似幻的景象？那只是稍纵即逝，不可复现。但是在这里作家保持了足够的分寸感，我们说不可能，这是成人所想。但是小黑孩有他自己的儿童的逻辑，他把那一片萝卜地的萝卜全都拔光了，仍然没有找到那样一只透明的、金光璀璨的萝卜，外边闪着金色光芒、里边银色的液体流动的红萝卜。尽管那样一只萝卜不可失而复得，但是作品所标示的透明的红萝卜的景象，足以让我们赞叹作家的感受力和想象力的神奇和独到。

第二章　莫言的文学领地：高密东北乡的双向建构

　　高密东北乡，是莫言创作的独特领地。瑞典文学院撰写的诺贝尔文学奖颁奖辞，就盛赞莫言的高密东北乡的创造性贡献："高密东北乡体现了中国的民间故事和历史，却又超越这些进入一个更奇特的国度，驴和猪的声音淹没人声，爱与邪恶都呈现超乎自然的比例。""莫言创作出的家乡是一个美德与卑鄙残酷交战之地，是一次踉跄的文学冒险。中国以及世界何曾被如此史诗般的春潮席卷？在莫言的作品中，世界文学的声音掩盖同侪。"

　　那么，高密东北乡是如何建构、如何拓展的呢？

　　1985 年，莫言在《白狗秋千架》的开篇中，这样写道：

> 　　高密东北乡原产白色温驯的大狗，绵延数代之后，很难再见一匹纯种。现在，那儿家家养的多是一些杂狗，偶有一只白色的，也总是在身体的某一部位生出杂毛，显出混血的痕迹来。但只要这杂毛的面积在整个狗体的面积中占的比例不大，又不是在特别显眼的部位，大家也就习惯地以"白狗"称之，并不去循名求实，过分地挑毛病。有一匹全身皆白、只黑了两只前爪的白狗，垂头丧气地从故乡小河上那座颓败的石桥上走过来时，我正在桥头下的石阶上捧着清清的河水洗脸。①

---

① 莫言：《白狗秋千架》，莫言短篇小说集：《白狗秋千架》，上海文艺出版社 2012 年版，第 199 页。

这是莫言小说中，"高密东北乡"的最早出现，是莫言自觉地建构自己的文学版图的第一步。它的现实原型，则是莫言的家乡高密大栏乡平安庄。作品中写到的那一条河，就是莫言旧居屋后面的胶河。此后，莫言的高密东北乡，一写再写，将近 30 年而未有衰竭；经由《红高粱》《丰乳肥臀》《生死疲劳》《蛙》，高密东北乡的故事走向全国，走向全世界。

"天下因我知高密"

莫言有一首小诗，经由著名作曲家王立平谱曲，在高密大地唱响："高密东北乡，生我养我的地方。美丽的胶河滚滚流淌，遍野的高粱壮丽辉煌。黑色的土地承载万物，勤劳的人民淳朴善良，即使远隔千山万水，我也不能将你遗忘。只要我生命不息，就会放声为你歌唱。"他的另一首诗则把自己的创作与高密的关系表达为"天下因我知高密"：

> 左手书法右手诗，莫言之才世无匹。狂语皆因文胆壮，天下因我知高密。

所谓左手书法，莫言自述说，是为了与已经娴熟应用的右手钢笔字有所区分而为之，右手诗歌，则是他自命的打油诗。书法和打油诗，在他似为游戏之笔，放松，调侃，本来是不准备示人的，所以才会以反讽的笔触写道"莫言之才世无匹"。而"天下因我知高密"，此言不虚。高密东北乡的胶河厚土红高粱白棉花，养育和熏陶了莫言，赋予他土地的沉实和河流的智慧；从家乡实景到纸上云烟，莫言用将近四十年的时光，将高密东北乡的文学版图，建构、拓展、皴染、雕镂，把高密东北乡推向全世界。前引诺奖颁奖词即可为证。

莫言的家乡高密县，在山东胶州半岛，位于从济南到青岛的胶济铁路线上。山东，处于黄河下游，黄海和渤海之滨，泰山雄峙，是中华民族历史上较早繁荣发达的区域，历史学家蒙文通将其地域文化命名为海岱文化，与江汉文化、河洛文化三分鼎立，共同构建了中国的古代文明。蒙文通指出，三代文明，夏与商的政治中心都在东夷，只有周兴起于西部；在夏和商代的近千年间，海岱文化都居于先进之列——

> 地虽偏于海隅，而实为政治战争中心也。观共工振滔洪水，以薄空桑，蚩尤又伐空桑，神农自陈徙鲁，鲁有大庭氏之库，是在昔为大庭之都，有巢氏治石楼山在琅琊，皆足见东方固政治战争之中心，为上世我先民之所聚处，河洛之繁荣乃在后，远不足与侔也。夫旸谷扶桑，固九夷之居，即徐土淮徼，亦东夷地。而此谓泰族实往来海上，游居于斯者。《五帝本纪》言："舜耕历山，渔雷泽，陶河滨，作什器于寿邱，就时负夏。"此皆泰族走集之地，悉在海岱、河济之间。[①]

在此后的历史演变中，海岱文化逐渐融合河洛文化，在长久的历史时段中称之为齐鲁文化。山东又是孔子、墨子、孟子的故乡，春秋战国时期的四大显学儒墨道法，山东有其二也。荀况曾游学于齐，三为祭酒，稷下学者云集，乃一时之盛事。修《左传》的左丘明，也是鲁国的史官。山东地处贯通中国南方和北方的地理分界线上，同时，作为中国古文化之两大源头的周文化和楚文化，在这里也形成交界处，鲁西南的鲁文化是商周文化之集萃，胶东半岛上的齐文化则与楚文化同源。现代著名学者李长之在论"齐学"时说：

---

① 蒙文通：《蒙文通文集第五卷　古史甄微》，巴蜀书社 1999 年版，第 58 页。

我们试看齐楚两国人同样善于想象，齐人邹衍有海外九州之说，楚人屈原也有"九州安错？川谷何洿？"之问，这都是"闳大不经"，而且"迂怪"的……齐国最发达的是兵家，战国时的兵家几乎全是齐人，如司马穰苴、孙武、孙膑，一直到蒙恬，都可以为例……

在这些和楚文化相似之点上，却也正是浪漫精神的寄托。闳大不经，不用说是浪漫精神，因为那其中含有想象力的驰骋，无限的追求故。……至于兵家，兵家是所谓出奇制胜的，"奇"又恰是浪漫精神之最露骨的表现。①

山东历来还是战争频仍、农民起义频仍之地。经济的富庶，人口的密集，给人们带来的是无情的盘剥和繁重的劳役、兵役。西汉末年樊崇等领导的赤眉军起义，隋末王薄起义和瓦岗寨起义，唐末黄巢起义（黄巢建立的国号就叫"大齐"），乃至清末的义和团运动，都是从山东举起造反大旗的，陈胜吴广、刘邦项羽、朱元璋等著名起义领袖，也都出在与山东比邻的安徽、江苏，并经由山东这一要冲北上作战，清末捻军则是在山东曹州地区歼灭僧格林沁的精锐骑兵并杀死僧格林沁的。

与战乱相伴随的是黄患。近代以来，黄河改道山东，给山东民众带来巨大危害。据史料记载，1841年到1843年黄河在豫、苏一带连续三年的决口使豫、苏、皖三省人民蒙受了直接巨大的灾难，而且使黄河中下游淤泥愈积愈重，河床愈堆愈高。咸丰五年六月（1855年7月），一年一度的伏汛期又到。波涛汹涌的黄河水，冲决位于河南兰田县北岸铜瓦厢的大堤，先向西北方向流去，然后折转向东北，出曹州，穿过张秋镇运河经小清河、大清河由利津入海。这就是历史上有名的咸丰五年铜瓦厢黄河大改道，受灾最重的是山东省。在此之前，山东几乎与黄河无缘，黄河是沿着山东省的

① 李长之：《司马迁之人格与风格》，天津人民出版社2007年版，第5页。

最南端，经豫东、皖北和苏北而汇入黄海的。可是一夜之间，黄河水自天而降，分几股大流涌进山东，黄河如同暴虐的野兽，横行无忌。践踏齐鲁大地，黄水漫及大半个山东。黄水过处，哀鸿遍野。①自此，山东饱经黄河水患之苦。

　　兵灾水患，造成山东民众的生存困难，在没有大规模农民起义的时候，闯关东是一条路（胶东半岛与辽东半岛隔海相望，有舟楫之便），占山为王是另一条路，临城大劫案和土匪巢穴抱犊岗，都在胶东半岛上。在中国新民主主义革命史上，军阀、土匪、日寇、美军都曾在此留下血腥的脚印，八路军新四军也都曾在此浴血奋战。解放战争初期，山东和陕北是国民党军重点进攻的两个主战场，决定性地扭转了国共军队力量的淮海大战，也在山东及江苏徐州地区展开。新中国成立后一批优秀文学作品，峻青《黎明的河边》、吴强《红日》、冯德英《苦菜花》、知侠《铁道游击队》、萧平《三月雪》等，便都是反映这一地区的斗争史的。

　　将视线聚焦于高密，这里同样是人杰地灵，文化氛围浓厚。

　　高密，相传为大禹之封国，因其形貌宛若凤凰，又被后人称为"凤城"。据考古发现，早在5000多年前，就有氏族部落在此繁衍生息。春秋时称夷维，战国时始名高密，历经2400多年的悠久历史，沿袭传承至今。胶河古称胶水，是高密的母亲河。这条在高密境内流程仅60余公里的河流，"河道迂曲委折，宛如羊肠，弯道大者似马蹄，小者呈牛轭，中下游河道迁徙无定，流域内洪涝频仍，今高密境东、北两隅之土地，多系此河冲洪沉积而成"（引自《高密县水利志》）。莫言文学作品中所言的高密东北乡，就是位于平度、胶州、高密三市交界的胶河泄洪区。

　　悠久的历史，为高密留下了丰厚的文化遗存。春秋时代的著名政治家晏子，汉代的经学家郑玄，清代的重臣刘墉（民间称为"刘罗锅"），都是彪炳高密历史的名人。有着500多年历史的扑灰年

　　① 忆黄河历史上的大决口＿文化传真＿山东黄河河务局，http://www.sdhh.gov.cn/whcz/07/395362.shtml。

画，地方戏曲茂腔，产生于明万历年间的聂家庄泥塑，汉代即见雏形的高密剪纸，被先后列入国家级非物质文化遗产名录，是为"高密民间艺术四宝"。[①]这些民间瑰宝，先后进入莫言的小说，《红高粱》中"我奶奶"戴凤莲的"蝈蝈出笼""鹿背梅花"的剪纸，《檀香刑》中孙丙的猫腔大戏，《蛙》中姑姑万心退休后的捏泥塑娃娃，都把乡土本色融入了作品情节与人物命运之中。

莫言是一位从小在高密东北乡长大、长期参加农业劳动、从里到外地打上农民印记的作家。这不仅在于他对农村的熟稔，更在于他有农民的血统、农民的气质、农民的心理情感和潜意识，他不必用眼睛和大脑去观察和思索农村生活，他的每一个毛孔里都散发着热烘烘的高密东北乡的乡土气息。费孝通在《乡土中国》中曾经这样写道：

> 乡土社会在地方性的限制下成了生于斯、死于斯的社会。常态的生活是终老是乡。假如在一个村子里的人都是这样的话，在人和人的关系上也就发生了一种特色，每个孩子都是在人家眼中看着长大的，在孩子眼里周围的人也是从小就看惯的。这是一个"熟悉"的社会，没有陌生人的社会。
> ……
> 这自是"土气"的一种特色。因为只有直接有赖于泥土的生活才会像植物一般的在一个地方生下根，这些生了根在一些小地方的人，才能在悠长的时间中，从容地去摸熟每个人的生活，像母亲对于她的儿女一般。[②]

不是通过一星半点的接触，不是通过有意识的理解，而是天然的联系，天然的熟悉，天然的融合；不思量，自难忘，是家乡。一

---

① "神奇高密"，http://www.cflac.org.cn/ys/ms/mszx /201309/t20130923_2 23354.html。作者范福生，时为高密市市委书记。

② 费孝通：《乡土中国》，生活·读书·新知三联书店 1985 年版，第 4—6 页。

旦遇到合适的契机，高密东北乡的故事就在莫言笔下喷涌而出。

从《雪国》到《白狗秋千架》：借鉴与创新

莫言在 1985 年，进入了他的第一个文学爆发时期，在成名作《透明的红萝卜》之后，一口气创作了《白狗秋千架》《秋水》《枯河》《爆炸》《金发婴儿》等中短篇小说，成为一颗冉冉上升的文学新星。而关于《白狗秋千架》的创作，莫言自己在日本的一次演讲中是这样说的：读到川端康成《雪国》中的一段话，"一只黑色的秋田狗蹲在那里的一块踏石上，久久地舔着热水"，让他茅塞顿开，灵感迸发，而且不仅是写出《白狗秋千架》这样的名篇，还开启了"高密东北乡"文学版图的写作——

> 当时我已经顾不上把《雪国》读完，放下他的书，我就抓起了自己的笔，写出了这样的句子："高密东北乡原产白色温驯的大狗，绵延数代之后，很难再见一匹纯种。"这是我的小说中第一次出现"高密东北乡"这个字眼，也是在我的小说中第一次出现关于"纯种"的概念。……从此之后，我高高地举起了"高密东北乡"这面大旗，就像一个草莽英雄一样，开始了招兵买马、创建王国的工作。①

每一个优秀的作家背后，都闪动着众多文学前辈的身影，承受着源远流长的文学长河的润泽。鲁迅先生就说过，他的小说创作，接受了诸多外国作家的影响。②莫言的创作同样是如此。在汲取世界文学之活水方面，他是具有饕餮之胃的，他所接受的中外作家影

---

① 莫言：《在京都大学的演讲（1999 年 10 月 23 日下午）》，莫言：《用耳朵阅读》，作家出版社 2012 年版，第 7 页。
② 鲁迅：《我怎么做起小说来》，《鲁迅全集》第四卷，人民文学出版社 2005 年版，第 526 页。

响的数量之巨，在当代中国作家中，恐怕是无人能出其右：得到奥地利作家茨威格的书信体小说《一个陌生女人的来信》的启示，他写出了小说处女作《春夜雨霏霏》；鲁迅的《一件小事》，诱发出他书写军营生活和个人积郁的《丑兵》；从孙犁的隽永空灵的"荷花淀派"风格和美国作家卡森·迈卡勒斯的《伤心咖啡馆之歌》的交织中，催生出《民间音乐》；从中国传统的戏曲和章回体小说中得到灵感，于是有仿戏剧体的《檀香刑》和仿章回体的《生死疲劳》；从福克纳到蒲松龄，从马尔克斯到冯德英，从列夫·托尔斯泰、狄更斯到司马迁，以及高密和胶东半岛上的民间故事，都被他纳入取法和模仿的视野。

为了深化这种借鉴和创新的关系的理解，我们可以从川端康成的《雪国》和莫言的《白狗秋千架》的关联研究入手，看看莫言创作中借鉴与创新的关系。

1968 年，川端康成以《雪国》《古都》《千纸鹤》等作品获得诺贝尔文学奖。这也是日本作家首获诺奖。诺奖颁奖词对川端康成和他的《雪国》做出高度评价。

《雪国》的故事梗概是，来自东京的一位研究西洋舞蹈的中年男子岛村，在雪国新潟的温泉旅馆偶然相逢在当地做艺妓的年轻女性驹子，被驹子天性自在、喜怒尽显的情态所吸引，两情相悦，因此三年间三次前往温泉旅馆与驹子相会，两个人的缠绵而感伤的情感与雪国随着季候变化而展现的优美景色，笔触细腻，感觉丰盈，确实是一部美不胜收的佳作。这部作品问世以来，多次被改编为同名电影和电视剧。

莫言所说《雪国》带给他的启示，在《雪国》中，这一段文字的上下文是这样的：

> "天到底亮了。我要回去了。"
> 岛村朝她望去，突然缩了缩脖子。镜子里白花花闪烁着的原来是雪。在镜中的雪里现出了女子通红的脸颊。这是一种无法形容的纯洁的美。

也许是旭日东升了，镜中的雪愈发耀眼，活像燃烧的火焰。浮现在雪上的女子的头发，也闪烁着紫色的光，更增添了乌亮的色泽。

大概为了避免积雪，顺着客栈的墙临时挖了一条小沟，将浴池溢出的热水引到大门口，汇成一个浅浅的水潭。一只壮硕的黑色秋田狗蹲在那里的一块踏石上，久久地舔着热水。门口晾晒着成排客用滑雪板，那是从库房里刚搬出来的，还发出轻微的霉味。这种霉味也被蒸气冲淡了。就连从杉树枝头掉落下来的雪，在公共浴池房顶上遇到热气，也融化变形了。①

这一段文字，是非常细腻非常写实的，描绘温泉旅馆内外的自然风景。室内的镜中美人，颇具古典风范，也是川端康成最擅长描写的场景，驹子的娇美面容与皑皑白雪在镜子里交相辉映，巧妙地借助镜子将雪国的景色导入视线，让我们想到温庭筠的词句："照花前后镜，花面交相映。"室外呢，冰封雪裹之中偏有温泉热气升腾，黑色的秋田狗在舔食热水，给这寂寞的世界增添了生机，也加强了黑白分明的色彩对比。不过，比起作品中的男女主人公的情感纠葛，这不过是一段闲笔。在此后的故事情节发展中，这条秋田狗就不再出现。

到了莫言笔下，白狗出现的这一场景得到了移步换形的妙用。这篇小说最初发表的时候叫作《秋千架》。我曾经询问过它的责任编辑萧立军，得到的答复是，莫言本来写的是《白狗秋千架》，但编辑认为叫作《秋千架》更合适。后来出小说集的时候，莫言自己又把名字改回来。可以见出这条白狗在莫言心目中的分量。此后呢，莫言的很多小说集都是以《白狗秋千架》命名，可见这篇作品在他心目中的重要性。

---

① （日）川端康成：《雪国》，川端康成小说选集：《雪国·古都》，叶渭渠、唐月梅译，译林出版社 2009 年版，第 26—27 页。

一条黑狗，在《雪国》里一闪而过，在一片静谧中增添了生气；但是，也许是因为岛村是外来人，除了驹子，他并没有介入当地人的生活。在《白狗秋千架》中，这条白狗却是派了大用场，深度介入作品的情节发展中。"我"因为考上大学告别农村，已经离乡10年，远道归来，对家乡亲人的情感非常急切，却也有着潜在的隐忧。非常巧合的是，这条狗引来了"我"最无法直面的人，村子里青梅竹马之交的暖，也是"我"叫作"小姑"的女性。这条白狗就是"我"当年送给暖的，是"我"和暖的青春往事的见证人。

在《雪国》中，还有这样一段文字，写到背着茅草的农妇：一个老太婆背着一捆草走过去，草捆足比她身量高两倍。是长穗子芭茅——

> ……一大捆一大捆的草，把背着它的妇女们的身子全给遮住了。走过去时，草捆划着坡道的石崖，沙沙作响。那穗子十分茁壮。[1]

这里的描写，岛村是在车站等车，无心之中发现了背着茅草的妇女们，与其说他是为这些农村妇女的辛勤劳动发生感叹，不如说，是来自东京的岛村以为发现了一道风景。在莫言笔下，在白狗的前导下，暖的出场，让"我"感到一种心灵的震撼，为这沉重的劳动和暖的苦涩的生活状况而深深叹息。

> 渐渐地看清了驮着高粱叶子弯曲着走过来的人。蓝褂子，黑裤子，乌脚杆子黄胶鞋，要不是垂着的发，我是不大可能看出她是个女人的，尽管她一出现就离我很近。她的头与地面平行着，脖子探出很长。是为了减轻肩头的痛苦吧？她用一只手按着搭在肩头的背棍的下头，另一只手

---

[1] （日）川端康成:《雪国》，川端康成小说选集:《雪国·古都》，叶渭渠、唐月梅译，译林出版社2009年版，第50—51页。

从颈后绕过去，把着背棍的上头。阳光照着她的颈子上和头皮上亮晶晶的汗水。高粱叶子葱绿、新鲜。她一步步挪着，终于上了桥。桥的宽度跟她背上的草捆差不多，我退到白狗适才停下记号的桥头石旁站定，看着它和她过桥。[1]

面对背负茅草和高粱秸秆的妇女，川端康成是远观，莫言是近看。这里的远和近，不仅是说景物和人物描写上的景别，还是一种特定的心理距离一远一近。背着高粱秸秆的暖，如牛负重，步履艰难，让"我"感同身受，远非川端康成笔下的外来游客岛村那样云淡风轻地观望背茅草的农妇时的感觉。

这样的景象和感受，一定是富有农村生活经验的人才能够写出来。也许这才是"我"和岛村、莫言与川端康成之间的根本区别吧。川端康成自小父母双亡，孤苦伶仃，但他读书一直读到东京帝国大学毕业，然后就从事文学和文化工作，鲜有乡村生活的经验。而莫言呢，自小学五年级后失学，在乡村劳动整整 10 年，不仅在中国是罕见的个案，也和城市长大的川端康成大相径庭。

外来人与还乡者所看到的两位女性

沟通《雪国》和《白狗秋千架》的另一个关节点，是作品的结构方式。在《雪国》中，岛村连续三年间三次来到温泉旅馆，在大同小异的情境下与驹子相会相恋，作品就是从岛村居高临下的角度揣测体会驹子的内心世界的奥秘的。作品曲径通幽，委曲婉转，在神龙见首不见尾的有限视野中，岛村凭依他短时间内见到的驹子和驹子的有限言语，去推断驹子数年间的生活命运。在《白狗秋千架》中，以第一人称出现的"我"，是在乡村成长，因为考上大学离别

① 莫言:《白狗秋千架》，莫言短篇小说集:《白狗秋千架》，上海文艺出版社 2012 年版，第 200—201 页。

莫言文学世界研究

家乡，十年后再度还乡，时间的跨度使他成为村子里的陌生人，而乡村的变化和暖的遭遇也让他感到陌生。

岛村和驹子的故事凄美悠长，在细微的波澜中窥见驹子情感世界的豁达和强韧。驹子本来是跟着舞蹈师傅学习舞蹈的，因为感戴师傅的教导之恩，她并不情愿却与师傅父子心照不宣地接受了师傅的儿子行男，本来可能成为一家人。但是，行男罹患重病，她为了给行男筹措治疗费用而进入艺妓行业，出卖声色；同时她又成为另一个年纪老大不小的男子包养的玩物。驹子身为艺妓，属于社会阶层中的卑贱者，但是，她对自己的身份并没有明确的自我界定，也不曾为此恪守风尘女子的行为通则，当她遇到自己心仪的岛村，就敢于表达自己的爱意，敢于以身相许，敢于蔑视周边人们的窥伺的目光。为了同那个老男人决裂，她也会狂想："怎样才能断绝关系呢？我常常想，干脆做些越轨的事算了。真的这样想过啊！"另一方面，行男病危之际，她却到岛村那里过夜。她还决绝地说："我爱怎样就怎样，一个快死的人怎能禁得住我呢？"

与之相对应，"我"和暖的故事就比岛村与驹子的感情纠葛要大起大落得多。这两个少男少女，在乡村的日常生活中两情相悦，他们不用像岛村和驹子一样，许多时间都在猜测和推论彼此所思，而是一目了然，毫无阻隔。但是，接下来，暖的命运发生突转：两人在荡秋千时出现意外，绳子突然断了，暖的一只眼睛因此失明，彼此的情感也因此断裂。这倒不能责怪"我"，是暖不愿意勉为其难地维持这难以维系的情感，何况"我"考上大学离开乡村，两人命运迥然相异。此后，暖嫁给了村子里的哑巴，用她自己的话说，是弯刀就着瓢切菜，两个残疾人谁也不嫌弃谁。这次在桥头上两个人的重逢，激起的是彼此内心的凄苦忧伤；昔日的情谊与今日的差异，形成鲜明的对比。

为此，"我"到暖家中去探访，看到她并不如意的生活，丈夫很爱她，却又专横无理；三个儿子都是哑巴，天生残疾；家中的经济状况也非常窘迫。"我"的痛悔与自责随着眼前的情形更为沉重。但是，暖的举动却再次出乎"我"的意料。一方面，她坦然地面对

莫言与当代中国文学创新经验研究

苦涩的现实，不再抱有虚幻的自欺；一方面，在白狗的帮助下，将即将离去的"我"引导到暖的身边，令人不可思议的一幕出现了。"我"向暖忏悔当年往事，暖却不愿做无谓怀旧，也顾不上茫然感伤，而是抓住这宝贵的时机，要"我"和她做爱，"我要个会说话的孩子……你答应了就是救了我了，你不答应就是害死我了。有一千条理由，有一万个借口，你都不要对我说"。[1]

驹子的越轨是自动前来与岛村共宿，还一心要挣脱供养她的恩主老男人。暖呢，面对丈夫和孩子们都是哑巴的悲惨现实，是一个生活在无声的世界里的女人，暖的要求很现实，要生一个会说话的孩子，但是她为此要求和"我"野合的越轨举止，让人叹服她强悍的行动能力。就此而言，可以说，莫言是借助于川端康成的叙事模式，讲述了一个中国乡村的感人故事，让我们联想到卡莱尔所说的英雄：他们的愿望是普通人的愿望，他们为实现这愿望的行动却是英雄的行动。

还乡故事的几种讲法

莫言的《白狗秋千架》，将还乡故事的几种讲法集纳在一起，又颠覆了传统，讲出了独特的新意，堪称是还乡曲的多重变奏。

思乡与还乡，是现实生活和文艺作品中的一大景观，古往今来，演绎出形形色色的人生故事。

先从古代讲起。由于长期处于农耕文明的时代，中国人以土地为根本，聚族而居，世代相传，除了游学和仕宦，连出行都很少。故乡，常常是生于斯长于斯老于斯的所在，是"家"的同义语，是远行的人们日夜思念的所在，是游子心中的根。屈原在《哀郢》中就写道："鸟飞反故乡兮，狐死必首丘。"生生死死，都要还乡。莫

---

[1]　莫言:《白狗秋千架》，莫言短篇小说集:《白狗秋千架》，上海文艺出版社 2012 年版，第 216 页。

言的小说中，也多次写到游子还乡，从《白狗秋千架》起始，《爆炸》《金发婴儿》《战友重逢》《怀抱鲜花的女人》皆可为证。莫言穿上军装之时，曾经盼望离开家乡越远越好，但是，两年过去，他第一次回家探亲，看到辛勤劳作的母亲，他对家乡的情感就迸发出来——

> 当我看到满身尘土、满头麦芒、眼睛红肿的母亲艰难地挪动着小脚从打麦场上迎着我走来时，一股滚热的液体哽住了我的喉咙，我的眼睛里饱含着泪水。①

由此，就形成了讲述还乡故事的各种讲法。

还乡故事的第一种讲法，"衣锦还乡"，得意而归。司马迁的《史记·项羽本纪》记载，夺取秦王朝的天下后，项羽说过："富贵不归故乡，如衣锦夜行。"赤手空拳地打下江山，项羽的得意之情溢于言表，要向江东父老炫耀自己的赫赫战功。唯有在故乡，才能够充分地体现出今非昔比，充分地满足还乡人的成就感。而项羽的敌手刘邦，恰巧利用了项羽及其部下的恋乡之情，用"四面楚歌"涣散了楚军的战斗力，决定了战场上的强弱胜败之势。

《白狗秋千架》中的男主人公，也是作品的讲述者"我"，就颇有些衣锦还乡的意味。"我"是一个在外读了大学，留在大学当老师的青年人，回乡之际，穿着其时在大城市里刚刚流行的一条牛仔裤，"衣牛仔裤还乡"，足够时髦。相比于乡村人衣着样式的缺少变化，这件牛仔裤，吸引眼球，聚拢人们的关注。然而，令还乡者无法预料的是，这条牛仔裤，成为朴实的乡亲们的嘲笑对象，无奈之下，"我"故意贬低牛仔裤的价格，将其描述成是一件几元钱的"处理品"，进而自我贬抑，以获得乡亲们的理解和接纳。

还乡故事的第二种讲法，留恋家乡的山山水水，田园风光。

---

① 莫言:《超越故乡》，莫言:《莫言散文新编》，文化艺术出版社 2010 年版，第 4 页。

很多人都是在家乡度过童年，然后在成长中离乡远行。无论童年时代有多少艰辛，但是，美不美，家乡水，亲不亲，故乡人，故乡经验刻骨铭心，无法磨灭。今人有首著名的思乡曲，《那就是我》，表达游子对故乡风光的怀念之情："我思念故乡的小河，还有河边吱吱唱歌的水磨……"，"我思念故乡的炊烟，还有小路上赶集的牛车……"。小河、炊烟、水磨、牛车，一派田园风光。"我"也有自己的乡村思念。在回乡的路上，遇到了少年时代青梅竹马的女性，名叫暖，"我"向她讲述自己对家乡的"小河""田野""石桥"等的想念，却遭到了暖的当头棒喝、愤怒抨击：

> 我一时语塞了，想了半天，竟说："我留在母校任教了，据说，就要提我为讲师了……我很想家，不但想家乡的人，还想家乡的小河，石桥，田野，田野里的红高粱，清新的空气，婉转的鸟啼……趁着放暑假，我就回来啦。"
>
> "有什么好想的，这破地方。想这破桥？高粱地里像他妈的蒸笼一样，快把人蒸熟了。"她说着，沿着漫坡走下桥，站着把那件泛着白碱花的男式蓝制服褂子脱下来，扔在身边石头上，弯下腰去洗脸洗脖子。①

两人的对话，就发生在这"小河""石桥"之上。但两个人对家乡的评价，却冰火两重天。他们的差异，为什么这么鲜明呢？少女时代的暖，美丽活泼，唱歌婉转，和"我"一样，都是学校文艺宣传队的骨干，都希望能够凭着文艺才能走出乡村，奔向更为宽广的世界。不料，"我"和暖荡秋千时，因为绳子断了，出了意外，暖一只眼睛失明。由此，两个人的命运产生了很大的不同。"我"考上大学，走出乡村，自以为是天之骄子，毁容后的暖，却只能是认命地嫁给一个哑巴农民，一胎生下了三个哑巴男孩。如今，我是

① 莫言:《白狗秋千架》，莫言短篇小说集:《白狗秋千架》，上海文艺出版社 2012 年版，第 205—206 页。

学业有成前程似锦的大学老师，暖却留在故乡含辛茹苦地劳作。个人的命运变化，导致其对乡村景观评价之巨大差别。

由此又引发出一种新的还乡故事的讲法。

读书人还乡，在中国现当代文学中，也是一个常写常新的主题。故乡热土，是永远难以拔除的生命之根；如莫言所说，是埋葬祖祖辈辈的遗骨，也埋下了自己的衣胞的"血地"。但是，要读书深造，要寻找新的人生道路，就必须走出乡土，走向城市，走向更为广阔的发展空间。于是，乡村与都市的纠缠，农业文明与现代文明的矛盾，在这读书人还乡的故事中，得到了充分的展现。

读书人还乡的最著名的故事，当然是鲁迅的《故乡》。身为读书人的"我"，走异地，探新路，风尘仆仆地回到久别的故乡，既有对故乡的往昔记忆，也有对未来命运的迷惘惆怅，而"我"和闰土的见面，令人感慨万分。一声"老爷"，击碎了"我"对童年的美好记忆；闰土饱经沧桑，痛苦而麻木，满肚子苦水，却难以言表，让"我"留下无尽愁思。接受了现代启蒙的"我"，对闰土"哀其不幸，怒其不争"，但是，如何将先进的现代意识传输给闰土，让他寻找改变人生也改造现实的道路，却令"我"非常困惑。读书人的信条是"先知觉后知"，如何唤起民众争取自身利益、改变自身处境的自觉性，却是"我"这样现代知识分子的巨大难题，形成无法消除的紧张感和愧疚感。

在《白狗秋千架》中，"我"和暖的少年时代两小无猜，与现实的处境对比强烈，反差鲜明。"我"丝毫没有对暖进行现代启蒙的激情和责任感，而暖却处心积虑地抓住唯一可能的机会，要求"我"和她在高粱地里做爱，不是为了旧情复萌，而是想抓住这唯一的机会，要生一个会说话的孩子，能够和自己对话。就是这样，《白狗秋千架》将乡村女性从被动的被审视者、被教育者变作了主动地争取自己权利的行动者，她们既现实又浪漫，有理想也有能力改变自身的处境，知识分子则因为时代变迁失去其思想启蒙者的居高临下，再一次地成为被嘲笑和被利用的可怜亦可笑的外来人。由此足以见证莫言的乡村本位，莫言对农民价值观的彰显。

莫言这样说：自从确立了高密东北乡作为自己创作的特定地域之后，就像打开一道闸门，故乡的风景、人物和传说，童年的往事、经历和记忆，都纷涌而来，前呼后拥：

> 从此之后，我感觉到那种可以称为"灵感"的激情在我胸中奔涌，经常是在创作一篇小说的过程中，又构思出了新的小说。这时我强烈地感觉到，二十年农村生活中，所有的黑暗和苦难，都是上帝对我的恩赐。虽然我身居闹市，但我的精神已回到故乡，我的灵魂寄托在对故乡的回忆里，失去的时间突然又以充满声色的画面的形式，出现在我的面前。这时，我才感到自己比较地理解了普鲁斯特和他的《追忆似水年华》。[①]

上面这段话，出自莫言的《超越故乡》。这是莫言当年在鲁迅文学院和北京师范大学中文系合办的研究生班毕业时写的硕士论文，也是研究莫言的必读文献，对于理解莫言对故乡的复杂情感，理解莫言如何从现实生活中故乡的深刻记忆到文学中的高密东北乡的建立，理解莫言与世界文学史上重要作家在建立文学故乡上的传承与发展，有着非常重要的意义。

浩瀚"秋水"中的生死恩仇

在此前的多次记述中，莫言把《白狗秋千架》作为高密东北乡文学领地的开篇之作。2012 年 12 月，莫言在瑞典领取诺贝尔文学奖所做的《讲故事的人》的演讲中，把高密东北乡在小说中的第一次出现，归结到《秋水》名下。与此同时，他还讲到他创建高密东

---

① 莫言:《超越故乡》，莫言:《莫言散文新编》，文化艺术出版社 2010 年版，第 6—7 页。

北乡的三位恩师，徐怀中、福克纳、马尔克斯：

> 1984年秋，我考入解放军艺术学院文学系。在我的恩师著名作家徐怀中的启发指导下，我写出了《秋水》《枯河》《透明的红萝卜》《红高粱》等一批中短篇小说。在《秋水》这篇小说里，第一次出现了"高密东北乡"这个字眼，从此，就如同一个四处游荡的农民有了一片土地，我这样一个文学的流浪汉，终于有了一个可以安身立命的场所。我必须承认，在创建我的文学领地"高密东北乡"的过程中，美国的威廉·福克纳和哥伦比亚的加西亚·马尔克斯给了我重要启发。我对他们的阅读并不认真，但他们开天辟地的豪迈精神激励了我，使我明白了一个作家必须要有一块属于自己的地方。①

根据相关资料，莫言写作《白狗秋千架》和《秋水》，都是在1985年4月。发表时间上，亦难分轩轾，《秋水》原载《奔流》（月刊）1985年第8期，《白狗秋千架》以《秋千架》为题，载《中国作家》（双月刊）1985年第4期，两刊都是1985年8月问世。同一时期写作和发表的两部作品，孰先孰后，是一个表述问题。此处略过不再赘言。

福克纳和马尔克斯，和川端康成一道，都是在改革开放浪潮初起之际，二十世纪七十年代与八十年代之交，进入中国当代文坛的新视野的。在打破了"文革"时期的文化禁闭之后，中国作家迎来了世界文学的八面来风，而中国作家的吸收和转化能力也当得起另一句谚语，好船能使八面风。当代文学中的寻根文学思潮，作家们地域意识的觉醒，就来自福克纳和马尔克斯的启示。

同时，《秋水》的得名，又是来自庄子的同名散文——莫言很多作品的命名，都是很用心思的。他的《生死疲劳》来自佛家用语，

① 莫言：《讲故事的人》，《当代作家评论》，2013年第1期。

他的《变》是从法国新小说派作家米歇尔·布托尔的同名作品转用过来，《秋水》的灵感则是从《庄子》中的同名作品得来的。了解了这些篇名背后的蕴涵，会展现莫言创作中更多的文学背景知识，也了解莫言如何广泛搜求，在中外文学名著的多重激发下扬帆远行吧。

短篇小说《秋水》中，在开篇之处出现高密东北乡的字眼，相关文字是这样的：

> 据说，爷爷年轻时，杀死三个人，放起一把火，拐着一个姑娘，从河北保定府逃到这里，成了高密东北乡最早的开拓者。那时候，高密东北乡还是蛮荒之地，方圆数十里，一片大涝洼，荒草没膝，水汪子相连，棕兔子红狐狸，斑鸭子白鹭鸶，还有诸多不识名的动物充斥洼地，寻常难有人来。我爷爷带着那姑娘来了……①

这样一个不同寻常的开始，一定有一个不同寻常的故事。《秋水》开头讲的是"爷爷奶奶"为了爱情而杀人放火，逃亡到荒无人烟的涝洼地带，在这里开荒捕鱼，存活下来。这就是高密东北乡的创世记，从无到有的开辟过程。"我爷爷""我奶奶"的称谓，先于《红高粱》，第一次地出现在莫言笔底。接下来，非常人遭遇非常事，连"奶奶"生个儿子的过程，都是一波三折，先是遭遇连续暴雨洪水猛涨，几乎让他们无处容身，后是难产的痛苦让"奶奶"痛不欲生。幸好是天无绝人之路，来了个大水灾中逃上山丘的紫衣女人，饥肠辘辘的她，在得到"爷爷"的救助吃饱饭之后，却忽然拔出一支撸子枪，抵在爷爷的胸口，逼着奶奶弯腰一根一根地捡柴草，通过腰身的反复运动，促进了分娩过程，帮助奶奶生下了儿子。接下来，又有人在洪水漫卷中逃上山来，是一个黑衣土匪和他

①　莫言:《秋水》，莫言短篇小说集:《白狗秋千架》，上海文艺出版社2012 年版，第 186 页。

的干女儿，一个白色绸衣的姑娘，白衣姑娘双目失明，全靠黑衣土匪的救助才得以死里逃生。刚刚还是帮人化解危难，救助孕妇的紫衣女人，在问明白黑衣土匪的身份之后，一刹那间拔枪在手，先下手为强，除掉黑衣土匪，为父报仇，而那个童心未泯的白衣盲女，却仍然拨着三弦琴，唱着奇妙的儿歌。

在这样的故事中，一波未平一波又起，强中自有强中手。爷爷奶奶本来就非同一般，是杀人放火之辈，遇到先后两位不速之客，却变成了在场的弱者，如河伯临海，自惭形秽。紫衣女人年纪轻轻，却能杀能生，快意恩仇。黑衣土匪也堪称一绝，他枪法高明，弹不虚发，连连击杀满地乱跑的老鼠和空中嬉戏的飞鸟，却猝不及防地被紫衣女人先发制人中弹身亡——或许是他早已察觉紫衣女人的身份，但是遵循盗亦有道的江湖法则，甘愿被代父报仇的她射杀而不肯先下手为强除掉紫衣女人。作品的结尾处，气势不凡，与作品的开篇形成呼应之势。在恩人被杀之际，这个白衣少女，她对身边发生的生死杀戮浑然不觉，一支颠颠倒倒的儿歌占据了她的全部心思，这又意味着什么呢？

或许，这才是小说命名为《秋水》的深层蕴涵。河伯见到大海，才知道世界有多大，见到北海之神，谦恭地向他请教，发现了自己的渺小卑微，发现了宇宙的宏阔与神奇，机变与莫测。莫言笔下的爷爷奶奶也都是出类拔萃、敢作敢当的英雄，他们杀人不眨眼，反叛门第关系，逃亡到高密东北乡的荒野地域，过着自由不羁的快乐生活。但是，奶奶的怀孕难产，历经几天几夜，让他们的锐气尽折。其后到来的紫衣女人和黑衣汉子、白衣盲女，个个都是了不得的江湖高手，让他们显得黯然无光。爷爷奶奶在高密东北乡开疆拓土，颇有占山为王的气魄，等到洪水暴发时期——人类早期的神话传说中，不乏大洪水的故事，《圣经》中的诺亚方舟，讲的是善有善报，诺亚一家因为信奉上帝而得到神迹指点，得以在毁灭性灾难中逃脱性命，中国的大禹治水更看重人类的力量，子承父业前赴后继的同时又超越了前人的智慧。《秋水》中的小山包，就像诺亚方舟，动物飞鸟纷纷来投，还有残存人类上得山包，从爷爷奶奶这里得到救命的粮食。但是从胆识、气魄和能量上，紫衣女人、黑衣汉子都让爷爷奶奶感到震撼，与后者相比，他们就是小巫见大巫了。那个白衣盲女，在救命恩人黑衣男子当场殒命的枪声中，仍然不改神色地唱着颠三倒四的儿歌："白老鸹吃紫蟋蟀。蓝燕子吃绿蚂蚱。黄鹤鸹吃红蜻蜓。""绿蚂蚱吃白老鸹。紫蟋蟀吃蓝燕子。红蜻蜓吃黄鹤鸹。"第一组食物链是以大食小，鸟类吃昆虫，第二组是倒过来，以小食大，昆虫吃鸟类；彼此的关系不是一对一，而是互相错杂，颇有一点金克木、木克水、水克土的意味。

这就像庄子在《秋水》中所言，河伯曰："然则吾大天地而小豪末，可乎？"北海若曰："否。夫物，量无穷，时无止，分无常，终始无故。是故大知观于远近，故小而不寡，大而不多，知量无穷，证向今故，故遥而不闷，掇而不跂，知时无止；察乎盈虚，故得而不喜，失而不忧，知分之无常也；明乎坦涂，故生而不说，死而不祸，知终始之不可故也。计人之所知，不若其所不知；其生之时，不若未生之时；以其至小求穷其至大之域，是故迷乱而不能自得也。由此观之，又何以知豪末之足以定至细之倪？又何以知天地之足以穷至大之域？"[1]

历史传奇与现实写真的双重建构

在莫言小说中，"高密东北乡"的第一次出现，究竟是《秋水》还是《白狗秋千架》，也许不必过多计较。这两部作品都写于1985年4月，相差没有几天，推测起来，如果说，第一次写下"高密东北乡"可能是灵光乍现，在接下来的第二篇作品中再写"高密东北乡"，就是心中有了明确的意图，有了自觉意识，自觉地建构自己的文学版图。

---

① 《庄子全译》修订版，张耿光译注，贵州人民出版社 2009 年版，第 225—226 页。

而且，这两篇作品有一个共同的关节点，子孙后代的问题。爷爷奶奶天不怕地不怕，遇到生儿子难产则束手无策，几近丧生；暖在艰辛的生计中，最为焦虑的是要生一个会说话的孩子，打破生存中的沉默失语困境。中国农民的生殖观念，在此得到充分的彰显，而对于生儿育女的焦灼，也成为后来的《丰乳肥臀》《蛙》等作品的内在脉络。

　　此后，莫言的高密东北乡，一写再写，常写常新，持续三十余年而未有衰竭。他同时拥有两副笔墨，写实与传奇，循着这两条路径，进行高密东北乡的双重建构。祖先们的浪漫传奇，自由不羁，率性纵情，给生活在现实中的重重重负下的子孙后代，留下神往不已的向往和憧憬，也映照出子孙后代们生活的卑琐委顿。就以《秋水》和《白狗秋千架》的对比来说，爷爷奶奶所经历的，不仅是大洪水的滔滔滚滚，更是东方式的诺亚方舟，只不过它不仅普度众生，接纳了一切前来逃难求生的人们，还出演了一出侠女救人杀人，全凭一支枪的生死大戏，让人拍案惊奇。到了《白狗秋千架》，沉重的高粱秸秆压弯了暖的腰肢，远没有"爷爷开荒，奶奶捕鱼"这样轻描淡写地一笔带过，这样的劳动场景令人叹惋。出于务实的功利需要形成的爱情悲欢，也远没有爷爷奶奶的敢恨敢爱、能杀能生令人感到血脉偾张，痛快淋漓。暖对于生一个会说话的孩子的渴求，突破社会伦理的行为，固然非常难能可贵，勇气十足，但是她毕竟过多地遭受现实生活的局限，比起先辈们来，也难以比肩。

　　沿着祖先们的浪漫传奇的脉络，追索历史往事，莫言写出表现农民自发地投身抗日战场的《红高粱》、抵抗德国殖民者修建胶济铁路的《檀香刑》，他的第一部戏曲作品《锦衣》则是反映留日归来的学生在山东发起和参与辛亥革命的动人情景。

　　与先辈们的英雄传奇相对应，则是《枯河》《天堂蒜薹之歌》《蛙》等对现实世界的无情鞭笞。莫言对乡村的诅咒和厌恶，如同他的挚爱一样，无以复加。表现当代乡村生活的沉重悲凉，莫言写出表现现实中父子两代人激烈冲突的《爆炸》，报道官僚主义、主观命令和不作为导致"丰收成灾"引发官民冲突的《天堂蒜薹之歌》，以乡村致富前后和制假售假售卖注水猪肉为线索的《四十一炮》，由于计划生育政策带给人们生活与心灵急剧变化的《蛙》。

莫言的许多作品，《酒国》《丰乳肥臀》《生死疲劳》等，则是将历史与现实打通，写实与传奇交融，在同一部作品中实现了双线条或者多线条叙事，将写实、传奇、荒诞、魔幻、嘲讽戏谑等多种风格熔为一炉，构成作品的复杂内涵和磅礴融通的风格。

超越故乡：从故事到思想

爱之深，恨之切。正因为莫言将故乡情感推向了爱憎情仇的两个极端，也扩展了他的乡村情感的巨大表现空间。在《东方学》中，著名的学者萨义德这样说："一个人离自己的文化家园越远，越容易对其作出判断；整个世界同样如此，要想对世界获得真正的了解，从精神上对其加以疏远以及以宽容之心坦然接受一切是必要的条件。同样，一个人只有在疏远与亲近二者之间达到同样的均衡时，才能对自己以及异质文化做出合理的判断。"①而莫言，就是在这疏远与亲近之间，保持了最强烈的情感对立，形成了最强烈的心理距离，由此才可能解析莫言故乡营造的空间之广阔深邃的奥秘所在。

对于莫言，故乡是他的血地，是祖祖辈辈出生、成长和埋骨的地方，是少年人生经验的特殊场域。他初登文坛一鸣惊人的《透明的红萝卜》《枯河》《爆炸》等可以说是讲自己的故事，到《秋水》《红高粱》《蛙》等，是爷爷奶奶、姑姑和乡亲们的故事。莫言自己说，故乡是写不完的。②

乡土文学在中国新文学中源远流长。鲁迅开创了中国文学的乡

---

① （美）萨义德：《东方学》，王宇根译，生活·读书·新知三联书店2009年版，第331—332页。
② 莫言：《超越故乡》，莫言：《莫言散文新编》，文化艺术出版社2010年版，第16页。

村书写，并且在其创作中以未庄、鲁镇和 S 城的层级结构营建了浙东乡村的生活图画，开时代之先河。在百年间的中国乡村叙事中，对于某一特定乡村区域的刻意营造和持续书写，不乏其人。沈从文的湘西边城的蛮勇天真，萧红的呼兰河畔的凝重悲情，赵树理的太行山区的质朴诙谐，孙犁的荷花淀的融融诗意，周立波的洞庭湖畔的茶子花香，都在乡土文学版图上裂土封疆，"称霸一方"……还有二十世纪八十年代，在中国文坛风靡一时的福克纳的美国南方约克纳帕塔法县，马尔克斯的拉美小镇马孔多，伴随全球化浪潮涌入中国，给新时期的作家以很大影响，贾平凹的陕南商洛之雄秦秀楚的风情，阎连科的中原重地耙耧山脉的悲凉和抗争，张炜对胶东半岛的历史与山河的孜孜以求的书写，是为大者。

那么，在这样的格局中，莫言的旺盛的文学爆发力和持续性，是如何实现的？他如何在坚守乡土的同时又拓展乡土，使得高密东北乡的疆域，在有限与无限之间，日渐丰富和充实起来呢？

现实故乡和追忆故乡，是诸多乡土文学作家共有的情怀；莫言还有自己的独创性，他的想象力极强，故事充满想象性，他描写的故乡，突破了现实的疆域，通过想象故乡，拓展故乡，这让莫言多了一副描写故乡的笔墨，避免了一味铺叙、平面横推的惯性写作。情感的复杂交叠，扩展了莫言的故乡风景。

为了更好地说明莫言拓展故乡的方式，让我们对山东作家的两大重镇，莫言和张炜，做一个简明的对比。

莫言和张炜，都是书写地处胶东半岛的家乡风貌的著名作家，都是齐文化和蒲松龄的坚定的守护者，都对故乡故土一往情深，作品中融入浓郁的地域色彩，而且在 2011 年一道荣获大陆文坛的最高文学奖项——茅盾文学奖；莫言的获奖作品是《蛙》，张炜的获奖作品是《你在高原》，都具有浓郁的地方特色。但是两个人描绘乡土的方式各有不同。莫言是开疆辟土式的，一方面他是把发生于异地异乡的故事移到他熟悉的高密东北乡，如《天堂蒜薹之歌》。故事的题材是现实生活中发生的一个真实事件：1987 年，山东苍山县的数千农民，响应县政府的号召大量种植蒜薹，结果蒜薹到了收获季节却全部滞销，丰收成灾，县政府有关官员却对此不加理睬，对他们当初的号召动员无法做到善始善终。忧心如焚的农民自发聚集起来，包围县政府，砸了县政府的办公室，酿成震惊一时的"蒜薹事件"。莫言从一张《大众日报》的报道受到激发，唤起他为农民鸣不平争权利的激烈情感，放下手头正在创作着的家族小说，用短短三十五天创作出这部小说。在作品中，莫言把故事的发生地放在高密东北乡，把自己熟悉的乡亲们写了进去，把自家四叔因为遭遇车祸死亡却没有得到公正赔偿的故事也编织到《天堂蒜薹之歌》中，甚至还在其中设置了一个现役军官，在法庭上为被捕的农民做辩护人——这可以说是莫言把自己也写到了作品中，连其军校教官的身份，也叠合莫言在保定教导大队当教官的经历。莫言写这篇小说就是要为这些农民进行声辩。一方面，他借用活跃的想象力，为高密东北乡文学领地，增添了许多现实的乡土所没有的形貌和风俗，可以将现实中阙如的沙漠和山体、异乡异国迎接新年的乡俗划归本乡本土所有。写《生死疲劳》的时候，莫言写过很宏大的一个场面：2000 年的新年之夜，高密的县城的中心广场上，成千上万的老百姓都到这里来聚会，来迎接新年、倒计时，广场的上面有一座高高的铁塔，铁塔上面不断地变换着数字——倒计时记录新年的距离，而且天上飘着鹅毛大雪。但是事实上，真实的高密是从来没有出现过这样一个场景的，高密也没有这么大的一个城市广场。那么这个场面是哪里来的呢？是源于莫言 2005 年在日本北海道札幌市的中心广场上度过的新年之夜。莫言说："小说家的真正故乡和小说家笔下的故乡，区别是很大的。但是它的根是从真正的高密东北乡生长出来的。我就是这样东拿一点、西拿一点，再加上自己的加工、想象，就形成了自己的文学王国。"①

张炜的方式则是田野调查式的，他几次在胶东半岛行走考察，如论者所言，1988 年春天，张炜开始准备写作《你在高原》。他所

---

① 莫言谈创作："高密东北乡"，我创造的文学王国，http://www.sd.xinhuanet.com/2012-10/16/c_113388913.htm。

做的第一件事，就是重回胶东半岛，开始长达二十二年的旅居生活。值得注意的是，1991年《你在高原·我的田园》与1995年《你在高原·家族》出版时，都有一个副题:《一个地质工作者的手记》。此后，《你在高原》的单行本都有此副题。2010年，在十卷本《你在高原》准备出版时，张炜原定加上"一个地质工作者的手记"的副题，但出版社认为不够大气，并最终说服了张炜而删去。但张炜依然在序言中郑重其事地交代这就是一部"地质工作者的手记"。为了写作《你在高原》，张炜进行了一名地质工作者般的漫长行走，而做一名地质工作者，正是张炜源自童年的一个理想和情结，这也是他写作此书的初衷。①从这一点展开去，又会对乡土文学的建构有什么样的启示？

　　这种超越有限故乡的努力，不但是在故事和人物层面，更为重要的是，莫言在高密东北乡的拓展中，也拓展了自己的思想界面，建立了高密东北乡——中国历史与现实生活缩影——人类精神与情感的深刻显现这样的递进关系。

　　莫言的"高密东北乡"，具有充分的历史感，以小见大地折射出现代中国的风云画卷。在高密东北乡这片土地上，沧海桑田的时代变迁，乱世男女的悲欢离合，急骤变化的时代命题和多重现代性的交叠，农业文明向现代文明的巨大转型造成的数千年未有之大变局，涌现出众多的充满戏剧性的人物，发生了讲不完的乡村传奇故事。在众多作品的先后承接和交汇中，莫言将现代中国的风云激荡，从戊戌变法和义和团运动如《檀香刑》，到抗日战争和解放战争如《红高粱》，从土地改革以来农民与土地关系的变迁如《生死疲劳》，到计划生育制度的乡村投影和市场经济对乡村生态的侵蚀破坏如《蛙》，都浓缩在"高密东北乡"的土地上，而始自清末民初，终于二十世纪九十年代，时空跨度最大、人物和事件最为繁杂的《丰乳肥臀》，则是这些作品的经纬交织中最重要的一环。

---

　　①　郭帅:《张炜的行走体验与文学经验——兼及张炜研究的三个基本问题》，《扬子江评论》，2017年第3期。

更为重要的是，如何将高密东北乡的中国故事，接通世界各国的读者心灵，打动人类共同的情感，莫言在30余年的创作中，从自发到自觉，对这一目标的设定日渐清晰，路径日渐延伸。对此，我们可以从诺奖颁奖词中窥见一斑，看看瑞典文学院的教授们如何看取莫言的乡土故事的世界性元素：

> 在莫言的作品中，一个被人遗忘的农民世界在我们的眼前崛起、生机勃勃，即便是最刺鼻的气体也让人心旷神怡，虽然是令人目瞪口呆的冷酷无情却充满了快乐的无私。他的笔下从来没有一刻枯燥乏味。这个作家知道所有的一切，并能描述所有的一切，各种手工艺、铁匠活、建筑、开沟、畜牧和土匪的花招诡计。他的笔尖附着了所有的人类生活。……
>
> 莫言的家乡是一个无数美德与最卑鄙冷酷交战的地方。那些敢于去窥望的人，等待你们的将是一次踉跄的文学冒险。中国以及世界何曾被如此史诗般的春潮所吞噬？在莫言的作品中，世界文学发出的巨吼淹没了很多同代人的声音。①

大规模地展现百年间的乡土生活，隐秘的却是生机勃勃的农民世界，善与恶的悲剧性冲突、毁灭与喜剧性崩溃、虚无，最深重的苦难与最放纵的狂欢，农村劳动中的各种技艺等，中国元素、中国故事、中国特色、中国经验，这在二十一世纪初的世界文坛，确实是别具一格的，也是独领风骚的。也可以说，风景这边独好。

---

① 莫言诺贝尔文学奖颁奖词，https://www.douban.com/group/topic/ 9554 7105/。

第三章 奇想化的"战争启示录"：莫言战争题材小说研究

　　莫言的获奖，让人们再一次地关注中国文学的经验所在，其中也包括对他的若干与战争题材有关的小说的研究。说起来，莫言的作品中，与战争相关的不在少数，战争叙述，是其高密东北乡文学世界的重要组成，带给我们很多的"战争启示录"。但是，在谈论莫言的创作时，这一点却容易被忽略。究其实，莫言八十年代后期的代表作《红高粱家族》是正面地描写荡气回肠的抗日战争的，"我奶奶"倒在日军的机枪扫射之下，"二奶奶"更是受尽日军士兵凌辱而死；《丰乳肥臀》的开篇就是上官鲁氏临产、日本鬼子进村，接下来，从抗日战争到解放战争，金童的姐姐们的爱情和婚姻都深深地卷入了战争风云；《檀香刑》对义和团的战斗进行了浓墨重彩的摹写，孙丙就是义和团的头目之一；他还有数量不少的作品，如《战友重逢》《我们的七叔》《儿子的敌人》《野种》《人与兽》《断手》《凌乱战争印象》等，与战争密切相关，而《革命浪漫主义》居然把红军长征的故事也涵盖其中。此外，值得关注的还有他的"写绝对主观的战争"的主张，和"把淮海战役放到高密东北乡去打"的机敏，以及如何发挥自己的艺术想象力营造战争氛围的独创性，等等。早在二十世纪八十年代末，时为军事文学创作的开拓者和组织者之一的徐怀中（先后担任新组建的解放军艺术学院文学系主任、总政文化部部长等要职），就这样评价莫言的意义：

　　　　我曾经讲过一点意见，认为中国的战争文学有赖于两个轮子一起转动才能向前推进，一个轮子是有丰富战争经历的老作家，另一个轮子是没有过战争经历的中青年作家。战争文学要掀起新的浪潮，要有重大收获，在很大程度上要寄希望于中青年作家。说不曾经历过真枪实弹的战争便写不了战争，至少是不完全的，不确切的。我的这种看法，在莫言的"红高粱"系列小说问世以后，就更加确信无疑了。莫言一定会感到遗憾，他没有机会经受过血与火的考验，但他毫不犹豫地进入了战争领域，他的小说把战争生活奇想化了，许多奇想构成了一种战争生活的诗意。他的"红高粱"系列小说对于军事题材创作所带来的新鲜气息，怕要过若干年之后再回过头来看，才可能看得更清楚一些。山东高密县的那一片充满了神秘意味的高粱地，确实给我们提供了许多值得研究并亟待研究的东西。①

时光荏苒，许多年之后再来回望当初，关于"奇想化"和由此产生的"战争文学的诗意"，关于徐怀中就莫言战争文学创作提出的"值得研究并亟待研究"的问题，似乎并没有很好地得到解答。从宏观上讲，战争一直是作家们偏爱的题材，战场的形势瞬息万变、惊险至极，人们被一次又一次地逼迫到了绝境而又要寻找绝地逢生的拯救，个人、群体、民族、国家，都不得不做出断然的抉择，或彻底消亡，或柳暗花明，个性、民族性、人性、兽性，都得到了充分的展现，生与死，爱与恨，痛苦和狂欢，炼狱和天堂，给与和牺牲，都表现得淋漓尽致。战争，永远充满了戏剧性和想象力，让作家找到了驰骋才情的舞台。何况，现代中国就是经历了从鸦片战争以来长达一个世纪的战争硝烟，一次次强敌入侵、列强瓜分的危机，激发出浴火重生的浩瀚之气，战争的毁灭性灾难，成为民族自我更新的艰难洗礼。如同莫言所说："战争，即使不是人类历史的全部，也是人类历史中最辉煌、最壮丽的组成部分。战争荟

---

① 徐怀中为张志忠《莫言论》作的序言。张志忠：《莫言论》，中国社会科学出版社 1990 年版，第 6—7 页。

萃了最优秀的人才，集中了每一历史时期的最高智慧，是人类聪明才智的表演舞台。因此，从某种意义上说，历史就是战争的历史，文学也就是战争的文学。"[①]这显然是应该予以充分的重视，予以深度讨论的。

如何"写绝对主观的战争"

莫言提出"写绝对主观的战争"的主张，是在 20 余年前在西直门宾馆召开的一次关于战争文学创作的座谈会上，恰好，作为总政治部文化部的工作人员，那一次会议我也在场。

在那次会议上，一批新老作家们，不能不面对一个非常令人尴尬的话题：苏联的卫国战争进行了短短 4 年，但是，从战后到八十年代中期，苏联作家们写了足足 40 年，依照苏联文学史家的描述，先后经历了三次战争文学浪潮，产生了肖洛霍夫《一个人的遭遇》、贝科夫《方尖碑》、邦达列夫《岸》、华西里耶夫《这里的黎明静悄悄》等名作。比较起来，现代中国的战火硝烟，无论是其规模还是其时间跨度，都远远超过前者，但是中国的战争文学却远远比不上苏联的成就。这样的发问，似乎简单了一些，但是，以此反观二十一世纪的今天，它仍然有其锐利和伤害，让每一个致力于战争文学创作的人扪心自问，沉吟再三。

在那次会议上，我第一次见到了莫言，也听到了他的创作宣言：写绝对主观的战争。说起来，当时在场的多是已经有若干创作成就的资深作家，而莫言，还仅仅是写过《透明的红萝卜》的青年小子，他说一口带"地瓜味"的普通话，拿着几页事先写好的稿纸，拿腔拿调，咬文嚼字，一二三四地逐条宣讲，这和那些在这样的场合谈笑风生挥洒自如的前辈们形成鲜明的比照。莫言后来回顾说：

---

① 莫言：《读书杂感》，莫言：《小说的气味》，当代世界出版社 2004 年版，第 45 页。

当时我就站起来说:"我们可以通过别的方式来弥补这个缺陷。没有听过放枪放炮但我听过放鞭炮;没有见过杀人但我见过杀猪甚至亲手杀过鸡;没有亲手跟鬼子拼过刺刀但我在电影上见过。因为小说家的创作不是要复制历史,那是历史学家的任务。小说家写战争——人类历史进程中这一愚昧现象,他所要表现的是战争对人的灵魂扭曲或者人性在战争中的变异。从这个意义上讲,即便没有经历过战争的人,也可以写战争。"①

莫言可谓狂矣!在满座名家、如林高手面前,发表这样富有挑战性的言论,让那些自认为经历过战火硝烟因而也最有资格进行战争文学创作的老一代作家和走上过南疆前线的同代人如何着想?何况,在中国当代文学的传统中,一直强调的是现实主义,是源于生活高于生活,是以认识论为前提的;而胡风的"主观战斗精神"遭受的残酷批判,也让"主观"一词带有了负面的色彩。而且,在一向是以谨慎低调风格示人的部队作家中,总是先用作品说话,然后才有创作谈问世;现在忽然有人提出要写"绝对主观的战争",在尚未拿出有分量的作品之前,就高调地宣布自己的创作主张,众目睽睽之下,好大的胆子!密切地关注文学新潮的我,对于已经写出《透明的红萝卜》等作品的莫言有一定的研究,已经写出我自己最初两篇研究莫言的论文,但是,如何才是他所宣称的"绝对主观的战争",也不甚了然。想必对于在场的人,更是听得一头雾水、不知所云。

到后来,莫言没有刻意对此做出更多的解释,却也不经意地表述出他心中的榜样:太史公司马迁的《史记》。莫言说,《史记》,尤其是其中的霸王项羽,都是司马迁的独特创造,"是洋溢着主观

① 莫言:《我为什么要写〈红高粱家族〉》,莫言:《小说的气味》,当代世界出版社 2004 年版,第 17—18 页。

莫言文学世界研究

色彩的历史"。①莫言对司马迁的理解，大体不出李长之在《司马迁的人格与风格》中所强调的司马迁所体现的浪漫情怀、个性主义，把个人对历史人物评价的浓郁色彩融入对人物和事件的叙述之中，因此显得感慨不平、气势不凡。这为我们深化对"写绝对主观的战争"的理解提供了新的线索。历史尚且可以写得充满主观色彩，何况文学乎！由此，引发出莫言对战争文学的新的表述：

> 小说家观察战争的角度，研究战争的方法，必须不断变化才好。太史公是描写战争的大家，他是当然的战争文学的老祖宗。他也写战争过程，但他笔下的战争过程从来都是有鲜明的性格在其中活动的过程。我们都知道什么是好的战争文学，但我们写起来就忘了文学，忘了文学是因为我们忘不了政治。②

庆幸的是，莫言没有"写起来就忘了文学"，也没有令我们失望。为期不远，他就以《红高粱家族》一鸣惊人。《红高粱家族》的成就，不仅是说"我爷爷"余占鳌、"我奶奶"戴凤莲的生死传奇刷新、改写了习见的抗日战争小说的陈旧套路，它的叙述方式，它的语言修辞，都令人耳目一新。它和徐怀中的《西线轶事》、李存葆的《高山下的花环》、乔良的《灵旗》、朱春雨的《亚细亚瀑布》、张廷竹的《酋长营》等一道，形成了二十世纪八十年代战争文学的瑰丽风景。

著名文学评论家雷达，就非常激赏莫言《红高粱》中的个性燃炽和主观张扬。雷达指出，红高粱系列小说与我国以往战争题材作品面目迥异，它虽也是一种历史真实，却是一种陌生而异样的、处处留着主体猛烈燃烧过的印痕、布满奇思狂想的历史真实。就它的

① 莫言：《读书杂感》，莫言：《小说的气味》，当代世界出版社2004年版，第44—45页。
② 莫言：《读书杂感》，莫言：《小说的气味》，当代世界出版社2004年版，第45页。

情节构架和人物实体而言，也未必多么奇特，其中仍有我们惯见的血流盈野，战火冲天，仇恨与爱欲交织的喘息，兽性与人性扭搏的嘶叫。然而，它奇异的魅惑力在于，我们被作者拉进了历史的腹心，置身于一个把视、听、触、嗅、味打通了的生气四溢的世界，理性的神经仿佛突然失灵了，我们大口呼吸着高粱地里弥漫的腥甜气息，产生了一种难以言说的神秘体验和融身于历史的"浑一"状态。于是，我们再也不能说只是观赏了一幅多么悲壮的历史画卷，而只能说置身于一种有呼吸有灵性的神秘氛围之中。"所以，其深刻的根源乃在于作家主体把握历史的思维方式之奇特、之突兀：莫言以他富于独创性的灵动之手，翻开了我国当代战争文学簇新的一页——他把历史主观化、心灵化、意象化了。作品在传统的骨架上生长出强烈的反传统的叛逆精神；把探索历史的灵魂与探索中国农民的灵魂紧紧结合起来；于是红高粱成为千万生命的化身，千万生命又是红高粱的外显，它让人体验那天地之间生生不息的生命律动，并在对'杂种高粱'的批判里看得更加分明。"①

　　时至今日，对于"主观"云云，人们早已失去了当年的政治敏感和心理拒斥，莫言所说的经由相似性联想达致人性刻镂的路径，尚未过时。当然，莫言在创作实践中，不仅是通过相似性联想，更通过创造性想象，展现了自己的卓越才华，这才是他的出奇制胜的法宝吧。

"信史"与"心史"、"童心"与"奇想"

　　《红高粱家族》《我们的七叔》《儿子的敌人》《野种》《战友重逢》《断手》等，都是融入了莫言的高密东北乡的文学领地，有着浓烈的乡土文学气息的。徐怀中所言，没有战争经验的作家们，如何处

莫言文学世界研究

---

① 　雷达：《历史的灵魂与灵魂的历史——论红高粱系列小说的艺术独创性》，《昆仑》，1987 年第 1 期。

理战争题材，对作家们是一个挑战。莫言的应对，非常具有个人化色彩。

其一，他充分地发挥了地域文化的优势。《红高粱家族》所描写的那场击毙日军中将的伏击战，确有其事，史籍有载。这场战斗发生在一九三八年农历三月十六日，隶属国民政府地方管辖的抗日游击队曹克明部组织军民 400 余人，在高密县沙河公路孙家口村利用青石桥及周围的地形，伏击了由平度返回胶州的日军车队，毙敌 39 名，击毙日军中将中岗弥高，并缴获各种枪支 50 余支，子弹 1 万多发，同时有 10 余名伪军被俘。此役一举震动了胶东半岛。[1]而那个在《红高粱家族》中出现的因为枪支走火闹出大笑话，大叫"司令——我没有头啦——司令——我没有头啦——"的王文义，连姓名带细节都是现实中的真人真事。《野种》等作品表现的淮海战役等，山东军民贡献颇多，也有青史可鉴。从历史中发掘出丰厚的文学创作资源，让莫言的作品充满了历史的豪气。

其二，和那些直接在史料基础上进行某些剪裁、加工和提炼的写法不同，莫言对其进行了独特的改造，将其乡土化、农民化了。《红高粱家族》中墨水河大桥伏击战的指挥者变成了"我爷爷"余占鳌，一个为了"二奶奶"及其女儿的惨死进行复仇而自发地组织民众抗日的草莽英雄；他的队伍并非训练有素，完全是一群乌合之众，在日军久等不来之际军心涣散，使计划中的伏击战变成了仓促间的遭遇战。将国民政府方面的游击队打的胜仗，转交到桀骜不驯的农民领袖余占鳌麾下来打，稳操胜券变成了两败俱伤。这不但让故事有了新意，更吻合莫言要为农民在历史上和文学中争地位的深层心理。

进一步而言，乡土化、农民化，也有不同的方式，有人喜欢用民间化来描述莫言的创作，其实，莫言的创作，和通常所说的民间化也有很大的差异。在《红高粱家族》中，莫言就记述了民间化的

① 丛书莹、李淑芳：《高密孙家口伏击战》，《齐鲁晚报》，2012 年 8 月 9 日。也有人对是役是否击毙日军中将中岗弥高提出质疑，但对于莫言《红高粱》来说，这一细节无伤大雅。

莫言与当代中国文学创新经验研究

一种说法："为了为我的家族树碑立传，我曾经跑回高密东北乡，进行了大量的调查，调查的重点，就是这场我父亲参加过的、在墨水河边打死鬼子少将的著名战斗。我们村里一个九十二岁的老太太对我说：'东北乡，人万千，阵势列在墨河边。余司令，阵前站，一举手炮声连环。东洋鬼子魂儿散，纷纷落在地平川。女中魁首戴凤莲，花容月貌巧机关，调来铁耙摆连环，挡住鬼子不能前……'"①这才是真正的民间化吧。黑格尔说过，有什么样的人民，就有什么样的政府，那我们也可以说，有什么样的正史，就有什么样的民间化。许多时候，人们会有意无意地夸大正史与民间传说的不同，但是，由这位老太太的叙事可以看出来，这场战斗的主人公改变了，但是它对战斗的严酷性也大大地冲淡了。莫言的创作资源来自乡间见闻和传说，严格地说，他是在正史化和民间化之间，走出新的道路，否则，他的创作也就只能是介乎《林海雪原》《烈火金刚》之列，远远达不到现在的水准了。

其三，在处理这些史料的同时，莫言不是顺着写实的路子去展开，而是在从史料获得创作灵感之后，发挥自己天才的想象力，驰骋意气，挥洒才情，营造出神奇的文学世界。通过小豆官的眼睛，这场战斗被童心化了，因而也更加具有个性化色彩。莫言的创作特色之一，是大量地应用儿童视角。这种儿童视角，和通常的儿童文学不同，它不局限于儿童生活的界面，而是让这个孩子闯入成年人的世界，以一种幼稚的、充满了新鲜感的目光去看待未知的社会生活、未知的历史风云。诸多在成人看来日复一日、熟视无睹的自然的和生活的景观，对于刚刚打开全部的感官拥抱之的孩子看来，都是非常新奇的，在成人的思考中许多用简单的因果关系就能够说清楚的人和事，对孩子却是大惑不解，而非逻辑思维的发达，又使得孩子的感觉能力和想象力超乎成人。在此意义上，孩子的童心未泯，是更切近于重直感、重想象的一类文学的。对于战争，瞬息万变，纷纭莫测，在孩子眼中就更具有沉重而神奇的魅力了。在小豆

① 莫言：《红高粱家族》，上海文艺出版社 2012 年版，第 10 页。

官的世界里，这场战斗被碎片化了，因为他还没有建立起一种整体把握事物的能力，这正和文学的重细节刻画、重场景描述的特点相吻合；在小豆官的世界里，这场战斗被儿童化了，它的奇幻色彩和新颖表达，足以令读者拍案叫绝。

　　例如，长枪短枪驳壳枪，多少人有过握枪的经验。在年幼力薄的小豆官这里，却是独具感觉的特色："父亲伏在余司令身边，擎着沉重的勃朗宁手枪，手腕灼热酸麻，手掌汗水粘湿，手虎口那儿有一块肉突然跳了一下，接着便突突地乱跳起来。父亲惊讶地看着那块杏核大的皮肉有节奏地跳动，好像里边藏着一只破壳欲出的小鸟。父亲不想让它跳，却因用了力，连动得整条胳膊都哆嗦起来。余司令在他背上按了一下，那块肉跳动猛停，父亲把勃朗宁手枪换到左手，右手五指痉挛，半天伸不直。"[1]第一次上战场，成人也会感到恐慌，却不会直接表露出来，小豆官呢，却是如实道来，毫无顾忌："父亲把头使劲缩着，一种从未有过的冰冷从脚底上升到腹部，在腹部集合成团，产生强大压力，父亲感到尿急，尿水激得鸡头乱点，他用力扭动着臀部，来克制即将洒出的水。余司令严厉地说：'兔崽子，别动！'"[2]

　　如果说，儿童化的视角，使得这场悲壮慷慨的战斗显得摇曳多姿，童心盎然，那么，还有没有进一步发掘其内涵的可能呢？一向反对做"过度阐释"的我，也要冒一次探索的风险。莫言称赞司马迁笔下的霸王项羽，是个只注重过程，不计较结果，只追求纵情适意，不计较功利得失的孩子："这家伙从没用心打过仗。他打仗如同做游戏。这是一个童心活泼、童趣盎然的英雄……他不过江东，并不是不敢去见江东父老，这家伙是打够了，打烦了，他不愿打了。不愿打了，就用刀抹了脖子，够干脆，够利索。"[3]

　　在莫言看来，项羽之所以能够以这样的面目流传千年，与司马

---

①　莫言：《红高粱家族》，上海文艺出版社 2012 年版，第 57 页。
②　莫言：《红高粱家族》，上海文艺出版社 2012 年版，第 58 页。
③　莫言：《读书杂感》，莫言：《小说的气味》，当代世界出版社 2004 年版，第 44 页。

迁的精神状态密不可分。司马迁隐忍着宫刑的奇耻大辱发愤著书，是其易于被人们察觉的一个方面，他的另一个方面，与项羽相似，都具有勃勃童心。莫言对此，进行了一再的言说。与童心盎然相关的是童心所有的放纵恣肆，快意恩仇，并且由此导致历史叙述的主观化。这就引发出"信史"与"心史"的关系。在此难以细言。

不过，我们由此可以对上述的"主观化""奇想""童心化""心灵史"诸命题做一个梳理。"童心化"是个关节点，因为取童年视角，所以会带有很强的"主观化"的"奇想"；因为以童心去感应生活，又将心灵世界也折射出来，所以会将"信史"替换为"心史"。

文学故乡的双向拓展

莫言化解未曾经历的战争与自身经验的阻隔的再一个办法，如其所说，要把淮海战役放到高密来打，在自己所熟悉的环境中消解历史的距离。这样造成的效果是双向的，它既让作家在故乡的熟悉环境中找到了描写战争的灵感和对笔下人物的情感评价，又扩展了高密东北乡的文学视野，使其与更为阔大的世界产生沟通和融合。如同莫言所言："在《白狗秋千架》这篇小说里，几乎是无意识地写出了'高密东北乡'这几个字。后来成了一种创作惯性，即使故事与高密毫无关系，还是希望把它纳入整个体系中。但我也觉悟到一个问题：一个作家故乡素材的积累毕竟是有限的，无论在其中生活多久，假如要不断用故乡为背景来写作，那么这个故乡就必须不断扩展，不能抱残守缺炒剩饭。要把通过各种途径得到的故事、细节、人物等都纳入到故乡的范围里来。后来我给故乡下了一个定义：故乡就是一种想象，一种无边的、不是地理意义上而是文学意义上的故乡。"[1]在中国现当代文学的版图中，故乡记忆，是许多

---

[1] 莫言：《发明着故乡的莫言——与〈羊城晚报〉记者陈桥生对谈》，莫言：《说吧莫言：作为老百姓写作》，海天出版社 2007 年版，第 54 页。

乡土文学作家重要的创作资源。鲁迅的未庄—鲁镇—S城，沈从文的边城、沅江、水陆码头，汪曾祺的高邮水乡，刘绍棠的运河两岸风情，高晓声的陈家桥，路遥的陕北乡村，贾平凹的商州古地，各有千秋。但是，像莫言这样，不仅有写实性的追忆，还有着想象性的扩张，这对于乡土文学的写作经验，是极大的丰富。进一步而言，现实中的故乡印象，无论多么丰富多彩，它也有资源枯竭的时候，通过不断地扩展其文学空间和外部联系，却会让人灵感不绝。我们见到过这样的作家，他们的创作最初是以故乡（或者某一特定的情结）印记为标志的，因为熟悉和挚爱，情文并茂，感人至深。但是，在创作达致一个高峰之后，就难以为继，最初的激情奔涌过后，为情而造文，变成了为文而造情，新的创作题材的转换，可能会别开生面，却也可能成为难以化解的"瓶颈"，导致其兴也勃其衰也忽。而莫言的文学故乡的双向开拓，却让他的创作如水银泻地，不择地而涌流，总是处于满满的溢出来的状态。

《断手》和《战友重逢》是将战争与乡土连接起来，以质朴的泥土气息，农家子弟走上战场前后的心态描写，矫正二十世纪八十年代战争文学的"洋化"倾向，有着积极的建构意义。在其时，一批表现边境自卫反击作战的小说，着力于小规模的局部战争与宏伟的时代转型之间的关联，出于反思"文革"历史及其遗患的思考，出现了一批富有冷峻思索的时代气质的军人，他们的成长背景，多是城市和干部家庭；还有的作品，顺应时代对于军人知识化的要求，描写新到部队不久的院校毕业生，人物新颖，故事也容易展开；由于《巴顿将军》和苏联战壕文学派等作品的影响，那种带着"洋味儿"和大学生味儿的硬派小生，也流行一时。让其主人公在作品中炫耀其丰富的学识，从历史、哲学、美学，到诗词书画、交响音乐，颇为常见。很多人都没有觉察其中是否会有偏颇。但是，对莫言来说，如同他把孙家口伏击战改写为农民英雄余占鳌和他的队伍所为，他也非常敏感地看到这种"洋化"与中国军队现状之间的差异，看到出身农民的战士在此类题材中的失语。莫言肯定表现自卫反击作战的作品的成就说，自卫还击战在某种程度上，提高了军队的心理素质，反映这场战争的文学作品，也注入了比较强烈的当代意识。文学面对着这场小小的战争，进行了深入持久的探索，进行了幅员广大的非常有深度的思索。而"事情的另一方面，则表现在我们的自卫还击文学对中国当代的军人的心理和文化素质给予了过高的估计。因此，自卫还击文学中，就洋溢着强烈的洋味道。在某些作品的字里行间，表现出一种令人难以接受的虚假的骑士风度。这又为我们的战争文学的今天和明天埋伏下了巨大的陷阱。"①在这里，我们不拟辨析莫言的批评在多大程度上切中时弊。更需要关注的是，莫言用自己的创作，《战友重逢》和《断手》对此作出的回应。

《断手》的写作，是要打破那种"美女爱英雄"的浪漫主义或者伪浪漫主义，直面现实的残酷。"你说的跟电影上演的一模一样。""电影，电影全是演屁，光坏人死，不死好人，打仗可不一样，我们一连人只剩下七个，还是缺胳膊少腿，打仗，打仗可不是闹着玩的。"②男主人公、在战场上失去一只右手的退伍军人苏社，和他的穿着红袄绿裤、眼睛水汪汪的漂亮未婚妻小媞之间不经意的一段对话，撕开了经过艺术包装的战争与真实的战争之间的迥异。更残酷的是，苏社的军功章，抵挡不住世俗生活的价值取舍，小媞终于弃他而去，苏社也在现实中得到教训，并且在另一个残疾女性留嫚自强自立的榜样下振作起来，与留嫚一起走向月光下采桑。《战友重逢》将乡村的景象与战士的牺牲结合起来，钱英豪和华中光、姜宝珠等一群农村兵，家庭的穷苦让他们死后仍无法释然，身在烈士园中犹心中挂牵，乡村生活的困窘，衣与食的艰辛，在几个死者与生者的反复诉说中，强烈地凸现出来，今日读来，都令人怆然。同时，他们又仍然不失为优秀的士兵，虽然未必都立过战功，他们的军营生活，也有丰富多彩的一面，如钱英豪生前曾经和赵金

莫言文学世界研究

---

① 莫言：《战争文学断想》，莫言：《小说的气味》，当代世界出版社2004年版，第155页。

② 莫言：《断手》，莫言短篇小说集：《白狗秋千架》，上海文艺出版社2012年版，第229页。

一起在舞台上表演"吃黄豆"的节目而令人捧腹，钱英豪的青涩的爱情故事则令人叹惋。那个回乡之后落魄不堪的郭金库，也有其耿耿不灭的战士情怀。在莫言笔下，农家士兵战时和平时生活的苦乐辛酸的各个侧面，并不互相抵消，乡村的痛苦刻骨铭心，却也不就压倒一切，而是如同彩虹的七色一样，错彩流金，斑驳纷纭。乡村生活的印记，让这一群普通的默默无闻的士兵们血脉丰盈，非常有力道。

如果说，《断手》和《战友重逢》是从战场走向土地，是士兵还乡或者英魂还乡，尽显其乡村本色，《野种》《我们的七叔》《儿子的敌人》等作品，则是选取了高密的乡亲，作为战士、作为支前民工，走向战场，走向历史的硝烟的身影，从一个侧面接近战争的。从农民的际遇和感受去写战争，恰恰又成为莫言的擅长所在。

莫言写战争，不避其残酷、血腥的一面，《红高粱系列》中写到了"活剥人皮"、日军屠村、人狗大战；《野种》中写到支前民工为了把军粮送到前线，涉过齐胸口的冰冷彻骨的冬河，忍受饥饿的折磨（尽管他们的推车上就是满满的粮食），为了保护住自己的食物而射杀前来哄抢的饥民；《儿子的敌人》中的母亲，她的大儿子孙大林已经牺牲在战场上，小儿子小林还在部队当司号员，做母亲的唯一的希望就是小林能够活下来，但是小林的死讯却在枪炮声中传来……这样的酷烈，超过了我们的情感承受力，在在显示着历史的严峻和悲伤。

但是，莫言的作品常常会有奇思妙想，常常会以其放纵不羁的想象力导引出情感的转折，激起巨大的波澜。莫言说，他把那些童年听来的故事传说，都不由自主地编进了自己的家谱，童年的故事与自己的想象融为一片血红的红高粱。"这是我的想象。我的家乡有红高粱但却并没有血一般的浸染。但我要她有血一般的浸染，要她淹没在血一般茫茫的大水中。我的这个家乡是谁也不能侵入的。"①

---

① 赵玫：《淹没在水中的红高粱——莫言印象》，《北京文学》，1986 年第 8 期。

《野种》中的"我父亲"余豆官（和《红高粱系列》中的小豆官是同一人物，只是长大成人了）和《我们的七叔》中的"七叔"，都是淮海战场上支前有功的高密县民工，两个人的命运却是如此不同。余豆官在支前途中被误认为临阵脱逃面临枪决，他居然可以从民工连连长和指导员两人手中夺过枪支转败为胜而逃脱一死；更匪夷所思的是，他没有因此而逃离民工连，反而还自命为民工连连长，继续完成支前的使命，而且处处身先士卒，赢得人们的尊重和服从。"七叔"的故事主要是在战后展开。支前有功却没有得到实质性的奖励的七叔，虽然只是个普通农民，每逢国家规定的节假日，他就自行休假，还把战场上荣获的军装和奖章披挂出来，在人多处行走，"盛装游村"，令人感叹这是一个"奇人""怪人"。最奇的是《儿子的敌人》，部队上派人把孙小林的遗体送回家，母亲把孙小林的铜号抱在怀中："她感到那把军号就像一块烧红了的热铁，烫得手疼痛难忍，并且还发出了滋滋啦啦的声响。她感到自己的双腿就像火中的蜡烛一样溶化了，然后就不由自主地坐在了地上。她把烫人的铜号紧紧地搂在怀里，就像搂住了吃奶的婴儿。她嗅到了从号筒子里散发出的儿子的独特的气味。"[1]悲伤至极的情景是很难描写的，一把军号在此成了绝好的道具，也幸亏莫言的独特禀赋吧。

普遍人性对战争的超越

还有，在莫言这里，对待战争的态度是有很深刻的思考的，表现出情感的丰富复杂性。一方面，他不回避战争的残酷和仇恨，"我爷爷"余占鳌在与日军的殊死血拼中冷酷万分，他愤怒劈死向其举枪投降的日军士兵，他将战死的日军的生殖器割下来塞到他们的口中以泄心头之恨，如其在续写余占鳌在日本深山中逃亡故事的

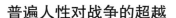

① 莫言:《儿子的敌人》，莫言短篇小说集:《与大师约会》，上海文艺出版社 2012 年版，第 268—269 页。

《人与兽》中所言："日本、小日本、东洋小鬼子，你们奸杀了我的女人，（枪）挑了我闺女，抓了我的劳工，打散了我的队伍，作践了我的乡亲，烧了我们的房屋，我与你们是血海般的深仇。"[1] "我爷爷"在北海道山林中流亡多年，几近野人，偶然遇到一位日本的青年妇女，一心要凌辱已经昏厥、失去抵抗能力的她以复仇泄愤，但是，在最后时刻，他戛然而止，停止施暴，面对这位女性的打着黑补丁的红布内裤，让他想到当年在红高粱地里与"我奶奶"戴凤莲"野合"时，戴凤莲穿的也是同样的内裤。在最疯狂的状态下，人终归还是人，而不是野兽。《丰乳肥臀》中写到了日军对村民的屠戮，上官氏家中的父子两代男人都在此时遇难；但是，在对具体人物的描写上，莫言谨慎地加以区别，让随着日军进村的日本军医为难产的上官鲁氏动手术接生，把双胞胎金童和玉女带到人间，为惨烈的场景留下一丝温馨。有人据此指责莫言对日本军医的描写是为日本军国主义脸上"贴金"，这样的批判貌似有理，却完全是用一个非常偏狭的视野，看待错综纠结的历史和人性，仅就《丰乳肥臀》而言，写中日民族之间生死相搏的笔墨淋漓尽致，金童在母亲怀中就跟着母亲逃难荒野，饱经战乱，怎么可能因为一个日本军医的善行就改变其对民族大义的彰显呢？《儿子的敌人》，更是展现了"渡尽劫波兄弟在，相逢一笑泯恩仇"的高迈。送到母亲身边的，因为忙中出错，竟然是国民党军队士兵的遗体，是"儿子的敌人"；但是，母亲推己及人，认下了这具尸体，并且为其清洗入殓，就是因为她看到了他和儿子一样的因为劳动而粗糙的双手，闻到了一样的大男孩身上的奶腥气，想到了另一位牵挂儿子的母亲，"爱吾爱以及人之爱"，得到了最充分的表现：

> 她把自己的眼睛几乎贴到了士兵青年的脸上，鼻子嗅到一股熟悉的奶腥气。她畏畏缩缩地将死者额上那绺头

发拢上去，看到他双眉之间有一个蓝色的洞眼，边缘光滑而规整，简直就像高手匠人用钻子钻出来的。接着她看到他的脖子上蠕动着灰白的虱子。她大着胆子，抓起了他的手，看到他的手指关节粗大，手掌上生着烟色的老茧。她心中默念着：也是个苦孩子啊！于是她的眼泪就如同连串的珠子，滴落在她自己和死者的手上。这时，她听到一个细弱的像蚊子嗡嗡的声音在耳边响起：

"大娘，我不是您的儿子，但我请您说我就是您的儿子，否则我就要被野狗吃掉了，大娘，求求您了，您对我好，我娘也会对您的儿子好的……"

她感到鼻子一阵酸热，更多的眼泪流了出来。她把脸贴到士兵的脸上，哭着说：

"儿子，儿子，你就是我的儿子……"①

这也许就是莫言多次讲到的，文学要表现普遍的人性，要超越有限的战争的功利性。这不但是莫言在获得诺贝尔文学奖之后才如是说，他在西直门宾馆的会议上已经涉及这一话题。就在2011年，他还有一次更为清醒和清晰的表示："中国当代文学作品，中国当代文学想要获得国外读者青睐，必须打破过去局限的立场，站在人类共同的立场上，去表现普遍人性。真正世界性的文学作品必须表现普遍的人性，才能引起世界各地读者的共鸣。"②

当然，莫言的选择只能是一种启示，而不是一种供人模仿的样板，表现战争和历史中的人性，也只是战争文学的一种视点。何况，齐白石老人有言，学我者生，似我者死。这也是学习和仿制的差别。关注当下军事文学状况，摹写现实和发挥想象力的两个方面的不足非常明显，莫言的"战争启示录"，有其现实的针对性吧。

---

① 莫言：《儿子的敌人》，莫言短篇小说集：《与大师约会》，上海文艺出版社2012年版，第72页。
② 《著名作家莫言：中国文学走向世界须表现普遍人性》，http://www.chinanews.com/cul/2011/06-25/3136866.shtml。

附：高粱为什么这样红：《红高粱》叙事艺术论

莫言于 1984 年秋入读解放军艺术学院文学系作家班，1985 年在中国作家协会主办的《中国作家》发表中篇小说《透明的红萝卜》，在文坛引起热烈关注，这一时期的代表作则是发表于 1986 年的《红高粱》。它不但是莫言创作第一个高峰期的标志性作品，也是中国当代文学的经典之作。时至今日，这也是莫言在本土与世界上流传最广、影响最大的作品；究其原因，它得益于张艺谋同名电影对小说的传播和扩散，电影的艺术语言要比文学作品更易于流传，同时，《红高粱》小说本身的鲜明特色，是其基本内核，这也是毋庸置疑的。

繁复交叉的叙事视角

《红高粱》发表于 1986 年第 3 期的《人民文学》。描写的是"我爷爷"余占鳌、"我奶奶"戴凤莲的轰轰烈烈的爱与死的故事。余占鳌和戴凤莲，在孔孟之道和包办婚姻盛行的胶东乡村，敢爱敢恨，奋不顾身地追求爱情自由和个性解放，开始了一场轰轰烈烈的爱情，并且有了一个小名叫豆官的儿子。戴凤莲在余占鳌和罗汉大爷的帮助下，把单家的红高粱酒坊经营得有声有色，非常兴旺。但是，日本侵略者的到来，彻底毁灭了他们的幸福生活。此时已经成为一支农民自发武装首领的余占鳌为报国恨家仇，在墨水河大桥伏击日军的车队。前来送干粮的戴凤莲倒在日军机枪的扫射中。乡亲们以低劣的武器与现代装备的日军血拼到底，除了余占鳌和小豆官，这支农民武装也全军覆没，与强敌同归于尽。但是，这场战斗也取得了重大胜利，击毙了日军中岗尼高中将，全歼了鬼子的车队，大快人心。

这是一个讲述中国农民爱与恨的故事，讲述中国农民在历史的灾难面前奋不顾身殊死抗战的故事，在作品的艺术表现力和讲述中国农民的历史贡献方面，都取得了非常重要的成就。《红高粱》的叙事特征之一，就是繁复交叉的叙事视角。叙事视角是文学叙事学中的重要术语，简而言之，就是谁在讲故事，以及伴随这讲述所渗透着的情感评价。叙事视角的不同，决定了故事的讲述方式与情感走向，而叙事视角的选取和变换，也是莫言艺术创新的重要方面。

《红高粱》是这样开头的：

> 一九三九年古历八月初九，我父亲这个土匪种十四岁多一点。他跟着后来名满天下的传奇英雄余占鳌司令的队伍去胶平公路伏击日本人的汽车队。奶奶披着夹袄，送他们到村头。余司令说："立住吧。"奶奶就立住了。奶奶对我父亲说："豆官，听你干爹的话。"父亲没吱声，他看着奶奶高大的身躯，嗅着奶奶的夹袄里散出的热烘烘的香味，突然感到凉气逼人，他打了一个冷战，肚子咕噜噜响一阵。余司令拍了一下父亲的头，说："走，干儿。"[①]

这样的开篇先声夺人，通过"我爷爷""我奶奶"的称谓，一下子拉近了叙事人与叙事对象的距离，在两者间建立起血缘关系，也让读者产生一种新异的亲切感——"我"在小说中出现，作为在场者，作为第一人称的叙事人，并不罕见，但是，站在二十世纪八十年代的时间点上，去讲述"我"尚未出生前的祖辈父辈的往事，而采用"我爷爷""我奶奶""我父亲这个土匪种"的口吻，在当时

---

① 莫言:《红高粱家族》，上海文艺出版社 2012 年版，第 1 页。

的文坛，却属于破天荒第一次，"说破英雄惊煞人"。这样的创新，类似于哥伦布的竖鸡蛋，但是，捅破这一张纸，却值得称赞。[①]

这样的开篇，建立起作品的双重叙事视角。第一种视角是"我父亲"的视角，十四岁的小豆官，跟着乡村自发武装的头领余占鳌去参加墨水河大桥伏击战，以一个少年人的稚嫩心态感受残酷血腥的战斗场面，体验他尚且未能充分理解的成人世界。比如说他叫作干爹的余占鳌，就是他的生身父亲，但他被蒙在鼓里，不明真相。第二种叙事视角来自故事的叙事人"我"，小豆官的儿子，余占鳌的孙子。在故事的进行当中，豆官只有十四岁，"我"就更没有资格和理由出现在现场。但是，作为比"我父亲"更幼小的一代，"我"却穿越历史而充当作品的一个叙事者，强词夺理，争夺话语权，表现出孩子的任性和懵懂，虽然无理，却也合情。而且，叙事人"我"是一个童言无忌的孩子，他竟然把自己的父亲称作"土匪种"，有一半是写实，一半是嘲弄，亦真亦幻地把读者带回到抗日战争初期的烽火岁月。

接下来，作品就沿着复杂的线索和多重视角叙事而展开。故事的起点，如前所述，是豆官在村口告别母亲戴凤莲，跟着余占鳌要去参加墨水河大桥伏击战，接下来，故事呈现出两条放射线：一方面，在顺时针展开的向度上，铺叙出豆官和余占鳌经历墨水河大桥伏击战的惨烈战斗过程；一方面又不时地回溯到从前，像电影中的闪回一样，补叙出余占鳌和戴凤莲的爱情往事，并且延展出墨水河大桥伏击战的前因后果。但是，豆官的视角毕竟有很多局限，无法充当一个从头到尾的故事的在场者。因此，作品又不动声色地采用了灵活多变的叙事视角，有的时候是"我奶奶"戴凤莲的主观视角，有的时候则是第三人称的全知叙事。再加上作品叙事人"我"对历史记忆和今昔对比多嘴多舌、妄加评议的线索。这个"我"，作为莫言的代言者，显然是出生于二十世纪五十年代的，把作品中他自

---

① 莫言用"爷爷""奶奶"和"父亲"的称谓写小说，始于《秋水》，但因为《秋水》发在一个较为偏僻的刊物上，所以没有引起及时的注意。《红高粱》誉满天下，这种称谓也因此引人瞩目。

己本来没有亲历过的事情，和他对于家乡、对于土地、对于自己的英雄前辈的评价和议论，时不时地夹杂进来，使得作品头绪繁杂，乱花迷眼。

这是"我奶奶"戴凤莲采用主观视角叙事而产生出来的一段文字：

> 父亲跑走了。父亲的脚步声变成了轻柔的低语，变成了方才听到过的来自天国的音乐。奶奶听到了宇宙的声音，那声音来自一株株红高粱。奶奶注视着红高粱，在她朦胧的眼睛里，高粱们奇谲瑰丽，奇形怪状，它们呻吟着，扭曲着，呼号着，缠绕着，时而像魔鬼，时而像亲人，它们在奶奶眼里盘结成蛇样的一团，又忽喇喇地伸展开来，奶奶无法说出它们的光彩了。它们红红绿绿，白白黑黑，蓝蓝绿绿，它们哈哈大笑，它们嚎啕大哭，哭出的眼泪像雨点一样打在奶奶心中那一片苍凉的沙滩上。高粱缝隙里，镶着一块块的蓝天，天是那么高又是那么低。奶奶觉得天与地、与人、与高粱交织在一起，一切都在一个硕大无朋的罩子里罩着。天上的白云擦着高粱滑动，也擦着奶奶的脸。白云坚硬的边角擦得奶奶的脸绰绰作响。白云的阴影和白云一前一后相跟着，闲散地转动。①

这是戴凤莲弥留之际，一会儿清醒、一会儿迷糊所产生的种种主观感受。首先是听觉，豆官跑走的脚步声转换为"轻柔的低语"，再逐渐过渡到"天国的音乐"，然后去追索声音的发源处，"一株株红高粱"，于是将叙事焦点集中于红高粱上，从戴凤莲的眼中和耳中，刻画出红高粱生命力强悍而至于扭曲变形色彩变幻的形象。白云擦着脸角的感觉，进一步拉近了她与高粱和蓝天的距离。这样的描写非常别致，又切合戴凤莲身负重伤生命垂危之际感觉紊乱的规

① 莫言：《红高粱家族》，上海文艺出版社 2012 年版，第 67—68 页。

定情境。

在《红高粱》中，有"我"的叙事视角，"我父亲"的叙事视角，有"我奶奶"的叙事视角，这就是通常所说的主观受限叙事。它的好处是可以作为故事的在场者和当事人，直接地讲述自己的所见所闻所思所感，可以自由表达自己的情感和思绪；它也有限制，就是只能讲述自己接触过的人和事，眼界有限，难以一览全局。于是，作为全知叙事人的"我"就被赋予了新的功能，作为后来人和事件的调查者，可以摆脱主观视角地讲述故事，许多时候又悄悄转入全知全能的第三人称客观视角，从宏观角度去展现全景画面和故事全貌。

依照研究叙事学的中国学者申丹所言，无论是在文字叙事还是在电影叙事或其他媒介的叙事中，同一个故事，若叙述时观察角度不同，会产生大相径庭的效果。英国学者帕西·卢伯克在《小说技巧》中指出，"小说技巧上错综复杂的问题，全在于受视角的支配，即作者同故事之间的关系问题"，将叙事视角置于更为重要的地位上。反之，对小说的叙事特征的分析需要费一点力气。尤其是在文学和文化都进入了快餐式消费的当下，人们习惯了没有难度的阅读，习惯了顺顺溜溜一条线讲到底的故事。但是正像柏拉图所说，"美是难的"。审美鉴赏能力并非不学而能，也不会一蹴而就，要领会作家的独特创造和艺术创新，就需要读者的自我提升和艺术观念的更新。

这种叙述视角的变化，使莫言争得了表达的自由，纵横捭阖，皆为文章。此后，他还在"我""你""他"等各种人称，孩子、动物、亡灵等叙事角度等方面，继续进行顽强的探索。而这一切，就是从《红高粱》开始的。

童心盎然与丰盈感觉

由小豆官的叙事视角，引申出《红高粱》的第二个特征，就是童心和童趣的介入，对战争岁月残酷场景的强化与弱化。作为故事的主要叙事人，十四岁的豆官是以幼小懵懂的心灵进入这场残酷无比的战争的。所谓强化，是以孩子的脆弱幼小的心灵，去感知那些连成年人也难以承受的苦难，让豆官亲眼目睹对罗汉大爷的活剥人皮的酷刑，亲历红高粱地里日军对村民的大屠杀。这样的场景处理，先排除了豆官在第一时间辨认出罗汉大爷的可能，饱经日军暴力摧残的罗汉大爷，失去了其基本特征，也失去了生命的能力，以"被打烂了的人形怪物"出现在豆官的视野里，抑制了豆官的情感活动，用一种不动声色的冷峻描写，揭示出日军的嗜血暴行和罗汉大爷的悲惨境遇，而在读者的阅读中产生修正和补充，产生恐惧和震撼。

所谓弱化，则是在战场军情瞬息万变的紧张焦灼中，让不谙世事的豆官，以自己特有的心态，节外生枝地改变作品的叙述氛围，张而能弛，调节故事的节奏，如临战前豆官的紧张状态既可笑又可怜——

　　　　已经听到了汽车嗡嗡的吼叫声。父亲伏在余司令身边，擎着沉重的勃朗宁手枪，手腕灼热酸麻，手掌汗水黏湿，手虎口那儿有一块肉突然跳了一下，接着便突突地乱跳起来。父亲惊讶地看着那块杏核大的皮肉有节奏地跳动，好像里边藏着一只破壳欲出的小鸟。父亲不想让它跳，却因用了力，连动得整条胳膊都哆嗦起来。余司令在他背上按了一下，那块肉跳动猛停，父亲把勃朗宁手枪换到左手，右手五指痉挛，半天伸不直。①

明明是因为握枪时间过久用力过度导致的手指颤抖和痉挛，豆官却不明真相，"惊讶地看着那块杏核大的皮肉有节奏地跳动，好像里边藏着一只破壳欲出的小鸟"，这个细节发生在日军军车已经

---

① 莫言:《红高粱家族》，上海文艺出版社 2012 年版，第 57 页。

接近埋伏地点、战斗即将打响之际，它调节了作品的凝重和炽烈，由童心而产生谐趣。

孩子的目光，从《透明的红萝卜》开始，在莫言的作品当中，就形成一种先后相承、不断采用的叙述视角。不管作品讲的是什么年代，讲的是什么样的故事，儿童的参与，儿童的观察和思考，都给这些作品带来了一种别致的、对读者有很多的诱惑力的艺术元素。比如说，在《红高粱》当中的小豆官，如果把这个人物拿掉，这个作品的主体恐怕不会受到大的伤害，但是恰恰是由于小豆官的在场、评述，不谙世事又强作解人，使得这个作品非常生动，非常鲜活，使这个故事有了一种童心童趣。

童年视角的引入，也拓展了莫言小说的艺术表现力。一个少不更事的孩子闯入成年人的世界，以一种幼稚的、充满了新鲜感的目光，去窥伺和探索未知的社会生活。诸多在成人看来日复一日、熟视无睹的自然的和生活的景观，对于刚刚打开全部的感官拥抱生活的孩子看来，都是非常新奇的，在成人的思考中，许多用简单的因果关系就能够说清楚的人和事，对孩子却是大惑不解，不知究竟；非逻辑思维的发达，又使得孩子的感觉能力和想象力超乎成人，色彩、画面、声音、气味、触觉、质感，以致真幻莫测，现实与想象，都交织在一起。进而实现了感觉的陌生化，感觉的更新，化熟识为新奇。如同俄罗斯的文艺理论家什克洛夫斯基所说的那样："艺术之所以存在，就是为使人恢复对生活的感觉，就是使人感受事物，使石头显出石头的质感。艺术的目的是要人感觉到事物，而不是仅仅知道事物。艺术的技巧就是使对象陌生，使形式变得困难，增加感觉的难度和时间长度，因为感觉过程本身就是审美目的，必须设法延长。"（《作为技巧的艺术》）

在日复一日的生活中，人们逐渐钝化了先天的各种感觉，对诸多事物都熟视无睹，失去感知和想象的兴趣；越来越发达的理性，无论是工具理性还是价值理性，都倚重于人们的理性能力，也将丰盈的感知能力贬斥为低级的能力，这显然是错误的，大错特错。马克思就说过，人以其全部的感觉，感知世界，感觉能力的丧失，是资本主义畸形生产造成的人的异化的一种表征，人的全部感觉能力的恢复和张扬，则是人的解放的一种标志：

> 私有财产不过是下述情况的感性表现：人变成了对自己说来是对象性的，同时变成了异己的和非人的对象；他的生命表现就是他的生命的外化，他的现实化就是他的非现实化，就是异己的现实。同样，私有财产的积极的扬弃，也就是说，为了人并且通过人对人的本质和人的生命、对象性的人和人的作品的感性的占有不应当仅仅被理解为直接的、片面的享受，不应当仅仅被理解为所有、拥有。人以一种全面的方式，也就是说，作为一个完整的人，占有自己的全面的本质。人同世界的任何一种人的关系——视觉、听觉、嗅觉、味觉、触觉、思维、直观、情感、愿望、活动、爱——总之，他的个体的一切器官，正像在形式上直接是社会的器官的那些器官一样，是通过自己的对象性关系，即通过自己同对象的关系对对象的占有，对人的现实的占有；这些器官同对象的关系，是人的现实的占有；这些器官同对象的关系，是人的现实的实现，是人的能动和人的受动，因为按人的方式来理解的受动，是人的一种自我享受。[①]

如果说，马克思是在批判资本主义原始积累阶段的累累罪恶的同时，愤怒控诉其对劳动者的全面异化，包括对人的感觉的钝化与剥夺，毁弃劳动者的创造欲和愉悦感；那么，二十世纪后半期的西方马克思主义理论家马尔库塞，则是马克思这一命题的反转，他从批判发达资本主义对人性的扭曲，塑造"单向度的人"入手，提出了从激发人们的新感性为起点，从人性的解放达致社会的解放；马

[①] 马克思：《1844 年经济学哲学手稿》，马克思、恩格斯：《马克思恩格斯全集》第 42 卷，人民出版社 1986 年版，第 123—124 页。

尔库塞在谈到对"单向度"的人的解救时，提到了对于一种新的感受力即"激进的感性"的创建问题。[1]只有从这样的高度，才能够充分地评价莫言创作中感性丰盈的意义所在吧。

"红高粱精神"与种的退化

《红高粱》叙事的第三个特征，是将写实与象征结合起来，浓墨重彩地建立了"红高粱精神"的总体象征。

《红高粱》中，我爷爷我奶奶的故事都发生在高粱地里：我奶奶在出嫁的路上遭遇高粱地里跳出来的土匪的劫财劫色，是充作抬轿子的轿夫的余占鳌挺身而出，英雄救美；余占鳌和回娘家路上的戴凤莲在高粱地里野合狂欢，情定终身；鬼子要修胶平公路而踏踩毁坏农民的高粱地，犯下累累罪行；戴凤莲为余占鳌的农民游击队送干粮突遭日军车队机枪扫射而血洒高粱地；日军为了报复墨水河大桥伏击战而大开杀戒，众多乡亲的血将高粱地浸泡得如同烂泥……

与此同时，红高粱又被凝聚成精神图腾，成为中国农民为了抗争险恶环境、保卫自己生存权利的一种象征，成为高密东北乡大地的宝贵精神遗产。

著名文学评论家雷达称赞"红高粱精神"说：

> 一方面，它是人与自然契合冥化的象征：红高粱是千万生命的化身，千万生命又是红高粱的外现，天人合一，相生相长，让人体验那天地之间生生不息的生命律动，从而引向人与自然、生命与地域的重叠、合影、浑一的魂归自然和宇宙之故乡的境界。另一方面，也是较为显

① （美）赫伯特·马尔库塞：《审美之维》，李小兵译，广西师范大学出版社 2001 年版，第 124 页。

露的一面，它又是历史与现实契合的象征：象征坚韧，象征不屈，象征苦难，象征复仇，象征英雄主义，象征纯朴而狂放的道德，一句话，象征伟大民族的血脉、灵魂和精神。①

"红高粱精神"针锋相对的，不仅是当年本土的和东瀛的邪恶势力，还包括了生活在当代的"我"——故事的叙述者，在现代生活中失去了父辈祖辈的英雄血性和抗争精神，日渐异化而委顿琐屑的当代人："他们杀人越货，精忠报国，他们演出过一幕幕英勇悲壮的舞剧，使我们这些活着的不肖子孙相形见绌，在进步的同时，我真切感到种的退化。"

什么是"种的退化"呢？就是人们常说的"一代不如一代"，欲望的恶性膨胀与生命力的衰退，斗争性的丧失与英雄禀赋的阙如。在余占鳌和戴凤莲的风流史和英雄史中，常常冒出来作为他们的后人和故事讲述者的"我"的失落和惆怅，这才是前面所讲到的，是"我"之所以反复出现在作品中的深意所在。在"最能喝酒最能爱，最英雄好汉最王八蛋"的前人面前，"我"不由自主地感到自己的渺小和可悲，是一个"可怜的、屠弱的、猜忌的、偏执的、被毒酒迷幻了灵魂的孩子"。

莫言指出，非但是人的种族在发生着惊人的又不为人所察觉的退化，连自然界也在蜕变和萎缩。壮丽血海般的红高粱被丑陋的杂种高粱（杂交高粱）替代了。这是源自丰富的乡村生活经验的写实，只有亲历过北方的高粱种植史的农民才能体会到。二十世纪七十年代，为了提高粮食产量，曾经大面积推广名为"杂交五号"的新的高粱品种。它产量高，却形象差，如莫言所描写的那样，面目丑陋，个头比本地高粱矮了一大截，穗头不红不绿，磨出面粉涩巴巴的，口感极差；最重要的是它自身无法完成物种传承，年年都要人

①　雷达：《历史的灵魂与灵魂的历史——论红高粱系列小说的艺术独创性》，《昆仑》，1987 年第 1 期。

工育种，缺少自然物种顽强繁衍自身的生命力。

这也是与"红高粱精神"相对比的一种象征，"种的退化"。社会进化，人类文明，都是由低级向高级发展的，但是，它也带来了另一面——随着现代科学技术和社会组织的高度发展，人的生命活动领域和活动强度都正在愈缩愈小，人与自然的相亲相和的关系、人的生命的自然状态，都被破坏了；舒适的生活条件，给人们带来了各种享受和安逸，却也容易使人沉溺于安乐。马克思的异化理论所批判的，劳动者与劳动对象的关系的异化，人际关系的异化，人的本质的异化，则为"种的退化"提供了坚实的理论基础。

于是，在先辈的辉煌壮烈和"我"的自惭形秽的对比中，"红高粱精神"迸涌而出。对《红高粱》做一些细读，可以发现，在作品的展开中，红高粱精神就像音乐作品中的主题一样，经过了呈现、展示、反复、回环，而逐渐地凝聚成一个宏大的意象，喷薄而出。

中国经验：生命的英雄主义与生命的理想主义

在后辈儿孙的心目中，在乡土大地的流传中，余占鳌和戴凤莲的英雄传奇，璀璨炫目，唯情唯美，带有极为强烈的艺术想象和艺术的冲击力。如作品所言，他们不仅是抗日英雄，而且是个性解放爱情自主的先锋。这样的农民形象，有别于鲁迅笔下的阿Q、闰土和祥林嫂，麻木不仁地苟活于屈辱的困境之中，也有别于沈从文笔下那些像无知无识的小动物般在明净山水中生活的翠翠和三三们；他们有生命的血性，有勇敢的叛逆，有创造自身的新生活同时也创造时代创造历史的强大能力。他们的行动，也许没有启蒙主义知识分子的高远理想，但是，他们却有着雄厚的历史传统和大地野性，敢爱敢恨，能生能死。就像余占鳌和当地农民的奋起抗日，不是因为政治动员和民族大义的召唤，而是来自他们的切身体验，日军对占领区民众的蹂躏、奴役和杀戮，情同自家人的罗汉大爷的惨死；就像那个质朴愚钝的农民王文义，三个儿子都被日军战机炸成了碎块，此仇不报，何以为人？

纵观莫言的创作，歌颂中国农民源自质朴生命的英雄主义、理想主义，是其中的一条主脉。莫言对乡村的书写，对乡土大地原生态的英雄主义、理想主义的歌颂，是有厚重的历史底蕴的，就是农民的信念、农民的执着、农民的质朴，中国农民强悍的生命力。一个民族，一个国家，几千年农业文明的传统文化延续下来，历史的真正践行者和历史主体应该讲是广大农民。在现代历史进程中，我们看到，中国的农民再一次爆发出了强大蓬勃的生命力，抗日战争，解放战争，农民组成的小米加步枪的军队，战胜了装备精良的部队。改革开放新时期，先是各地农民自发地包产到户，敢为天下先，后是几千万农民工进城，创造了一座座现代都市的崛起。中国这 100 年历史的进程，就是农民一次又一次地迸发出强悍坚韧的生命力，壮士断腕，凤凰涅槃，才推动了历史，创造了历史，改变了中国的命运，也改变了农民自身。

从这个层面来讲，莫言的小说正好印证了中国农民强大的生命力、创造力，生生不息，追求不已。他在很大的程度上塑造和强化了二十世纪中国农民的形象，农民的苦难和农民的追求，尤其是生命的英雄主义、生命的理想主义。这就是文学化了的中国特色中国经验。

第二编　作品新论（下）：
责任·母性·人生如戏·劳动美学

第四章　"天堂"与"酒国"：新闻、责任、结构

对当下的现实生活的密切关怀，对切近的各种社会现象的强烈的爱与憎，是莫言创作的一个重要支点，也常常会由此触发他的创作冲动。莫言的两部直接关注社会现实的长篇小说，《天堂蒜薹之歌》和《酒国》，就是根据两则新闻报道写成的。

作家的写作，是从现实生活的体验和观察中汲取灵感，是以丰富多彩的现实生活作为其创作的源泉的。对生活变迁敏感觉察而富有深刻思想能力的作家，更是经常地会从真实的新闻报道中，得到创作的启示，激发创作的冲动。俄罗斯的伟大作家列夫·托尔斯泰，被列宁称为反映俄国革命的一面镜子，他的《复活》的创作缘起，就是来自当年的关于一桩刑事案件的社会新闻，然后砥砺十年，得以完成《复活》的创作。中国当代作家中，由社会新闻提供了创作机缘而写出力作的也不为少见。例如王安忆的长篇小说《长恨歌》《遍地枭雄》《匿名》。《长恨歌》的缘起来自这样一条司法犯罪类新闻，报道一位曾经在二十世纪四十年代后期大上海选美活动中当选为"上海小姐"的女性，在一桩入室盗窃案中被杀害，这激起王安忆的好奇，这位在时代更迭之际昙花一现的美丽女性，后来在历

史的沧桑巨变中是如何默默地生活了数十年呢？由此引申出王安忆书写上海世事变迁和思考市民文化的兴趣，写成获得"茅盾文学奖"的长篇小说《长恨歌》。她还根据一桩抢劫出租车的案件，写出《遍地枭雄》；根据一条报道大学教授意外失踪的消息，写出《匿名》，表现出王安忆点石成金的杰出创造力。

那么，莫言根据新闻消息创作《天堂蒜薹之歌》和《酒国》，又表现出哪些创作个性呢？同样是根据社会新闻写小说，和王安忆相比，莫言的敏感和用力点在哪里呢？

社会责任与农民本性

莫言的《天堂蒜薹之歌》的创作冲动，来自当年报纸上关于山东苍山县的"苍山蒜薹事件"的一条新闻，县政府官员引导农民种蒜薹，到蒜薹丰收出现滞销的时候，官员们却不闻不问不作为，乃至以权谋私扰乱市场，使农民受到严重损失，引发农民包围并且打砸县政府办公楼的群体事件。刊登在山东省报《大众日报》上的这一即时新闻，吸引了莫言的关注。莫言1986年发表《红高粱家族》系列小说，受到好评如潮，本来想再接再厉地写作新的家族小说，这一条新闻，却将莫言的创作路向引向现实关怀。

关于《酒国》的创作起因，是莫言读到过一条花边新闻：一个企业的工作人员，处境窘迫，却因为酒量好，喝不醉，被领导安排做了单位从事公关工作的陪酒员，专门陪同外来的领导和客户喝酒。这样的社会现象，在二十世纪九十年代初期被看作是"趣闻"，并不特别醒目；直到后来，陪领导饮酒致死的事件屡有发生，餐桌上的腐败愈演愈烈，这才有痛加针砭的八项规定强力出台，严加监管，从根本上遏止这一歪风。莫言却从这条新闻中敏感地觉察到"风起于青萍之末"，将这一丑陋现象进一步夸张、荒诞化，写出了《酒国》。对《酒国》的创作缘起和思想蕴涵，莫言说，"这部小说是 90 年代对官场腐败现象批判的力度最大的一篇小说"。[1]

王安忆的《长恨歌》《遍地枭雄》《匿名》，其新闻本身，犯罪与死亡的情节，都有些"奇观化"：当年的"上海小姐"，在茫茫人海中销声匿迹多年，遭遇凶杀而身亡，才浮出水面，让人揣想其当年的风光一时，这自然会让人猜测其生命的轨迹（《长恨歌》）；出租车遭遇劫匪抢劫，其中的原因不外乎见财起意，铤而走险，但是，作为被害人的出租车司机却也转身加入劫匪团伙，就匪夷所思（《遍地枭雄》）；大学教授可以算是社会中坚人物，却没有多少大财，其年龄、身份、地位等，均与社会犯罪问题相距较远，教授莫名其妙地失踪，费人猜想因果何在（《匿名》）。王安忆将法制新闻事件文学化的方式是，将可能的跌宕传奇改写为朴实的世道人心，从个人性中发掘出一种普遍性，就像她写《长恨歌》中的女主人公王琦瑶，就是很好的例子，是将曾经雄踞于二十世纪前半期世界五大都市之一的大上海之繁盛，与改革开放初期，在深圳和广东崛起之比较中，把上海衰败如美人迟暮之感叹，融化到作品中。大上海的今昔变化与普通市民的俗世悲欢，是她关注的焦点。在时间轴上，则经常是回溯式的，由当下回望过往，今昔对比，不堪回首。

新闻报道带给莫言的兴奋点，则是从中捕捉到社会的某些新动向，由偶然事件发现现实生活中的新苗头新趋势，从民众利益遭受各级腐败官员的损害着眼，表达自己的愤怒与批判。"苍山蒜薹事件"发生时并不具备轰动效应，新闻传播的速度与规模也远非当下的网络时代可以相比；但是，在后来的若干年间，因为利益冲突引发的群体性突发事件屡屡发生，越来越引人注目，而在如何处理应对此类事件上，应对失措、引发激烈反应者不在少数，才见出《天堂蒜薹之歌》的警示作用。从纵饮伤身和吃喝风兴起，到餐桌腐败的势头大作，引起全社会的侧目而视，也有一个演变过程，今日回

---

[1] 莫言：《我的文学经验》，http://www.360doc.com/content/15/0521/17/25 407297_472244588.shtml。

望，《酒国》的前瞻性不可小觑。莫言的敏感睿智，不能不令人叹服。

由此见出王安忆和莫言的分野。王安忆的创作激情，更关注于新闻事件的趣味性与文学创作本身。莫言的社会良知更为本色，因为看到对农民利益的侵犯，拍案而起，写出《天堂蒜薹之歌》；因为感到大吃大喝腐败之风的日渐严重，对其后果忧心忡忡，发愤著述，乃有《酒国》。

莫言在与学者王尧的对话中说道："《酒国》这部小说最早的动机还是因为强烈的社会责任感……我觉得我还是一个有几分血性的农民，在小说里有强烈的干预社会的意识。"①

文学干预社会现实，在中国大陆曾经是一种重要的创作倾向。从二十世纪五十年代中期，所谓"百花时代"兴起的"干预生活"的文学思潮，到新时期伊始"流放者归来"重拾旧帜再度活跃在社会现实之批判的前列，皆可为证。但是，随着"寻根文学"和"先锋文学"兴起，文学回归自身的呼声日渐高涨，继之而生的"新写实小说"则是把视线聚焦于平常琐碎的柴米油盐日常生活，到写作《天堂蒜薹之歌》的年代，文学干预社会生活已成不合时宜的口号。而莫言，却是任由淳朴的乡村情感驱遣自己的笔，愤怒出诗人，为农民兄弟鼓与呼。2005年，莫言回顾这次写作，就坦言自己的逆潮流而动，"进入二十世纪八十年代以来，文学终于渐渐地摆脱了沉重的政治枷锁的束缚，赢得了自己的相对独立的地位。但也许是基于对沉重的历史的恐惧和反感，当时的年轻作家，大都不屑于近距离地反映现实生活，而是把笔触伸向遥远的过去，尽量地淡化作品的时代背景。大家基本上都感到纤细的脖颈难以承受人类灵魂工程师的桂冠，瘦弱的肩膀难以担当人民群众代言人的重担。创作是个性化的劳动，是作家内心痛苦的宣泄，这样的认识，一时几乎成为大家的共识。如果谁还妄图用作家的身份干预政治、幻想

① 莫言：《在文学种种现象的背后》，莫言：《莫言对话新录》，文化艺术出版社2010年版，第87页。

着用文学作品疗治社会弊病，大概会成为被嘲笑的对象。但就在这样的情况下，我还是写了这部为农民鸣不平的急就章。"①

新闻、故事、小说的辨析

新闻为作家的创作提供了有益的启示，但是，从数十字、数百字的简明新闻，脱化出来数十万字的长篇小说，这不仅仅是篇幅的扩展、内容的铺排，更为重要的是，新闻具有时效性和敏感性，时过境迁之后，它就很快失去关注的价值，文学则不然，它将社会事件和历史痕迹鲜活地保留下来，从而得到长久的生命。它是如何实现这种转化的呢？

德国现代思想家、美学家瓦尔特·本雅明有一篇著名的文章《讲故事的人》，关于新闻、故事、小说的意义辨析非常精彩。本雅明指出，故事在现代遭遇到严峻挑战，新闻取代了前者的人际交流、社会交流的作用。这是因为我们所获知的事件，无不是早已被各种解释所穿透。讲故事的艺术有一半的秘诀就在于，当一个人讲述故事时，无须对故事的各个方面做出解释。最特殊的事情，最离奇的事情，都可以讲得极精确，但事件之间的心理联系却没有强加给读者，读者尽可以按自己的理解对事情作出解释，这样，叙事作品就获得了新闻报道所缺少的丰富性。②故事的消失，让本雅明甚为叹息。

举个直观的例子，我们每天都会听到数量巨大的社会新闻，在传播手段已经发展到互联网和微信推送的时代，你喜欢什么样的新闻，都会很容易被新闻推送者测度出来，定向地发送给你。但是，这些新闻大多是过眼烟云，稍纵即逝，淹没在无数的垃圾信息中。

---

① 莫言：《天堂蒜薹之歌·新版后记》，莫言：《天堂蒜薹之歌》，上海文艺出版社 2012 年版，第 330 页。
② （德）本雅明：讲故事的人——尼古拉·列斯科夫作品随想录，https://www.douban.com/note/202379763/。

但我们少年时代听过的故事，看过的电影，孙悟空、丑小鸭、哈利·波特，却会长久地留在记忆中，久久难忘，耐人回味。

在这样的比较中，本雅明感叹信息时代对文学的冲击和消解，追思故事和小说的丰富而久长的艺术魅力。

莫言对于新闻与文学、社会批判与艺术创造之间的差异，是有非常清醒的认识的。在诺贝尔文学奖获奖演说《讲故事的人》中，莫言就讲述了自己如何从新闻获得灵感，而进入文学创作的场域，建造自己的"天堂"的——

> 我在写作《天堂蒜薹之歌》这类逼近社会现实的小说时，面对着的最大问题，其实不是我敢不敢对社会上的黑暗现象进行批评，而是这燃烧的激情和愤怒会让政治压倒文学，使这部小说变成一个社会事件的纪实报告。小说家是社会中人，他自然有自己的立场和观点，但小说家在写作时，必须站在人的立场上，把所有的人都当作人来写。只有这样，文学才能发端事件但超越事件，关心政治但大于政治。[1]

以上这段引文，讲的是文学创作的双重超越，既要超越新闻事件的深度有限稍纵即逝，还要超越政治批判的情感过烈，影响艺术品格的酿造。情感过烈，会让人急于倾诉和抨击，却可能对文学性有所伤害。莫言的选择，则是在社会批判与文学创造之间实现一种均衡，强化作品的文学特性。

莫言对文学性的追求，大体分为三个方面：第一，要有血肉丰满的人物形象；第二，要有个性鲜明的叙述语言；第三，要有匠心独运、足以表现作家的思想和才华的作品结构。在《天堂蒜薹之歌》和《酒国》中，这三个方面在作品中都得到了积极的展现，将新闻报道、社会批判都融入文学创造之中。

① 莫言：《讲故事的人》，《当代作家评论》，2013 年第 1 期。

莫言文学世界研究

《天堂蒜薹之歌》的四重叙事结构

让我们从《天堂蒜薹之歌》和《酒国》的生成开始讲起。依据两条社会新闻，要脱胎换骨成为长篇小说，转换的方式各有其特点，又是相向而行的。

从"苍山蒜薹事件"到《天堂蒜薹之歌》，作家要全力解决的难题，是如何将一个规模较大、参与人数众多的群体行为，分解到具体的人物形象上，将事件的发生发展，与人物的命运和情感、长期的积郁和瞬间的爆发、偶然的刺激与必然的冲突都结合起来。这可以说是"大事化小"。从陪酒员的自述到《酒国》，则是"由小见大"，把一个人的荒唐经历扩展为一群官员、一座城市、一个时代的荒诞故事，更难以处理的则是，给这些荒诞行为提供一个自我辩护其存在合理性的逻辑。

莫言在处理相应难题时，创造性地拓展了结构的功能，用独特的叙事结构，实现了文学的转化。在《天堂蒜薹之歌》中，他建构了一座"农民法庭"，让相关人员将同一个事件讲了四次，既凸显了莫言为农民辩护的激情，又借此展开了乡村生活和农民命运的长卷图画，在一个更为广阔的背景中，带领读者走近这一桩群体事件，看清楚它的来龙去脉。在《酒国》中，莫言将"酒国"的故事在不同层面上展开，让不同的人讲述不同的见闻和故事，在虚虚实实、真真假假中，揭示出"酒国"的纵深曲折。

从物质短缺的计划经济时代进入物质生产高度发达的市场化时代，我们多次听到农村卖粮难、卖生猪难、卖蚕茧难、卖蔬菜卖水果难的新闻，但对此类事情没有切肤之痛。《天堂蒜薹之歌》却把这种现象，连同它的枝叶根梢，连同它渗透的痛切情感，置于人们面前，使人们真切地感受到广袤大地的欢喜与忧伤、爱悦与憎恶。在《天堂蒜薹之歌》中，莫言用文字建立起一座独特的"农民法庭"，代表农民，发出了愤怒的控诉。

在这座"农民法庭"上，莫言让现实中处于弱势地位的农民，沉默的大多数，尽情地诉说他们的伤心事。作为事件中与农民处于对立地位的政府官员和有关人员，他们是直接造成大量蒜薹滞销的责任人，是群体事件的前因，也是事件发生后主导事件处理的当权者，但是，在莫言笔下，他们或者只是被派作招手即来挥手即去的角色，或者始终没有出面。在这一事件中，他们的作用无疑是重要的，在作品中，他们却只是被置于被告席上，既无机会表现其内心情感，又无权利为自身辩护。这表现出莫言毫不掩饰的真情实感：他的感慨，他的悲愤，他的思绪，完完全全地和那些在这一事件中受到严重的经济损失和精神挫伤的农民融合在一起，一旦他们的利益受到外部力量的损害，他就几乎是情不可遏地拍案而起了。

作品的本身写的是愤怒的农民在打砸县政府之后由被捕到受审的一段时间中发生的事情，在作品中，却完全翻转了原告与被告的关系，申诉与宣判都互换了位置。作为受害人的农民，登上了控诉人和辩护人的席位，他们的声音，回荡在作品始终。为了强化受害人的地位和力量，为了强化起诉词的雄辩性，莫言把同一个故事讲了四遍，构成了作品的四条线索。

而且，通过这四条线索的交织，莫言在政治与人性之间、现实与文学之间，实现了积极而有效的融合。

《天堂蒜薹之歌》的第一条线索，是民间说唱艺人、同时也是事件的鼓动者的盲人张扣的唱词。事情发生后，愤懑的张扣，把它编成了一个完整的故事，巧妙地把天堂县种蒜薹的根由、蒜薹滞销时群众的愤怒情绪、肇事始末勾勒出一个轮廓，使读者对这一事件有大致的整体印象。

作品的第二条线索，主要叙述人是农民高马、高羊以及四婶、金菊，从个人命运、个人情感的角度叙述了这一事件的形成。张扣的演唱带有概括性、普泛性，高马等的个人悲欢正是在此基础上展现出来的，两种叙述角度相得益彰。高马等人既是作为这一事件的参加者来叙述他们的感知，却又并不拘泥于此时此地，而是把对事件的回溯与个人的命运、情感等交织起来，扩充了作品的艺术容量，也增强了小说之以人物描写为中心的功能。为了将新闻事件文学化，莫言将蒜薹事件的发生地，乾坤大挪移地搬到了家乡高密，化陌生为熟悉；他还将自己的四叔死于意外车祸又得不到应有的经济补偿的伤痛故事写入作品，丰富了作品的生活界面，深化了作品的情感蕴涵，给四婶的奋起抗争提供了充足的理由，充足的合法性。四婶一家，先前曾借助于掌权者之威力而镇压女儿金菊与高马的相爱，在蒜薹滞销时，却不仅是在经济上受损，更有甚者，四叔冤死在乡干部夜送蒜薹的车轮下，女儿金菊在绝望中自杀，儿子们则为一点可怜的家产闹分家，亲人的死亡和家庭的崩溃，促成四婶去参加打砸县政府机关的行为，向权力进行疯狂的报复。被毁灭的爱情、被毁灭的家庭、被毁灭的生活希望，如迸发的岩浆，有着巨大的摧毁力破坏力。

第三条线索，莫言把自己也写入了作品，现身说法，就是小说中那位为其农民父亲充当辩护人（实质上也是为众多农民辩护）的青年军官。张扣的唱词是从事件本身的形成和民众心理的激变复述它，高马等人的叙述是从个人命运的角度回溯它，青年军官则是从政治的、历史的角度剖析它。他的叙述虽然很短，却极有力量，对中共十一届三中全会以来农村的变化与新的矛盾，对一名当年的支前功臣变成打砸县政府的罪犯的因果关系，对"天堂蒜薹案"所含有的警示意义，他都作了犀利深刻的分析。可以说，这在很大程度上也是莫言的思考，是他对农民和时代、经济和政治的关系的思考。

但是，这还不是事件的结束。还有第四条线索，报纸上的长篇报道，对事件的起因到对有关人员的处理，形成对此事件的第四次讲述；它的公文写作法，它的冷静的口吻，它的权威发言人的态度，从与前三种叙述都不相同的党政机关和新闻媒体的角度，把这一事件又梳理了一遍。

四种叙述角度，表现出与此事有关的各个方面的不同态度、不同身份背景，表现出叙事人在这一事件中充当的不同角色、不同利害关系，每一种叙事都是带有相当的情感色彩——报社记者的客观冷静的笔调也是一种情感，充当主要叙事人的高马、高羊等的叙述，则是在事件的有限框架内尽可能地拓展了表现个人命运和个人情感的文学功能。

这样，四种叙述，从不同的角度，照亮了蒜薹事件，它的主线则是高羊、高马、金菊、四婶们的现实经历，蒜薹事件反过来成为乡村农民在新形势下遭遇新的挫折的一个聚焦点。

《酒国》：三个层面的分离、错舛与穿越

莫言写长篇小说，是非常注意其结构艺术的，因之被戏称为"结构主义者"（文艺理论家赵勇语）。在同代人作家中，创作长篇小说卓有成就者不在少数，但是，就长篇小说的结构艺术而言，莫言的刻意求新、别出心裁，无人能及。他的长篇小说，几乎每一部都有对结构艺术的探索，每一部在结构营造上都不会雷同。时间与空间上的跳脱挪移，叙事人和叙事视角的摇曳多姿，故事脉络的切割与补叙，都是莫言惯用的常规手段。更为奇特的是：在《丰乳肥臀》的故事讲完之后，方才补叙母亲上官鲁氏与诸多男子野合求子的往事，消解笼罩在母亲身上的神圣灵光；在《檀香刑》中，将作品分为"凤头""猪肚""豹尾"三部，又仿照生旦净末丑的戏曲方式安排人物的角色设定和表述方式；《生死疲劳》的拟章回体与众声喧哗的嘈杂怪诞，以及首尾相衔接的叙事口吻……而且，莫言对结构艺术孜孜探索的自觉，也是可圈可点的：

> 结构从来就不是单纯的形式，它有时候就是内容。长篇小说的结构是长篇小说艺术的重要组成部分，是作家丰沛想象力的表现。好的结构，能够凸现故事的意义，也能够改变故事的单一意义。好的结构，可以超越故事，也可以解构故事。前几年我还说过，"结构就是政治"。如果要

理解"结构就是政治",请看我的《酒国》和《天堂蒜薹之歌》。我们之所以在那些长篇经典作家之后,还可以写作长篇,从某种意义上说,就在于我们还可以在长篇的结构方面展示才华。①

如果说,在莫言的诸多长篇作品中,结构的意义都不可或缺,对于《天堂蒜薹之歌》和《酒国》,它更具有决定性的作用,决定了作品如何从浅显直白的新闻报道生发为厚重蕴积的艺术作品。如果说,莫言写作《天堂蒜薹之歌》的时候,正是现代派、先锋文学吸引眼球之际(路遥《平凡的世界》问世之后遭受冷遇,即可为证),而莫言也曾经以《透明的红萝卜》《红高粱》等被视为先锋一脉,《天堂蒜薹之歌》的现实转向,不能不令人称奇;那么,二十世纪九十年代初,市场化时代拉开大幕、金钱效益搅乱人心,先锋文学已经成为明日黄花,莫言却又一次逆流而行,在某种意义上将《酒国》写成了"先锋文学大全"。

在莫言的作品中,《酒国》具有承前启后的意义,在热烈拥抱现代世界文学而推进自己的艺术探索上,它几乎是走得最远的,山重水复,乱花迷眼,一时间让中国文坛面对这样的作品而"失语",问世几年间,都很少有什么反响。

《天堂蒜薹之歌》中,四重叙事结构,线索清清爽爽,讲的是同一个故事。《酒国》的故事,围绕着酒宴和"吃人"的故事而展开,它的叙事层面,非常繁复,既各自分离,又互相穿越,真幻莫测,扑朔迷离。

其一,小说的第一个层面,是省检察院的特级侦察员丁钩儿,奉命到一个叫作"酒国"的城市,调查当地烹食婴儿的骇人罪行。丁钩儿是深受领导器重的优秀人才,却又是一个难以遏制自身欲望的中年男人。他在搭车前往"酒国"市的途中,就被一位年轻貌美的女司机所吸引,对其进行骚扰挑逗,两人关系暧昧不清。接下

① 莫言:《捍卫长篇小说的尊严》,《当代作家评论》,2006 年第 1 期。

来，在执行任务中，他被当地官员的热情和美酒所击中，丑态百出，笑话不断，在一系列匪夷所思的遭遇中，因为醉酒而坠入茅厕，在粪坑中溺毙。

丁钩儿的故事，围绕着各种酒宴而展开，这让我们想到前些年愈演愈烈的公款宴请和酒桌上的腐败风，也庆幸在八项规定的严厉监管下终于刹住的大吃大喝不良风气。因此可以说，《酒国》是得风气之先，是中国大陆最早的反对餐桌腐败的小说。身负重任前来侦破要案的丁钩儿，却迅速地毁灭在"酒国"市的欲望之海中，让人惊叹腐败吞噬良知的巨大能量。

然而，莫言的雄心远不止如此。豪饮和暴食，让我们联想到文艺复兴时期的法国作家拉伯雷《巨人传》中的饕餮盛宴。不过，庞大古埃们的狂饮，被解读为是从禁欲主义挣脱之后，欲望的狂欢和求知的激情。在莫言这里，"酒国"市的盛宴，却是充满了人心的扭曲和世道的堕落的。

其二，《酒国》的第二个层面，是一位名叫李一斗的业余作家，在不断地向一位名叫"莫言"的作家写信，表达自己的崇拜之情，也一篇接一篇地把自己的短篇小说寄给"莫言"，请他指教，也请他帮助推荐发表。李一斗的真实身份，也非常独特，他是"酒国"市的酿造学院勾兑专业的博士生，也是丑陋现实的无情的揭示者。他不仅痴迷于文学创作，还带着强烈的批判精神，写出了一系列的短篇小说，用一种亦真亦幻的方式，揭示"酒国"市的吃人的盛宴：在经济利益推动下，"酒国"市盛行烹食幼儿的恶习，并且形成了食婴的产业链，一些贫寒人家靠出售婴儿改善家境，学院里则有专门研究制作食婴菜肴的专家，餐桌上，不但有美酒佐餐，还有美女助兴……一桩桩令人发指的食婴罪行，在这里大行其道。

这样的故事，充满了玄幻色彩；而且，李一斗写的一组短篇小说，刻意模仿各种小说样式，从《肉孩》对鲁迅的《药》的仿写，到李一斗自命为"严酷现实主义""妖精现实主义""魔幻现实主义""新现实主义""革命现实主义与革命浪漫主义相结合"的各种体式，似乎是对二十世纪八十年代文学新潮的回顾总结，却又让人有忍俊不禁的快感。

李一斗的故事，因为是以写小说的方式在进行，它拥有更为洒脱的想象的空间。一方面，它和侦察员丁钩儿奉命前来侦破的食婴案相互呼应，外来人丁钩儿煞费苦心而无法揭露的真相，在本地人李一斗这里，却是轻而易举地击中要害，廓清全貌；一方面，正是因为这些文字是李一斗的小说，它轻而易举地揭示的现实，与层层遮蔽的现实之间，到底是什么关系，又非常耐人寻味。

多线条的叙事结构，在《天堂蒜薹之歌》中是指向同一个中心事件的，彼此之间并没有相互的错舛悖反。在《酒国》中，多线条的叙事结构，却显露出彼此之间的相互矛盾，同一性在这里失去了其不可动摇的地位。如果说，侦察员丁钩儿只身前来探案，以侦探小说的方式，给《酒国》打开了现实生活的层面，为作品与现实的关系奠定了坚实的基础；那么，李一斗的系列小说，就是在强化和证明丁钩儿的一系列奇遇的真实性的同时，也对食婴事件之有无，做出相互背离的叙述——丁钩儿在酒宴上见到的"红烧婴儿"大餐，是用各种食材做成婴儿的模样，虽然非常恶劣，但吃人的事情显然不属实，事出有因，查无实据。李一斗的小说，却从"肉孩"的饲养、收购，到制作、烹饪，都有非常切近的描写。如果一定要从中寻找一个确切的说法，那就像鲁迅的《狂人日记》一样，吃人的事实未必是真的，吃人的心思却在美酒佳肴的包装下被显露出来。否则，就不会有"酒国"市的餐桌上的创造了。

小说的纠结，并没有到此为止。作品的第三个层面，作家莫言的存在，也是云山雾罩，疑点重重。丁钩儿掉进粪坑溺毙的荒唐结局，显然移用了莫言幼小年纪不慎落入粪坑的切身经验；被李一斗所崇拜的"作家莫言"，也和现实中的莫言有所近似：他写过脍炙人口的《红高粱》而名满天下，也因为写了与酿制高粱酒有关的撒尿情节而遭遇莫名其妙的纠纷；李一斗甚至还建议有关部门把"作家莫言"作为人才引进到"酒国"市。于是，《酒国》中的"作家莫言"很容易就被与现实中的莫言画上等号。

但是，对"酒国"市发生的一切仅仅是通过和李一斗的通信往来加以了解的"莫言老师"，作为一个局外人和旁观者的"莫言老师"，在作品结末处的第十章里，也前往"酒国"市，他走出火车站的时候，却想到了他正在写作的小说的情节，想到丁钩儿的溺毙于粪坑中的命运能否有一些改善的可能。却原来，丁钩儿和"酒国"市，都是"莫言老师"笔下正在进行的一部作品中的内容，它和李一斗的小说一样，属于作家的创作而非现实生活中发生的情形。这就颠覆了我们在阅读《酒国》过程中建立起来的基本判断，让我们发现这不过是"满纸荒唐言"，纯属虚构，想到《红楼梦》中的那副对联：假作真时真亦假，无为有处有还无。更为诡异的是，"莫言老师"穿越了。作为丁钩儿故事的撰写者，他走进了自己虚构出来的"酒国"市，穿越了文学创作与现实生活的边界，一个作家本来在写一部子虚乌有的作品，最终却现身于自己建构起来的作品中。

下面就是"莫言老师"来到酒国市的所见所想，一边观察市容，一边回想如何完善修改丁钩儿的故事，两条线索交错穿插：

> 李一斗，这个稀奇古怪的人，究竟是什么模样？我不得不承认，他一篇接一篇的小说，彻底改变了我的小说模样，我的丁钩儿本来应该是个像神探亨特一样光彩照人的角色，但却变成一个彻头彻尾的酒鬼窝囊废。我已经无法把丁钩儿的故事写下去，因此，我来到酒国，寻找灵感，为我的特级侦察员寻找一个比掉进厕所里淹死好一点的结局。①

读到此处，我们才恍然大悟，上了"莫言老师"的大当。丁钩儿从最初的闪亮登场，到最终的不堪死亡，从我们的阅读经验看，都是文学对现实的一种仿真式的写作，是对于丑陋现实的无情鞭

莫言文学世界研究

---

① 莫言：《酒国》，上海文艺出版社 2012 年版，第 312—313 页。

答。却原来，丁钩儿并不是从生活中走出来，而是"莫言老师"正在构思中的一部作品中的人物。

那么，全部《酒国》，就值得重新洗牌，重新解读。而李一斗和他的系列小说，原先被我们认作是强化和证明了丁钩儿的一系列奇遇的真实性，在"莫言老师"的叙述中，他似乎是和"莫言老师"在进行写作比赛，而且还误导了"莫言老师"的写作趋向，影响了丁钩儿的命运走向。于是，一系列的疑问纷纷涌现："莫言老师"煞有介事地与李一斗讨论小说写作与当下的文学语境，显然是一个事业有成、名满天下的大作家的气派，但是，在暗地里，他却在阅读李一斗的系列短篇小说的同时，自己也在进行小说创作，还不由自主地受到李一斗的影响，让自己的写作向后者的故事靠拢。本来是被崇拜被模仿的对象，却暗中在靠近他的模仿者崇拜者，那么，在李一斗和"莫言老师"之间，二者到底是什么关系？在丁钩儿的探案和李一斗的小说中，都讲到了"酒国"市的食婴，李一斗明确地说他的《肉孩》就是模仿鲁迅先生，让人联想到鲁迅提出的中国传统文化"吃人"的命题。但是，"莫言老师"来到之后，才发现李一斗这位一心要担当正义审判的使者，进入了"酒国"市委宣传部，成为该市丑陋喧嚣的现实的一位鼓吹宣扬者。更令人难以理解的是，丁钩儿本来是"莫言老师"构想的小说中的人物，他的故事也尚在写作中；但是，出现在丁钩儿故事中的其他人物，余一尺，金刚钻，都参加了欢迎"莫言老师"到访的活动。"莫言老师"的到来，本来是要为他构想中的小说增补一些灵感和素材，但是，他比丁钩儿更缺少自律性，丁钩儿在被强行推向酒桌时，还念念不忘自己的职责所在，念念不忘食婴罪案，这当然是"莫言老师"为他设计出来的，"莫言老师"自己呢，比丁钩儿更缺少必要的定力——他赋予丁钩儿的种种性格缺陷，他自己一样不少。他没有像丁钩儿一样，初到"酒国"市，就和漂亮的女司机拉拉扯扯，但心中的欲望却让他蠢蠢欲动；在酒桌前，他更是缺少必要的清醒，在美女副市长的敬酒面前，不堪一击，全线崩溃，拜倒在石榴裙下。

由此而言，《酒国》精心营造的叙事结构，在"莫言老师"现身之际出现了逻辑关系上的扭曲、错层和崩溃，与之相对应，在现实生活层面，则是市场拜金主义、官场腐败、官商勾结和人心沦丧造成的价值观念的扭曲与消解吧。

第五章　从《枯河》到《丰乳肥臀》：
母亲与她的孩子们

　　莫言的作品中，写乡土，写古今，写得最富有感情投入的，是母亲与她的孩子们。

　　母亲的伟大，在于为了孕育新的生命、哺育新的生命，为了自己的也是人类的后代的无私付出和自我牺牲。俄罗斯文学大师高尔基说过：没有妇女，就没有爱；没有母亲，既没有英雄，也没有诗人。高尔基自己，就写过一部名为《母亲》的长篇小说，描写一位因为对自己的儿子巴威尔满心挚爱而追随儿子走上革命道路的英雄母亲，被列宁称作是一部"非常及时的书"。

　　莫言的小说，塑造了众多的、形象各异的母亲。随着时光的流转，他对于母亲形象的理解，也日益深化，日渐丰富。

审父情结、叛逆姿态与《枯河》《欢乐》

　　在二十世纪八十年代的作品中，母亲的陌生和疏远，在莫言的《枯河》中表现得淋漓尽致。小男孩小虎子，因为在玩耍中从树上坠落，砸伤村支书的女儿，得罪了足以决定全家人命运的权势人物村支书，在被村支书暴打痛殴之后，回到家中，又遭受父亲和兄长的暴力摧残，他满心希望一向对他疼爱有加的母亲能够搭救他，没有想到的是，母亲也向他痛下杀手，让他彻底绝望于人世——

　　　　母亲戴着铜顶针的手狠狠地抽到他的耳门子上。他干嚎了一声。不像人能发出的声音使母亲愣了一下，她弯腰从草垛上抽出一根干棉花柴，对着他没鼻子没眼地抽着，棉花柴哗啷哗啷地响着，吓得墙头上的麻雀像子弹一样射进暮色里去。他把身体使劲倚在墙下，看着棉花柴在眼前划出的红色弧线……①

莫言在这一时期的创作中，总是站在儿童本位的立场上，对于乡村中的父亲母亲都进行了无情的谴责和批判：《透明的红萝卜》中的小黑孩，父亲是个不负责任的人，远行他方，一去不复返，继母则是个偏心眼，只疼爱自己亲生的孩子，对小黑孩的冷暖和疾病不闻不问；《罪过》中的母亲，在小福子溺水死亡后，她的情感都转移到大福子身上，转而向一向被忽略和冷遇的大福子表达母爱，大福子却记恨她此前对待两个孩子的厚此薄彼，一碗水端不平，拒绝她的疼爱，"我用力挣扎着，娘的手像鹰爪子一样抓着我不放松。我低下头，张开嘴，在娘的手脖子上，拼出吃奶的劲儿，咬了一口。我感觉到我的牙齿咬进了娘的肉里，娘的血又腥又苦"②；《球状闪电》中的父亲母亲，则是因袭了乡村文化的保守落后，在儿子的婚姻上固执己见，在乡村劳动经营方式上拒绝新的生产方式……

这一时期的《红高粱》，是莫言的代表作，戴凤莲是其中最为醒目的人物形象。但是，在作品中，她突出地表现出来的，是反叛封建礼教，挣脱"父母之命，媒妁之言"的包办婚姻，追求个性解放的生命野性，她作为豆官的母亲的一面，着墨不多，相应失色。《金发婴儿》中也有一位瞎眼婆婆，孙天球的母亲，她在作品中的叙事功能，却是儿子孙天球因为在外当兵不能顾家，在家乡娶了个并没有夫妻感情的媳妇紫荆，以照顾母亲，并且以此成为故事的悲剧结局的导因：紫荆移情别恋，和村中的青年黄毛相爱，生了一个

① 莫言：《枯河》，莫言短篇小说集：《白狗秋千架》，上海文艺出版社2012年版，第181—182页。
② 莫言：《罪过》，莫言短篇小说集：《白狗秋千架》，上海文艺出版社2012年版，第295页。

莫言文学世界研究

男孩，怒火中烧的孙天球失手扼死了这个金发婴儿而被送上法庭。《欢乐》中的母亲，在小儿子齐文栋看来，既可悲又愚昧，既可敬又污秽，从肉体到灵魂都全面扭曲，母亲的尊严感和神圣感荡然无存。那个引起了诸多愤怒与抨击的段落，可恶的跳蚤在母亲的衰老身体上直到其阴毛与生殖器的部位爬行的文字，确实惊世骇俗，情感强烈的笔触，纤毫毕露的描写，抑扬顿挫的节奏，以及预设的自我辩护，都让人无法扭过脸去避而不见。

> 不是我亵渎母亲的神圣，是你们这些跳蚤要爬，爬！跳蚤不但在母亲的阴毛中爬，跳蚤还在母亲的生殖器官上爬，我毫不怀疑有几只跳蚤钻进了母亲的阴道，母亲的阴道是我用头颅走过的最早的、最坦荡最曲折、最痛苦也最欢乐的漫长又短暂的道路。不是我亵渎母亲！不是我亵渎母亲！！不是我亵渎母亲！！！是你们，你们这些跳蚤亵渎了母亲也侮辱了我！我痛恨人类般的跳蚤！写到这里，你浑身哆嗦像寒风中的枯叶，你的心胡乱跳动，笔尖在纸上胡乱划动……①

《欢乐》的叛逆性是双重的。它颠覆了慈祥可亲神圣的母亲形象，也在语言和叙述上让读者大吃一惊，不容回避的场景，长达7万余字而不分段落和章节一气呵成。《欢乐》给莫言引来相当大的麻烦，批判之声不绝于耳，这也是莫言走上文坛之后遭遇的第一次相当规模的批判，这样的批判，以后还会多次上演。

二十世纪八十年代的莫言，对于父母亲的叛逆和批评，几近极端化。依照青少年发展心理学的理论，从无条件地依恋家庭和父母，在家庭庇护下成长，到决心脱离家庭，在生活上和心理上摆脱对父母亲的依赖，独立地面对社会生活，独立地处理面对的各种难

---

① 莫言:《欢乐》，莫言中篇小说集:《欢乐》，上海文艺出版社 2012 年版，第 232 页。

题，是青少年成长的重要一环。而且，在莫言自己的童年记忆中，这一时段占据主导地位的，是灰暗而孤独的既往，对于童年时期的父母形象，也是以负面记忆为主的。在一篇名为《"大肉蛋"》的短文中，莫言写道："在某种意义上父母与子女是仇敌，聪明的父母多想想自己为人子女的时候，'酷政'少一些，矛盾就缓和，孩子就能有一颗比较完美的心灵，比较平衡的心灵，但平衡完美的心灵于艺术于革命都不利，由此可见，父母的不及格极可能是造就天才的摇篮。尽管如此，假如我仍在孩提，我祈求合格的父母，也不愿去成为天才，这又是另一回事了。"①无论是这段文字，还是文中写到的童年莫言因为饲养一只"大肉蛋"即雏雀遭到父母责骂的故事，莫言都是将父母双亲并列，诉说着那一颗被伤害的童心的。

二十世纪八十年代的文坛，充满了叛逆、愤怒和审父情结，这是一个"审父""弑父"的高潮期。在这里，父亲一词是广义的，它代表了传统、权威、君主、成规等束缚时代变革、个性解放的种种操控力，尤其是"文革"时期的领袖崇拜、现代迷信和林彪、"四人帮"等推行的封建专制、法西斯主义等。它有两个鲜明的特点：第一，所谓"审父"，从广义上来说，是对中国传统文化的冷峻反省和愤怒清算，是在对"中国的封建社会为什么那么持久"的质疑、对"文革"与专制主义尤其是文化专制主义的批判中展开，在文学作品中，则是聚集了那么多的丑陋不堪的、代表了规训和陈规的父亲形象；第二，这一时期的"审父"和"弑父"，不像弗洛伊德阐释"俄狄浦斯情结"理论那样，是与"恋母""娶母"情结互为表里，而是将父亲母亲都看做是压制甚至扼杀青年一代的成长和叛逆的沉重枷锁乃至冷面杀手，统统予以严厉鞭答。王蒙的《活动变人形》、张炜的《古船》、余华的《难逃劫数》《在细雨中呼喊》、苏童的《罂粟之家》、铁凝的《玫瑰门》、王安忆的《叔叔的故事》，都表现出挑战和颠覆父母一辈的权威的普遍趋向。无论是传统文化所界划的等级分明的社会秩序，文坛上老一代作家所建立的狭隘偏

---

① 莫言:《"大肉蛋"》,《文学自由谈》, 1986 年第 1 期。

畸的创作规范，还是父母亲对子女的管教约束和支配权力，都必须扫荡一空，"旧神已死，新神当立"，唯有如此，新生的一代人，才能够独立不羁地登上社会的和文学的舞台，能够有新一代人纵横驰骋的广阔空间。而且，这一时期，也是先锋文学勃然兴起臻于全盛的时期，它对于文学的既有秩序与传统的挑战，正好与对社会的叛逆、对父母的批判形成三位一体的神圣同盟。

从"审父"到"寻父"的大逆转

这颇有些类似于无法无天、动不动就要打上天庭动起刀兵的孙悟空，既有一个筋斗云就是十万八千里的神速，又有阎罗地府削籍除名逃出大化之外的永恒生命，还有越战越勇、永不言败的战斗技能和顽强意志，连玉皇大帝也奈何他不得，可以说挣脱各种羁绊，获得彻底自由。但是，无边无际的自由，在任何一个社会中都是无法存在的，哪怕是在神仙世界。孙悟空最终是在西天佛祖的无边法力中得到强力约束，在保护唐三藏西天取经的长途跋涉中磨炼心性，方才修成正果。同理，现实中对传统文化的清算，并没有导出绚烂新颖的文化硕果，"破字当头"，未必就会"立在其中"。何况，破除陈规，释放新人的积郁已久的破坏性能量，相对而言是容易做到的，但是，新人的建设能力和他们的创新资源非常有限，新文化、新传统的建立，路漫漫其修远。在各自的家庭中，他们从反抗父亲，到自己也做了父亲，方才体会到为人父母的艰辛。常言说，"养儿才知父母恩"，此言不差。"审父"和"弑父"，给他们带来了心灵的满足，但是，要从理性上对父辈加以清算，却让他们心有余而力不足。"先锋文学"的品性，在持续数年的创新竞赛之后，已经让人力不能支，无以为继。更何况，因为"先锋文学"的形式意味过强的小众特色，它离社会现实与普通读者，越行越远，渐入歧途，达致高处不胜寒的顾影自怜。

有意味的是，在这一时期，文学中父母亲的形象，忽然出现了巨大的逆转。昔日的"审父""弑父"的浪子，忽然对父亲母亲产生了新的眷念，对父母亲的形象建构，由负面转向正面，由批判转向歌颂。与之相伴随的，是作家们对自己这一代的审视与清算，忏悔意识油然而生。陈忠实的《蓝袍先生》的主人公乡村教师徐慎行，"我"的启蒙老师，终生生活在父辈严格规训的阴影下，束缚在一件有形和无形的蓝袍之中，失去了自我，颇似契诃夫"套中人"的中国版，让"我"叹惋不已。陈忠实在写成《蓝袍先生》后兴犹未尽，萌生创作长篇小说《白鹿原》的念头。但是，《白鹿原》中的乡村大儒朱先生，白氏族长白嘉轩，却一个个成为乡村生活的精神道德的支柱，不仅让子女一代望尘莫及，更成为乡村世界中浩然正气的巨擘。余华曾经将父亲作为戕害子女一代的冷血怪物写了又写，精神上的虐杀，身体上的摧残，令人发指。从《活着》中的福贵、《许三观卖血记》中的许三观，再到《兄弟》中的宋凡平，一个个都堪称"超级父亲"，他们在特殊的时代背景下，对子女的关爱都做到了极致。铁凝的《玫瑰门》中的外婆司猗纹，为了改变自己身处的社会的、家庭的、性别的弱者地位，煞费苦心，不择手段，处处显现出心机与邪恶，甚至毫无理由地粗暴干涉外孙女苏眉的感情世界；到《大浴女》，沉积甚久的对母亲的怨恨最终在自我反省中消失一空，在情感经历上屡遭挫败的尹小跳，终于理解了母亲当年的红杏出墙婚外恋情，尹小跳自己的心灵忏悔成为作品的主调。

对父母和上一代人态度的大逆转，与这一代人的人到中年入世渐深相关。他们在愤怒反叛经年之后，打破了上一代人的神圣存在，自己也逐渐成为社会主流、时代中坚，掌握了强大的话语权。旧有的权威和家长，都已经不足为计，但是，强大的自我却未必充分地建构起来。作为传统文化的镜鉴，外来文化的汲取和追随曾经被认为是除旧布新的不二法门，现代性和后现代主义的上下求索，却没有达到预期的高度，对既有社会体制的全方位改革未能完成。

何况还有新的时代语境的大转折。二十世纪九十年代初期，邓小平南方讲话，掀起了中国大陆改革开放的新浪潮。市场化机制逐渐成型，也造成社会群体的利益分化。二十世纪八十年代的改革造成的帕累托效应，各阶层人群都从改革中分得一杯羹的局面被打破，利益分配不公造成新的两极分化，人们对衣食住行的切近关注，一夜暴富的神话对人心的侵蚀和诱惑，以及在打破铁饭碗、公房、医疗、教育的社会保障体系之后，在大量的工人下岗、待业和"全民经商"的鼓噪声中，人们的危机意识陡然高涨。旧体制的消解，并没有给人们带来新的狂欢，却让人感到新的孤独无助。市场化时代的到来，人文精神的失落，社会伦理道德的滑坡，反而彰显仁义、诚信的重要价值。在经历了否定之否定的螺旋之后，对于本土传统，对于父母之恩，都有了新的体认。何况现实中育儿、教育、住房、医疗等社会热点的凸显，父母一辈对于青年一代在人力、物力、财力乃至精神上的支持不可或缺，重建家庭伦理成为当务之急，百善孝为先的祖训再度回归，《常回家看看》的叮咛取代了"好儿女志在四方"的慷慨，《我爱我家》中平庸可笑的老父亲，被《激情燃烧的岁月》《父母爱情》中富有行动力和感染力的父亲所替代，实现了父权的重建。

贴近莫言生命记忆的一次巅峰写作

尼采有言："世间一切文字，吾爱以血书写者。"莫言的《丰乳肥臀》就是一个典范性的例证。1993 年，莫言母亲的去世，才让他察觉了母亲在他心中的重量。失去了的，才知道其宝贵和无可追悔。作为一个情感磅礴浩大、落笔江河奔涌的作家，一两篇回忆性、记述性的散文，不足以表达其伤痛之情，多年来积累的情感迸发如火山，让他写下了献给母亲的当哭长歌。二十世纪八十年代的莫言，自以为是羽翼渐丰，一飞冲天，几欲挣脱家乡和父母的牵扯，在摆脱各种压力之后，飞得更为高远。这个目标，也确实实现了，他在文坛上呼风唤雨，纵横驰骋，以乡土大地的狂野猛烈，撼动了中国读者的心灵，而且产生国际性影响。他的崛起，速度之快，飙升之高，后来者居上，都是同代作家所难以比拟的。但是，如影相随的，是他在长篇小说领域尚有待提升的缺憾。

莫言的中短篇小说，一出手就非常经典，《枯河》《秋水》《白狗秋千架》《透明的红萝卜》《金发婴儿》《红高粱》，篇篇精彩。与此同时，莫言的长篇小说创作，却一直未能得到大面积的认可：《红高粱家族》因为是几部中篇小说组合而成，它的结构和情节上不够整一和严谨；《天堂蒜薹之歌》《十三步》《酒国》发表后都没有产生大的反响；《红蝗》引起的，是关于反"文化"与"审丑"的批评……《丰乳肥臀》则是一个新的契机。这不仅是说一位母亲几近一个世纪的风雨沧桑适合于莫言这样的既有极强的爆发力、又有充沛的大江大海式的铺叙能力的作家去挥洒才情，更为重要的是，它是融入莫言的个人情感、贴近莫言的生命记忆的一次巅峰写作。

莫言有过逃离故乡的强烈愿望，有过改变自身命运、避免重复父母亲那样终生务农辛劳一世的生活的强烈冲动。然而，事情往往就是这样充满吊诡和悖谬。莫言隔代远眺，虚构了"我爷爷"余占鳌、"我奶奶"戴凤莲的传奇人生，也把现实中的父亲母亲的形象融入了自己的作品。逃离故乡的人，依靠精神还乡实现了自我拯救，远离父母的人，部分地是靠父母亲的影子完成了自己的故事。而且，在最初的目标得到实现之后，作家的焦虑和积郁得以消除，蓦然回首，却发现曾经被忽略多年的父母亲的恒久恩情，才发现，尽管自以为是一个可以靠自己的才能和智慧打天下的男子汉，在心灵上潜藏已久的恋母之情、孩童之爱，不但没有随着年龄渐长而消逝，恰恰相反，因为它曾经被压抑在心底，一旦再度发现，它就不可遏制地喷涌出来。

在 2000 年的一次访谈中，记者问道，是否可以确认莫言的内心深处有种恋母情结？莫言说："我想任何一个男人都有恋母情结。"他由新创作的话剧《霸王别姬》中项羽的儿童心态与恋母情结延展开去，讲到恋母情结与自己的创作渊源的关系：

最初是打开对母亲、故乡记忆的闸门，然后才获得灵感。母亲、童年、故乡，我想这三者是成就一个作家最重要的源泉，对我来说，尤为重要。这三者紧密联系在一起。我们可以研究一下古今中外很多作家的作品，就会发现恐怕这是谁也无法回避的，有的可能有所侧重，写某一方面多一些。有的可能很小的时候就失去了母亲，这也并不是说就不能写母亲。①

　　母亲、童年、故乡，三位一体地交织在一起，成为莫言创作的重要资源，《丰乳肥臀》就是最具有说服力的明证。莫言自述说，他的母亲，生于乱世，历经生育、病痛、饥饿、劳累等种种磨难，却对生活充满了悲悯情怀，在子女教育上立身垂范，一位普通的农妇，也是一位伟大的母亲。母亲的去世，激起他巨大的悲伤，仅仅用了不到 90 天的时间，就写出这部 50 万字的小说初稿，可见其爆发力之强盛。

　　现实生活中的莫言的母亲，确实令莫言刻骨铭心。在莫言荣获诺奖的演讲《讲故事的人》中，他就是以对母亲的深情缅怀作为开篇的，而且一口气讲了母亲的七八个故事，热水瓶的故事，吃饺子的故事，卖白菜，拾麦穗，长期患病而始终不肯放弃生命的坚强，家境贫寒却支持儿子学习读书的见识，在在见出一位乡村母亲的坚韧、慈爱与洞见。这样的母亲令人敬仰。人皆有母，母亲和儿女，是最天然的血肉相连的关系，尤其是在风急浪涌跌宕起伏的时代风云中，母亲的关爱给子女们提供了最深厚的庇护和支持，经历过战争、饥饿与"文革"动乱，对母亲的回忆文字，更是染上了时代的烽烟而格外动人。2010 年出版的一部文集《名人忆母亲》（德玄馨编，上中下三卷，同心出版社），就收入了马克·吐温、横光利一、李光耀、奥古斯丁、卢梭、甘地、梁启超、胡适、钱穆、林语堂、廖承志、冯骥才、三毛、贾平凹等数十位历史文化名人回忆母亲的动人文字。莫言的散文《卖白菜》也成为中小学生的阅读篇目。

---

①　莫言：《我笔下的女人都是一个人》,《北京晨报》,2000 年 12 月 24 日。

关于母亲的回忆是最能打动人心的。但是，凭依这些个人生命中的亲见亲为所感所知，未必就能成为旷世杰作。民间小调《苏武牧羊》中的"白发娘，望儿归"非常写实，但是缺少将演唱者和聆听者一道带入共同感遇的激发；《游子吟》中"临行密密缝，意恐迟迟归"也不是人人都能够有现场体验的，孟郊继续生发出的"谁言寸草心，报得三春晖"，却是将一个独特的场景，提升到人们通过各种不同场合所体验到的母恩难报的共同情感，具有心灵的穿透力。一位优秀的作家，应该有丰厚的创造性和洞察力，能够将现实生活创生为艺术典型，将个人的亲身所知所感升华为人类的普遍情感，如莫言所说："在《丰乳肥臀》这本书里，我肆无忌惮地使用了与我母亲的亲身经历有关的素材，但书中的母亲情感方面的经历，则是虚构或取材于高密东北乡诸多母亲的经历。在这本书的卷前语上，我写下了'献给母亲在天之灵'的话，但这本书，实际上是献给天下母亲的，这是我狂妄的野心，就像我希望把小小的'高密东北乡'写成中国乃至世界的缩影一样。"①

上官鲁氏：伟大而平凡的母亲

《丰乳肥臀》中的鲁姓女主人公，出生于清朝末期，少女时代有个美好的乳名璇儿，嫁到上官家后被称作上官鲁氏。她的父母双亲都死于德帝国主义强占青岛后，强行修筑胶济铁路而引发的德军与当地村民发生的暴力冲突之中，从小跟着姑姑和姑父长大。姑姑为了她将来能够嫁入一个理想的大户人家，强迫她从小就缠小脚，忍受剧烈而长久的痛苦。待到她长大成人，已经是民国时代，一双曾经饱受称赞的"三寸金莲"，如今失去魅力，只剩下生存和劳作中的种种不便。这似乎也喻示着她与大时代的重重悖谬。

这不能不令人感慨造化弄人。当年坐在花轿里的戴凤莲，就是

①　莫言：《讲故事的人》，《当代作家评论》，2013 年第 1 期。

凭一双纤纤小脚先声夺人，赢得了余占鳌的爱怜，激起一个青年男子的情欲冲动。与她年纪相近的鲁璇儿，却生不逢时，佳人不遇。而且，鲁璇儿在此后的人生中，注定要比戴凤莲承受更多的煎熬苦寒。

《红高粱》中的戴凤莲，是一个富有传奇性的狂放女性。她天性聪慧，又敢作敢当。她的生命最为辉煌的时期，就是从她出嫁到在高粱地里中弹倒下，前后15年左右，正是从少女的豆蔻年华到干练少妇的三十出头年纪，她的个性得到了充分的张扬。

她既有单家的产业为她提供雄厚的经济基础，又有草莽英雄余占鳌为她遮风挡雨。她自己也非常了不起——敢于大逆不道地抗拒命运，自主决定自己的婚姻；敢于在身处危机时铤而走险，到土匪窝里厮混以求自保，也不把贞洁与性爱的专一作茧自缚；在余占鳌和国民政府所属抗日游击队冷支队长谈判的场合，她以极大的魄力，推动他们达成联合作战的协议；她也有足够的智慧，在日军进入酒坊、自己面临遭受凌辱的险情面前，她把罗汉大爷的血涂抹在自己的脸上，还做出被吓得发作了疯癫的模样，装疯卖傻逃脱了日军淫靡的魔爪。莫言称她为乡村妇女个性解放的先锋，并不夸张。

《丰乳肥臀》中的女性上官鲁氏，同样是莫言全力以赴地加以塑造和歌颂的，而且是莫言以自己的母亲为原型创作出来的女性形象，但是，她的一生，不但是同样有戴凤莲的敢作敢当，还有更为漫长的历史苦难，将其日常生活的艰辛一面展露无遗。

承受血肉和血泪之痛裹成的小脚，从全社会的追捧到鼎革之际的失宠，璇儿也随之贬值，她无奈地嫁到世代打铁为生的上官家，名字也变作上官鲁氏，但是，这个家庭中的两代男性孱弱不堪，她不但要和婆婆一样，承担家中繁重的体力劳动，还因为婚后数年没有生育遭受丈夫和婆婆的歧视和凌辱。荒诞的是，造成不育的原因在于她的丈夫没有生殖能力，但这是上官鲁氏无法分辩的事情，婆婆的轻蔑和责罚全部落在她身上。而且，在重男轻女的观念下，即便是生了女孩，她在上官家仍然是没有地位的，上官鲁氏分娩之际，她家的母驴也在生骡子。驴和人都遭遇难产，但上官鲁氏的婆婆更关心的是那头母驴。他们为难产的母驴请来了兽医，对难产的儿媳却非常冷落。为了争取做母亲的权利，也是为了生个男孩，以便能够在这个几代单传的家庭中挺起腰杆来，她突破了人伦的底线，和自己的姑父、过路的男子、庙里的和尚、教堂的瑞典神父等性交"借种"，一连生了七个女孩，最后一次生了名为金童和玉女的双胞胎，才算遂愿。

然而，苦难并不就此解脱，时代的凄风苦雨，让这个本来就在困境中挣扎的女性更加处境艰难。就在母亲分娩双胞胎时，日军闯入村庄，烧杀抢掠，她的公公和丈夫当即遇难，只剩母亲一人要独力抚养八女一男九个孩子，以及失去劳动能力的婆婆。全家 11 口人的衣食都压在母亲身上，这在和平时期都难以想象，何况生逢乱世，遍地狼烟呢。

戴凤莲在抗战初期就死于非命，结束了短暂的青春年华，是不幸，也是幸事。二十世纪中期，从抗日战争到"文化大革命"，中国乡村遭受到一次又一次的巨大冲击，战争、灾荒、饥馑、动乱，上官鲁氏却只能够苦熬苦忍，以母亲的天性，抵御一次次毁灭性的灾难袭来，还表现出一种博大的悲悯情怀，宽恕和救助曾经伤害过自己的落难者。戴凤莲与时代的关联性是跳脱的、有选择的，《红高粱》的跳跃性叙事，使得戴凤莲摆脱了日常生活的世俗凡庸，上官鲁氏却必须首先要解决抚养儿女及第三代外孙男女们的生活必需，首先要解决每天每日的柴米油盐。

围绕着母亲和她的后代们的悲凉命运，作品展现了历史风云的波诡云谲，气象万千。女儿们由于婚嫁情爱，卷入了抗日战争的多方角力，分别嫁给一群桀骜不驯却谈不上有多少政治觉悟的乡土豪强人物：抵抗过日军入侵、后来当了还乡团长的当地大户人家司马库，拉起一支黑驴鸟枪队与日军作战、后来投敌充任"皇协军"旅长的沙月亮，懂鸟语、善捕鸟、通武术的"鸟儿韩"，八路军爆炸大队的成员鲁立人和孙不言，加上被日军击落的美军飞行员巴比特。以此，汇集了除了日军之外的各种武装势力——通过情爱关系，他们纷纷闯入母亲的家庭，彼此之间的战斗和杀戮却有增无减。还有的女儿因为生活所迫，被卖做白俄贵族的养女，或者自卖自身进入妓院。母亲无法控制女儿们的选择，但她对女儿们的丈夫和情人却有着独到的评价，认为他们个个都是挺直腰杆的男子汉，以此而超越了她所难以理解的时代政治。

难能可贵的是，母亲在将儿女们拉扯大的同时，又接受了奔波在外的女儿们送回来的不同出身的外孙男女，不问其父亲的身份地位和政治背景，一视同仁、不遗余力地将他们抚养成人。从多种军事力量角逐拉锯、局面错综复杂诡异多变的抗日战争，到十年"文化大革命"造成的乡村中的喧嚣与骚乱，在数十年的动荡和灾难中，成长中的子女们，以及她们的下一代，一次又一次地遭遇生存危机，母亲以其顽强、坚忍、自我牺牲和博大襟怀，为子孙两代人提供了超越极限的庇护。作品中有个细节，在大饥荒中，母亲在给生产队磨豌豆时，一把一把地把生豌豆吞入胃里，回家后再喝下大量清水把豌豆呕吐出来，带着血丝和胃液，洗干净后再捣碎了给孩子们吃。她是把自己的生命分给了自己的孩子们。母亲的所作所为，是为了延续生命、传宗接代，这是人类繁衍自身的需要，甚至也可以说是生物界的一种本能，各个物种都要尽力地繁衍传承自己的后代。就其精神价值而言，这说不出有什么形而上，说不出多么地高迈超拔，但是她为此付出的常人难以承受的艰辛努力，穿越历史的苦难动荡的坚忍不拔，却是感人至极，充塞激荡于天地之间。

这样的母亲，伟大，却不神圣，她身上落满人间的尘埃，却没有圣母的灵光圈。从《枯河》《欢乐》的批判兼悲悯的笔致，到《丰乳肥臀》的正面讴歌，莫言笔下的上官鲁氏，充分展现了她的母性。然而，这位母亲同样是具有叛逆与颠覆意味的。她为了求子，先后和包括她的姑父在内的多个男人发生性关系，最初是在姑姑的安排下被迫为之，后来就变成积极主动地寻找机会，这和通常人们心目中女性的行为规范大相径庭，更与纯洁神圣无缘。

莫言总是带着乡土大地的浑厚苍茫，母亲的形象因此更具有人间气息，更富有生命为自己开辟道路的无尽勇气。正像刘再复先生所言——

莫言与当代中国文学创新经验研究

莫言因为拥有大悲悯的心灵，所以才写出《丰乳肥臀》这种颠覆权力书写的历史而写出完全文学化也完全莫言化的中国百年史。这部长篇小说以母亲为核心，她的大悲悯的胸怀容纳20世纪中国的全部动荡，全部苦难，全部纷争，全部是非。母亲八个女儿和相关的生命，不管他们是属于军阀或土匪，共产党或国民党，"革命"或"反动"，左派或右派，母亲都展示出超党派、超善恶的胸脯，一律报予悲悯，一律报予眼泪和乳汁。《丰乳肥臀》里的母亲是最伟大的母亲，又是最可怜的母亲。她承受一切屈辱，承受一切灾难，她是中华的伟大圣母，又是中华的可怜女人。她的胸脯是一片慈悲的大地，一片上帝的心灵。①

长不大的孩子　恋乳癖的金童

然而，上官鲁氏的母性的过分张扬，不意间却给她带来"播下龙种收获跳蚤"的巨大缺憾，她唯一的儿子金童，在成长期间一直以母乳为食而拒绝五谷，在漫长的岁月里，一直保持了病态的"恋乳癖"。金童是唯一的男孩，又是母亲生育史中唯一一次为了心中爱情而与瑞典神父马洛亚做爱所生，当然非常金贵。但是，金童生来的一头金发和混血相貌，又使他从小就生活在非议和歧视的境地中，进而造成他对母亲的过度依赖。金童眷恋乳房，刚开始离了母亲的乳汁就无法生存，吃别的食物都会呕吐，到了四十多岁还是离不开母亲的乳房，甚至对众多妇女的乳房都恋慕不已，以此终其一生。

如何诠释金童的恋乳癖，学人和读者给出了不同的答案。从事

① 刘再复：《莫言成功的三个密码》，http://blog.sina.com.cn/s/blog_4 cd081 e90102vgj2.html。

哲学研究的邓晓芒指出，金童表现出的是男性的普遍病态。文学评论家张清华将其阐释为二十世纪中国知识分子的尴尬生存，金童的混血儿身份正好象征了中国现代知识分子在中西文化的撞击和冲突中无所归依的迷惘。也有激烈的批评者，见乳房如洪水猛兽，视金童为色情流氓，这实在是误解了莫言。莫言的小说具有很强的直感性，金童的恋母，不是通过各种心理描写或者隐喻移情去进行，而是将乳房作为母亲的指代。金童对一个个形状各异的乳房的触觉，充满了孩子的好奇和向往，而不是成年男性的欲望发泄。就像《透明的红萝卜》中的小黑孩，他拔光了满地的萝卜，不是为了解馋，不是为了充饥，而是渴望从中再度发现那个玲珑剔透、流光溢彩的红萝卜。在莫言看来，萝卜和乳房，并没有本质性的区别，没有道德化的高下，孩子的追求，具有天然的合理性。

　　但是，金童确实是终生无法摆脱母亲的荫庇的孩子，一直停留在儿童状态而拒绝长大，心理学理论上被称为"彼得·潘综合征"。终其一生都生活在乡野的上官鲁氏，从最初的无限溺爱，到对金童的成长停滞产生强烈的失望，以至于痛骂他："我已经不需要一个永远长不大的儿子，我要的是像司马库一样、像鸟儿韩一样能给我闯出祸来的儿子，我要一个真正站着撒尿的男人！"①

　　金童在他的前半生，一直是战争与饥荒的旁观者，看着他的姐姐和姐夫们在权势、武力的争霸中，在情与性的泛滥与狂欢中，生生死死，来来去去，从来没有真正介入现实生活。不曾想到的是，生于乱世、浑浑噩噩的金童，到二十世纪晚期，却赶上了市场经济大潮的兴起，先在外甥鹦鹉韩夫妇开办的"东方鸟类中心"任公关部经理，后在司马粮投资的"独角兽乳罩大世界"任董事长，不由自主地卷入了一场场金钱游戏的闹剧和骗局，见识了灯红酒绿、声色犬马，接触了权力与金钱、高官和老板，作家也由此展现了拜金主义导演下的暴发与破产、迷狂与毁灭的时代狂欢——连金童这样怯懦无能的弱智者，都被裹挟进滚滚商潮之中，价值观念的崩塌，

　　① 莫言：《丰乳肥臀》，上海文艺出版社 2012 年版，第 454 页。

人性理智的丧失，及其覆盖面之广，由此可见一斑。这成为作品中所描写的二十世纪中国的落幕之笔，莫言对于畸变时代的破坏性和荒诞性的批判，可谓入骨三分。

大爱无疆超敌友，百年沧桑泯恩仇

在新版《丰乳肥臀》的扉页上，新增了莫言的一首打油诗："曾因艳名动九州，我何时想写风流。百年村庄成闹市，五代儿女变荒丘。大爱无疆超敌友，小草有心泯恩仇。面对讥评哭为笑，也学皮里藏阳秋。"

《丰乳肥臀》开始于 1900 年的胶东农民抗德斗争，结束于二十世纪九十年代，中国大陆的市场经济浪潮汹涌，借助于母亲和她的孩子们的生命历程，展现了二十世纪中国百年的风云跌宕、世事沧桑。自从鸦片战争以来，中国面临着数千年未有之大变局，从社会层面来看，政治、经济、文化都面临着前所未有的冲突与转型，从个人选择来看，生命的存亡绝续都变得异常艰难。在大时代的喧嚣动荡中，连一个正式的名字都没有的母亲，却表现出超越有限政治、超越个人恩怨的博大和悲悯。她不但拉扯大了儿孙两代人，还带大了与自己毫无血缘关系的司马粮，也救助曾经加害于自己的乡民房石仙。这样的举止让金童难以接受，在他的记忆中，"就是这个房石仙，去年担任村里看守庄稼的警卫，每天下工时，站在村头，搜查社员们的筐篮和身体。母亲在放工回家的路上，捡了一个红薯，放在草筐里，被房石仙搜出来。他说母亲偷红薯，母亲不服，这混蛋，竟扇了母亲两个耳光，连鼻子都打破了，血滴在胸襟上"，[1]此刻，母亲自己也是"文革"岁月的落难者，被红卫兵押着走在游街示众的队伍中，当房石仙一时绝望而跳水自杀，母亲挺身而出，把他拉到岸上，还脱下身上的大襟棉袄给他御寒，自己身

莫言文学世界研究

---

① 莫言：《丰乳肥臀》，上海文艺出版社 2012 年版，第 427 页。

上只剩下一件单褂，沾染过遭受房石仙殴打而流出的鲜血的白布单褂……

许多论者称赞说，母亲身上汇聚了大地养育万物而不有的本性，还应该补充说，她当年在走投无路中走进了教堂，临终之际又沐浴在神父的布道声中，基督教和上帝所代表的同情和悲悯情怀，也成为这位土生土长的母亲的重要精神支柱。

《丰乳肥臀》在艺术上也是可圈可点的。莫言的恩师、著名作家徐怀中评价这部作品的磅礴气象说："从黄河里舀起一碗水，不难看到碗底的泥沙。不过我们站在河边，首先感到的是扑面而来的冲击力和震撼力。《丰乳肥臀》是一道艺术想象的巨流，即或可以指出某些应予收敛之处，我仍然认为是长篇创作的一个重要收获，五十万言一泻而下，辉映出了北方大地近一个世纪的历史风云。苦难重重的战争年代，写得尤为真切凝重，发人深思。"[①]激荡的百年历史，将民族和个人的生死存亡一次次地推向了极致化的情境，又都凝聚在母亲这里，激发出一次次置之死地而后生的剧烈回响。时局纷纭变幻，命运千回百折，唯有母亲的博爱和悲悯，勇于自我牺牲也勇于冲决种种桎梏的气魄，支撑这个家庭、承受重重苦难而仍然生气淋漓、包容一切。莫言的笔触，一向是浓墨重彩，铺排张扬，情感饱满，文气浩荡，加之对母亲的挚爱，使得作品具有博大雄浑的格局和直击人心的感染力。

---

① 这是徐怀中在为《丰乳肥臀》荣获云南省的文学期刊《大家》创设的"大家文学奖"时所写的评语，转引自《读药》第 88 期:《丰乳肥臀》，http://book.ifeng.com/shupingzhoukan/special/duyao88/。

第六章 历史的画面与声音:从《丰乳肥臀》 到《檀香刑》

我们讨论过莫言直面现实的创作,如何从新闻报道和社会现象中发现创作的素材,并且将其文学化。莫言针对现实社会问题做出迅速反应的作品,还有:《十三步》,表现二十世纪八十年代后期中小学教师的生存困境;《红树林》,揭示官场腐败,权力、金钱和欲望如何毁灭人们的灵魂;《四十一炮》,鞭笞乡村社会在市场化时代的蜕变,农民怎样靠卖注水猪肉暴富。这样,莫言就从各个层面上,对社会现实中的种种丑陋现象予以尖锐的批判,又不失文学塑造人物、揭示灵魂的本性。

莫言的另一类创作是向历史深处探索,追寻前辈们的英雄传奇。前面我们讲过《秋水》,而《红高粱》,就是从第一人称叙事的"我"和"我父亲这个土匪种"的交叉叙事中,展现"最能喝酒最能爱,最英雄好汉最王八蛋"的"我爷爷""我奶奶"的浪漫传奇。到九十年代中期以来,莫言的《丰乳肥臀》和《檀香刑》在讲述前辈人的生命传奇与历史风云的相互交融方面,做出新的探索。

小说发生学:从画面到声音的转换

莫言几次说道,他的《丰乳肥臀》的创作缘起,是来源于一幅亲历的画面:1990年秋天的一个下午,莫言从北京的一个地铁口出来,当他踏着台阶一步步往上攀登时,猛然地一抬头就看到,在地铁的出口那里,坐着一个显然是从农村来的妇女。她正在给她的孩子喂奶，是两个孩子，不是一个孩子。这两个又黑又瘦的孩子，坐在她的左右两个膝盖上，每人叼着一个奶头，一边吃奶，一边抓挠着她的胸脯。她的枯瘦的脸被夕阳照耀着，好像一件古老的青铜器一样闪闪发光，她的脸像受难的圣母一样庄严神圣。"我的心中顿时涌起一股热潮，眼泪不可遏制地流了出来。我站在台阶上，久久地注视着那个女人和她的两个孩子……1994 年我的母亲去世后，我就想写一本书献给她，我好几次拿起笔来，但心中总是感到千头万绪，不知道该从哪里动笔。这时候我想起了几年前在地铁出口看到的那个母亲和她的两个孩子，我知道了我该从哪里写起。"①

　　莫言直面现实社会矛盾的作品，多是受到社会新闻的激发，在社会责任感的推助下，从社会新闻开发出文学空间的。但这类作品，除了《酒国》的叙事艺术每每被人称道之外，别的作品都很少被提及。《红树林》更是连莫言自己也认为是败笔多多。人们更多地谈论的是他的另一个系列，铭刻在莫言心头的乡村的历史与现实生活。

　　这一个系列，往往是从画面中演化出来的。莫言的创作，是非常重视画面感和色彩感的。《透明的红萝卜》《红高粱》《金发婴儿》《球状闪电》《白狗秋千架》《白棉花》，从篇名上就显现出强烈的画面感和色彩感。

　　《白狗秋千架》的开篇，就是一个非常有运动感的画面：远道归来的"我"，在村子里的石板桥头，看到一条白狗作为前导，引出作品的主人公暖，被沉重的高粱秸秆压得曲背弯腰，一步一步地走上前来，分辨不出性别，几乎看不到她的脸，还是从这条白狗来断定她的身份，并且引发出作品后来的一系列情节。

　　莫言的成名作《透明的红萝卜》，也是从一个梦境中的画面生长起来的。在莫言创作的前期，从画面进入小说写作，是他创作的一个惯用法宝。莫言这样说："当头脑里出现一个非常感人，非常

①　莫言:《我的〈丰乳肥臀〉——2000 年 3 月在哥伦比亚大学的讲演》，莫言:《莫言讲演新篇》，文化艺术出版社 2010 年版，第 128 页。

辉煌的画面时，我就会情不自禁地拿起笔，一下子想起好多好多事情来……这个画面，是生活中留给我深刻印象的事物，倒不一定是亲眼目睹的，譬如红高粱的画面，我确实不曾看到过如此浩瀚的高粱地，但是老人们经常讲起的传说，却不知在我的头脑里熔铸了多久，每次听，都要产生联想，都在脑子里呈现。"[1]

从画面感出发，演绎出来的就是画面的形成和变化，而且，莫言是从印象派画家凡·高和高更那里得到启迪，注重于形与色、光与影、动与静，让生命的律动与搏杀、血性与坚韧，都在荡气回肠的画面中展现出来。最典范的例子，是中篇小说《金发婴儿》中的一个场景，在连队指导员孙天球眼中，一座体态丰满的渔家女雕塑，在天光云影的流动中不停地变幻情态，莫言的笔触颇有凡·高描绘朝晖夕阴下的向日葵和麦地的意蕴，捕捉到了光线移动中渔家女塑像的微妙变化：

> 凌晨，日出前的她是冷峻的，但冷峻里含着委婉的愁怅。他觉得她脸上带着成熟女子孤独的寂寞；日出时她是温暖的，洁白的身体被朝晖映得通红，遍体流动着玫瑰花的浆汁，这时刻她最动人，但这时刻很快就会消逝；日出后，她的颜色一般来说是由浓艳变化为透明，那种轻柔的、充斥着床笫气息的情绪渐渐被一种蓬勃的狂热情绪代替，这时她是灼热的、撩人的……[2]

与之相应，孙天球对自己的乡村妻子紫荆，本来是非常排斥的，寡情绝性，是对于女性美的无感症患者；无爱的婚姻，让他心灵产生畸变，对于这尊体态丰满的渔家女雕像视之如洪水猛兽，生怕战士们因之受到欲望诱导，造成不良影响。为了监控战士们在这

---

① 莫言、陈薇、温金海：《与莫言一席谈》，孔范今、施占军主编，路晓冰编选：《莫言研究资料》，山东文艺出版社 2006 年版，第 15 页。

② 莫言：《金发婴儿》，莫言中篇小说集：《欢乐》，上海文艺出版社 2012 年版，第 134 页。

座塑像前的行为，孙天球经常在办公室用望远镜观看渔女塑像广场的现场。匪夷所思的是，孙天球的望远镜聚焦，逐渐从战士们和游客转移到了这尊渔女塑像，在长久的凝神观察中，他从这尊雕像身上发现了女性的青春生命之美，进而激发出对妻子紫荆的眷恋爱情。可谓神奇而感人。

但是，在后来的创作中，莫言作品中的声音元素逐渐凸显，取代了画面感的显赫地位。这就是从地方戏曲茂腔和火车轰隆隆地奔驰的声音引发出来的《檀香刑》，模仿传统的白话体章回小说写成的《生死疲劳》，以及由一个饶舌不已的小男孩滔滔不绝地讲述出来的《四十一炮》。其后的《蛙》采用男主人公蝌蚪向日本友人写信的方式，也是一种讲述。

《檀香刑》的创作缘起就是源于两种富有历史意味的声音的叠加：胶济铁路是当年占领青岛的德国人强行修建的，在高密流传着很多与胶济铁路相关的传说，莫言少年时就可以在阴雨天气的夜间，听到遥远的火车撞击铁轨的铿锵声响；茂腔则是流传在高密及胶东的地方戏曲，以悲怆凄婉的女性唱腔打动人心，融入浓郁的乡情。莫言说："猫腔的悲凉旋律与离站的火车拉响的尖锐汽笛声交织在一起，使我的心中百感交集，我感觉到，火车和猫腔，这两种与我的青少年时期交织在一起的声音，就像两颗种子，在我的心田里，总有一天会发育成大树，成为我的一部重要作品。"[1]

声音之凸显的三个意义

从画面的渲染到声音的凸显，这样的转换有什么特别的意义呢？这可以从三个方面加以把握。

需要先进行澄清的是，语言本身就是有声音的，声音先于文字

① 莫言：《〈檀香刑〉后记》，莫言：《檀香刑》，上海文艺出版社 2012 年版，第 417—418 页。

而产生，许多民族都有自己的语言，靠声音传承，却未必有文字。从远古的《诗经》、乐府诗，到传统文人的诗词歌赋，加上元明清的戏曲，都是可以直接演唱的；古老的讲故事，和乡间的说唱艺人，就像《天堂蒜薹之歌》中的盲人张扣，也是用口头语言表达传播自己的艺术的。但是，现代以来的文学，不仅是小说变作书斋里的读物，是人们用来默读的，连现代诗歌，也逐渐离弃了它的声音本色，阅读替代了朗诵和吟唱。在莫言这里，他最初写小说，也是用一种书面语进行叙述，主要是用来静默阅读的。随着他逐渐觉悟到文学的民间传统之永久的价值，加上他少年时期听说唱艺人在集镇上说书、看乡村戏曲演出等"用耳朵阅读"的经历，使他越来越看重小说的可讲述性，力求做一个讲故事的人。莫言在《檀香刑·后记》中这样说："就像猫腔只能在广场上为劳苦大众演出一样，我的这部小说也只能被对民间文化持比较亲和态度的读者阅读。也许，这部小说更合适在广场上由一个嗓音嘶哑的人来高声朗诵，在他的周围围绕着听众，这是一种用耳朵的阅读，是一种全身心的参与。为了适合广场化的、用耳朵的阅读，我有意地大量使用了韵文，有意地使用了戏剧化的叙事手段，制造出了流畅、浅显、夸张、华丽的叙事效果。民间说唱艺术，曾经是小说的基础。在小说这种原本是民间的俗艺渐渐地成为庙堂里的雅言的今天，在对西方文学的借鉴压倒了对民间文学的继承的今天，《檀香刑》大概是一本不合时尚的书。《檀香刑》是我的创作过程中的一次有意识地大踏步撤退，可惜我撤退得还不够到位。"[1]

就此而言，让我们想到了抗日战争时期在太行山根据地做文化工作的赵树理。赵树理在二十世纪二十年代就读于长治的山西第四师范学校，接受了五四新文学的洗礼，对鲁迅和契诃夫都不陌生。但是，在当时的北方乡村，大部分农民都没有文化，赵树理自己的父亲识文断字，就像《小二黑结婚》里边的"二诸葛"，在村子

莫言文学世界研究

---

① 莫言:《〈檀香刑〉后记》，莫言:《檀香刑》，上海文艺出版社 2012 年版，第 418 页。

里也算是个人物，赵树理把新文学的作品，包括鲁迅的作品读给他听，却勾引不起听者的任何兴趣。赵树理在后来的文学实践中，自觉地选取了走大众文学的路子，希望自己的作品能念能讲，能够让粗通文字的人念给那些不识字的农民听，尽量地采用农民喜闻乐见的讲故事的方式，语言朗朗上口，情节流畅明快，以《小二黑结婚》《李有才板话》等名重文坛。莫言写作《檀香刑》，比起赵树理的时代语境已经过去半个世纪，文学的流传方式也发生了相当大的变化，但是，口头传播，至今仍然是行之有效的途径。广播和电视里的评书连播，长兴不衰，就是明证。路遥的曾经遭受冷落的《平凡的世界》就是通过中央人民广播电台的长篇小说连播节目得以在听众中间受到大面积好评的。莫言将自己少年时代的"用耳朵阅读"，反馈给他的读者，写能讲能唱的文学，是他从面向世界性的现代文学传统，到回归和重建民间口头文学传统的重要标志。

其次，从讲故事开始，莫言走出了写作的低谷，进入了小说艺术变革的新阶段，《檀香刑》则是这种变革成功的关键性一环。莫言在他创作的第一个爆发时期，写出《透明的红萝卜》《红高粱家族》《天堂蒜薹之歌》等重要作品之后，出现过如何继续前行的困惑。他的小说《你的行为使我们恐惧》，就传达出在"创新创新再创新"的狂热竞赛中，被逼到死角找不到新的出路的恐慌。这一时期的莫言，和同时代的作家们一样，主要是从大规模地涌入中国大陆的世界文学潮流，从川端康成、福克纳、马尔克斯和法国"新小说派"作家那里吸取文学创新经验的，影响莫言和中国作家的世界文学作家作品，名单开起来会很长很长，这里是择其要而言之。但是，物极必反，这条路走到后来，难以为继，而市场化时代的巨大转型，也对作家们提出新的挑战。莫言自述说，1990 年，他在创作上感到穷途末路，却是从讲述民间故事而绝路逢生、再创辉煌的。"到了 1991 年春天，我去了一趟新加坡，又去了马来西亚。在新加坡，碰到了台湾作家张大春、朱天心，大家在饭店里讲故事。张大春就向我约稿，你说的故事能不能写成每篇四五千字的小说寄给我，我在台湾帮你发表。我说好啊，回去试试。"①莫言在故乡生活期间，听到过大量的民间故事，当时只道是寻常，讲故事的人和听故事的莫言，都没有把它和正在流行的"红色经典"和《钢铁是怎样炼成的》等苏俄文学名著看作是同等重要的文学创作；即便到了1991年，莫言和台湾作家张大春、朱天心等人在一起聊天，一起讲故事，也还是张大春的慧眼识珠及时地提醒了莫言，充满泥土气的乡间故事，就是极好的文学创作资源。正所谓是"众里寻他千百度，蓦然回首，那人却在灯火阑珊处"，莫言豁然开朗，走出困境而柳暗花明。

根据传说，蒲松龄白天在村口的瓜棚豆架下摆茶水摊，请过路的行人讲故事给他听，饷之以茶，然后回家录写下来，这是蒲松龄和《聊斋志异》的写作方式。王渔洋诗云："姑妄言之姑听之，瓜棚豆架雨如丝。料应厌作人间语，爱听秋坟鬼唱诗。"莫言在这个暑假期间，一口气写了十六个短篇，《神嫖》《地道》《鱼市》《翱翔》《夜渔》《麻风的儿子》《屠户的女儿》《姑妈的宝刀》《粮食》《初恋》等，用讲故事的方式写作，语言明快，情节顺畅，故事简短，却又富有狐鬼灵气、花神韵味，耐人琢磨。由此，莫言的写作自信得以恢复，再度进入一个写作的高产时期。

第三，这里所说的声音，在新的层面上，是指作品中人物的声音，即他们的自我表述。用语言来渲染色彩浓郁、冲突激烈的画面，会增强作品的形象感，会引发读者的画面联想，但是，画面的营造有着相对的局限性，社会生活的复杂变化，人物心灵的奥秘，未必是画面感可以尽情尽兴地予以表现出来的。与之相应的是，在莫言前期的许多作品中，人物往往是沉默寡言，缺少直接的人物声音，就像《透明的红萝卜》《枯河》中的两个儿童，从始至终都处于失语状态；在别的作品中，除了《红高粱》中"我奶奶"戴凤莲在临终前有一大段感情激烈的内心独白，莫言笔下的人物往往也只

① 叶开：《莫言评传》（36）（图）- 搜狐滚动 http://roll.sohu.com/2012 1203/n359304353.shtml。

莫言文学世界研究

有只言片语，要塑造人物形象，许多时候是靠客观性的描述和心理暗示。"透明的红萝卜""枯河""红高粱""丰乳肥臀"等都富有象征性，丰富了人物和作品的内涵。

从《丰乳肥臀》到《檀香刑》，中间有一个重要的环节，就是1996年莫言应邀和另一位部队作家王树增合作，创作了话剧剧本《霸王别姬》，在此过程中，莫言领悟了舞台剧作的特征，它是让人物的声音取代叙述者的声音，自己站在前台现身说法，自我表白，为自己的生命呐喊，具有更为直接和深刻的意义。这让莫言从作为叙述人讲故事演进到让人物自我抒发，充分地独立，这或许是《檀香刑》在写作上发生重要变化的内在原因之一。采用地方戏曲茂腔——在小说中被命名为"猫腔"——的写法，一来是因为它更接地气，更适合于那种带有程式化和仪式化的表演，二来也因为传统戏曲唱词的合辙押韵，因为唱词中七字句、十字句、十四字句的铺排和流畅。

从《檀香刑》的众声喧哗，到《四十一炮》的个人独语，人物的话语倾诉被放置到了更为重要的层面上，用莫言自己的表述，就是"诉说就是一切"，诉说者沉浸于自己的语流中忘乎所以，所言何物，是否可证，都不再重要——

> 在这本书中，诉说就是目的，诉说就是主题，诉说就是思想。诉说的目的就是诉说。如果非要给这部小说确定一个故事，那么，这个故事就是一个少年滔滔不绝地讲故事。①

至此，我们可以说，莫言的声音迷醉，又进入了一个上升的螺旋。人类的声音包含了语义，声音的功能要远远大于画面，画面直观、可视，就像当下的影视和读图时代，但是，有图有真相的覆盖

① 莫言：《诉说就是一切——代后记》,《四十一炮》,上海文艺出版社2012年版，第401页。

莫言与当代中国文学创新经验研究

面是非常有限的，而声音所及，既可以是画面的描述，也可以是抽象的精神现象，可以是人物的心灵自白。而且，就表达方式来讲，画面具有直观性、放送性，声音所传达的却是间接的、召唤性的。从对一个故事的精彩描述，到让故事中人现身说法，越来越逼近了故事的真相和深层蕴涵，再到故事中人的诉说涨破了故事本身，反转为说故事的人，只求说得痛快酣畅，讲得淋漓尽致，不问故事真伪有无，这不就是一个在大庭广众下滔滔不绝的说书人吗？只是他已经在故事中先入后出，经历了脱胎换骨的嬗变了。从讲述真实的故事，到真实地见证故事，再到真实地讲述故事，也是一次创作的解放、艺术的解放。在这样一种假定下，讲述者可以讲述任何他喜欢的故事而不必为其背书其真实与否了。讲故事的人因此获得了一种特权，他可以讲述最特殊的事情，最离奇的事情，却不必阐述其隐含的形式逻辑和思维逻辑，其丰富性神奇性远非新闻可比，也远非现代小说可比。换言之，我们是多么怀念荷马史诗和《西游记》的时代，怀念那些无拘无束无边无际的生活啊。

这才是罗小通这样的"炮孩子"的快乐。

抗德英雄孙文与《檀香刑》

《檀香刑》基于高密的历史往事。

穿越高密的胶济铁路，有着独特的历史印痕。据史料记载，1897 年 11 月，地处鲁西南的巨野县乡民杀死了两名德国传教士，发生了历史上著名的"巨野教案"。觊觎山东已久的德帝国主义以此为借口，派军舰占领了胶州湾和胶澳地区，就是后来的青岛市区。1898 年 3 月，德帝国主义威逼清廷签订《胶澳租借条约》，条约不但承认德国有租借胶州湾及胶澳地区 99 年的权利，而且还允许德国修建由青岛至济南的铁路。这条铁路，一方面是把现代交通工具引入齐鲁大地，一方面却伴随着诸多主权的丧失：在铁路两侧 30 里范围内，德国享有开采矿产的特权；山东兴办各项工程，德国人有优先承办权。①胶济铁路的修筑，在高密县境内引发了一场由高密西乡农民孙文领导的声势浩大的抗德阻路斗争，参与抗德斗争的民众多达数千人，遭受德军和山东巡抚袁世凯的联合镇压，屡起屡伏，死伤惨重，孙文等领袖被杀害，却也迫使胶济铁路修筑工程停工达一年之久，并且在铁路线路上做出一些修改，以及展开安抚善后和补偿的工作，作为对当地农民的让步。胶济铁路修建中的抗德斗争，在中国近代反帝斗争史上产生过重大影响。②

现实中领导高密农民抗德的抗争者孙文，在作品中的身份，是一位"猫腔"演员孙丙。这一变动，将莫言记忆中的两种声音，火车声和茂腔声，巧妙地融合到一起，使得"猫腔"剧种在作品中有了充分的书写，也将"猫腔"的声音和火车的声音，在德国占领者强行修筑胶济铁路的事件中产生直接的关联性。同时，孙丙的个人历史和精神品格，经由"猫腔"的扩充，也由此得到了充分的表现空间，从一个历史中的传奇英雄逐渐丰富生动起来，具有了个人生活的多个侧面，变得血肉丰满、性格鲜明，具有可感可知的生命血性和反抗暴政的英雄气概。

《檀香刑》的人物关系图是这样的：猫腔艺人孙丙，因为与县令钱丁斗须（比赛胡须）失败，拔光了胡子，从此退出舞台生涯；他的女儿孙眉娘嫁给赵小甲，公公赵甲是大清王朝京城里的刽子手，一生执行酷刑无数，已经退休还乡养老；孙眉娘厌弃赵小甲的孱弱幼稚心智不全，对仪表出众口碑甚好的高密县令钱丁，从暗恋到以身相许，如胶似漆，放纵不羁。由孙眉娘的婚姻与情感线索，

莫言与当代中国文学创新经验研究

将几个男性牵扯到一起，后者却浑然不觉彼此的关联。

　　心气甚高的孙丙，和钱丁比赛谁的胡须更为出色，孙丙斗胡须失败，不但失去了满腮的美髯，更致命的是，他从此不能再登台演出，落魄了，沉沦了。加之他的妻女遭受到修筑胶济铁路的德国技师的凌辱，忍无可忍，迫使他奋起抗争；他带头抗德、组织义和团的行动，具有充分的理由，很容易让我们感到同情和认同。义和团众官兵纷纷以舞台戏剧和民间传说中的英雄"附体"，"习拳之日，人人都选了自己心目中最敬佩的天神地仙、古今名将、英雄豪杰，做了自己的附体神祇。岳云、牛皋、杨再兴、张飞、赵云、马超、黄忠、李逵、武松、鲁智深、土行孙、雷震子、姜太公、杨戬、程咬金、秦叔宝、尉迟敬德、杨七郎、呼延庆、孟良、焦赞……总之凡是戏里的人物，书上的英雄，传说中的鬼怪，都出了洞，下了山，附在马桑镇人民的身上，大显了神通。孙丙，也就是抗金的名将大大的忠臣岳飞，麾下聚集了天下的英雄豪杰，人人抱忠义之心，个个怀绝代武艺，都在短短的十天内练成了金刚不坏之躯，要跟德国鬼子见高低"。[①]猫腔的祖师爷常茂，现在竟然被孙丙请来充当了义和拳的尊神。乡亲们保卫乡土抵抗强敌的战斗热情，和民间文化、"猫腔"熏陶、鬼神迷信、蒙昧昏庸融合在一起，充满了戏剧化的伟大激情。是的，在理性的角度上思考，这样的神灵附体荒谬可笑，在审美体验的层面上，却是把尼采所说的古希腊悲剧的酒神精神，化合到现实的斗争中，给自己赋予一种伟大的历史的激情，古今合一，人我合一，天人合一……孙丙和他的乡亲们，就是在现实生活中进入了舞台的沉醉，舞台的狂欢。

　　接下来，民众的大刀长矛不敌德军的大炮和来复枪，孙丙和他的抗德队伍面临灭顶之灾。钱丁冒险前往营地劝说孙丙主动自首以避免全军覆没，以一人性命换取义和团民众的生还。孰料德军背信弃义，在钱丁劝说孙丙走出营寨之后，悍然动用12门大炮屠杀义和团民众。袁世凯为了弹压民心，杀一儆百，请出退休还乡的京城

　　① 莫言:《檀香刑》，上海文艺出版社2012年版，第174页。

莫言文学世界研究

刽子手赵甲，给孙丙施加最残酷的檀香刑，为此，赵甲、钱丁和孙丙、孙眉娘各怀心思，各出奇招，上演了一台轰轰烈烈而又诡谲奇异的人生大戏。

人生如戏　戏如人生

同时，孙丙的"猫腔"艺人的身份设定，不仅使得作品有了聚焦的中心，还使得《檀香刑》具有了相当浓郁的戏剧化特征。人生如戏，戏如人生。莫言的每一部重要作品，不但在内容上都有新的探索，在形式上也是刻意求新求变。《檀香刑》的戏剧化风格，既体现在作品的语言风格上，也体现在作品的结构方式上。

首先，在语言上，小说拥有很大的自由度，长句短句，铺排节略，可以采用多种手段。戏曲呢，它的语言是以唱腔为主，七字句，十字句，十四字句，尽量地追求口头语言和书面语言的融合，叙事状物和抒情表意的融合，还要合辙押韵，声调铿锵。《檀香刑》的语言，因为孙丙的身份，而具有了戏曲唱词的韵味，并且是大面积应用。与之相应，在叙述语言上，也尽量地贴近口语化，贴近民间说书人的口吻，使得语言生动别致，趣味横生。

其次，在叙事方式上，戏曲也有自己的规定性。在舞台上，每个角色，都是在采用第一人称的角度抒发自己的心灵和情感，也和别的角色进行直接交流。《檀香刑》中的主要人物，都有各自的舞台角色和台词唱段，"眉娘浪语"，"赵甲狂言"，"小甲傻话"，"钱丁恨声"，"孙丙说戏"，包括刽子手赵甲在内，每个人物都有篇幅浩大的内心自白，形成"众声喧哗"的复调叙事。

《檀香刑》还有一个更大的构想，生活与戏剧的同构。人生如戏，戏如人生。在《檀香刑》中，因为"猫腔"艺人孙丙的身份设定，将义和团的神魔附体与戏里戏外人我莫辨，表现得淋漓尽致，就像袁世凯审问孙丙时的一场对话，"袁大人真是贵人眼拙，俺行不改姓，坐不改名，俺就是率众抗德的大首领，孙丙原是俺的名，现在俺顶着大神岳武穆，正在这风波亭里受酷刑！"[①]古代的悲剧英雄岳飞，成为鼓舞孙丙抗争到底的精神支柱。而孙丙和他的猫腔弟子们在刑场的慷慨悲歌，将一场酷刑的设置，变成一次舞台演出式的狂欢，受刑人和刽子手在台上表演，台下的观看者则像看大戏一样欣喜若狂。

"看和被看"：冷漠隔绝与生死与共

这一场景，让我们再次想到鲁迅先生提出的"示众"和"看客"。莫言对于"示众"与"看客"文化，不但有强烈的批判，还有深刻的自省。在北京大学的学术演讲中，莫言如是说：

> 我们这些成千上万的"看客"，你能说他不善良吗？你能说他不是好人吗？很难下这样的结论，我们如果在场则也可能是看客之一。像我这种年龄的人，在"文革"期间看游街示众也津津有味，尽管心里面怀着恐惧，但还是要拼命地往前挤，希望在最近距离看到这个人怎样被处决。[②]

此言不虚。莫言在相关的文字当中，讲到过时代殉难者张志新的英雄事迹，讲到过他和参与处理张志新一案的有关人员的对话，由此引发莫言对于遇难者、刽子手和看客的"看和被看"的关系的深入而独特的思考。

莫言对这种蒙昧而冷漠的看客有精彩的描述，《枯河》中在清晨时分张着"死鱼一样的眼睛"观看死去的小虎子的尸体的乡民，《拇指铐》中的看客老Q、小D，直接袭用了《阿Q正传》中的人物名字。不过，莫言也有若干作品是"逆其意而用之"，对"看和

① 莫言：《檀香刑》，上海文艺出版社2012年版，第338页。
② 语言与历史（二）【视频】，http://video.chaoxing.com/play_400001116_11781.shtml。

莫言文学世界研究

被看"的关系进行了反转，就像鲁迅在《野草·复仇》中让被看者主动地终止"表演"以反击那些围观的无知亦无聊的看客。在《檀香刑》中，孙丙与民众的关系，不仅是"看和被看"，更是血肉相连、同仇敌忾。尽管说，德军的洋枪大炮粉碎了义和团刀枪不入的神话，但是，孙丙们的斗争意志并没有衰竭。在狱中，先是有小山子潜入狱中愿冒名顶替，代替孙丙去赴死，后来又有叫花子头朱八爷劫狱不成，就想着扼死孙丙，免得他遭遇旷世酷刑受尽折磨而死。但是，孙丙先后拒绝了这些以命相许的朋友，坦然地走向檀香大刑，走向众多民众翘首相望的最后演出。猫腔弟子们则在师傅受难的同时，与孙丙互相唱和，把现实中的檀香刑，同时搬演一出猫腔大戏《檀香刑》，将"看和被看"的冷漠隔绝，改写为生死与共相互激励。

民间声音的喧哗与骚动

正是这种和历史进程融合在一起的浩瀚而嘈杂的声音，化作了宋元以来的戏曲发展的轨迹。在民族压迫最黑暗的时刻，关汉卿写出了控诉政治黑暗的《感天动地窦娥冤》，写出了包公断案的《包待制智斩鲁斋郎》，写出叛逆性格自白的"我是个蒸不烂、煮不熟、捶不匾、炒不爆、响珰珰一粒铜豌豆"，却也有不乏风趣诙谐的《赵盼儿风月救风尘》；从《桃花扇》到《赵氏孤儿》，从《长生殿》到《霸王别姬》，中国的戏曲中渗透着历史的风云，融合着生活的情趣，也观照着不离不弃的现实人生，凝聚着民众的心声。就像《檀香刑》中，孙丙和他的猫腔班子日常演唱的是《风波亭》《鸿门宴》《追韩信》，英雄豪杰的故事潜移默化地融入了他们的心头，成为他们做人的楷模。在钱丁眼中，他从曾国藩的著作中学习到的兵法阵法，孙丙则是从戏曲中也全学到了。遗憾的是，在二十世纪的启蒙主义大潮中，现代文人对于民间趣味和传统戏曲的改造，启蒙与救亡主题的凸显，遮蔽了戏曲的民间特色，也消退了戏曲与民众生活血肉相融的关联性。莫言自称写作《檀香刑》是从现代性写作向民间写作的大踏步撤退，具有多重意义。其中之一，就是从启蒙主义——现代小说样式，向乡土大地——民间戏曲茂腔的折返，代表了文人情怀的钱丁，代表了皇家刽子手威权的赵甲，最终都折服于民间艺人孙丙面前，可谓寓意深刻。而且，这一撤退，还演化出更加彻底的新变，2017 年以降，他先后创作发表了戏曲文学剧本《锦衣》和《高粱酒》，在拓展其文学创作的体裁的同时，也给我们带来新的启示。

莫言的野心：戏曲与戏曲伦理的重建

莫言的野心可谓大矣。他用"聊斋体"小说，与蒲松龄对话，迈出回归文学的本土性的步履；他用新创作的戏曲剧本《锦衣》《高粱酒》——不但在样式上是传承久远的本土戏曲，在思想艺术追求上也是充满泥土本色的——力图创造一个新乡土戏曲的时代。

《锦衣》中有两条线索，一条是贫家姑娘春莲的命运遭逢，一条是季星官们的革命大计。春莲嫁给留学日本的季星官为妻，却独守空闺，身单力薄的她既要承受繁重的运盐劳动，又因其青春美貌遭受无良子弟和官场人物的骚扰。季星官身负革命重任返回家乡策动起义以响应辛亥革命，却在回乡之初就被当地官吏视为可疑人物，举步维艰。季星官化身锦绣雄鸡与春莲相会，有情人终成眷属，同时也将县衙官员的注意力和兵力吸引过来，为同志们策动起义一举成功做了贡献。这种皆大欢喜的大团圆的结局，在莫言此前的作品中是未曾出现的，《红高粱》《丰乳肥臀》《檀香刑》《生死疲劳》等都是现代悲剧，都没有这样的功德圆满、喜气洋洋——而大团圆的喜剧，恰恰是传统戏曲最常见的结构方式。

这样的艺术倾向，在戏曲剧本《高粱酒》中有更为突出的凸显。中篇小说《红高粱》在问世之后暴得大名，莫言一鼓作气写出《高粱酒》《高粱殡》《奇死》《狗道》，结撰为《红高粱家族》。张艺谋将其改编为同名电影，在西柏林电影节上为中国电影夺得第一个金熊奖。随着影片的放映，也让各国观众记住了莫言这个年轻的中国作家。此后，先后有舞剧版、晋剧版、评剧版、茂腔版等多种戏曲的《红高粱》剧目问世，而且各有各的高招，比如说晋剧版就采用了踩跷和椅子功的绝活。诸多地方戏曲纷纷改编和上演同一部作品，这在中国戏曲史上恐怕也是少见的。周迅主演的长篇电视连续剧《红高粱》则为这部作品锦上添花。按照常理常情，在此情况下，要想将原作改编为戏曲文学剧本，难度可想而知。莫言却执意蹚这片浑水，自创新篇。而且，将《红高粱家族》小说与新创作的《高粱酒》作比较，我们就会看到莫言"推陈出新"或者"由新返陈"的努力。

《高粱酒》之新，是在余占鳌和戴凤莲之外，新增了凤仙——单家的儿媳，让她和年轻时代的罗汉大爷成为主要人物，借舞台讲述他们的爱情与牺牲，扩展了作品的英雄人物图谱。做一点不算离谱的揣测，这是莫言对于电视连续剧版的《红高粱》的一种"纠偏"。电视剧版《红高粱》中，周迅主演的九儿和秦海璐饰演的淑贤，先后进入单家大院，为争夺单家大院财产的继承权，两个本应该是同病相怜的小寡妇，作为妯娌二人勾心斗角互相算计，挖空心思，无所不用其极。这样的人物设计，曾经遭到许多观众的批评，认为这和莫言原作中乡土气息浓郁的女性人物精神气质相去甚远，而落入了《甄嬛传》等"宫斗剧"的窠臼。是的，在莫言笔下，戴凤莲敢作敢为，不避艰难，大有女中丈夫的气概；她也有她的狭隘和"使坏"，但是她"坏"得一派天真，活得爽气，没有花花肠子，没有无穷算计。凤仙与淑贤的身份相同，性格走向却截然相反，焉能说是莫言偶然为之？

剧作《高粱酒》的回归，则是向民众接受和欣赏心理的退让。《红高粱》及其家族系列小说发表于二十世纪八十年代中期，正是文学创新大潮最盛的时候，个性解放与张扬，既表现在作品的主要人物余占鳌和戴凤莲身上，也表现在作家的艺术独创性上。而地方戏曲，恐怕是传统性最强的艺术门类，创新云云，如水过地皮湿，在骨子里，它信守的是民间的道义原则和审美情趣。于是，在新潮小说中可以为所欲为而不愁没有读者，在戏曲剧本中民众的审美规范却是难以冒犯的。《高粱酒》剧作的两个重要修改之处，一是将小说原作中戴凤莲未曾同床就被杀死的单家丈夫罹患麻风病，改成了肺痨，减轻观众对其的厌恶和嫌弃，也消除了对麻风病的危害的极度渲染，二是将单家父子被余占鳌杀害的情节模糊化，减除余占鳌身负杀人命案的负面影响——在小说原作中，余占鳌的杀人不眨眼，处处显露出来：他杀掉了母亲的和尚情人，打死拦路抢劫戴凤莲花轿的劫匪，杀掉了麻风病人单家父子，除掉了铁板会的首领花脖子……这种快意恩仇和草莽生涯，在小说问世之后，很快被读者和文坛认可，成为其丰满个性的一大标志，并未引起多少质疑和不满。莫言《红高粱》中的一段话，已经成为经典名言："高密东北乡无疑是地球上最美丽最丑陋、最超脱最世俗、最圣洁最龌龊、最英雄好汉最王八蛋、最能喝酒最能爱的地方。八月深秋，无边无际的高粱红成洸洋的血海，高粱高密辉煌，高粱凄婉可人，高粱爱情激荡。这片温热的土地上，有这么一群人，他们杀人越货，他们精忠报国，他们演出一幕幕英勇悲壮的舞剧，使活着的不肖子孙们相形见绌。"[1]在这里，生命力旺盛和强悍的叛逆性，是与生命力委顿、缺少创造性相对应而存在，杀人越货，挑战人伦，和敢爱敢恨、精忠报国掺杂在一起，被视为乱世英豪的基本品格而受到推重。

二十世纪八十年代是张扬个性、反抗成规、去旧图新、充满叛逆性的时代，无法无天的民国土匪故事，挑战社会底线的犯罪案件，也成为加强反叛力量的渊源之一。根据郭小川的同名诗歌改编而成的电影《一个和八个》，讲述的就是在特殊情况下八路军营教导员王金和一群土匪的故事，从意识形态上看，是忠诚于革命的王金在感化和教育这几个土匪，但是，从人物造型和性格塑造上看，这几个化外之民却更富有艺术的魅力。

还有贾平凹的《匪事》所收的《五魁》《白朗》，还有王朔的《一

---

① 莫言：《红高粱家族》，上海文艺出版社2012年版，第2页。

半是火焰一半是海水》《顽主》，还有苏童笔下的香椿树街的暴力少年，被王蒙称作是"吃饱了撑的"导致无事生非的《你别无选择》，等等，从各方面对社会现实和社会心理做出强大的冲击。

　　三十年河西，三十年河东。反叛终有平息的时刻，血性和残酷往往掺入青春的狂妄，先锋只是少数人的事情，曾经憧憬"太阳每天都是新的"，蓦然回首，才发现"太阳底下没有新的东西"。两种境界，正好可以用来比较莫言的《红高粱》小说与《高粱酒》戏曲剧本。文学的读者是小众，可以先锋可以超越，戏曲的预设观众则是广大农民，必须世俗必须从众。要想教育民众，必先取信民众。莫言如是说："对我而言，戏剧决定我的道德观和价值观。一个人童年时受到的教育是影响他一生的，学校、社会的教育是对之前框架的修修补补。所以我现在这个人之所以被大家评价为一个不太坏的人，在大是大非面前能保持基本原则的人，这就得力于我小时候看的很多戏曲，这些道德观价值观就会反映到我的小说中去，小说中的观念是跟我这个人密切相关的，因此我小说里很多思想性的东西，也还是跟中国的戏曲一脉相承的。"①

　　温故而知新，由己而及众，2010 年，莫言曾给贵州大学的师生做过一场题为《小说与戏剧——从个人经验谈起》的讲座。莫言认为：

　　　　现在戏剧依然是国民教育的最重要的方式，陶冶人民情操，铸造人民灵魂的重要手段，用戏剧方法进行的这种潜移默化的教育，远远比一本正经的说教强得多。通过看戏，头脑中的观念，比如轮回报应、善有善报恶有恶报，也是从戏剧方式传播开来的。总之，戏剧对老百姓的影响是广泛的，涉及各个方面。②

---

① 莫言：《莫言的戏剧雄心》，http://news.ifeng.com/gundong/detail_2012_12/19/20327348_0.shtml。

② 小说与戏剧——从个人经验谈起，http://edu. ifeng.com/gaoxiao/detail_2012_10/22/18433855_0.shtml。

对于莫言所言，不必做胶柱鼓瑟的刻板理解，对于当下的乡村和城市，还有多少人像莫言那样迷恋戏曲，也可以做出不同的阐释。但是，孙丙们是从"猫腔"中学演戏也学做人，到莫言新近转向戏曲创作，其良苦用心，足以令人感佩。

在莫言与音乐家李云涛合作的《檀香刑》歌剧剧本（《十月》2018年第4期）中，不但别出心裁，设置了一位在乡村唱琴书的艺人，作为提点故事脉络、交代人物事件的叙事者，在作品的主人公孙丙身上，人戏合一也成为其性格的主色调。孙炳的主要唱段，都是围绕着人生与戏剧的相互融合而展开的："孙丙我演戏三十载，只有今日最辉煌……好男儿流血不流泪，是大英雄怎能儿女情长？常言道，水来土掩，兵来将挡，是好汉，一人做事一人当。但愿得姓名早上封神榜，猫腔戏里把名扬。"①从长篇小说到歌剧，《檀香刑》的故事情节进行了大量压缩，在舞台上集中展现的是孙丙兵败被捕之后几个主要人物的矛盾冲突，孙丙的台词和唱腔非常有限，就是如何面对酷刑与死亡的最后抉择。他曾经从戏剧走向人生，在现实中领头抵抗德军，在这面临生死关头的时候，他最挂念的就是自己如何再度走入戏剧，从现实的英雄走向后人视野中的舞台上的英雄。在《我们的荆轲》中，莫言曾经不无反讽地让荆轲喊出了"咱们历史上见"的绝命词，意在消解古代侠客行为的意义，刻意地以放弃成功刺杀秦王嬴政的英雄悲剧去追求被写入历史书籍。孙丙的绝命词"戏……演完了"让我们感到熟悉，它对应了荆轲的留名后世，但他比荆轲更为直观也更为复杂——荆轲与秦王并没有直接的血海深仇，孙丙与德国侵略者之间却是不共戴天仇深似海；荆轲熟知历史上的刺客事迹，他要超越专诸、聂政之流，就得玩出新的花样；孙丙却是出于猫腔演员的身份，崇拜的是成为舞台角色的英雄岳武穆和楚霸王；荆轲是一个清醒的理性主义者，孙丙却是陷入了"不疯魔不成活"的悖论，对舞台投入太深，经常混淆了舞台与现

① 莫言、李云涛:《檀香刑》（歌剧剧本），《十月》，2018年第4期。

实的关系不能自拔。就像孙眉娘的唱词所言，"这一次，你注定了自己要进戏，演到最后自己也成了戏"。[1]他是在用自己即将完结的生命在演戏，虚实相形，真幻相生。

或许，这才是民间戏剧的最高境界，也是一种最高端的戏曲伦理吧。

---

① 莫言、李云涛：《檀香刑》（歌剧剧本），《十月》，2018 年第 4 期。

第七章　劳动美学与和解心态:《故乡人事》

　　莫言出生于 1955 年，2012 年荣获诺贝尔文学奖，时当五十七岁，在历年来荣获诺贝尔文学奖的作家中，是比较年轻的，来日方长。这也正是一个作家在思想和艺术性上臻于成熟的年纪。莫言获奖之后，在诺奖的光环下，在众多目光的关注之下，还能不能写出高水平的作品，继续保持旺盛的创新能力呢？此后 5 年，莫言一直忙于各种社会活动，在文学创作上一直没有动静。2017 年 9 月初秋，在又一个收获的季节，莫言的文学新作，以《故乡人事》为总题的系列短篇小说《地主的眼神》《斗士》《左镰》、组诗《七星曜我》和戏曲文学剧本《锦衣》陆续问世①，文学的莫言又回来了，而且创作势头良好，让我们对他今后的创作充满信心和期待。时至 2018 年 7 月，莫言相继发表短篇小说《天下太平》《等待摩西》《诗人金希普》《表弟宁塞叶》、组诗《高速公路上的外星人》、戏曲剧本《高粱酒》、歌剧剧本《檀香刑》等。

　　莫言能够在盛誉和繁忙中推出具有探索性的新作，并且保持相当的高度，其奥秘何在？这是基于他对高密东北乡文学领地现实与历史两个向度的坚守与拓展，对乡村今昔变化的敏锐感知。依照《收获》刊物发表的顺序，三篇小说的排列是《地主的眼神》《斗士》《左镰》，在写作时间上，则是《左镰》最先写成：

　　　　各位读者，真有点不好意思，我在长篇小说《丰乳肥

---

① 《故乡人事》包括短篇小说三篇，发表于《收获》2017 年第 5 期；诗歌《七星曜我》和戏曲剧本《锦衣》均发表于《人民文学》2017年第 9 期。

臀》、中篇小说《透明的红萝卜》、短篇小说《姑妈的宝刀》里，都写过铁匠炉和铁匠的故事。在这歇笔多年后写的第一篇小说里，我不由自主地又写了铁匠。为什么我这么喜欢写铁匠？第一个原因是我童年时在修建桥梁的工地上，给铁匠炉拉过风箱，虽然我没学会打铁，但老铁匠亲口说过要收我为徒，他当着很多人的面，甚至当着前来视察的一个大官的面说我是他的徒弟。第二个原因是，我在棉花加工厂工作时，曾跟着维修组的张师傅打过铁，这次是真的抢了大锤的，尽管我抢大锤时张师傅把警惕性提到了最高的程度，但毕竟我也没伤着他老人家……①

莫言的乡村生活记忆，如此根深蒂固，只要接通了这根神经，他的笔下就会源源滚滚地流淌出火热的生命之歌。从自己最熟悉的生活写起，打铁的故事，更是激活他的创作才华的不二法宝，从他的成名作《透明的红萝卜》到沉寂数年后归来的新作《左镰》，都是明证。在短篇小说《故乡人事》系列中，莫言依托其高密东北乡的乡村生活印记，展现出其锐意进取、不为盛名所累的活跃姿态：基于乡村手工技艺的打铁与割麦所蕴涵的劳动美学，对曾经盛行一时至今仍有余患的"斗士心态"的反思摒弃，对历史积怨的释然和解。莫言新作在表现当下乡村现实生活和历史风云两个向度上，以及对文学体裁的创制上，做出积极探索，塑造了孙敬贤、武功、田奎等一批新的乡村人物，拓展了高密东北乡的新版图。

打铁：日常生活中的严峻较量

莫言的《故乡人事》，以今日"还乡人"的视角讲起，从高密东北乡的人和事讲起，讲他们的昨天和今天。其中最醒目的部分，

---

① 莫言：《故乡人事·左镰》，《收获》，2017年第5期。

是对于劳动的描写:《地主的眼神》中的割麦,《左镰》中的打铁。

诺贝尔文学奖委员会主席瓦斯特伯格给莫言的颁奖辞中指出,在莫言的作品中,一个被人遗忘的农民世界在我们的眼前崛起,生机勃勃,即便是最刺鼻的气味也让人心旷神怡,虽然是令人目瞪口呆的冷酷无情却充满了快乐的无私。他的笔下与枯燥乏味绝缘。这个作家知道乡村生活中所有的一切,并能描述所有的一切,各种手工艺、铁匠活、盖房子、开沟渠修水利、放牛羊和土匪的花招诡计。他的笔尖附着了所有的人类生活。[1]如此称赞莫言对乡村生活和各种劳动技艺的谙熟,确实说到肯綮。莫言从十一岁失学之后,就开始参加乡村劳动,直到他二十一岁离开乡村,对于各种各样的农活技艺,他都有很强烈的切身体会,也把乡村中各种各样的劳动,写入了自己的作品。

关于打铁的场景描述,在《透明的红萝卜》《姑妈的宝刀》《月光斩》等和近作《左镰》中,就反复出现过,既有内在的脉络传承,又注重各自不同的内容之需要,各有其鲜明特征。《丰乳肥臀》中上官吕氏——鲁璇儿的婆婆打铁的情景就非常精彩。上官家是铁匠世家,传到上官福禄和上官寿喜父子两代人手中,这两个男人身体都很孱弱,无法承受打铁的劳动强度,上官吕氏劳动时的强悍和霸气,让因为结婚三年没有生养而受尽婆婆斥责辱骂的鲁璇儿,也不得不敬佩,"夕阳彤红,满树槐花如雪。炉火金黄,焦煤喷香,铁烧透了,又白又亮。上官福禄把烧透的铁活夹出来,放在砧子上。他拿着一柄小叫锤,装模作样地打着点儿。上官吕氏,一见白亮的铁,就像大烟鬼刚过足烟瘾一样,精神抖擞,脸发红,眼发亮,往手心里啐几口唾沫,攥住颤悠悠的锤把儿,悠起大铁锤,砸在白色的铁上,声音沉闷,感觉着像砸在橡皮泥上一样。咕咕咚咚地,身体大起大落,气盖山河的架势,是力量与钢铁的较量,女人跟男人的较量,那铁在她的大锤打击下像面条一样变化着,扁了,薄了,

---

① 转引自财新网:2012年诺贝尔文学奖颁奖词全文,引者根据英文原文略有修订,http://china.caixin.com/2012-12-11/100470901.html。

青了，纯了，渐渐地成形了"①。上官吕氏在作品中出现的场合不多，她全身心投入的打铁场面，令人过目难忘。

上官吕氏不让须眉的打铁场景，让远在日本的翻译家产生认同感，唤起对于自家母亲的记忆。日本汉学家吉田富夫，《丰乳肥臀》日译本的译者，是一位在日本乡村长大的孩子，读到莫言的乡村生活作品，产生强烈的认同感。莫言小说《透明的红萝卜》有一个人物是黑孩，吉田富夫小时候外号就是黑孩子。《丰乳肥臀》是莫言唱给母亲的颂歌，吉田富夫认为自己是翻译《丰乳肥臀》的最佳人选："这完全是农民的世界。而我是农村长大的，货真价实农民的儿子，我感到自己有责任，一定要把它翻译成日文。"1997年春天，吉田富夫开始翻译《丰乳肥臀》；在《丰乳肥臀》中，莫言刻画了上官吕氏打铁的场景，当翻译到这段文字，吉田富夫感慨不已："我自己的母亲就是这样打铁的，这不是小说，而是现实世界。"②

还有获得"蒲松龄短篇小说奖"的《月光斩》。上官吕氏的打铁，写的是性别的较量，巾帼不让须眉的豪气，《月光斩》则是铁匠与钢锭的较量，是为了捍卫铁匠的职业声誉以命相搏。这部作品是对鲁迅《铸剑》的戏仿与致敬。作品中，一个女红卫兵带着一块奇特的钢块，来找打铁的李家父子，要求他们打成一把样式古老的钢刀。这钢块来历不凡，灵性十足，老李铁匠心知这块钢锭难以对付，要把这桩活计推出门外，却又经不住女红卫兵的激将有方；李家父子为了维护铁匠的荣誉，将自己的性命都付诸其中；等到钢刀锻打完成，老铁匠和两个儿子都气绝身亡，只有最小的儿子和女红卫兵相伴而去，着实是神奇怪诞。

《左镰》的故事从铁匠进村讲起，马上吸引了乡村少年"我"和小伙伴们的好奇心。也让我们想到孙犁《铁木前传》中写到的打铁场景。作品对木匠与铁匠干活的描写，以及孩子们对此的新奇感

---

① 莫言：《丰乳肥臀》，上海文艺出版社 2012 年版，第 554 页。
② 一个日本翻译家眼中的莫言，http://cul.sohu.com/20150815/n4189213
50.shtml。

受，非常富有感召力："如果不是父亲母亲来叫，孩子们是会一直在这里观赏的，他们也不知道，到底要看出些什么道理来。是看到把一只门吊儿打好吗？是看到把一个套环儿接上吗？童年啊！在默默的注视里，你们想念的，究竟是一种什么境界？"①或许，乡村少年的欢乐，都是简单明快的。莫言在《左镰》中的场景描写，就接续了孙犁的风范，以在场少年的目光，去讲述打铁劳动的魅力，固体的冰冷的钢铁，如何在炉火摇曳和铿锵有力的打铁声中，改变颜色和形状，百炼钢化为绕指柔，随心所欲地打造出斧头、铡刀、镰刀，镰刀还分胶县镰和掖县镰，其过程非常神奇，不可思议。镰刀的历史久远，是农业劳动中的重要工具，但人们日常所见，都是右手使用的镰刀，左镰实属稀罕。这给作品又增添了一重谜团。接下来，话题顺着左镰的由来展开，一群乡村儿童的恶作剧，引发田奎被父亲剁掉右手的惨剧，从此只能够使用左镰。莫言对田奎的遭遇一笔带过，在解开这谜团之后，场景又回到打铁的场面：

> 炉膛里的黄色的火光，铁砧子上白的耀眼的光，照耀着他们的脸，像暗红的铁。三个人站成三角形，三柄锤互相追逐着，中间似乎密不通风，有排山倒海之势，有雷霆万钧之力。最柔和的和最坚硬的，最冷的和最热的，最残酷的和最温柔的，混合在一起，像一首激昂高亢又婉转低徊的音乐。②

《左镰》的故事中，少年田奎遭受父亲惩罚，被斧头剁掉右手的场景，其残酷程度，想一想都令人不寒而栗，在作品中却是暗场处理，铁匠们打造左镰的场景，占据了叙事的中心，取得了独特的审美效应。细节性的过程超越了故事的因果性，可以说是奇峰突

---

① 孙犁：《铁木前传》，天津人民出版社 1957 年版，第 1 页。
② 莫言：《故乡人事·左镰》，《收获》，2017 年第 5 期。

起，这是劳动、成长逐渐战胜仇恨与敌意的较量。

劳动美学：生活、成长、创造

莫言写劳动，有多副笔墨，他对于劳动技能的精到描画，对于乡村能工巧匠的热情赞美，表现了一种富有魅力的劳动美学。

莫言并不回避劳动的痛苦。在《白棉花》中，他写到农民在庄稼地里喷洒农药时刺鼻熏人的气味。在《透明的红萝卜》中，小黑孩被派到桥洞里给铁匠炉拉风箱，在硕大的风箱面前，他显得那样单薄弱小，难以胜任："黑孩咬着下嘴唇，不断地抬起黑胳膊擦着流到眼睛上边的汗水。他的鸡胸脯一起一伏，嘴和鼻孔像风箱一样'呼哧呼哧'喷着气。……孩子急促地拉着风箱，瘦身子前倾后仰，炉火照着他汗湿的胸脯，每一根肋巴条都清清楚楚。左胸脯的肋条缝中，他的心脏像只小耗子一样可怜巴巴地跳动着。"①

从肋条缝中看到他的心脏像只小耗子一样可怜巴巴地跳动着，这样的描写太传神了。《左镰》中的表述，"这就是劳动，这就是创造，这就是生活，少年就这样成长，梦就这样成为现实"，这一成长过程，在小黑孩这里得到连续性的展现。刚刚来到桥洞下的铁匠炉，小黑孩身体瘦弱，力薄难支，好心肠的菊子姑娘，看到黑孩因为咬紧牙关拉风箱，下唇流出深红的血，对他深表同情；她要用双臂把小黑孩拖拽出桥洞，离开铁匠炉。但是，小黑孩的拒绝更加坚决，甚至在菊子姑娘手臂上咬了一口以捍卫自己拉风箱的权利，不肯离开铁匠炉。他也曾因为技巧不足而把炉火弄灭，受到小铁匠的斥责和扇巴掌。后来，小黑孩又在捡拾灼热钢钻的时候烫伤了双手，但是他仍然没有离去，仍然坚持着拉风箱，看打铁，而且，在老铁匠"少加煤，撒匀一点""拉长一点，一下是一下"的指点下，

① 莫言:《透明的红萝卜》，莫言中篇小说集:《欢乐》，上海文艺出版社2012年版，第15—16页。

渐入佳境：

> 她（菊子）看到黑孩儿像个小精灵一样活动着，雪亮的灯光照着他赤裸的身体，像涂了一层釉彩。仿佛这皮肤是刷着铜色的陶瓷橡皮，既有弹性又有韧性，撕不烂也扎不透。黑孩似乎胖了一点点，肋条和皮肤之间疏远了一些。也难怪么，每天中午她都从伙房里给他捎来好吃的。黑孩很少回家吃饭，只是晚上回家睡觉，有时候可能连家也不回——姑娘有天早晨发现他从桥洞里钻出来，头发上顶着麦秸草。黑孩双手拉着风箱，动作轻柔舒展，好像不是他拉着风箱而是风箱拉着他。他的身体前倾后仰，脑袋像在舒缓的河水中漂动着的西瓜，两只黑眼睛里有两个亮点上下起伏着，如萤火虫幽雅地飞动。①

拉风箱这样的简单劳动，一次又一次地简单重复，小黑孩却能够从中寻找到生活的快乐。他对于一老一小铁匠们的打铁场面和精湛技艺身醉心迷，也在别人看来非常无趣的重复劳动中发现了个中的乐趣，感受到拉风箱自有其魅力所在；用武侠小说中常用的"人剑合一"来描述这种情态，就是"人和风箱合一"。莫言描写乡村的苦难，惨烈血腥，但是，他还有表现乡村劳动的积极开朗、令人自豪神往的一面。小黑孩土生土长，浑浑噩噩，他的全部生活经验离不开自己的村庄，他无法产生理性的超越，只能够在有限的空间和劳动中去寻找单纯而感人的快乐，只能够用自己的全部感觉去感知大千世界，从而在炉火摇曳中发现了那一只神奇璀璨的透明的红萝卜。

在莫言笔下，割麦子也是出现频率最高的劳动方式。铁匠是一种独特的技艺，一乡一镇，都不过仅有一家铁匠铺，或者是要有走

① 莫言：《透明的红萝卜》，莫言中篇小说集：《欢乐》，上海文艺出版社2012年版，第24页。

莫言文学世界研究

四方的铁匠炉的到来，才给人们带来新奇诱惑。割麦子却是非常普及的、几乎每个农民都要从事的劳动。于是，它的群体竞赛，它的竞技特征，就更加鲜明，能够给割麦高手带来更多荣誉。《故乡人事》之《地主的眼神》，事情的发端就是生产队员们的集体割麦子。地主身份的孙敬贤，年近半百，声称有病，割麦时和年少力薄的"我"排在一起，"我"一开始也有新磨镰刀快如风的自豪，还想在割麦上赛过孙敬贤："左手翻腕揽过麦秸，右手将镰挥出去，用力往回一拉，感觉如同割着空气，毫无窒碍。"①但是"我"的镰刀很快就钝了，割麦技艺被孙敬贤比下去，"我"留下的麦茬子太高，割下的麦捆子太乱，落下的麦穗子太多，孙敬贤割下的麦捆，麦穗整齐，麦茬儿贴地，地下几乎没有落下的麦穗。为此，两个人的劳动状况被检查割麦的贫协主任现场讲评，一褒一贬，让"我"对孙敬贤心怀怨恨，"他简直就是出我的丑"②。更令人崩溃的是"我父亲"的指点迷津，"孙敬贤割麦技术全村无人可比。他用镰分三段儿，所以他的镰刀一天磨一次就够了"③，初出茅庐的"我"哪里是他的对手呢。

在莫言早先的作品《麻风的儿子》中，有血气方刚的张大力一个人在被羞辱的愤懑中独自割麦子的情节。这个年轻力壮、好胜心强的小伙子，因为家中有个患麻风病的母亲，在割麦现场午休吃饭时遭到村民的嫌弃规避，心生愤怒，在大家都还在吃午饭的时候，他愤恨不平地拒绝了晚到的同情，扔掉自己的午餐，捧起一团牛粪吞咽下去，扑到地里去割麦子，此前，他刚在割麦比赛中打败了割麦高手老猴子，此时的独自表演，别有一番精彩——"我们都站起来，看着那个高大青年在广阔无垠的金黄色麦田里进行着劳动表演。优美的劳动，流畅的劳动，赏心悦目的劳动。我们都急不可耐

---

① 莫言：《故乡人事·地主的眼神》，《收获》，2017 年第 5 期。
② 莫言：《故乡人事·地主的眼神》，《收获》，2017 年第 5 期。
③ 莫言：《故乡人事·地主的眼神》，《收获》，2017 年第 5 期。

地扑向麦田。"①优美，流畅，赏心悦目，一连三个形容词，对张大力是最高的褒奖词，也是劳动美学的现实显现。《左镰》中在描述到打铁场景时的赞叹，更确证了莫言对劳动的赞美并非偶然，而是一以贯之的："三个人站成三角形，三柄锤互相追逐着，中间似乎密不通风，有排山倒海之势，有雷霆万钧之力。最柔和的和最坚硬的，最冷的和最热的，最残酷的和最温柔的，混合在一起，像一首激昂高亢又婉转低徊的音乐。这就是劳动，这就是创造，这就是生活。少年就这样成长，梦就这样成为现实，爱恨情仇都在这一场轰轰烈烈的锻打中得到了呈现与消解。"②这简直就是用文字谱写的铁匠炉咏叹调啊。

而且，在《麻风的儿子》和《左镰》中，那纠结的敌意，无解的仇恨，本来可能导向报复与反报复的血腥死结，但莫言笔锋一转，这充满诗意的劳动场景中，紧张、焦灼、憎恨统统消失了，作品情节山重水复柳暗花明，进入了新的境界。劳动之美，化解了平庸之恶，奏起劳动美学的华彩乐章。

审美创造与审美愉悦

莫言写劳动，有多副笔墨，我这里要强调的，是他对于劳动技能的娴熟刻画，对于劳动中技能高强的人的热情赞美，表现了一种劳动美学。

劳动创造人类。自从人类产生的时候起，他就在从事劳动，但是，在漫长的历史中，劳动，尤其是体力劳动，一直遭到轻蔑鄙弃，从事体力劳动的广大民众，一直被歧视被排斥，被打入社会底层。直到十九世纪，是伟大的思想者马克思，从哲学的意义上肯定工人农民劳动的意义，劳动创造人类，劳动创造世界，劳动也创造

---

① 莫言:《麻风的儿子》，莫言短篇小说集:《与大师约会》，上海文艺出版社 2012 年版，第 164 页。
② 莫言:《故乡人事·左镰》，《收获》，2017 年第 5 期。

了美。劳动美学，是劳动者对自身劳动才能的审美肯定。

简略而言，它包含三个层面：一是在劳动中，人们从无知到有知，从生手生脚、笨拙愚钝，到熟能生巧、应用自如，在实践中掌握了劳动的规律，并且能够主动地运用这些规律进行创新，从而取得劳动和创造的主动权，创造出合乎自己的劳动目的的产品；二是劳动过程也促进了人们的感觉能力和思想意识的发展完善，劳动创造了美，也培养了人们的审美能力，能够体察到这种美的存在和价值；因此，第三，人们在劳动过程和对劳动产品的观照中，从中感受到自己的才能和智慧，肯定自我，产生超越实用目的的审美愉悦。

马克思的劳动与劳动美学的思想，集中地体现在《1844 年经济学哲学手稿》中。马克思在批判异化劳动时，就从正面阐述人类在正常适度的劳动中，从大自然和对象化中肯定自我，体现出劳动的自觉与自由，进而产生审美享受："一个种的全部特性、种的类特性就在于生命活动的性质，而人的类特性恰恰就是自由的自觉的活动。"[①]这里的关键词，是劳动中的自由和自觉。所谓自由，分两层意思。一是说人类的劳动，摆脱了动物性活动求生存的简单目的，具有了更多更高远的追求，从大自然的束缚中争取到相当的自由，具有了去创造丰富的物质和精神产品的可能性；二是说人类遵循客观规律，又运用这客观规律进行新的创造，创造自身和世界，从原始社会、游牧社会、农业社会、工业社会直到当下的信息时代，展现了人的创造才能的现实性。所谓自觉，是说劳动者具有明确的目的性，在劳动产品呈现出来之前，就有一个预设的蓝图；蜜蜂制造的六角形的精美蜂巢，令人类赞叹不已，但是，蜜蜂只是依靠本能而筑巢，即便最蹩脚的建筑工程师，他的建造图纸，也是人类的新创造。蜜蜂千百年来建造的蜂巢基本没有什么变化，人类却从穴居野人进化到可以建造摩天大楼、跨海大桥、航天飞机、全球

① 马克思：《1844 年经济学哲学手稿》，马克思、恩格斯：《马克思恩格斯全集》第 42 卷，人民出版社 1979 年版，第 96 页。

网络，表现出无穷的创造力。

马克思这样说：

> 通过实践创造对象世界，即改造无机界，证明了人是有意识的类存在物，也就是这样一种存在物，它把类看作自己的本质，或者说把自身看作类存在物。诚然，动物也生产。它也为自己营造巢穴或住所，如蜜蜂、海狸、蚂蚁等。但是动物只生产它自己或它的幼仔所直接需要的东西；动物的生产是片面的，而人的生产是全面的；动物只是在直接的肉体需要的支配下生产，而人甚至不受肉体需要的支配也进行生产，并且只有不受这种需要的支配时才进行真正的生产；动物只生产自身，而人再生产整个自然界；动物的产品直接同它的肉体相联系，而人则自由地对待自己的产品。动物只是按照它所属的那个种的尺度和需要来建造，而人却懂得按照任何一个种的尺度来进行生产，并且懂得怎样处处都把内在的尺度运用到对象上去；因此，人也按照美的规律来建造。

> 因此，正是在改造对象世界中，人才真正地证明自己是类存在物。这种生产是人的能动的类生活。通过这种生产，自然界才表现为他的作品和他的现实。因此，劳动的对象是人的类生活的对象化：人不仅象在意识中那样理智地复现自己，而且能动地、现实地复现自己，从而在他所创造的世界中直观自身。①

这种劳动的快乐，劳动的美学，"按照美的规律来建造"，又从这种制品中直观到自身，是和人在劳动中的自主状态分不开的。

庄子所讲的庖丁解牛，就生动地印证了这种审美愉悦的状态。

---

① 马克思：《1844 年经济学哲学手稿》，马克思、恩格斯：《马克思恩格斯全集》第 42 卷，人民出版社 1979 年版，第 96—97 页。

庖丁最初分解牛肉，一味蛮干，费力不讨好，一把刀用不了几天就变钝了，就得重磨。在十九年间拆解牛肉的过程中，他熟悉了牛的身体构造，对于其骨骼筋脉了如指掌，技艺出神入化，以神遇而不以目视，由技艺而升华为大道。在别人看来，他的动作，一招一式，都富有艺术的美感，就像富有节奏感的舞蹈："庖丁为文惠君解牛，手之所触，肩之所倚，足之所履，膝之所踦，砉然向然，奏刀騞然，莫不中音。合于《桑林》之舞，乃中《经首》之会。"庖丁自己也对他的劳动充满了自我欣赏的快乐，尽管在他人眼中，庖丁的社会地位和劳动方式都很卑微，庖丁自己却为之踌躇满志，洋洋得意，其对自身劳动过程的欣赏溢于言表。《透明的红萝卜》中小黑孩的拉风箱，也经历了这样熟能生巧的学习过程。

马克思发现和高扬了劳动的伟大意义，为工人阶级争取崇高的社会地位奠定了坚实的基础。同时，马克思揭露了资本主义原始积累阶段的血汗工资制度，和高强度劳动对工人身体、意识和感觉的戕害与异化。这样的恶劣生存与压榨性劳动，毁灭人的生命，也毫无美感可言。高科技时代的劳动方式，简单重复，高度透支，人们面对的是冰冷的机械或者同样冰冷的电脑荧屏，让人们无法亲身体会到劳动的快乐和价值，也难以产生表现劳动美学的作品。

手工技艺与现代之殇

比较起来，打铁、耕地、割麦、摘棉花、干木匠活儿，这些行将告别或者已经被机械化劳动所取代的行当，才更适合于劳动美学的展现。它是人与自然的有机交换，劳动者参与了春种秋收的全过程，参与了将一块冰冷的钢铁打造成钢刀和镰刀的全过程，体会到其中的每一个环节与变化，在期待与收获间形成良性循环，它的产品形态也是直观而令人感到亲切的。

莫言的劳动美学，可以说是他重视的是对农民个体才能的肯定，即便是在"文革"时期，乡村生活都有其日常化的恒久的一面，都有其评价人物的不变尺度。劳动技能的高明，能工巧匠的表演，在任何时代都是受到尊重的，由于劳动技艺的高强，劳动者自身也从中得到享受，得到肯定。《麻风的儿子》就这样介绍老猴子："老猴子是庄稼地里的全才，镰刀锄头上都是好样的。由于他有出色的劳动技能，虽然有一顶'坏分子'的帽子，在头上压着，在队里，还是有一定的地位，毕竟庄稼人，要靠种庄稼吃饭，而不是靠'革命'吃饭。"[1]如前所述，莫言表现的乡村劳动，如割麦子、饲养牛羊、铁匠活儿、木匠活儿，都属于个体性的劳动，技能性很强，劳动的成果也很直观，给劳动者，给这些能工巧匠带来自我肯定，自我享受。

但是，像莫言这样，非常投入地歌颂劳动，表现劳动者的高超技能和自豪感，在当下的作家中，可以说是非常独特的，也可能是最后的天鹅绝唱。由此入手，我们也会有新的发现。新时期以来，文学思潮起起落落，先前的劳动光荣、劳动创造世界的观念，都很难加以安放，而现代化的大生产，又在有形无形地降低了劳动者个人在生产中的地位，却让人联想到卓别林的电影《摩登时代》，繁忙的流水线上拧螺丝拧疯了的工人，看到路上行人衣服上的纽扣，都以为是螺丝帽而扑上去拧几圈的滑稽荒诞。时代的发展，正在消解基于农业社会的劳动美学。工业化与信息化时代，人们的劳动方式发生极大变化，劳动效率大为提高，却失去其直观的可感受性的审美效应。乡村劳动，也是大型的播种机收割机取代了人们的手工劳动，个人技艺仍然是必需的，但它变得抽象，变得复杂，很难进入人们的审美过程。这是时代发展的悖论，却也让我们对莫言的劳动美学之天鹅绝唱，有了更为深刻的感知，更为高度的评价。就像凡·高的麦田和向日葵，后人难以为继，却更显示出他独一无二的创造力。

颇有意味的是，在本雅明眼中，讲故事的才能，也是和手工技

---

① 莫言:《麻风的儿子》，莫言短篇小说集:《与大师约会》，上海文艺出版社 2012 年版，第 160 页。

艺有相近的禀赋的。手工技艺的优秀产品，是可以称得上作品的，每一件都有其各自的特征。讲故事的人呢，可能众多的讲述者都有共同的底本，但每个讲述者都想胜过其他人，会煞费苦心地打造他的作品。即便是一个人对同一个故事的反复讲述，也会由于每一次讲述时的语境、听众和心情的不同而有所增益和删减。还有，故事所讲述的，也有许多就是手工技艺的精彩绝伦。

这样的阐述自然而然地让我们联想到莫言的作品所讲述的各种各样的手工劳动，各式各样的能工巧匠。讲故事也是一种个人技艺，也需要精心打磨精益求精，这让讲故事的人更能够理解五行八作的技艺之可贵，同时，讲故事的人也能够充分发挥自己的语言才能，通过渲染铺排比喻夸张等种种技巧，将各种技艺穷形尽相地描述出来。柏拉图曾经追问，诗人们生动地描写了各种技艺，他质疑这些诗人是否比匠人更懂得工艺和技巧，因为他们并非手工劳动者，在诗歌中却显得样样精通；何以诗人们能够写出他们并不真正了解的劳动过程，将其描绘得出神入化呢？在莫言这里，我们可以说，莫言不是各种行当的精工巧匠，但是他在乡村生活中积累了大量的亲身观察，而且也对这些行当都有一定的实践经验。或者可以说，讲故事，写小说，也都是手工劳动啊。

与现实和解，告别"斗士"心态

《左镰》在充满对立与怨恨的故事演进中，渲染出声光形影活色生香的一场打铁表演，似乎偏离了故事的主线。但是，更让人叹为观止的是，在故事的结尾，曾经结下深仇大怨的男女主角田奎和欢子最终却走到了一起。故事的缘起是，少年的"我"、"二哥"和田奎一道，参与了戏弄智力残缺的喜子及赶来救助他的妹妹欢子的恶作剧，喜子的父亲到"我"家问责，"我"和"二哥"在自己父亲威逼追问下指认田奎是领头作恶的人。"我"和"二哥"逃脱了父亲的严惩，田奎却被他的父亲用斧头剁掉了右手——这和家乡的严父教子之风相关；同时，喜子家的成分是贫农，田奎家的成分是地主，田奎领头戏弄喜子兄妹，这在阶级斗争观念大行其道的年月，是很容易被上升为"阶级报复"的高度，遭受殃及全家的清算的。

一场乡村少年间少不更事的恶作剧，招致匪夷所思的暴力惩处，导致田奎终身残疾，这样的故事，正适应了莫言残酷叙事的风格。但是，许多年以后，当有人要将孀居的欢子说给田奎做媳妇的时候，田奎毫不犹豫地接受了，对欢子的"克夫"命，也毫不顾忌。这些少男少女时代超乎常情的恩恩怨怨，终于有了一个差强人意的结局。

《左镰》如何理解，可以见仁见智。强调它对于怨恨的化解，是一种方式，其依据则是对文本中这一句话的强调："爱恨情仇都在这一场轰轰烈烈的锻打中得到了呈现与消解。"[1]还有一个旁证，是《生死疲劳》对于怨憎、仇恨的化解。

《生死疲劳》有非常惨痛的酷刑描写。常言说，一死了之，一了百了，《生死疲劳》却描述了一个人即便死后仍然不得安宁，仍然会遭遇更为恐怖的刑罚。土改运动中被枪毙的地主西门闹，对自己的遭遇感到很冤屈，他认为自己土地虽然多，却没有血腥气，是自己善于经营劳动致富，所以坚决不肯接受被枪毙的命运，不肯忘却往世前生的经历，不肯放弃要证明自身清白的信念，他为此在地狱中遭受长达两年多的各种刑罚。他在冤死后下到地狱，阎王要他忘却前生往事，要他喝下足以遗忘一切冤仇的孟婆汤，以便无牵无挂地转世投胎，重新做人。但是，西门闹的满腔冤屈，刻骨铭心，绝不轻言忘却。西门闹在佛教所说的六道轮回中，经磨历劫达半个世纪，一边进行自我蜕变，一边也作为在场者，作为蓝脸一家几代人的命运、高密东北乡的兴衰和当代中国乡村历史变迁的见证人历尽沧桑。

西门闹变成的西门驴，不但牢记前世的冤屈，还目睹现实中的悲情，"尽管我不甘为驴，但无法摆脱驴的躯体。西门闹冤屈的灵

---

① 莫言：《故乡人事·左镰》，《收获》，2017 年第 5 期。

魂，像炽热的岩浆，在驴的躯壳内奔突；驴的习性和爱好，也难以压抑地蓬勃生长；我在驴和人之间摇摆，驴的意识和人的记忆混杂在一起，时时想分裂，但分裂的意图导致的总是更亲密地融合。刚为了人的记忆而痛苦，又为了驴的生活而欢乐"。[①]西门驴看到蓝脸成为全县唯一的单干户的孤独，看到自己的妻子白氏现实处境的艰难，也经常使出倔强的"驴脾气"，它会咬那些蛮横霸道欺负白氏的人们，也咬那些妨害到自己进食的骡马，是十里八乡有名的闹驴。西门驴辨析敌友的标准，没有什么阶级和政治的观念，只是看待人们如何对待蓝脸，如何对待白氏，如何对待变成驴的自己。它曾经充当陈县长的坐骑，不但心甘情愿，还与有荣焉。因为陈县长懂得如何养驴驯驴。同时，它不脱驴的动物本性，受不住发情的诱惑逃出村庄，和一头发情的母驴在河边交配，还踢死了两条流窜的野狼。它看到"大跃进"的狂热，看到三年自然灾害中农村的大面积饥饿，西门驴自己也被饿急了眼的饥民争抢分食而死。西门闹转生归来，托生成一头牛，被蓝脸从集市上买回家去。西门牛恪守和单干户蓝脸的情谊，拒绝为生产队耕地而被烈火烧死。接下来，西门闹又托生成猪。在这一世又一世的转生中，它的属人性的部分渐渐疏远，野性逐渐唤醒，从饲养的家猪逃亡而去，变成一头野猪，还当上野猪的首领……

《生死疲劳》中数次转生，也改变了西门闹的心性。第四部"狗精神"中的结尾部分，经历了驴牛猪狗的转生，在西门狗与新就任的阎王之间，发生了富有深意的有趣对话。

> "西门闹，你的一切情况，我都知道了，你心中，现在还有仇恨吗？"
>
> 我犹豫了一下，摇了摇头。
>
> "这个世界上，怀有仇恨的人太多太多了，"阎王悲凉地说，"我们不愿意让怀有仇恨的灵魂，再转生为人，但

① 莫言:《生死疲劳》，上海文艺出版社 2012 年版，第 17 页。

总有那些怀有仇恨的灵魂漏网。"

"我已经没有仇恨了，大王！"

"不，我从你的眼睛里，看得出还有一些仇恨的残渣在闪烁，"阎王说，"我将让你在畜生道里再轮回一次，但这次是灵长类，离人类已经很近了，坦白地说，是一只猴子，时间很短，只有两年。希望你在这两年里，把所有的仇恨发泄干净，然后，便是你重新做人的时辰。"[1]

此前的另一位阎王，注重的是要让西门闹屈从于他的权威，不惜以酷刑和轮回惩罚他的冥顽不化；这里讲到的是阎王的位置上换了陌生的新面孔，这一位阎王不仅通情达理，而且高瞻远瞩，宅心仁厚，他不愿意让一个怨恨未消的西门闹重返人间，不愿意人间有新仇旧恨继续扩散。西门闹的六道轮回，不仅是佛家的一个定数，而且是怨恨的解脱和心灵的超越，是对"冤冤相报"的果断放弃，对以牙还牙以眼还眼的复仇轮回的积极化解。放弃冤屈和怨恨，清清爽爽，重新做人。西门闹放弃仇恨的经历，有着强烈的现实意义。

还不止于西门闹。在《生死疲劳》中恩怨情仇纠缠半个世纪的人们，老一代已经谢世，年轻人也为了他们的爱情付出性命，硕果仅存的蓝解放和黄互助，一对苦命鸳鸯，在埋葬和宽恕了前人和后辈的怨恨之后，走出了历史和心灵的怪圈，有了一种轻松和坦然，他们要另起炉灶，重新做人："从今天开始，我们做人吧……"

"仇必仇到底"与"仇必和而解"

在二十世纪后半期相当一段时间，我们曾经信奉"斗争哲学"：阶级斗争路线斗争占据了社会生活的主导倾向，无产阶级与资产阶级的斗争，革命派与走资本主义道路当权派的斗争，真正的马克思

① 莫言：《生死疲劳》，上海文艺出版社 2012 年版，第 514 页。

主义者与修正主义者的斗争，就被描述成"无产阶级文化大革命"的斗争性质。在这样的理论指导下，现实生活中的人际关系，笼罩在人为制造出来的彼此敌意和仇视中，人际关系非常紧张。莫言多次讲到，他们家的上中农成分，让父亲常年心情压抑，也让莫言自己的参军梦几次破灭；上中农在当年的社会地位排序中，处于边缘状态，但还不是乡村中所处境遇最差的。等而下之，还有"走资派"和"地主富农""右派分子"这样直接贴上阶级敌人标签的人们，他们的处境就更加变本加厉地恶劣。将这样的现实写成文学作品，就像《地主的眼神》中描写的那样，孙敬贤好胜心作怪，贪慕虚荣，廉价买了半顷赖地，三亩也顶不上一亩好地，却因为占有土地的亩数偏多被定为地主，他当然对自己被划为地主心存不满。他不但被贫协主任任意殴打，还被"我"煞有介事地在作文中写成他的眼神中饱含阶级仇恨，这篇作文又在全县进行广播，让孙敬贤雪上加霜，在阶级斗争的巨大阴影下饱经摧残。

对于这样的历史往事，应该如何清理，如何诉说，这或许可以有多种路径，却也是令我们在当下非常困扰的难题。这样的难题，可以从政治层面、历史层面着手，莫言作为作家，选择了从人性的角度去介入。他对历史的沉重和严酷进行直言不讳的描写，对历史之恶、时代之痛，表现出直面的勇气；同时，在明了历史之恶、时代之痛的同时，莫言经常强调，生活中总是有着欢乐、温暖的一面，有着超越于苦难和血腥的坚韧生命和广阔人性。如果说，对人性进行理性的思索，是莫言成年之后开始的，那么，人性中的宽恕和博爱，少年莫言是从母亲那里得到润物无声的教化的。在诺贝尔文学奖的获奖演说中，莫言满怀深情地讲述母亲的故事：母亲在多年之后对于曾经殴打过自己的看田人的宽恕，母亲把自己的饺子拿给乞讨的老人，母亲为了卖白菜时莫言多算了别人一毛钱流下惭愧的泪水，这些往事，在莫言的心目中印象至深。

除了仁慈大度的母亲的耳濡目染，莫言还从基督教、佛教和民间文化中得到了相当的支持。莫言考察历史与现实造成的人们的怨恨之情如何化解，他的回答是和解。历史山重水复，要将既往的恩怨理出头绪，一一报应，以眼还眼，以牙还牙，显然是不可能实行的。即便实行，这也不可能由此斩断一切恩仇，而是进入一个冤冤相报何时了的新的轮回。针锋相对地，莫言提倡的是有一个彼此谅解和宽松的情境，让人们告别既往，摆脱时代、家族、个人的仇恨与报复的轮回，用新的姿态开创未来。

莫言呼唤人们弥合内心的伤痛，与历史与现实实现和解。他不是没有表达仇恨与愤怒的意愿和能力，《红高粱》和《酒国》，《天堂蒜薹之歌》和《檀香刑》就足以为证。因此，不要轻易地指责莫言在"和稀泥"，而是应该将其看做是一种否定之否定，一种螺旋式上升，是对历史对人性的新的理解。

对于当代中国的斗争哲学，莫言有着清醒而深刻的认识。他写了《生死疲劳》中不妥协的"斗士"洪泰岳，2017 年的新作《斗士》中，他写了乡村中两个互为镜像、斗争不已的人物，已经退休的村支书方明德和潦倒一生的破落子弟武功。

方明德有着傲人的革命资历，他是参加过抗美援朝战争的三等残废军人，执掌乡村的权柄多年，权势显赫，不无欺男霸女的劣迹；不过，在"我"的父亲看来，"他干了不少坏事，但性子还是比较直的"[1]，对他不无赞许之意。在政治上，方明德又是极左思潮熏陶出来的坚定"斗士"，对变革时代的现实有强烈的不满。已经退休的他，本来可以像许多乡村老人一样安享晚年，但是，对现实愤愤不平、崇尚"生命不息，战斗不止"的他，却在睡梦中都在想要"战斗"。而与他相伴随的那些话语，"生命不息，战斗不止""斗争哲学""斗则进，不斗则退"，都是在"文革"时期非常流行的口号。与方明德形成鲜明对比的村民武功，无权无势，穷困潦倒，因为家庭出身不好，没有能力成家，身体单薄，当年曾经遭受诸多精神与身体的摧残，是一个被侮辱与被损害者。但是，他以自己的方式不依不饶地进行"斗争"，揭人隐私，死缠烂打，毒杀家畜，毁坏庄稼，纵火，恐吓，一辈子都生活在无休无止的怨恨与

① 莫言：《故乡人事·斗士》，《收获》，2017 年第 5 期。

莫言文学世界研究

报复中，反而让方明德和全村人都对他产生畏惧之心。他晚年成了村子里的五保户，托社会和村庄之福，生活有了保障，理当心存感恩之心，却仍然旧习未除，对本来与他无关联的人和事，也心怀不满，肆意发作，竟然无缘无故地将一口痰吐在他人的小轿车顶上。在作品中，莫言这样祈愿，"他那颗被仇恨和屈辱浸泡了半辈子的心，该当平和点了吧"[1]，"我似乎明白武功的心理，但我希望他从今往后，不要再干这样的事了。他的仇人们，死的死，走的走，病的病，似乎他是一个笑到最后的胜利者，一个睚眦必报的凶残的弱者"[2]。

莫言是有襟怀的。他能够从社会底层辨识出武功这样的"凶残的弱者"，更无法克制自己的情感，直接表达出对他弃恶从善的祈愿。

《斗士》是莫言新作《故乡人事》的第二篇，第三篇就是《左镰》，两者的排列，耐人玩味。《左镰》中的田奎，能够从自己的悲剧命运中超拔出来，他没有追究"我"和"二哥"曾经推卸责任指认田奎为恶作剧的领头者；他没有将仇恨进行到底，当别人为他提亲，他不计前嫌，接受了少年往事的另一位参与者欢子。两相对比，作品的用意更为鲜明。

莫言对于和解与宽恕的思考，需要一种更高的视角。

如何解开这个死结呢？莫言给出的方案是，放弃怨恨，理解生活，与历史、与现实、与曾经的敌手和解。这样的态度，从理论上加以阐述，就是中国现当代著名哲学家冯友兰从儒家传统开出的药方，仇必和而解。在他的最后一部著作《中国现代哲学史》中，冯友兰对中国古典哲学的辩证法，得出了发人深省的结论。针对曾经流行一时的"斗争哲学""斗则进，不斗则退"，冯友兰在斗争与统一中强调统一的优先与绝对，统一是必然的，斗争是其次的："一个统一体的两个对立面，必须先是一个统一体，然后才成为两个对

① 莫言：《故乡人事·斗士》，《收获》，2017 年第 5 期。
② 莫言：《故乡人事·斗士》，《收获》，2017 年第 5 期。

莫言与当代中国文学创新经验研究

立面。这个'先'是逻辑上的先，不是时间上的先。用逻辑的话说，一个统一体的两个对立面，含蕴它们的统一性，而不含蕴它们的斗争性。"冯友兰说："在中国古典哲学中，张载把辩证法的规律归纳为四句话：'有像斯有对，对必反其为；有反斯有仇，仇必和而解。'（《正蒙·太和篇》）"冯友兰放眼人类，说："'仇必和而解'是客观的辩证法……人是最聪明、最有理性的动物，不会永远走'仇必仇到底'那样的道路。这就是中国哲学的传统和世界哲学的未来。"冯友兰指出："革命家和革命政党，原来反抗当时的统治者，现在转化为统治者了。作为新的统治者，他们的任务就不是要破坏什么统一体，而是要维护这个新的统一体，使之更加巩固，更加发展。这样，就从'仇必仇到底'的路线转到'仇必和而解'的路线。这是一个大转弯。在任何一个社会的大转变时期，都有这么一个大转弯。"①

　　冯友兰先生的一生，经历过诸多的艰难坎坷，也经受过阶级斗争路线斗争的喧嚣一时，痛定思痛，他的这段话语，对于回顾和总结历史，具有强烈的针对性，发人深省。莫言作为一个后来者，也加入了这样的思想者的行列，呼唤人们弥合内心的伤痛，与历史与现实实现和解。

莫言文学世界研究

---

① 王克明：《冯友兰临终谈毛泽东》，《炎黄春秋》，2009 年第 2 期。

第三编　文学思想论：
大悲悯·拷问灵魂·时代感

第八章　大悲悯与拷问灵魂

近些年来，在不同的场合和文章中，莫言经常会论及关于大悲悯与拷问灵魂的命题，这也成为理解莫言的文学思想与创作实践的一个重要切入点。

莫言在 2006 年第 1 期《当代作家评论》发表的《捍卫长篇小说的尊严》中，明晰地阐述其关于大悲悯与拷问灵魂的思考——其一，大悲悯不能回避罪恶和肮脏，不能掩盖人类的邪恶和丑陋。其二，站在高一点的角度去看，好人和坏人，都是可怜的人；小悲悯只同情好人，大悲悯不但同情好人，而且也同情恶人。其三，只揭示别人心中的恶，不袒露自我心中的恶，不是悲悯，甚至是无耻。只有正视人类之恶，只有认识到自我之丑，只有描写了人类不可克服的弱点和病态人格导致的悲惨命运，才是真正的悲剧，才可能具有"拷问灵魂"的深度和力度，才是真正的大悲悯。①

2011 年 9 月，莫言的长篇小说《蛙》，荣获中国文学的最高奖项"茅盾文学奖"。在第八届"茅盾文学奖"颁奖典礼上，莫言发表简短的获奖感言，进一步阐发其拷问灵魂的思考：

---

①　莫言：《捍卫长篇小说的尊严》，《当代作家评论》，2006 年第 1 期。

《蛙》其实也是写我的，学习鲁迅，写那个躲在皮袍里的小我，几十年来我一直在写他们、写外部事件，这次写自己、写内心，是吸纳批评、排出毒素，揭露社会阴暗面容易，揭露自己内心阴暗困难，这是人之常情。作家写作必须洞察人之常情，但又必须与人之常情对抗，因为人之常情经常遮蔽罪恶。在《蛙》中我自我批判得彻底吗？不彻底，我知道今后必须向彻底的方向勇敢对自己下狠手，不仅仅是忏悔而是剖析，用放大镜盯着自己写，盯着自己写也是盯着人写的重要步骤。①

莫言讲到大悲悯，讲到拷问自我、拷问灵魂，讲到反思与忏悔的命题。这一章，就是通过莫言的《檀香刑》和《蛙》，阐述大悲悯与拷问灵魂的深意所在。

悲悯广被：从"红眼睛阿义"到刽子手赵甲

如果说，实现怨恨的消弭，实现和解，可能是人们都处在一个平行的层面，那么，大悲悯，则是具有一个更高的视角。《左镰》因为篇幅短小，我们无从得知田奎对生活的宽恕与和解，其思想来源在何处;《生死疲劳》的忘却怨恨，不是来自西门闹自身，而是那个面孔陌生、新上任不久的阎王的指点迷津。这个超越性的视角，可以是隐身的，但它的存在，在《檀香刑》中确实提升了作品的品格。这就是莫言从鲁迅那里学来的，不但同情弱者，也悲悯强者。在《药》中，华老栓一家和他们的邻人，都是可怜的蒙昧愚钝者，那个狱卒红眼睛阿义，在夏瑜眼中，也是可怜之人。他向阿义

① 莫言等茅奖作家谈创作甘苦：《蛙》在写自己内心，http://culture.people. com.cn/GB/87423/15673488.html。

宣讲，"这大清的天下是我们大家的"，对其进行民主主义的思想启蒙，愚昧的阿义无法理解个中的含义，反而因为没有从夏瑜身上敲诈成功，向夏瑜施以拳脚暴虐。

> "义哥是一手好拳棒，这两下，一定够他受用了。"壁角的驼背忽然高兴起来。
>
> "他这贱骨头打不怕，还要说可怜可怜哩。"
>
> 花白胡子的人说，"打了这种东西，有什么可怜呢？"
>
> 康大叔显出看他不上的样子，冷笑着说，"你没有听清我的话；看他神气，是说阿义可怜哩！"
>
> 听着的人的眼光，忽然有些板滞；话也停顿了……①

莫言就此指出，夏瑜的眼光太高了，对狱中虐待他的红眼睛阿义，超越了简单的憎恶，看到其作为愚昧爪牙的可怜。这一笔，表现出鲁迅的深刻与洞察，莫言能够从《药》中发现这一点，也可谓见识不凡。鲁迅对红眼睛阿义的怜悯，启发了莫言；莫言在《檀香刑》中，将悲悯遍及每个人物身上，也延展到刽子手赵甲身上。

《檀香刑》的情境设定，围绕着一场酷刑而展开，在生命与死亡的极限状况下，检验几个极不寻常的人物的灵魂。作品对灵魂的剖析和袒露，不仅是聚焦在孙丙、孙眉娘、钱丁这样作家予以正面肯定的人物身上，而且，对于冷酷的刽子手赵甲，也给予他自我辩白的权利，使得在常人眼中看来是惨无人道、嗜血成性的杀人狂，得以阐述自己的行为合理性。而且，为了让他们每个人都有直抒胸臆的机会，莫言将孙丙设定为猫腔演员，从而引入了戏剧化的叙事方式，不仅是将作品的语言向戏剧唱腔靠拢，还安排了戏剧舞台式的情境，让每个人都像登台演出的演员一样，有大量的自我表白，有各自的抒情唱段，在叙事的复调中，让几位同属于人生强

① 鲁迅：《药》，《鲁迅全集》第一卷，人民文学出版社 2005 年版，第 469 页。

者的主要人物，在灵魂的层面上发生激烈的碰撞，迸发出耀目的火星。

在作品中，已经退休回到高密的皇家刽子手赵甲，有这样一段道白：

> 儿子，咱爷们出头露面的机会来到了。你爹我原本想金盆洗手，隐姓埋名，糊糊涂涂老死乡下，但老天爷不答应。今天早晨，这两只手，突然地发热发痒，你爹我知道，咱家的事儿还没完。这是天意，没有法子逃避。儿媳，你哭也没用，恨也没用，俺受过当今皇太后的大恩典，不干对不起朝廷。俺不杀你爹，也有别人杀他。与其让一些二把刀三脚猫杀他，还不如让俺杀他。俗言道，"是亲三分向"，俺会使出平生的本事，让他死得轰轰烈烈，让他死后青史留名。①

让赵甲说话，让他义正词严地为自己辩护，《檀香刑》的创作，表现出莫言对于人性探索的深化和拓展。在此前的作品中，莫言是很少在这样的反面人物身上用力气下功夫的。而且，在莫言登上文坛之前的几十年里，中国当代文学中的反派人物，一直是脸谱化模式化的，他们的邪恶和歹毒，他们的残忍和虚弱，得到了尽情的揭示，他们的心灵世界却是很少被认真考察的。由于大小地主家庭的出身，由于反动军官、暗藏特务的身份，由于金钱美女升官发财的巨大诱惑，规定了他们的行为方式，也遮蔽了他们的个体性格。作家只能是用从里到外都坏透了这样的笔触去对这些历史上的罪人做简单化处理，一不留神还会触动到资产阶级人性论的禁忌。在《威尼斯商人》中，莎士比亚让高利贷者夏洛克为自己的贪婪和冷酷辩护，为世世代代遭受迫害和指责的犹太人鸣冤；在《九三年》中，雨果对叛军首领朗特纳克的行为和内心做出云泥两端的拓展，让他

---

① 莫言：《檀香刑》，上海文艺出版社 2012 年版，第 50 页。

的极恶与极善都跃然纸上；这些笔墨，都极大地丰富了作品的精神空间，对人性的错综复杂做出精彩的显影。茅盾笔下雄心勃勃又狡诈投机的吴荪甫（《子夜》），巴金笔下既专制冷酷终又泛起些许祖孙温情的高老太爷（《家》），曹禺笔下周朴园最终将周公馆捐出来办教会医院的善举（《雷雨》），都富有深刻的心理蕴涵。自二十世纪五十年代以来的中国大陆文学，却在许多时候回避了对反派人物的精心塑造，一个明显的例子，就是最后定型的样板戏《智取威虎山》，杨子荣始终居于高光亮的中心位置，座山雕等群匪则是面目狰狞、形象猥琐、光线阴暗、弯腰曲背，始终是围着杨子荣打转，以其卑微丑陋烘托杨子荣的高大威猛。

　　这一现象，在新时期以来的文学作品中，得到根本的扭转。而赵甲的形象刻画，就是一个重要的突破。赵甲充当了一辈子的刽子手，将酷刑练成一门艺术，要有何等强大的内心世界？赵甲并不是天生冷血，他少年时父母双亡，流浪到北京，为了求生，误打误撞地成为皇家刽子手中的一员；初上刑场当行刑助手，他也有过内心崩溃的时刻。但是，年深日久，在大量的施刑中，他练出了铁石心肠，为自己的职业做出充分的合法证明，为其涂上神圣的光芒——在他心目中，他的酷刑杀人，不是他个人的心狠手辣，而是作为朝廷权威的重要代表，执行王朝的意志。他曾经受到的皇家赏赐，更强化了他的这种心态。因此，他不但终身无悔，还要将这门"手艺"传授给儿子。这样令人不寒而栗的父子相承，从赵甲自己的角度却是合情合理、坦荡无私的。还有，对于儿媳孙眉娘，他的道白，与其让手艺不精的别人给孙丙施刑遭受许多额外的痛苦，不如技艺娴熟的自己"成全"这位亲家公，这也不是没有相当的说服力的。这样冷血的灵魂，自满自足，还可以向他人夸海口、论荣耀；让刽子手说话，这似乎是一个特例，赵甲的内心世界，也有了可以理解的一面。

　　这样做，当然不是模糊了善与恶、是与非的界限，而是获得了更高的视界，一种大悲悯。不但是悲悯祥林嫂、闰土这样被社会欺凌的弱者，还有足够的气度，悲悯赵甲这样横行无忌的强者。在至高的视角下面，所见皆是悲剧，众生平等，无论高下强弱。

"盗亦有道"：赵甲自证清白背后的现实参照

赵甲这样冷血的刽子手，身份独特，精神幽暗，莫言却竭力去窥探其心灵的黑洞，梳理其自身的行为逻辑——终其一生，以杀人炫技为其最高使命和最高荣耀，自命为维护皇家权威的工具；既然是工具，就排除了任何人性的和道德的思考与担当，却一心要把酷刑杀人的技艺发挥得出神入化，富有创造性。这样的揣测，当然是莫言的一家之言，但是，它是有足够的心理依据的。

一是法国刽子手世家夏尔·桑松家族的相关记述。这个夏尔·桑松家族，从 1688—1847 年间，拥有七代人二百多年的行刑历史，可谓是世界奇观。[①]这个家族的第四代传人夏尔·亨利·桑松，在一次诉讼中为自己的刽子手身份做辩护时，竟然以进为退，破天荒地为自己争取贵族的头衔。他这样声辩说：

> 我敢说，先生们，罪犯害怕的不是你们的宣判，也不是执达员用来书写判决书的鹅毛笔，而是我的利剑。这利剑的合法性，刽子手是从哪里得到的？是从国王那里，是从国王需要惩罚罪恶、保护无辜的历史使命中得来的！而我，则是这个宝物的保存者，它是王权中最漂亮的特权，也是国王最有别于普通人的特权。
>
> 确实，刽子手履行公务时需要杀人，可如果这是国家的需要，那还有什么可耻的呢？我们不是给了那些以杀人

---

① 关于这个刽子手家族的著作《合法杀人家族》，作者贝纳尔·勒歇尔博尼埃，拥有法国文学博士、巴黎第八大学教授、法语文学研究中心主任等重要头衔，该书中文版由郭二民编译，生活·读书·新知三联书店 1992 年出版。其后，新星出版社于 2010 年出版由张丹彤、张放翻译的新版本。

为使命的军人，足够多的荣誉吗？

如果说有不同之处，那肯定对我有利。因为军人，他们杀的是什么人？是许多无辜者、许多值得尊重的人……而我，在履行我的职责时，我尊重无辜者，我只杀那些罪犯。

士兵在国家边境保卫和平，刽子手在国家内部担负着同样的任务，在外部需要成千上万的人保卫边疆，在里面只需要一个人就能维持公共秩序。

我，独自一人在辽阔的省份承担的责任，胜过在外的10万人。①

就是这位桑松四世，在法庭上公开要求为自己授予贵族身份。虽然他的要求没有被获准，但是，针对他的诉讼也因此中止，他对自己职业之合法性与神圣性的申辩，被法庭接受。此后，他还经历过法国大革命时代的天地翻覆，亲手处死过路易十六、玛丽皇后、丹东、罗伯斯庇尔等数千人，还发明了提高效率、减少痛苦的断头台取代传统的处死方式，成为刽子手家族中最为传奇的人物。

在一次演讲中，莫言说道："我们分析了罪犯的心理、看客的心理，那么这个杀人者——刽子手，到底是一种什么样的心理？……刽子手这个行当是非常低贱的。二十世纪九十年代的时候我们翻译过一本法国小说——《合法杀人家族》，那个家族的后代很多都不愿意承认自己的出身，他们是怎么活下来的？是用怎样的方式来安慰自己把这个活干下来的？对于这个，我在《檀香刑》中作了很多分析。他（指赵甲——引者）认为：'不是我在杀人，而是皇上在杀人，是国家在杀人，是法律在杀人，我不过是一个执行者，我是在替皇上完成一件工作。'后来，他又说：'我是一个手艺人，我是在完成一件手艺。'"②

①　（法）贝纳尔·勒歇尔博尼埃《合法杀人家族》，张丹彤、张放译，新星出版社2010年版，第55—56页。

②　莫言：《我为什么写作（在绍兴文理学院的讲演）》，http://www.360doc.com/content/13/1023/22/10547485_323639827.shtml。

作为理解这种心态的又一证明，是莫言讲到的，他对于曾经参与过张志新案件的行刑者的询问。莫言讲到了"文革"中的两位殉难者张志新和林昭：这两位英勇的年轻女性，一南一北，坚持对荒谬现实的批判立场，先是被捕入狱，后来被绑赴刑场执行死刑。更令人震颤的是，行刑之前，怕张志新喊出什么不得体的话来，就惨无人道地把她的喉管切断。粉碎"四人帮"之后，张志新得到了平反，被追认为革命烈士。这一暴行披露出来，曾经激起大面积的汹汹舆情。很偶然地，莫言接触到该事件的一个参与者，并且与其有过交谈；并非偶然，莫言把执着的历史反思、人性之问融入了赵甲的形象之中——

> 在离我故乡不远的一个地方，有一位当时在东北工作的山东人，是公安系统的，老了以后回家养老，恰好就是张志新案件的一个参与者，就是说张志新被执行死刑的时候他正好是执法人员之一。后来我认识了他，就问他："到底是什么人把张志新的喉管给切断的？"他支吾其词。现在张志新平反了，我就问他："把张志新喉管切断了的人心里是怎么想的？他会不会忏悔呢？会不会感到他的一生当中犯了一件沉重的罪行呢？"他说："不会的，这一切都是以革命的名义进行的，切断张志新的喉管是为了防止她说出反革命言论。即便你不切，我不切，总有一个人要来切的。"①

赵甲身为皇家首席刽子手，志得意满，但是，他也恪守着行规，每逢腊八节，他会和手下人一起到广济寺，去排长队领寺庙施舍的热粥，排队领粥不是为了果腹，而是遵循着老辈儿刽子手留下来的规矩。按照他的师傅的解释，历代刽子手在腊月初八来庙里

① 莫言:《我为什么写作（在绍兴文理学院的讲演）》，http://www.360doc.com/content/13/1023/22/10547485_323639827.shtml。

领一碗粥喝，是为了向佛祖表示，干这一行，与叫花子的乞讨一样，也是为了捞一口食儿，并不是他们天性喜欢杀人。所以这乞粥的行为，实际上是一种对自己的贱民身份的认同。赵甲也会对廉洁奉公、以平等之心对待自己的戊戌六君子之一刘光第充满敬佩和感恩之心，在为其行刑的刑场上，悄然动容，"一股被严肃的职业感情压抑住、多年未曾体验过的悲悯感情，水一样从他的心头漫过"，良知涌动。他所能做的，就是使出浑身解数，干净利落地下刀子，"用自己高超的技艺，向六君子表示了敬意"。

一个刽子手之令人费解的冷血心态，在莫言的视野中，竟然会具有如此丰厚的心理蕴涵。它是针对逝去未远的社会现实的，针对张志新、林昭等"文革"遇难者遭遇的非人处境有感而发，又借助了法国历史上一个奇特的家族故事予以辅助，凝聚为《檀香刑》中的受到慈禧太后的赏识和奖励的赵甲形象。反过来，赵甲的形象，又折返到现实和社会心理之中，引起人们强烈的反省和镜鉴，可以说是煞费苦心。

大悲悯需要拷问灵魂的高度

面对赵甲，我们的批判心态是容易产生的。赵甲的思维逻辑，经过严密的揭示，也不再是神秘隐晦而无法理解的了。我们可以和他们进行人性层面的对话与沟通，他们的行为逻辑，其实也是我们在处理许多事务时所自觉不自觉地采用的。进一步而言，莫言不但是从赵甲形象中看到了罪恶，还看到了悲悯，这就需要进行相当的阐释了。

莫言这样说："我想这种对弱势的怜悯，当然也很宝贵，也很高贵，假如我们能够深入到对强势群体的一种可怜上，像鲁迅讲的，夏瑜这个革命者的眼光就太高了，你真可怜，你彪形大汉，你膀大腰圆，你手握屠刀，你声若洪钟，拳头比我脑袋都大，但是你没有灵魂，我可怜你们。我想林昭也是这样，我是一个弱女子，被你们关了十几年，我已经是伤痕累累，百病缠身，但面对你们这种虐待，你们这种酷刑，我不恨你们了，我可怜你们，我同情你们，这个我觉得就上升到一种宗教的高度，不是一般意义上廉价的东西了。"[1]悲悯弱者也悲悯强者，悲悯善良无助的弱者，也悲悯血腥残暴的强者，这是否就抹杀了善恶美丑的存在，变作相对主义或者虚无主义呢？

答案显然是否定的。悲悯众生，是悲悯他们各自的命运，更是从那些邪恶的权势人物那里，反观自身，发现自己心灵中的幽暗和卑污，引发自我的灵魂拷问。

莫言在《捍卫长篇小说的尊严》中提出，能否写出并且能否写好长篇小说，关键的是要具有"长篇胸怀"，要有大苦闷、大悲悯、大抱负，天马行空般的大精神，落了片白茫茫大地真干净的大感悟。其中最重要的，莫言着力加以阐释的是大悲悯。如前所述，其一，大悲悯不能回避罪恶和肮脏，不能掩盖人类的邪恶和丑陋。其二，站在高一点的角度去看，好人和坏人，都是可怜的人；小悲悯只同情好人，大悲悯不但同情好人，而且也同情恶人。其三，只揭示别人心中的恶，不袒露自我心中的恶，不是悲悯，甚至是无耻。只有正视人类之恶，只有认识到自我之丑，只有描写了人类不可克服的弱点和病态人格导致的悲惨命运，才是真正的悲剧，才可能具有"拷问灵魂"的深度和力度，才是真正的大悲悯。[2]

这就是人性的辩证法。我们都愿意相信真善美，厌弃假恶丑，但是，从根本意义上来说，假恶丑，也是人类生存的一个不可避免、不可克服的现象。在人性的深处，都有一片幽暗的角落，让人无法直视。为善与为恶，都具有相当的可能性，两者间也难有绝对的间隔。许多时候，只要有一个适当的理由，人们就会逾越善恶的边界，失去判断的能力。比如说，赵甲并不是嗜血之徒，他对于酷刑和虐杀，也不是天性使然。为了求生而充当了职业刽子手，数十

① 莫言、孙郁：《说不尽的鲁迅——莫言孙郁对话录》，莫言：《莫言对话新录》，文化艺术出版社 2010 年版，第 212 页。
② 莫言：《捍卫长篇小说的尊严》，《当代作家评论》，2006 年第 1 期。

年间修成正果，成为京城第一刽子手，"砍下的人头车载船装，不计其数"。但是，要用一生去从事这种对鲜活生命的屠戮，要靠什么样的信念才能够支撑呢？由此而反观自身，有没有这样的辨识能力和抵抗能力，坚定不移地抵抗邪恶和残暴呢？就像恩格斯所言："人来源于动物界这一事实已经决定人永远不能摆脱兽性，所以问题永远只能在于摆脱得多些或少些，在于兽性或人性的程度上的差异。"[①]认识这个事实，是很残酷的，这比一味地遮蔽丑恶的存在，或者认为丑恶只是暂时的表象，需要坚强的理性，更需要直面现实的勇气。而且，在莫言这里，看到假恶丑的无法避免，不等于无所作为，发现某种错误的邪恶的行为和动机，不仅是坏人恶人的专利，而是同样地潜伏在许多人身上，它的意义在引起反躬自省，引起自己的警觉。就像莫言在谈论赵甲时所言，每个人心中都有一个刽子手——这话说得非常重，但是，当我们回顾当年往事，《枯河》中的小虎就是被权势炙手可热的村支书和无能怯懦的父亲兄长轮番殴打导致自杀，村民们却冷漠视之；《左镰》中田奎的父亲用斧头剁掉儿子的右手，似乎也没有什么人站出来指责他残忍。而在现实中，"文革"时期，从批斗"阶级敌人"和"走资派"时的暴力行为，到派性膨胀大打出手的武斗狂潮，都是在某种冠冕堂皇的口号、理论的包装下，形成流血和恐怖事件，对他人身体的肆意攻击，逾越了人类良知的底线。莫言也讲到过，写作《檀香刑》的起因之一，就是对"文革"后期杀害张志新烈士的实行者的责任问题的思考，写赵甲，也是针对现实社会生活的。

往事追寻：《雷雨》的被阉割与悲悯情怀的放逐

不仅是莫言在思考和解与悲悯的命题；近年来，文坛上呼唤悲

① 恩格斯：《反杜林论》，马克思、恩格斯：《马克思恩格斯选集》第3卷，人民出版社1995年版，第442页。

悯情怀的声音日渐强烈。这是因为中国历史与现实中仍然有种种怨恨的淤积。近代以来的中国，经历了太多的苦难与战争，却没有沉沦，这依赖于那些为了民族独立和复兴而寻找和开辟道路的先行者，也依赖于广袤土地上辛勤劳作、英勇战斗的农民。但是，在各种外在的和内在的因素、社会的与人性的因素作用下，对社会与人群的撕裂与摧残，都将憎恨与敌意渗透到人们的心灵深处。历史的层层累积，尚且没有得到应有的清理与化解。而现实生活中，也有各种纠纷引发的暴力事件，比如：因为在道路上行车时发生纠纷，就对他人痛殴不止；因为嫉妒同学的学业优秀，就在饮用水中掺入化学毒品；因为以蛮力强制孩子读书，产生了不在少数的"虎妈"……现实中的种种劣行，在在表现出利益冲突下人性与良知的脆弱。历史与现实、社会与心灵中的种种冲突，都是文学艺术表现的绝佳题材。而在表现各种社会的心灵的冲突的同时，呼唤理解、和解，倡导悲悯，则是经历过时代风风雨雨而走向成熟的一代作家的共同追求。

是的，理解悲悯的普泛意义，并不容易。一个明显的例子，就是戏剧大师曹禺之《雷雨》的演出和阐释之难。《雷雨》是曹禺23岁时写出的旷世佳作，1934年发表在巴金、靳以主编的《文学季刊》上。它的时间限定在一天24小时之间，上场的8个人物个个都有自己独具的性格，而又通过各种社会的、血缘的、伦理情感的关系扭成一团死结，它的人物语言，更是五四新文学以来新型戏剧的标高，令他人难以望其项背。

《雷雨》还是中国现代戏剧成熟的重要标志。二十世纪初年，李叔同等在日留学生演出《茶花女》《黑奴吁天录》，揭开新文学运动的序幕；欧阳予倩、洪深、田汉等第一代剧作家，则在二十世纪二十年代的中国舞台大放异彩。但是，直到《雷雨》在上海卡尔登大剧院连演一月有余，显示出话剧对观众、市场的极大号召力，话剧这一新兴剧种才第一次有了自己的专用剧院。从1935年起，《雷雨》常演常红，经久不衰，其舞台魅力令人倾倒，还被改编为各种戏曲和电影电视剧。

但是，在长达 60 余年的时间里，《雷雨》都没有完整地在舞台上展现，它的序幕与尾声一直阙如。究其原因，一来是因为戏剧演出时长的考虑，二来是世人对于曹禺悲悯情怀的误读和漠视，而且，后一个原因更为重要。

《雷雨》的故事核心，是讲周鲁两家的恩怨情仇。留学归来的豪门青年周朴园，与家中的年轻女佣侍萍相恋，侍萍生下他们的儿子周萍和鲁大海后，却被周家赶出家门；侍萍抱着襁褓中的大海投水自尽而获救。留在周公馆长大成人之后的周萍，在专制压抑的家庭氛围中，先是与继母繁漪同病相怜产生不伦情感，后来又贪恋家中女佣四凤的青春活力与之相爱。在外地打工的侍萍害怕自己的女儿四凤像青年时期的自己一样重蹈覆辙，被豪门子弟始乱终弃，她赶到周家急欲带四凤离开，不料却与周朴园、周萍、繁漪等逐一见面。繁漪为了保护自己与周萍的爱情拼死一搏，却无意中戳破周萍和四凤同为侍萍所生的真相，导致四凤、周萍和周冲三个青年人的猝然死亡，给两个家庭造成毁灭性打击。贫富的悬殊，血缘的交错，命运的残酷，造成作品的悲剧。也许是为了减少作品的悲剧震撼力，更为了体现作品的悲悯情怀，深受基督教影响的曹禺，为它设置了必要的情感屏障，就是作品的序幕与尾声。大幕拉开，已经是悲剧发生的 10 年之后的大年除夕，少不更事的姐弟二人，跟随母亲来到周府改建的教会医院，隐隐约约地听闻当年发生的惨剧，周朴园也在此时前来探望繁漪和侍萍两位疯病患者，并且由此引发出当年旧事。尾声和序幕情景相同，周朴园探望已经认不出他的侍萍，和看护修女谈到他们的另一个儿子鲁大海，修女希望鲁大海的出现会唤起侍萍的记忆，周朴园悲哀地说，他已经找了鲁大海 10 年而未果。此时雪花飘落，更显示出这本该热闹欢庆的除夕的黯淡凄凉。

那么，曹禺悲天悯人的苦心，为何不被人们理解和接受，长达 60 年之久呢？

曹禺对于《雷雨》的创作意图，有过明确的表示：

写《雷雨》是一种情感的迫切的需要。我念起人类是怎样可怜的动物，带着踌躇满志的心情，仿佛是自己来主宰自己的运命，而时常不是自己来主宰着。受着自己——情感的或者理解的——捉弄，一种不可知的力量的——机遇的，或者环境的——捉弄；生活在狭的笼里而洋洋地骄傲着，以为是徜徉在自由的天地里，称为万物之灵的人物不是做着最愚蠢的事么？我用一种悲悯的心情来写剧中人物的争执。我诚恳地祈望着看戏的人们也以一种悲悯的眼来俯视这群地上的人们。①

在曹禺心目中，《雷雨》中的主要人物，都是被命运残酷戏弄的悲剧性人物。周冲和四凤是最单纯最无辜的，他们是无意间走向了陷阱和死亡；周萍、繁漪、鲁贵、侍萍等，都有自己的执着信念，为了各自目的不惜逾越人伦的底线，他们越是努力挣扎，就越是走向悲剧的深渊；而周朴园，一心要维护他心目中的大家庭的体面和秩序，却成为这多重悲剧的最终源头。遭受毁灭性打击的他，在第四幕中来不及表达他的凄凉和忏悔，而在序幕和尾声中，他的出场，融入多少人生感叹，曾经是声名显赫、气焰灼人的商界巨子，如今落入"白茫茫大地真干净"的空虚没落中。因此，可以说，他的性格，是到序幕和尾声中才得以完成。对序幕和尾声的看重，就是曹禺对周朴园这样融入了父亲万德尊的影子的老家长们的理解与同情。

因此，曹禺才会对《雷雨》被掐头去尾一肚子的不满。不过，在特殊的时代语境中，他的辩白、他的意见集中在序幕和尾声的时间推移与剧情淡化的功能上。

曹禺希望的是调谐作品中的激情奔涌与理性沉思的更替，他希望的是人们像观看古希腊悲剧如《俄狄浦斯王》那样来看《雷雨》，

---

① 曹禺：《雷雨·序》，《曹禺经典剧作：雷雨·日出·原野·北京人》，巴蜀书社 2016 年版，第 657—658 页。

一方面从中感受到作者和演员的巨大激情，一方面又时时提醒自己，这样的故事发生在遥远的年代，在保持心理距离的同时最好还能够比较冷静地思索人物神秘不可测更不可控的命运，悲悯生命的短暂有限及人间世事的残酷。

曹禺慨叹命运难测，造化弄人，更加不可思议的是，《雷雨》的命运，也是曹禺难以预测更难以掌控的。1937年初，周扬发表《雷雨》评价史上最重要最有影响力的文章，《论〈雷雨〉和〈日出〉——并对黄芝冈先生的批评的批评》，一方面，他反驳了激进地否定这两部剧作的错误观点，一方面，他也对曹禺的宿命论进行明确的批评，指责他没有将尖锐的阶级斗争进行到底：

> 作者没有能够这样做。他只把观众移到另一种境界去，他要使观众看着《雷雨》好像小孩们听"Once upon a time"的甚么神怪离奇的故事，所以他用"序幕"和"尾声"把《雷雨》的时间搬到了十年以前。在"序幕"和"尾声"里出现的少年男女，用好奇的不理解的眼睛凝视着老年的一代，和他们的命运。这一方面固然证明了青年人死完的担忧是一种过虑，但是另一方面老年的周朴园却也还是健在，我不是说肉体的，而是作为社会层的存在。鲁大海没有下落了，矿山上大概还是平静无事。罪恶的根源并没有消灭，同样的罪恶还会在其他的许多周朴园们的家庭里重演。与其把这件罪恶推到时间上非常辽远的处所，将观众的情绪引入一种宽弛的平静的境界，不如让观众被就在眼前的这件罪恶所惊吓，而不由自主地叫出："来一次震撼一切的雷雨吧！"①

曹禺要通过序幕和尾声，通过时间的阻隔和孩子的目光，消退

① 周扬：《论〈雷雨〉和〈日出〉——并对黄芝冈先生的批评的批评》，《周扬文集》第 1 卷，人民文学出版社 1984 年版，第 184 页。

作品的情感冲击力，"把这件罪恶推到时间上非常辽远的处所，将观众的情绪引入一种宽弛的平静的境界"，周扬却要求消除这种屏障，直接面对残酷现实，"来一次震撼一切的雷雨吧"。曹禺强调的是血缘纠葛和命运悲剧，周扬揭示的是阶级论和社会悲剧。曹禺将作品聚焦于繁漪叛逆决绝的个性，周扬强调的是周朴园的封建家长和资本家双重角色对作品内涵的决定作用。两者之间有明确的错位。

尽管说，二十世纪三十年代中期作为左翼文化运动领导者和理论家的周扬，有时也会有"左得可爱"抑或"左得可怕"的表现，但是，他对于曹禺和《雷雨》的评价，却是具有足够的时代合理性的。就二十世纪三十年代的社会现实而言，是左翼思潮在社会和青年中的大面积流传，是现实中社会矛盾、阶级冲突的普泛存在，就舞台实践来说，是各个剧团演出的《雷雨》都删除了序幕与尾声，使作品更为凝练和强烈，也得到了数十年间大量观众的认可。而《雷雨》舞台演出的完整版，要到二十一世纪初年才会出现。

《雷雨》的命运，解读中具有多重内涵，可以做出多种阐释。但是，对于悲悯情怀的排拒，是其中的重要原因。人们只看到命运残酷或者斗争无情，陷溺其中不知解脱。同样的情况也出现在莫言这里。《檀香刑》的酷刑描写容易吸引眼球，指责莫言冷血乃至嗜血的言说不在少数，但是，如何穿越作品的血腥酷烈，几至于作品的悲悯高度，却是费人猜详的。

悲悯情怀书写者的同与异

这里的关键，是阅读作品时的视角问题。为了更好地理解莫言的大悲悯，我们以贾平凹和曹文轩作品中的悲悯情怀与莫言做一个简略的比较。

先说贾平凹。和莫言开创、拓展了高密东北乡一样，贾平凹也将家乡商州从现实挪移到文学中，而且数十年未曾歇息。如莫言所言，《金瓶梅》在哲人眼中看到的是一部悲悯之书。被称作是"当代《金瓶梅》"的贾平凹的《废都》，也充塞着悲悯之气。《废都》中有庄之蝶手书的一幅书法作品"上帝无言百鬼狰狞"：上帝无言，在默默地俯视人类，悲悯众生，可怜可叹的是芸芸众生却无暇顾及它的存在，在为各自的贪婪与欲望匆忙奔走；狰狞的鬼魅肆行无忌，则往往会让人们觉察到它的丑陋与危害，却又无处可逃。《废都》中的芸芸众生，从名震古都的四大文化名人，到庙里的尼姑、家中的保姆，都在喧嚣一时的市场化浪潮中昏了头脑、乱了阵脚，都被发财贪色的欲望遮蔽了良知，只有无言的上帝高高在上地俯瞰一场人间的闹剧。

在平常的日子里，这种上帝无言俯视众生的气象仍然存在。贾平凹有一篇散文《看人》，讲在街头看来来往往的各色人等，看到人生真相："你就对所有人敬畏了，于是自然而然想起了佛教上的法门之说，认识到将军也好，小偷也好，哲学家也好，暗娼也好，他们都是以各自的生存方式在体验人生，你就一时消灭了等级差别，丑美界限，而静虚平和地对待一切了。""于是，你看着正看你的人，你们会心点头，甚或有了羞涩，都仰头看天，竟会看到天上正有一个看着你我的上帝。上帝无言，冷眼看世上忙人。到了这时，你境界再次升华，恍惚间你就是上帝在看这一切，你醒悟到人活着是多么无聊又多么有意义，人世间是多么简单又多么复杂。"[①]这里对"上帝无言"做了最好的诠释。

在表现偏远乡村"文革"风云的《古炉》中，古炉村众多的村民都先后被卷入"文革"狂潮而迷狂亢奋，热衷于将流行的阶级斗争理论与古老的家族政治熔为一炉，一位名叫"善人"的老者，却以洞察世事的明澈眼光，从儒家的智慧看破现实的荒唐，看到现实的弊端，给村民们"说病"解惑，虽然说，在狂澜既倒的时势下，

① 贾平凹:《看人》，https://baijiahao.baidu.com/s?id=17083103023069941
47&wfr=spider&for=pc。

莫言与当代中国文学创新经验研究

这样的行为近乎可笑，但是，他的声音却通过作家的书写，穿越了时空而发人深省。在此，我们不能不看到善人与时代的错位，他批判时代的武器，还是古老的安贫乐道，善守本性，是儒家的人伦纲纪，三纲五常："人伦也就是三纲五常，它孝为基本，以孝引出君臣、父子、夫妻、兄弟和亲友，社会就是由这君君臣臣父父子子夫夫妻妻兄兄弟弟亲亲友友组成的。我给你举个例子吧，比如你吃烟吧，你有了烟，你就得配烟袋锅吧，配了烟袋锅你就要配一个放烟匣烟袋锅的桌子吧，有了桌子得配四个凳子吧，就这么一层层配下去，这就是社会，社会是神归其位，各行其道，各负其责，天下就安宁了。"这样的药方，显然难以治疗陷入"文革"狂潮的乡民们的迷狂，但是，比这种错位更有价值的，是他的执念与徒然，是知其不可而为之，是他在危难之际个人的挺身而出、发愿治病救人。这位善人，是一个"文革"中被迫还俗的和尚。在嘈杂动荡的大时代，他要用一己之力，劝诫教化古炉村的村民们，逆势而行，以悲悯之心看待陷入各种迷狂与疾病的芸芸众生。他的思想繁杂，儒家、道家、阴阳家、佛教，都成为他的思想工具，给古炉村的人们指点迷津，知其不可而为之，为矫正人们的精神痼疾执迷不悟而顽强地与风车作战，直至自焚而死。

正像莫言是从退休的公安警察那里，得以窥见一种既独特又普泛的盲从心态，贾平凹也讲到了作品中善人言行的现实根据，即王凤仪，清同治年间人，一生给人说病，排解疑难。"让他同村中的老者合二为一做了善人。善人是宗教的，哲学的，他又不是宗教家和哲学家，他的学识和生存环境只能算是乡间智者，在人性爆发了恶的年代，他注定要失败的，但他毕竟疗救了一些村人，在进行着他力所能及的恢复、修补，维持着人伦道德，企图着社会的和谐和安稳。"[①]

荣获安徒生文学奖的儿童文学作家曹文轩，执着地讲述着江南

莫言文学世界研究

---

① 贾平凹：《古炉·后记》，贾平凹：《古炉》，人民文学出版社 2011 年版，第 187 页。

水乡少年儿童在时代动荡与个人命运的挫折和苦难中认识自我、认识生活的故事，把世事艰难与关爱悲悯交织在他的儿童文学创作中，形成鲜明特征。在《红瓦》《草房子》和《根鸟》等作品中，对于桑桑、林冰、根鸟等少年人成长过程中的各种挫折，对于生活中的各种苦难，作家表现出忧郁感伤，表现出关爱与悲悯，也倾注了强烈的希望与鼓励，鼓励少年人能够摆脱困境，拓展人生。这有些像莫言《透明的红萝卜》的旨趣，但曹文轩笔下的孩子们总是一组一组、一群一群地出现的，他们的辛酸与悲凉，都因为在同伴中得到理解、同情与帮助，而得到相当的消解。曹文轩旗帜鲜明地将悲悯情怀认定为是文学存在的理由："悲悯情怀（或叫悲悯精神）是文学的一个古老的命题。我以为，任何一个古老的命题——如果的确能称得上古老的话，它肯定同时也是一个永恒的问题。我甚至认定，文学正是因为具有悲悯精神并把这一精神作为它的基本属性之一，它才被称为文学，也才能够成为一种必要的、人类几乎离不开的意识形态的。……悲悯精神与悲悯情怀，是文学的基本精神和基本情怀。当简·爱得知一切，重回双目失明、一无所有的罗切斯特身边时，我们体会到了悲悯；当沈从文的《边城》中爷爷去世，只翠翠一个小人儿守着一片孤独时，我们体会到了悲悯；当卖火柴的小女孩在寒冷的冬夜擦亮最后一根火柴点亮了世界，并温暖了自己的身和心时，我们体会到了悲悯。"[1]

仅就这里引用的三位作家而言，他们的悲悯情怀相互映衬，熠熠生辉。

贾平凹的悲悯，有大地般的宽厚，有哲人般的哀矜，他是看到了庄之蝶们和古炉村农民的精神困境，在时代限定与个人选择中进退失度，陷入蒙昧与迷狂的状态，不觉悲从中来，无可挽回。悲悯的另一重向度，来自人与自然的呼应。《带灯》中的同名女主人公，是从小小的萤火虫那里获得灵感的启悟，为自己确立了传递有限的

---

[1] 曹文轩：《悲悯情怀是文学存在的理由》，http://www.chinawriter.com.cn/2016/2016-03-31/268910.html。

光明的人生目标，美好的心灵自带光明的能量。作为中国最基层的乡镇一级综合治理办公室的工作人员，她风尘仆仆地奔走于山乡土路上，最直接地面对民间的疾苦和民众的不平并力求与之对话、协商，寻找最优的解决方案，这个充满浪漫情怀的年轻女性，却让人联想到"我不下地狱谁下地狱"的大悲悯，以柔弱之躯去担当当下中国最艰难棘手的工作。与善人不一样，她没有那么古朴的地域文化熏陶，也没有久远的传统伦理的支撑，而是在与虽然细小却自带光明的萤火虫相互映照："带灯用双手去捉一只萤火虫，捉到了似乎萤火虫在掌心里整个手都亮透了，再一展手放去，夜里就有一盏小小的灯忽高忽下地飞，飞过芦苇，飞过蒲草，往高空去了，光亮越来越小，像一颗遥远的微弱的星……那只萤火虫又飞来落在了带灯的头上，同时飞来的萤火虫越来越多，全落在带灯的头上，肩上，衣服上。竹子看着，带灯如佛一样，全身都放了晕光。"《古炉》回望既往，复活传统伦理，《老生》更将追寻的目光上溯到《山海经》，从古人对人与自然关系的猜想与描摹中发现历史的精神蕴涵；《废都》和《带灯》哀矜现实，驰骋文人情怀，这构成了贾平凹的两极叙事。他的最新作品长篇小说《山本》，立意为秦岭写一部现代武装割据史，将官兵、民团、红军、土匪等多种武装力量之间的此消彼长、风云变幻，以日常生活做底子，写得有声有色；在惶惶乱世中，老中医陈先生的给人"说病"，化解人们的身心焦虑，宽展法师供奉的恰恰就是"我不入地狱谁入地狱"的地藏王菩萨，她吹出的雅致纯然的尺八乐声，抚慰着战乱年月人们惶惶不可终日的心志。如同著名文学评论家王春林指出的那样："如果说陈先生和他的安仁堂给苦难中的涡镇也提供了一种更多带有佛道色彩的哲学维度的话，那么，宽展师父和她的地藏王菩萨庙以及尺八，为深陷苦难境地中的涡镇普通民众所提供的，就是一种特别重要的带有突出救赎意味的宗教维度。"①

---

① 王春林评贾平凹《山本》：历史漩涡中的苦难与悲悯，http://www.sohu.com/a/226766505_661695。

对于曹文轩来说，悲悯情怀，要点有三。

一是因为悲情是最容易打动人们的感情，如古人所言，"欢愉之辞难工，愁苦之言易巧"。悲伤哀悯，在现实中是很容易对人们造成沉重的伤害的，因而也最容易博得人们的同情，而一旦进入文学和审美，悲剧就获得了新的使命，焕发出新的价值，就像亚里士多德在《诗学》中阐明的悲剧的意义："悲剧是一个严肃、完整、有一定长度的行动的摹仿，它的媒介是经过'装饰'的语言，以不同的形式分别被用于剧的不同部分，它的模仿方式是借助于人物的行动，而不是叙述，通过引发怜悯和恐惧而使这些情感得到疏泄。"[1]在很多年里，我们无法理解曹禺《雷雨》中的悲悯情怀，对亚里士多德的悲剧理论也缺少真正的认知。民族危机尤其是长达14年的抗日战争，阶级斗争尤其是国共两党间大规模的军事冲突，塑造了普泛的战争心态（陈思和语），以战胜和消灭敌人为首要目的，恐惧是令人羞耻而且是没有意义的，悲悯情怀被放逐，所谓悲剧，一是杨白劳式的弱势民众受苦受难的血泪史，二是洪常青式的大义凛然慨然赴死的英雄颂。悲悯、恐惧与净化，与我们的美学观相差甚远，至今也未能形成大规模的美学共识。曹文轩倡导的悲悯与净化，不仅是针对少年儿童，也是针对全社会的成员的吧。

二是在现代进程中，科学主义，理性主义，尤其是工具理性，极大地侵占了人们的头脑，感情匮乏成为现代人的通病，文学中的同情和悲悯，就成为现代人的精神补偿。曹文轩指出，人类社会滚动发展至今日，获得了许多，但也损失或者说损伤了激情、热情、同情等各种情感。我们对世界的认识，完全倚赖于知识，而这些知识是在忽视经验、忽视情感、忽视人的直觉与悟性、忽视人的独立自主精神的情景中产生的。"无论是社会还是个人，都在止不住地加深着冷漠的色彩。冷漠甚至不再仅仅是一种人际态度，

---

① （古希腊）亚里士多德：《诗学》，陈中梅译注，商务印书馆1996年版，第63页。

已经成为新人类的一种心理和生理反应。人的孤独感已达到哲学与生活的双重层面。""文学的意义在于为人类提供良好的人性基础。在人类的整个文明进程中，文学在帮助人类建立道义感方面是有巨大功劳的。当一个人的情感由于文学的陶冶，而变得富有美感的时候，其人格的质量丝毫不亚于一个观点深刻、思想丰富的人。"①

　　三是对人性和情感的培养熏陶，要从儿童时期做起。而且，不能够只对儿童讲述那些简单的快乐的蜜糖式的故事，比"快乐教育"更为重要的是，要让孩子从小就懂得生活中有阳光也有阴霾，苦难和悲伤是生活中必有之义。而且，孩子们所需要的不仅是知晓人间还有大量的苦难和悲哀，更重要的是他们要能有足够的坚强去承受苦难与悲哀，进而能够理解和分担他人的苦难与悲哀，懂得悲悯与同情。"当《悲惨世界》中慈爱的主教借宿给冉·阿让，而冉·阿让却偷走了他的银烛台被警察抓住，主教却说这是他送给冉·阿让的礼物时，我们体会到了悲悯；当简·爱得知一切，重回双目失明、一无所有的罗切斯特家，这时我们体会到了悲悯；当白发苍苍的祥林嫂于寒风中拄着拐棍沿街乞讨时，我们体会到了悲悯；当沈从文的《边城》中爷爷去世，只翠翠一个小人儿守着一片孤屿时，我们体会到了悲悯……大量语文文本，实际上就是表达了对草木的悲悯，对岁月的悲悯，对我们人性和灵魂的悲悯。当初，人类之所以创造了文学，选择了文学，是因为文学具有帮助人们培养悲悯情怀之功能。一些优秀的文学作品，其文字和背后都有'悲悯'二字垫着底子。"②在中国大陆，推行独生子女政策，高考指挥棒引导下的学业竞争，父母亲为了生存打拼而忽略幼小子女的情感抚慰的需要，留守儿童和打工子女的孤独而且不公正的成长环境，都让孩子们过早地体会到孤独、冷漠、情感缺失和人际交流的困境。曹文轩的努力，显然是具有明确的现实针对性的。

------

① 曹文轩：《悲悯情怀是文学存在的理由》，http://www.chinawriter.com.cn/2016/2016-03-31/268910.html。

② 曹文轩：《儿童文学中的悲悯情怀》，《小学语文》，2016 年第 3 期。

唯其如此，曹文轩对十九世纪的欧洲文学情有独钟，用他自己的说法，就是形成了一种古典形态的审美风范。这里的古典形态，有别于西方文学艺术史上的古典主义，而是为了与二十世纪现代主义文学相区别的十九世纪文学的基本特征。

作为二十世纪八十年代文学新潮的亲历者，曹文轩对现代派作家并不陌生，在《小说门》中，他就分析解读过普鲁斯特、海明威、纳博科夫、博尔赫斯、米兰·昆德拉等现代主义小说家，但是，在本性上，曹文轩更为亲近的是鲁迅、沈从文、萧红、紫式部、川端康成、托尔斯泰、雨果等文学巨匠。是的，比起卡夫卡《变形记》的人变幻为虫豸，比起海明威《丧钟为谁而鸣》的孤独的英雄，普鲁斯特的《追忆逝水年华》中因为病患只能躺在床上回忆少年时代的美味糕点的主人公，还是那些在开阔的历史视野中，关注正在巨变的时代风云，将强烈的人文关怀投注到社会的各个阶层尤其是底层民众的身上，更富有文学的悲悯要义。

曹文轩对两者的差别做了认真的思考，形而下与形而上，推重唯美与强调认识，从伦理学、社会学、政治学转向哲学与玄学。或许这些论述有许多值得商榷之处，但是，对于古典形态和唯美主义的追求，以及淡淡的忧郁、悠远的田园，在苦难与悲凉中逐步成长的少年男女，都成为曹文轩的标志性特征而卓然不群。

超越的目光，交叉的视角

那么，如何才能够获得一种接近作家作品的悲悯情怀的有效路径呢？这里所说，就是一种超越的视角，交叉的视角。

让我们再回到曹禺，从曹禺心目中的理想受众讲起。前面引用的《雷雨·序》中，曹禺希望有这样的读者和观众："我用一种悲悯的心情，来写剧中人物的争执。我诚恳地祈望着看戏的人们，也以一种悲悯的眼来俯视这群地上的人们。所以我最推崇我的观众。我视他们如神仙，如佛，如先知。我献给他们以未来先知的神奇。

在这些人不知道自己的危机之前，蠢蠢地动着情感，劳着心，用着手。他们已彻头彻尾地熟悉这一群人的错综关系。我使他们征兆似地觉出来这酝酿中的阴霾，预知这样不会引出好结果。我是个贫穷的主人，但我请了看戏的宾客升到上帝的座，来怜悯地俯视着这堆在下面蠕动的生物。"[1]《雷雨》的正文太精彩也太紧张，各种解不开的死结层层叠加，令人窒息，也让人们为作品中的人物揪心，不由自主地把自己的情感投注到繁漪、侍萍、四凤、周萍等当事人身上，进行一种心理代偿和移情，或者如周扬所言，以被压迫阶级的眼光，对周朴园进行彻底的控诉清算。凡此种种，都属于平视和投入的视角，观众是和作品中的人物同呼吸共命运的。但是，曹禺所要求的如神仙、如佛、如上帝的视角，却往往被付之阙如。

　　或许可以说，在优秀的作品中，往往寓含着丰富内涵和多重视角。《红楼梦》的核心故事宝黛爱情，赚了多少少男少女的眼泪，将其解读为四大家族的兴衰史或者阶级斗争史，也有充分的理由；但是，这样的爱情悲剧与家族兴衰，却是被精心设置屏障、反复提醒读者的，就像《雷雨》中的序幕、尾声那样，真事隐去，假语存言，贾宝玉甄宝玉，空空道士渺渺真人，好了歌，太虚幻境，大荒山，还有比这更为明显的提示，一定要把读者从大观园中、从荣宁二府的此岸悲欢中拔擢出来，让你去体会色空之辩、真幻之叹吗？

　　这样的感悟，当然不是懵懂少年可以领悟的，他们正忙于在黛玉、宝钗、探春、湘云、妙玉、凤姐、平儿、袭人、晴雯之间选择自己的爱慕对象或者人生路径；这样的觉醒，要到历尽沧桑之时，就像宋人蒋捷的《虞美人》词作所写："少年听雨歌楼上，红烛昏罗帐。壮年听雨客舟中，江阔云低、断雁叫西风。而今听雨僧庐下，鬓已星星也。悲欢离合总无情，一任阶前、点滴到天明。"台湾学者蒋勋说，少年时读《红楼梦》，喜欢黛玉，喜欢她的高傲，

---

① 曹禺：《雷雨·序》，《曹禺经典剧作：雷雨·日出·原野·北京人》，巴蜀书社 2016 年版，第 659 页。

喜欢她的绝对，喜欢她的孤独与感伤；也喜欢史湘云或探春，喜欢她们的聪慧才情，喜欢她们的大方气度，喜欢她们积极而乐观的生命态度。而《红楼梦》一读再读，慢慢地，看到的人物，可能不再是宝钗，不再是王熙凤，不再是风光亮丽的主角，而是作者用极悲悯的笔法写出的贾瑞，或薛蟠。不但是悲悯贾瑞和薛蟠，悲悯他们内心不可抗拒的强大情欲，也发现了自己内心的贾瑞、薛蟠，发现自身的情欲涌动与幽暗难抑。

关于饱受争议的《丰乳肥臀》，莫言写过一首《打油诗述〈丰乳肥臀〉写作本意》，帮助我们解读作品和作家的心态：

> 曾因艳名动九州，我何时想写风流。百年村庄成闹市，五代儿女变荒丘。大爱无疆超敌友，小草有心泯恩仇。面对讥评哭为笑，也学皮里藏阳秋。

莫言的自述，道出他创作《丰乳肥臀》之广阔的精神境界：战争动乱，跃进狂潮，"文革"浩劫，直到市场化大浪淘沙，造成百年乡村的兴废变迁，五代人的生生死死，何其漫长而沉重，令人感慨不已；在如此宏大的背景中，才能够展现母亲上官鲁氏像默默无闻的小草一样存在，将其博爱与悲悯彰显出来，大爱无疆，超越敌友，泯灭恩仇的大气象大襟怀。

相比贾平凹和曹文轩，大悲悯与拷问灵魂的关联，是莫言的独具慧眼。一方面，他看到了丑恶与残忍，血腥与苦难的不可避免，无法根除。于是，他超越了利害关系，以一个智者的眼光看待俗世凡人，发现人性的缺憾。需要强调的是，莫言没有止于善恶美丑的判断，他发现了恶人的可恶、可笑，也发现了他们的可悲可怜。在《红高粱》和《天堂蒜薹之歌》中，那些反面人物是没有话语权的，他们直接地被置于审判席上，遭受严厉的惩处。在《酒国》中，这样的局势产生变化，面对前来调查食婴事件的丁钩儿，宣传部部长金刚钻们滔滔不绝地进行辩护演说，理直气壮，非常雄辩。在《檀香刑》中，将要为孙丙实行酷刑的赵甲，自知逃不脱孙眉娘的谴责，于是先发制人地为自己的行为进行证明，给孙丙施刑，不是赵甲惨无人道，而是专制极权的绝对意志。他为自己的行为寻找到合理性的解释，也让我们联想到众多的人，包括我们自己在各种貌似堂堂正正、光明磊落的理由遮蔽下，所进行的种种蠢事、恶事、坏事。《檀香刑》将这种"合法杀人"推到了极致，匪夷所思的酷刑，让人毛发悚然，让人心灵震颤，却也如醍醐灌顶，以赵甲为镜鉴，反观自身，从别人的恶中发现自己的恶，理解了自己的弱点与缺憾，也就对那些似乎是十恶不赦的人们产生理解与悲悯。

然而，这并不是说天下乌鸦一般黑，不是说人们只能够彼此彼此，不论是非功过。在将关注的目光转向自我审视之后，对自我的拷问灵魂才开始进入状态，开始剥茧抽丝，层层推进。这在《蛙》中有明确的表现。

《蛙》的篇幅不是特别长，但是非常耐读。莫言此前的作品，从《透明的红萝卜》《红高粱》《酒国》，到《丰乳肥臀》《檀香刑》《生死疲劳》，他的语言方式都是滔滔不绝、繁复重叠的，《蛙》在写法上是非常收敛的，语言很节制，传情达意很含蓄。

同样内敛的还有他的思想锋芒。莫言曾经讲过，饥饿和孤独，是他创作的两大资源，到了《蛙》，莫言的创作观发生了新的变化。他讲写作是作为自我救赎。

《蛙》这部作品分为五部，围绕着中国实行 30 余年的计划生育政策给乡村带来的巨大冲击与沉痛反省展开。作品的主要人物"姑姑"万心，是一个乡村医生，因为专管新法接生，造福乡村，被乡亲们誉为送子娘娘。从二十世纪七八十年代之交，国家开始控制人口，实行严格的计划生育政策，万心成为这一政策最忠实最严格的执行者，为几千名妇女做了人工流产，她铁面无私，即使是自己的侄儿蝌蚪的妻子王仁美怀上第二胎，她也毫不容情，导致孕妇在手术台上死亡。她坚信自己的行为具有充分的合理性："计划生育不搞不行，如果放开了生，一年就是三千万，十年就是三个亿，再过五十年，地球都要被中国人给压扁啦。所以，必须不惜一切代价把出生率降低，这也是中国人为全人类做贡献！"[1]

万心的说法，道出我们曾经面临的两难困境。一方面，中国人是最重视子孙后代的，多子多福的观念深入人心，《丰乳肥臀》中的上官鲁氏为了生育儿女，承受了那么多的邪恶暴力而不曾放弃努力；但是，现实的发展遭遇的人口爆炸危机，不能不去化解。历史在此再次呈现出其冷酷狰狞的一面，这样一种大规模长时段的痛苦印记，却被许多当事人淡漠化、日常化了。面对强大的国家机器，个人既无力与之对抗，也就不必去思考渺小自我的责任。《蛙》中的故事讲述者蝌蚪则良知未泯，感受到自己心中永远的痛。当年为了能够在部队中继续工作下去，有一个好的前程，逼着妻子上了人工流产的手术台，对妻子王仁美的意外死亡，负有沉重的责任。作品的核心环节，是蝌蚪为了能够保住军官身份、留在部队工作坚持要妻子人工流产。为此，他和母亲有一段针锋相对的对话。操持最直观的生育理念的母亲说："党籍、职务能比一个孩子珍贵？有人有世界，没有后人，即便你当的官再大，大到毛主席老大你老二，又有什么意思？"[2]蝌蚪作为现代人的务实考虑，和母亲的朴素理念，都高度浓缩于此。在已经调整了计划生育政策之后的今天，读者的取舍会站在哪一边，不问自明。但是，如果考虑到蝌蚪及其背后的莫言自己在乡村生活21年的坎坷艰辛，他的选择也有相当的合理性。在那个年代，有多少人出于现实的需要做出违心的抉择，但是，蝌蚪为此而产生的忏悔之情，却鲜有人能及。

然而，拷问心灵，自我忏悔与救赎，并非一蹴而就。整个作品从前三部以及第四部的大半来看，似乎都是对往事的忏悔，对自我的拯救，悔恨自己当年为了个人的前途而参与了对王仁美强迫流产的共谋。这样的忏悔有其充分的合理性——人生走到大半的路程，终于知道如何判断得与失，如何回望自己的既往生命。何况，王仁美因此招致死亡，断送了两条生命，造成"我"终身难以弥平的心

① 莫言:《蛙》,上海文艺出版社2012年版,第123页。
② 莫言:《蛙》,上海文艺出版社2012年版,第113—114页。

莫言与当代中国文学创新经验研究

灵巨创。但是作品再往前推进，到了第五部，文体改成了剧本，而且是九幕的大戏，不只是文体变了，故事的脉络和情调也变了。第五部前面有一封信，写给亦师亦友的日本作家杉谷义人，信中就讲到救赎能不能成立，通过写作来实现自我拯救能不能成立，"我原本以为写作可以成为一种赎罪的方式，但是剧本完成后心中罪恶感非但没有减弱，反而变得更加沉重"[1]。一方面讲王仁美的死以及她腹中胎儿的死，这个责任"我却比任何时候都明白地意识到，我是真正的罪魁祸首"[2]，再一方面，"我把陈眉所生的那个孩子想象为那个夭折婴儿的投胎转世，不过是自我安慰"[3]。那么，被罪恶感纠缠的灵魂，是不是永远也得不到解脱？"我"到第五部的时候仍然在想着，"我"的第一任妻子王仁美在做人工流产的时候大出血死去，"我"仍然在这里忏悔说自己无法解脱，虽然可以找一百个理由埋怨这个埋怨那个，但是最后的决定因素还是在于自己的怯懦和自私。《蛙》发表之后，莫言在相关的创作谈里也讲到过，"将自己当罪人写"，似乎想通过这种心灵倾诉来实现自我拯救，卸下心头的重负。但是我们发现，这种心头的重负能不能卸下，这是一个值得深究的话题。

陀氏命题：拷问罪恶与求证清白

莫言在和孙郁对话谈鲁迅的时候，谈到了鲁迅对于陀思妥耶夫斯基关于灵魂的拷问的评述。鲁迅在他的杂文里面几次讲到陀思妥耶夫斯基，鲁迅说他并不是特别喜欢陀思妥耶夫斯基，因为陀氏是一个"恶的天才"，他把一些关键性的问题推到你的面前，让你无法逃避，让你无法绕开。而且陀氏的作品有些像法官和罪人之间的审问和辩护，法官在举证罪人的罪恶，罪人在辩护自己的清白，陀

① 莫言：《蛙》，上海文艺出版社 2012 年版，第 281 页。
② 莫言：《蛙》，上海文艺出版社 2012 年版，第 281 页。
③ 莫言：《蛙》，上海文艺出版社 2012 年版，第 281 页。

氏要在清白之下拷问罪恶，但是还要在罪恶之下拷问出清白。[①]我们通常讲黑就是黑，白就是白，一就是一，二就是二，我们比较简单比较直观，我们讲罪恶和清白就应该是一目了然的事情，两者不应该混淆，更不应该有重叠的关系。但是陀思妥耶夫斯基的这种救赎意识，或者说是拷问灵魂，显然更为重要更为复杂。

鲁迅的原文如是：

> 一读他二十四岁时所作的《穷人》，就已经吃惊于他那暮年似的孤寂。到后来，他竟作为罪孽深重的罪人，同时也是残酷的拷问官而出现了。他把小说中的男男女女，放在万难忍受的境遇里，来试炼他，不但剥去了表面的洁白，拷问出藏在底下的罪恶，而且还要拷问出藏在那罪恶之下真正的洁白来。而且还不肯爽利地处死，竭力要放它们活得长久。而这陀思妥夫斯基，则仿佛就在和罪人一同苦恼，和拷问官一同高兴着似的。这决不是平常人做得到的事情，总而言之，就因为伟大的缘故。但我自己，却常常想废书不观。[②]

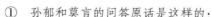

① 孙郁和莫言的问答原话是这样的：

孙郁：……你对鲁迅与陀思妥耶夫斯基之间有什么感受？陀思妥耶夫斯基对你有影响吗？

莫言：鲁迅评价陀思妥耶夫斯基"是人的灵魂的伟大的审问者，同时也一定是伟大的犯人。审问者在堂上举劾着他的恶，犯人在阶下陈述着他自己的善；审问者在灵魂中揭发污秽，犯人在所揭发的污秽中阐明那埋藏的光耀"。这评价真是精辟之极，看起来是说陀氏，是不是也是在说他自己呢？还有："把小说中的男男女女，放在万难忍受的境遇里，来试炼他，不但剥去了表面的洁白，拷问出藏在底下的罪恶，而且还要拷问出那罪恶之下真正的洁白来，而且还不肯爽利地处死，竭力要放它们活得长久。"鲁迅真可谓是陀氏的知己。"伟大的犯人"的说法真是惊心动魄啊。

《说不尽的鲁迅——莫言孙郁对话录》，莫言：《作为老百姓写作——访谈对话录》，海天出版社2007年版，第377页。

② 鲁迅：《陀思妥夫斯基的事》，《鲁迅全集》第六卷，人民文学出版社2005年版，第425—426页。

九十年代以来，尤其是新世纪以来，中国文学的拷问灵魂有了一个新的深度、新的拓展，随着二十世纪五六十年代出生的作家走向成熟，文学的生命从青春写作转向了一种成熟时期。他们的思想积淀也好，艺术探索也好，经过十几年二十几年的实验寻找，终于有了足够的思想艺术深度，也有了足够的创作自信。比如说铁凝的《大浴女》、毕飞宇的《平原》、徐则臣的《耶路撒冷》和乔叶的《认罪书》。《大浴女》写穿越"文革"与改革时代的尹小跳和她的朋友们，作为少不更事的孩子，他们在"文革"时期基本上都是立于边缘而观看成人世界的残酷与喧嚣的。但是，一桩几乎每个在场的和不在场的人都可以做出无罪辩护的往事，三四岁大的小女孩尹小荃的意外死亡，却成为他们摆脱不掉的梦魇，将他们驱赶到自我的灵魂剖析的道路上。《平原》比较外向，它写了苏北的一个乡村王家庄——毕飞宇特别会写"地球上的王家庄"，写王家庄的一个回乡青年端方，和高加林比较像，也是在读了中学之后回到乡村，但是他不像高加林那样在乡村里面坚守着自己的价值信念，与乡村生活保持距离，并争取各种机会离开乡村。《平原》里的端方回到乡村，一方面逐渐深入到乡村生活的本真的层面，看到了乡村的污秽与骚动，乡村生活在"文革"时的畸形扭曲；另一方面他自己也在这样一个过程中，逐渐堕落蜕变。他变成了一个当地村子里的不良少年的头目，与别的村子里的年轻人聚众斗殴，很残暴很血腥；同时他为了争取有一个当兵入伍的机会，走到外面的世界争取改变命运，他可以跪在生产大队党支书吴蔓玲的面前乞求怜悯，以得到参军的批准。但是他很不幸，那个南京来的女知青吴蔓玲，本来对这个回乡的高中毕业生很有好感，和他之间也可能会发生很多微妙曲折的情感故事，但是很遗憾这样的罗曼史没有发展起来，而是人性的污秽和丑陋的大暴露。人到一定年龄，第一认识到了人生的有限，第二认识到了自己内心很多丑陋的事情，这恐怕说是年轻时代不容易或者说是不必要认识的，人一定是到有了比较长的人生经验的积累，或者说是人性的自我审视，逐渐对自我对现实有了一点清醒的判断。尤其是在作家这里，转向了灵魂的审视，不管是讲自己的故事，还是讲别人的故事，都是讲这一代人的忏悔和救赎，这是新世纪以来比较重要的一种文学现象。

但是这种救赎又引出新的问题，如果再往深里追问，怎样拯救？如何拯救？我曾经写过一篇文章，是讲铁凝《大浴女》与米兰·昆德拉的一部作品《为了告别的聚会》的比较[①]，比较了昆德拉和铁凝对于陀思妥耶夫斯基的不同的评价或者说是认识上的差异。从昆德拉看来，他觉得陀氏的这种灵魂的拷问有他没有深入下去的地方，没有能够把拷问进行到底，很多时候他把许多话题引向了宗教，引向了神灵的世界；在铁凝这里，她会觉得陀氏已经走得够远了。在《大浴女》结尾，尹小跳通过敢于坦承自己当年对自己的哑巴妹妹尹小荃掉入井里致死这样一件往事要承担责任，捅破了多年来遮遮掩掩的迷雾，敢于坦承自己当年没有及时地救她脱险；同时也通过尹小跳自己的情感纠葛，认识到两性灵肉关系的真谛，对于当年曾经因为母亲红杏出墙而产生长期的对于母亲的排斥、厌弃，也有了一种新的理解、新的评价。作品的结局之处，写得比较隐晦，尹小跳最后似乎是拿着一部《圣经》，通过忏悔以及对善与恶的思辨，实现了自我忏悔和拯救，卸掉了心头的重负，进入了"心灵的花园"。像尹小跳，她的认识已经很深刻了，已经认识到了人性非善，也不是因为心灵向善而选择了走向善，恰恰相反，是人因为做了恶事之后，需要拯救需要救赎，激励有智慧的人走向善，恶成为推动人们走向善的一种动力。当年黑格尔讲，恶和情欲是推动历史进步的动力，这个命题在马克思那里也得到了一定赞同，但是就《大浴女》本身来讲，是在一个结局的地方凸显主题的同时就打住了，相关的命题没有继续展开继续延伸。毕飞宇的《平原》属于另一种情况，首先是一种灵魂的拷问，还没有接触到救赎的命题，但是拷问的深度与力度也是非常强大的。

---

① 　张志忠：《现代人心目中的罪与罚——〈大浴女〉与〈为了告别的聚会〉之比较兼及陀思妥耶夫斯基命题》，《长城》，2004 年第 2 期—第 3 期连载。

"旧伤痕上又添新伤痕"

在莫言这里，通过《蛙》的写作，他提出一个命题，以前是把好人当坏人写，把坏人当好人写，现在是把自己当罪人写。[①]

不仅是"文革"的记忆（包括张志新遇难的记忆）让莫言难以摆脱，在同一演讲中，莫言还讲到，作为最高检察院的报纸《检察日报》记者，他到监狱去采访过若干贪官污吏，了解他们的贪婪卑鄙行私舞弊的过程，对其深恶痛绝——这样的情绪，是每一个正常人都会应运而生的。可贵的是，莫言还会进行换位思考，如果自己像他们一样身居要职大权在握，是否就能够拒绝权力金钱和美色的诱惑，一尘不染呢？这既是作家的设身处地去体验人物心理的需要，却也见出莫言反躬自省拷问灵魂的敏锐。莫言说："后来我得到的答案是非常的动摇，我自己也把握不住。我想假如我在那个位置上很有可能也会变成一个贪官，很可能也会犯下同样的罪行。我想一个作家用这样的立场和观点，敢于解剖自己，然后才能够推己度人，你才可以从自己出发推到你描写的人物的身上去，你才能够知道在某些特殊环境下那些人是怎么样想的。如果对自己的批评是留情的话，如果不敢把自己当作罪犯来进行分析的话，很难写出真正的触及灵魂的作品来，也只能停留在这种一般的泛泛的苦难叙事上。"[②]

莫言的可爱之处在于他的知行合一。他在散文《卖白菜》中，讲过少年时跟母亲去集镇上卖白菜，自己故意多算了买主一角钱的羞惭；在北京大学的一次演讲中，他讲到"文革"初期在批斗会上他向老师背上扔石头的愧疚；在诺贝尔文学奖的获奖演说中，他回忆起在参观忆苦思甜展览会时因为一个同学没有随大流地哭泣而向

① 莫言:《我的文学经验——在山东理工大学的演讲》，https://v.youku.com/v_show/id_XNDYzMzU3MzE2.html。

② 莫言:《我的文学经验——在山东理工大学的演讲》，https://v.youku.com/v_show/id_XNDYzMzU3MzE2.html。

老师告密的羞耻；在《我们的荆轲》中他把自己摆进去，剖析名利思想对一个人的毒害有多深……

因此，在《蛙》中出现忏悔与救赎的动机，就不是空穴来风。这部作品里，莫言个人生命的痕迹可能比铁凝《大浴女》、毕飞宇《平原》要更深刻一些。故事里讲到妻子再次怀孕而引发部队和当地官方的强烈反应，在各种外部压力和内心怯懦之下逼迫王仁美去做人工流产，这些情节在现实中是不是确有其事？在二十世纪八十年代中期的一篇小说《爆炸》中，这一情节就出现了。《蛙》这部作品的叙事视角很复杂，有作者的隐形叙事，有蝌蚪的第一人称叙事，还有第五部用戏剧体叙事；作品中的"我"写给日本朋友杉谷义人的信中讲，要通过写作实现自我救赎，但直到故事走向结局，尽管故事讲完了，"我"的情感也得到了舒缓，但是最后发现这心头重负心灵罪责仍然没有放弃，仍然没有解脱。而且还有一条，这部作品的第四部、第五部，一个非常核心的环节是讲"我"的第二个妻子小狮子以及袁腮精心安排，让陈眉做代孕母亲给"我"生了一个儿子，这样一个故事应该怎么评价，应该怎么讨论？这个情节与这部作品的救赎与忏悔是什么关系？

故事的叙述人讲的是因为第一个妻子王仁美死去，"我"觉得似乎陈眉替"我"生一个儿子，就能抹平王仁美的死亡所带来的心灵的创伤记忆，但是"我"后来发现这两者之间不能互相替代，抹不去心头的创伤。还有一个问题就是"我"对于陈眉代孕是一种什么态度？一开始当"我"知道小狮子以及袁腮他们来联手制造这样一个事件、这样一个代孕婴儿的时候是非常反感、非常愤怒的。但是事情的转机在哪里呢？叙事者讲到有一天"我"在街头被张拳的外孙以及女儿追打（"我"在因为病残而乞讨的陈鼻的碗里放了一张百元大钞，但是被那个小孩拿走了，"我"想惩罚一下行为这么恶劣的孩子，但是没有想到这个孩子跑得很快又很无知，拿着烤羊肉的铁签子把"我"扎得伤痕累累，还不依不饶地倒过来追"我"，"我"一直被追赶到那个妇产医院的婴儿广告牌下面），看到那个代孕婴儿广告牌，忽然在此过程当中觉得"我"应该让陈眉生下这个孩子，"我"的想法一下子就发生了转变，一下子就接受了。但是这个转折怎么看，这个转折是一种什么样的情况，从心理上可以接受的角度怎么来理解，怎么来解释？这很难在作品里面找到一个贯通的逻辑，用一种非常怪诞的方式"追赶"与"被追赶"，忽然一下就转过这个弯来。从这个代孕事件来讲，它变成了这么多人的共谋。想再生一个孩子这样的心理是可以被理解的，人们对独生子女政策从心理上很难接受，有机会再生一个孩子就尽力而为共同参与也很正常。但是这个事情的整个的过程，对于陈眉是一种什么样的情况，是不是这么多的人共同伤害了陈眉？因为在堂吉诃德饭店里李手告诉"我"陈眉是一个职业的代孕母亲，但是没有看出来陈眉生过几个孩子，这似乎是陈眉的第一个孩子。而且，人们为了要生一个孩子利用了另一个女人的身体，然后又剥夺了她作为一个母亲的权利。这么多人来共同实行这样一个过程，在过去的救赎还没有完成以前就形成了新的罪孽，就像《杜鹃山》里的一句唱词，"旧伤痕上又添新伤痕"。为什么《蛙》一开始就讲写作与救赎，我觉得是因为过去的旧的伤痕并没有抚平，结果现在又给别的人造成新的创伤，陈眉也好，陈眉的父亲陈鼻也好，他们两个人怎么能接受这样的现实？

或许可以说，在市场经济条件下，这是一桩愿打愿挨的公平交易，冷酷的事实是它连公平交易都算不上，说好了生男孩给五万，生女孩给三万，结果最后告诉陈眉说这个婴儿是死胎只给一万块钱，这个过程谁也没有出来澄清，更没有出面予以合理的解决。当然这是从一个简单的商品社会的交易层面来讲，可能代孕不但在中国，在国外也有。但是具体到当事人来讲，陈眉和她的父亲陈鼻是处于这个社会的最底层，是最没有自我保护能力的人。前三章都在讲包括"我"也好，包括周围的人也好，在一个非常强势的政策面前，我们都没有自我保护能力，被它损害，甚至还要被迫去损害别人。那么到了第四部、第五部的陈眉代孕事件，就是一个反转，曾经创巨痛深的人们一旦有了一个比较优势的位置，比如说你有钱，比如说还有人掌握相关的科学技术手段，还有一些人通过权力来保护这样一种掌控代孕母亲以牟利的行为，人性的弱点由此暴露无遗。如果说作品前半部分所写，人们都很被迫，都很无奈，但是到了后半部，就会觉得，一旦强势的政策出现了松动，人们自身的劣根性就集体爆发了。按照常规，"我"的第二个妻子小狮子如果以前没有孩子的话，按政策讲也是可以生一个的，想利用这个政策生一个孩子也合情合理，但是用代孕母亲这种方式的话就变成了受损害的人又来损害别人，而且是在一种相对来讲损害者自己的位置比较优越，比起陈眉陈鼻来说其他人都是比他们居于优势的地位。

这样的理解，是不是可以从作品的写作与救赎，写作与忏悔，忏悔与拯救这些方面得出一些新的看法、新的结论？

管笑笑解读《蛙》做出的结论是，某种意义上，蝌蚪就是我们每一个人，懦弱，自私，实际，虽不乏同情心，但恐惧为道义所累，背负过多负担……实际行动上的无所作为，文字意义上的虚伪忏悔，蝌蚪的赎罪可谓苍白乏力。但罪孽不曾因为我们刻意的淡忘和漠视而消失，它悖论般地因赎罪衍生出新的黑暗幽灵。[①]对此，莫言也有明确的自我认知，《蛙》的忏悔和救赎，只是这一精神历程的开端，还远远没有到位，还要继续深化继续前行。前引莫言在第八届茅盾文学奖颁奖典礼上的致辞，其中有一句话，是这样讲的："在《蛙》中我自我批判得彻底吗？不彻底，我知道今后必须向彻底的方向勇敢地对自己下狠手，不仅仅是忏悔而是剖析，用放大镜盯着自己写，盯着自己写也是盯着人写的重要步骤。"[②]

这让我们充满新的期待。

① 管笑笑：《发展的悲剧和未完成的救赎——论莫言〈蛙〉》，《南方文坛》，2011 年第 1 期。
② 莫言等茅奖作家谈创作甘苦：《蛙》在写自己内心，http://culture.people.com.cn/GB/87423/15673488.html。

第九章 构建宏大通达的时代感：莫言及当代作家的现实选择

我们应当注重作家们的创作谈、演讲录、对话访谈和阅读史，由这些"泛文本"入手去关注和研究莫言等当代作家的文学思想，是一个新的研究界面。这一章就是通过具体文本，阐释莫言、韩少功和苏童三位著名作家对于文学与时代性的理解及其内在原因，展现其中的同异及其给作家创作带来的丰富多彩、各擅胜场，在文学研究路径与具体命题开掘上做出积极的探索。

关注和研究作家的"诗外功夫"

作家以创新为自己的天职，文学研究亦需要不断地开出新的界面，拓展新的空间。我曾经就莫言研究提出若干新的可能性，一是关于莫言的阅读史研究，二是关于莫言的劳动美学的研究，也非常高兴地看到，这样的倡导得到了年轻学者的响应，郭洪雷的莫言阅读史研究，周文慧的莫言劳动叙事研究，都是可喜的收获。①

从事当代文学研究，还有一个更值得关注的重要现象，就是包括莫言在内的众多作家的文学思想研究。当下文坛非常活跃，表征

---

① 参见张志忠：《莫言研究的新可能性》，《中国现代文学研究丛刊》，2016 年第 4 期；郭洪雷：《个人阅读史、文本考辨与小说技艺的创化生成——以莫言为例证》，《文学评论》，2018 年第 1 期；周文慧：《承继与反惯性：从叙事方式看莫言小说的"劳动"叙事》，《当代文坛》，2018 年第 1 期。

之一就是作家在创作文学作品的同时，发表了大量的言论，撰写了大量的文字，讲述自己对于文学创作的思考和追求，对中外文学作品的阅读和阐释，展现了作家的"诗外功夫"，不仅数量可观，而且内容丰富，这成为我们从事当代文学研究的一个重要资源，可惜还没有引起充分重视。一批重要作家，当下已经有传记，有评传，有年谱，但是以作家的"诗外功夫"即文学思想为研究对象的论著还鲜少出现，众多的研究者，盯着一些研究成果已经很丰富的话题，在一个狭小的圈子里，互相重复，彼此叠加，找不到新的命题，另一方面呢，对许多重要的文学现象，缺乏足够的敏感认知。在这一方面，中国海洋大学温奉桥教授的《王蒙文艺思想论稿》[①]走在了前面，河北师范大学的郭宝亮教授则获得 2017 年国家社科基金年度项目"王蒙的文学批评与新时期文学变革研究"，这也恰恰证明作家思想研究的重要性和迫切性。

即以莫言为例，他的先后两部三卷本《说吧，莫言》和《莫言心声系列》，所收其演讲、访谈、散文等，数量颇为可观；《莫言王尧对话录》对理解莫言的创作道路和文学——美学思想，甚有帮助（我所关注的莫言之劳动美学，就是受到个中启发）；此外，还有散落于其作品的后记以及新版改版的附言、打油诗，以及未曾化为纸质文本的网络资讯和视频；凡此种种，都是解读莫言的重要参照物。照单全收奉为圣旨是懒人哲学，但目前更值得思考的是，我们对作家的"诗外功夫"关注不够，成果甚少。

催生作家们大量的创作谈和阅读史的写作、对话、讲述，很重要的一点，是当下这个传媒为王的时代。一方面是信息的过剩和充塞，嘈杂无序的喧嚣淹没了真正有价值的声音和文字，酒香也怕巷子深，即便作家可以甘于寂寞，遁身世外，但出版社和文艺部门也一定要拉着作家到处去谈论文学的话题，签售新的作品，用各种各样的广告和软广告制造出吸引眼球的动静来；一方面是在泥沙俱下的信息涌流中，媒体也需要真货干货，需要借助名人

① 温奉桥：《王蒙文艺思想论稿》，齐鲁书社 2012 年版。

效应增强自家在业界的竞争力，名家访谈是其中屡试不爽的制胜之道。

事情的另一面则是，相当一批作家们，从宗璞、王蒙、刘心武等老而弥坚、驰骋文坛超过一甲子的文坛风骨，到莫言、贾平凹、王安忆、韩少功、余华、张炜等新时期文学的弄潮儿，他们的创作生命在中国现当代文坛上罕见地长久，他们的文学能量异常地充沛，他们对文学创作、社会思考和自身定位的探索也在多个层面上展开。他们赶上了中外文学交流对话最密集的一个阶段，海内外的文学演讲和访谈，成为他们与世界文学对话的重要方式。于是，越是到晚近，他们的创作与文论的两翼齐飞，就越是显著，几乎是每有新作，从作品后记到媒体访谈，都形成一时间的文坛焦点。除了自我阐释，作家们也热情地指点中外文坛，他们的作家作品分析，颇有蒂博代所说的"大师的批评"的风采——王安忆、马原、毕飞宇、阎连科等先后进入高校登坛授课，他们的讲堂录纷纷出版。王安忆著有《华丽家族：阿加莎·克里斯蒂的世界》，阿加莎·克里斯蒂的侦探推理小说，不仅让王安忆感受到单纯的阅读的快乐（这正好表现出王安忆不避讳乃至欣赏世俗快乐的一面），还让她在小说的叙事逻辑建构方面获益匪浅。格非解读《金瓶梅》，写出了《雪隐鹭鸶——〈金瓶梅〉的声色与虚无》，也直接地影响了他的近作《望春风》的悲悯情怀。此外，残雪对卡夫卡、博尔赫斯的解读，邱华栋的中外作家阅读笔记，非常可观；张炜著有《楚辞笔记》《也说李白与杜甫》《陶渊明的遗产》，并且把对于胶东半岛道家养生文化的传统写入《独药师》等晚近作品；方方的《到庐山看老别墅》《汉口的沧桑往事》以摇曳之笔解读两地的老建筑，相应的地标景观也融入了她的小说之中。徐小斌在国家开放大学的课程平台上讲授西方美术家专题，是跨界出击，也是她小说创作中画面、色彩与美术元素何以如此浓烈的一种证明。韩少功左创作右翻译，翻译昆德拉，加强了他小说创作中的跨文体性特征，深化了他对语言与言语的辨析和对鲜活口语的推重；翻译佩索阿，则对他归隐乡间的心态和叙述产生微妙影响。年长的作家们也不甘示弱，刘心武在《百家讲坛》讲《红楼梦》，写《刘心武评点〈金瓶梅〉》，也关注北京的建筑文化地标，因此写出《钟鼓楼》《栖凤楼》《四牌楼》。李国文有《楼外谈红》《中国文人的非正常死亡》《中国文人的活法》《李国文说唐》名世。王蒙自己更是身体力行，学英语学到可以用英文发表演讲，读老庄孔孟读到可以在电视台开专题讲座，读《红楼梦》和李商隐，更是他的拿手好戏。冯骥才从关心天津市井文化，写出《神鞭》《三寸金莲》《俗世奇人》，到关心和抢救天津的历史建筑，再到于全国范围内推进古村落古建筑保护，也有内在的理路……

　　作家们学养的增强和眼界的开阔，正是他们文学创作能够持久地进行的原因，也是他们的诗外功夫的丰厚底蕴所在。尤为重要的是，与作家的创作相比较，他们的创作谈和演讲录，并非前者的附庸，而是都具有自己的独立性；不仅是理解其创作的一种补充，很可能还是作家思想的一种拓展。莫言在谈到作家的思想时这样说：

　　　　当然，伟大的小说，都是思想大于形象的——一是思想大于小说里面人物的形象，二是小说里的思想大于作者的思想。我想一部具有两个"大于"的小说，肯定是一部很好的作品。我们可以从小说里面的人物思想上，看到新时代的曙光，看到新思想的苗头；我们可以从小说的整体思想上，看出了它超越了作家思想的一些东西。现在很多人在批评作家批评没有思想。这个批评当然不能说它没有道理，但我觉得值得怀疑。一个作家未必要先成为一个哲学家、思想家，才可以写作。鲁迅的思想非常深刻，鲁迅也是一个伟大的思想家，但是鲁迅这种伟大的思想和他的小说之间，我认为是不太相配的。因为鲁迅后期并没有写出和他思想相匹配的文学小说。①

①　莫言：《试论当下文学创作的十大关系》，《江南》，2007年第3期。

莫言与当代中国文学创新经验研究

在小说和散文之外，鲁迅写了那么多的杂感和随想，尤其是二十世纪三十年代，鲁迅自述说，是因为形势的险恶与骤变，来不及从容地进行创作，只能够以"匕首和投枪"式的杂文回应之。这也形成了我们对这一命题的通常的理解，时间紧迫，形势危急，使得鲁迅来不及进行艺术的沉淀和升华创作新的小说。莫言强调其思想与创作之间的巨大裂痕，强调其思想大于创作，显然着眼于更为廓大的方面。

相对于现代人面对的社会现实之纷纭万状以及思想与情感的纷繁纠结，小说与散文等艺术形式都难以容纳，不但鲁迅如此，当代诸多作家也不例外。

王蒙在二十世纪八十年代提出"费厄泼赖"应当实行，就是在回顾总结惨痛历史教训、动辄将某些人指认为敌对势力、阶级异己分子、"落水狗"，将思想清算与政治权利、生存权利的剥夺叠加在一起，毫不容情地进行毁灭性打击，将鲁迅在特定年代提出的斗争命题无限放大推到极致，造成严重恶果之有感而发。

莫言提出的"哪些人是有罪的"的命题，也远远超出了他的小说的边界而指向更为广阔的人类生活空间：

> 在这样的时代，我们的文学其实担当着重大责任，这就是拯救地球拯救人类的责任，我们要用我们的作品告诉人们，尤其是那些用不正当手段获得了财富和权势的富贵者们，他们是罪人，神灵是不会保佑他们的。我们要用我们的作品告诉那些虚伪的政治家们，所谓的国家利益并不是至高无上的，真正至高无上的是人类的长远利益。我们要用我们的作品告诉那些有一千条裙子，一万双鞋子的女人们，她们是有罪的；我们要用我们的作品告诉那些有十几辆豪华轿车的男人们，他们是有罪的；我们要告诉那些置买了私人飞机私人游艇的人，他们是有罪的，尽管在这个世界上有了钱就可以为所欲为，但他们的为所欲为是对

人类的犯罪，即便他们的钱是用合法的手段挣来的。我们要用我们的文学作品告诉那些暴发户们、投机者们、掠夺者们、骗子们、小丑们、贪官们、污吏们，大家都在一条船上，如果船沉了，无论你身穿名牌、遍体珠宝，还是衣衫褴褛不名一文，结局都是一样的。①

赋予文学以拯救人类拯救地球的至高使命，未免会被讥讽为堂吉诃德向风车宣战，却见出莫言的可爱之处，甚至揣想出他讲出这段文字的腔调和神态。对于那些有一千件衣服一万双鞋子或者数十辆豪车的奢华男女，人们或者会怀疑其"为富不仁"，追问其金钱的来源何在，或者认为这是个人的购买权利无须他人置喙，但莫言认为，即便其收入的来源是合法的，这样的行为都应该遭到谴责，过度挥霍各种资源和产品即是犯罪。这样的警钟确实令人猛醒。法律上的合法性规定了人们的行为的底线，但是，还有更高的行为准则考验着人们的道德标线，暴殄天物，也是对自然对人类的极大犯罪。

因此，在研究作家们的文学作品的同时，也研究他们的诗外功夫，研究他们的文学——美学思想，乃至社会关怀和思想杂谈，是不容忽视的新课题，也会对当代作家作品研究做出新的拓展。这一点，鲁迅先生早已经做出了很好的榜样。在学理上，他提出研究作家要顾及全人，在实例上，他的《魏晋风度及文章与药及酒之关系》，跳出以诗文论高下品评文人的窠臼，从时代氛围、权要引领、文人自许、社会交往、养生时尚、服装特点与日常生活等方面阐述魏晋文风，导出清峻、通脱、华丽、壮大等诸多命题，其要点莫不来自时代与文气、政坛与士流的交融与博弈。鲁迅的启示，引领我们前行。

---

① 莫言:《悠着点，慢着点——"贫富与欲望"漫谈》，http://blog. sina.com. cn/s/blog_63acd9f50100nfxo.html。

莫言与当代中国文学创新经验研究

三篇关于文学与时代性的演讲解读

进入作家文学思想研究的正题，让我们从《当代作家评论》2018 年第二期刊发的"2017 金砖国家文学论坛专辑"的一组文章讲起。此前的 2017 年 12 月，在北京师范大学珠海校区召开了金砖国家文学论坛，这次会议的主题是"新时代，新经验，新想象"，与会的中国作家莫言、韩少功、苏童、格非、阿来等，分别做了简短的发言，与金砖国家的作家发言一并编为专辑发表。尽管说，会议主题的规定性和时间的限制对作家们的论述有所规约，但从中仍然可以见出作家们各自的思想特征和创作旨趣。

以论坛主办方北京师范大学发言人出面的莫言，需要对这"新时代，新经验，新想象"的命题作出相应的阐述，却又需要和当下的某些简陋粗疏、直奔主题的言说保持距离，一来作家的语言不同于主流宣传的语言，二来这是国际论坛的场合，应该要有超越本土语境的表述才能凝聚各国作家的思索。莫言巧妙地以巴尔扎克的做时代的书记员、追踪和表现时代风貌的创作实践为参照，阐述了当代作家面对自己所处时代的尴尬，为表现这一时代面临的创作困境而感慨。一方面是太阳底下没有新的东西，所有的文学手段都已经被巴尔扎克这样的前辈开掘殆尽，巴尔扎克对时代风貌的全景叙事后人难以企及，一方面是当代作家仍然在进行着悲壮的追求，像西西弗斯一样不遗余力地推滚巨石上山。那么，怎么样才能够摆脱这种创作困境，呼应巨变的时代，找到可能的路径，怎么样力争从新的角度、从自我的角度写出新的作品？

莫言援引的例子是已故作家史铁生，他郑重地向与会的外国作家介绍史铁生的一篇文章，《新的角度与心的角度》，借助于史铁生的说法，莫言强调的是从心灵的观照发现新的角度，从内心世界与世事万象的互相观照、彼此互动当中去观照和表现新时代、新经验，时代之新要凭借心灵的敏锐和广博去加以构建，作家的心灵要具有容纳百川的气魄和摹写万千众生的能力。每个人都有自己的心灵，从自己的利害与立场去观照世相，作家则要有万千心灵，能够化身为不同的人物去体察万物，"能做老翁语，能学婴儿啼，能说强盗话，能唱劝善词"。①莫言和史铁生一样，都巧妙地借用新旧之新与心灵之心这样的同音字，强化了作家的精神世界对其创新求索的决定性作用，也发挥了汉语的丰富多样的表现力。

韩少功的《在金砖国家文学论坛开幕式上的致辞》，既是作为论坛嘉宾对莫言主旨演讲的回应，也呈现出他的思想家特色。在五〇后作家中，韩少功是最富有思想性的。莫言擅长于类比推理，他在诺奖获奖演说《讲故事的人》中，就借助各种各样的故事，母亲的故事，自己的故事，同学的故事，间接地表达出内在的思索。此次论坛的主旨演说，他也是通过巴尔扎克和史铁生的例子，引导出自己所要表达的思绪。韩少功则是理性清明，逻辑谨严，用清晰的思路去征服听众。

韩少功的致辞要点有二：第一，廓清金砖国家的作家应该持守的共同的立场，即作为全球化时代的后来者和新兴者，如何面对和处理与发达强国之间效仿与超越的关系，如何在新兴国家之间进行相互学习、创新学习；第二，关于文学乌托邦的建构。韩少功指出，人类可以做出各种各样的区分，其中一种重要的分类是亲近文学的人和远离文学的人。亲近文学的人，建立了一个隐形的文学共和国，其公民遍布全球各地，以小说和诗歌为特殊护照，无论走到哪里都可以找到自己的同胞，找到自己的家园，"大大过滤掉时代、地域、宗教、种族、政治、语言等诸多差异，让心灵跨越千山万水，与更多心灵永远地相聚和相守"②。

先说第一点，韩少功是毛泽东的积极追随者，写过著名的《革命后记》，对于毛泽东的三个世界理论情有独钟，他也讲述过自己

① 莫言：《在金砖国家文学论坛上的主旨发言》，《当代作家评论》，2018年第 2 期。

② 韩少功：《在金砖国家文学论坛开幕式上的致辞》，《当代作家评论》，2018 年第 2 期。

作为中国人在西方遭遇冷眼相待、刁难歧视的故事，对于西方的现代性和种族歧视保持足够的警觉与批判；和许多人一样，他不得不承认西方的现代性对近现代以来的中国的感召力，却又对欧美强国的恃强凌弱霸权主义充满戒备之心[①]；而金砖国家文学论坛的开幕，引发他对于新兴国家反抗欧美强权的共同体的联想。与这种基于政治立场的金砖国家共同体相呼应的，是韩少功所讲第二点，文学的乌托邦的建构，韩少功称之为文学的"共和国"。他摹仿列宁对于《国际歌》的经典表述，也见出他在马列著作阅读方面的丰厚功底。列宁的原文是："一个有觉悟的工人，不管他来到哪个国家，不管命运把他抛到哪里，不管他怎样感到自己是异邦人，言语不通，举目无亲，远离祖国，——他都可以凭《国际歌》的熟悉的曲调，给自己找到同志和朋友。"[②]韩少功则把文学作为识别同志、找到知音的"护照"。韩少功具有不可救药的乌托邦情结，他当年下乡当知青，就想在知青中建立一种理想的共产主义群落；他到海南去打天下办《海南纪实》，他和同伴们约定要实行公平分配、同甘共苦的原则，维护公平正义的道德理想主义共同体；尽管说，这样的理想一再失落，尽管说，乌托邦的定位和成员不断变换，但是，韩少功的乌托邦梦想根深蒂固，此处的文学"共和国"即是其新的变种吧。

苏童的论坛发言与莫言和韩少功都形成有趣的对照。他的发言题目是《你的时代，我的故事》，他既不用像莫言那样需要承当

---

① 韩少功此类言论颇多。姑举一例："有一位老前辈说过，参评诺贝尔文学奖，人家大多数是用原版，东方人却只能用翻译版，这就像体育竞赛中的不平等规则。而这一切都缘于时代——19世纪以来的这个时代已经把世界分成了富国与穷国，强势文化与弱势文化、强势语言与弱势语言。我们对此毫无办法，一时无法改变。因此在相当长的时间内，强弱双方的翻译意愿、能力、效果完全不对等，很多作家的境外影响力，以及'出口转内销'后的国内影响力，都是自己力所不及的。"——韩少功：《文学与时代到底是什么关系》，《财新周刊》，2017年第3期。
② 列宁：《欧仁·鲍狄埃——为纪念他逝世二十五周年而作》，《人民音乐》，1962年第12期。

引领话题的东道主角色（尽管他当下的身份也是北京师范大学特聘教授），也不曾像韩少功一样把十七年期间建立起来的理想情怀和浪漫气息进行到底，而是把生活和电影中的他人故事都当作自己写小说的资源。因此，苏童对于故事的敏感远远大于对时代的关注。《你的时代，我的故事》就是将时代作为写作的材料，将自己并不特别在意的时代，化解为一个个具体而微的故事。苏童在发言中，列举三个故事以说明文学与时代的关系，其一是意大利著名导演费里尼的著名影片《八又二分之一》，该片中的一个角色，因为遭遇公路大堵车，居然神乎其神地从车窗里飞身腾空而去；其二是一部小道格拉斯主演的好莱坞电影，当他饰演的主人公遭遇高速公路堵车，加上一连串的不如意之事，最终路怒症发作，开枪杀人；其三是一位现实中的意大利人，他在开车途中遭遇堵车，竟然弃车步行而去——公路和汽车是现代人的标配，也是时代的典型症候。苏童从各种各样的故事中引发出他的结论：时代是同一的，电影中和现实中的人应对起来各自方式的不同，则表现出艺术与生活、经验与想象、个性与气度等诸多差异，由此生发开去，可能再生成多少电影和小说！此时代不是彼时代，这故事胜过那故事。三个故事，电影二，现实一，这本是无心为之，恰好也可以看到苏童的写作资源与他人的差别。他的创作不是以深刻的生命体验、沉甸甸的历史感和思想的敏锐或沉雄见长，而是通过阅读和咀嚼他人的故事激发自己的创作冲动，是在一种互文本的世界中沉吟揣摩的个人探索。

王安忆说，苏童是一个有积养的作家，看了大量的小说，尤其是那些鸳鸯蝴蝶派的小说，因而他很会起小说名字，比如《妇女生活》《红粉》《园艺》等。苏童的小说起步较高，一开始就写得很好，同时写作质量一直稳定。[1]王安忆此言极是。在特定意义上，苏童的此类作品本身，也不无鸳鸯蝴蝶派的印痕，像《妻妾成群》所写，

---

[1] 王安忆眼中的当代作家，http://www.360doc.com/content/12/1009/11/96 60847_240391108.shtml。

家道中衰的女学生嫁入豪门为妾，然后生发出种种风波，也是鸳蝴派小说中的常见套路。而他所成长的城市苏州，恰恰就是鸳鸯蝴蝶派的大本营所在。苏童的幸运还在于，他1980年进入北京师范大学中文系——中国大学最好的中文专业之一读书，他的广泛文学阅读为他后来的创作提供了极好的积养。①

更为重要的是，苏童的创作冲动，和莫言、王安忆、韩少功有两个明显的区别。后三者选择文学之路，一是要通过写作的特长改变个人的命运：莫言是在为了改变服役期满还乡继续当农民的命运，所做的诸多努力都未曾见效后，通过发表文学作品争取破格提干的机遇；韩少功凭借手中的笔从下乡知青中脱颖而出，在文化馆舞文弄墨，后来又考上湖南师范学院中文系；王安忆的写作，也是在母亲茹志鹃的帮助下寻找更好的人生出路，改变处境。二是他们都有较为深刻的生活体验，在各自的创作中，都有自己的化身出没，从中看到他们的生命印记与文学创作的密切联系，察觉他们写作时的脉搏和心态。苏童进入北京师范大学读书，堪为天之骄子，在很大程度上，他不用为了未来的出路而焦虑，文学创作也不是个人发展的唯一之路。他要面对的语境是，班里40个同学人人都在写诗，创作风气之盛，把所有人都裹挟进去。苏童自然也不甘示弱。在相当的程度上，他并非传统的那种"情动于中而形诸言"的迫切言说，

莫言文学世界研究

---

① 苏童自白说："在那样的社会环境和各种思潮的影响下，我跟所有人一样，都有某种非常大的欲望。这个欲望分为两方面：第一个是听的欲望，第二个是说的欲望。听，很简单，就是听社会上各种各样的声音。我当时在北京师范大学念书，从苏州小城来到北京，对我思想的锻打和塑造有着非常重要的影响。我经常背着书包在校园，甚至去北大、去美术馆，参加各种文化活动。同时开始大量阅读，托尔斯泰和"三言二拍"交替着读。那时大批书都印出来了，不管是西方的还是中国的，而且书价很便宜。虽然我后来一直不间断地、持续地读书，但是大学四年是我这一生吸收东西最疯狂的时期。在听的种种欲望的驱使下，听得多了，自己就有很强的说的欲望了。那是个诗歌的年代，我们班上四十多个学生都写。就在这种人人都写作的年代，我也很自然地开始了写作。"——苏童、李建舟：《纸上的海市蜃楼——与苏童对话》，《南方文坛》，2008年第4期。

而是在普泛阅读与创作竞赛中寻找最佳的创作路径。他的创作，以客观和精细见长，在个人生命留痕的香椿树街系列与建立在想象与虚构基础上的枫杨树村系列中，后者的"含金量"显然要比前者高出许多。这也见出其生命体验与文学想象之间的优劣短长。还有，莫言、韩少功和王安忆在 1980 年前后在文坛上崭露头角，那还是改革开放之初，他们能够接触到的中外文学文本非常有限，他们所处的文坛语境与他们最初的作品都有非常稚嫩的元素，他们的创作在二十世纪八十年代中期，在遭遇福克纳、马尔克斯和昆德拉之后，才有一个显著的提升。[①]而苏童一出道，就是在福克纳和塞林格的影响之下，写出香椿树街和枫杨树村两个系列，站在一个很高的文学平台上。

由此，也可以见出苏童《你的时代，我的故事》的旨趣背后的语境吧。

关于文学与时代性的黑格尔—马克思主义传统

由此，我们可以进一步地讨论莫言、韩少功和苏童在处理文学与时代关系上的差异，兼及他们在处理文学与时代关系时所参照的中外作家。

文学与时代的关系，尤其是小说与时代的关系，是最为密切的。就整体趋势而言，现代小说，尤其是长篇小说，是随着近现代

---

① 韩少功如是言："我也被不少人看成一个运气不错的作家，比如在读大学期间就多次获奖。其实回头看看当年的作品，自己也觉得很粗糙。眼下在青年作家群体里随便拎出一个来，也许都比我当年写得更圆熟、更轻松、更活泼灵动，而且知识面更广。可在我出道的那个时候就是很少人写，整个文坛几乎空荡荡。很多人还有'文革'留下的余悸，不敢写。所以那时勇敢就是文学，诚实就是文学，一个孩子只要说出皇帝没穿新衣，也可能成为名满天下的社会意见领袖。这就像象棋中的棋子，在特定的棋局里，小卒完全可以强过车马炮，所谓'时势造英雄'也。"——韩少功：《文学与时代到底是什么关系》，《财新周刊》，2017 年第 3 期。

历史的大转型而产生，并且形成创作高峰的。黑格尔富有前瞻性地指出了小说取代了史诗成为表现现代资本主义社会生活的最新文体，小说是"近代市民阶级的史诗"。黑格尔认为，现代资本主义，粉碎了浪漫的诗情和神性的英雄，小说失去了产生史诗的世界情况，但在世俗生活的层面上，却给作家提供了各种各样的机遇、选择与冲突，形成了个人的内心世界与外部世界的重重矛盾，风云壮阔、气象万千；描写宏伟史诗的叙事特点，就落到了小说的血脉中，小说可以同史诗一样，从"整个世界的广大背景"，到"人物性格及生活状况"，予以广阔深远又纤毫毕露的展现。小说是表现现代生活的最佳文体。①

　　那么，资本主义时代的到来，给社会带来哪些巨变呢？马克思、恩格斯在《共产党宣言》中明确指出资本主义时代大转型的戏剧性、瞬间性和彻底性；资本主义时代急速增长的生产力水平，超越了人类几千年的发展成果；它以空前巨大的生产力为助推力，揭去了上帝的神圣光环，将人们直接地推送到现实的冷酷处境中，其变化的速度和规模前所未有，覆盖社会生活的各个领域、各个角落：

> 生产的不断革命，一切社会关系不停的动荡，永远的不确定和骚动不安，这就是资产阶级时代区别于过去一切时代的特征。一切固定的冻结实了的关系以及与之相适应的古老的令人尊崇的观念和见解，都被扫除了，一切新形成的关系等不到固定下来就陈旧了。一切坚固的东西都烟消云散了，一切神圣的东西都被亵渎了，人们终于不得不冷静地直面他们生活的真实状况和他们的相互关系。②

---

① （德）黑格尔：《美学》第三卷下，朱光潜译，商务印书馆1997年版，第167页。

② 马克思、恩格斯：《共产党宣言》，http://news.12371.cn/2018/04/24/ARTI1524553638408468.shtml。

这构成了马恩所处大转型时代的时代特性。恰恰是此前不被看重的小说，尤其是长篇小说，以其在时空转换上的自由，描写篇幅上的无限可能，展现社会风貌的丰富复杂，刻镂人物心灵的幽微毕现，构成了追随和表现大转型时代的独特文体。如巴赫金所言："小说中进行文学形象的塑造，获得了新的领域，亦即最大限度与并未完结的现时（现代生活）进行交往联系的领域。"①对此，巴赫金在《史诗与小说：论小说研究的方法论》一文中进一步解释说："研究作为一种体裁的长篇小说，会遇到一些特殊的困难。这是研究对象本身的特点所决定的，因为长篇小说是唯一的处于形成中的而还未定型的体裁。……长篇小说的体裁主干，至今还远没有稳定下来，我们尚难预测它的全部可塑潜力。"②

十九世纪以来，从英国的狄更斯，法兰西的雨果、司汤达、巴尔扎克、左拉，美国的德莱赛，到俄罗斯的屠格涅夫、果戈理、托尔斯泰、陀思妥耶夫斯基，构成现代小说的峰巅。恩格斯称赞巴尔扎克的《人间喜剧》展现了从拿破仑战争失败后王朝复辟到1848年欧洲革命浪潮兴起之间数十年的法国历史画卷，是时代的百科全书，"他用编年史的方式几乎逐年地把上升的资产阶级在1816年至1848年这一时期对贵族社会日甚一日的冲击描写出来"，由此"汇集了法国社会的全部历史，我从这里，甚至在经济细节方面……所学到的东西，也要比当时所有职业的历史学家、经济学家和统计学家那里学到的全部东西还要多"。③如同恩格斯对巴尔扎克的概括那样，列宁称赞托尔斯泰是俄国革命的一面镜子。列宁指出，托尔斯泰表现了19世纪后半叶俄罗斯从农奴制改革到资产阶级革命兴起之前的历史进程，展现了俄国农民的苦难诉求与蒙昧盲目，和对

① （俄）巴赫金：《小说理论》，白春仁、晓河译，河北教育出版社1998年版，第513页。
② （俄）巴赫金：《陀思妥耶夫斯基诗学问题》，白春仁、顾亚铃译，生活·读书·新知三联书店1988年版，第505—506页。
③ 恩格斯：《致玛·哈克奈斯（1888年4月初）》，马克思、恩格斯：《马克思恩格斯选集》第4卷，人民出版社1972年版，第462—463页。

莫言与当代中国文学创新经验研究

自身命运难以把握造成的迷惘困惑。①非常巧合，托尔斯泰的《安娜·卡列尼娜》第一段文字，"奥布朗斯基家里一切都乱了"，让人想到马克思所言"一切坚固的东西都烟消云散了"。②

在近现代中国，小说的崛起也是与上海都市的兴起，与现代印刷术和现代市民的问世同步的——凡此种种，都是中国启动现代化进程、出现三千年未有之大变局的重要标志。中国的现代小说的具体样式，以晚清小说异军突起为先导，以鲁迅为主将，由茅盾、巴金、老舍、李劼人、沈从文、赵树理、张爱玲等形成现代小说创作的第一次浪潮。我们当下面对的则是时代性与文学的"第二次握手"。

莫言：伟大的时代呼唤伟大的作品

以我之见，新时期以来最富有时代感和文学自觉的作家是率先以百万字篇幅之《平凡的世界》表现1975—1985年的历史大转折的路遥，他避开了"改革文学"自上而下、对立分明地考察时代巨变的路径，而是效仿巴尔扎克撰写时代的编年史和百科全书的方式，从青年农民孙少安、孙少平兄弟的切身感受与命运选择入手，以土地联产承包责任制和农民工进城两个核心事件为着重点，从普通人眼中见出天回地转，从平凡的乡村生活反映不平凡时代的风云变幻，从边远的黄土高原回应历史的多种合力激起的重重波澜。③

莫言创作中的时代感，有一个明显的演变轨迹：他的《春夜雨

①　（俄）列宁：《列夫·托尔斯泰是俄国革命的一面镜子》，《列宁选集》第二卷，人民出版社1995年版，第241页。
②　现在所见《安娜·卡列尼娜》的第一句话，"幸福的家庭都是相似的，不幸的家庭各有自己的不幸"，是后来加上去的。
③　参见张志忠：《重建现实主义文学精神——路遥〈平凡的世界〉再评价》，《文艺研究》，2017年第9期。

霏霏》《丑兵》《民间音乐》等最早一批作品，都是在顺应新时期之初社会重建的需要，表现昂扬高亢的奉献与牺牲、追求与超越，展现人物内心的美好世界，即所谓表现"心灵美"的作品。但是，这样的写作，与莫言的内心情怀是有很大反差的，是"为文而造情"。从以"文革"时期乡村生活情境为背景的《透明的红萝卜》，张扬乡野农民敢爱敢恨、荡气回肠的个性解放精神的《红高粱》，短平快地揭露当下现实弊端的《天堂蒜薹之歌》，到始自义和团运动、穿越二十世纪百年沧桑的《丰乳肥臀》，再到以农民与土地的关系变迁为主线，从1950年1月1日起始、到2000年1月1日结束的《生死疲劳》，表现农民眼中而不是主流宣传中的历史风云与时代特色、展开宏大叙事的自觉意识越来越明显，时代的严酷性和农民的挣扎、反抗、寻觅，两者间的尖锐、对立和紧张都绷紧到极致。中国农民出于生命本能，在生命的英雄主义和生命的理想主义辉耀下生生死死，改写了时代性，也改写了自己的历史。借用一种流行话语，莫言表现的是多重的时代性。就像《生死疲劳》中的"蓝脸"，一个孤独无助的农民，以一己之力抵抗狂澜既倒，在大势所趋的土地集体化浪潮中，死守自己的一小块土地，将单干进行到底。但这个"蓝脸"背后站立着几千年的中国历史和乡村经验。这当然是从大历史与时代性的互相缠绕中去书写时代性了。同时，在近些年的言论中，莫言多次讲到巴尔扎克，讲到狄更斯和托尔斯泰，讲述这些伟大的作家与他们身处其间的民族历史的伟大转型间的互动，其内在的意蕴显而易见。

　　狄更斯是一个了不起的讲故事的大师，百科全书似的描写了他的时代，在他的作品中，当时英国社会形形色色的人物都被刻画得很生动，他的主题大多批判恶，展示恶，歌颂善，这在今天依然有现实意义。在《双城记》开篇说，"这是最好的时候，这是最坏的时候；这是智慧的年代，这是愚蠢的年代；这是信仰的时期，这是怀疑的时期……人们正在直登天堂，人们正在直下地狱"，那时跟我们今天是多么的相似。①

莫言自己也是一个喜欢复杂性的作家，时代的复杂性，人物的
复杂性，以及文学自身、文体的复杂性，对于他来说都是需要进行
挑战与超越的。

莫言对巴尔扎克，对托尔斯泰，都有非常恳切、言之再三的追
慕和赞扬。莫言在日本的重要译者和研究者藤井省三，曾经以《怀
抱鲜花的女人》为例，阐发莫言文本中对托翁笔下人物安娜·卡列
尼娜形象的借用；莫言自己也讲到面对托尔斯泰的"影响的焦虑"，
认为中国当代作家还没有写出像托尔斯泰《战争与和平》那样的长
篇巨著。在讨论时代与文学的关系时，正是以狄更斯、巴尔扎克、
托尔斯泰为标高，不止一次地，莫言指出当代作家身处伟大的时代
而缺乏伟大的作品——

> 在访谈中，莫言说道，这个时代到底是不是一个伟
> 大的时代？每个人都有自己的判断和答案。但是总而言之
> 确实是一个波澜壮阔的、空前绝后的时代。在这样的时代
> 里面作家可以写出伟大的作品，因为这样的时代为作家提
> 供了巨大的可能性。因为在这样的时代里面人的丰富性得
> 到了最强烈、最集中的表现。就是说这个时代具备了产生
> 伟大作品的物质基础或者资源基础，剩下的就是作家的胸
> 襟、气度和才华。②

这也正是莫言对时代性的自觉把握。但是，就像莫言从追慕福
克纳和马尔克斯到逐步摆脱其影响操控一样，焉知莫言没有暗中叫
板托尔斯泰呢？在与王尧的对谈中，莫言就讲到，写出《丰乳肥臀》

---

① 【他们读他们】莫言刘震云李洱共读狄更斯（上），http://cul.qq.com/
a/20140709/049083.htm。

② 当今为何没伟大作品？莫言：作家应从自身找原因，http://www.chinanews.
com/cul/2011/11-28/3490029.shtml。

中母亲带着一群幼小的孩子逆着逃亡的滚滚人流而行返回家乡的繁复浩大的场景，使莫言摆脱了对《战争与和平》中托翁铺叙安德烈王爵与俄罗斯民众大规模迁徙流亡的宏大画面的仰视和敬畏。莫言觉得，这样的动荡骚乱混杂不堪、人物群像众多、气象万千的场面，他也可以处理得了，越过了一道写作的门槛。

同时，莫言对文学与时代性的复杂性理解还在于，通过狄更斯、巴尔扎克、托尔斯泰、陀思妥耶夫斯基，他对文学与时代性之关系的理解有了更合乎文学本体论的深层阐释，就是文学对时代的超越。文学需要表现时代性，但是，从时间上讲，各个时代千变万化，而且正在以加速度运转去旧布新，历史潮流大浪淘沙，昨非今是抑或昨是今非，都是常态，文学不能以富有时代感为满足；从空间上讲，各民族各国家的境遇千差万别，文化与地域、民族与宗教各有千秋，却也造成理解的障碍、交流的困难。如何破解这些难题呢？莫言说，要具有超越性的目光，透过时代舞台的大幕而直指人物性格和人物心灵：

> 不管什么样的时代，社会变了，经济关系变了，但是人的基本感情方式没变。否则的话，一个读者，就不要读外国的小说，你没有生活在法国，你读巴尔扎克怎么读？你没有生活在 19 世纪的俄罗斯，你怎么可能读懂那些大师的作品？伟大作家的写作还是从人出发的，从描写人性、揭示人性的奥秘出发的，他们超越了当下的生活，具有前瞻性。[①]

我们所面对的，是一个前所未有的时代。从时间的纵向轴来看，黄牛水牛拉犁耕田的情景时有所见，而高铁网、互联网、AI技术、智能机器人和 5G 时代的到来，大大提高了时间的利用率和有效性；从空间的横向轴来看，从沿海到内地再到西部边疆，中国

---

① 陈晓明、南帆、莫言等：《我们这个时代的写作与批评——当代中国文学高峰论坛》，《渤海大学学报》，2009 年第 2 期。

大陆次第显示出后现代、现代与前现代交叉的不同景观，太空探索方兴未艾，深海"蛟龙"酣闹正浓，精准扶贫工程的推进则提醒我们在"乱花渐欲迷人眼"的纷乱扰攘中"应知世上苦人多"。在喧哗与骚动的横流漫涌中，如何理解和表现时代性，把握时代的脉搏，并非易事。在时代的喧哗与骚动中，如何具有穿透性的目光，直逼其底蕴与真谛，而避免那些奇观异景炫人耳目，成为莫言的思考重心，要避免那种一味炫奇的《二十年目睹之怪现状》式的写作。莫言反对炫奇竞异的说法很有启示性。当下的时代，确实是怪象杂陈，非奇不传。大量的奇闻异事，通过网络、微信、视频，得到空前的传播，各种耸人听闻的流言蜚语，根本来不及分辨其真伪就已经全网覆盖；所谓狗咬人不是新闻，人咬狗才是新闻，已经远远不能概括当下的传媒乱象。盗墓题材风靡一时，官场小说长盛不衰，穿越、玄幻、惊悚、二次元成为青少年读者的最爱，固然与文学的竞为新奇的特性有关联，却也让严肃思考的作家引以为戒。莫言屡次引用鲁迅批评吴沃尧《二十年目睹之怪现状》的话，反对这种猎奇、黑幕、阴私、奇闻的拼贴和辐辏。鲁迅《中国小说史略》讲到晚清谴责小说，批评其文学水准不高，鲁迅的话语中暗寓文学如何应对和表现时代性的命题，但是，在莫言之外，还很少有当代作家涉及此意。鲁迅云：

> 《二十年目睹之怪现状》……全书以自号"九死一生"者为线索，历记二十年中所遇，所见，所闻天地间惊听之事，缀为一书，始自童年，末无结束，杂集"话柄"，与《官场现形记》同。而作者经历较多，故所叙之族类亦较夥，官师士商，皆著于录，搜罗当时传说而外，亦贩旧作（如《钟馗捉鬼传》之类），以为新闻。自云"只因我出来应世的二十年中，回头想来，所遇见的只有三种东西：第一种是蛇虫鼠蚁；第二种是豺狼虎豹；第三种是魑魅魍魉。"（第一回）则通本所述，不离此类人物之言行可知也。相传吴沃尧性强毅，不欲下于人，遂坎坷没世，故其言殊慨然。惜

描写失之张皇，时或伤于溢恶，言违真实，则感人之力顿微，终不过连篇"话柄"，仅足供闲散者谈笑之资而已。[①]

以是观之，莫言给自己树立了极高的标的，也尽显其勃勃雄心，在狄更斯、巴尔扎克、托尔斯泰们的创作高峰之后，继续自己的攀登，在现实主义的主导下，寻找新的表现方法和路径，为伟大的中华民族历史大转型进行文学写真。

韩少功：小时代、大时代、逆时代的忧思

韩少功在处理时代性与文学追求的关系方面，与莫言有同有异。他们都有着沉痛的创伤记忆，莫言最深刻的童年记忆是饥饿和孤独，将其称作是自己创作的两大资源，韩少功最为惨痛、难以忘怀的往事是父亲在"文革"初期的投河自杀，促使他对革命的命题从名义到实践进行反复思考。同时，在同代人作家中，韩少功是出道最早者之一，《月兰》倾诉乡村女性在"文革"时代的苦痛遭遇，与"伤痕文学"同调，《西望茅草地》揭示农场场长、老革命张种田左得可怕又天真得可爱的复杂性格，是"反思文学"的重要作品，作品得时代性之助而风行。到《爸爸爸》《马桥词典》，则有了逆风飞扬的意味，和正在加速度前行的现代进程拉开了距离，对疯狂运转的时代车轮保持着清醒的思索与批判。但是，这和前面所讲的莫言与时代性的悖反还是有所不同。莫言对时代性的逆反是发自生命本色的，是乡村农民的直觉及其背后的历史智慧，韩少功对时代的抵抗是理性的洞达，是知识分子的愤怒与拒绝；莫言笔下的反叛是以生命为代价的，韩少功的排拒则是自动疏离主流文化，以地域——边缘文化的异质性抗争现代文明的同质化、格式化，直至一

① 鲁迅：《中国小说史略》第二十八篇，《鲁迅全集》第九卷，人民文学出版社 2005 年版，第 295—296 页。

边过着乡村隐居的生活，一边写着《山南水北》，在某种程度上实现了知行合一，人文合一。

在一个更为开阔的格局中，韩少功提出了"小时代"与"大时代"的分野与纠缠：

> 什么叫作"小时代"？郭敬明的一部电影就叫《小时代》，这个词由此就被很多人视为一个恰当的命名，用来描述当下这个吃喝玩乐、花天酒地、纸醉金迷的时代，一个"娱乐至死"的时代。在这样的时候，技术进步、思想突破、经济危机、民意压力等综合性条件积累得不够，实现社会大变革的前景显得较为渺茫和遥远。
>
> 那什么是"大时代"？在我有限的知识范围之内，我觉得人类文明曾出现过两大高峰。一是公元前8世纪到2世纪，古希腊、古中国、古印度、古中东的文明同时爆炸式呈现，群星灿烂，人才辈出，"百家争鸣"，包括三大宗教几乎不约而同登场，颇有点神秘意味，由此奠定了人类文明的基本框架和坚实基础，被史家称之为"轴心时代"。二是史家们说的"启蒙时代"，即从欧洲的16世纪开始、俄国的18世纪开始、中国的19世纪末开始，直到今天的所谓"现代化"过程。①

在市场和消费为主的"小时代"中，宏大叙事退场，个人的悲欢哀乐被无限放大，少男少女明争暗斗的爱情及其折射的"宫斗戏"成为中心的环节，消费欲望的膨胀和个人能力不足之间的冲突占据了相当多的场面，所谓"佛系"青年的出现令人同情其挫败而不满其软弱，却也引发出对于"拼爹"时代的先天差异、贫富悬殊加剧造成的社会阶层固化造成的流动不足升迁无望的深刻反思。对于市场化环境下长大的一代尤其是城市中长大的人们而言，凡此种种，

---

① 韩少功：《文学与时代到底是什么关系》，《财新周刊》，2017年第3期。

构成其生命的中心。小时代与大时代的接口何在，彼此之间的消长何去何从，确实令人困扰。

在韩少功的文学思想中，对于文学与时代性的关系上，他接受通行的说法，贴近时代的作家有英国的狄更斯、法国的维克多·雨果、俄国的托尔斯泰等，"用他们的笔展现了战争、革命、人间苦难，一幅幅风云变幻的历史画卷"。[1]但韩少功总有他的过人的睿智。即便是被人们理解为疏离时代、沉迷内心世界的卡夫卡，韩少功也穿越层层迷雾，通过犹太人在布拉格遭遇的难以承受的种族歧视与侮辱，看到卡夫卡所处的不堪境遇，理解他对于自身命运的担忧恐惧远远胜于他对于第一次世界大战进程及胜负的关注，但这仍然是作家与时代不可切割的别样表现。

表现对时代的密切关怀，莫言和韩少功的着眼点有所不同。莫言关注的是现实中的物质层面，如前引《悠着点，慢着点》和《酒国》，都是对奢侈挥霍之时代病症的愤怒谴责，《天堂蒜薹之歌》则是为现实中农民利益受到严重损害拍案而起。韩少功对特定时代的考察，许多时候都是借助于富有特定年代和特定环境中的口头语言而切入，《爸爸爸》《马桥词典》《报告班长》等皆可作如是观；他对时代的敏锐观察也远远逸出小说创作而以杂感见长，其用力处在市场化时代人们的精神价值、尤其是某些知识人的精神价值的蜕变，现代文化与后现代文化在中国语境中的畸形，如《性而上的迷失》《夜行者梦语》是也。[2]

对于时代关怀，韩少功愿意讨论一些形而上的命题，时代变化

---

[1] 韩少功：《文学与时代到底是什么关系》，《财新周刊》，2017 年第 3 期。
[2] 在《夜行者梦语》中就有这样的文字："个人从政治压迫下解放出来，最容易投入金钱的怀抱。中国的萨特发烧友们玩过哲学和诗歌以后，最容易成为狠宰客户的生意人，成为卡拉 OK 的常客和豪华别墅的新住户。他们向往资产阶级的急迫劲头，让他们的西方同道略略有些诧异。而个人从金钱的压迫下解放出来，最容易奔赴政治的幻境，于是海德格尔赞赏纳粹，萨特参加共产党，陀斯妥耶夫斯基支持王权，让他们的一些中国同道们觉得特傻冒。这样看来，西方人也可能把穷人的救命粮，当成富人的减肥药。"

莫言与当代中国文学创新经验研究

与人们的生活——情感方式变化的命题，新科技革命之以变为常与人类精神以常为变的对应关系。莫言讨论以人性书写超越时代，是回顾总结性的，从巴尔扎克、托尔斯泰作品的中国之旅阐明人性的普遍性和永恒性，韩少功在互联网时代引起人们生活和情感表达的巨大变化之际，强调人类情感及其表达的不可替代，强调文学的意义不会消亡，则是具有前瞻性的。①

或许，韩少功自己的逆向选择，到汨罗江畔过一种山居野老的生活，就是他作出上述论断的一种依据。重要的不是韩少功重返乡村的方式可不可以效仿，而是说，在每个人的生存可能性允许之下，人们愿不愿意坚守自己的生活准则与态度呢？

苏童：循环论、永恒性、纯文学的超然

比起莫言和韩少功这样的五〇后作家，1963 年出生的苏童，没有他们那么丰富的人生经历和命运浮沉，"文革"初起时不过三岁，对大批判的时代狂潮的只有模糊印象；苏童八九岁间罹患重度肾炎卧病在床达一年之久，更让他和时代产生巨大的疏离感。巧合的是，此间正是"九一三事件"发生，曾经被定为接班人的林彪死于非命，对韩少功、莫言等五〇后一代人的心灵震撼，以及反省"文革"功过，摆脱领袖崇拜，是一个重要的关节。于是，成人世界的横眉怒目仇恨相向残酷斗争血雨腥风，以及社会规范与行为道德的失落，给香椿树街的孩子们带来的是暴力的狂欢，以及与之相伴随的懵懂无感的游戏般的死亡。疾病让苏童过早地与死神面对面，生命的长度又不是时代性所能够决定的，生死轮回，宿命无解。在许多年间，苏童对世界的理解是一种无序循环式的，所谓时代性和时代感可以忽略不计。苏童说：

---

① 韩少功、荒林：《时代与文学》，《创作与评论》，2013 年第 6 期。

我对这个世界人生的看法确实有一种循环论色彩，从远处看，世界一茬接一茬、生命一茬接一茬、死亡一茬接一茬，并没有多少新的东西产生，你要说二十世纪的世界与十五世纪的世界，除了表面上的社会结构之类的东西不同，在本质上没有什么变化，都是一个国家一群人在那里从事某种职业或事业谋生，在那里生老病死。……刘素子还是应该在浴盘里洗澡的女孩子，而后来她给土匪抢到山上去了。这些说穿了没有什么新的东西，因为在我们的古典小说中美的幻灭是一贯的主题。从古典小说中我们经常看到，所有美的东西都是容易被摧毁的，所有美好的事物都是备受摧残与折磨，最后传达出悲观的宿命论。从中生发出某种对世界对人生的感悟，现代小说难以摆脱这种精神价值，这也是一种人文精神。我认为我的小说好多没有太强的现代意识；传统中有很多东西是不能背弃的。①

　　通过永恒去超越短促的时代，通过业经检验的古典去熔接个人的体验，这是苏童所以疏离时代的一个理由。对于包括莫言在内的许多作家为表现复杂现实的无力感和焦虑感所苦的命题，苏童也有自己的思考，他关心的不是如何用手中之笔追踪时代、描摹时代，而是如何更好地处理时代性与恒久性的关系，希望与切近的现实保持一定的距离，不要在乱花渐欲迷人眼的迷蒙中失去定力，不要为一时的纷纭繁扰忘却文学的长久生命。

　　这就正好对应了人们常说的两句话。一句是"太阳每天都是新的"，表现出人们对时代变革引起事物频繁变化的欣悦赞赏；一句是"太阳底下没有新的东西"，表现出人们对日常生活周而复始的基本认知。前者属于莫言和韩少功，后者属于苏童。苏童宁愿冷静地慢悠悠地隔岸观火，不去急切地投入现实、拥抱现实，宁愿做

---

①　林舟：《永远的寻找——苏童访谈录》，http://www.360doc.com/showweb/0/0/766514079.aspx。

追忆逝水年华的回忆者，不愿意做搏击时代大潮的弄潮儿。以此而言，苏童确实是一个沉迷于"纯文学"的作家，不关注现实生活的重大命题，不发表文学之外的社会批评，也很少触犯主流话语的敏感神经，他始终致力于好小说——伟大小说的创造，也走出了自己独特的创作之路。

做一个简略的总括：莫言的时代感是中国农民感同身受的时代感，是百余年现代中国进程与农民命运之关系的博弈与冲突。韩少功的时代感是在世界大历史和中外现代性进程比较中展开，在文学中，他将语言置于最为重要的位置，在文化层面，他注重时代转型与精神价值蜕变的关联性。苏童很少谈到时代感，他讲的公路与汽车的故事，已经高度抽象化和泛化到了贯通西方发达国家数十年、也正在中国大地展开的图景，很难发掘出历史深度，也没有中西之别，与其说是现时代的象征，不如说是好莱坞电影中百试不爽的故事架构（请看《速度与激情》之类影片不但是再一再二再三，现在都到了续集第八集了）。世纪之交市场经济兴起带来的喧哗与骚动，让韩少功感到责无旁贷地予以严峻审思、及时回应，苏童宁愿置身事外等待其喧嚣沉落之后再做判断，并且以此印证自己与时代保持距离的正确性。时代感和责任感让莫言和韩少功讲雨果、巴尔扎克、托尔斯泰，乃至去揭示卡夫卡与时代性的潜在关系；苏童也以雨果为例，但不是将其作为及时追随时代、表现时代之榜样，而是拈出《九三年》以说明雨果写作与时代的滞后性。正是在这样的纠结中，我们看到作家的不同选择给文坛带来的丰富多彩、各擅胜场，也对于作家们如何处理文学与时代性之关系，有了更为复杂的理解。条条大路通罗马，写出好小说才是最终的目标。当然，现实感和时代性，是逃不掉躲不开的，如何处理时代和故事的关系，也可以见仁见智，各取所需，各取所长吧。

第四编　文学关系论：向鲁迅和司马迁致敬

第十章　《我们的荆轲》：向鲁迅《铸剑》致敬

　　笔者曾经做过一个不完全统计：从 1985 年莫言发表《透明的红萝卜》开始，在其后的 30 年间，莫言至少有六次在创作谈中以相当的篇幅谈到对鲁迅《铸剑》的高度赞扬和向往之情，称之为"鲁迅最好的小说，也是中国最好的小说"。然而，令人困惑的是，与"言必称《铸剑》"相对应，莫言很少讲到自己的作品对《铸剑》的效仿。他讲《酒国》对《狂人日记》和《药》的借鉴和致敬，讲《檀香刑》与鲁迅《阿 Q 正传》之杀人与看客的内在关联，尽管他讲到《铸剑》比鲁迅别的作品的次数和篇幅要多得多，但是，翻检莫言的创作谈，他却从来没有讲到过他的哪些作品是直接追摹《铸剑》的。即便是他的《月光斩》与《铸剑》血缘最亲近，莫言也闭口不提其对鲁迅的高相似度的模仿。这令人费解。

　　在同代作家中，莫言是最为坦诚的。他从不讳言自己在文学创作道路上对中外诸多作家的取法与模仿。他自称《春夜雨霏霏》借鉴了茨威格《一个陌生女人的来信》，《售棉大道》模仿南美作家科塔萨尔的《南方高速公路》，《民间音乐》模仿了美国女作家卡森·麦卡勒斯的《伤心咖啡馆之歌》，《白狗秋千架》的创作灵感，一条在河边饮水的白狗的场景，得自川端康成的《雪国》。因此，在讲述其念兹在兹的《铸剑》时，他有意地回避谈到自己对《铸剑》的仿写，就应该从另一方向上寻找答案。

莫言仿写《铸剑》，先后写出《姑妈的宝刀》和《月光斩》，尤其是后者，在场景描写和情节设置乃至语言方式上，在在显示出《铸剑》的印痕。《月光斩》曾荣获2004年度"人民文学最佳短篇小说奖"和2007年"首届蒲松龄短篇小说奖"。《月光斩》得到很高的评价，在学界也产生数篇将其与《铸剑》相比较的学术论文；但是，比之于《铸剑》，它只是在故事和场面描写的层面上得其皮毛，在人物形象上，莫言还没有写出眉间尺和黑衣人这样冷极热极撼人心魄的艺术典型，他也羞于将《月光斩》与《铸剑》相提并论。莫言的回避，自有其道理，见出其自知之明。

但是，莫言对眉间尺和黑衣人的刻骨铭心的喜爱，和不由自主的效法与对话，却一直在进行之中。一个直接的例子，就是他在话剧剧本《我们的荆轲》中对荆轲形象的塑造。

全面分析莫言笔下的荆轲，不是本文的用意，我仅以莫言对《铸剑》之黑衣人的阐述为对照，对莫言塑造的荆轲形象做几点阐释。

作家自我的精神写照：黑衣人与荆轲

莫言钦佩鲁迅的《铸剑》，他将黑衣人与鲁迅的形象融为一体，强调鲁迅的个性投射在黑衣人身上。莫言在创作《我们的荆轲》时，也逐渐地将自我化入荆轲的形象，进而说出"荆轲就是我"的断言。

讲到《铸剑》，莫言如是说：

> 《铸剑》里的黑衣人给我留下了特别深的印象。我将其与鲁迅联系在一起，觉得那就是鲁迅精神的写照，他超越了愤怒，极度的绝望。他厌恶敌人，更厌恶自己。他同情弱者，更同情所谓的强者。一个连自己都厌恶的人，才能真正做到无所畏惧。真正的复仇未必是手刃仇敌，而是

与仇者同归于尽。睚眦必报，实际上是一种小人心态。当三个头颅煮成一锅汤后，谁是正义谁是非正义的，已经变得非常模糊。他们互相追逐的时候，已经没有了好人坏人的区别。这篇小说太丰富了，它所包含的东西，超过了那个时代的所有小说，我认为也超过了鲁迅自己的其他小说……什么是黑色幽默？我觉得鲁迅的《故事新编》，特别是《铸剑》这篇小说就是真正的黑色幽默，铸剑的颜色就是黑色，你能从中读出一种青铜的感觉来。①

　　莫言将鲁迅与黑衣人的形象融为一体，这当然是有充足的理由的。鲁迅将自己的笔名"宴之敖"——被家里的日本女人放逐出来的人——作为黑衣人的名字，并且把自己的气质、形貌和衣着特征都赋予他："挤进一个黑色的人来，黑须黑眼睛，瘦得如铁"；"那人的衣服却是青的，须眉头发都黑；瘦得颧骨，眼圈骨，眉棱骨都高高地突出来"。黑衣人嫉恶如仇却不仅是憎恶仇敌，也厌恶在这个浑浊污秽的世界上苟活的自己。两者的形象和情感的交融，极大地提升了黑衣人的形象深度。莫言在创作荆轲形象中，也经过了由复现源自司马迁《史记》而千载流传万古称颂的荆轲，到后现代戏剧风格的解构与穿越风格，再到加入了理想追求的英雄荆轲，从自我怀疑到自我拷问、质询生命意义的哲人荆轲，从"我们的荆轲"推进到"我就是荆轲"的重大艺术突破。

　　文学作品塑造人物有各种技巧手段，从"我们的荆轲"深化为"我就是荆轲"，个中的奥妙在于深入人物的精神世界，揭示其内心的矛盾冲突。鲁迅写黑衣人，不仅通过他的行动，还让他在少年眉间尺面前打开心扉，袒露其深邃幽暗的心灵境界。眉间尺一口气接连提出几个问题："那么，你同情于我们孤儿寡妇？……""但你怎么给我报仇呢？""但你为什么给我去报仇的呢？你认识我的父

莫言与当代中国文学创新经验研究

---

①　莫言、孙郁：《说不尽的鲁迅——莫言孙郁对话录》，莫言：《莫言对话新录》，文化艺术出版社 2012 年版，第 193 页。

亲么？"眉间尺的问题很急迫，也很幼稚，对一个局外人欣然承诺要替自己报仇百思而不解，一直追问其动机为何，足见出其心智的童昧未泯，对黑衣人的陈述未必能够心领神会，对世道人心的直观肤浅；但是，用心的读者，是可以从中读懂黑衣人的——

> 我一向认识你的父亲，也如一向认识你一样。但我要报仇，却并不为此。聪明的孩子，告诉你罢。你还不知道么，我怎么地善于报仇。你的就是我的；他也就是我。我的魂灵上是有这么多的，人我所加的伤，我已经憎恶了我自己！[①]

黑衣人是一个伟大的复仇者。他复仇的理由，不为打抱不平的仗义，不为同情弱者的悲悯，许多被视为冠冕堂皇的附加于行动之上的崇高名目都已经褪尽，只剩下了复仇而已。这当然不是说黑衣人陷入了盲目杀戮不问目的的陷阱，或者冤冤相报以暴易暴的循环，而是说，当触目皆是欺世盗名的各种美妙名号和炫目包装，黑衣人索性拒绝一切道义的装点，就像鲁迅讲到魏晋之际的嵇康、阮籍等名士，当举世都用儒家的孝道和礼教自我标榜，他们不得不反其道而行，非礼义而薄周孔，做出一派放浪形骸、非儒非孔的佯狂佯醉姿态。而黑衣人复仇的对象，不仅是他的敌人，或者朋友的敌人，还包括黑衣人自己。在一种最终看来于事无补徒劳无益的结局面前，复仇者是受到最大伤害的；更为重要的是，在这样污秽黯淡的世界上生存，原本生气勃勃精力弥满的高尚灵魂，遭受外来敌人的伤害，遭受亲友爱人误进的毒药，也苦于偏狭执拗自造的陷阱，伤痕累累，中毒匪浅。如同《过客》中那位不停地赶路的过客——黑衣人的精神上的兄弟所言："倘使我得到了谁的布施，我就要像兀鹰看见死尸一样，在四近徘徊，祝愿她的灭亡，给我亲自看见；

莫言文学世界研究

---

① 鲁迅:《铸剑》,《鲁迅全集》第二卷，人民文学出版社 2005 年版，第 441 页。

或者咒诅她以外的一切全都灭亡，连我自己，因为我就应该得到咒诅。"①这种因为美与善过分稀缺、难以存留长久而宁愿其全无的心态，确非一般人所能有，也不仅是过客的畸零，而是鲁迅自己的实感。鲁迅在写《过客》后不久在给许广平的信中说："同我有关的活着，我倒不放心，死了，我就安心，这意思也在《过客》中说过。"②

在拒绝乃至憎恶那些爱己者、惠己者的同时，鲁迅对自我的憎恶，更是溢于言表。这个自我，在《狂人日记》中绝望地发现，自己曾经在无知中有过吃人的行为，甚至是吃过自己的妹子的肉也未可知；因此，在痛切地呼吁救救那些没有吃过人的孩子时，狂人自己是被排除在被拯救的行列之外的。在旧世界中浸淫日久因而不可避免地中其毒害，还不是问题的全部。更加悖谬的是，就像《乌合之众——大众心理研究》的作者，法国著名社会心理学家、群体心理学创始人古斯塔夫·勒庞所指出的，在大规模的社会性的残酷斗争中，人们不由自主地会模仿自己的敌人的某些法则，在清算对手的同时也不自觉地承袭了对手的某些恶劣行为。这也是令鲁迅苦思而无解的一大创痛。就像《头发的故事》中的那位讲述者 N，因为剪掉辫子而在大街上遭到人们的围观、骚扰和尾随，不堪其扰，不胜其烦，只能举起手中的拐杖向他们挥去，才将其驱散。"这件事很使我悲哀，至今还时时记得哩。我在留学的时候，曾经看见日报上登载一个游历南洋和中国的本多博士的事；这位博士是不懂中国和马来语的，人问他，你不懂话，怎么走路呢？他拿起手杖来说，这便是他们的话，他们都懂！我因此气愤了好几天，谁知道我竟不知不觉的自己也做了，而且那些人都懂了。……"③日本学者本多静六以一副帝国主义者的嘴脸讲述他用乱挥拐杖打人以开路而

---

① 鲁迅：《过客》，《鲁迅全集》第二卷，人民文学出版社 2005 年版，第 197 页。

② 鲁迅：《两地书·致许广平》，《鲁迅全集》第十一卷，人民文学出版社 2005 年版，第 493 页。

③ 鲁迅：《头发的故事》，《鲁迅全集》第一卷，人民文学出版社 2005 年版，第 487 页。

莫言与当代中国文学创新经验研究

在中国通行无阻的经验，当然令国人痛恨不已，更令 N "气愤了好几天"；但是，当 N 自己陷入被围观的困境而无法解围，也只有借助拐杖的蛮横无理才摆脱庸众，这当然是鲁迅的自我陈述，形格势禁，只能采用最不屑最痛恨的方式，同时却对自己也感到最不屑最痛恨。

如果说，《头发的故事》中的 N 的不由自主地挥动手中的拐杖，尚且是具有一种强者的征服的意味，那么，更加令人不忍目睹的，是那种由呐喊而彷徨，最终向强敌俯首投降、接受自己原先所抗拒的一切，向其认同：前者还可以说是接受了敌手的游戏规则，后者却是接受了敌人的价值判断。《孤独者》中的魏连殳，就是落入这样的绝望的陷阱，"躬行我先前所憎恶，所反对的一切，拒斥我先前所崇仰，所主张的一切"①，这话一点也不虚诳，魏连殳最终是为军阀做起门客，或者是师爷，为虎作伥，苟且等死了。

这也就是如《野草》自序中所言，吸取露，吸取水，吸取陈死人的血和肉，各各夺取它的生存，这野草在有毒的土壤上长出，不生乔木，只长野草，惟愿地火燃烧岩浆迸发，将野草和大地一起焚毁。

《孤独者》中的魏连殳，从满怀善意地对待那些在他心目中是天真无邪、寄托未来的孩子，到终因对孩子们彻底失望转而戏弄和诅咒那些孩子，这样的转变恐怕不能一味地责怪孩子们，而要冷峻剖析魏连殳自己心灵的隐秘黑暗之处吧。因此，黑衣人的这句话，"我已经憎恶了我自己！"不是随口而出，而是久经思虑，无法排解，生死早已置之度外，复仇而死或许是最好的解脱。如同论者所言："在鲁迅式复仇中，就内在包含了对自己的复仇，因为自身正是黑暗的一部分。所以，与敌人同归于尽就不但是复仇的不得已的手段，而又是复仇的目的之一。这正是鲁迅式的复仇的复杂之处和深邃之处，也是这部小说的真义。"②

---

① 鲁迅：《孤独者》，《鲁迅全集》第二卷，人民文学出版社 2005 年版，第 103 页。
② 刘复生：《复仇的哲学——再读鲁迅〈铸剑〉》，《新东方》，2013 年第 1 期。

话题转向莫言。荆轲在司马迁笔下，是一个性格成熟、行为果决的侠客，他感念太子丹的知遇之恩，慨然赴死，壮士一去不复还。但是，简单地因袭或者诠释太史公的旨趣，一来缺少了人们通常所说的"当代意识"，二来也不合乎莫言以艺术创新为重要标识的高度自觉性。在《我们的荆轲》中，莫言设置了燕姬这样一个美丽又充满智慧的女性，让她像眉间尺质询黑衣人一样，站在超越了普通的刺客之意义的立场，反复地对荆轲进行了严厉质问，有时是代表她自己，有时似乎又是代表了秦王嬴政，根本上，则是意味着荆轲的自我质疑和心灵拷问。"按你的想法，如何才能不平庸？""荆轲，你为什么要刺我？""你跟我有仇吗？……你跟我有怨吗？"在这样层层剥茧抽丝的质问下，荆轲的内心困惑和迷惘逐渐暴露出来，原先以为是不证自明的为侠之道，露出其内在的破绽，各种因由，都不具备充分的理由，而以暴易暴，也缺乏足够的正义感。借用一句古语，春秋无义战。在燕姬看来，秦王也罢，荆轲也罢，他们的行为都是没有什么道义和真理性的，即将要前往刺秦的荆轲的行为，想要寻找到足够的行动逻辑，绝非易事。而在对荆轲刺秦王之动机的追问和反省中，莫言却从"天下熙熙，皆为利来；天下攘攘，皆为利往"中得到启示，进而从文坛和自己的追名逐利反观侠客的初心，打通了"我就是荆轲"的血脉流贯，找到了作品的精神核心。在和《我们的荆轲》导演任鸣的对话中，莫言如是说——

> 每个人都想成名成家，正是一种个人欲望在专业领域的集中表现，也因此它变成了一块人性的试金石，围绕着成名，你可以看到种种交易及人性卑劣之处。我觉得现在的文坛跟当初的侠客圈很像，剧中有很多的理解都是我从自身所处的文坛引发的，比如我自己，当年初登文坛，也是千方百计地想出名，千方百计地要表现自己，我慢慢发现，文坛也有"潜规则"：要成名就得拜码头、拜名人，就涉及人和人之间情感的一种交易，友谊和物质的交易。

时间长了，我才想明白，作品的影响力要靠读者来发现。有些作品名声很大，但它确实没有多少文学价值和思想价值。所以不能靠名声来判断价值，还有比名声更高更有价值的东西。①

在文坛打拼30余年，莫言幸运地遇到了许多"贵人"，在关键时刻帮扶他一把，也曾经受过来势汹汹、险遭灭顶之灾的政治批判，见多了各种各样人物的名之争、利之战，看到文坛的名利场的另一面。更为重要的是，莫言回望自己的创作历程，反躬自省，去审视自己的文学道路：当初为了改变命运而投身文学，这本来是无可厚非的，但是，为了直接的功利目的，扭曲自己的意志，去写顺应文学主流的作品，却是问心有愧的。名利之心人皆有之，但为了争名夺利而无所不用其极，终究上不得台面，就像荆轲，从沉迷到觉醒，终于有了新的觉悟和新的向往——这已经不是司马迁笔下的荆轲，而是我们时代的荆轲，是对于时代症候和作家自我的一大贬谪吧。

"'铸剑'笔意"与荆轲的可成长性

吴福辉曾经指出，莫言阅读《铸剑》，心得颇丰，等到他的成名作《透明的红萝卜》一问世，扑入人们眼帘，让所有的读者最初感到的是惊讶，然后发出惊叹的正是这一个"小黑孩"形象——

> "小黑孩"仿佛是眉间尺和黑衣人的复合体：他有前者的年龄外貌，连外表有点"愚笨"都近似（所以一块儿去公社工地应差的小石匠觉得他已经被后娘打傻了），但

同样有超常的心灵（能听到头发落地，能嗅到几年前的血腥气，能把菜地看成井畦，梦中的火车能够站立，一个别人吃剩的普通红萝卜看去会晶莹剔透，根须如金色羊毛，内里流淌着银色液体）；后者"黑衣人"的黑色外表和黑色精神也灌注到"小黑孩"身上，沉默少语，自尊倔强，而且是反抗的、嘲讽的、超脱的。"小黑孩"是"文革"时期一个忍受饥饿的人物，一个小说中的具体人物，又是中国公社化时期一个高高的、悲悯的视点。①

与《透明的红萝卜》相似，在《我们的荆轲》中，荆轲同样具有将眉间尺和黑衣人相融合的重要倾向，由此赋予荆轲的可成长性。在《铸剑》中，黑衣人是一个成熟的形象，眉间尺则经过了从优柔寡断行动无力到义无反顾慨然赴死的精神成长。尤其是眉间尺在得知父亲死亡的真相后，立志报仇，决心要摒除一切烦恼定下神来好好地睡一觉，却最终心事重重难以入眠，活脱脱画出一个少年人欲老成而不得的心态。

荆轲在司马迁笔下，一出场就是性格已经定型的人物，对自己所要担当的使命毫不怀疑，只不过是由于他想等待的得力助手一直未能赶到，而耽搁了一些时间没有及时出征，这一细节照应了秦舞阳的所选非人，同时也会令人推测，如果不是秦舞阳临阵心怯战栗不已进而露出破绽，无法在关键时刻助荆轲一臂之力，荆轲刺秦王的成败或许会改写。在莫言笔下出现的荆轲，却有些类似于眉间尺，在即将赴秦之前，对自己的刺秦使命意义何在产生严重怀疑。在剧作中，一方面，荆轲是一个成熟的侠客，在应对太子丹、田光、秦王和高渐离等人时，他的从容不迫，进退有度，表明他作为成熟侠客的应有修养。在他向燕姬倾诉对燕姬的渴慕之情时，他和燕姬是居于平等的两性地位上的，他希望两个人能够真正打开心

---

① 吴福辉:《莫言的"'铸剑'笔意"》,《中国现代文学研究丛刊》, 2013年第 4 期。

扉，进行有热力有情感的灵肉交融，也合乎即将从容赴死的荆轲，盼望能够得到两性真爱人间真情的特定情境。一方面，他又是不成熟不坚定的，心灵的困惑相伴随的是对侠客行为的新的反省和逼问。他和燕姬关于如何行刺秦王的对话，一直在诘问"为什么""怎么办"，虽然难以得出最终的结论，却也将荆轲的精神境界和内在冲突和盘托出；同时在面对燕姬的倾诉和求助中，不但有两性之间的情感迸发，更有一种溢于言表的恋母情结。荆轲本应该是像黑衣人那样执着而坚定的，在莫言笔下却有许多眉间尺的犹疑困惑。直到易水河畔的壮行，他还在反问自己的内心，就像眉间尺一样，最终是轻易地交出了自己的生命，但即便到死亡之际，他们的成长都没有能够完成，仍然是成长中的人物，未能寻得苦苦寻觅的人生真谛，没有为刺秦王觅得一个充分的理由——在人生的重大变故面前，他们需要重新认识社会，重新认识自己，重新认识他人。

内在的断裂与不同的走向

上文讲了《铸剑》与《我们的荆轲》的相似相近，同时也应该看到两篇作品的意旨之差异，即作品内在的断裂与断裂之后不同的走向。

《铸剑》中的眉间尺，几乎是在无法选择的情境中，断然做出决定，挥剑自刎，将自己的生命和复仇的重任托付给黑衣人，从中现出某种少年人的轻信与清纯。但是，在他死后，他的性格却得以完成，这就是在沸腾的金鼎中他与楚王的头颅展开的以弱搏强的殊死搏斗。至于黑衣人，则是愤世嫉俗，颓废厌世，正如莫言所说，这种"只不过要给你报仇"的思想，表现了他内心深处的忧愤，近乎虚无绝望的忧愤。他的激情经过铸剑一样的锻炼，达到了"看上去好像一无所有了"的程度。这正是一个久经磨炼、灵气内藏、精光内敛的战士形象。在他身上再也找不到眉间尺那般的"决心""勇气"之类的浅薄东西，正如黑衣人所说："我的灵魂上是有这么多的，人我所加的伤，我已经憎恶了我自己。"在某种程度上，可以说他一直在期待一种契机，能够把早已不胜其烦不胜其重的生命交出去。参诸鲁迅的自述，他讲到过，不是为了爱己者而存活，而是为了敌人而活下去，同时也感叹无物之阵，感叹没有遇到真正的够资格的敌手。但是，正如钱理群在《鲁迅作品十五讲》中所言，鲁迅的深刻，正在于"革命""剪辫子""出走""觉醒"等"以后怎么样"的不懈追问。常人所认为的成功未必可喜，《奔月》中的后羿在弯弓射日和灭兽除害的伟大斗争胜利之后，陷入了英雄末路的危机。《起死》中的庄子在成功地救助荒野中的白骨复生为人之后，却被诬为谋财害命的强盗而百口莫辩。《铸剑》中三个头颅在金鼎中的无情厮杀，惊心动魄，将复仇的意旨强化到了极点。但复仇完成以后怎么样呢？《铸剑》的结尾，三头并葬一幕，英雄与暴君难以辨识，甚而英雄也获得了暴君的身份和威仪；百姓围观大出殡中的后妃，有了一个窥伺皇家女人的难得机会；凡此种种，消解了黑衣人与眉间尺牺牲的意义，将复仇者的非凡之举，化作了宫廷臣妾和街头庸众的"看与被看"的一场闹剧。这是《铸剑》的内在悖论。①

　　莫言在《我们的荆轲》中，同样面对着意义的虚无与困惑，而且是双重的烦恼。

　　与《铸剑》相似，英雄和庸众之间，存在着巨大的裂痕。《我们的荆轲》有一种穿越和调侃，高渐离、秦舞阳、狗屠者流，既是荆轲的追随者，又是他的嘲弄者，他们口中如游戏般说出来的人生"最高价值"之"出大名"，以及对现实与人性的种种解构，对荆轲形成极大的嘲讽和心灵的威胁。荆轲呢，虽然也有相当的难以排解的困惑，但他骨子里是一个真诚的思想者，因为苦思冥想罹患严重的"失眠症"；他在剧作中几乎是与调侃、嘲弄和解构无缘的，他从来没有插科打诨，没有游戏人生。他的怀疑精神和虚无主义，

---

① 钱理群：《鲁迅作品十五讲》，北京大学出版社 2003 年版，第 88—91 页。

在潮水般涌起的玩世哲学中经受着巨大的冲击，但他从未与这些朋友在骨子里同流合污，斥之曰"燕雀安知鸿鹄之志"，面对他们的玩世不恭，至多只是沉默，却始终与其形成鲜明的界限。这也是黑衣人与环境的冲突的翻版，严峻的思索难以抗拒犬儒主义的洒脱，许多时候反而显得非常可笑可悲。

荆轲的再一重烦恼，是基于莫言需要处理的历史与现实的价值判断尺度之吊诡。身处他所书写的历史时代之中，司马迁显然是绝对肯定荆轲等刺客的牺牲价值的。今人如何处理相应的题材，却着实值得思量再三。莫言称："很多人觉得《史记》是历史，我发现它更像一部报告文学，很多篇章都有传奇的成分，在这样的情况下，我对荆轲做了一种新的解读，使这个人物有着更加鲜明的性格，更高的人格追求，而这些都是随着剧情的发展而逐步加深的。"①

在另一处访谈中，莫言直接地将中国古代的侠客与当下的恐怖主义暗杀行为对接起来，他对于侠客行为的意义从怀疑追问转向旗帜鲜明的否定——

　　在某种意义上，刺客就是当年的恐怖分子，当年的刺客，这些被我们所歌颂的所谓的大仁大义大勇的英雄是值得怀疑的。受人恩惠，为人报仇，跟黑社会差不多。它实际上与当代的法制社会相悖的，是落后的道德观。暗杀，不管出于什么目的，都有点小人气，算不上光明正大。一个堂堂正正的国家或者团体，是不屑于用这样的手段来解决问题的。②

从怀疑刺客的暗杀行为的价值，到直接将其与现代的恐怖主义对接起来，这是一个很大的跨度。于是，就像《艺术评论》的记者

莫言文学世界研究

① 莫言《我们的荆轲》中重新解读荆轲，http:// ent.sina.com.cn/j/2011-08-03/08573375902.shtml。
② 唐凌：《我们的荆轲，以何种面容出现？——深度访谈〈我们的荆轲〉编剧莫言》，《艺术评论》，2011 年第 10 期。

唐凌两次追问的那样，简单地否定荆轲刺秦王的意义，将其推论为现代恐怖主义的同道，乃至为秦始皇的霸业辩护，这样的理由能够存在吗？这一疑问也是我的疑问，是本文所说的荆轲精神的内在的断裂。

在"断袖"一节中，荆轲与燕姬的大段大段的对话，是莫言的精心设计，其正面的意义我已经在上文中阐述过了。但是，第一，两人的辩诘攻防其中有着很大的人为性和不合理性，就是在燕姬对秦王行为的合理证明和模拟的秦王的自我辩护中，确实是加入了很多的预设叙事，让燕姬预见到秦王未来的壮举与辉煌，作为说服荆轲放弃杀死秦王的理由。这种将历史倒过来推论的方式，如何取信于荆轲，如何证明和说服他断然放弃刺秦进而断然放弃自己的生命呢？燕姬又从何得出这样的结论呢，如果她还不具有玄幻穿越的功能？

无须仔细辨析，这样的言辞，这样的立意，完全是从张艺谋执导的《英雄》中克隆而来:《英雄》中李连杰扮演的那位名为"无名"的刺客，本来是深入秦宫，要置秦王于死地，却为秦王的统一大业宏大抱负所折服，放弃自己的使命，也白白断送了自家性命。就此而言，莫言不但是师法"'铸剑'笔意"，也偷取《英雄》的桥段——莫言自述，后起的强盗总比先前的强盗胆子大，下手狠。文艺作品中的互文性，由此可见一斑。

对于秦始皇的褒贬臧否，我却有非常鲜明的不同见解。我曾经在一篇文章中写道:

> 21 世纪以来，对秦始皇艺术形象的变本加厉的重新塑造和讴歌颂扬，恐怕古今历史上都是空前的。歌颂焚书坑儒，歌颂冷酷专断、视人命如草芥的暴君秦始皇，甚嚣尘上，前后相继。既有《英雄》那样，在战国纷争中就"慧眼独具"地预设秦皇统一全国之后的"英明决策"，而让天下英雄都俯首帖耳匍匐于其足下，甚至甘愿为此引颈就戮而九死不悔，或者像一部直名为《秦始皇》的长篇电视

连续剧，将李白的《秦王扫六合》谱写为一篇激越高亢的"秦皇颂歌"作为该剧的主题曲，加上韩磊的铿锵有力、气势非凡的演唱风格，确实是气势非凡，颇能蛊惑人心："秦王扫六合，虎视何雄哉！挥剑决浮云，诸侯尽西来。明断自天启，大略驾群才。收兵铸金人，函谷正东开。铭功会稽岭，骋望琅琊台。"让人无法容忍的是，这样的断章取义方式，完全扭曲和侮辱了伟大诗人李白，将李白对秦皇的讽谏和批判之意尽行删除。李白何曾颂秦王？检阅《秦王扫六合》一诗，欲抑先扬，以颂扬"秦王扫六合"、"铭功会稽岭"起始，接下来却是斥责秦王的荒诞不经和残暴无度的，"刑徒七十万，起土骊山隈。尚采不死药，茫然使心哀。连弩射海鱼，长鲸正崔嵬。额鼻象五岳，扬波喷云雷。鬐鬣蔽青天，何由睹蓬莱？徐市载秦女，楼船几时回？但见三泉下，金棺葬寒灰"[①]。无论是发刑徒七十万在骊山筑陵墓，还是组织大规模的船队出海求长生不老药，抑或是用黄金打造埋殓的棺材，都不过是徒劳无益劳民伤财乃至屠戮百姓之举，最终无法阻挡死神的无情嘲弄。还有名为《大秦帝国》的超级长篇小说，连篇累牍地描述秦皇征战六国的丰功伟绩，对战场风云瞬息万变津津乐道，却忘记了最底限的一句话，"人血不是水"，对秦军大规模地坑杀降卒的血腥残暴，对秦始皇焚书坑儒毁灭文化的暴行，对集权专制主义蔑视千万生灵涂炭、以天下奉一人的非人性，不予暴露和鞭笞，失去了道德良知的底线。国家主义在新的语境下愈演愈烈，调子越唱越高，却

---

① 李白《秦王扫六合》全诗："秦王扫六合，虎视何雄哉！挥剑决浮云，诸侯尽西来。明断自天启，大略驾群才。收兵铸金人，函谷正东开。铭功会稽岭，骋望琅琊台。刑徒七十万，起土骊山隈。尚采不死药，茫然使心哀。连弩射海鱼，长鲸正崔嵬。额鼻象五岳，扬波喷云雷。鬐鬣蔽青天，何由睹蓬莱？徐市载秦女，楼船几时回？但见三泉下，金棺葬寒灰。"全诗共 24 句，前面 10 句极尽铺陈扬厉之能事，颂扬秦始皇的统一大业，后面的 14 句，则句句不离贬抑嘲讽。

很少受到阻击。这当然有着复杂的现实语境，也因此更加值得警惕。……郭沫若在《十批判书》中就这样说道：吕不韦和秦始皇的对立，正是民本主义和专制独裁的根本冲突："吕氏说'天下非一人之天下也，天下之天下也'，而秦始皇则是：天下，一人之天下也，非天下之天下也。他要一世至万世为君，使中国永远是嬴姓的中国。"尤其是文化人最为重视的言论自由的剥夺，不让任何人有说话的余地，"他的钳民之口，比他的前辈周厉王不知道还要厉害多少倍。"这样的评判，才是深味历史之悲辛，深感现实之沉重吧。①

中国自古就有仁政与暴政、王道与霸道之辩，建立了强大的历史正义。去秦不远的贾谊在名篇《过秦论》中说："秦王怀贪鄙之心，行自奋之智，不信功臣，不亲士民，废王道而立私爱，焚文书而酷刑法，先诈力而后仁义，以暴虐为天下始。夫兼并者高诈力，安危者贵顺权，此言取与守不同术也。秦离战国而王天下，其道不易，其政不改，是其所以取之守之者无异也。孤独而有之，故其亡可立而待也。"贾谊肯定了秦王扫荡群雄建立统一大帝国的功绩，却严厉地指控他治理天下的残暴无道，这恐怕是要令今人思之再三的。我们也曾经有过将秦始皇捧为千古一帝而清算孔子和儒家的时光，那正巧是应和了一个高度集权和现代造神运动如火如荼的社会特殊语境。前车之鉴未远，今人何其健忘！

在诸多艺术家和作家都在此失足的"滑铁卢堑壕"面前，莫言也难辞其咎，但是，他却意外地从对"高人"的向往和期盼中，拯救了荆轲，拯救了作家自己。说起来，在"断袖"一场中荆轲与燕姬的问对基本形成了共识以后，全剧就几乎难以铺演下去了。既然连刺秦的意义都不存在，仅仅靠为了维护侠士的荣誉而欣然赴死，

---

① 张志忠：《谁为当下的文学声辩？——王春林〈多声部的文学交响〉简评》，《文艺评论》，2013 年第 9 期。

就很难有充足的理由远赴秦庭。《英雄》中的无名活动的主场地是在秦庭中晋见秦王，感受到秦王的强大人格魅力与宏图大略，并且向其倾诉自己在刺秦与放弃刺秦之间的两难选择，让人非常费解，无名进入秦宫去干什么，难道是要代表天下百姓去向秦王表达对其"无限崇拜""无限敬仰"的民意，为此而不惜白白地搭上自己的性命？说句不客气的话，自从李安的《卧虎藏龙》荣获奥斯卡金像奖，包括张艺谋在内的若干中国电影人就都走火入魔，企图借助自己并不能玩得转的武侠电影步其后尘摘金夺银。为此，《英雄》《十面埋伏》等遭受很多的诟病。莫言《我们的荆轲》中，关于要不要刺秦，荆轲则是和燕姬在燕国进行上述对话的。很难想象，在这一对话之后，故事的结局也预设好了，全剧还有什么内在的推动力呢？

弥合这一断裂的，是莫言描写的荆轲对于"高人"的焦灼期盼。深陷于价值虚无，将刺杀秦王的意义定义为追逐名利，轰轰烈烈的一场悲剧，由此就转化为荒诞的闹剧。幸运的是，莫言让荆轲对此心知肚明："可怕的是在这场戏尚未开演之前，我已经厌恶了我扮演的角色，可怕的是我半生为之奋斗的东西，突然间变得比鸿毛还轻。"①心仪莎士比亚和曹禺的莫言，当然不能就此甘心。②为了从张艺谋《英雄》的叙事窠臼中跳将出来，也为了给《我们的荆轲》设定一个新的高度，使荆轲得以实现自我拯救，莫言放出了最后的法宝，让理想幻灭的荆轲期盼着"高人"的到来和指点迷津：

---

① 莫言：《我们的荆轲》，莫言：《莫言文集·我们的荆轲（戏剧集）》，作家出版社2012年版，第87—88页。

② 莫言：我之前说过我是剧迷，喜欢看话剧，就有很多人问我喜欢看什么话剧。我的戏剧观念比较传统，希望舞台上有丰满的人物、比较尖锐的冲突，这种冲突不是外部的冲突，而是人物内心自我的冲突。台词应该有很好的文采，比较华丽，比如莎士比亚、曹禺的戏。也有人问过我对现在很多年轻人的先锋戏剧的看法，我的感受是一点先锋还可以，太先锋就接受不了，太先锋会让人觉得太自我，只关注自己的小情绪、小感觉。（重磅对话：莫言VS任鸣：不是荆轲，是我们——首都剧场《我们的荆轲》，http://blog.sina.com.cn/s/blog_684f8a970100yw1b.html。）

荆轲（立起，仰望长天）：……你会来吗？你还来吗？我知道你不来了，我不配让你来，我不敢让你来，你要真来了我怎么敢正视你的眼睛？我的孤魂在高空飘荡，盼望着一场奇遇，到处都是你的气味，但哪里去找你的踪影？我在高高的星空，低眉垂首，俯瞰大地，高山如泥丸，大河似素练，马如甲虫，人如蛆虫，我看到了我自己，那个名叫荆轲的小人，收拾好他的行囊，带着他的随从，登上了西行的破船，去完成他的使命……①

　　如此一来，荆轲的心中重新燃起了希望的火光，又在久等不来的绝望中，经历了精神成长的又一个轮回，颓然前行，去执行其预定的刺秦使命。这是莫言的睿智，也将全剧从闹剧和虚无中超拔出来。从本源上说，燕姬也罢，"高人"也罢，都是莫言笔下的荆轲的自我投射，是他心灵中自我质疑、自我救赎的无尽努力的精神之光。就剧作而言，从燕姬无情地打碎荆轲的侠客行之虚幻梦影和自欺欺人，到"高人"所蕴涵的"人生的意义""生命的真谛"的真实价值的确立，前者那样雄辩那样滔滔不绝，后者却是虚无缥缈信难求而缺乏说服力的；但是，在荆轲对"高人"的吁求中，似乎又是将"高人"处处暗指燕姬的，燕姬就是"高人"，她不但有力量将荆轲的没有价值的人生撕碎，还可能启蒙荆轲去寻找真正的人生价值，于是，荆轲为什么刺死燕姬，也得到了新的更加合理的解释，杀死燕姬，就是放弃自我救赎的努力，在即将揭晓的人生真谛面前退缩逃跑："我本来可以随你而去，但临行时却突然失去了勇气。我用自己的手杀死了这个超越自我的机会，我的手不受我的控制。"

　　在莫言的笔下，荆轲刺秦不再是舍生取义的侠义精神，而是不

---

① 莫言：《我们的荆轲》，莫言：《莫言文集·我们的荆轲（戏剧集）》，作家出版社 2012 年版，第 78 页。

顾生死但求一举成名的心态。记者多次问莫言:《我们的荆轲》到底是写的什么？莫言说:"写人,写人的成长与觉悟,写人对'高人'境界的追求。由人成长为'高人',如同蚕不断地吃进桑叶,排出粪便,最终接近于无限透明。吃进桑叶是聆听批评,排出粪便是自我批判。"①

但是,荆轲的精神危机,并没有由此得到有效的解决,他将自己逼入了无情的绝境。《铸剑》中黑衣人与眉间尺的对话,时间紧迫,来不及大篇幅地展开,而且,以眉间尺的少年幼稚的心灵,他也无法向黑衣人提出有深度的问题,那句"你认识我的父亲么"就可以看出他的"很傻很天真"的思维方式。黑衣人含糊其词的回答,其实并没有真正解答了他的追问,而我们对黑衣人的理解,其实是远远地超越了《铸剑》的文本,是从鲁迅的众多作品和鲁迅自己的言行和气质中获得诸多的启悟,是读者从各自的立场出发,发挥自己的思考和想象力,弥合了《铸剑》的内在断裂。

与之相比,《我们的荆轲》是在非常从容的情境下,让燕姬、太子丹和高渐离等,分别从不同的角度,紧逼盯人地对荆轲进行心灵的拷问,剥去了一层又一层的包装,直面心灵的深渊,把被逼到了死角的荆轲展露在观众和读者面前。这一系列的不容回避的诘问,打碎了侠客的行为价值准则,可以说是痛快淋漓,刀刀见血,把荆轲的心戳了无数个血窟窿,也颠覆了司马迁的"刺客列传"。然而,世间的万物,都是毁弃容易建设难。《我们的荆轲》的缺失就是在精神的重建上,有心无力,它以一种乱拳打死老师傅的态势摧垮了荆轲的精神支柱,却无法赋予他自我拯救也拯救作家和剧作的能力,难以将作品的动作线进行到底,"梦醒了之后没有路走",无法给他提供慨然赴秦庭的心灵动力;所谓盼望"高人"指点迷津赋予自己新的人生价值的期待,虽然合情合理,但是,摆在莫言和众多的读者与观众面前的,却是一座无路可行的断桥。在否定了司

---

① 《莫言话剧〈我们的荆轲〉12 月将再登人艺舞台》,搜狐文化频道,
http://cul.sohu.com/20121025/n355659052.shtml。

马迁的《史记》和诸多后来者如陶渊明的《咏荆轲》对荆轲的褒扬之后，无论是莫言，还是作为读者与观众的我们，都很难再给荆轲刺秦王的行为找到什么"非如此不可"的理由吧。

恐怖主义与焚书坑儒之辨析

现代人应该如何处理古代的侠客题材呢？这不能不令人称赞金庸先生的睿智。在金庸的武侠小说中，他成功地给萧峰和郭靖们贯注了"侠之大者，为国为民"的情怀，这可能说不上多么艰深费解，却明确地表现了作家的现代意识，也正好适应了流行报纸和通俗文学所面向的普通市民读者的心理期待。

莫言处理荆轲的题材，故事的大的脉络没有改变，却釜底抽薪地消解了故事的心理动力，在某种程度上，是自己给自己出难题，希望能够突破流传两千年的侠客高义而"自铸伟词"，用心良苦，预设目标甚高，但是，最终却难以越过自己设定的高度。

还有更为重要的一点，就是莫言对于暗杀行为的判断出了问题。莫言将古代的刺客和今人的恐怖主义对接在一起，似乎是赋予古代题材以现代观照，体现作家的现代意识和全球视野，但是，莫言为了求新求变，却忘记了《铸剑》中的眉间尺和黑衣人都是以刺客或者侠客的行为方式去进行殊死斗争的。无论是古代还是现代，当集权独裁的统治者大权在握、威势赫赫，居于绝对的优势时，来自底层的正义的力量，在无法组织起一支足以与强敌抗衡的庞大军队之前，许多时候不得不采用了行刺和暗杀的方式，以弱敌强，出奇制胜。这不能简单地归之为恐怖主义。应该遭到谴责的，是那种为了实现某种政治目的而大规模地杀害无辜民众的行为，却不应该将身处绝对劣势的普通民众和正义力量的愤怒反抗也等同视之——汪精卫早年投身反清革命，曾谋刺清摄政王载沣未遂而被捕，其绝命诗作"慷慨歌燕市，从容作楚囚。引刀成一快，不负少年头"至今为人称道；朝鲜义士安重根击毙伊藤博文，受到中韩朝诸国民众的尊敬，近年更立碑于中国哈尔滨以志纪念；德国贵族军官施陶芬贝格刺杀希特勒功亏一篑，则特别令人扼腕叹息——德国军官团曾经宣誓效忠于希特勒，尽管他们在战争末期已经看到了希特勒第三帝国的每况愈下必然崩溃，却因其传统观念所致，德国军官团无法违背自己的效忠誓言。若施陶芬贝格刺杀希特勒成功，就会自动解除他们的誓言，使得德军将领们可以倒戈，调转枪口向纳粹分子开战。戴着一只黑色眼罩，弯着一条残臂，拎着一个大公文包的施陶芬贝格的形象，已经有多少次出现在德国和美国的电影中，但是没有人会非议他的勇敢献身精神。

　　回到荆轲刺秦王的辨析中。面对强秦，燕国和太子丹，没有跪倒在强敌面前，而是竭尽全力地进行最后的斗争，当然值得钦佩。而且，历史的走向并非只有秦始皇统一中国是唯一的出路。在抗战期间，郭沫若就指出，楚文化是承续了殷商文化，而与周文化相抗衡的；中国人由楚国来统一，由屈原的思想来统一，自由的空气一定更浓厚，艺术的风味也一定更浓厚。战国时代没有归于楚而是归于秦，不仅是楚文化的悲剧，也是"我们全民族的悲剧"。李泽厚在八十年代亦强调指出，如果不是秦国而是楚国统一中国，那么中国的历史就会改写。可以顺着郭沫若和李泽厚的思路延伸下去——重想象重审美好奇情和充满诗意的楚文化，当然比重功利严刑法讲耕战毁灭诗书的秦文化，要具有明显的优越性和浪漫性。《楚辞》冠绝一时而彪炳两千年；出自楚地而终于灭秦的刘邦和项羽，也各自留下了不朽的诗歌，"大风起兮云飞扬"和"力拔山兮气盖世"是也。而有秦一代，除了李斯的《谏逐客书》，还有什么拿得出的像样的文学作品呢？

　　比李泽厚的假设更富有史学家的严谨性的，是复旦大学周振鹤教授的一篇非常有启迪性的文章：《假如齐国统一了天下》。该文指出：秦始皇统一中国，春秋战国时期的多元文化次第融合于单一的秦文化之中，垂二千年而不变。秦文化的基本特征可以归结为三方面：中央集权、农本思想与文化专制。这三个特征从秦到清，一以贯之，不但始终无改，甚而愈演愈烈，直至晚清才开始出现动摇的迹象。秦的统一固然有其必然性，但是东方六国完成统一大业的可能性并非不存在，魏、齐、楚都曾经强盛一时，尤其是齐国，很有统一天下的可能。而齐国在上述三个方面，都与秦国对比分明：

一、政治制度。战国群雄都逐渐建立了郡县制，实行中央集权制度，唯有齐国行政制度偏向于分权，采取了五都之制，不但行政权力分散，即军权亦不集中。与五都制相配合，齐国始终实行的是较为分权的都邑制。如果是齐国统一天下，推行较为分权的地方制度，是否近代历史会有点不同？

二、经济思想。秦并天下后过分强调农本思想，使得工商业的发展受到压抑，从未发生过工业革命与商业革命，就与秦文化颠扑不破的农本思想息息相关。设使齐国统一天下，工商之业得到正常发展，轻重之术与侈靡思想推向四海，中国会否是另一番模样？

三、学术文化。在文化方面秦所采取的是愚民政策，焚书坑儒，以维护专制统治。钳制思想是为了稳定统治，学术无从谈起。齐国采取强国富民的方法以达到"仓廪实而知礼节，衣食足而知荣辱"的自觉水平[1]（我们还可以补充说，齐国的稷下学宫，是当时学术兴盛百家争鸣的学术中心，作为稷下学派中心思想的黄老之学，与商鞅李斯的实用功利之说，也足以拉开距离，相互抗衡。——笔者）。

我们还可以进一步发挥说，郭沫若和李泽厚所期冀的楚国，周振鹤所标举的齐国，都是春秋战国时代的五霸之一。李长之在《司马迁之人格与风格》中，是把齐文化与楚文化都归为浪漫、想象、唯美的一脉，与务实的、功利极强的周、秦文化迥然相异：汉代文化并不接自周、秦，而是继承于楚、齐。周、秦文化是数量的、科学的、理智的、秩序的、凝重的，总而言之，是古典的；而

① 参见周振鹤：《假如齐国统一了天下》，http://bbs.tiexue.net/post2_3854244_1.html。

楚、齐文化则是奔放的、飞跃的、轻灵的、流动的、想象的、奇丽的，总而言之，是浪漫的。所以汉文化的基本特征是自由浪漫的，驰骋、冲决、豪气、追求无限、苦闷、深情，是那个时代共同的情调。①

因此，秦始皇的缺憾，并不是缺少文采，这尚是细末，更为恶劣的是他听取了李斯的建议，严令非议当下，尽焚儒道百家之书——在《左传》《战国策》等典籍中，我们读到的是"子产不毁乡校"，是"邹忌讽齐王纳谏"，是"防民之口甚于防川"的古训，到秦始皇的时代，却是以严刑峻法钳制民口，以吏为师毁灭传统，今日读到如下的句子，李斯与秦始皇讨论禁绝人民以古非今、乱发议论，尽烧各国史书、诸子百家和《尚书》《诗经》，仍然令人脊背发凉，心中震颤，如果他们的意志果然能够实现，博大精深的先秦文化还能传承至今吗——

> "臣请史官非秦记皆烧之。非博士官所职，天下敢有藏诗、书、百家语者，悉诣守、尉杂烧之。有敢偶语诗书者弃市。以古非今者族。吏见知不举者与同罪。令下三十日不烧，黥为城旦。所不去者，医药卜筮种树之书。若欲有学法令，以吏为师。"制曰："可。"②

偶语诗书者弃市，以古非今者族灭，世间酷法，莫过于此，不仅屠戮百姓于当时，更会断绝中华文脉于千载。我们歌颂过无数彪炳史册的英雄，古代文化的传承却是通过那些冒着严刑峻法将包括"三家诗"等一部部古代典籍藏入墙壁之中的读书人。

行文至此，意犹未尽。从当年的"评法批儒"，到今天的名家言论，屡屡看到有人为秦始皇分辩说，所谓焚书坑儒，坑杀的不是

---

① 参见李长之：《司马迁之人格与风格》，天津人民出版社 2007 年版，第 4—5 页。

② 司马迁：《史记》第一卷之《秦始皇本纪》，光明日报出版社 2015 年版，第 85 页。

莫言文学世界研究

儒生，而是方术士，这样的诠释，似乎有根有据，颇能蛊惑人心。但是，只要稍加留意，对这样的断章取义，暧昧良知，就完全不能容忍：

> 於是使御史悉案问诸生，诸生传相告引，乃自除犯禁者四百六十餘人，皆阬之咸阳，使天下知之，以惩后。益发谪徙边。始皇长子扶苏谏曰："天下初定，远方黔首未集，诸生皆诵法孔子，今上皆重法绳之，臣恐天下不安。唯上察之。"始皇怒，使扶苏北监蒙恬於上郡。[1]

在焚书坑儒的记载中，确实出现了"方术士"的字样，逃亡的卢生、侯生则是奉命为秦始皇寻找长生不老药的术士，但是，根据上下文所说的坑杀诸生和公子扶苏所言"诸生皆诵法孔子"，其身份仍然是儒生，被坑杀的 460 余人，方士少而儒生多，是可以肯定的。

① 司马迁：《史记》第一卷之《秦始皇本纪》，光明日报出版社 2015 年版，第 87 页。

第十一章　叛逆、好奇与童心：莫言对司马迁的承续与对话

　　莫言对中国古代文学的传承，广取杂收，纷繁披离，这和他的阅读习惯有关。莫言读书的吞吐量极大，有浮光掠影，有浅尝辄止，也有潜心揣摩，回味再三。个中最吸引论者关注的，是他与山东前辈同乡蒲松龄的关系。这当然有充足的理由，有莫言自己的诸多创作谈，有他命名为《学习蒲松龄》的小说集，也有诸多学者的苦心研究。但是，仅仅盯住蒲松龄，还不足以论莫言的文化传承；其中非常重要的，至少可以和蒲松龄并置齐观而具有同等重要性的，还有西汉的史学家司马迁，和他的被鲁迅誉为"史家之绝唱，无韵之《离骚》"的《史记》是也。

　　讨论莫言与司马迁的传承和对话关系，可以从如下的角度展开：莫言对司马迁对悲惨命运的屈辱接受与他对精神世界执着追求的矛盾人格的理解与回应；莫言对司马迁及《史记》的叛逆性、"好奇"心态和"童心盎然"的独特理解及其与莫言创作特征的关联性；莫言剧作《霸王别姬》和《我们的荆轲》对司马迁原作的增补与重述；在此基础上，勾勒出出奇制胜与奇正相生的辩证法、心灵冲突与人物的可成长性、对爱情真谛与人生意义的不懈追问、古典美与华贵语言等构成的莫言剧作的新古典主义美学特性。

文学使命的自觉与精神自况的折射

　　对司马迁的景仰，首先表现在莫言对《史记》的熟悉和频繁引

用中。在互联网上有一篇广为流传的莫言的演讲，《悠着点，慢着点——"贫富与欲望"漫谈》，文中开篇就直奔司马迁而去：

> 人类社会闹闹哄哄，乱七八糟，灯红酒绿，声色犬马，看上去无比的复杂，但认真一想，也不过是贫困者追求富贵，富贵者追求享乐和刺激——基本上就是这么一点事儿。中国古代有个大贤人司马迁说过："天下熙熙，皆为利来；天下攘攘，皆为利往。"中国的圣人孔夫子说过："富与贵，人之所欲也；贫与贱，人之所恶也。"中国的老百姓说："穷在大街无人问，富在深山有远亲。"无论是圣人还是百姓，无论是知识分子还是文盲，都对贫困和富贵的关系有清醒的认识。①

在另一些场合，也经常会在不经意间，读到莫言对司马迁的称引。2013 年冬天的福建福清之行中，莫言读到报纸上关于英国女王正式赦免"二战"信息战专家图灵的同性恋罪行的新闻。图灵是"二战"时出色的密码破译专家，也被誉为计算机科学之父。因为他出色的数学能力，破译了德军的密码，某种意义上凭借一己之力，提前结束了"二战"。可就是这样的天才，却是一位同性恋者。那个年代在英国，同性恋还是属于大逆不道的犯罪行为。图灵只有两种选择——要么坐牢，要么选择接受化学阉割（被注射雌性激素）。图灵为了能够得到继续从事科学研究的自由，选择了后者，却心情极坏，处于长期抑郁之中，图灵在 1954 年 6 月 7 日决定离开这个世界，服毒自杀。莫言说，看到了这个故事他立刻想起了司马迁选择宫刑而写《史记》的故事。跨越时空跨越千年，普遍的人性再次引起了共通和共鸣，并且激发出关于好的小说是跨国别跨文化的思索。"好小说需要精彩的故事做内核，好故事则要表现普遍

---

① 引自莫言新浪博客的同名文章，《悠着点，慢着点——"贫富与欲望"漫谈》，http://blog.sina.com.cn/s/blog_63acd9f50100nfxo.html。

人性。中国作家并非只能讲中国土地上、中国人身上的故事，外国故事也可以变为中国故事创作的出发点和灵感。……中国也有曾遭腐刑的司马迁，我们面对的阿兰·图灵已经不是英国人，而是人，所以外国故事是否能为中用完全取决于是否对中国作家有启发。"①

司马迁所说"天下熙熙，皆为利来；天下攘攘，皆为利往"，是道出了世道人心的利益驱动，而暗含讽谏之情，莫言拈出此语，具有非常强烈的针对性，以应对那个命题为"贫富与欲望"的文学会议，并且在接下来的同一篇演讲中，对于当下的奢靡炫富之风，进行了猛烈的抨击，提出了"什么样的人是有罪的"的尖锐命题，提出了文学的巨大责任；而太史公遭遇腐刑，忍辱偷生，发愤著书，要"通古今之变，究天人之际，成一家之言"，在莫言这里，就是一个非常强烈的情结，就是如何面对现实中的妥协与文学中的不妥协的悖论。

在当代中国的现实语境中，作家们要受到某些方面的限制，更何况，莫言还曾经身在军旅，经受过更为严格的规训。这是毋庸讳言的。从积极自由的角度，莫言几次讲到过一个故事，"当众人都哭时，应该允许有的人不哭"，竭力维护个人的自主性选择。这句名言，是在莫言获诺奖之后而普遍流传，其实，早在 2010 年，莫言就以此为题，发表过同样的一段故事。而且，这个故事，因为渗透了作家对于"告密"行为的自我忏悔，而具有了深刻反省和自我救赎的意义②。在消极自由的层面上，早在二十世纪八十年代后期，莫言就讲到司马迁的无奈妥协背后的坚韧和开悟。"司马迁《史记》的最伟大之处，就在于他彻底粉碎了'成则王侯败则贼'这一思维的模式和铁打的定律。在当时的情况下，这首先是一种卓然不群的眼光，当然还需要不怕砍头的勇气。这目光和勇气的由来，实

① 陈钦祥、范晔翰：《诺奖得主莫言福清开讲现场感谢福建伯乐》，《东南快报》，2013 年 12 月 27 日。
② 莫言：《当众人都哭时，应该允许有的人不哭》，《文汇报》，2010 年 4 月 6 日。

得力于他身受的腐刑。在他那个时代，腐刑和砍头是同一等级的。许多不愿受辱的人是宁愿断头也不愿去势的。司马迁因为胸中有了一部《史记》所以他忍辱受刑；也因为他忍辱受了腐刑才使《史记》有了今天这样的面貌。"①在意气风发的二十世纪八十年代，莫言的《欢乐》和《红蝗》，曾经引起若干批评，但是，比起《透明的红萝卜》和《红高粱》得到的巨大声誉，就显得不足为奇，亦不足挂齿。因此，莫言对司马迁忍辱偷生，摒弃官方立场，在写作上无所顾忌为所欲为的赞叹，还未必有切肤之痛。那么，在经历过险遭灭顶之灾的对《丰乳肥臀》的围剿之后，在因为荣获诺贝尔文学奖而遭遇若干超出文学范畴的政治批判之后的今天，莫言从图灵不由自主地联想到司马迁，个中的感慨可谓深矣。这恐怕不是犬儒主义和"越活越胆小"的简单化理解所能描述的，而是百炼钢化为绕指柔的智慧和洞达。在不同的场合，莫言也讲述过对贝多芬和歌德面对普鲁士亲王是否应该弯腰鞠躬的故事的新的理解，讲到彻底性与不彻底性的纠结。甚至，在他的获诺奖演说《讲故事的人》中，他还特意讲到了一件往事："三十多年前，我还在部队工作，有一天晚上，我在办公室看书，有一位老长官推门进来，看了一眼我对面的位置，自言自语道：'噢，没有人？'我随即站起来，高声说：'难道说我不是人吗？'那位老长官被我顶得面红耳赤，尴尬而退，为此事，我洋洋得意了许久，以为自己是个英勇的斗士，但事过多年后，我却对此深感内疚。"②要解释清楚这样的往事，首先是一种不同时空下的不同心态——老长官进入办公室找人，心中要找的人不在，所以说出"没有人"；年轻气盛的"我"却从抽象的意义上理解"有没有人"之辩，认为老长官对自己视而不见，目中无人，一句话呛过去，还自以为是对权势和长官的蔑视。这样的故事，没有贝多芬和歌德的故事那样对比鲜明，却也有深意藏焉。如果为了避免引起争议，莫言完全可以不去提及它，但是莫言还是以其坦诚

① 莫言：《楚霸王与战争》，莫言：《聆听宇宙的歌唱》，中国文史出版社2012年版，第195页。
② 莫言：《讲故事的人》，《当代作家评论》，2013年第1期。

和自我忏悔的姿态讲了出来。我想，这样的故事见仁见智，它所蕴涵的世事沧桑之感，却是唯有过来人才能体味吧。

叛逆性、"好奇"和"童心盎然"

莫言不仅从司马迁那里学做人，更是从《史记》中体悟文学创作的路径。他在鲁迅文学院和北京师范大学合办的研究生班读书时，有一门课程"《史记》选读"，莫言写了一组名为《楚霸王与战争》《搜尽奇峰打草稿》的课程作业，就是谈论他读《史记》的体会。文字不算很长，却是异彩纷呈，令人沉吟再三。

莫言对《史记》的称赞，一是赞扬司马迁的过人胆识，富有叛逆精神，因为遭受惊人的酷刑，而断绝尘俗之想，独抒己见，敢于越出"成王败寇"的正史写作模式，敢于歌颂项羽这样的"失败的英雄"；二是阐明司马迁的"好奇"，称"好奇"是司马迁浪漫精神的核心。从司马迁研究和《史记》研究的角度讲，这两者都不是莫言自己的发明。鲁迅就曾经指出，司马迁的《史记》，违背了孔子修《春秋》的儒家正统史观，自立新天，"恨为弄臣，寄心楮墨，感身世之戮辱，传畸人于千秋，虽背《春秋》之义，固不失为史家之绝唱，无韵之《离骚》矣。惟不拘于史法，不囿于字句，发于情，肆于心而为文"。[1]司马迁的"好奇"，古人亦早有论评。最早提出司马迁"好奇"的是汉代的扬雄。宋代的苏辙也说："太史公行天下，周览四海名山大川，与燕赵间豪杰交游，故其文疏荡，颇有奇气。"[2]不过，在前人所言的基础上，莫言关于司马迁的言说，仍然值得重视。

莫言凭其极为敏锐的悟性，将这两个特征，推向了极致，也表

---

① 鲁迅：《汉文学史纲要·第十篇：司马相如与司马迁》，《鲁迅全集》第九卷，人民文学出版社 2005 年版，第 435 页。

② 韩兆琦：《〈史记〉选注集评》，广西师范大学出版社 1995 年版，第 615—616 页。

现出莫言强烈的主观情绪化的色彩。他极力称道司马迁的叛逆性，将其描述为"逢刘必反""背刘必赞"的绝然歌者，对刘姓王朝充满怨恨，凡是遭到刘家迫害或被刘家冤杀的人，他都寄予了深深的同情，描述到他们的功绩时总是绘声绘色地赞美，极尽夸张之能事。韩信、李广、楚霸王项羽，都是司马迁不遗余力予以歌颂的英雄，见出无限的爱慕和敬仰。[1]

至于"好奇"，莫言斩钉截铁地说：司马迁"笔下那些成功的人物都有出奇之处，都有行为奇怪、超出常人之处。而所有的奇人奇才，都是独步的雄鸡、行空的天马。项羽奇在学书不成学剑不成学兵也不成不学而有术，奇在他是一个天生的战斗之神。韩信奇在以雄伟之躯甘受胯下之辱，拜将后屡出奇计，最后被糊糊涂涂地处死，奇在设计杀他之人竟是当初力荐他之人，这就是'成也萧何，败也萧何'。李广奇在膂力过人，箭发石穿，身著奇功，蒙受奇冤，等等，不一而举。所以说一部《史记》，正是太史公抱满腹奇学，负一世奇气，郁一腔奇冤，写一世奇人之一生奇事，发为万古千秋之奇文"[2]。

在此，我想到了茅盾先生的一句话，作家可以偏激，但评论家不可以偏激。前者的偏激可能使其个性更为鲜明，后者的偏激则会使其判断出现偏差。莫言的评述，在历史学家看来，会有偏颇和绝对化之嫌，但是，莫言的读书心得，不是为了继续做研究，而是和他的创作联系在一起的，是和司马迁的一次灵魂的撞击，迸发出的，是他的创作灵感和精神取向。莫言强调司马迁的叛逆性，何尝不是在夫子自道，表露出他的文学创作的"大逆不道"的反叛，对思想束缚和文学成规的叛逆？莫言讲司马迁的"好奇"，并且说"好奇"是人的天性，莫言自己的小说，满纸云烟，何尝不是"好奇""惊奇""炫奇"之作？如莫言所言，"读书，在某种意义上是

---

① 莫言：《搜尽奇峰打草稿》，莫言：《聆听宇宙的歌唱》，中国文史出版社 2012 年版，第 202 页。

② 莫言：《搜尽奇峰打草稿》，莫言：《聆听宇宙的歌唱》，中国文史出版社 2012 年版，第 203 页。

莫言与当代中国文学创新经验研究

在读自己。读者阅读时，可以从一本书里读出自己最喜欢的部分，因为他从这部分里读到了自己"①。

莫言的作品，从《红高粱》到《檀香刑》，描写了大量的具有叛逆性格的英雄——敢于轰轰烈烈地造反也敢于蔑视礼教法规自主爱情，不仅是对革命正史和"红色经典"的一种反叛，也和所谓的民间传统有巨大的差别，有相当的背弃和背离。莫言的创作资源，大半是来自胶州半岛上积淀丰厚的民间传奇和波诡云谲的历史风云。但是，他将其变形化、个人化了，和简单地做一个民间故事的传承者和讲述者拉开了距离。这一点，和司马迁亦有许多暗合。司马迁写《史记》，遍访名山大川，奇士高人，搜集了大量的口头传说，司马迁的天才在于，他没有编出一部民间故事集，而是构建起个人化的历史体系和独特的历史价值观。用莫言的话来说，"太史公此文，首先是杰出的文学，然后才是历史。是充满客观精神的文学，是洋溢着主观色彩的历史"②。这里的主观化，就是司马迁所具有的精神独立的知识分子品格的展现吧。

莫言和民间传统的关系，也是非常复杂的，他当然是从乡土大地走出来的，同时，他还有着当代知识分子的精神品格和思辨性特征，不宜简单化地以"民间"笼统言之。《红高粱》中，莫言就记述了关于墨水河大桥伏击战的民间化的一种说法："为了为我的家族树碑立传，我曾经跑回高密东北乡，进行了大量的调查，调查的重点，就是这场我父亲参加过的、在墨水河边打死鬼子少将的著名战斗。我们村里一个九十二岁的老太太对我说：'东北乡，人万千，阵势列在墨河边。余司令，阵前站，一举手炮声连环。东洋鬼子魂儿散，纷纷落在地平川。女中魁首戴凤莲，花容月貌巧机关，调来铁耙摆连环，挡住鬼子不能前……'"③这才是真正的民间化吧。

右侧竖排：莫言文学世界研究

---

① 莫言：《读书其实是在读自己——从学习蒲松龄谈起》，《中华读书报》，2010年4月15日。

② 莫言：《楚霸王与战争》，莫言：《聆听宇宙的歌唱》，中国文史出版社2012年版，第197页。

③ 莫言：《红高粱家族》，上海文艺出版社2012年版，第10页。

莫言自己对墨水河大桥伏击战的过程的叙述，和民间叙事一样，同样富有传奇性，但是，却远没有这段快板书般轻松诙谐。花容月貌的戴凤莲，在日军机枪的扫射中倒在了红高粱地里；由于缺少战争经验和必要的耐心，余占鳌等精心策划的伏击战，变成了仓促遭遇的一场混战；除了余占鳌大难不死，参加战斗的农民们全部阵亡，惨烈至极。在《楚霸王与战争》一文中，莫言讲到，家乡人讲述项羽的神奇勇武，以讹传讹，把项羽的"力能扛鼎"误传为"力能过顶"，即自己拔着自己的头发把自己拔离地面。进而，莫言写道："项羽在民间，之所以不是乱臣贼子面目，而是盖世英雄形象，实得力于文坛英雄司马迁的旷世杰作《史记·项羽本纪》。"①这恐怕也是莫言对司马迁的最高评价，对民间的适当保留态度吧。

莫言对司马迁的解读，最为重要的，是他从中读出了项羽性格和司马迁性格中的一片"童心盎然"。这是莫言的独特发现，也是其自身童心盎然的心灵感应。"读了项羽的本纪，我感到这家伙从没用心打过仗。他打仗如同做游戏。这是一个童心活泼、童趣盎然的英雄。他破釜沉舟，烧房子，坑降卒，表现出典型的儿童破坏欲。每逢交战，他必身先士卒，不像个大元帅，就是个急先锋……"②司马迁呢，在莫言眼中，也是个童心盎然的"老顽童"，所以才能够无条件地赏识项羽的性格。不止于此，司马迁的"好奇"，也因为"童心"而得到进一步的开拓和深化："司马迁一生最大的特点是好奇。好奇是人类的天性。人类的天性在童年时最能自然流露，所以儿童最好奇。司马迁老而好奇，他是童心活泼的大作家。司马迁的童心表现在文章里，项羽的童心表现在战斗中。"③时隔多年之后，在谈论《霸王别姬》的创作时，莫言再次讲到了项

---

① 莫言:《楚霸王与战争》，莫言:《聆听宇宙的歌唱》，中国文史出版社2012年版，第196页。

② 莫言:《楚霸王与战争》，莫言:《聆听宇宙的歌唱》，中国文史出版社2012年版，第196—197页。

③ 莫言:《搜尽奇峰打草稿》，莫言:《聆听宇宙的歌唱》，中国文史出版社2012年版，第203页。

羽和司马迁的童心未泯："我认为项羽是一个童心未泯的英雄，他在身体上毫无疑问的是'力拔山兮气盖世'的钢铁般汉子，而在感情方面脆弱得就像一个5岁的孩童。"①而且，莫言还再次确认说，文学里有了童真、童心、童趣，才会好看。

对于项羽和司马迁，如何评价其历史地位和文学意义，20年是一个可以忽略不计的短暂瞬间。对于莫言而言，这20年，却是他人生和创作历程中最可宝贵的时光。从《透明的红萝卜》《枯河》《红高粱》到《丰乳肥臀》《檀香刑》《四十一炮》《生死疲劳》，从个人的童年经验和少年梦幻的倾诉，蜕变为乡土大地上的讲故事的人，足迹走遍了世界上的许多国家，文学成就得到中外文坛的高度评价，他对"童心"的推重却一如既往，痴心不改。他的创作，也一直信守"童心"，他的许多作品中，都有一个孩子的形象，用孩子的感觉捕捉世间万象，用孩子的眼光窥探成人世界，用童稚的好奇质询世道人心，用单纯的猜测"曲解"扑朔迷离的人生之谜。莫言如是说："一个作家一辈子可能写出几十本书，可能塑造出几百个人物，但几十本书只不过是一本书的种种翻版，几百个人物只不过是一个人物的种种化身。这几十本书合成的一本书就是作家的自传，这几百个人物合成的一个人物就是作家的自我。……如果硬要我从自己的书里抽出一个这样的人物，那么，这个人物就是我在《透明的红萝卜》里写的那个没有姓名的黑孩子。"②这样做，不仅是营造出艺术上的陌生化效果，也不仅是从最弱小最无助的儿童身上受到的种种伤害中，揭示世道险恶、人心叵测，他还着意于通过这些最弱小却又最执着最顽强的孩子对灾难和痛苦的"钝感力"和"变形记"中，展现出孩子一派天然而却又不可撼动的叛逆性和生命力。

就文学创作与"童心"的关系而言，明人李贽的《童心说》中

① 《写作时我是一个皇帝——石一龙对话莫言》，正义网之"莫言工作室～莫言访谈"，http://review.jcrb.com/200709/ca641105.htm。
② 莫言：《我变成了小说的奴隶——在日本京都大学的演讲》，《检察日报》，2000年3月2日。

有非常精辟的论说："夫童心者，真心也。若以童心为不可，是以真心为不可也。夫童心者，绝假纯真，最初一念之本心也。若失却童心，便失却真心；失却真心，便失却真人。人而非真，全不复有初矣。"[1]刘再复先生则有《童心百论》，结合古今中外的文学现象和自身对生命的体验，阐述和咏赞童心。童心，至真至诚，浑然天成。莫言所言的"童心"，也有自己的独特理解，由此生发出几个特征：其一，超越现实功利，注重过程的痛快淋漓的体验，不计结果的成败利钝。其二，因为没有常人的算计，所以无拘无束，尽情尽兴，不受任何成规的拘囿；"一般的人，通体都被链条捆绑，所以敢于蔑视成法就是通往英雄之路的第一步。项羽性格中最宝贵的大概就是童心始终盎然。这一点与司马迁应有共通之处"[2]。其三，自由想象，天马行空，具有超常的想象能力，能够穿越现实世界与想象空间的界限。"只有好奇，才能有奇思妙想。只有奇思妙想，才会有异想天开。只有异想天开才会有艺术的创新。从某种意义上说，艺术的创新也就是社会的进步。"[3]这三点，互相关联，互相发明。孩子因为无法对人间的利益和利害关系进行深度理解，他的行为，许多时候是沉浸在过程体验中，追求快乐，而不受成规的拘囿。不光是说，孩子还没有被纳入成人世界的模式之中，不理会有限的功利性追求，而获得感觉、思想和行为的自由，还包括在艺术创作中，同样可以尽情挥洒，不受既成的创作模式的限制，自创新格。还有，孩子的感觉和想象力发达而弱于理性思维和抽象思考，他的独特认知方式——介乎于语言和图像之间的想象，也更贴近美学的范畴。对于这三点在莫言小说中的运用，此处无法展开，但这必定是莫言成功的奥妙之一吧。

① 李贽：《童心说》，陈蔚松、顾志华译注，巴蜀书社 1994 年版，第 111 页。
② 莫言：《楚霸王与战争》，莫言：《聆听宇宙的歌唱》，中国文史出版社 2012 年版，第 197—198 页。
③ 莫言：《搜尽奇峰打草稿》，莫言：《聆听宇宙的歌唱》，中国文史出版社 2012 年版，第 203 页。

江山—美人—名声：说破英雄惊煞人

如果说，莫言的小说，是以童年记忆和故乡传说为基点，那么，在他的两部话剧剧本《霸王别姬》和《我们的荆轲》中，莫言不仅是为自己开拓了新的创作题材，把笔墨推向了战国和秦汉时代，还展开了一场与司马迁的跨越时空的对话。①如果说，在写作《楚霸王与战争》《搜尽奇峰打草稿》两篇读书笔记之时，莫言对司马迁是充满了虔敬之情，那么，到他创造这两部剧作的时候，他显然找到了与历史对话、与大师交流的新的切入点。而且，关于霸王别姬和荆轲刺秦王的题材，在二十世纪九十年代以来，在大陆影坛已经有若干电影作品捷足先登，都出自名家之手：有周晓文的《秦颂》，讲述荆轲刺秦王失败后高渐离的后续故事；有张艺谋的《英雄》，在影影绰绰地讲述"无名"刺客的刺秦故事中改写了荆轲刺秦王的缘由和结局；被誉为最具有思想性和历史感的陈凯歌，就先后拍摄了《霸王别姬》（根据李碧华同名小说改编，表现出演同名京剧的两位演员在舞台上下数十年间恩怨情仇）和《荆轲刺秦王》。因此，莫言的剧作，也需要在今人的作品中突围而出，写出自己的新意来。

先从《史记》讲起。楚霸王项羽在司马迁笔下可谓是威风八面，每战必胜，而且是真情率性之人，叱咤于天地之间，从少年时代的学书未成，学剑亦无功，转而学"万人敌"，破釜沉舟，鸿门宴，直到乌江边的狂歌别姬和拔剑自刎，其刚烈狂放与柔情兼容的

① 这两部剧作，都有良好的业绩。由中国空政话剧团演出的话剧《霸王别姬》，夺得 2001 年 9 月第十三届开罗国际戏剧节参赛剧目第二名"最佳演出提名奖"，此后，其演出足迹涉及非洲、欧洲和亚洲，是中国话剧出访国家最多的剧目之一。2012 年，北京人艺版《我们的荆轲》仅进行过一轮演出就获得了中国话剧金狮奖最佳剧目奖，莫言也荣获了优秀编剧奖。

性格，跃然纸上。在横戈跃马的壮景中，项羽确实是天纵英才、驰骋疆场的超级英雄。相比于项羽的浓墨重彩，虞姬的形象，在司马迁笔下是寥寥数笔，语焉不详。莫言写《霸王别姬》，有意识地是在替太史公补笔。早年间，莫言从中拎出项羽的"童心盎然"，到他着手话剧创作，他也是由此找到了重述项羽故事的情感的和情节的新的生长点："我认为项羽是一个童心未泯的英雄，他在身体上毫无疑问的是'力拔山兮气盖世'的钢铁般汉子，而在感情方面脆弱得就像一个5岁的孩童。在我眼中，项羽身边的女人应该是母亲情人型，而项羽需要的也是那种母亲情人型的。"[1]由此生发出项羽与虞姬和吕雉两个女人的感情纠葛，增写了虞姬的篇章，而改写了吕雉的形象。

《我们的荆轲》呢，它保留了《史记》中荆轲刺秦故事的基本脉络，也毫不犹豫地从陈凯歌的作品中挪用了赵女的形象，将其置换为作品中的燕姬，从《英雄》中借来了重新诠释侠客刺秦失败的心理探索的线索，并且将其设置为作品的主线；以至于有人说《荆轲刺秦王》是一部后现代主义的拼贴之作。不过，在作品的价值取向上，莫言的自信力显然更为增强——《霸王别姬》是增补了司马迁所忽略的项羽的感情生活的一面，使其形象更为丰满充实，《我们的荆轲》则是对司马迁原作的一次改写，甚至可以说，这是莫言对司马迁的一次冒犯和挑战！莫言对司马迁的历史评价提出质疑："荆轲在老百姓的心目当中是一个非常高大的英雄人物，为了正义，为了千秋大业去刺杀一个当时最不可能被刺杀的帝王。这里面就有很多的戏可以演绎。荆轲到底为什么刺秦？过往有很多的研究，我自己也研究了大量的资料，实际上所有的理由都难以成立。侠客这个行当的最高准则到底是什么？是追求真理与正义吗？过去我们一直认为是这样的。但当你研读了司马迁的《刺客列传》之后，你就发现这些都是不成立的。没有真理，也没有正义，因为他

① 《写作时我是一个皇帝——石一龙对话莫言》，正义网之"莫言工作室～莫言访谈"，http://review.jcrb.com/200709/ca641105.htm。

刺杀的人和指使他行刺的人，实际上都是为了争名夺利、争权夺势。所以，侠客只是一个工具，一个职业，远没有想象的崇高，即使是最高的也顶多停留在侠义这个层面上，而没有真正涉及到社会、真理、人民。侠客的很多高大形象是我们当代人赋予的、塑造的。"①

　　莫言所言，明显地背离了司马迁的本意。《史记》中的《刺客列传》，篇末有"太史公曰"："自曹沫至荆轲五人，此其义或成或不成，然其主意较然，不欺其志，名垂后世，岂妄也哉！"②在《游侠列传》中，司马迁更是以激烈的论辩姿态，为朱家郭解们抗言直书，一再辩白，起首就直言反驳韩非子的"侠以武犯禁"，也驳斥乡愿对于游侠的误解，还愤愤不平于游侠们的名声泯灭："今游侠，其行虽不轨于正义，然其言必信，其行必果，已诺必诚，不爱其躯，赴士之厄困。既已存亡死生矣，而不矜其能，羞伐其德，盖亦有足多者焉。"③莫言所言，也与经由金庸的武侠小说所传播的"侠之大者，为国为民"的侠客形象大相径庭。但是，考虑到莫言所秉持的现代意识，考虑到二十一世纪对于恐怖主义行为的再认识，莫言的质疑、追问和解构，作为一家之言，不仅具有充分的合理性，也成为剧作的戏剧冲突的内在推动力。《我们的荆轲》，为了深化刺秦理由何在这一追问，特意安排了高渐离和燕姬向荆轲讲述曹沫、专诸、豫让、聂政诸位刺客的事迹（这也是司马迁《刺客列传》中一一道来的人物），进而让荆轲对其一一进行评价，使得荆轲自己对刺秦的理由产生强烈的怀疑和自省，构成全剧最重要的情感冲突。

　　但是，莫言不是一个玩世不恭的顽主，也不是一个直奔历史虚

莫言文学世界研究

---

①　唐凌：《我们的荆轲，以何种面容出现——深度访谈〈我们的荆轲〉编剧莫言》，《艺术评论》，2011 年第 10 期。
②　司马迁：《史记》第五卷之《秦始皇本纪》，光明日报出版社 2015 年版，第 878 页。
③　司马迁：《史记》第六卷之《秦始皇本纪》，光明日报出版社 2015 年版，第 1203 页。

无主义而去的后现代浪子，他没有改变荆轲刺秦王的失败结局，在否定侠客为了一个承诺就可以放弃生命慨然赴死的道义价值的同时，他是在尽力地想赋予荆轲一种生命意义的追问和升华："我所塑造的荆轲应该是慢慢地升华到一个境界，尽管燕姬一直在点他是借刺杀博得大名，但他内心里实际上已把名利否定和放弃了，他最后呼唤高人，实际上就是呼唤一种人生的终极价值……实际上在追问高人、理想的人、完美的人到底应该是什么样？当然是没有答案，他只是感觉到应该有一种更高的人生境界，他觉悟到肯定有一种更理想的人生状态在前面向他召唤。我不知道什么是更好的生活，但是我知道我的生活是不好的。"[①]据此考察剧作，莫言的这一意图，似乎没有能够得到明晰而有深度的表述，语焉不详，但是，能够有这种积极的建构意识，也就非常难能可贵，让我们看到莫言创作还有上升和完善的空间了。

　　莫言两部剧作的又一特点在于，他将笔下的诸多人物，项羽和荆轲，虞姬和吕雉，都设定为可成长性很强的人物，他们所面对的种种冲突和选择，不仅是具体的事件和行为，还包括他们自身的情感和价值观的变化，因而在作品中极力地表现其精神的发展变化的轨迹。而且，正是这样的心灵的冲突和裂变，构成了作品的戏剧冲突的主线。

　　项羽和荆轲的情节走向，在《史记》中已经定型，从拓展人物的精神空间入手，刻画灵魂的搏斗和成长，则成为莫言剧作的行之有效、举重若轻的独特路径。莫言的《霸王别姬》，在确认了项羽"童心盎然"，在帝业和爱情的选择上不辨利害，需要一个母亲一般的恋人加以照护的基调后，在虞姬和吕雉的性格中设定了她们的"可成长性"：在政治目光上老辣独到而在情感爱欲方面缺失如荒漠的吕雉，一心要开导虞姬和项羽的"政治正确"，不料在此过程中却是陷入了对项羽的莫名爱恋的漩涡；曾经不计帝王大业而一

①　唐凌:《我们的荆轲，以何种面容出现—深度访谈〈我们的荆轲〉编剧莫言》,《艺术评论》,2011 年第 10 期。

味沉溺于儿女私情的虞姬，反而逐渐接受了吕雉的信条，要牺牲爱情以换取江山；两人的本来面目由此都发生了反向的逆转，相互交换了精神的位置。如该剧导演王向明所言："特别是莫言提出，将吕雉和虞姬在戏剧进程中换位，吕雉从成就帝业的膜拜者转换为爱情至上的追求者，虞姬从男耕女织的向往者转换为塑造英雄的献身者，这一惊世骇俗的立意，使整个剧本发生了根本性的变化，成就了《霸王别姬》的戏剧品质，我们随之信心倍增。"①荆轲呢？如莫言所言，他最初写出的荆轲，是没有成长的，基本是在搞笑的层面往前推进，变成了一场刺杀秀的"行为艺术"，就是要成名，就是要在刺秦中如何超越从曹沫到聂政诸位刺客的名声。在剧本的逐渐完善中，荆轲的意义变为人生价值的发问与寻找者，"而现在的版本，我想第一个就是把荆轲这个人物升华了，荆轲意识到自己的行为没有意义，也意识到人的一些最基本的问题：人活着不仅仅是为成名，到底为什么要刺秦？最后升华成人为什么要活着的思考和对自我的拷问"②。

　　这样的选择，也使得莫言剧作具有了强烈的奇情和诗意。莫言称赞司马迁"好奇"，称赞《史记》的传奇性。在《霸王别姬》中，莫言让吕雉两次出现在项羽身边，尤其是在后一次，当项羽陷入垓下之围，吕雉穿越两军对垒的重重战阵飘然而至，这当然是莫言的"突发奇想"。在《荆轲刺秦王》中，荆轲最终掷出匕首击中秦王，秦王轰然倒地，不料，又一个秦王出现了，刚刚死去的那一个人只不过是秦王的替身，而且只是替身之一，如此诡异摇曳的情节，也属于险中弄险，非莫言莫属。作为人物的心灵世界，同样是波诡云谲，奇峰迭起。身为刘邦妻子的吕雉，居然会爱上项羽，而且爱得死去活来，飞蛾扑火；被认为是天经地义的侠客之道，在荆轲这里忽然产生了彻底的崩溃，他对刺秦的意义何在，进行不依不饶的追

莫言文学世界研究

---

① 王向明关于《霸王别姬》创作的长文之四《剧本写出公司消失》，http://blog.sina.com.cn/s/blog_45de265701000273.html。

② 唐凌：《我们的荆轲，以何种面容出现——深度访谈〈我们的荆轲〉编剧莫言》，《艺术评论》，2011 年第 10 期。

问。但是，莫言的作品不仅是出奇制胜，他懂得奇正相生，以正合，以奇胜。莫言作为写小说的老手，和写戏剧的新秀，在两者间找到了共同之点："话剧的终极目的和小说是一样的，还是要写人，挖掘人的精神世界，挖掘人的内心矛盾。"[①]传奇性的情节设置，是为了给人物性格的成长变化提供展现的机缘；精神世界的奇情异想，需要予以化奇异为寻常的阐释；这就为人物的内心独白和彼此间的精神撞击和交流，提供了广阔的空间。而人物的台词，因为始终纠结于对爱情与人生的紧张思考，彰显内心的焦灼，进行不懈的追问，就具有了强烈的抒情性。与此同时，莫言作为在文学语言上用力甚勤、成就非凡的小说家，曾经在《天堂蒜薹之歌》和《檀香刑》等力作中，将民间艺人和地方戏曲的唱词化入自己的作品，在谈到《霸王别姬》和《我们的荆轲》时，他明确提出要讲求作品的古典美和语言的文学性，提出对莎士比亚和曹禺风格的向往：

> 在莫言的头脑中，进剧场看话剧就是去体验古典情怀。他觉得戏剧已经由中心位置走向边缘，并时刻保持着先锋性。尤其是小剧场，它存在的意义就是为实验而存在。但莫言同时也认为，话剧的魅力还是在于对抗与冲突，在于展示汉语语言的铿锵魅力和剧场中无法取代的古典情怀。[②]

> 我的戏剧观念比较传统，希望舞台上有丰满的人物、比较尖锐的冲突，这种冲突不是外部的冲突，而是人物内心自我的冲突。台词应该有很好的文采，比较华丽，我喜

---

① 《莫言：荆轲刺秦动机有新意　曾把话剧当吵架》，《北京日报》，2011 年 8 月 3 日。
② 《莫言攒话剧是第一次也是最后一次》，《精品购物指南》，2000 年 11 月 24 日。

欢莎士比亚、曹禺的戏。^①

　　古典之美，莎士比亚化，华丽典雅的语言，注重人物内心冲突的展现，可以说，构成了莫言剧作的新古典主义美学风范。对新古典主义的选择，不仅说是风格的喜好，它还具有更为深刻的蕴涵，即旗帜鲜明的对于商业主义话剧和媚俗搞笑风尚的坚决抗击。这也是具有强烈的针对性的："我写剧本首先想到的是故事情节，注重文学性，虽然这几年市井化、市民化、日常化渐成气候，但我认为这部戏不应随波逐流，我想搞成传统的有莎士比亚情调兼具古典美的作品，话剧尤应有对抗冲突，否则存在意义不大，让观众在短短两个小时之内既欣赏到强烈的戏剧冲突又能体验到古典之美，这才算达到了目的。"^②为维护作品的莎士比亚式的古典美，一向低调做人、很少公开批评他人的莫言，曾经对《霸王别姬》的舞台完成版提出尖锐批评。莫言表示，按照最初的设想，《霸王别姬》应该是一部大剧场话剧，"想搞成传统的有莎士比亚情调兼具古典美的作品"。在小剧场舞台上，"每当气氛营造出了一种古典的情怀并要达到情感升腾的境界时，就被导演用地方方言、流行歌曲或其他方式把观众的情绪给瓦解掉了"。^③

　　莫言的剧作语言，应该说，是他的剧作中最为成功，也是近些年间的话剧舞台上最为华美典雅的。《霸王别姬》的语言成就，得到了传媒记者的高度肯定："应当向作为小说家的剧作者莫言致敬，就为那些与我们分别已久荡气回肠而又柔肠百转的诗一样的语言能在舞台上重现，作为话剧存在的《霸王别姬》就自有它的意义……这些闪烁着智慧的灵光，澎湃着涛一样的激情的诗句自郭沫若以来

① 《莫言：荆轲刺秦动机有新意　曾把话剧当吵架》，《北京日报》，2011年8月3日。
② 卢燕：《莫言打扮"霸王别姬"》，http://www.anhuinews.com/history/system/2004/05/21/000650340.shtml。
③ 于丽丽、陈然：《"莫言热"波及戏剧界〈我们的荆轲〉人艺再演》，《新京报》，2012年10月18日。

就少见踪影，那莎士比亚样式大段内心独白也早为现代的舞台所遗忘。而莫言的出现让这样的重温成为可能。"①出演荆轲的北京人艺青年演员王斑的表述，也印证了这一点，他对剧中的荆轲的大段心理独白非常欣赏，而且说："这部戏乍一看讲的是荆轲要出名，其实谈的更多的是人，是人性本身。'荆轲'的思想，跟莎士比亚笔下的'哈姆雷特'一样，具有朴素而高贵的灵魂追求，他是在拷问当下的人：我们应该怎样去生活？"②

　　请读一读荆轲在奔赴秦廷的前夜对燕姬的长篇大段的内心倾诉，文字流光溢彩，典雅与热烈兼而有之。若是在平常的语境下，荆轲的一番倾诉可以说是"肉麻"之至；但是，在行将踏上刺秦赴死之程的前夜，从出现在舞台上就一直是冷漠无情的荆轲，压抑已久的索取真爱的激情迸发，以一段又一段迫切而绝望的台词，向燕姬倾诉内心的积郁和困惑，就具有了充分的合理性。面对死亡，还有什么可以顾忌，还有什么比发出最后的吁求更重要呢？荆轲从第一次见到燕姬，就被她的美丽所吸引；在燕姬讲述聂政姐弟的壮烈行为时，又被她的才情所征服；一个孤独的男性，虽然说，在欲望的满足上不是难题，但侠客所遵行的不能对女性动情的规则，却使得荆轲一生都没有品尝到爱情的甘泉。更为重要的是，燕姬是先后侍奉过嬴政和燕丹、经见过时代枭雄的成熟女性，见识非凡，心气十足，荆轲希望能够得到她的真情，就是希望自己最终的生命价值能够由此得到确认。然而，被作为互相利用的礼物送来送去的燕姬，恰恰也是男权社会的最伤惨最悲哀的受害者，她没有权力自主选择爱情，也没有可能享有真正的爱情。聪慧无比的燕姬，面对荆轲的真情倾诉，只能以不动声色进行自我保护。于是，个中的荒诞感就深刻地显现出来：不动真情的性游戏和性掠夺，可以肆无忌惮地进行；一旦要将其升华为刻骨铭心之爱情，他们面临的却只能

———

① 记者述评：《〈霸王别姬〉——话剧向文学的敬礼》，《北京晚报》，2000 年 11 月 29 日。

② 《话剧〈我们的荆轲〉在济南展演　由莫言编剧》，《大众日报》，2013 年 5 月 3 日。

是绝望的深渊。这样的化解不开的人生悖谬，形成了巨大的情感冲突，形成了将剧作发展演变的巨大推动力。而在语言的表述上，铺排的句式，丰赡的比喻，大体押韵的韵脚，在白话文中间杂的"芳馨""宛如"等文言词汇，使得长篇大段的台词，富有华彩和典雅之美。

第五编　莫言研究：回顾·现状·展望

第十二章　莫言研究的回顾与展望
（1984—2013）

　　莫言是新时期涌现的最重要作家之一。他从二十世纪八十年代初期登上文坛，锐意进取，积极探索，历经 30 余年的不断变革不断创新的过程，以丰厚的创作成果，在中国本土和全世界都赢得崇高声誉，2012 年 10 月，莫言荣获诺贝尔文学奖，这不仅是莫言的骄傲，中国文学的骄傲，也是世界文坛的一大盛事——世界文学的殿堂里，崛起了一位来自东方大陆、讲述古老而又年轻的中国乡村故事的"乡下人"。

　　莫言与时代的关系密不可分，他的文学成长期，幸运地赶上一个大变革的时代，而新时期文学，正是要表现这伟大的时代变革，同时也要实现自身的创新和变革。没有新时期文学的变革创新浪潮，就不会有莫言今天的文学成就；反之，莫言作为新时期文学的卓越代表，经历了新时期文学的全过程，凝聚了新时期文学的变革创新经验。

　　在更为广阔的视野中，莫言的创作，接续和拓展了鲁迅开创的百年中国乡土文学传统。莫言的高密东北乡文学领地，不唯受福克纳和马尔克斯之助，更是与鲁迅的未庄和鲁镇，沈从文的湘西和边城，萧红的呼兰河畔，赵树理的太行山，孙犁的荷花淀一道，组成了百年中国乡土文学的壮丽景象。莫言的文学创新，也要在这样的语境中，才能得以彰显。

莫言是幸运的。他的短篇小说《民间音乐》在河北保定文联主办的《莲池》问世（1983 年第 5 期），迅即受到孙犁先生的赞扬："小说的写法，有些欧化，基本上还是现实主义的。主题有些艺术至上的味道，小说的气氛，还是不同一般的，小瞎子的形象，有些飘飘欲仙的空灵之感。"这不仅是对莫言文学探索的积极肯定，还帮助他敲开了进入解放军艺术学院文学系读书的大门。他在《中国作家》推出《透明的红萝卜》（1985 年第 2 期），同期刊物上刊发《有追求才有特色——关于〈透明的红萝卜〉的对话》予以推介，由此开始，莫言就一直受到诸多研究者密集的关注，赞扬和批评都同样热烈而持久。根据"中国知网"以"莫言"做关键词检索的统计（2013 年 8 月 26 日），仅 2000 年至 2011 年间，相关文章有 1572 篇，2012 年和 2013 年（截止到 8 月），受到莫言获诺贝尔文学奖的激发，分别为 1812 篇和 1604 篇。筛除其中的新闻报道和叙述文字，研究论文也是一个天量数字吧。

为了论述方便，我们把莫言研究分为四个阶段予以陈述。

"红高粱"时期：意象·感觉·故乡

二十世纪八十年代中后期，是莫言创作的第一个高峰，《透明的红萝卜》《枯河》《爆炸》《红高粱家族》《食草家族》相继问世。在其时以创新竞奇为要务的文学大潮中，研究者对这个一出场就个性鲜明而"怪诞"的作家，进行了同步的积极肯定。李陀的《"妙在似与不似之间"——评中篇小说〈透明的红萝卜〉》《现代小说中的意象——莫言小说集〈透明的红萝卜〉》提出莫言小说与中国文学传统中的意象的关联，朱向前的《天马行空——莫言小说艺术特点》《深情于他那小小的"邮票"——莫言小说漫评》等以对作家生活和创作历程的切近观察和思考，对莫言天马行空的创作态势和"高密东北乡"文学领地，予以及时的概括；雷达的《游魂的复活——评〈红高粱〉》《历史的灵魂与灵魂的历史——论"红高粱"系列小说的艺术独创性》对《红高粱》将历史书写心灵化主体化、民族精神与本土化的"酒神精神"之激扬等的阐释，至今仍然是研究《红高粱家族》的巅峰之作。进一步将莫言作品中的"酒神精神"深化的则是陈炎的《生命意识的弘扬、酒神精神的赞美：以尼采的悲剧观释莫言的〈红高粱家族〉》。季红真的《忧郁的土地，不屈的精魂——莫言散论之一》《现代人的民族民间神话》《神话世界的人类学空间——释莫言小说的语义层次》等系列论文，对莫言与民族精神和乡土大地的深刻联系予以揭示，对莫言笔下祖孙三代人与历史的纠葛及各自的代际特征进行深入阐释。这一时期，莫言研究具有充分的开放性，关于莫言的艺术感觉，莫言的文体特征，及其与同代作家的平行比较，都有论及。分析莫言的基本特征"感觉的爆炸"的论文，有张志忠的《奇情异彩亦风流——莫言感觉层小说探析》《论莫言的艺术感觉》《陌生化:感觉的重构——谈莫言的创作》，钟本康《感觉的超越，意象的编织——莫言〈罪过〉的语言分析》，朱珩青《感觉化的世界——莫言小说印象》，以及《莫言：沸腾的感觉世界的爆炸》（复旦大学学生"新时期文学"讨论实录之五）。探究莫言对中外文化和文学的吸收与个性化原创关系的有金汉《论阿城、莫言对人格美的追求与东方文化传统》，胡河清《试论莫言小说的借鉴特色和独创性》等。莫言《红高粱》《欢乐》《红蝗》等将这一时期的艺术探索推向极致的作品，在引来热烈赞扬的同时，也遭到鲜明的批评和批判。批评的要点，一是质疑《红高粱》等作品的历史观和文化观；二是指责莫言在审丑倾向、夸诞不经和缺少节制过度铺排等方面的缺失。此类文章有颜纯钧《幽闭而骚乱的心灵——论作为一种文学现象的莫言小说》，李清泉《赞赏与不赞赏都说——关于〈红高粱〉的话》，贺绍俊、潘凯雄《毫无节制的〈红蝗〉》，王干《反文化的失败——莫言近期小说批判》，江春《历史的意象与意象的历史——莫言长篇小说〈红高粱家族〉得失谈》是也。

"《丰乳肥臀》风波"前后：深化·海外·母性

　　经历过第一个迸发期之后，莫言在二十世纪九十年代，从外部来说，遭遇了市场经济转型和出版环境的变化，从自身来说，经历了创作方向的低迷和调整。他经由《丰乳肥臀》而重新赢得了文坛的喝彩，风格也逐渐走向成熟，长篇小说成为其挥洒才华的主要样式。但《丰乳肥臀》也备受政治上的清算，使其命运发生改变。这一时期，对莫言的研究，也出现新的态势。

　　首先，是二十世纪九十年代初期两部作家研究专著《莫言论》《怪才莫言》的问世。在贾平凹、韩少功、王安忆、张承志、张炜等同代人中，莫言"出道"是最晚的，贾平凹等在二十世纪七八十年代之交就佳作迭出，誉满文坛，莫言的崭露头角，则是在《透明的红萝卜》《枯河》《爆炸》等发表的 1985 年。但是，不但在"五〇后"出生的一代作家中，莫言是最先被研究者和出版社选中，而且，在同一时期能够出版作家研究专论的中青年作家，也不过是曾镇南《王蒙论》(1987)、费炳勋《贾平凹论》(1990)、张德祥等《王朔批判》(1993)、陈墨《刘心武论》(1996) 等涉及的数人而已。

　　张志忠的《莫言论》(中国社会科学出版社, 1990) 的基本论点，是以莫言的长期农村生活经验中人、土地、植物、动物的自然—生命关系为结穴，揭示莫言创作中体现出来的"生命的一体化"，生命的张扬和反叛，生命的蓬勃欲望与丰富感性的伸张，生命的退化（"种的退化"）与当代中国农民的苦难与沦丧，以及从未经意识形态和现代理性规约的丰盈的生命感觉向艺术感觉的转化，对莫言二十世纪八十年代的创作进行了整体的有深度的阐述，并且将其上升到"自由的农民之子"（这是恩格斯称赞易卜生的话）的高度，论证了中国农民的强大生命力与现代中国历史沧桑的深切关系，莫言作为农民文化典范代表的基本特征。它也是率先地阐述莫言创作与齐文化之渊源关系及其神奇而夸诞的艺术想象力的。

由贺立华、杨守森等撰写的《怪才莫言》（花山文艺出版社，1992），分别从"'怪味'寻踪"，"祖宗遗产的启示"，莫言笔下的"男人与女人""魔鬼与天使"等角度，对莫言创作的独特性予以考察。而且，作为莫言的山东老乡，论者借助地利之便，对莫言本人的生平经历、创作道路，对莫言小说中描绘的地理风光、历史掌故、人物传说、文化风情等等，在书中均提供了许多鲜为人知的第一手材料。与此同时，贺立华、杨守森还编选了国内第一部《莫言研究资料》（山东大学出版社，1992），为莫言研究的资料建设奠基。

其二，莫言的作品，经由潘耀明、柏杨、周英雄等台港作家学者的推介，在台港出版并且引起作家同仁关注，也赢得普通读者的青睐。同时，借助于电影《红高粱》在柏林电影节荣获最佳影片"金熊奖"的机缘，莫言的小说《红高粱》《酒国》等逐渐走出国门。1994 年度诺贝尔文学奖得主大江健三郎，在获奖致辞中引莫言为同道，也在世界文坛上加强了莫言的影响力。葛浩文、藤井省三、王德威、马悦然等域外文人，对莫言作品予以积极的推荐和翻译，扩大了莫言研究的视野。贺立华、杨守森主编的《莫言研究资料》就收入了藤井省三《魔幻现实主义地描写中国农村》和加内斯·威克雷《英文版〈爆炸及其他的故事〉引论》。

其三，莫言为悼念母亲逝世而创作的长篇小说《丰乳肥臀》，一方面大受好评，摘取了当时被称作中国文学奖金最高的"《大家》文学奖"（奖金 10 万元），一方面遭遇到具有强烈政治批判色彩的大围剿。仅仅在《中流》一家刊物上，就密集地发表多篇批判文章：

倾斜的母性——《丰乳肥臀》读后感　余立新《中流》1996 年第 5 期

歪曲历史，丑化现实——评小说《丰乳肥臀》　陶琬《中流》1996 年第 7 期

浅谈《丰乳肥臀》关于历史的错误描写　汪德荣　《中流》1996 年第 7 期

评小说《丰乳肥臀》　贾时礼　《中流》1996 年第 9 期

部队老作家彭荆风对《丰乳肥臀》的批判，具有相当的代表性："过去国民党反动派诬蔑共产党是共产共妻，灭绝人伦，也只是流于空洞的叫嚣，难以有文学作品具体地描述，想不到几十年后，却有莫言的《丰乳肥臀》横空出世，填补了这一空白……国共两党几十年的斗争，谁是谁非谁得到人民的拥护，谁给人民带来灾难早有定论，莫言却不顾历史事实，把人民的苦难全都推给共产党，这是历史唯物主义者的态度？再创新，也不能捏造事实吧？中国共产党领导的革命政权，如果真像莫言所写的，没完没了地折磨人民，还能得到人民的拥护并取得胜利？"（彭荆风《莫言的枪投向哪里》，《求是·内部文稿》，1996 年第 12 期）如果这种指控被坐实，莫言此后的文学生涯将会如何？正是在这样的语境中，莫言被迫做检查，脱去军装，转业到《检察日报》，其承受的压力可想而知。

此外，这一时期的有分量的莫言研究，对莫言二十世纪九十年代新作《酒国》和《丰乳肥臀》的评论较为突出。莫言的《天堂蒜薹之歌》和《酒国》，在本土不被看好，但在国外的传播和影响较为热烈。《莫言评传》的作者叶开曾经感慨《酒国》问世后评论界的阒寂无声，并且以同为 1993 年问世的《废都》和"陕军东征"引发的热烈喧哗做比照。相反地，《酒国》是首先在台港获得了知音。周英雄（时在香港任教的台湾学者）的《酒国的虚实——试看莫言叙述的策略》（《当代作家评论》1993 年第 2 期）指出《酒国》的文体特征："他的手法既非写实又非寓言，他描述的对象既非纯属个人，也非全写国家民族。我们只消仔细阅读《酒国》的种种脉络，即可发现莫言所处心积虑经营的正是这种虚实互补的写作模式。"张闳则是国内学人中最早评说《酒国》而写有《〈酒国〉散论》(《今天》1996 年第 1 期)和《〈酒国〉的修辞分析》(《作品》1996 年第 1 期)的。《丰乳肥臀》在遭遇暴烈批判的同时，也不乏称赞和知音，邓晓芒的《莫言：恋乳的痴狂》超越了通常意义上对《丰乳肥臀》中的母亲的热烈赞颂，而强调体现在金童身上的"恋乳癖"背后的具有普泛性的偏畸社会文化心理的批判，也颇为深入地回应了那些将金童视作是"流氓成性""心理变态"的指责。①

"大步撤退"而走向辉煌：学院化·民间化·全球化

如果说，理解和阐释《酒国》《丰乳肥臀》还需要时日，那么，2001 年 3 月问世的、被作家自称为是向本土的民间艺术形式"大步撤退"的《檀香刑》，再度引发了莫言研究的热潮。这里不仅是说《檀香刑》问世使得莫言研究论文数量有了新的增长，而且，除了陈思和、周政保、蒋元伦等中年评论家对《檀香刑》予以高度评价，它还集聚了一批六〇后、七〇后的新锐学人的热议热评，谢有顺、洪治纲、李敬泽、吴俊、杨扬、何向阳、李建军、王侃等，都对《檀香刑》发声，表明莫言研究阵容的扩充壮大、接力传承，也使得莫言研究进入新的阶段。

出自这些年轻学人的论述《檀香刑》的重要论文有：

当死亡比活着更困难——《檀香刑》中的人性分析　谢有顺　《当代作家评论》2001 年第 5 期

文学与民间性——莫言小说里的中国经验　张柠　《南方文坛》2001 年第 6 期

---

①　邓晓芒：《灵魂之旅——九十年代文学的生存境界》，湖北人民出版社1998 年版。

是大象，还是甲虫？——评《檀香刑》 李建军 《海南师范学院学报》（人文社会科学版）2002 年第 1 期

介入近代史深层——莫言《檀香刑》评论 何向阳 《辽宁日报》2002 年 4 月 25 日

从《檀香刑》（2001）、《四十一炮》（2003），到《生死疲劳》（2006）和《蛙》（2009），莫言创作的辉煌时期到来，这一时期的莫言研究，呈现出新的繁荣气象。

其一，是数量可观的作家访谈、演讲类文字的编撰。一方面是传媒为王的语境，任何作家作品的传播接受，都要借助于报纸、电视、网络等现代传媒的推助，一方面是文学和文化生态的良性发展，以国内外大学讲坛为主的各种文学对话、文学讲座频频举办，使得作家与读者和研究者有了更多直接交流的机会。由此，和诸多优秀作家一样，莫言在文坛和传媒中获得了越来越多的话语权。这一时期，莫言的创作谈、访谈、演讲等，也纷纷问世。《莫言王尧对话录》是对莫言的人生和文学道路的全面回顾，《说不尽的鲁迅——莫言孙郁对话录》则是作为鲁迅的热烈追随者的作家与学者倾诉他们对鲁迅的敬爱和思考，海天出版社 2007 年出版的《说吧，莫言》三卷文集，汇集了莫言的海内外演讲和访谈的大量文字，有重要的学术价值。两部同名的《莫言研究资料》，由杨扬编（天津人民出版社，2005）和孔范今、施战军主编，路晓冰编选（山东文艺出版社，2006），凸显当代文学史料建设的自觉。叶开的《莫言评传》（河南文艺出版社，2007）用大量的细节材料，勾勒出莫言从出生到 1995 年《丰乳肥臀》问世前后的人生轨迹，价值不可小觑。朱宾忠的《跨越时空的对话——福克纳与莫言比较研究》（武汉大学出版社，2006）和张文颖的《来自边缘的声音：莫言与大江健三郎的文学》（中国传媒大学出版社，2007），前者是影响研究，后者是平行研究，这是两位分别以英语和日语语种为主业的年轻学人的研究专著，也表现出莫言与世界文学关系比较研究的深入和细化。张灵的《叙述的源泉——莫言小说与民间文化中的生命主体精神》

（中央编译出版社，2010）以生命主体精神阐释莫言，而及莫言的小说诗学。付艳霞的《莫言的小说世界》（中国文史出版社，2011）从语言、文体、叙述学等角度解读莫言小说，思路缜密，如其将莫言小说语言区分为"独白""对话""演讲式"（似乎借鉴了钱理群研究鲁迅作品的辨析方式），就很有见地。

其二，莫言研究呈现"学院派"趋向。一方面，是莫言研究的渐趋学理化。二十世纪八十年代中后期，尽管文学评论界有"理论年""方法年"现象，但是，那一代莫言研究学人大多具有丰富的人生经验和良好的艺术直觉，在强调文学的主体性的同时，也在文学研究中注入了强烈的个人主体性，因此更多地显现出来的是评论家与作家的精神的交流、个性的撞击。随着中国高校教学科研体制考评的规范化，以及对西方文学—文化理论长达数十年的引进和沉淀，莫言研究的学术性（其负面是学究气）增强，叙事学、狂欢化、新历史主义、东方主义与后殖民主义等，都成为解读莫言的理论路径。一方面，是硕士博士生教育的不断扩容，以及相应的硕博论文生产机制，莫言研究由此生成许多硕博论文，其中不乏成绩斐然者，如上述朱宾忠等的专著就是博士论文修订而成的。依照"中国知网"对硕博论文的检索，以"莫言"为主题，共有283个篇目。其中2002年2篇，2003年到2013年，依次是10篇、13篇、21篇、24篇、31篇、41篇、26篇、31篇、33篇、47篇、4篇，考虑到其中部分论文并非莫言研究专论，只是论述内容涉及莫言创作，再考虑到一些高校的硕博论文并不在"中国知网"发表，其中偏差大抵也可以互相抵消吧。粗略而言，刘广远的《莫言的文学世界》（博士论文，吉林大学，2010），宁明的《论莫言创作的自由精神》（博士论文，山东大学，2011），王佳慧的《批评视域中的"莫言形象"演变》（硕士论文，渤海大学，2012），斋藤晴彦的《心理的解构与小说——用分析心理学解读莫言的文学世界》（博士论文，复旦大学，2012），颜培贺的《莫言小说变异修辞研究》（硕士论文，黑龙江大学，2012），张丽君的《莫言小说的仪典化叙事》（硕士论文，重庆师范大学，2012），刘同涛的《三教文化与莫言小说创作》（硕士论文，西北师范大学，2009），孟二伟的《论莫言小说的"复魅"与"去魅"》（硕士论文，华侨大学，2007）等，都是有新的发现、新的研究角度的。

其三，随着中国经济腾飞和中国文学在世界上影响力的增强，莫言研究出现海内外相互呼应、学术论争也日趋激烈的状态。陈思和的《莫言近年小说的民间叙述》，及时地肯定了莫言在《檀香刑》等作品中体现出来的对本土化和民间文艺形式的借重和回归，在作家进行艺术转换的进程中，起了积极的推进作用。张清华的《叙述的极限——论莫言》从文化人类学的角度切入莫言的创作，具有纲举目张的覆盖性。他的《莫言与新历史主义文学思潮——以〈红高粱家族〉、〈丰乳肥臀〉、〈檀香刑〉为例》，也是非常精彩的力作。

与此同时，在英文领域中也出现了莫言研究专著"A Subversive Voice in China: The Fictional World of Mo Yan"（《中国的边缘之声：莫言的小说世界》，Amherst, N.Y; Cambria Press. 2011），作者为葛浩文的学生陈颖（Shelley Chan），是俄亥俄州威腾堡大学汉语言及中国文化专业副教授，该著覆盖了莫言的长中短篇小说各种体式，动态地分析莫言小说世界的形成，以及它与中国的历史、与马尔克斯的关系。葛浩文为此书所写的序言称赞，通过分析莫言小说，"她帮助读者打开了了解'后文革时代'的中国的一扇窗口"。

较为晚近的《生死疲劳》复活了中国传统的章回小说体例，以及"六道轮回"观念，讲述二十世纪后半期中国乡村土地与农民命运的剧烈变迁，也引起中外学人的关注。王德威的《狂言流言，巫言莫言——〈生死疲劳〉与〈巫言〉所引起的反思》将莫言的《生死疲劳》与台湾女作家朱天文的《巫言》作比较研究，阐释各自的写作向度和心灵追求，并且梳理了莫言小说对古典传统和赵树理、孙犁的乡土小说的继承。陈思和的《人畜混杂、阴阳并存的叙事结构及其意义》，是对作品的文本细读，对作品中人的世界与动物世界的双线叙述及彼此关联予以透辟的解读。对回溯新中国的计划生育制度、拷问国人心灵的《蛙》的评价，吴义勤的《原罪与救赎——读莫言长篇小说〈蛙〉》和王春林的《历史观念重构、罪感意识表达与语言形式翻新——评莫言长篇小说〈蛙〉》，都是精悍犀利的文字，前者饱含为中国当代文学的伟大成就辩护的激情，后者阐述了从《生死疲劳》中的"一根筋"式人物的塑造到《蛙》中对人物性格和内心世界的矛盾交织的充分展现。

比之于围绕《丰乳肥臀》进行的政治批判，这一时期，关于莫言小说的争论，也呈现出新的态势。新世纪以来对莫言的批评，消退了政治争拗的阴云，在学术话语的空间中展开。以俄罗斯古典美学和列夫·托尔斯泰的人道主义为标举的李建军，其《是大象，还是甲虫？——评〈檀香刑〉》，剖析莫言作品的语言错舛，批评《檀香刑》中对残暴、血腥的渲染和赏玩，情节描写的缺少分寸感和真实性，在质疑莫言小说之缺失方面，颇具代表性，也体现出文学评论的锐利锋芒。在李建军标举的十九世纪后期的现实主义巨匠的比照下，莫言显然是走得太远了。而德国汉学家顾彬，在比较中国现代文学和当代文学之优劣时，他批评中国作家"为什么要讲故事"，批评中国作家写得太快、作品篇幅太长，用十八世纪末的方式写小说，而且坦陈莫言是他"批评最多的中国作家"。以是观之，用章回体写小说的莫言，又似乎太落伍太陈旧了。此外，陶东风的《莫言〈蛙〉的最大缺憾是把政治悲剧写成了命运悲剧》，和他质疑刘再复阐释莫言的"苦难升华"观的《与刘再复"自由"论商榷——兼论苦难与文学之关系》，都是非常具有思想性和思辨力的文字。

诺奖临门：众声喧哗又一秋

2012 年 10 月 11 日，瑞典皇家学院宣布，本年度诺贝尔文学奖授予中国作家莫言。莫言荣获诺奖，极大地提升了中外读者对中国当代文学的关注，也有助于中国形象在世界的提升。

中共中央政治局常委李长春为此给中国作家协会发出贺信说，随着我国改革开放和现代化建设的迅猛发展，中国文学迸发出巨大的创造活力，广大中国作家植根于人民生活和民族传统的深厚土壤，创作出一大批具有中国特色、中国风格、中国气派的优秀作品。莫言就是其中的杰出代表。莫言获得诺贝尔文学奖，既是中国文学繁荣进步的体现，也是我国综合国力和国际影响力不断提升的体现。他希望广大作家坚持以人民为中心的创作导向，贴近实际、贴近生活、贴近群众，创作出更多无愧于历史、无愧于时代、无愧于人民的优秀作品，为中华文化繁荣发展，为人类文明进步作出新的更大贡献。①

中国作协主席铁凝接受记者采访时表示："得知莫言的获奖消息，我非常高兴。向莫言表示最诚挚的祝贺。"她说："莫言在三十多年的创作道路上，一直身处中国文学探索和创造的前沿，他的作品始终深深扎根于乡土，他的视野亦从来不拒'外来'。他从我们民族百年来的命运、奋斗、苦难和悲欢中汲取思想的力量，以奔放而独异的鲜明气韵，有力地拓展了中国文学的想象空间和艺术境界。他讲述的中国故事，洋溢着浑厚、悲悯的人类情怀。他的作品不仅深受国内广大读者的喜爱，而且就我所知，莫言的作品在国外也深受一大批普通读者的喜爱。我和他一起在西班牙参加中西文学论坛的时候，他生病住进医院，他的主治医生就是他的读者。这给我留下了很深刻的印象。在中国当代作家中，莫言的作品可能也是译成国外语种最多的。虽然莫言在中国当代文学史上占有非常重要的地位，但他始终是一个朴素而多产的劳动者姿态。"②

中国当代最杰出的作家之一、在中国文坛具有举足轻重的地位的王蒙，2012 年 11 月 7 日在澳门大学发表《从莫言获奖说起》专题演讲。王蒙是纵贯当代文学近七十年的重要作家，而且在每一个时期都有标志性的重要作品问世，二十世纪五十年代的《组织部来了个年轻人》，二十世纪七八十年代之交的《布礼》《蝴蝶》《春之声》，二十世纪八十年代中期的《活动变人形》，二十世纪九十年

---

① 李长春致信作协　祝贺莫言获得 2012 诺贝尔文学奖，http://www.china.com.cn/news/2012-10/12/content_26774496.htm。

② 铁凝谈莫言获奖：讲述中国故事洋溢着悲悯的人类情怀，https://www.guanchacn/Literature/2012_10_13_103388.shtml/。

代以降的"季节"系列……直到 2015 年，王蒙新作《这边风景》荣获"茅盾文学奖"，同时，他还是文学活动家、文学评论家，是共和国文化工作的领导者，其发言的分量不可低估。王蒙肯定了莫言的感觉爆炸、创造力迸发和想象力奇特，讲出了"江山代有才人出"的切身感叹。更为重要的是，王蒙回应了莫言创作与当代中国文学的深刻关联性："任何一个作家、任何一个文学现象和他的人文环境实际上分不开的。当我们说到莫言的时候呢，我们就会想到中国还有一批年龄跟莫言也差得不是太多，写作也和莫言有相互影响的一批优秀的作家，比如说韩少功，比如说张炜，比如说王安忆，比如说张抗抗，比如说铁凝，比如说余华，比如说刘震云、迟子建、毕飞宇、阎连科、张承志等等。文学，这毕竟是一个社会的现象，也是一个时代的现象。"①王蒙持有其一贯的诙谐风趣举重若轻，巧妙地回应了对莫言获奖的两个重要质疑：其一，就莫言自己而言，莫言创作成就的评价，莫言是不是一个非常出色非常优秀的作家；其二，如果承认莫言的文学成就，那么，他的获奖是个人的荣耀，与中国当代文学的整体状况没有必然联系，还是将莫言看作中国当代文学的代表者之一，对中国当代文学的整体成就做出积极的高度评价。

先是客居北美、后来移居香港，却一直关注大陆文学状况的刘再复，和大江健三郎一样，一直是莫言的热烈鼓吹者。早在二十世纪九十年代中期，他就向瑞典文学院马悦然教授大力举荐莫言，此后，他将莫言与高行健并举，称其为诺贝尔文学奖的有力争夺者。莫言获奖后，刘再复这样说："瑞典学院授予莫言诺贝尔文学奖，这并不是给莫言'雪中送炭'，而只是给莫言'锦上添花'。因为莫言本来就是一个大作家。他早就是一个文学的天才和生命的伟大旗手。但他的获奖，又确实为中国文学争得更大的光荣，也促进我们思考：莫言为什么能如此成功，他的成功的密码是什么？今天，我想借助香港公开大学的校庆讲台说：莫言的密码有三个：一是大地

---

① 作家王蒙澳门大学演讲稿：从莫言获奖说起（3），https://www.201980.com/yanjiang/daxue/13106_3.html。

的滋养；二是上帝心灵与魔鬼手法相结合的'神魔写作'；三是鲸鱼气象即鲸鱼胸怀与鲸鱼胆魄。""鲸鱼的特点是巨大，它吞吐的是大海大洋大波大浪，所以它总是展示着生命的大气派与大气象。莫言的文学创作，其特点正是容纳百川的大气和大手笔。有人嘲讽他只会讲故事，却不知道他讲出大格局、大文学、大艺术。"①

文化界人士纷纷发表感言，表达对莫言的祝贺和对中国文学的期望。海内外媒体和著名人士，都就此发出声音，虽然褒贬不一，但莫言获诺奖确实是一个标志性的事件，众声喧哗，也在情理之中。莫言研究，在国内外都掀起了空前的高潮。

首先，是莫言创作研讨会的密集举行。莫言供职的中国艺术研究院，曾经就读硕士学位的北京师范大学，都举行了祝贺莫言获奖的座谈会。在国门内外，也举行了一系列的学术活动。据不完全统计，具有一定规模的以莫言获诺奖为主题的学术活动有：

2012 年 10 月 22 日
《文艺报》、中国作家网主办："莫言小说特质及中国文学发展的可能性"网上论坛；
2012 年 11 月 10 日
山东大学文学院召开"莫言文学创作学术研讨会"；
2012 年 11 月 24 日
中国人民大学文学院、《中国作家》杂志社、北京大学电影与文化研究中心联合举办"诺贝尔文学奖与中国：从鲁迅到莫言"学术研讨会；
2012 年 12 月 1 日
《文学报》与《文汇报》文艺部联合主办的"诺贝尔文学奖与当代文学价值重估"大型学术研讨会在上海举行；
2012 年 12 月 4 日

---

① 莫言成功的三个密码，http://blog.sina.com.cn/s/blog_4cd081e90102vgj2.html。

芬兰赫尔辛基大学孔子学院主办"莫言研讨会";

2012 年 12 月 16 日

埃及文化部下属最高文化委员会翻译委员会举办"莫言作品研讨会"。此前,莫言作品《红高粱家族》阿拉伯语版 11 月在埃及出版发行,这是莫言作品第一次被正式翻译成阿拉伯语出版;

2013 年 1 月 5 日

厦门大学人文学院举办"莫言·诺贝尔奖·中国当代文学"高峰论坛;

2013 年 2 月 11 日

柏林自由大学孔子学院举办"对莫言及莫言作品解读"研讨会;

2013 年 6 月 1 日—2 日

同济大学和中国人民对外友好协会主办的"从泰戈尔到莫言:百年东方文化的世界意义"国际学术研讨会在同济大学举行。

……

其次,是莫言作品各种版本的大量印行和有关莫言研究类著作的纷纷问世。这些论著,可以分为资讯类、资料类、研究类和丛书类。在一个信息为王的时代,莫言获奖,当然是一个重要的资讯焦点。关于莫言的生平,关于莫言的访谈,以及家人、朋友、同行对莫言的印象,莫言与故乡高密的关系,都成为各种图书的主题。资料类是指各种版本的莫言研究资料汇编。将资讯类和资料类混编,也是一种编辑策略。研究类是指莫言研究的新成果。也有几家出版社推出以莫言为主题的系列丛书。据不完全统计(京东网图书类查询),2012 年 10 月以来,与莫言研究相关的新书,简述如下:

1."中华文化复兴方阵"之莫言系列

《高粱红了:对话莫言》,任瑄编,人民日报出版社,

2012 年 11 月

《人生与文学的奋斗历程——走近莫言》，任瑄编，人民日报出版社，2012 年 12 月

《文学与我们的时代：大家说莫言，莫言说自己》，任瑄编，人民日报出版社，2013 年 1 月

这三本书，列入该出版社"中华文化复兴方阵"系列，颇具新闻媒体风格。其一是以人民日报社的记者对莫言的采访为主；其二是叶开《莫言评传》及孙郁论莫言文章等的拼搭，引起叶开的"侵权指控"；其三最有价值，以莫言获奖后香港《明报月刊》刊载的刘再复、陈思和、陈平原、王德威、严家炎、陈文芬等中外学人的相关文章为主，让不容易读到香港刊物的读者，对莫言获奖的香港反应之一角有所了解。

2. 莫言与高密类

《莫言与高密》，莫言研究会编，中国青年出版社，2012 年 11 月

《读莫言游高密》，杨守森主编，山东文艺出版社，2012 年 12 月

《莫言与他的民间乡土》，邵纯生、张毅编著，青岛出版社，2013 年 1 月

这三本书，都是讲述莫言与家乡高密的。莫言生于斯长于斯，他的家族，世代相传，远祖是齐国大政治家管仲，他的创作，大都以高密的历史和人物为原型，何况后来又有了电影《红高粱》拍摄外景地旅游区，有了高密莫言研究会和莫言文学馆，有了莫言家人讲述莫言的成长故事和创作道路。《莫言与高密》收入了莫言与大哥管谟贤在二十世纪八十年代初期为如何寻找创作路径进行的通信，是莫言创作早期宝贵的创作资料。而管谟贤编撰的《莫言家族史考略》，这不仅对莫言讲过的"我爷爷我奶奶"们的故事，是一

个有趣参照，还可能会激发莫言写作更悠远的历史传奇的冲动吧。《读莫言游高密》兼有旅游指南和风物叙往的功用，对进入莫言作品的高密泥塑、剪纸、扑灰年画、茂腔等民间艺术，和高密历史上的传奇人物孙文、曹梦九、刘连仁等，都有翔实介绍，而且讲述到莫言创作中对本事的改造和升华，有独到的文学深度和人文价值。

3. 重述莫言

《中国：百年之痒——聚焦莫言》，贾西贝、彭思云著，巴蜀书社，2012 年 11 月

《莫言和他的故乡》，林间著，厦门大学出版社，2013 年 1 月

《走向辉煌：莫言记录》，张秀奇著，山西人民出版社，2013 年 2 月

以上诸种图书，有的是根据相关资料对莫言的文学道路加以重述，有的是围绕诺奖与中国文学的话题对相关资讯的汇集。

4. 研究新著

《看穿莫言》，郭小东主编，武汉大学出版社，2012 年 11 月

《为什么是莫言》，郭小东主编，广东省出版集团之花城出版社，2013 年 1 月

郭小东是中国当代文学研究的资深学者，成名甚早。这两本书都是应出版社之约请，带领一批在读的硕士生弟子赶写出来的。前者分别从"魔幻现实主义""民间故事""中国乡村历史""当代社会"等角度解读莫言，后者分为"他在高密的地底下飞翔""他活在'我爷爷我奶奶'的世界中""他听到'透明'和'坚实'的红色""他礼赞性与生命力的张狂""他戏谑反讽了沉重的现实"等专题，是非常及时地向普通读者普及推广莫言的轻灵之作。

5. 个人著述

《莫言：诺奖的荣幸》，朱向前著，百花洲文艺出版社
2012 年 12 月

《莫言论（增订本）》，张志忠著，北京联合出版公司，
2012 年 12 月

《大师莫言》，蒋泥著，安徽文艺出版社，2012 年 12 月

《莫言的文学共和国》，叶开著，北京大学出版社，
2013 年 2 月

《莫言了不起》，刘再复著，东方出版社，2013 年 4 月

以上几种个人著述，《莫言论》是在 1990 年版本中增补了作者在成书之后陆续发表的若干论文，其他几部著作皆是以写于不同时期的莫言研究论文（包括访谈、通信）汇编而成。朱向前是莫言在解放军艺术学院读书期间的同学，也是莫言最早的研究者，以切近的熟悉和体察，评述莫言不同时期的创作，褒奖和批评同样热烈明快。《莫言评传》下限是二十世纪九十年代中期《丰乳肥臀》问世后的风波，其作者叶开这本《莫言的文学共和国》，有其传记文字的续写，也有对部分作品的深度解读。曾经是中国文学评论界巨擘的刘再复，离乡去国之后，情怀依旧，在世界舞台上为中国文学鼓与呼。在世纪之交，他的《百年诺贝尔文学奖和中国作家的缺席》（《北京文学》1999 年第 8 期），就在纵论中国文学与诺贝尔文学奖的关系时，对莫言的创作成就和海外传播情况予以高度称赞，他的《莫言了不起》，肯定莫言一颗乡村大地的赤子之心，也披露了他和莫言关于要做文坛的"鲸鱼"、长鲸遨海的通信。

6. 莫言作品导读

《莫言作品解读》，杨扬主编，华东师范大学出版社，
2012 年 12 月

《莫言批判》，李斌、程桂婷编，北京理工大学出版

社，2013 年 4 月

莫言获奖，引起一阵"莫言热"的旋风，但是，在关注此事件的人们中，有多少人读过莫言作品，令有心人担忧。如杨扬所言，培养阅读兴趣应该从文学开始。本书收入程光炜、张清华、谢有顺、王德威等诸多名家的文字，涵盖了莫言的长中短篇作品，这也是至今为止唯一一部莫言作品导读，选题独特，内容丰厚。把《莫言批判》列在这里，是因为其近半篇幅，都是按照莫言作品分列专题的，《莫言作品解读》中论及的莫言长篇小说，都可以在这里一一读到相反的阐释。相比对照而读，更有兴味。《莫言批判》收入历年来李建军、王干、陈辽等对莫言的批评和批判文章，而回避了彭荆风等对《丰乳肥臀》的围剿，有其策略性考虑，但由此缺失了一个重要的方面；该书收入围绕诺奖与莫言获奖的争议的文字，却是保存了一部分容易被忽略的重要信息吧。

7. 与莫言及莫言研究者对话

《说吧，莫言》，黄灿主编，21 世纪出版社，2012 年
12 月

《我们时代的写作——对话〈酒国〉〈生死疲劳〉》，张
旭东、莫言著，上海文艺出版社，2013 年 5 月

这是两部以对话形式展开的图书。《说吧，莫言》以海内外学者、媒体记者关于莫言的对话和莫言访谈文章构成。张旭东是继王德威之后在美华人学者中的新秀，他对莫言作品的文本细读，兼得中西文学研究之长，他在课堂讲授和组织学生讨论《酒国》，他就《生死疲劳》与莫言所做长篇对话，对文本形式与内容的缠绕的解析，都具有相当的学术深度。

8. 研究资料汇编

《见证莫言——莫言获诺奖现在进行时》，谭五昌主

编，漓江出版社，2012 年 12 月

《说莫言》，王德威等著，上海书店出版社，2013 年 1 月

《说莫言：朋友、专家、同行眼中的诺奖得主》，张清华、曹霞编，华中科技大学出版社，2013 年 1 月

《莫言研究（2004—2012）》，陈晓明主编，华夏出版社，2013 年 1 月

《说莫言（上下卷）》，林建法主编，辽宁人民出版社，2013 年 1 月

《莫言研究三十年（上中下卷）》，杨守森、贺立华主编，山东大学出版社，2013 年 4 月

莫言获奖后，一时间"满街争说莫言郎"，以"说莫言""看莫言"为名的图书就有多种问世。陈晓明主编的《莫言研究（2004—2012）》，对起止时间的选择，注重学术积累，也表明对他人劳动成果的尊重，因为杨扬和孔范今、施战军分别主编的两部《莫言研究资料》的下限都在 2003 年前后，因此陈晓明选择从 2004 年选起，而下限则是在莫言获诺奖之前，这也为保持莫言研究的某种自主性、客观性有深入考虑。林建法主编的《说莫言》，是中国当代文学研究中一个重量级刊物《当代作家评论》自 1986 年创建以来近 30 年间刊发的莫言创作谈和莫言研究论文的萃编，80 余篇文章，见证了一个刊物对莫言的持续关注和推重，也呈现出当代文学生成中的一个重要侧面。

杨守森和贺立华是第一部《莫言研究资料》（1992）的编者，这部《莫言研究三十年》，则是目前规模最大、选文最多的莫言研究资料汇编。它的上卷，保留了 1992 年版《莫言研究资料》的内容，中卷和下卷，按照专题编排，分别是"莫言说文学""莫言研究综论""莫言与世界文学""莫言文学叙事研究""莫言文学意蕴研究""文学·历史""文学·民间·乡土""亲属、弟子、好友说莫言"，也见出其体例创新。本书的执行主编丛新强和孙书文撰写的《莫言研究三十年述评（代前言）》，按照上述专题梳理莫言研究

状况，也是目前仅见的莫言研究 30 年的综述。据报道，《莫言研究三十年》是由山东省社科院院长张华教授领衔主编的《莫言研究书系》之一，计划中的《大哥谈莫言》(管谟贤)，《莫言弟子说莫言》(齐林泉、兰传斌等)，《好友乡亲说莫言》(杨守森等)，《莫言研究硕博论文选编》(程春梅、于红珍等)，《国外莫言研究》(宁明等)等六种九本，次第问世，这是山东学人对莫言研究做出的重要贡献吧。

9. 德国出版莫言研究论文集

德国汉学家、慕尼黑大学副教授 Yiva Monschein（孟玉华）博士主编莫言研究文集 Chinas subversive Peripherie : AufsätzezumWerk des Nobelpreisträgers Mo Yan（从边缘重构中国：诺贝尔文学奖得主莫言作品研究），projektverlog，2013 年 2 月出版。其中收入了戴维斯－昂蒂（Robert Con Davis-Undiano，美国俄克拉荷马大学，《当代世界文学》杂志主编）、卡斯腾·斯托姆（Carsten Storm，德国埃尔兰根－纽伦堡大学）、潘璐（Pan Lu，北京大学）、张志忠（首都师范大学）、孟玉华（本书编者）和顾彬等 11 位学者的研究论文。

第三，关于诺奖及莫言获奖的争论。

莫言荣获诺奖，这不仅是对莫言的高度肯定，也再度把莫言置于众说纷纭的漩涡中心。本土与世界，文坛与政坛，围绕着莫言获奖，爆发了空前的论战。这也许再一次证实，尽管强调文学的"去政治化"已经很久，但是，无论在中国还是世界，文学与政治，作家与时代，仍然是个纠缠不清的问题。因此，这些争论，似乎很难从单纯的学术层面讲得清楚，实际上是个人立场和社会常情的问题。比如，对诺奖持怀疑和拒绝态度的，有人从政治原则进行推导，指责其含有"西方阴谋"，有人从"东方主义"立场批评莫言迎合西方口味、暴露社会黑暗，就经常透露出一种明显的冷战思维。

与之相反，有人批评莫言缺少道德勇气，缺少政治叛逆立场，也经常与文学背离太远，而是用另一种政治原则苛求甚至抹杀文学。对立的两极相通。以上两种批评，其表现各异，其实质，焉有二乎？

莫言获诺奖，相关的研究资料和著作也顺势推出，海内外的莫言传播和研究也因此进入新的阶段。不足之处是，对莫言的阶段性跟踪研究和作品论较多，整体考察莫言 30 余年创作的少，尤其是将莫言的创作经验置放在新时期文学和中国现代文学的宏大背景下予以考察和提炼出足够分量的理论命题，尚缺乏全面的厚重的研究成果。

莫言研究的新展望：全方位·拓展故乡·中国经验

就莫言研究而言，目前的成果，大都是追随莫言的创作的不同时段，去集中论述莫言的某一阶段、某些作品或者某一专题的。随着时间的展开，莫言创作的基本样貌较为完整地显现出来，原先许多处于潜在的或者朦胧的创新元素，可以看得清晰，见出完整脉络而形成的。这是今天回望莫言创作的独特优势。在这样的全局观照下，我们还会在哪些方面具有学术创新的可能性呢？

其一，对莫言 30 余年创作道路的全方位全过程研究。

莫言是当下文坛最为活跃、最有成就的作家之一，他的创作长度逾 30 年而不衰，作品数量巨大，文体多样，长、中、短篇小说、散文、报告文学、舞台剧和电视剧，都有所涉猎，成绩斐然。早在他荣获诺贝尔文学奖之前，他就是中国作家在海外被翻译出版作品最多的一位，也是荣获中外各种文学奖项最多的一位。根据他的小说改编的电影《红高粱》和《暖》还分别获得柏林电影节和东京电影节的重大奖项。以莫言荣获诺贝尔文学奖为契机，对莫言的创作进行全方位、多角度的深入研究，因此具有多重意义。

其二，莫言文学思想研究。文学思想，体现在诸多方面，它集作家的人生经验、个性气质、文化素质和美学追求等为一身，是统摄作家评价生活和从事创作的主要推进力量。从文学思想去关注文学现象，对于弥补作家论作品论中偏重于作家的文学创作的倾向，注重对作家的综合分析，注重文学的动态构成和文化要素，以至对建构新世纪中国文学思想史，都具有重要的意义。

其三，关于在文学创作中重返故乡与拓展故乡的问题。莫言的创作，集中于建立和扩展"高密东北乡"的文学领地。他的拓展，包括两个方面：在叙事空间上，不但重述故乡，而且延展想象故乡；在情感空间上，不是单纯地挚爱故乡，也有愤怒，甚至是诅咒：这使得"高密东北乡"具有了极大的包容性和可成长性。

其四，人生经验与创作升华的关系研究。莫言是个"苦孩子"，成长中历经艰辛。如何将经验、苦难和坎坷，化作源源的创作资源，又能够超越苦难，克制感伤，升腾生命，张扬理想，这是莫言最值得珍视的文学经验。而如何将百年间民族的个人的历史经验转化为人文思想的创新资源，如何将其转化成居于世界文化的制高点的学术的和艺术的丰硕成果，也是我们的文化创新中的一个难以跨越的门槛，至今尚未实现。

莫言的创新经验由此具有重大的时代意义，就是如何将现实生活的沉重和苦难转化为精神资源和文学创作资源。中国百余年间的历史转型，从农业文明向现代文明的转型，在一个漫长而又短暂的时段进行。说其漫长，其上端可以追溯到 1840 年鸦片战争，至今将近两百年，仍然尚未完成；说其短暂，是因为比起欧洲从文艺复兴到十九世纪与二十世纪之交近四百年的类同转型，这一时段又是较短的。

从坚船利炮的威胁、瓜分中国的危机到全球化潮流的冲击与古老东方大陆的迭次选择，"后来者居上"和"大国心态"，跨越式发展和历史补课，启蒙与救亡，立国与立人，现代民族共同体的想象与现代民族共同体的建立，等等，构成了现代中国波澜壮阔的艰难进程。辽阔的地域造成的政治经济文化发展的不平衡，更加大了它的丰富复杂性和地域性的巨大反差和内在冲突。可以说，这样的充满了矛盾性和冲突性的、急骤变化的历史嬗变，构成了现代中国的底色，也是世界历史上所罕见的。为了历史的前进和民族的新生，社会和人们都付出了异常沉重的努力和代价，积累了非常丰厚的经验和思考。但是，如何将这些民族的个人的历史经验转化为人文思想的创新资源，如何将其转化成居于世界文化制高点的学术的和艺术的丰硕成果，却是至今尚未实现而很多文化人尚未觉察的重大欠缺。与同样是在二十世纪遭遇历史巨变、时代震荡的德国和俄罗斯相比较，中国的知识分子愧对这时代的丰富馈赠，没有产生堪以回报时代和民族的强大的精神文化成果，这是非常醒目、无以推脱的。这恐怕是中国文化人的世纪之痛。

就此而言，莫言恰恰在这一命题面前，做出了杰出回答，提供了自己的思考和诉说。莫言个人的乡村生活经验，有其非常惨痛的一面，如其自诉，少年时期的饥饿和孤独是其创作的两大根源。少年失学的痛苦，过早参加农村劳动、过早进入成人世界带来的体力不支与精神压抑，严父管控下的父爱缺失，因为家庭成分是上中农而形成的政治压力，等等，创剧痛深。另一方面，他又在少年时期接受了多种文化的熏陶教育，有中学语文课本的阅读，有乡村间流传的各种文学读物，有民间的神话、传奇和民间戏曲，也在田野间展开与自然万物的对话交流，驰骋少年的想象。加上后来在解放军艺术学院和北京师范大学读书的经历，给他真正开启了通向文学高峰的路径。那么，莫言是如何将个人体验和历史记忆、不羁想象和乡间传说、民族痛史和农民品格等博采广收，自铸伟辞，在探索民族心灵史的同时，又对文学自身予以很大力度的变革和创新，以独特的中国方式讲述中国故事，这是我们在深化和拓展莫言研究中，要予以高度关注和倾心投入的重中之重吧。

附：对莫言研究现状与走向的思考

莫言荣获诺贝尔文学奖，是 2012 年最重要的文化事件之一，也是中国文学发展进入新的成长期的重要标志。趁着莫言获诺奖的宝贵的契机，对莫言的文学创作进行全面的深入的研究和阐释，切实地将社会的关注点转向莫言作品和中国当代文学本身，积极地推进全民的文学阅读和文化养成，非常有必要。

美是难的

莫言的获奖，受到中国文坛和文化界的热烈称赞，也引起全社会的关注。一时间，形成了"神州处处说莫言"的热潮。已经习惯于"被边缘化"的文学，也由此再度引起世人的热议。但是，对这一热潮和热议进行冷静观察，就会发现，大量的言论和举措都是"言不及义"，没有切近文学和文化，而是将莫言获奖视为新的商机，或者是传媒对重大新闻事件的"炒作"机会。

还有，对莫言的误读和歧见，也发生在学界内部。一方面，自莫言在文坛上脱颖而出时起，就受到极大的关注和高度的评价，对其作品的研究，是与他的创作同步进行的；一方面，对其作品的批评乃至批判，也时有发生，贯穿其创作的全程而直至当下。前有对《红高粱》和对《丰乳肥臀》的粗暴批判，后有指责莫言的作品是"残酷叙事""暴力美学"，这些话题也需要予以澄清，需要从作品的文本和价值取向入手，对莫言的文学成就做出恰切的评价。而且，随着莫言作品的全球性传播，关于莫言作品评价的争议，也在世界各国展开（即如德国学者顾彬对莫言的粗暴批评）。出现莫言，是中国文学界的光荣；阐释莫言，是中国学人的责任。

因此，趁着莫言获诺奖的宝贵契机，对莫言的文学创作进行全面深入的研究和阐释，切实地将社会关注点转向莫言作品和中国当代文学本身，积极地推进全民的文学阅读和文化养成，非常有必要。文学创作和评论研究，是推动文学发展的两个翅膀。研究和评论的意义，一是对重要的作家作品进行深度解读，及时地彰显概括出其独特的禀赋和艺术特色，同时上升到理论高度予以总结提炼，以期对作家和文坛产生及时的有益的启迪和指导作用；二是面向读者，面向社会，对优秀的作家作品予以积极的推介和阐释，使读者和社会能够对作家作品、对文学有较为切近的理解，较为贴切的体验。而莫言有足够时间长度的创作历程，有足够的大数量高质量的优秀作品，理应得到评论研究的更多关注和全面研究、全面评价。

柏拉图说过，美是难的。马克思进一步指出，审美活动并非先天本能，而是需要相应的培养和提高，美的创造能力与欣赏水平，是互为因果、相互提升的，马克思在《1844年经济学哲学手稿》中敏锐地论证说："只有音乐才能激起人的音乐感；对于没有音乐感的耳朵说来，最美的音乐也毫无意义。"这或许就是高山流水故事的深层蕴涵：俞伯牙鼓琴，恰逢知音钟子期。伯牙鼓琴，志在高山，钟子期曰："善哉，峨峨兮若泰山！"志在流水，钟子期曰："善哉，洋洋兮若江河。"伯牙所念，钟子期必得之。子期死，伯牙谓世再无知音，乃破琴绝弦，终身不复鼓琴。难怪岳飞岳武穆词曰："欲将心事付瑶琴。知音少，弦断有谁听。"

优秀的文学作品，也许不像浅俗的肥皂剧那样直白易懂，不像网络文学阅读那样轻松愉悦，它的思想情感蕴涵和艺术表现方式，都是需要必要的文化素养和阅读准备，才能够进入阅读状态，能够有所获益。尤其是莫言和新时期文学，都是在突破狭窄的思维定式，在不断地创新求变的追求中前行，其作品的前后期变化之大，令人惊叹，颇费猜想，即便是在文坛内部都是评价不一，理解各异，对于社会和普通读者，更是需要做大量的阐释和普及工作，才能够让它走向众多的读者，融入当代文化建构、当代价值观念建构的时代要求之中。以此而促进社会和读者对文学予以更确切的理解，也给予更多的关注，对引导读者的深度阅读，而不是在一时的"莫言热"退潮以后，只留下满眼泡沫，"一地鸡毛"。

举个极而言之的例子吧。有人指责莫言的语言重复、啰唆、粗糙，也有人认为他写了很多污秽丑陋。举世公认的经典名著《巨人传》，对巨人一家的饕餮食欲和性欲及排泄，即所谓下半身的活动，都有铺陈扬厉的描写。因此在问世之初就被视作"淫书"，几经查禁，拉伯雷还为此坐过牢狱。再说到《巨人传》的叙事特征，其中有一段文字是写其主人公拉屎之后如何擦屁股的，拉伯雷不厌其详地让他一口气使用了将近两百种物品，从帽子上的羽毛、桌子上的台布等常见物品，到许多奇奇怪怪的东西，去擦那个"宝贵"的屁股。在中文版的译者那里，这样的罗列显然是庞杂无趣的，他甚至都没有耐心将其一一翻译出来，在此处删去几百字而代之以省略号，而巴赫金在其对《巨人传》的研究中，却颇有兴致地从博物学的角度，将这近两百种物品予以清晰分类，细致阐释其意义和价值，并且将其与民间话语的炫耀、夸张等特征联系起来。拉伯雷的赞誉，又使我想到中国的汉赋，那种铺排张扬，固然是作家驰骋才情学识、卖弄文笔所致，在其背后，何尝不是以汉代雄放壮阔、气象万千的时代精神作为内蕴呢？

莫言的文学经验举要

首先，就个案研究而言，莫言的创作经验，非常可贵。他由高密东北乡走向世界的创作历程，从一个爱好幻想的农村少年，成长为中国特色、中国故事的杰出讲述者，其间经历了艰辛的探索，也积累了宝贵的文学经验。这从其大量的作品中表现出来，也体现在其文学历程之中：文学理想的建造、迷惘与重构，坚守乡土与拓展故乡，"我"的家族的成长增益与宏大叙事的历史展现，时代风云的铺排与儿童视角的转化，世界文学的启迪与本土文化的传承，感觉偾张的背后是生生不息的生命世界的底蕴，高密东北乡的大地连接着民族命运和人类情怀，以及叙事技巧、叙述语言和故事结构的最大张力的探寻，凡此种种，都是非常具有莫言的创作个性，是其对中国文学和世界文学的重要贡献，这是需要认真总结的。这是中国现当代文学作家研究领域中一个重要的课题，也是中国现当代文学史建构中非常重要的一环。

其次，对莫言创作经验的总结，也会对如何发扬和拓展民族文化创造力和影响力的时代命题予以积极推进。在全球化的语境中，在中国崛起和中西文化对话中，如何与世界文化进行双向交流，在汲取世界文化的优秀经验与向世界讲述中国，向世界展现崛起中的人文中国的形象，是我们的当务之急，也是需要榜样来引领的。莫言的创作经验，在这一点上也会给中国文坛和当下的文化建设，带来新鲜的有益的启示。其在全球化和民族性两者之间流转自如、调谐圆融的经验，也有助于更好地推进中国文学、中国文化的海内外传播，向世界展现中华民族的文化创新的气魄和成就。

最后，莫言的文学创作，具有多方面的成就。概而言之，他一方面很好地表达了二十世纪以来百余年的中国经验中国特色，从乡村的角度展现了中国从农业社会向现代社会转型的艰难而执着的步履，传达了民族的苦难与浴火的重生，弘扬着中国农民和中华民族超越苦难和死亡的蓬勃浩大的生命力，一方面又以其创作的探索和实绩卓有成效地推进了中国文学的现代转型，为如何创造具有中国作风、中国气派的新的审美方式、新的审美体验提供了独特的创造。这一创造是如何体现在艺术想象、艺术语言、艺术结构和艺术感觉之中的？这些都需要加以深入解读。

研究方法：动态化、整体性与空间探索的自觉

莫言在文坛上崭露头角的时候起，就引起中国和海外学者的关注，成果众多，积累丰厚。但是，就整体性地有深度地考察莫言的全部创作而言，还缺少厚重的研究成果，缺少充分的动态化、整体性以及空间探索的自觉。

所谓动态化。从 1981 年，莫言发表其小说处女作《春夜雨霏霏》，到 2012 年荣获诺奖，30 余年的创作时间长度，他参与了新时期以来的文学历程，体验和见证了它的激情迸发、辉煌全盛和后来的迷惘困惑，体会了它的价值失落与理想重建，并且在这理想重建中再度崛起，成为中国乡土文学和中国当代文学的一面旗帜。就个人的创作心路而言，他经历了个人创作的稚嫩新生、渐入佳境、名满天下、艰难转型和走向辉煌的不同阶段，而且始终保持了不懈的探索与创作的新锐姿态，却又在探索与创新中逐渐地重返本土的文化资源，在文学的现代性与民族化上取得了显著的成就。

所谓整体性。莫言的创作丰富驳杂，涵盖了多个领域，现实与历史，自我与他人，战争与军营，乡村与都市，写过刘邦项羽义和团，也写过反腐败题材，歌颂过改革时代的风云人物。而且，与力透纸背的写实功力一起展现的，还有放纵不羁的想象力的腾飞漫舞：他追随福克纳讲述祖先们的英雄故事，他模仿马尔克斯写过长翅膀的老人，他学习卡尔维诺写过生活在树上的鬼魂，他效法蒲松龄写过潜藏在人间的狐仙水怪，他也从佛教获得灵感写过六道轮回。与残酷、血腥、暴力、死亡纠缠不休抗争不已的，是生命的英雄主义，生命的理想主义，是快意恩仇的放纵，是生命极致的狂欢。在文本构造上，他经常会采用一种自相缠绕的方法，与其内容的解构相互呼应。在语言方式上，他具有多种语料库，日常生活用语和人们的口头语，典雅的书面语，嘲讽或者幽

默的讽刺语，民间戏曲的唱词体，五十年代以来的政治话语，以及欧化的翻译体，都集纳在他的笔下。他的修辞方式，他的意象营造，也都带有泥土气息和生命热力，也从凡·高的色彩运用中得到启迪……凡此种种，都应该列入我们的研究视野，要进行深入的研究。

从空间的向度上，可以分为地域空间和心灵空间两个相互交错的层面。前者是探讨其对高密东北乡世界的建构和拓展，在将时代风云浓缩到文学故乡和将文学故乡纳入全球化视野的节点上调适和开通；后者是探讨其如何将自我投射到作品之中，在讲"自己的故事""家族的故事"和"他人的故事"之间，在"童心的想象""主观的历史"与"客观的文学"之间，流转自如，涵泳内化，并且逐步进入拷问灵魂的更高境地，却又陷入忏悔与无法忏悔、救赎与无力救赎的困顿迷失，从而预示出其今后创作的新趋势。

莫言研究的几个关节点

一是莫言的文学资源丰富驳杂，在梳理上有很大的难度。仅以其对世界文学的借鉴为例，说莫言受到福克纳和马尔克斯的影响，成为一种习惯的思维定式。其实，莫言的阅读量极大，俄苏的普希金、陀思妥耶夫斯基和肖洛霍夫，日本的川端康成和柳田国男，意大利的卡尔维诺，德国的格拉斯，瑞典的斯特林堡，美国的斯坦贝克、麦卡锡等，他都有所涉猎，而且对他们做过一定的研究。但是这些影响，有的是思想的启示，有的是飘忽的灵感，有的是片断的挪用，如盐入水，要想将其一一落实，非常困难。

二是莫言的思想丰富驳杂，需要有多方面的理论准备和审美素养，方能窥其大略。仅举一例：今人喜欢用莫言与民间文化的关联诠释其思想背景，而忽略其他，其实，作为建国初期成长起来的"五〇后"一代，莫言与十七年政治文化的关联，他的长达20年的军旅生涯，莫言作为部队轮训队马克思主义理论教员的经历，都应该正视，却又缺少足够的实证材料，只能从一些零星的文字中钩沉索隐。

三是审美把握和艺术分析的冒险性。莫言创作出数量巨大的文本，而文学作品的多义性和暧昧性，莫言作品特有的象征性，感性优先，"情胜于理"，只做具象的描述和感觉的渲染而有意地省略了理性分析和评价，又使这数量巨大的作品，增加了解读的困难。莫言的作品之所以引发种种的争议，除了各位论者在思想和艺术观念上的差异，也和莫言的文本的这种多义性和暧昧性带给阅读者言人人殊密切相关。

莫言与当代中国文学创新经验研究

第十三章　拓展莫言研究的学术空间（上）：
文本、阅读史、海外传播

因为荣获诺贝尔文学奖，莫言研究成为当下的显学。在相关研究论文呈现"爆炸"态势的情况下，如何拓展莫言研究的学术空间，就显得非常重要。我以为，对莫言文本的细读，对莫言阅读史和莫言与山东和胶东半岛地域文化关系的深度考察，都是有可能取得新的开拓的几个方面。

通过查询中国知网的信息，我对历年间关于莫言研究的论文数据做过一个统计。在 2012 年莫言获诺奖之前，莫言研究的论文，已经厕身于中国当代作家研究的第一梯队，和王安忆、贾平凹、余华等并列前茅，但数量上略逊诸人；在 2012 年 10 月之后，莫言因为获得诺贝尔文学奖，其受关注度和研究论文，都呈现出爆炸状态，数量剧增，关于莫言研究的专著和论文集汇编，也有几十部之多。几乎可以说，在莫言这棵大树上，每一个叶片，都爬满了热情的研究者，何况还有大量的硕士博士，以及本科生的学术论文，是以莫言研究为选题呢！

那么，莫言研究，还有没有新的生长点，如何开拓莫言研究的新的学术空间呢？

回答是毫无疑义的，通过下面的实证例举，便可见出，莫言研究仍然可以大有作为。

文本解读之一：乡村少年成长记

首先，就是关于莫言的文本解读，现在做得还很不到位。我们现在做学问有个通病，就是对于当代作家，尤其是有影响力的著名作家，往往都是顺着作家的自我表述，去寻找文章的论点，去架构自己的叙述，这当然是当代文学研究的一个重要的便利之处。我们和作家生活在同一个时代，能够看到他们的身影，听到他们的声音，甚至可以当面向他们提出有关问题。而且，在一个传媒业高度发达的时代，作家的访谈和创作自述，许多时候传播得更为迅速，比他们的作品还要普及，还要贴近大众。这当然是一个好事，是作家与社会，与媒体，与读者，积极进行互动所致。作家们不但逐渐地适应了这样的时代，练就了一套应对大众传媒的功夫，还在积极地进行自我塑造，自我阐释，自我定位，对于自己的作品，也有从写作原型到写作动机以及艺术特色的生动说明。与此同时，这也给懒惰的不求上进的批评家，造成严重的依赖性，变得渐渐失去了自己的文本辨析能力，失去了主动思考和发现问题的思维习惯，只会听着作家说，顺着作家讲，而遮蔽了文本细读当中的许多重要环节。

比如说关于《透明的红萝卜》的阐述。我曾经注意到，有论者提出，作品里边的小黑孩儿，那个沉默的精灵，对于菊子姑娘，一位对他施以关爱、给他以人间温情的年轻女性，有一种少年的眷恋，她是小黑孩儿的性意识懵懂中的恋慕对象。但是，我的思考习惯是孤证存疑，如果没有更多确凿的旁证，这一论点未必能够成立。

到哪里去求证呢？莫言的短篇小说《爱情故事》，就是一个明显的证据。《爱情故事》和《透明的红萝卜》，都有一个共同的核心，就是小男孩儿和大姑娘的微妙故事，而且作品中都有一个老头，作为在场者和参与者，乃至有意无意的教唆者。《透明的红萝卜》中那个小黑孩儿，一出场是十岁左右，虽然年龄小，身体弱，不起眼，但是和他同一个村子的小石匠，见证了他的成长，说这个孩子有灵性，懂事儿。小黑孩儿在得知小石匠和菊子姑娘相好起来后，他也有一种怅然若失的心态。而那个老铁匠，历尽沧桑，目睹几个姑娘小伙的情感纠葛，他洞若观火；他唱的那几句戏文，倾诉一个古代女性为了爱情苦熬苦忍终遭遗弃的悲情，似乎在告诫菊子姑娘，切勿轻易动情，智慧的长者充当热恋中的年轻男女的监护人，而幼小的小黑孩还未能进入角色，情爱的舞台还轮不到他登场。在《爱情故事》里，这个孩子长大了。《爱情故事》篇幅简短，时间跨度却较《透明的红萝卜》长得多。这是很容易被读者所忽略的一篇作品，却让我们看到了小黑孩儿的成长。作品中的农家少年小弟在八九岁的时候，就看到城里来的女知青何丽萍的"九点梅花枪"的精彩表演，看到一身红色紧身服烘托之下何丽萍的丰满胸脯和勃勃英姿——这一情景，和《透明的红萝卜》中小黑孩初遇橘子姑娘相重合。时光迅即流逝，十五岁的小弟，和郭三老汉及何丽萍一起劳动。二十五岁的何丽萍非常孤寂，因为家庭出身问题遭受歧视，被遗落在乡村而无法返城。小弟年龄长大了，性意识也变得更加明显，作品几次写到小弟被池塘里鹅和鸭的交配所吸引，被郭三老汉的教唆性的话所触动，对何丽萍动起了心事。甚至，连小黑孩儿拔萝卜的细节，也出现在《爱情故事》里。只不过，在《透明的红萝卜》中，小黑孩儿拔光了满地的萝卜，是为了痴迷于那个奇幻景象，力求重现那个在摇曳不已的炉火映照之下晶莹剔透、熠熠生辉的红萝卜的神奇，并且由此被生产队队长捉住，剥去他全身的新衣服，遭受严酷羞辱。在《爱情故事》里，小弟拔萝卜，目的很明确，就是为了送给何丽萍以表心意：

有一天中午，小弟去生产队的菜地里偷了一个红萝卜，放到水里洗净，藏在草里，等何丽萍来。

何丽萍来了，郭三老汉还没有来。小弟便把红萝卜送给何丽萍吃。

何丽萍接过萝卜，直着眼看了一下小弟。

小弟不知道自己的模样。他头发乱糟糟的，沾着草，衣服破烂。

何丽萍问："你为什么要给我萝卜吃？"

小弟说："我看着你好！"

何丽萍叹了一口气，用手摸着萝卜又红又光滑的皮，说："可你还是个孩子呀……"

莫言文学世界研究

何丽萍摸了摸小弟的头，提着红萝卜走了……①

　　《爱情故事》的结局也很奇特，何丽萍为小弟生了一对双胞胎。故事没有接着讲下去，至此戛然而止。从社会生活的常识来讲，女知青在乡村未婚生孩子的故事，当然不会有什么喜剧性的结局，不过，莫言用意不在此处，他更注重的，是探索从黑孩儿到小弟这样的乡村少年的成长记忆。

　　由此我们可以联想到现实之中，少年莫言因为拔过生产队的几个萝卜（不知道是因为饥饿还是淘气嘴馋），被村干部抓住，先是被迫站在村口示众受罚，向毛主席请罪，回家后又遭受愤怒的父亲暴打痛殴的悲惨经历。此事让他刻骨铭心，因此才会一而再再而三地讲述拔萝卜的动因，为自己辩白：在《透明的红萝卜》中，小黑孩儿拔萝卜是为了追求奇幻之美；在《爱情故事》里，小弟拔萝卜是为了对何丽萍的朦胧之爱。进一步推测，莫言在讲述《透明的红萝卜》的写作缘起时，描述他的一个梦境，一片红萝卜地里，一个穿红衣服的姑娘拿着一把鱼叉，叉着一只红萝卜在阳光里走去，还有一个老头弯着腰在地里劳动。在相关的研究中，人们只是注意到穿红衣服的姑娘（菊子姑娘穿的是带方格的红上衣，小石匠在外衣下面穿一件红色运动衣，国家少年武术队出身的何丽萍在表演"九点梅花枪"时也穿着一身红色的紧身运动装），却忽略了这个老头的在场。在少年、姑娘和老头的三角中，其实是隐含着弗洛伊德所说的欲望和压抑、自我和社会、儿子与父亲的关系的，表现出小男孩在成长中遭遇的欲望的困扰。《透明的红萝卜》中的老铁匠，就是一个立法者，是卡理斯玛式的人物：他在铁匠手艺的传承中，全力维护自己的权威，掌握着最为重要的技术环节，淬火水温的秘诀，所以可以掌控小铁匠；小黑孩儿来到桥洞参加打铁，在受到小铁匠的歧视和排斥时，他屡屡出面维护小黑孩儿的权利，还带一件

①　莫言:《爱情故事》，莫言短篇小说集:《白狗秋千架》，上海文艺出版社 2012 年版，第 429 页。

莫言与当代中国文学创新经验研究

旧衣服给他御寒；小石匠与小铁匠第一次产生冲突，将要发生斗殴，是他顶了一下小石匠的身体，制止了即将爆发的流血事件。同时，他又是小石匠和菊子姑娘的恋情的见证人和支持者，他唱的那几句戏文，"恋着你刀马娴熟通晓诗书少年英武，跟着你闯荡江湖风餐露宿吃尽了世上千般苦"，暗合着小石匠和菊子的情感萌动，既鼓励也警示他们爱情的前途未卜。因为他这样的"父亲"权威的在场，铁匠炉旁边的生活秩序虽然屡有波动，但大局平稳。而在他遭遇小铁匠的背叛、推翻他的王者地位黯然离场之后，这里的一切全都乱了套，险象环生，菊子和小黑孩儿都遭了厄运。

　　小黑孩儿恋慕菊子的情感遭到双重的压抑，自我的稚嫩和小石匠的捷足先登，而老铁匠对小石匠和菊子姑娘的恋情的支持和警示，是否也无形地对小黑孩儿形成情感释放的阻力呢？对于十岁左右的小黑孩儿，这是一个威严、自重的父亲。到了《爱情故事》中的郭三老汉，却公然教唆小弟去染指寂寞的何丽萍。这不仅是因为他是个风流的"父亲"，年轻的时候在青岛的妓院里当过"大茶壶"，在故事进行中还和李发高的老婆偷情，还因为小弟已经十五岁，依照当地人的看法，是个半大男人，到了可以寻找异性以释放自己的欲望的年龄，被乡村的成人社会正式接纳了。郭三老汉同样是立法者，对小弟的成长起了重要作用。

　　进一步扩展开来，莫言写乡村少年的成长史，他们对社会生活的认知，对人际关系的体察，他们内心的情感世界和身体的性欲萌动，他们和父亲母亲、兄弟姐妹、同学朋友之间的关联，表现在诸多的作品中，如《丰乳肥臀》和《四十一炮》。只讲莫言的童年记忆，而忽略莫言作品中乡村少年的成长，这就让我们认知莫言的小说有很多的遮蔽，也给有心的研究者留下了探索和建构的空间。

文本解读之二：乡村世界的"劳动美学"

　　莫言作品中的劳动描写，也是值得我们关注的。我们应该注意到，莫言从十一岁失学之后，就开始参加乡村劳动，直到他二十一岁离开乡村，对于各种各样的农活，他都有很强烈的体会，也把乡村中各种各样的劳动，写入了自己的作品。关于打铁的场景描述，在《透明的红萝卜》和《姑妈的宝刀》《月光斩》等作品中，就反复出现过，既有内在的脉络传承，又注重了各自不同的内容之需要。他的《木匠和狗》《枣木凳子摩托车》等，写到了木匠的劳作。莫言写劳动，有多副笔墨，我这里要强调的，是他对于劳动技能的娴熟刻画，对于劳动中技能高强的人的热情赞美，就像苏州大学的学者王尧所说，莫言作品中表现了一种"劳动美学"。

　　写乡村生活，不可避免地要写到劳动，但是，每个作家对劳动的态度却是各有不同的。这可以和路遥所描写的乡村劳动做个对比。路遥写到的回乡知识青年参加乡村沉重的体力劳动，他对于劳动本身是不抱有什么欣赏态度的，他所写的劳动，对于《人生》中的高加林，对于《平凡的世界》中的孙少平，只不过是磨砺意志、验证自我的一个无法回避的过程。

　　　　他突然产生了这样的思想：假若没有高明楼，命运如果让他当农民，他也许会死心塌地在土地上生活一辈子！可是现在，只要高家村有高明楼，他就非要比他更有出息不可！要比高明楼他们强，非得离开高家村不行！这里很难比过他们！他决心要在精神上，要在社会的面前，和高明楼他们比个一高二低！①

　　高加林从民办教师的位置上被拿下来，他和父辈们一起种田，虽然出身乡村，高加林从小学读到高中，对于体力劳动非常陌生，他用镢头刨地，双手打满血泡，他毫不吝惜自己，仍然劳作不已，血泡磨破了，血顺着镢头柄流下来。孙少平外出打工，经受超强

① 路遥：《人生》，路遥作品集：《人生》，北京十月文艺出版社 2012 年版，17—18 页。

度、超体力的搬运劳动，作家要我们注意的是，在超体力、超强度的劳动之余，在每天晚上，民工们都在喝酒聊天或者休息的时候，孙少平仍然在顽强地求知学习，他在读田晓霞借给他的艾特玛托夫的著名小说《白轮船》，或者是将陕北小城与世界风云联系起来的《参考消息》，对完全要靠生命意志与之对抗的劳动本身，他并无好感。一心要告别面朝黄土背朝天的乡村劳动，一心要走出黄土地、进入城市生活的高加林和孙少平，他们向往的是外面的世界，是现代化带给城市的丰富的精神生活，对乡村毫无眷恋，对乡村的简单劳动也没有什么深切的精神体验，更不会赞美之，咏叹之。

莫言文学世界研究

> 今天又是这样，他的锄把很快又被血染红了。
>
> 犁地的德顺老汉一看他这阵势，赶忙喝住牛，跑过来把锄头从加林手里夺下，扔到一边，两撇白胡子气得直抖。他抓起两把干黄土抹到他糊血的两手上，硬把他拉到一个背阴处，不让他逞凶了。德顺老汉一辈子打光棍，有一颗极其善良的心……（中略——引者）现在他看见加林这般拼命，两只嫩手被锄把拧了个稀巴烂，心里实在受不了。老汉把加林拉在一个土崖的背影下，硬按着让他坐下。他又抓了两把干黄土抹在他手上，说："黄土是止血的……加林！你再不敢耍二杆子了。刚开始劳动，一定要把劲使匀。往后的日子长着呢！唉，你这个犟脾气！"
>
> 加林此刻才感到他的手像刀割一般疼。他把两只手掌紧紧合在一起，弯下头在光胳膊上困难地揩了揩汗，说："德顺爷爷，我一开始就想把最苦的都尝个遍，以后就什么苦活也不怕了。你不要管我，就让我这样干吧。再说，我现在思想上麻乱得很，劳动苦一点，皮肉疼一点，我就把这些不痛快事都忘了……手烂叫它烂吧！"①

---

① 路遥:《人生》，路遥作品集:《人生》，北京十月文艺出版社 2012 年版，62—63 页。

莫言描写乡村的苦难，比路遥更为惨烈血腥，但是，他还有表现乡村劳动的积极的、令人自豪神往的一面。在与王尧的长篇对话中，莫言情不自禁地夸耀说："我爷爷割麦子的技术，在方圆几十里，在整个高密东北乡，都鼎鼎大名的，很潇洒，……（中略——引者）我爷爷这种高手，就用手攒着，割这把麦子的时候同时把麦腰子打好，然后割的同时，就把麦子揽起来了，割到半个麦个子的时候，啪，往地下一拢，紧接着用镰刀把那个地方一绾，就是一个完整的麦个子。我们割麦子要换上最破的衣服，穿得破破烂烂的，还把袖口裤腿扎起来，我爷爷看了就笑，他割麦子的时候，穿着很白的白褂子，用手挽一下袖子，身上根本没有灰尘的，看他割麦子，真是一种享受。"①在同一篇文字中，莫言描述了劳动者的尊严和自豪，他说，我爷爷并不是穷人，家有不少土地，但是他非常享受割麦子的劳动，到了麦收季节，他们把自己家的麦子割完了，就到打工市场上去，给别人打短工割麦子，甚至连当地的别的有钱人也一起去，不是为挣钱，就是为了体会劳动的快乐，展现自己的劳动技艺，并且与他人展开劳动竞赛一决高下。这样的场景，也出现在莫言的短篇小说《麻风的儿子》中。作品中这样写道，麦子长得好，人心中高兴，全队的人聚在一起，干同样的活儿，自然产生出竞赛心理，略有些气力、技艺的人，都想在这长趟子的割麦中露露身手，一是满足一下人固有的争强好胜心，二是为年底评比工分创造条件。②作品的一个中心情节，就特意描写了绰号老猴子的农民，和麻风病人的儿子张大力，因为相互结怨，发力发狠，在割麦比赛中的对抗比拼。

在十七年的文艺作品中，对于工人和农民的劳动场景，有许多精彩的描绘，热情的赞扬，这是因为新时代的到来，劳动光荣的价

---

① 莫言、王尧：《莫言王尧对话录》，苏州大学出版社 2003 年版，第14—15 页。

② 莫言：《麻风的儿子》，莫言短篇小说集：《与大师约会》，上海文艺出版社 2012 年版，第 160 页。

值观念的确立，以及共和国劳动者的创造的豪情，确实是新的时代精神。比如说，李准的《李双双小传》这样的作品，表现妇女走出家门，参加集体生产劳动，在劳动中证实自己的存在价值，证明自己在社会生活中的主体地位；再比如说，那些流传至今的经典性的歌曲，如《我为祖国献石油》《边疆处处赛江南》，都是歌唱劳动创造世界的。

但是，像莫言这样非常投入地歌颂劳动，表现劳动者的高超技能和自豪感，在当下的作家中，可以说是非常独特的。由此入手，我觉得我们也会有新的发现。新时期以来，文学思潮的流变起起落落，其基本的脉络，按照我们通常的描述，伤痕文学、反思文学、改革文学、寻根文学、先锋文学、新写实小说，等等，一路走来。从思想情感的追索，到日常生活的描绘，烦恼人生的展现，先前的劳动光荣、劳动创造世界的观念，都很难加以安放，而现代化的大生产，又有形无形地降低了劳动者个人在生产中的地位，却让人联想到卓别林的《摩登时代》，繁忙的流水线上拧螺丝拧疯了的工人，看到路上行人衣服上的纽扣，都以为是螺丝帽而扑上去的滑稽小丑。在新时期的乡土小说作家中，贾平凹、阎连科、路遥、毕飞宇等人，他们对于乡村劳动的体验都相对有限，而以对乡村的历史和现实的政治、经济、文化等方面的表现见长，却难以切入"劳动美学"的主题。与他们相比较，莫言在从出生到1976年冬季参军入伍之前，一直在家乡生活，莫言在乡村的劳动中，沉浸了10年之久，对劳动本身有非常细微入骨的体察。如果说，别的作家在乡村，都是匆匆的过客，莫言却是深入到生活的血管和骨髓当中，生活的丰厚混融当中，感受到原生态生活的悲喜哀乐，用莫言自己的话说，即使是在最艰难最沉重的年代，生活也有它自身的快乐欢欣的一面，有它的亮色。

劳动技能的高明，在任何时代都是受到尊重的，由于劳动技艺的高强，劳动者自身也从中得到享受，得到肯定。《麻风的儿子》就这样介绍老猴子："老猴子是庄稼地里的全才，镰刀锄头上都是好样的。由于他有出色的劳动技能，虽然有一顶'坏分子'的帽子，在头上压着，在队里，还是有一定的地位，毕竟庄稼人，要靠种庄稼吃饭，而不是靠'革命'吃饭。"①如前所述，莫言表现的乡村劳动，割麦子，饲养牛羊，铁匠，木匠，都属于个体性的劳动，技能性很强，劳动的成果也很直观，给劳动者，给这些能工巧匠带来自我肯定，自我享受。

马克思在《1844年经济学哲学手稿》中，在批判异化劳动时，就从正面阐述人类在劳动中，从大自然和对象化中肯定自我，体现出劳动的自觉与自由，进而产生审美享受："一个种的全部特性、种的类特性就在于生命活动的性质，而人的类特性恰恰就是自由的自觉的活动。"②

马克思接着写道：

> 通过实践创造对象世界，即改造无机界，证明了人是有意识的类存在物，也就是这样一种存在物，它把类看作自己的本质，或者说把自身看作类存在物。诚然，动物也生产。它也为自己营造巢穴或住所，如蜜蜂、海狸、蚂蚁等。但是动物只生产它自己或它的幼仔所直接需要的东西；动物的生产是片面的，而人的生产是全面的；动物只是在直接的肉体需要的支配下生产，而人甚至不受肉体需要的支配也进行生产，并且只有不受这种需要的支配时才进行真正的生产；动物只生产自身，而人再生产整个自然界；动物的产品直接同它的肉体相联系，而人则自由地对待自己的产品。动物只是按照它所属的那个种的尺度和需要来建造，而人却懂得按照任何一个种的尺度来进行生产，并且懂得怎样处处都把内在的尺度运用到对象上去；因此，人也按照美的规律来建造。

因此，正是在改造对象世界中，人才真正地证明自己是类存在物。这种生产是人的能动的类生活。通过这种生产，自然界才表现为他的作品和他的现实。因此，劳动的对象是人的类生活的对象化：人不仅像在意识中那样理智地复现自己，而且能动地、现实地复现自己，从而在他所创造的世界中直观自身。①

这种劳动的快乐，劳动的美学，按照美的规律造形，又从这种制品中直观到自身，这是和人在劳动中的自主状态分不开的。莫言写割麦子，写木匠和铁匠干活，由于这些劳动需要的特定性和技能性，劳动者在其中的主体性和主动性，可以得到发挥，可以通过自己的精湛技巧，以较低的劳动强度，换取较多的劳动成果，也可以得到较高的报酬。就像俗话所说，家有良田千顷，不如薄技在身。莫言讲到的割麦子的爷爷，不是迫于生计去出卖劳动力，而是有一种票友的性质，是一种庖丁解牛式的自我欣赏；铁匠和木匠，在乡村生活中，都是薄技在身，生存环境相对优越，劳动过程是靠自己来掌握，劳动的成果和他们的付出，可以说成正比，在生活中不可或缺，也受到农民们的尊重，享受到劳动的尊严。而这种很有技艺的人，许多时候都是老一辈或者中年人。由此我们如果进一步进行比较，比较莫言和别的乡土文学作家塑造中老年农民形象之异同，从中也可做出有价值的研究。

关注和探索莫言的阅读史

还有一方面的研究，是考察莫言的阅读史。②老作家孙犁，在

---

① 马克思：《1844 年经济学哲学手稿》，马克思、恩格斯：《马克思恩格斯全集》第 42 卷，人民出版社 1979 年版，第 96—97 页。

② 程旸有一篇论文《莫言的文学阅读》，刊载在《中国现代文学研究丛刊》2015 年第 8 期上，论述中心与本节文字各有不同。

自己的阅读中，刻意追随鲁迅先生，他按照鲁迅日记中的购书记录，去确定自己的书单，一本一本读过来，以便贴近鲁迅的心灵世界，这是一种非常值得推崇的治学精神。作家的创作资源，首先是来自他的生活和体验，也来自他的阅读和学习。

在当下的作家中，莫言作品的蕴涵，可以说是最为丰富和驳杂的，这和他的大批量阅读密不可分。作家的阅读，可以是兴之所至，可以是浮光掠影，可以是只翻了一本书的前几页，甚至是他人作品中的一句话，就如获至宝，灵光迸发。莫言拿到福克纳的《喧哗与骚动》，还没有来得及读正文，只是读了翻译家李文俊写的序言，就已经深受启发，就可以将这种启发融化到自己当下的写作之中。就莫言的创作谈和各种演讲而言，其中所提及的作家作品之广，非常令人吃惊。我们经常说的福克纳、马尔克斯、托尔斯泰、肖洛霍夫、三岛由纪夫、川端康成赫然在目，他的阅读量，还包括日本作家兼学者柳田国男，瑞典作家斯特林堡，意大利作家卡尔维诺，俄罗斯作家陀思妥耶夫斯基，以及我们都不曾关注过的当代韩国的一批小说家。[1]我在网上看到军艺文学系的一个学生写过一篇文章，他说他到解放军艺术学院图书馆借书，在陀思妥耶夫斯基作品的借阅登记表上，看到了大师兄莫言的名字，也看到了张志忠老师的名字。这也可以见出，早在八十年代中期，文学新潮迭起的时候，莫言就是胃口奇好地在尽力扩大自己的阅读视野。那一时段，学界在介绍西方现代派文学的时候，往往会将尼采和陀思妥耶夫斯基推举为现代文学的开源先行者。不知道莫言读陀思妥耶夫斯基的念头由何而起，但是，他对陀氏的兴趣却一直延续下来，这在 20 年后他和孙郁谈论鲁迅的对话中有分量很重的论述。[2]

---

① 参见莫言:《我读〈南朝鲜小说集〉——2008 年 10 月在首届韩日中东亚文学论坛上的讲演》，莫言:《莫言讲演新篇》，文化艺术出版社 2010 年版。

② 参见莫言、孙郁:《说不尽的鲁迅——莫言孙郁对话录》，莫言:《莫言对话新录》，文化艺术出版社 2010 年版。

读莫言的作品，尤其是在八十年代的一批作品，会看到他非常喜欢使用单纯而强烈的色彩，《透明的红萝卜》《白狗秋千架》《爆炸》《金发婴儿》《红高粱》《球状闪电》，从小说的篇名，到作品的内容，都是一幅幅色彩浓烈的画面。莫言曾经讲到，在解放军艺术学院的图书馆，他看到了凡·高，看到了高更，看到了这些印象派画家的作品，凡·高令人炫目的燃烧起来的色彩，高更热带海岛神秘幽深的原始风情，都给莫言以深刻的启迪，也影响了他的文学创作。他也讲到家乡高密的扑灰年画和剪纸艺术对他写作的影响。探讨莫言创作与中外美术的关系，也是我们题中应有之义。

我们今天读莫言的《檀香刑》，很少会有人注意到下面的现象。莫言讲他曾经读到过一部纪实文学作品《合法杀人家族》[1]，这是法兰西历史上一个世袭的皇家刽子手家族的故事。夏尔·桑松家族，拥有七代人世代传承二百多年充任刽子手世家的历史，非常有传奇性，他们曾经为了减少受刑人的痛苦，发明了断头台，曾经把路易十六和路易十六的皇后斩首示众，也曾经在"红色恐怖"时期给参加法国大革命的著名领袖安东和罗伯斯庇尔等人执行死刑。这样的故事，很容易吸引眼球，具有充分的可读性，可贵的是，莫言从中得到了两条重要的启示而拓展了自己的创作思路。

第一条，是关于示众和看客的关系。示众和看客，是鲁迅先生提出来的一个重要命题，而且往往被从国民性批判的角度进行阐释，认为这是中华民族所独有的蒙昧丑陋。尽管说，当年的罗曼·罗兰说过，阅读《阿Q正传》的时候，他从阿Q身上看到了自己，但我们总是习惯地以为，这是罗曼·罗兰的谦辞，不会循此去做更深刻的理解。莫言也讲读狄更斯《双城记》读到，每当要在巴黎的广场上执行死刑的时候，广场周边建筑物的阳台，就被早早预定光了，那些贵夫人、太太小姐们，拥挤在阳台上，观看着广

---

① 《合法杀人家族》，原作者是贝纳尔·勒歇尔博尼埃，法国文学博士，巴黎第八大学教授，编译者郭二民，生活·读书·新知三联书店1992年出版。同一本书，还有名为《刽子手世家》的全译本，译者张丹彤、张放，新星出版社2010年版。

场上的血腥表演，有的人因为刺激太强烈，现场晕了过去，但是下一次执行死刑，他们还是乐此不疲地前往观看。所以，看与被看不唯中国人所有，它具有一种普泛的人性，是人性的特点和弱点。我想，莫言这样的理解，不是贬低鲁迅，而是在更广大的范围内，拓展了鲁迅提出的看与被看的命题，将鲁迅的作品提升到了人类的高度，人性的高度。

第二条，这个刽子手世家夏尔·桑松家族，子承父业，世代传承，无论是使用刀剑，使用断头台，还是执行绞刑，要剥夺他人的生命，并且以此为终生职业，其心灵的承受力，一定要非常坚韧、冷峻、耐久。在这样的家族中，也有一些脆弱者，在死刑现场精神崩溃，心灵遭受巨创，而那些能够将这一职业维持终身的，一定要千方百计进行自我说服，寻找刽子手职业的合理性合法性，将自己认定为帝国意志的执行者，是"替天行道"。基于这样的理解，莫言在《檀香刑》中，充分表现了死刑现场的看客心理，也对赵甲这样的大清帝国最后的刽子手，对其内心世界，予以酣畅淋漓的表现，赋予作品非凡的视野，非凡的气象。

再如，莫言与托尔斯泰的关系。日本著名学者藤井省三率先考察了《怀抱鲜花的女人》与《安娜·卡列尼娜》的内在关系，从而做出精彩论述，也由此彰显了我们对作品阅读的疏忽和盲视。[①]而且，莫言对托尔斯泰，也曾经有过这样的阐释，他非常崇拜托尔斯泰在《战争与和平》中对人流汹涌、动荡喧嚣的宏大场景所进行的从容不迫、纵横捭阖的精彩描写。莫言自称，他在《丰乳肥臀》当中，写到母亲上官鲁氏带着大大小小的一群儿女们，从成千上万人在田野上大撤退的场景中，独自抽出身来，逆着人流而动，返回自己的故乡，这一场景的设置和描写就含有企图证明自己也有驾驭宏大场景的表现能力。凡此种种，都应该列入我们的研究视野，做进一步的研究。

① 参见藤井省三：《莫言与鲁迅之间的归乡故事系谱》，http://www.njjnlib.cn/jnlib/tsph/1817.jhtml。

海外传播与研究有待深化

关于莫言的海外传播研究还不深透，有待展开。目前所见的研究成果，较多地集中在葛浩文对于莫言的翻译和推广方面。这是因为葛浩文对中国当代文学的翻译和推介，不遗余力，厥功至伟，而我们的英语研究人才相对充裕。但是，在法语、德语、日语、西班牙语这样几个大的语种方面的研究就乏善可陈。这几个语种，对莫言的翻译投入很多，是出版莫言作品较多的语种，我们的研究却很不到位。

加强这些语种的研究，其意义有二：

其一，这不仅是关系到莫言海外传播研究的深度和广度，也影响到对莫言原创性的评价问题。德国的汉学家顾彬先生，就说是葛浩文改写了莫言，莫言获奖，不是他自己的成功，而是葛浩文翻译的成功。其实，瑞典文学院的专家马悦然等人就断然否定了顾彬的指责。下面的文字，就是马悦然与《南都周刊》记者的问答记录：

> 南都周刊：……在中国有这样一种说法：莫言的英文翻译葛浩文为其获奖立功不小。由于莫言的长篇小说结构乏术、叙述枝蔓，葛浩文怕西方人会认为莫言是一个根本不会写作的人，因此在翻译时，不但大力删节，甚至调整结构，而莫言也充分授权他这样干。
>
> 马悦然：关于这个谣言可以停止了。关于莫言，我们评委除中文外，还可以阅读几乎所有欧洲大语种的译本。比如法语，在他获奖之前，莫言的法译本有18种，获奖之后，立即增加到了20种。这里边肯定有忠实、全面、精当的译本。短篇小说《长安大道的骑驴美人》本来也在我的翻译计划中，但因为已经有精当的法译本了，所以我

就没翻。①

　　马悦然所言，诺奖评委们大量地是通过法文和瑞典文的文本，去阅读和了解莫言的。法文译本在欧美各语种中，是翻译莫言作品最多的，还在莫言获诺奖之前，就接近二十种之多。那么，法文本和瑞典语的文本，与葛浩文的英文译本之间，有何差异性，该如何比较？其中，有什么值得重视的规律？我想，这样的研究，会是非常有价值的，不必把它简单理解为就是为了回应顾彬的指责和批评。据我了解，即使是在德语学界，也有对顾彬的批评持强烈的反批评态度的，德语学界就有挺莫言和批莫言的两派。我们也应该对此发出自己的声音吧。

　　其二，这样的研究，不只是说对莫言海外传播研究有价值，在更广大的范围内，它对中国文学如何借助于翻译的方式，更快更好地走向世界，提供积极的借鉴，都具有很强的建设性。兹不赘叙。

　　进而言之，说到葛浩文的莫言翻译，也仍然有很大的拓展空间。关于葛浩文英文翻译与莫言小说原作的关系研究，已经形成了数量众多的论文，但是看来看去，这些研究基本是停留在葛浩文对莫言小说在翻译中的归化与异化的技术性分析方面，分别列举诸多具体的例证，其结论却大体相似，缺少更为深入的思考和阐述——为了免于空泛浮滑，对这一现象略加论述。归化与异化，是所有的跨语际传播中不可或缺的普遍现象。而且，葛浩文翻译了莫言的众多作品，要从中为自己找出若干例证都不是难事，也不无研究价值；但是，诸多论者都如此浅尝辄止，就令人叹惋。更为深入地考察葛浩文现象，我们需要作出的判断是，葛浩文有没有美化莫言，有没有拔高莫言？在海内外都有某些人说葛浩文塑造了海外的莫言小说形象，葛浩文是莫言获奖的最大功臣，乃至诺奖应该颁给葛浩文才对云云。研究莫言的跨语际传播，不能够对这一核心命题付之

---

①　本刊记者:《马悦然:莫言得奖实至名归，顾彬是个二三流的汉学家》，《南都周刊》，2014 年第 4 期。

阙如。而且，葛浩文不仅是翻译了莫言，他是否美化了莫言，要从他的整体翻译实践予以考察。从青年时代到当下，葛浩文翻译的中文作品逾 70 种，除了他心仪的萧红及莫言的大部分作品，还有苏童、王朔、刘震云、冯骥才、梁晓声、王安忆、贾平凹、阿来、李锐、张炜、毕飞宇等。没有对这些译品的大面积考察，何以见出葛浩文翻译的独特个性，何以确定其翻译莫言作品所体现出的具体特征呢？做莫言与葛浩文的话题研究，其意义是可以扩展到葛浩文对海内外华语文学的翻译研究的——说葛浩文翻译了半部当代华语文学史，不为夸张。这个题目继续做下去，是将葛浩文与其他的中国文学翻译家的比较研究，扩展为中国文学走出去的基本策略研究。如此说来，我们对莫言与葛浩文现象的研究，目前还只是得其皮毛，离登堂入室尚差甚远呢。

第十四章　拓展莫言研究的学术空间（下）：地域文化与两岸情缘

　　作为中国当代文学研究的一个龙头，莫言研究在近年成为一个令人瞩目的热点。据不完全统计，从 2013 到 2017 年间，以莫言研究立项的国家社科基金项目共 17 项，其中重大招标项目 1 项，重点项目 2 项，后期资助 1 项；教育部人文社科基金项目 6 项；如果加上各省市社科规划项目及各省市教委级别研究项目的统计，其数字就更加可观。2017 年 10 月 7 日，笔者在中国知网上以莫言研究作为主题进行检索，近五年间期刊论文及硕博士学位论文，平均每年的论文数量都在 300 篇以上。同样是在 2017 年 10 月 7 日，用"莫言研究"作为检索词，在当当图书网上检索，包括山东大学出版社出版的"莫言研究书系"（张华、贺立华主编）和"莫言研究年编"书系（张清华主编），近五年出版的莫言研究论著有 30 余种。莫言研究正在成为一个新的学术生长点，这是毋庸置疑的。

　　然而，在一片热烈的学术狂欢之中，也存在着许多彼此重复、缺乏新意的低效现象。比如说，关于莫言的童心叙事，或者说儿童视角，说来说去，新意有限。

　　深入拓展莫言研究的空间，有诸多向度。本文只从地域文化角度着眼加以论述。

"高密东北乡"指掌图的深入考定

　　莫言与地域文学研究，是很多论文的聚焦所在。高密东北乡的建立，是从《白狗秋千架》还是从《秋水》开始，孰先孰后，论者都有很多的论述，但对于这两部作品的创作特色以及它对于莫言创作产生的路标性意义，乃至1985年的文坛气候，都未及堂奥。高密东北乡王国的"开疆立国"未曾阐释到位，对它的演变和版图，也没有加以深入探究。比如说，以墨水河和马桑河为主脉，将坐落于这些河流两岸的村庄、乡镇、田野、湖泊、铁路、山丘和县城等绘成一张地图，应当对考察高密东北乡在莫言作品中的文化地理学，有积极的帮助，就像有人绘出曹雪芹笔下荣宁二府的地图，有助于理解《红楼梦》中豪门大户人家的居住格局与人际关系一样。

　　在此意义上，周蕾的《莫言在1985："高密东北乡"诞生考》[1]和陈晓燕的《论莫言小说中的河流叙事》[2]各有洞见。周蕾没有停留在高密东北乡问世的时间层面，而是从几乎同时写成的两部作品《白狗秋千架》与《秋水》的创作特征入手，一部是严酷现实及青春残酷的冷峻描述，一部是浪漫夸诞的"爷爷奶奶"们的爱恨情仇，它们分别形塑了莫言表现现实生活与畅想祖先历史的两种方式，为高密东北乡文学王国的建立，奠定了一种复调。[3]陈晓燕勾摄了莫言建构高密东北乡中命名的多条河流，并且做出论断说，这个"高密东北乡"最引人瞩目的无疑是因《红高粱》而闻名的高粱地，然而最常出场的却是河。莫言所讲的故事中许多重要事件都发生在河的周围，许多时候河流不仅见证了人物的悲欢，而且参与了故事的演进，河流是莫言小说中不可忽略的存在。[4]此论言之有理，《红高粱》中的墨水河大桥伏击战，《透明的红萝卜》中黑孩在水利工地的劳动场所和被小铁匠扔到河里不可复得的透明的红萝

① 周蕾：《莫言在1985："高密东北乡"诞生考》，《小说评论》，2017年第2期。
② 陈晓燕：《论莫言小说中的河流叙事》，《中国现代文学研究丛刊》，2016年第4期。
③ 周蕾：《莫言在1985："高密东北乡"诞生考》，《小说评论》，2017年第2期。
④ 陈晓燕：《论莫言小说中的河流叙事》，《中国现代文学研究丛刊》，2016年第4期。

卜，《蛙》中姑姑和孕妇们在河面上的几次斗法，都可以为证。

地域性的历史与文化视野

解读莫言，一定要贴地气，要结合地方文化历史、乡土背景、山东地面的关系去解读莫言。在《红高粱》和其他作品里，莫言都写到了山东地面的土匪，余占鳌就是一个不折不扣的土匪，而且是他笔下众多的土匪中的一支，他与铁板会的关系，与八路军胶高支队和国军冷支队的关系都错综复杂，《丰乳肥臀》中写到的抗日战争，各种势力就更为纷繁纠结，乱花迷眼。此外，莫言在与他人合作的电影剧本《太阳有耳》中，其主体事件，就是曾经震惊中外的惯匪孙美瑶策划制造的山东临城火车大劫案。莫言在《高粱殡》中写道：

> 复仇、反复仇、反反复仇，这条无穷循环的残酷规律，把一个个善良懦弱的百姓变成了心黑手毒、艺高胆大的土匪。爷爷用苦练出的"七点梅花枪"击毙"花脖子"及其部下。吓瘫了爱财如命的曾外祖父，便离开烧酒作坊，走进茂密青纱帐，过起了打家劫舍的浪漫生活。高密东北乡的土匪种子绵绵不绝，官府制造土匪，贫困制造土匪，通奸情杀制造土匪，土匪制造土匪。爷爷匹骡双枪，将技压群芳的"花脖子"及其部下全部打死在墨水河里的英雄事迹，风快地传遍千家万户，小土匪们齐来投奔。于是，一九二五年至一九二八年间，出现了高密东北乡土匪史上的黄金时代，爷爷声名远扬，官府震动。①

对此，我们应该作何理解呢？我阅读过由山东人民出版社出版的《山东重要历史事件》丛书的近现代部分，其中就写到，近代以

① 莫言：《红高粱家族》，上海文艺出版社 2012 年版，第 270—271 页。

莫言与当代中国文学创新经验研究

来山东的土匪之多，在全国名列第二位，排在第一位的是河南。何以如此呢？从《山东重要历史事件》的记载中，可以寻找到相关的答案：天灾人祸。天灾是黄河泛滥。近代以来，黄河泛滥成灾，发生的频率非常之高，平均3年之间就有2次。黄水泛滥，农民辛辛苦苦劳作一年，却颗粒无收，要想活下去，要么是外出流浪、乞讨，要么是铤而走险，揭竿而起，向大户人家和官府夺取粮食，以求自救。人祸是横征暴敛，兵连祸结。近代以来，大大小小的农民战争，太平天国北伐，捻军群起响应，义和团战争的发端，都曾经在地处南北交通要道的山东地面展开。还有大刀会等帮会的自发起义。而每一次的叛乱和起义，都会招致从中央到地方官军的武力镇压。这些地方的村民，面对混乱不堪难以应对的生死威胁，为了保卫自己的生命财产，许多时候，都会建立村寨乡县的地方民团，武装动员，建立壁垒，而且，这些地方民团还会随机性地作出选择，投靠强大的军事势力，可能投靠官方，也可能投靠起义军，而且还会变来变去，反复无常，在土匪、叛军和官军之间，进行不定型的身份转化，使得局面更加混乱。而在抗日战争期间，国军、八路军、当地自发的农民武装、有民族正义感的土匪草莽，以及地方的豪强势力，彼此之间，既有为了各自利益的明争暗夺，也有奋起抵抗共御外辱的壮烈慷慨——

在胶东半岛的潍县，有从土匪头目到抗日英雄的乔明志，并且成为冯德英《苦菜花》中的"柳八爷"和曲波《桥隆飙》里的同名主人公的原型。乔明志出生于潍县（今潍坊市寒亭区）贫寒的农民家庭，1925年以马弁的身份进入地方武装昌邑马队，后到平度落草为寇，"乔八爷"成了他的匪号。抗战初期，乔明志在中共平度地下党组织的积极争取下加入抗日游击队，担任过胶东抗日游击队第三支队侦察大队长和胶东抗日第五支队特务营营长等职务。在莱州民间，至今流传着许多关于"乔八爷"的逸闻传说。如：在他刚刚投身革命之后，为收编土匪武装独身闯匪穴，与土匪夜比枪法，三枪打灭三支香头；在他担任特务营营长押运黄金时，仅凭一句"乔八爷借路"就吓得敌人闻风丧胆，不敢阻拦等。乔明志转战胶东，前后 13 次负伤，屡立战功。1940 年赴延安受到中央首长的嘉奖；1943 年，胶东军区司令员许世友亲自为他颁奖，奖给他战马一匹、手枪一支。①

与之相对应的是鲁南另一个巨匪刘黑七。从 1915 年开始，刘黑七横行半个中国长达 20 余载，素常保有万名匪徒，盛时竟达 3 万之众，先后流窜危害鲁、豫、苏、皖、冀、津、晋、吉、辽等十几个省市，屠杀无辜百姓多达 20 余万人，其杀人手段之残忍，聚集匪徒之众多，活动范围之广，怙恶时间之长，可谓全国匪首之冠。他几经起落，反复无常，先后投靠又背叛了山东等地的各大军事势力如张宗昌、何应钦、阎锡山、韩复榘、汤玉麟、宋哲元、于学忠。"抗战爆发，刘匪返鲁，集旧部 3000 人投靠日寇，当上掖县皇协军司令；后还任国民党苏鲁战区新编 36 师师长。1939 年，因与日军发生矛盾，刘黑七仓促率 500 余人逃往蒙山抗日根据地投奔八路军。但转眼间，他又于 1940 年 3 月降日，并凭着熟悉地理环境，多次扫荡八路军根据地"，最终被八路军剿灭。②

正因为多种武装力量相互厮杀，造成无辜生命的大量毁灭，血腥残暴至极。有人指责莫言的小说是残酷叙事，但是，这种血腥残酷，都是有现实依据的。我们可以从别的文学作品中得到参照，张炜的《古船》、苗长水的《犁越芳冢》，再到前辈作家峻青的《黎明的河边》、冯德英的《苦菜花》，在在展现了山东抗日战争和解放战争时期的殊死较量残酷绞杀。前述刘黑七残暴的杀人手段惨不忍睹，不忍复述。③近年来引起人们关注的一位 70 多岁老人姜淑梅所写的《乱时候，穷时候》，是一部纪实性的回忆录，其中对于山东地面的战争、土匪、酷刑的描写非常令人震惊，比如说，点天灯，骑木驴，吃活人心，都有翔实的描写。

《檀香刑》所描写的德国人强行修建胶济铁路，遭到当地农民

---

① 本报记者申红，本报通讯员朱晓兵、韩慧君：《抗日英雄"桥隆飙"解密》，《大众日报》，2011 年 4 月 27 日。
② 吴越：《沂蒙巨匪刘黑七》，《齐鲁周刊》，2012 年第 50 期。
③ 吴越：《沂蒙巨匪刘黑七》，《齐鲁周刊》，2012 年第 50 期。

的拼死抵抗，也是建立在翔实的历史记述之上的。农民的抵抗当中，有着蒙昧的成分，他们以为修建铁路，会破坏风水，强迫搬迁祖坟，是对祖先最大的不敬；在铁路枕木下面，要埋下中国男人的辫子，会使其元气大丧；这固然不足为训。但是，德国人强行修建胶济铁路，不是一种单纯的经济开发的行为，而是一种殖民主义霸权。德国人利用巨野教案的教会纠纷，强行占领中国山东的胶州湾，然后以青岛为依托，向山东全境扩展自己的势力。修建铁路的目的，是为了加快山东矿产资源和其他货物的开采运输，更重要的是，在相关的条约当中，写入了铁路沿线 30 华里内的矿山资源等，德国人都拥有优先开采权，这当然是霸王条款，是一种经济掠夺的殖民主义行为。[1]

莫言与张炜比较研究的几个要点

莫言与齐鲁文化及齐鲁现代文学研究，也是一个有待开发的论域。从刘鹗《老残游记》等作品描绘的济南府大明湖风情起，山东作家及描写山东地域的作品，是一串非常可观的名单。五四新文学中的齐鲁作家王统照、杨振声、李长之、李广田、臧克家、吴伯箫、王希坚等山东籍优秀作家，以及老舍、闻一多、沈从文、梁实秋、洪深、萧红、萧军等作家在山东工作生活期间的创作，有待从天时地利人和的方面进行考察；新中国成立后，刘知侠、王愿坚、曲波、冯德英、峻青、王安友、郭澄清、李心田、萧平、贺敬之、苗得雨、杨朔等山东作家享誉文坛，吴强描写解放战争时期山东战场的长篇小说《红日》跻身于"三红一创"。进入新时期，莫言、张炜双雄并峙，李存葆、矫健、苗长水、赵德发、李延国、王润

---

[1] 条约原文是："所开照各铁路两旁，30 华里内，准许德商开挖矿产及所需工程各项，亦可由德商、华商合股开采，其矿务章程，另行妥议。"《山东重要历史事件·晚清时期卷》，山东人民出版社 2004 年版，第 306 页。

滋、尤凤伟、张海迪、陈占敏、杨志军等都蔚为大观，在大陆文坛足以傲视群雄。还有，海峡彼岸的王鼎钧、朱西甯、姜贵、管管、马森等在齐鲁文化的大背景下创作出各自的文学高峰，作为山东省籍第二代在台作家，张大春、朱天文、朱天心等也在海峡两岸呼风唤雨声势日隆……他们与莫言的文学创作声气相求，良性互动，凡此都应该列入我们的研究视野，从现当代文学与齐鲁文化的关联性入手，让我们的研究更接地气，也加强为山东地域文化的新发展建言的自觉意识。

比如说，考察莫言对蒲松龄的阅读和借鉴，一个最好的比照对象就是同为胶东半岛作家、同样受到齐文化巨大影响的张炜。莫言被从藤井省三到杜特莱再到诺奖颁奖词誉为东方的魔幻现实主义，张炜也被许多研究者看作是魔幻现实主义的追随者。基本的事实不容否认，在二十世纪八十年代中期，马尔克斯旋风曾经将莫言、张炜等诸多青年作家裹挟于其中，在其时的作品中都留下明晰的印记（张炜《古船》中的那条古船，就让我想到《百年孤独》中与之类似的一条古船）。但是，他们很快地进行了文学转向，马尔克斯的更重要的启示是唤醒了他们少年时代听到的聊斋风格的乡土故事，是印证了蒲松龄传统的现代意义。莫言在《讲故事的人》的获奖言说中很明确地阐述了这种路径选择的轨迹，对于张炜，也可以作如是观。

蒲松龄和《聊斋志异》的熏陶是共同的，莫言和张炜作品中都有浓重的非写实的倾向，对于神秘难解的灵异事件和神秘的乡间动物植物，都有精彩的描写；在接受和阐释蒲松龄传统的时候，他们两个人的说法又是各有千秋。莫言解读蒲松龄，看到了蒲松龄个人命运的坎坷多舛，强调的是他终生难以忘怀的科考梦及其在作品中的自然流露："他的作品，一方面是在写人生，写社会，同时也是在写他自己。蒲松龄博闻强记，学问通达，说他上知天文下知地理绝不是夸张。他的科举之路刚开始非常舒畅，县、府、道考试，连夺三个第一，高中秀才，但接下来就很不顺利了。那么大的学问，那么好的文章，就是考不中个举人。原因有考官的昏庸，也有他自己的运气。他怀才不遇，科场失意，满腹牢骚无处发泄，正因为这样，所以他能看到别人看不到的，正因为这样，才使他与下层百姓有了更多的联系。他的痛苦、他的梦想、他的牢骚、他的抱负，都从字里行间流露出来。"①读蒲松龄，莫言的说法是"读书其实是在读自己"，张炜的说法与之异曲同工，蒲松龄这样的作家写作其实就是写自己："其实一个作家劳作一生，最后写出的一个最重要的人物就是作家自己……他的所有文字都在记录着一个生命的全过程，是这个生命在人世间留下的所有痕迹。在这些字里行间，作家的个人气质、灵魂、形貌和嗜好，都要无一遗漏地被镌刻下来。从这些文字符号中，我们会感受他的一切。"②

这里显然有很多文章可做。莫言是从《聊斋志异》中读出蒲松龄在科场上的屡战屡败，深刻的挫折感和对功名仕途的向往。如果说读作品要从中读出莫言自己，那么，这种曾经的挫败感，唤起的是莫言在创作初期对于能够在报刊上正式发表作品的焦灼期盼——如果说，每一个文学爱好者都希望自己的作品能得到发表，以证明自己的写作才能，而且，在那个特殊的年月，靠文学改变命运的人不是特例，那么，莫言从1978年开始给《解放军文艺》杂志社投稿开始，到1981年他在《莲池》发表《春夜雨霏霏》，虽然时间不算长，但他承受的内在压力却异乎寻常。莫言自从1976年穿上军装，就决心就此告别乡村，走入城市，在部队得到提拔，从普通士兵变成干部身份，就是必由之路。为此，莫言是接连遭遇坎坷：第一次是准备过参加军校入学考试而未果，解放军郑州工程技术学院电子计算机系招生，莫言所在部队有一个名额，莫言为此准备数月，硬着头皮去啃数理化，但最终没有得到上考场一搏的机会。紧接着是部队为适应干部知识化的需要而实行新的干部选拔机制，要求部队干部要有接受高等教育的学历而不再从表现出色的战士中直接提干，让莫言遭遇新的晋升危机，尽管说他无师自通地刻苦自学

① 莫言：《读书其实是在读自己——从学习蒲松龄谈起》，《中华读书报》，2010年4月15日。
② 张炜：《留心作家的行迹》，《名作欣赏》，2011年第1期。

莫言文学世界研究

成为政治教员，在训练大队给学员讲授政治课屡受表扬，在提干问题上仍然不得其门而入。第三次是力求以发表作品显示才华而破格提干，这对莫言几乎就是唯一选择，但他的文学之旅一开始走得并不顺利；一个人的"文运"往往是难以掐着时间去计算的，有人一鸣惊人，有人迭遭败绩，但是，作为已经超期服役数年的莫言，每年都会面对退伍回乡的一个坎，需要时时面对"倒计时"的窘迫，感受被迫出局的巨大压力。这样的精神折磨，在期望和失落间往复循环，再有坚强的意志，在面对一而再再而三的退稿时，都会感到沮丧和悲凉。1980年5月，在与大哥管谟贤的一次通信中，莫言请在常德当中学教师的大哥帮自己买书，书目是《辞源》关于政治、经济、哲学、历史、文学的各分册，大学的政治经济学教材等。从这些书目可以看出，这是莫言担任政治教员的授课所需，能否胜任训练大队教员，可能决定莫言能否提拔为军官。在这封信的结尾莫言写道："这是我能否达到目标的最后一次'垂死挣扎'，是破釜沉舟的背水一战，成败在此一举，希望您能给予我支持。"①然而，这一次的努力未能成功。在1981年10月的一封家书中，莫言报告了《春夜雨霏霏》发表的喜讯，莫言自述："暑假里，我写了一篇小说，已在保定《莲池》发了首篇，这是瞎猫碰了死耗子。这篇东西费力最少，一上午写成，竟成功了，有好多'呕心沥血'之作竟篇篇流产，不知是何道理。"这可以说是造化弄人。莫言同时也讲述了破格提干遭遇新的挫折，他的提干问题，局党委已通过，因情况特殊，转报部党委审批，近日又闻，部里也不能批，又转报总参。按说战士提干，局里即可批准，没想他竟搞得如此麻烦，层层上报。"成败与否很难预料，谋事在人，成事在天。我是不敢抱过大的希望的。老天爷，人生多歧路，坎坷何时平。"②加上身体

---

① 莫言家书，http://www.gmmy.cn/html/gaomidongbeixiang/guxiangqingjie/moyanyugaomi/200905/06-206.html。这是高密莫言研究会主办的"红高粱文苑"网站。

② 莫言家书，http://www.gmmy.cn/html/gaomidongbeixiang/guxiangqingjie/moyanyugaomi/200905/06-206.html。

欠佳，家中事务让他担忧，"据父亲来信讲，家乡大旱，种麦困难，十分忧虑，然也爰莫能助。芹兰分娩之期日近，我竟也要替人做父亲了，这简直不可想象。往事不堪回首，几十年，一场梦幻。我马上也要卅岁了，再不努力真的就完了"①。读到这封信的结尾，"祝福我吧，你们！"这 6 个字，包含了多少沉重悲怆。

与莫言对蒲松龄的描述有明显差异，张炜从道家文化的角度去接近蒲松龄，认为"我宁可相信那种恍惚的道家气息与《聊斋》是一致的"。"这让我想起一些文学通论，那里面谈到蒲松龄，总说他写狐写妖'高人一等'，说他'刺疾刺腐'。其实是赋予了很多阶级和社会的意义。但是我以一个胶东人的眼光，以一个读者和作者的感受来说，觉得或许并非如此。相反，我觉得他在很大程度上是一种兴趣写作，就是说他当时很喜欢记下这一类故事，并没有想那么多。对社会的牢骚固然有，那种愤愤不平之气文字里都有，但更多的还是趣味，是记录的兴致。这里，作家对于齐地风情、民俗传说的忠实书写才是主要的。"②张炜对道家文化的思考之深刻，在当代文坛无出其右者，这在《古船》中有入木三分的表现。他以道家解蒲松龄，自有其眼光独到之处；同时，他强调蒲松龄写作中的趣味、兴致，和对齐地风情、民俗传说的忠实书写，这让我们想到张炜自己几次在胶东半岛游走，进行文化考察，并且将其心得融入心间笔底，乃至对徐福文化的深入开掘。这不也是一种读书即是读自己的体现吗？

共同的地域文化，给他们以共同的文化传承。例如传统的中医对两人的影响。莫言自小就非常崇拜的大爷爷就是名扬四方的著名中医，莫言的爷爷虽然没有文化不识字，却凭着灵性而可以帮助其兄长料理中药房的事务；莫言自己在乡村生活期间，也跟着大爷爷学习过中医，背过《汤头歌诀》等医学典籍。张炜对中医的推崇也是充满热情的，还把中医上升到思维论的高度予以评价："中医不

---

① 莫言家书，http://www.gmmy.cn/html/gaomidongbeixiang/guxiangqingjie/moyanyugaomi/200905/06-206.html。

② 张炜：《留心作家的行迹》，《名作欣赏》，2011 年第 1 期。

仅是医道学问，它更重要的还是思维方式。这种思考力在当今如果缺失了，就会造成我们这个世界的一场灾难。现在常常能看到西方思维的皮毛，这种简单化一刀切和不求甚解，想用来治世医人，连门都没有。我当然热爱中医等传统文化。"[1]从医学和医生的角度展开，莫言写过以姑姑万心从慈恩广被的送子娘娘到铁面冷血的计生政策执行者的人生迁变，以及中年蝌蚪对惨痛往事及自我责任的忏悔的《蛙》，"把自己当罪人写"，拷问灵魂；张炜近作《独药师》，传统养生术的传人季昨非，在中医与西医、情欲与革命、养生延命与流血牺牲的纠缠冲突中展开，为辛亥革命在山东做出精彩的艺术描绘。两者间有哪些值得开掘和比较的经验？

莫言和张炜，都是家乡的坚定的守护者，都对故乡故土一往情深，作品中融入浓郁的地域色彩。但是两个人描绘乡土的方式各有不同。莫言是开疆辟土式的，一方面他是把发生于异地异乡的故事移到他熟悉的高密东北乡，如《天堂蒜薹之歌》；一方面，他借用活跃的想象力，为高密东北乡文学领地增添了许多现实的乡土所没有的形貌和风俗，不但是可以将现实中阙如的沙漠和山体、异乡异国迎接新年的乡俗划归本乡本土所有，还可以像《会唱歌的墙》那样去虚拟一面在风中发出神奇声响的酒瓶子垒成的墙壁（或许是从台湾电影《搭错车》的画面中得到灵感？）。极而言之，莫言把淮海战役挪到了高密东北乡来打。在和学者王尧的对话中，莫言说道："我是把淮海战役挪到了高密东北乡来打，这也是我提出的用小说拓展故乡的一次实践。淮海战役当然是发生在苏北的，但我在写的时候，那淮海战役的战场就在我们高密东北乡的荒原上，母亲推着车子，带着孩子，跟随着人群逃亡的那段艰难历程，实际上也是他们人生旅途的一个缩影。"[2]

张炜的方式则是田野调查式的，他几次在胶东半岛行走考察，

---

① 张炜：《芳心似火》是我的生存所得，http://www.china.com.cn/book/txt/2009-03/23/content_17487700.htm。

② 莫言、王尧：《在文学种种现象的背后》，莫言：《莫言对话新录》，文化艺术出版社 2010 年版，第 99 页。

如论者所言："1988 年春天，张炜开始准备写作《你在高原》。他所做的第一件事，就是重回胶东半岛，开始长达二十二年的旅居生活。值得注意的是，1991 年《你在高原·我的田园》与 1995 年《你在高原·家族》出版时，都有一个副题:《一个地质工作者的手记》。此后，《你在高原》的单行本都有此副题……而做一名地质工作者，正是张炜源自童年的一个理想和情结，这也是他写作此书的初衷。"[1]从这一点展开去，又会对乡土文学的建构有什么样的启示?

直面苦难与血腥的历史往事，关注现代进程中乡村的沦落与衰败，莫言和张炜以此表现出作家的良知和责任感，但是，两位作家的价值选择，莫言强调的是作为老百姓而写作，张炜则体现出鲜明的知识分子立场。由此形成的差异，也是解读两位作家的关键所在。

海峡两岸：齐鲁文化与民间传奇

由此延伸开去，还可以进行山东作家和在台湾的山东籍作家的整体研究。在台湾的著名作家中，出自山东籍的不在少数。这可能和解放战争时期，部分国民党军队从山东半岛经海路撤退到台湾有关，也离不开深厚的齐鲁文化和现代文化传统的潜移默化。黄万华先生指出："文学史上的境外鲁籍作家"值得关注，有其超越地域文化的意义和价值。他们的创作，不仅蕴涵着齐鲁文化传统在境外的传播、延伸，其情感想象力、艺术创造力前所未有地爆发，呈现出齐鲁文化史上又一个奇观，而且其在境外语境中以自己的文学感受力、创造力和自觉自主的选择意识使"中国性"处于不断开放、流动的状态的创作实践提供了极富价值的"现代性的中国化"的经验。[2]据统计，包括朱西甯父女、王鼎钧、姜贵、张大春、平路、

① 郭帅:《张炜的行走体验与文学经验——兼及张炜研究的三个基本问题》，《扬子江评论》，2017 年第 3 期。
② 黄万华:《王鼎钧和文学史上的境外鲁籍作家》，《世界华文文学论坛》，2012 年第 1 期。

管管、郭良蕙、马森等，在大陆之外的山东省籍作家有 300 余人，知名作家 50 余人。黄万华指出，在中国大陆，对王鼎钧、朱天文、朱天心、张大春等有所关注，对其他作家的研究几近空白，更无所谓进行整体性研究，何况我们这里所讲的，将山东在地作家和海外山东籍作家进行关联性研究呢。

让我们以莫言与张大春、朱西甯和姜贵的文学关联性为例进行简略阐释。

2012 年，莫言获诺奖，在海峡对岸受到高度称赞，台湾作家与有荣焉，也引起台湾文坛对台湾文学未来之路的反思。张大春说："这不仅是莫言个人的荣耀，更大大鼓励了使用华文的人。"①莫言则夸奖张大春是"身怀绝技，十八般武艺样样精通"，还为张大春在大陆出版的《聆听父亲》站台助阵。除了作家之间的惺惺相惜，张大春和莫言还有更为深入的气味相投，生活阅历、文化修养和创作追求上的相契合，在接续中国文学的讲故事传统上，和表现少年的叛逆和拒绝成长这两点上，最为突出。

张大春祖籍山东济南，1957 年出生在台湾。在幼年时期，刚上小学第一天，父亲为了鼓励他读书，就给张大春讲述《西游记》故事，让他印象深刻，铭记终身。到目前为止，张大春的身份之一是广播电台的说书人，做了十几年而乐此不疲，他在台湾 news98 电台有个说书节目，最早讲《江湖奇侠传》，然后就从《聊斋》《三言二拍》，讲到《水浒传》《封神榜》《三侠五义》《儒林外史》《聊斋》。作为一个"讲故事的人"，张大春如是说：虽然会有说书的底本，但是每次讲述都会有变化："书场上有一种即兴、临场的意味。我在电台也是如此，比如今天我说到猪八戒，要装他的声音，突然会想到台湾今天某一个政治人物太像今天的猪八戒了，我当然就会把今天早上我在报纸上看到的这阵子这个人物的发言冠到猪八戒的对话里去。就算录成碟，之后听可能会不懂，之前也没有机会灌进

① 莫言在台湾受追捧　龙应台自叹不如，http://www.guancha.cn/Books/2012_10_15_103633.shtml。

去，就那一次，可是那一次在听的时候，只要听到的人就会有一个莫大的喜悦，不需要别人永远记得这一段，记得这个眼，但这种一次性反而使得每一场说书都有了生动、新鲜的进展。"①这当然会让我们联想到莫言自小从乡村的说书人那里听得故事，又转述给母亲和姐姐听的往事，联想到讲故事的特性，即兴、随意、鲜活、言人人殊，也联想到本雅明在《讲故事的人》中对民间的讲故事者以自己的智慧丰富所讲述的故事的赞扬。张大春的作品《我妹妹》和《聆听父亲》，前者纯属虚构，后者据实说起，但这种通过建立一种血缘关系使得作品得以成立并且影响到叙述语调的方法，让我们想到莫言的"我爷爷""我奶奶""我姑姑"的故事。《城邦暴力团》中漕帮老大万砚方领门下众多子弟参加抗战，《红高粱家族》中的余占鳌组织农民游击队血战墨水河大桥，在在足见民间的抗战热血。《春灯公子》采用了野史逸闻的材料而以说书体出之，《少年大头春的生活周记》有很大的夫子自道成分，顽劣叛逆，反抗成规，凡此种种，都让我们觉得两位同龄人作家冥冥中灵犀相通，遥相呼应。个中情由值得探讨。

据报道，2002 年，莫言在台湾看到了台湾作家朱西甯写的《铁浆》后很崇拜朱西甯。他说，这部 2 万字的短篇完全可以扩展成一个长篇，并对朱西甯的女儿朱天文和朱天心说，"如果写《檀香刑》之前读过《铁浆》，我想我可以写得更加丰富"。当莫言看到朱西甯在二十世纪六十年代写的小说《狼》后更被"吓到"：他与朱西甯的文字和语境是那么地相似。因为两人同是山东老乡，在各自作品中折射的地方文化自然也有惊人的雷同。②《檀香刑》中生死之际迸发出的猫腔压倒了火车的轰鸣，《铁浆》中世代争夺以命相搏的盐业经营权却终于被火车车轮碾压得一文不值，两者互激互补，难怪莫言相见恨晚。到莫言的近作《锦衣》，他把作品主人公的家庭

① 专访张大春：我是一个不安分的人，http://book.163.com/09/ 0829/17/5H
　　TD958I00923INK.html。
② 莫言访台幽默谈吐征服台湾民众＿文化社会＿中国台湾网 http://www.
　　taiwan.cn/plzhx/hxshp/whshh/201309/t20130918_4899319.htm。

背景设置为先兴后衰的盐商，是否就是在向《铁浆》致敬呢？朱西甯的《狼》《破晓时分》《铁浆》都具有充分的传奇性，这和莫言的写作风格暗合，莫不是齐人好奇的遗风使之然？朱西甯的绝笔长卷《华太平家传》，姜贵的乱世奇谭《旋风》，都对当代中国的家族小说做出新的贡献，回想到莫言和张炜的家族小说，也只能是这样回答：乡土中国本来是以家族为本位，二十世纪的风云激荡，则给大家族造成巨大的冲击和挑战；山东作为北方最先开埠通商的口岸，经受英、德、日本列强的威胁和蹂躏，恪守道义的孔孟儒学、豪放不羁的民间传统与外来文化的冲突催生出义和团运动的百味杂陈；它又是北方诸省中最早建立共产主义小组的，在抗日战争中作为连接南北的咽喉要道，淮海战役则决定了国共两党军事力量的决定性消长……台海相隔，山东籍老兵也是为数众多的一群。以此作为一个整体性研究，也是融合大陆和台湾文学的一个重要着力点吧。

第十五章　大奖纷纷向莫言：经典化的过程及其价值取向

莫言和当代作家经典化的难度

　　讨论中国当代作家的经典化问题是一个很好的题目，做起来却不是那么容易。此前程光炜讲到，中国当代文学研究为什么比不上现代文学研究的成就，其中有一条就是说现代文学研究实现了现代作家的经典化，文学史的格局已基本建立，有了稳定的研究框架。当代作家研究却流于时评，缺少比较清晰的历史定位。这样的表述流露出一定的焦虑，这也是莫言和当代作家经典化的话题之所以成立的重要前提。

　　提出当代作家经典化，有它的现实意义和历史眼光，但是，要把它落到实处又并非易事。就以中国现代文学研究而论，它的创作和评论是同步展开的，至今已达百年。在这一个世纪当中可以看到几个重要的关键点。五四新文学初创时期，首先要确立的是它的合法性和原创价值——中国文化和文学有着数千年悠久丰厚的传统，五四新文学却是以反传统的面貌出现在历史的地平线上，是从无到有，遭到文化保守主义者和传统文学阵营的攻击和抵制是可想而知的。譬如说郁达夫《沉沦》这样的离经叛道的作品，在日本的私小说系列中可能不足为奇，但在汉语的语境中它的惊世骇俗、"伤风败俗"，却遭到严厉的指责。幸好有周作人这样的慧眼识英雄，给郁达夫以极大的支持，使得后者获得了继续在创作道路上走下去的勇气和决心。回过头来再想，周作人之所以支持郁达夫，正是因为他们所共同具有的日本文化和文学的知识背景。同时，它还借助于周作人在新文化运动中确立的权威地位。再比如说，夏志清非常推崇的钱锺书和张爱玲，一个是曾经留学欧洲，一个是曾经负笈香港，异域的生活经验对其文学创作的影响，恐怕也需要夏志清这样长期生活在大洋彼岸的学子才会有切身的体察。与之相关联的是，回望中国现代文学史被经典化的作家，其中相当一部分是话题性的作家：不仅是说他们的作品评价在不同历史时段都有激烈的争论，他们的个人生活也经常被学界津津乐道，鲁迅、胡适、周作人、郁达夫、沈从文、萧红、张爱玲、赵树理等莫不如是。吊诡的是，随着时光的流逝，作家们个人生活一方面几乎被掘地三尺发掘殆尽，一方面某些看来不是难事的关节，却仍然云遮雾罩，众说纷纭。唯其如此，他们一直在吸引眼球，一直在被人谈论。有个新词叫作"注意力经济"，其实，作家要想经常处于被关注的视野中，那些说不清道不明的逸闻与"绯闻"，也是必不可少的。

就此两点而言，当代作家都是难以与他们的前辈相比照的。现代文学距今已有百年的传播阅读史，即便是二十世纪四十年代崛起的张爱玲，也足有七十年的时间让人反复揣摩，经历了红极一时——销声匿迹——卷土重来的三段式，又恰巧与二十世纪九十年代中期的大上海怀旧热相重合，才达到登峰造极的高度。我们现在所言说的当代作家莫言和他的同代人贾平凹、王安忆、余华、韩少功、阎连科、格非等，满打满算，他们全部的创作生涯，就是新近的三四十年，在没有经历过翻烙饼式的大起大落反反正正的评价之前，是很难有比较确切的定评的。还有，前面讲到的现代文学作家的感情困惑、敌友恩怨，一方面是人们消闲解闷的谈资，一方面它又关联着作家的创作走向。不理解茅盾与秦德君的恩恩怨怨，就很难解释此前从未入川的茅盾何以写得出表现川中新女性的觉醒与追求的《虹》，一味地沉浸于沈从文与张兆和的爱情神话中，也无法解读沈从文的《水云》和《看虹录》。才子才女自多情，当代作家也不例外，何况身处从禁欲主义的"文化大革命"时期向开放多元的婚恋观转换的新时期；这些灵与肉的困惑，也渗透进作家的作品中。但是，除了因为解读《废都》而涉及贾平凹的婚姻解体，我们还存在很大顾忌，为作家讳，很难以这一角度去解析当代作家的作品。而

346

莫言与当代中国文学创新经验研究

缺了这一块儿，就缺失了解读作家作品的一个必不可少的路径。

认识到上述两点缺憾，不是推卸责任，不是无所作为。讨论当代作家的经典化，仍然是大有可为的。我们目前能做的，就是要追问一个最重要的问题：作家的经典化，是如何形成的？它需要哪些要素？一个作家在不同时期不同目光观照下，凸显出来的是他的哪些方面？

作为最重要的中国当代作家之一的莫言，他的经典意义何在？从二十世纪八十年代中期的《红高粱》获得全国优秀中篇小说奖，到 2012 年 10 月荣获诺贝尔文学奖，在各种各样的授奖词中凸显的是他的什么亮点？在荣获诺贝尔文学奖之前，莫言就是在国外获奖最多、作品被翻译出版最多的作家，莫言凭什么赢得不同国别不同评委的青睐，凭什么能够获取各种各样的文学奖项？还有，各种文学奖项在莫言获奖的前前后后，都有哪些作家获奖，表现出什么样的价值取向？在当下，莫言研究许多方面已经做得非常充分，从这一角度入手或许是一个可行的路径。不但是从中可以看到莫言如何被经典化的动态过程，而且也可以窥测到来自不同方面的对文学经典化的价值取向。

"大家·红河文学奖"：激情、历史、母亲

1987 年，《红高粱》荣获全国优秀中篇小说奖，这是莫言获得的第一个重要奖项。而可以看到评委意见和授奖词，进而明确评奖导向的，首先是大型文学期刊《大家》于 1996 年第 1 期刊载的给《丰乳肥臀》颁发"大家·红河文学奖"的评委个人评语与评委会通过的评语。

这是评委的个人意见：

> 从黄河里舀起一碗水，不难看到碗底的泥沙。不过我
> 们站在河边，首先感到的是扑面而来的冲击力和震撼力。

《丰乳肥臀》是一道艺术想象的巨流，即或可以指出某些应予收敛之处，我仍然认为是长篇创作的一个重要收获，五十万言一泻而下，辉映出了北方大地近一个世纪的历史风云。苦难重重的战争年代，写得尤为真切凝重，发人深思。书名似欠庄重，然作者刻意在追求一种喻意，因此在我看来不是不能接受的。

评奖委员会主任　徐怀中

大地和母亲的永恒的颂歌，作家的执着相当感人。

这篇小说在历史的纵深感、内容的涵括性，以及展现生活的丰富性方面，标志着莫言创作的新高度。

题名稍嫌浅露，是美中不足。

评奖委员会委员　谢冕

为节省篇幅，其余几位评委的评奖词省略。下面是评奖委员会的颁奖词：

《丰乳肥臀》是一部在浅直名称下的丰厚性作品，莫言以一贯的执着和激情叙述了近百年来中国社会的历史进程，深刻地表达了生命对苦难的记忆，具有深邃的历史纵深感。文风时出规范，情感诚挚严肃，是一部风格鲜明的优秀之作。小说篇名在一些读者中可能会引起歧义，但并不影响小说本身的内涵。

评委会：徐怀中、汪曾祺、谢冕、李锐、
苏童、王干、刘震云①

部队资深作家徐怀中，《西线轶事》的作者，莫言在解放军艺术学院文学系读书时的恩师，他的评语强调"艺术想象的巨流"，

---

① 首届"大家·红河文学奖"颁奖词、获奖致辞，《大家》，1996年第1期。

是从创作过程与宏阔气势着眼；著名诗歌理论家谢冕赞誉其是"大地和母亲的永恒的颂歌"，把握住了作品歌颂母亲的激越情感。由七位评委签名的授奖词，则突出了百年历史、苦难记忆。同时也会看出，颇有先锋意味的《丰乳肥臀》这个书名，即使在这些对莫言作品赞赏有加的评委眼中，也未免有些"刺眼"。

时当二十世纪九十年代中期，经受市场经济冲击的中国文坛，众语喧哗，泾渭莫辨。兼取纯文学与大众阅读双重目标的贾平凹的《废都》、陈忠实的《白鹿原》，一时间声名鹊起，发行量甚佳，"陕军东征"旗开得胜，后者更是被认作于文学的低迷中崛起的一座高峰。但为时不久，这两部作品就双双遭到强力打压，文学的风向标指向何处？恰逢此时，10万元人民币的大奖"大家·红河文学奖"落到莫言头上，这在当时是国内奖金额度最高的文学奖，也可以看作是其时国内最重要的文学奖——自从1991年颁发第三届茅盾文学奖，到1998年设立并颁发第一届鲁迅文学奖，此期间较大规模的文学评奖处于停摆状态。"大家·红河文学奖"的设奖者是在市场化大潮搅得人心浮动中逆势而起的大型文学期刊，创立于云南昆明的《大家》，其定位是以探究文学表达之无尽可能性的"先锋性"为特色。10万元人民币的奖金更是创出中国大陆文学奖金额度的最高点。正如莫言在"大家·红河文学奖"颁奖大会上所言：

　　两年前，我参加了在北京举行的《大家》创刊首发式。当时，在所谓的"文学低潮"中，在大多数刊物因为经济危机而叫苦不迭时，一个边远省份竟然创办了这样一份豪华刊物，我悄悄地认为这是不合时宜的。我甚至对身边的朋友说："我估计这刊物办个三、五期就该停刊了。"但两年过去了，《大家》不但没有停刊，而且保持了它的豪华形象。越来越多的作家被《大家》吸引，越来越多的读者被《大家》吸引。《大家》在中国期刊之林里已经占据了一席之地，《大家》庄严的形象已经深入人心。《大家》是云南的光荣，也是中国文坛的光荣。[①]

莫言此言并非虚夸。《大家》在文学的"严冬"时节异军突起，引人瞩目，第1期发行量就达两万份，此后又增长翻了一番，在该刊创办10周年之际，有媒体人这样报道："这份诞生于'冬天'的文学期刊，早已跻身并始终居于中国文学'名刊'之列，获得了'百佳社科期刊'的称号，得到了国内外广大作者和读者的钟爱。近年来，中国文学随着社会生活的进步和发展，日渐繁荣，并呈现出更丰富、更新颖的势头。《大家》坚持的以探索文学表现的无尽可能性为己任的'先锋文学'，冲出了'少数派'群体探索的峡谷，成为了文学主流精神的重要部分。"[②]

"大家·红河文学奖"对于中国文坛，对于莫言自己，都是有重要意义的。《红高粱》获奖已经是昨天的往事，莫言自二十世纪八十年代末期进行的文学探索，如《欢乐》《十三步》《酒国》等，都没有引起大的反响。《丰乳肥臀》问世之初，人们的注意力都被它的书名所吸引，作品的评价如何，还有待验证。莫言在文学探索的道路上能够走多远，也还是未知之数。由徐怀中领衔的七位评委，俱是一时之选，把大奖颁发给莫言迄今为止仍然是其最重要作品的《丰乳肥臀》，当然是一个极大的鼓励。最为重要的是，《丰乳肥臀》这样的在数十年的历史长河中依次展现其诸多关节点，以刻画人物性格、显现命运浮沉的方式，也成为他后来写作《四十一炮》《生死疲劳》和《蛙》的基本样式。

冯牧文学奖：曲径通幽向何方

2001年，莫言获冯牧文学奖。获奖评语说："莫言以近20年持

① 《大家》，1996年第1期。
② 文学杂志《大家》十周岁：稳行在漫漫文学路，http://mastermag.blog.sohu.com/55956074.html。

续不断的旺盛的文学写作，在海内外赢得了广泛声誉。虽然，他曾一度在创新道路上过犹不及，但他依然是新时期以来中国最有代表性的作家之一。他创作于80年代中期的'红高粱'家族系列小说，对于新时期军旅文学的发展产生过深刻而积极的影响。《红高粱》以自由不羁的想象，汪洋恣肆的语言，奇异新颖的感觉，创造出了一个辉煌瑰丽的莫言小说世界。他用灵性激活历史，重写战争，张扬生命伟力，弘扬民族精神，直接影响了一批同他一样没有战争经历的青年军旅小说家写出了自己'心中的战争'，使当代战争小说面貌为之一新。"

冯牧文学奖始创于2000年，分为三个类别：青年批评家奖，文学新人奖，军旅文学奖。这正好对应了冯牧的三个身份：著名文学评论家，中国作家协会领导人，曾在军旅并且发现和培养了白桦、公刘、徐怀中等一批西南军旅作家的昆明军区政治部文化部副部长。军旅文学奖的评奖标准是"军旅文学创作奖奖励以创作实绩为军旅文学的发展作出开创性贡献，进行了成功的探索、提供了新的启迪的军内外中青年作家。以鼓励军旅文学在一代一代作家的努力下，不断取得新的发展"。此奖项在二十一世纪初连续颁发三届，2016年颁发第四届冯牧文学奖。在前三届获奖者中，青年批评家奖得主李敬泽、何向阳、谢有顺、吴俊等，文学新人奖得主徐坤、红柯、毕飞宇、刘亮程等，都是当今的新锐，军旅文学奖则是瞻前顾后，既是在追述二十世纪八十年代以来军旅文学的创新潮流，如朱苏进、苗长水、乔良、周大新等，也有世纪之交引人瞩目的邓一光、柳建伟等。莫言的授奖词，一是褒奖其《红高粱》等抗日战争题材作品的锐意创新，二是肯定其开创军事文学创新潮流的功绩，三是敏锐地指出他在海内外赢得了广泛声誉——这在与莫言先后荣获冯牧文学奖的军旅文学作家中，是鲜有人能够比肩的。

还值得提及的是，在2002年的第三届冯牧文学奖给另一位山东籍的军旅作家苗长水的授奖词中，莫言对军事文学的贡献成为辨析苗长水创作个性的强烈背景。这固然可以看做是授奖词撰写人对莫言的偏爱，但也见出莫言在军事文学创作中的难以估量的二十世纪八十年代后期，当一批青年作家纷纷以《红高粱》式的叙事方式描写自己"心中的战争"时，苗长水悄悄地从《季节桥》开始了向沂蒙山的文学跋涉。经历过《冬天与夏天的区别》和《犁越芳冢》，他以洞幽发微的艺术慧眼找到了美丽而沉静的《染坊之子》和《非凡的大姨》。在这一组沂蒙山系列中篇小说里，他用真挚而深沉的爱心去感知、发现和创造最苦难最严峻的战斗岁月中的诗意。他以朴实自然的低调叙述和绵密细腻的情感流露，委婉细致而又反复坚定地向我们展现了在历史的黑暗时刻中，中华儿女人情人性美的花朵的生命形态和缓缓开放的自然过程。他以苗长水式的深情吟唱区别了莫言式的轰然雷鸣，同样独辟蹊径地超越了革命历史题材创作的"五老峰"。苗长水贡献于斯，风流于斯。时至今日，我们在为苗长水暂停了他的沂蒙山文学之旅而惋惜的同时，依然怀念源自沂蒙山的、叮咚作响的"长长的流水"。

苗长水也非等闲人物。他也是著名的部队作家，和莫言同是山东人，又是解放军艺术学院文学系的同学，二十世纪八十年代中期，莫言以《红高粱》名满天下，苗长水则以解放战争题材的中、短篇小说《冬天与夏天的区别》《染坊之子》《犁越芳冢》《非凡的大姨》等引起文坛关注。《小说选刊》《小说月报》《新华文摘》《文艺报》《人民日报·海外版》等多次转载选载，并被译为英文、法文出版，被誉为"浮躁中的一股清风，红蝗中的一片绿地"①。所谓"浮躁中的一股清风"，是指自八十年代中期以来文坛的竞为新奇、唯新是趋的时风中，苗长水以现实主义的风骨，深信"文无故

---

① 转引自范咏戈：《坚守中的超越——再识苗长水》，中国作家网，http://www.chinawriter.com.cn/wxpl/2011/2011-10-31/103939.html。

新，惟有伪真"，抒写沂蒙山老区的战争与土改的悲凉往事；所谓"红蝗中的一片绿地"，不期而然地暗引了莫言的作品《红蝗》，以红蝗纷扰形容其时文坛的喧哗与骚动，以见出苗长水的沉静悠长。两位在山东成长起来的军旅作家，都对残酷的历史记忆深有心得，都将自己的作品沉浸在时代的苦难血海中，让人性从血污中超拔升腾，都有过非常好的创作势头而令人期待。他们对于乡野大地的民风世情都有着深切的体认，如苗长水所说："沂蒙山这个地方很奇怪，佛教的东西很少，道教比较流行，再就是基督教、天主教比较多。我跑了很多地方，很少看到寺庙，但十九世纪末德国占领时修建的教堂还有很多还存在。老百姓中流传的口头文学、民间文学、传说的、神话的、历史的东西特别深厚。很多沂蒙山人并没有读多少书，但传说的历史的很多事情他们都能有根有底、有枝有叶地讲出来。……我骨子里对文化、道德等方面的问题比较欣赏一种自然的状态。就我所接触到的沂蒙山人，在爱情、生活方面的自由比城市里受过文明教化的人更自由一些，更天然一些，不受习俗、文化的约束。"[1]

两人先后荣获冯牧文学奖，也算是军旅文坛对他们的一次追认。但是，莫言在《红高粱》等战争文学作品的第一次创作高潮过后，很快就实现了华丽转身，以《酒国》和《丰乳肥臀》开拓出一片新的文学疆土，而写入冯牧文学奖颁奖词中的"为苗长水暂停了他的沂蒙山文学之旅而惋惜的同时，依然怀念源自沂蒙山的、叮咚作响的'长长的流水'"，至今仍然未能平息人们的期待和惋惜。何以会在较高起点和大受欢迎之后，两人的文学之路走得如此不同，这当然有多种原因，但是，仅从其中一两个方面，也是可以见出原委的。

莫言和苗长水都是非常推崇肖洛霍夫的《静静的顿河》的，受其影响匪浅。但是，莫言将这种仰羡马上付诸行动，《红高粱》中

① 周志雄、李建英：《长长的流水　脉脉的温情——苗长水访谈录》，中国作家网，http://www.chinawriter.com.cn/2008/2008-09-04/42429.html。

的余占鳌就颇有葛利高里的风姿，到了同名电影结尾处，豆官看到的黑色太阳更是对《静静的顿河》的一种模仿和致敬。苗长水对《静静的顿河》心向往之，期望自己也能写出一部那样的作品，但缺少强烈的激情爆发和迅速投入行动的魄力。苗长水自省说："我在写《战后记事》《冬天与夏天的区别》这些作品的时候，得到编辑老师们的鼓励也比较多，包括《非凡的大姨》《染坊之子》《犁越芳冢》等就写进了很多生活的真切感受积累，基本上将前边的生活积累都写进去了。后来写多了，写的东西有点拉杂，没有把最精彩的写出来。这一段为什么没大写，也是与这个有一定的关系，有些东西与现在活着的人有一定的关系，不好展现，我想再积累积累。至于语言方式，文学界认同你一种风格，但个人老看自己的一种语言方式，我自己都烦了。但采用一种新的方式，社会不大接受，我想先放一放再说，这一放就是十年了。"①

作家的自知之明非常可贵，也令人惋惜：如果说，生活积累的有限性是一种普遍现象，都会有卡壳的时候；那么，因为新的创作风格"社会不大接受"而停顿下来，就不能不追究作家的个人责任了。莫言也有过创新的焦虑，如其在《你的行为令我们恐惧》所表现的那样，但是，他却没有因此停滞不前，他的创新之作《十三步》《酒国》也曾经遭受冷遇，《丰乳肥臀》更是令他险些遭受灭顶之灾，但他挺过来了。

还有，上述引文中，苗长水强调的沂蒙山区老百姓中流传的口头文学、民间文学、传说的、神话的、历史的东西特别深厚，与"我骨子里对文化、道德等方面的问题比较欣赏"两者之间的关系，也值得琢磨一二。就地域文化而言，沂蒙文化既有东夷文化的流脉，更有鲁文化核心区域的特征，是鲁国所在地和荀子故里，厚

---

① 周志雄、李建英：《长长的流水　脉脉的温情——苗长水访谈录》，中国作家网，http://www.chinawriter.com.cn/2008/2008-09-04/42429.html。附注：做这样的对比有些强人所难，而且，我和两位作家都有过相当的交往，都有交情，当然不会以一褒一贬的方式去展开论述。我想要做的是，从中摄取什么样的经验教训。

重质朴，道德感极强，成为抗日战争和解放战争的革命老区，有其精神传统。加上苗长水自己对文化和道德方面的看重，就有了再一层的思想过滤，对其口头文学、民间文学、传说的、神话的、历史的蕴涵有所损减，如果不能够加以新质，以强大的个性与精神能量激活之创生之，就容易出现自我重复和资源枯竭的现象。苗长水后来注重于新军事变革与中国军队现代化建设的命题，未能再续沂蒙山的长长流水，与之有深刻关联。莫言也汲取了胶东地区大量的口头文学、民间文学、传说的、神话的、历史的蕴涵，他看重的是个性生命的自由自在的张扬，和人们为了求生存求发展所做出的种种努力与挣扎，其视野与取材就比苗长水要开阔许多。苗长水注重的是地域文化与红色传统的衔接，他笔下的女性都是立身于革命与进步的立场的，富有自我牺牲精神与人道主义情怀，如《非凡的大姨》和《犁越芳冢》作品中的女主人公。这样写出来的人物，有其独特的魅力，有时代性与地域性的结合，但是这只是社会人群中非常有限的一部分人物。莫言所写的戴凤莲与上官鲁氏，因为超越政治正确的界定，让他们为了自己的幸福与子女的成长而挥洒生命的能量，就具有了更为丰富复杂的生命传奇。再比如说，近代以来，山东匪患甚为严重，位居全国第二，仅次于河南；沂蒙山也是山东较为贫困的地区，土匪故事众多。但是，如果跳不出政治—道德的拘囿，对于苗长水，此类故事是难以处理的。相反地，不但是莫言写了余占鳌和司马库等奋起抗日的故事，山东的另一位作家尤凤伟还写过土匪系列的石门奇闻。这也是一种参照吧。

　　当然，因此批评苗长水，还为时过早，焉知他在新近的哪一天不会拿出堪与《静静的顿河》媲美的佳作呢？但"一放就是十年"还是令人惋惜——一个人有几个十年！

　　冯牧文学奖如此厚爱莫言，还有一个原因。《丰乳肥臀》获得"大家·红河文学奖"，随之而来的，却是一场出乎意外的批判浪潮。在强大的压力下，莫言违心地做了检查，"主动"要求对《丰乳肥臀》停止发行，黯然离开军营。前面说到《废都》和《白鹿原》都是先畅销后遭受打压的，贾平凹和陈忠实也因此遭受很大压力。

但是对《废都》的公开批判主要是来自学界，对《白鹿原》的指责则控制在"内部"的若干说法，未曾公开发布，两位受批判者也没有因此失掉作为陕西省作家协会的专业作家的身份。那些批判《丰乳肥臀》的文章来势汹汹，几欲致莫言于死地，甚至还可能危及徐怀中等。而且，当时的语境下，莫言自己和学界朋友都无法对其做出公开辩护；与此相关，莫言脱下军装之时，他连京城某个层级的作家协会专业作家的位置都没有找到，在《检察日报》的电视制作中心落脚，处境着实尴尬。冯牧文学奖口口声声地说到他的《红高粱》对军事文学的重要贡献，其实是曲径通幽，别有襟抱，是对前述的批判《丰乳肥臀》之恶流的一种委婉的回击吧。

台湾《联合报》：三次交集与"三大成就"

1988 年度联合报文学奖颁给莫言的《白狗秋千架》，这是大陆作家在台湾较早的获奖。此前，无论是五十到七十年代的文学，还是新时期伊始的"伤痕文学""反思文学"等，带给台湾读者的都是具有强烈政治宣传性的印象，与蒋介石统治台湾时代的"战斗文学""反共文学"等理念优先的作品并无二致。阿城的《棋王》登陆宝岛，让台湾文坛和读者刮目相看。莫言在台湾的登陆，当是借助电影《红高粱》获得柏林电影节金熊奖的影响力，小说《红高粱》经由号称沟通两岸当代作家创作第一人的台湾作家郭枫出资主办的文学刊物《新地》发表，然后是《联合报》副刊刊载《白狗秋千架》并获奖。《白狗秋千架》原发在大陆由中国作家协会主办、资深文学活动家冯牧任主编的大型文学双月刊《中国作家》上，是莫言建构高密东北乡文学版图的开篇之作。莫言坦率地自称，这篇小说是从川端康成的《雪国》中得到启示而落笔的：

　　一九八四年寒冬里的一个夜晚，我在灯下阅读川端康成的名作《雪国》。当我读到"一条壮硕的黑色秋田狗蹲在那里的一块踏石上，久久地舔着热水"时，脑海中犹如电光石火一闪烁，一个想法浮上心头。

我随即抓起笔，在稿纸上写下这样的句子："高密东北乡原产白色温驯的大狗，绵延数代之后，很难再见一匹纯种。"这个句子就是收入本集中的《白狗秋千架》的开头。

这是我的小说中第一次出现"高密东北乡"的字样，从此之后，"高密东北乡"就成了我专属的"文学领地"。我也由一个四处漂流的文学乞丐，变成了这块领地上的"王"。①

由此可见《白狗秋千架》在莫言创作道路上的重要意义。但是，这篇作品在大陆发表后，似乎并没有引起足够的重视——莫言是个快手，他从 1985 年 4 月在《中国作家》发表中篇小说《透明的红萝卜》一鸣惊人，就进入写作的巅峰状态，短短一年多，就推出《枯河》《白狗秋千架》《大水》《爆炸》《金发婴儿》《球状闪电》等多部作品，又用《红高粱》作为这一时期创作的一个标高，令人如行山阴道上，应接不暇。大陆关注莫言的学者、评论家并不在少数，评论文章数量也很可观，对其作品的高度肯定更是毋庸置疑；但《白狗秋千架》的重要性，却是在后来才逐渐地被人们所发现。《白狗秋千架》在台湾获奖，有各种偶然因素，却也要肯定台湾文坛的慧眼识珠。联合报文学奖和时报文学奖并称为台湾两大文学奖，自二十世纪八十年代中期以来，随着两岸文化交流的频密，大陆著名作家王小波、莫言、韩少功、苏童、虹影等曾先后获得该奖。这也是两岸作家交流的一段佳话。

接下来，莫言的《檀香刑》甫一面世，当即荣获 2001 年"联合报读书人年度文学类最佳书奖"。《檀香刑》在大陆出版后，人们对莫言的"大踏步撤退"的艺术新变，对作品中的"残酷叙事"，

---

① 莫言:《感谢那条秋田狗——日文版小说集〈白狗秋千架〉序》，莫言:《说吧莫言:北京秋天下午的我》，海天出版社 2007 年版，第408 页。

呈现出褒贬不一的评价。它于第一时间就在台湾得到高度评价，其意义非同小可。

2012年，莫言荣获诺奖之后，《联合报》再次发声。这一次是一篇社评，高度肯定莫言的堪与世界文学顶级作家比肩的"三个成就"：

> 诺贝尔文学奖一年只颁一次，只有一位得主的奖项，一定不可能意味着得主就是"世界第一"，把其他人都比下去了；而是他的成就到达了最高的层级。
>
> 莫言的作品创造了一种可以承载丰富意象与奇情幻想的乡土语言，描绘了一个看来既亲切又陌生的"高密东北乡"，这是项了不起的文学成就。
>
> 莫言对于小说孜孜矻矻的长久追求，能够在不同篇幅的小说中自在优游地书写出不同的文学感动或震撼，可雄浑可鄙琐可高贵可粗俗可残酷可温柔，这又是项了不起的文学成就。
>
> 莫言的小说，出入于写实与魔幻之间，呼应着国际文坛的浪潮，然而却又不仅只是片面模仿既有的技法，带着自尊与自信，他不断琢磨、实验自己的小说理论，尤其是关注故事与说故事的人的神奇关系，这方面，他也自有不容忽视，可以提供其他人借镜的成就。
>
> 莫言的成就，可以和之前获得诺贝尔文学奖的各国大家，无愧并列，平起平坐。莫言对于中文的原创性开展，更是足以让同属华文世界的我们欣慰可以不经翻译直接阅读领会。
>
> 我们衷心期待，文学带来的深沉感动与思考，可以更为长远。愿世人能够回归文学本位，认知莫言对于华文文学，乃至于世界文学的确实贡献。①

① 台湾关注莫言获诺奖：了不起的文学成就，http://www.chinadaily.com.cn/dfpd/2012-12/11/content_16005396.htm。

这里的"三大成就",有理有据,明快犀利:第一是莫言的乡土气息浓郁又能够承载神奇想象和丰富意象的文学语言和高密东北乡文学王国的建立;第二是其不同的情感向度的极度张扬和艺术感染力,美丑善恶,爱恨情仇,血腥污秽,浪漫狂放,都做了极致化的描写,而又从容不迫,收放自如;第三是在融合世界文学潮流与独具匠心地讲述中国故事两者间的融会贯通,将写实与魔幻都铸成伟辞,不但是为中国作家,也为世界文坛树立了一个来自东方的标杆和镜鉴,具有全球性的启示意义。其热烈赞扬之情溢于言表,又正中肯綮。同时,对于"回归文学本位"的呼唤,也是语重心长,有感而发,它针对的是莫言获诺奖后从意识形态角度贬斥莫言、将文学泛政治化的有关言论。个中的沉重感不难体味。

来自法兰西:文体实验与幽默感

2001 年《酒国》(法文版)获法国"Laure Bataillin"(儒尔·巴泰雍)外国文学奖。授奖词是:

> 由中国杰出小说家莫言原创、优秀汉学家杜特莱翻译成法文的《酒国》,是一个空前绝后的实验性文体。其思想之大胆,情节之奇幻,人物之鬼魅,结构之新颖,都超出了法国乃至世界读者的阅读经验。这样的作品不可能被广泛阅读,但却会为刺激小说的生命力而持久地发挥效应。

"Laure Bataillin"(儒尔·巴泰雍)外国文学奖是法国著名的文学奖项,1986 年由法国文学评论家 Laure Guille-Bataillon(1928—1990)创办,专门颁发给有法语译本的外国文学作品,目的很显然,鼓励法文译者积极译介外国文学作品。历届获奖者中,有博胡米尔·赫拉巴尔、约翰·厄普代克、德里克·沃尔科特等著名作家。

莫言的《酒国》问世之后，在本土没有得到热烈的反响，这也许和《酒国》的寓言式写作风格相关：二十世纪九十年代的文坛，先是王朔的"痞子文学"走红，后来则有《废都》《白鹿原》和《文化苦旅》风行；曾经炫目一时的先锋文学作家或者销声匿迹，或者改弦更张，《酒国》具有强烈的文体探索姿态及相当的阅读难度，因此遭到冷落。而法兰西不愧是世界文化之都，它的敏锐眼光和创新气度，对《酒国》这样不仅超越本土也超越了世界读者阅读经验的探索性文本的激赏，溢于言表。满篇授奖词全是着眼于艺术创新，而不曾像我们常见的七分思想内容、三分艺术成就的二分法，一来避免了对作品内容解读中产生的歧义，二来凸显了"为艺术而艺术"的纯粹性。

"Laure Bataillin"（儒尔·巴泰雍）外国文学奖来自文学界，法兰西文学与艺术骑士勋章则代表了法国官方的旨意。2004 年，莫言和李锐、余华同获此奖项，这再一次展现出法国对文化的推重和当代中国的友善。给莫言的授奖词如是说："您写作的长、短篇小说在法国广大读者中已经享有名望。您以有声有色的语言，对故乡山东省的情感、反映农村生活的笔调、富有历史感的叙述，将中国的生活片断描绘成了同情、暴力和幽默感融成一体的生动场面。您喜欢做叙述试验，但是，我想最引起读者兴趣的还是您对所有人物，无论是和您一样出身的农民还是所描写的乡村干部，都能够以深入浅出的手法来处理。"

这恰好对《酒国》的授奖词形成一种对话，在叙述实验的鲜明特征之上，是对所有人物的生动描述。故乡情感、农村生活、历史画卷，这样的评价与我们通常对莫言的描述并无二致，但是，"同情、暴力和幽默感融成一体"，尚未被我们所关注，或许，产生拉伯雷的国度，比我们更长于捕捉作家的幽默感吧。

这一视点，与同样是莫言作品得以大量翻译的美国恰成对照。莫言的"叙述实验"，先锋姿态，在法兰西受到高度称赞。法文版《丰乳肥臀》的封底文字引用了法国《电视周报》（Télérama）的一句评论："在现实主义和神怪魔幻之间，幻想，噩梦，现实，莫言展开了激流般的神奇叙述，传输着历史和神话。"法文版《檀香刑》的简介似乎更有说服力："这本书的建构就像一部经典、抒情、杰出的歌剧，刻画了中国传统世界最后的火花。清朝的覆灭值得如此壮观的展现。在暴力、温柔、夸张的幽默、喧闹、黑暗等饶有趣味的融合中，莫言对反差的偏爱重新显示出来。他的艺术在完美地创新，比以往更有说服力。他以非凡的才华融合了普遍性思考的深入和惊为天人的文学形式的现代性。"①对莫言作品的艺术创新的强调，是对于法国读者的一种阅读诱惑。在葛浩文的英文翻译中，我们却可以看到对莫言的"叙述实验"和先锋姿态拆解开来，把原作中跳跃性的时间结构加以规范，把原作中的章节按照自然的时间顺序调理一番、减少读者的阅读障碍的翻译策略。法国人不是不知道莫言作品在叙事方式和时空结构上的纵横捭阖自由跳跃对读者造成的限制，但他们却毫不犹豫地表明："这样的作品不可能被广泛阅读，但却会为刺激小说的生命力而持久地发挥效应。"葛浩文却是将莫言文本对读者的挑战改造为对读者的顺应。这两种翻译路径各有所长，又分别表现和适应了各自的文化语境，南橘北枳，地气使然。

在欧美各国中，法国是莫言作品译本最多的国度，在莫言获诺奖之前，他就有近二十种作品翻译成为法文，以至于瑞典诺奖评委会成员在回击有些人提出是葛浩文英文译本塑造了莫言的海外形象时，就讲到评委们从法文译本阅读莫言的情况。诺贝尔奖文学委员会前主席埃斯普马克在接受《南方周末》采访时说："我记得（莫言）只有三部作品被翻译成瑞典语，大约六部作品有英文版。而法语有十六部，所以我基本上读的都是法语版。"②马悦然在接受《南都周刊》采访时，以法国对莫言的翻译和传播为例，也再度澄清所

① 张寅德、刘海清:《莫言在法国：翻译、传播与接受》，http://www. dangjian.cn/djw2016sy/djw2016wkztl/wkztl2016djwztk/specials/ djzthswy/hswy/zxxw/201611/t20161114_3883559.shtml。
② "诺贝尔标准有很多变化":专访诺贝尔奖文学委员会前主席埃斯普马克，http://www.infzm.com/content/83899?g。

谓葛浩文塑造了西方的莫言文本的指控："关于这个谣言可以停止了。关于莫言，我们评委除中文外，还可以阅读几乎所有欧洲大语种的译本。比如法语，在他获奖之前，莫言的法译本有 18 种，获奖之后，立即增加到了 20 种。这里边肯定有忠实、全面、精当的译本。短篇小说《长安大道上的骑驴美人》本来也在我的翻译计划中，但因为已经有精当的法译本了，所以我就没翻。法语在国际上影响很大。莫言的长篇小说是中国伟大的说书人的传统，他获奖实至名归，我们对他的阅读是很充分的。还有一点有意思的，莫言曾获得法国的骑士勋章。事实上中国的好作家有很多都获得过法国骑士勋章，比如余华、李锐、贾平凹、王安忆等。"①

莫言自己对此也是深有体会的。2004 年，莫言和李锐、余华荣获法国骑士勋章，其时，莫言已经是在法国出版译著最多的中国作家，也被称为"最受法国读者欢迎的中国作家"。莫言在回答《新京报》记者采访中，有这样的对话：

> 莫言：法国是文化传统比较深厚的国家，西方的艺术之都，他们注重艺术上的创新。而创新也是我个人的艺术追求，总的来说我的每部小说都不是特别注重讲故事，而是希望能够在艺术形式上有新的探索。我被翻译过去的小说《天堂蒜薹之歌》是现实主义写法的，而《十三步》在形式探索上走得很远。这种不断变化可能符合了法国读者求新求变的艺术趣味，也使得不同的作品能够打动不同层次、不同趣味的读者，获得相对广阔的读者群。
>
> 新京报：在所有的被译介作品中，哪一部作品是最受欢迎的？
>
> 莫言：总的来说，在艺术形式上有探索，同时有深刻社会批判内涵的小说比较受欢迎。目前看来，《酒国》和

① 马悦然：《莫言得奖实至名归，顾彬是个二三流的汉学家》,《南都周刊》, 2014 年 4 月 20 日。

《丰乳肥臀》的影响最大，《丰乳肥臀》小说描写了一个非常复杂的大家庭的纷争和变化，《酒国》则是一部寓言化的、象征化的小说，当然也有社会性的内容。总之，小说艺术上的原创性和深刻的思想内涵，是打动读者的根本原因。①

还可以将莫言与别的中国作家获奖的颁奖词做一个对比。2013年法兰西文学与艺术骑士勋章给贾平凹的授奖理由是："贾平凹的作品呈现一种浓厚的陕西色彩，他书中的故事几乎都发生在陕西。比如《带灯》，就描述了当代中国适应现代化发展的步伐。从中我们也感受到，一个伟大国家的发展，需要尊重文化传统，尊重在这片土地上生活的人民，就像带灯这两个字表示的意义一样，文学可以在黑暗中给我们带来一丝烛光。"②2015年由法国外长洛朗·法比尤斯代表法兰西共和国授予铁凝法兰西文学与艺术骑士勋章并致辞。他肯定了铁凝在文学艺术创作领域取得的卓越成就，以及为中法文化交流作出的重要贡献。他称赞铁凝的作品中涌动着"一种既抒情又浪漫的声音，致力于描述普通百姓的内心世界，尤其是女性的内心世界"③。法国驻上海领事馆总领事阿克塞尔·柯瑞宇在2017年毕飞宇获奖的颁奖词中如是说："您总是描写在动荡当中的人物，您以敏锐的眼光展现给读者，出生在'文化大革命'前夕并经时代所带来的痛苦，这个时期深深在您的生活打上烙印并孕育出您劳动的成果。您在《平原》《玉米》中谈到这个时代，您对历史和现实的发掘，另辟蹊径。您通过对更深刻的细节来呈现真实的一面。您的作品《推拿》，一部描写盲人敏感世界的书，是您潜心研

---

① 术术:《莫言、李锐："法兰西骑士"归来》，http://cul.sohu.com/20061111/n246328745.shtml。

② 贾平凹获法兰西文学艺术骑士勋章，http://news.163.com/13/0225/00/8OH5QH5F00014AED.html。

③ 李晓晨:《铁凝获法国文学艺术骑士勋章》，《文艺报》，2015年5月18日。

究近二十年的心血。"①这些相关的评价，尺寸精当：讲贾平凹，用地域色彩、传统文化与现代化发展三个关键词加以概括，恰到好处；讲铁凝的抒情浪漫，描写普通民众尤其是女性人物，展现其内心世界，也让我们感到受用——唯其着意于展现时代风云中女性不乏柔情也不乏豪情的心灵境界，才构成其抒情和浪漫的内涵；讲毕飞宇，强调其二十世纪六十年代出生、在童年时期经受"文化大革命"之痛苦记忆的精神特征，及其作品中对历史与现实的真实呈现，也非常到位。法国的文化人对于别的民族和国度的文学能够理解到这样的程度，足以见出它基于世界性的近现代文化艺术中心的开阔眼界和贴心理解。就此而言，法兰西的文化自傲是足以成立的。

法兰西作为世界艺术之都，作为欧洲汉学的奠基者和领军者，其对于中国当代文学的热情，在西方世界恐怕是首屈一指的。这主要表现在两个方面：其一，就是它对于中国当代文学的大面积译介，以及对中国作家的热情褒奖，在世界上首屈一指；其二是它对于西方国家的文化影响力，许多中国作家都是先有法文译本然后根据法文译本而翻译为英文。

毕飞宇就是很好的例子。2003年，毕飞宇的小说《雨天的梅花糖》由法国南方行动出版社引进出版，由此开启了作品走向法国的序幕。迄今为止，毕飞宇共在法国出版了《雨天的棉花糖》《青衣》《玉米》《上海往事》《平原》《推拿》《苏北少年"堂吉诃德"》等七部作品。2004年，毕飞宇首次参加巴黎书展，并获评"最受法国读者欢迎的中国作家"。这些法文译本也推动着毕飞宇的作品走向更多的国家。2010年，法文版《平原》更是获得了法国《世界报》文学奖。②

① 重磅 | 毕飞宇荣获法兰西文学艺术骑士勋章，http://www.sohu.com/a/166636451_748376。
② 重磅 | 毕飞宇荣获法兰西文学艺术骑士勋章，http:// www.sohu.com/a/166636451_748376。

意大利没有缺席：古老文明与现代生活的融合

意大利，既是古代罗马文明的发祥地，也是文艺复兴运动的中心。在全球性分享莫言的浪潮中，热情和浪漫丝毫不亚于法兰西的意大利没有缺席。莫言于 2005 年 1 月获第三十届意大利 NONINO 国际文学奖。诺尼诺国际文学奖授奖辞是：

> 莫言的作品植根于古老深厚的文明，具有无限丰富而又科学严密的想象空间，其写作思维新颖独特，以激烈澎湃和柔情似水的语言，展现了中国这一广阔的文化熔炉在近现代史上经历的悲剧、战争，反映了一个时代充满爱、痛和团结的生活。[①]

面对这样的中文译文，我们经常面临一种尴尬。它损害了汉语的尊严，就像是用翻译软件翻译过来的。如描述莫言的想象力是"具有无限丰富而又科学严密"之类用语。莫言那天马行空般的想象力如何能用科学严密来表述呢？不过，其大致意思我们还是可以猜得出的。它称赞莫言依托古老文明，想象力非凡奔放，在表现百年中国的悲剧与战乱的同时，不仅是表现其痛苦，也反映出时代的爱与团结，具有超越苦难的正能量。

意大利诺尼诺国际文学奖是意大利最著名的国际性文学奖项，是以酿造葡萄酒著称的意大利诺尼诺家族在 1975 年设立的系列文学奖中的一个，每年颁发给一位享誉国际的作家（含诗人、小说家、戏剧家），历届获奖者包括奈保尔、托马斯·特朗斯特罗姆、莫言等诺奖作家，也有列维·斯特劳斯、萨义德等著名思想家。2012 年，

莫言文学世界研究

---

① 诺尼诺文学奖，https://baike.baidu.com/item/%E8%AF%BA%E5%B0%BC%E8%AF%BA%E6%96%87%E5%AD%A6%E5%A5%96/12616704。

恰逢莫言获诺奖之前，中国诗人杨炼摘得此奖的桂冠。杨炼的授奖词是："诗人杨炼是当代中国思想的高标之一。植根于他的千古文化，他重新阐释它，朝向当代张力再次发明和敞开它。他的诗句触及了关于我们存在的所有最重要提问，并提醒我们诗歌是我们唯一的母语。""他在一种并非仅仅疏离于自己土地的漂泊中，把生存和写作的景观推到极致。"①

比较两位中国的诺尼诺奖得主，是个非常困难的事情。与莫言的洪流滚滚的乡村记忆相迥异，杨炼的创作如其所言，是从先锋到"后锋"，其创作的支点，一是靠对中国古代典籍包括古典诗歌的阅读，二是靠在中国大陆和世界各地的行走踏访，以及心灵之内在的冲突与沉淀。而诺尼诺奖对两位中国作家的评价：植根于古老深厚的文明，展现了中国这一广阔的文化熔炉在近现代史上经历的悲剧、战争，反映了一个时代充满爱、痛和团结的生活；植根于它的千古文化，重新阐释它，朝向当代张力再次发明和敞开它，触及了关于我们存在的所有最重要提问——两者都强调了中国的古老文明与现代生活的关联，讲文明，讲文化，这样的特点显然是具有数千年之绵延不绝的东方文明的中国所独有的。在世界上的古代文明国家中，希腊、埃及、印度、巴比伦，都曾经遭遇国家的沦亡与文明的湮没的毁灭性灾难，遭遇文明的长期中断，只有中国的儒释道并存的多元文化，传承久远。当然，这种特色未必全是优点，自近代以来，对于传统文化的质疑和批判伴随了中国大陆现代转型的全过程，不过，这种激烈而持久的清算，恰恰表明了传统文明的顽强生命力吧。

在华语世界中：莫言的新世纪之履痕处处

2001 年《檀香刑》获台湾《联合报》2001 年十大好书奖。接

① 北塔：诗歌是一种思想能源——对话诺尼诺奖得主、旅英诗人杨炼，http://sztqb.sznews.com/html/2012-02/01/content_1913361.htm。

下来，2002 年《檀香刑》获首届"鼎钧双年文学奖"。据报道，"21世纪鼎钧双年文学奖"系由十一位国内著名学者、编辑共同发起的一项专业性文学奖项，每两年举行一次，每届颁发给两名中国作家，其中一名年龄在四十岁以上，另一名在四十岁以下（含四十岁）。获奖者须在评选期内有重要作品出版或发表（以长篇叙事作品为主），其作品在个人创作史上处于高峰状态，对汉语写作有创造性贡献，并表现出人类精神的丰富性和精湛的文学品质。给莫言的授奖辞说（因其文字较长，笔者掐头去尾做了节略）：

> ……《檀香刑》是这样一个标志：民间渊源首次被放到文源论的高度来认识，也被有意识地作为对近二三十年中国小说创作宗从西方话语的大格局寻求超越和突破的手段加以运用；同时，作者关于民间渊源的视界进一步开拓，开始从抽象精神层面而转化到具体的语言形式层面，从个别意象的植入发展到整体文本的借鉴。
>
> 义和团现象本身就是民间文化所孕育所造就，是山东古老民间文化的一次狂欢。借这个题材来激活一种以民间文化为底蕴的小说叙述，使本事与形式之间的天衣无缝，形成了一种妙不可言的"回声"。民间戏曲、说唱，既被移植到小说的语言风格中，也构成和参与了小说人物的精神世界。这种"形式"与"内容"的浑然一体，使得《檀香刑》比以往任何高扬"民间性"的小说实践，走得更远，也更内在化。①

这里强调的是《檀香刑》的民间特色，义和团起义本身就是一次起源于民间的自发性反抗，采用地方戏曲"猫腔"艺人及戏曲唱词风格加以表现，正是通常所说的形式与内容的高度统一。桀骜不

---

① 莫言、李洱获首届"21世纪鼎钧双年文学奖"，http://www.writermag azine.cn/2003/3/21cn.htm。

驯的英雄主义，同样是草莽民间的特色。莫言宣称《檀香刑》是一次大踏步的后退，是向中国文学传统和民间意识的皈依，这个授奖词就可以看做是对其新的艺术探索的高度肯定。与莫言《檀香刑》同时获鼎钧文学奖的是李洱的《花腔》，其授奖词曰："李洱相当贴切地抓住人物的身份和性格展开叙述，使每个人的叙述都特别有滋味，同时也不失总体的叙述风格。小说的叙述也始终散发着醇厚的诗情。这部小说以多视角的叙述，打开了一个异常生动的历史画卷，特别是有意混淆真实与虚构界限的手法，使得历史与人性的冲突变得真切而意味深长。李洱打开的这个角度，也可以说是中国文学展开现代性反思的最有益的探索。"（笔者有节略）《花腔》同样是在表现内容与艺术形式上都作出相当大的拓展的杰作。加之第二届获奖的作家作品是阎连科《受活》和格非《人面桃花》，可以将鼎钧文学奖看作是非常具有先锋性、探索性的文学奖项，可惜这一奖项此后似乎偃旗息鼓，未见其延续。

2004年4月，莫言获第二届"华语文学传媒大奖·年度杰出成就奖"。授奖辞说："莫言是当代文学变革旅途中的醒目界碑。他从故乡的原始经验出发，抵达的是中国人精神世界的隐秘腹地。他的笔下的欢乐和痛苦，说出的是他对民间中国的基本关怀，对大地和故土的深情感念。他的文字性格既天真又沧桑；他书写的事物既素朴又绚丽；他身上有压抑不住的狂欢精神，也有进入本土生活的坚定决心。这些品质都见证了他的复杂和广阔。从几年前的重要作品《檀香刑》到二〇〇三年度出版的《四十一炮》和《丰乳肥臀》（增补本），莫言依旧在寻求变化，依旧在创造独立而辉煌的生存景象，他的努力，极大地丰富了当代文学的整体面貌。"

华语传媒文学大奖由《南方都市报》于2002年设立，标举"公正、独立和创造""争做关注高雅文化的风向标"，每年的获奖者分为"年度杰出成就""年度作家""年度诗人""年度散文家""年度批评家"和"最具潜力新人"6个奖项，至今（2019年4月）已经颁发至17届，其连续性和严肃性，都是中国大陆各项文学奖中至为难能可贵的。逐年累积下来，它几乎网罗了中国大陆及海外华语文坛诸多名家。这个授奖词的核心是莫言表现社会生活和民族心灵的"复杂和广阔"。它充分发挥了汉语的悖反性特征，欢乐与痛苦，天真与沧桑，素朴与绚丽，狂欢化与残酷性，同时也对二十一世纪初年莫言的三部长篇小说表现出的探索创新予以积极的肯定。这和鼎钧文学奖的指向，既有共同之处，也有不同表述：鼎钧文学奖强化的是莫言创作与民间的关系，民间自发的反侵略斗争，民间戏曲的表现形式，华语传媒文学大奖重在对莫言作品的丰富性、复杂性的解读上。而且，由于后者是每年评选一次，所针对的是上一年度有重要作品的作家，因此，莫言的新作《四十一炮》和修订本《丰乳肥臀》于 2003 年双箭齐发，也是这次评奖的一个前提。

2005 年 12 月香港公开大学授予莫言荣誉文学博士。美国学者、莫言多部作品的英文版翻译者葛浩文现场致辞中，对莫言有如下的描述——

> 莫言较近期的作品包括 1995 年的《丰乳肥臀》和 2000 年以来的两部作品《檀香刑》和《四十一炮》。他依然多产，以其笔触令读者诧异、喜悦、惊愕。他以极具个人特色的写作风格和笔法，无畏地揭示出身边人事上和社会上令人震惊的狂暴面貌，毫不退缩。难产、强迫堕胎、重病和畸形、自杀与死亡，这些都是莫言小说常见的主题。他从不为照顾读者的感受而避免描写身体功能最隐秘的细节，往往无情地描绘人类的伤痛和残忍，道出婚姻和家庭暴力的悲哀，毫不讳言地揭露政府的贪污舞弊，严苛地描述人与老鼠、跳蚤、蛆虫、癞皮狗共存的环境。他为人类苦难所写的哀歌，无疑是以山东农村为背景的，那里水道干涸，山路崎岖，高粱、黄麻处处，还有沙尘滚滚的农村广场、政府建筑群和牢狱。但是，这些凄清的景象却被缤纷而精炼的想象笔触所冲淡，因作者对人类身处环境的深刻感受和柔情而呈现生气。莫言对人类凄凉孤独的描写令人不安，而且往往悲剧味道很重，但最终都

以其真实和无穷信念启迪人心。[①]

　　葛浩文的致辞，回顾了莫言的创作历程，历数其《红高粱家族》《天堂蒜薹之歌》《丰乳肥臀》《檀香刑》《四十一炮》，从其承续中国传奇志怪的小说传统、直面乡村生活的艰辛和苦难讲起，讲到其极致化写作的艺术追求和精神特征：不回避痛苦与污秽，不遮蔽身体与器官，对病痛、畸形、残缺与死亡的描写具有相当的强度。同时，葛浩文指出，在这些具有震撼与骇人的笔触之中，有着莫言特有的温情和信念，看似无情却有情，"这些凄清的景象却被缤纷而精炼的想象笔触所冲淡，因作者对人类身处环境的深刻感受和柔情而呈现生气。莫言对人类凄凉孤独的描写令人不安，而且往往悲剧味道很重，但最终都以其真实和无穷信念启迪人心"。葛浩文的致辞强调了莫言作品的精神导向，在真实地展现古老的中华民族的百年苦难与血污的同时，对超越苦难的坚强信念与博爱情怀的极度张扬。苦难的强度正是检验信念与博爱的强度。

　　莫言的创作，一直是在争议和质疑、赞扬与批判的喧哗中进行的。他荣获诺奖后，也有许多人斥责其缺少诺奖所要求的理想情怀。对此固然可以见仁见智，但是，不妨也听听别人怎么说，听听曾经逐字逐句反复揣摩莫言小说文本的葛浩文怎么说。我当然明白，这样的吁求是说了也白说，那些指责莫言只会暴露黑暗歪曲历史的批判者，他们的偏见根深蒂固，有几人认真地从头到尾地阅读过莫言的作品呢？

东亚之声：亚洲文化版图上的文学旗手

　　莫言在东方赢得的最早的奖项，是《檀香刑》于 2003 年在越南获得的"外国文学翻译奖"。这是越南最高的文学奖，由越南作

① 葛浩文的演讲词，笔者根据其演讲视频中文字幕整理。

家协会主办，设有 4 个专项奖（越南小说创作奖、越南诗歌创作奖、批评理论奖与外国文学翻译奖）。《檀香刑》的翻译者是越南著名汉学家陈廷宪，他是莫言作品越文版最早的也是最重要的翻译者，2001 年出版《丰乳肥臀》，2002 年出版《檀香刑》，其后几年间又密集地出版《红树林》《四十一炮》《天堂蒜薹之歌》《酒国》《透明的红萝卜》等，在越南掀起了阅读莫言的热潮。据有关资料，《丰乳肥臀》越文版是 2001 年在越南最走红的图书，创造了数年间越南图书印数最高的纪录。陈廷宪欣赏莫言的理由如下："第一，莫言小说里的'中国特色'非常浓；第二，莫言的小说从不重复自己的题材和叙述视角；第三，通过一个小小的高密东北村，莫言就可以描写出中国社会里那么多生命悲剧和人生的苦难，这真是很少见的。因为作家一般每一部小说都换地点或选一个不一样的空间来叙述，但是莫言的小说都以高密东北乡为背景来书写。"此后，莫言的许多重要作品在越南都得到翻译。^①据越南学者阮秋贤的分析，莫言作品在越南的流行，有几个原因：一是他的作品对身体与性的大胆描写，这不但在中国大陆曾经引起过很多争议，在具有同样的禁欲主义语境的越南，也造成很大的冲击波。《丰乳肥臀》在译稿完成后，就曾经遭到出版社的冷遇而延后数年才得以问世，但这样新颖而强烈的"性文学"也给求新求变的读者和作家带来很多启示。二是莫言小说所表现的现代中国的乡村与农民，接续了鲁迅以来的中国文学传统，也让一向通过文学而了解中国农村生活的越南读者有了亲切感。^②此后，由青年学者阮氏明翻译的中国作家阎连科的长篇小说《坚硬如水》在越南获得"外国文学翻译奖"，同时他也成为了继莫言之后第二位获该奖的中国作家。无独有偶，阎连科的小说也恰恰具有阮秋贤指出的两大特点。越南的当代文学，与越南的社会改革，都要晚于它的近邻中国，因此，它对于中国当代文学

①　（越南）范文明：《莫言在越南的翻译与研究》，《山西大学学报》，2013 年第 1 期。

②　（越南）阮秋贤：《莫言小说在越南的译介与接受》，《杭州师范大学学报》，2016 年第 1 期。

中的身体与性，在接受上有时间差。因此，莫言在越南也就具有了另一重意义，引领越南的青年作家进行艺术创新的探索。越南学者陶文琇在《以〈丰乳肥臀〉为例论莫言小说对越南文学的影响》的论文中，从"生与死""性与爱""新与旧"三个范畴，论述了莫言作品对当代越南青年作家的影响——《丰乳肥臀》里对母亲身体与性的大胆言说，对女性苦难遭遇的写作，在越南当代青年作家作品中也开始出现了，如陈清河的《我姨妈》、阮玉姿的《无尽的田野》以及杜黄耀的《梦魇》等小说。①

2006年7月，莫言荣获由日本福冈亚洲文化奖委员会颁发的第17届福冈亚洲文化大奖。在中国作家中，莫言是继巴金之后获此殊荣的第二人。颁奖致辞中说："莫言先生是当代中国的代表作家之一，他以独特的写实手法和丰富的想象力，描写了中国城市与农村的真实现状，作品被翻译成多种语言。莫言先生的作品引导亚洲文学走向未来，他不仅是当代中国文学的旗手，也是亚洲和世界文学的旗手。"

经常被中国媒体引用的这段话，"亚洲和世界文学的旗手"语焉不详。这并不是授奖词的全部。福冈亚洲文化大奖的网站上刊载的授奖词全文，对此有着明确的阐释：

> ……他不仅引导了中国文学，也对西欧当代文学有着压倒性影响，表达出了把受过去历史以及沉重传统束缚的亚洲文学引向光明的未来的这样一种气概。他还通过把他的故乡——杂草众生的农村地带高密县转换成幻想的文学空间，在文学的世界里创造出成功的作品，描写中国风土及文化和历史生根的世界，是具有地区性的，同时也是具有国际性的。
>
> 中国大地所孕育的莫言先生，通过文学，展现了文

---

① （越南）范文明：《莫言在越南的翻译与研究》，《山西大学学报》，2013年第1期。

化特有的丰富性和多样性，以及人类社会的复杂性和可能性，开辟了从亚洲到世界的道路，向全世界表现了亚洲文化的意义和存在，其取得的成就，正是和"福冈亚洲文化奖大奖"的宗旨和理念是一致的。^①

福冈亚洲文化奖设立于 1990 年，其宗旨是："亚洲是由多元的民族语言以及文化共生、交流的世界。其多样文化不仅只是固守悠久的历史和传统，并由其中衍生新的文化。现今伴随着全球化时代的来临，文化也受到单一化浪潮的冲击，亚洲固有文化恐有失去之虞。正因为现处于这样的时代，尤其需要守护、培育独特的文化，并朝着共生迈进。"^②该奖分为三个类别：大奖、学术研究奖和艺术文化奖。其中大奖的评选标准是对保存亚洲固有文化、创新多样文化有所贡献，基于其国际性、普遍性、大众性及独特性等，对世界展现亚洲文化意义之所在的个人或团体。^③

以是观之，这一奖项立足日本，涵盖亚洲，自觉地选择非西方化的立场，强调有悠久传统的亚洲文化的独特性及其现代重造，坚持世界文化的多元共生。这一奖项，先后有中国（包括香港和台湾）、印度、老挝、泰国、巴基斯坦、印度尼西亚等亚洲各国的人士获奖，在我们熟悉的文艺界中，黑泽明、张艺谋、许鞍华、侯孝贤等先后获奖，在一定程度上代表了它的亚洲尺度。1990 年创始之初，其创设特别奖（大奖）就奖给中国作家巴金，授奖词曰："他一直都忠于自己的良心，以真挚的态度关注时代和历史，并且把自己的理想寄托于作品之中，向人们倾诉，虽然在'文革'时期曾遭迫害，但是在恢复写作以后，他还是依然以文学者的身份，在严厉

---

① 2006 年（17 届）大奖获奖　莫言 | 获奖者 | 福冈亚洲文化奖，http://fukuoka-prize.org/cn/laureate/prize/gra/moyan.php。莫言的获奖演讲词题目是《发给未来的信息——从超越国境的文字世界开始》，未见全文，主旨则讲到饥饿与孤独是其文学创作的重要渊源。

② 关于福冈亚洲文化奖 | 福冈亚洲文化奖，http://fukuoka-prize.org/cn/about/。

③ 福冈亚洲文化奖的概要 | 关于福冈亚洲文化奖 | 福冈亚洲文化奖，http://fukuoka-prize.org/cn/about/outline/#deta。

批判社会的同时，也诚实地进行了自我批判。""巴金的存在，可以说是一部沉重历史的证言。他对亚洲知性认识和文化的形成做出了很大的贡献，正符合了'福冈亚洲文化奖创设特别奖'的宗旨和理念。"这是日本有识之士的一种襟怀。他们对亚洲文化的理解，许多时候不是以日本为中心，恰恰相反，作为亚洲文化的渊源之一的既有悠久传统又富有现代活力的中国文化，才更能够代表亚洲面相。西方的强势文化对亚洲文化的压力，如同其在政治、经济领域的巨大冲击和挑战一样，对于日本这样已经迈入现代化的国家，他们的感觉可能比我们更为强烈，他们的亚洲意识也最先觉醒。至于莫言和亚洲文学是否已经取得对西方欧美文学的压倒性影响，我觉得还有待确认，但是，这样的断言后面的亚洲心态，却是溢于言表的。

说起来，日本是最先译介莫言的国度之一，1989年就出版了井口晃的《红高粱》译本，此后又有藤井省三和吉田富夫等名家相继投入翻译和评价莫言大量作品，使得莫言在日本赢得了相当的欢迎，二十世纪九十年代，藤井省三将莫言指认为"中国的马尔克斯"的论断，得到日本汉学家的普遍公认。而且，通过多次的赴日访问——在世界各国中，莫言到访日本的次数恐怕是最多的——莫言和日本的普通民众进行了接触和交流，还进入了日本的日常生活，不但有店家命名了"莫言馒头"，还有一种酒也得自莫言的小说篇名"透明的红萝卜"。中日文化的亲缘性，是其中的重要推动力。大江健三郎就是在莫言那里发现了亚洲印痕，而发出向世界文坛推荐莫言的来自海外的最响亮的声音。1994年大江健三郎荣获诺贝尔文学奖。在获奖演说中，他将自己的创作纳入亚洲文学的版图，做出如下的描述：

> 形象体系使得像我这样居住在远离国家和都市中心的边缘地区的人有可能追求并获得带普遍性的文学手法。从这样的背景出发，我不是把亚洲描写为新的经济力量，而是写成浸透持久的贫困和混合的多产的地方。通过分享古

老、熟悉、但却生动的暗喻，我同朝鲜和中国的作家们例如金吉哈、钟伊、莫言等站到了一起。对我而言，世界文学界的弟兄们具体有形地构成了这种关系。①

　　出生于1935年的日本北部四国的山区，在少年时期经历了那场给亚洲人民和日本人民都带来巨大灾难的战争，然后走出山村，进入东京大学学习法国文学，深切地体验到战后日本的经济腾飞及其对本土传统的冲击，他的作品屡屡展现的是在日本的现代进程中四国山区的现实与历史，是与传统、与往事叠合在一起的嘈杂动荡的现在，以及因为有个先天残疾的儿子而遭受的种种烦扰苦闷。值得注意的是，出生于1935年的大江健三郎对比他足足年少二十岁的莫言慧眼识珠，引为同道，其认同点在于：都是在传统积淀深厚、却又长期贫困的边缘地带，既远离世界文化中心，也远离本土急骤变化的现代都市的偏远乡村，感知时代变迁，也有幸通过现代传媒和勤奋学习，掌握普泛性的文学技法，在传统与现代性的相互激荡中，与世界文学潮流同步对话。在一个万众瞩目的场合，让别的年轻的亚洲作家分享这难得的荣耀，将莫言推送到文学与新闻界的聚焦点上，是非常难能可贵的襟怀气度。以时间来推断，大江健三郎当时所能够读到的，仅仅是《红高粱》《白狗秋千架》《透明的红萝卜》及《天堂蒜薹之歌》，莫言最重要的作品《丰乳肥臀》《生死疲劳》等尚未问世，但大江健三郎就从中看到莫言的创造性的才华，颇具先见之明。

　　大江健三郎是慧眼识英雄，莫言也是大江健三郎的深度知己。两位作家的共同性，两位作家之共有的亚洲性，使他们惺惺相惜。莫言对大江健三郎的理解和高度评价，不是那种投桃报李式的礼仪性回报，不是浮光掠影的泛泛之言，而是有着精心的思考和灵魂的相通。莫言2006年9月在大江健三郎文学研讨会上的发言《大江

莫言文学世界研究

　　①　大江健三郎：《暧昧的日本与我》，曹添桂译，《诺贝尔奖讲演全集》（下卷），福建人民出版社2003年版，第578页。

健三郎先生给我们的启示》就强有力地做出了证明。在这篇演讲中，莫言将大江健三郎和鲁迅的文学传统交织在一起，赞扬他继承了鲁迅的"肩住黑暗的闸门，放他们到宽阔光明的地方去"的牺牲精神和"救救孩子"的大慈大悲，显示出莫言心目中东亚文学的文脉传承——

> 这些天来，我一直在想，到底是一种什么力量，支撑着大江先生不懈地创作？我想，那就是一个知识分子难以泯灭的良知和"我是唯一一个逃出来向你们报信的人"的责任和勇气。大江先生经历过从试图逃避苦难到勇于承担苦难的心路历程，这历程像但丁的《神曲》一样崎岖而壮丽，他在承担苦难的过程中发现了苦难的意义，使自己由一般的悲天悯人，升华为一种为人类寻求光明和救赎的宗教情怀。他继承了鲁迅的"肩住黑暗的闸门放他们到宽阔光明的地方去"的牺牲精神和"救救孩子"的大慈大悲，这样的灵魂是注定不得安宁的。创作，唯有创作，才可能使他获得解脱。大江先生不是那种能够躲进小楼自得其乐的书生，他有一颗像鲁迅那样的嫉恶如仇的灵魂。①

莫言对大江健三郎的创作经验，进行了五点概括，却也让人读出了许多的"夫子自道"：

第一，处于边缘地带的乡村与处于中心的城市间的边缘——中心对立图式。他既是故乡的民间文化的和传统价值的发现者和捍卫者，也是故乡的愚昧思想和保守停滞消极因素的毫不留情的批评者和批判者，最终实现了他对故乡的精神超越，也是对他的"边缘—中心"对立图式的明显拓展。第二，继承传统与突破传统。他把个人的家庭生活和自己的隐秘情感，放置在久远的森林历史和民间

---

① 莫言：《大江健三郎先生给我们的启示——2006 年 9 月在大江健三郎文学研讨会上的发言》，莫言：《莫言演讲新篇》，文化艺术出版社 2010 年版，第 22 页。

文化传统的广阔背景与国际国内的复杂现实中进行展示和演绎，从而把个人的、家庭的痛苦，升华为对人类前途和命运的关注。第三，关注社会、介入政治。文学的社会性和批判性是文学原本具有的品质，但如何以文学的方式干预社会、介入政治，大江先生以自己的作品为我们做出了有益的启示。他近期的小说中，存在着巨大的思辨力量，人物经常处于激烈的思想交锋中，是真正的具有陀思妥耶夫斯基风格的复调小说。第四，广采博取，融会贯通。继承民族传统和接受外来影响，是久远的文化现实，也是文学包括所有艺术发展过程中的不可或缺的两个方面。第五，关注孩子，关注未来，如其晚近的孩子系列小说：《被偷换的孩子》中的戈布林婴儿、《愁容童子》中的能够自由往来于过去现在时空的神童龟井铭助。①

福冈亚洲文化大奖授奖词着力于莫言的亚洲性，与大江健三郎对莫言的赞赏同调，应该说，这是我们关注较少却又可能成为莫言研究乃至中国文学和文化研究新的生长点的重要命题。我们的研究视野里，经常提到的是中国与世界，这当然和中华民族的近现代历史进程之格外艰难曲折有关系，与世界之关系的主导倾向经常是处于冲击、挑战与应激反应中，甚至还会陷入所谓"阴谋论"和自我封闭中。一张口就习惯于说中西文化，似乎"西"就代表整个世界，而缺少冷静仔细的具体辨析。鲁迅当年身在日本留学，他既没有迷恋于日本文学，也没有被欧美作家的光环所迷醉，而是独具慧眼地去发现俄罗斯和东欧弱小民族的文学，而且因此决定了自己的文学创作取向。我们今天却忘记了世界也是多元地存在和演变的。比如说，日本对中国现代文化的影响，当代中日文化与文学的互动，无论是二十世纪六十年代毛泽东思想在日本的传播、杨沫《青春之歌》在日本走红与日本学生造反和左翼化的社会运动的兴起，日本版芭蕾舞剧《白毛女》对中国本土创造革命样板戏的推助作用，还是张承志从《金牧场》到《敬重与惜别》中对日本学生"全共斗"和"赤

---

① 莫言：《大江健三郎先生给我们的启示——2006 年 9 月在大江健三郎文学研讨会上的发言》，莫言：《莫言演讲新篇》，文化艺术出版社2010 年版，第 28 页。

军"的重新讲述，日本的鲁迅研究及"超克"思想对世纪之交中国学界的影响，柄谷行人等新马克思主义学者给转型期中国带来的思想启迪，都没有被放置在亚洲学的角度加以考察。福冈文化大奖所倡导的亚洲文化本位，进而将莫言作为亚洲文学旗手，代表亚洲文坛向欧美现代文学发起反击的论述，就具有了新的意味。

与此相关联，自 2010 年以来，莫言在诸多场合都发表了关于亚洲文化的见解。以下是一则新闻报道：

莫言的演讲要点有三：一是对信息化时代的趋同性的抗拒；二

---

① 莫言呼吁亚洲文学携起手来，http://news.china.com.cn/rollnews /2010-05/18/content_2174695.htm。

是对大江健三郎的文学成就的高度赞赏，并且以此成为他标举亚洲文学的代表性人物；三是亚洲文学的内涵：思考亚洲表现亚洲文化以及由此形成东方情调。莫言用作演讲题目的"作为世界文学之一环的亚洲文学"，引自大江健三郎的名言，但他的精彩阐发，却是颇费心思的。为了抗争全球化带来的文化与文学的同质化，他刻意强调文化和文学的多元化，不但是强调亚洲文化的东方情调，还通过姑娘们的服装特色和中国各地菜肴之差别，进一步论证亚洲文化自身乃至中国文化内在的多元性特征。在同一演讲中，他还特别强调保存传统文化、学习外来文化与进行文化创新的辩证关系："我们应该建立一种大文化观。这个大文化观，应该以全球为参照体系来比较、观照自己所在的地区和国家的文化。我们应该放开胸怀，包容和接受外来的东西，让外来的东西，变成我们的营养。最终的目的是要创造出一种继承了我们自己历史和民族传统的崭新的文化。人类社会劳动的最根本的目的，并不是要保存旧的东西，而是要创造新的东西。"[①]如果说，东方情调是一种模糊的审美把握，那么，善于向西方学习，向曾经打败过自己的西方列强学习，确实是亚洲大陆在近代以降彰显的一种巨大特性，日本、新加坡、韩国和中国（包括大陆、台湾和香港），都是通过学习和汲取欧美发达国家的发展路径及思想理念，走上了民族现代化的道路的。这也是莫言数年后对福冈亚洲文化大奖的一个圆满回应吧。

2011 年，莫言荣获韩国万海文学奖。这是韩国最重要的文学奖之一。万海奖（Manhae Prize）是以韩国僧侣、诗人、抗日独立社会运动家韩龙云（1879—1944）的法号"万海"命名的国际性综合奖项，由一个纪念和传承万海的精神思想的协会主办，奖项设置有：和平奖、文学奖、佛教传播奖等等。根据维基百科英文版介绍，万海文学奖自 1997 年设立，首位获奖者是毕业于首尔国立大学的韩国小说家玄基荣，台湾曾经翻译出版过他的小说集《都宁山脊的

---

① 莫言:《作为世界文学之一环的亚洲文学》,《艺术评论》,2010 年第 6 期。

乌鸦》。其后的获奖者，是韩国作家诗人与世界文坛著名作家的交错混杂。其中重要的获奖者有沃莱·索因卡，尼日利亚剧作家、诗人、小说家、评论家，1988年诺贝尔文学奖得主（2005）；罗伯特·品斯基，美国当代诗人、批评家、翻译家，唯一连任三届的美国前桂冠诗人（2006）等。

检索相关信息，莫言作品进入韩国，是在二十世纪八十年代末。是时也，中国大陆《红高粱》电影和小说异常火爆，韩国第一位引进和出版中文图书的文化交流使者辛成大，即以"东文选出版社"名义从香港渠道获得引进，并且邀请当年就读大学中文系的高材生、现已成为中国民族学专家的洪熹先生翻译，在韩国出版发行后获得了很大的影响力和经济效益。①其后，莫言作品的翻译作品在韩国一路走高，到莫言获诺奖前的2012年，已经翻译主要作品如下：1993年，《透明的红萝卜》；2003年，《檀香刑》《酒国》；2004年，《丰乳肥臀》；2007，《红高粱家族》《天堂蒜薹之歌》；2008年，《四十一炮》《生死疲劳》《莫言中短篇作品精选集》和《蛙》。到2012年，莫言大部分主要长篇作品基本被翻译，短篇和中篇也有涉及。②韩国万海文学奖给莫言的颁奖词如是说："莫言是中国当代文学具有代表性的国际知名小说家。韩国人熟悉其作品，几乎他所有的主要作品已经被翻译成韩语。他作为全球最有潜力的华人作家，为世界范围内引入亚洲文学做出了巨大贡献。"③在这里，亚洲性同样是莫言获奖的关键词。

"红楼梦奖"与"纽曼奖"：《生死疲劳》的中外对读

---

① 辛成大：让戚继光武艺文化异彩半岛的使者，http://world.people.com. cn/n/2015/0204/c1002-26509235.html。
② 转引自杜庆龙：《诺奖前莫言作品在日韩的译介及影响》，《华文文学》，2015年第3期。
③ 转引自杜庆龙：《诺奖前莫言作品在日韩的译介及影响》，《华文文学》，2015年第3期。

2008 年，莫言 2006 年问世的《生死疲劳》荣获第二届"红楼梦奖"。下一年间，莫言又以《生死疲劳》夺得第一届"纽曼华语文学奖"。这是否意味着莫言已经进入连夺大奖的快车道未必能够断定，不过，从这中外两个奖项的授奖词中，我们或许可以发现有趣的对比。

　　"红楼梦奖"，又名世界华文长篇小说奖，由香港浸会大学文学院于 2005 年创立，"红楼梦奖"的宗旨是奖励世界各地出版成书的杰出华文长篇小说作品，借以提升华文长篇小说创作水平，每两年评选一次。评选对象是两年间的海内外华文长篇小说。从 2006 年以来颁发 6 次，先后获奖的有贾平凹《秦腔》、骆以军《西夏旅馆》、王安忆《天香》、黄碧云《烈佬传》和阎连科《日熄》。"红楼梦奖"以中国古典小说巅峰之作《红楼梦》为标识，覆盖大陆和台港文学，竞争非常激烈，像王安忆、阎连科都是几度获得提名，才摘得桂冠，而张炜、迟子建、董启章、朱天文等也是曾经入围而未能登顶。

　　关于莫言获"红楼梦奖"的媒体消息说："'红楼梦奖'决审委员会在众多优质作品中选出《生死疲劳》，他们认为作者以独特、创新的形式，呈现出中国乡土近半世纪的蜕变与悲欢。决审委员会主席王德威教授表示，莫言运用佛教六道轮回的观念，杂糅魔幻写实的手法，展示一部充满奇趣的现代中国《变形记》。它突出'变'，并构成现当代历史的隐喻。全书笔力酣畅，对历史暴力与荒诞的沉思又不乏传统民间说唱文学的世故，足以代表当代中国小说的又一傲人成就。"①

　　另一则消息报道说："本届红楼梦奖决审委员会主席陈思和表示，《生死疲劳》以大气磅礴、荒诞怪异的叙事手法，描述了中国农村半个世纪所经历的巨大变化。莫言站在农民的立场上反思历史，反思现状，他呼吁人们要从阶级与权力的暴力怪圈中解放出来，不仅应该忘记历史上的仇恨与报复，更应该警惕新的权力与贪

①　莫言《生死疲劳》获红楼梦奖　奖金 30 万港元，http://news.163.com/08/0925/15/4MMPHB300001124J.html。

欲造成的人性的堕落。他歌颂了中国农民安于土地、勤于劳动、忠于爱情的传统生活观念。"①

《生死疲劳》始于 1950 年 1 月 1 日西门闹被枪决，终于 2000 年 1 月 1 日大头婴儿的呱呱坠地。讲述西门闹为平反冤案死不瞑目，经历六道轮回，和外号"蓝脸"的农民在乡村合作化运动数十年中坚持独立单干，顶着巨大压力拒绝走集体化道路的故事。这样的内容前所未有，采用章回体小说写现代历史进程，也是新时期文学以来的一大创新。而王德威和陈思和所言，前者称赞《生死疲劳》是充满奇趣的现代中国的《变形记》，是对文本的内容和风格的精准定位，后者则更注重当下中国的现实针对性，"更应该警惕新的权力与贪欲造成的人性的堕落"；两位主席言论的共同点在于，都凸显了莫言小说对暴力与荒诞的强烈反思与否定，言辞略有不同，题旨却很明确，指向曾经的绝对权力，指向往日的暴力政治。

2009 年 8 月，莫言荣获纽曼华语文学奖（我曾经望文生义地将其理解为"新人"文学奖。经查阅相关资讯，才知道这是由捐助人 Harold and Ruth Newman 夫妇所得名），获奖作品同样是问世未久的《生死疲劳》。该奖项由美国俄克拉何马大学美中关系研究所设立，每两年颁发一次，旨在表彰对华语写作做出杰出贡献的文学作品及其作者。由于该奖是第一次颁发，又没有设定作品发表的时间限度，它的竞争空前激烈。相关报道说：获得首届纽曼奖提名的作家与代表作有莫言《生死疲劳》(2006)、阎连科《丁庄梦》(2006)、宁肯《蒙面之城》(2001)、王安忆《长恨歌》(1995)、朱天心《古都》(1997)、王蒙《活动变人形》(1985)、金庸《鹿鼎记》(1967—1972)。这其中有两岸三地的成就卓越的名家，也有不容忽视的后起之秀。提名作品的风格和主题也极为丰富，包括反映乡村经济改革风云突变的魔幻现实主义作品（《生死疲劳》《丁庄梦》——引者，下同），追踪藏漂和南漂族的网络小说（《蒙面之城》），以一个都市

---

① 莫言小说《生死疲劳》获颁"红楼梦奖"，http://www.huaxia.com/zhwh/whxx/2008/09/1174484.html。

女人的前世今生来刻画市井上海的史诗篇（《长恨歌》），对台北和京都的双城记式的后殖民深思（《古都》），揭露半殖民地知识分子困境的传记小说（《活动变人形》），以及武侠小说大师反武侠的封笔之作（《鹿鼎记》）。①

纽曼文学奖评委张颐武以亲历者的身份，第一时间报道了这一信息——

九月三十日晚，经过了电话会议的投票程序，我们七位评委评出了首届纽曼华语文学奖的得主。莫言和他的作品《生死疲劳》获得此奖。

《生死疲劳》也是我喜欢的作品。祝贺莫言。这个奖当然也是帮助世界了解中国文学的一次努力。

评奖的方式是饶有趣味的。是由我们七位评委分别提名七部作品和它们的作者。然后以积极淘汰式的投票程序选出最后得主。在每一轮的筛选中，每位评委只能淘汰一位候选人。最后剩下的一个候选人就是获奖者。评委会成员提名作家作品如下：

评委会成员	作 家	作 品
邓滕克	阎连科	《丁庄梦》（2006）
葛浩文	莫 言	《生死疲劳》（2006）
刘洪涛	金 庸	《鹿鼎记》（1969–1972）
彭小妍	朱天心	《古都》（1997）
许子东	王安忆	《长恨歌》（2000）
张颐武	王 蒙	《活动变人形》（1985）
赵毅衡	宁 肯	《蒙面之城》（2001）②

① 纽曼华语文学奖：获奖者，http://www.ou.edu/uschina/newman/2009 winners-chi.html。
② 莫言荣获美国纽曼华语文学奖，http:// www.chinavalue.net/General/ Blog/2008-10-1/89429.aspx。

莫言文学世界研究

作家涵盖了华语文坛老中青三代名家，作品发表的时间跨度超过四十年，其回顾总结华语文学创作的趋向一目了然。莫言从中胜出，是由于纽曼华语文学奖评委葛浩文的鼎力推荐。葛浩文撰写的推荐词先声夺人，凌厉威猛，"我的开篇之言也许会冒犯读者和评论家，但确实没有人会比一个译者更加仔细地阅读文本，因为译者必须字斟句酌来考虑如何翻译每个词语。我翻译过很多中国内地和台湾作家的作品，尽管其中好些作家都有资格获得这个文学奖，但莫言是这个时期最有成就和创造力的作家"。在正文中，葛浩文回顾了莫言从《红高粱》以来的文学道路，对《天堂蒜薹之歌》《酒国》等都给予极高评价，他着重阐述的是《丰乳肥臀》和《生死疲劳》：

> 莫言的最近两部巨著《丰乳肥臀》和《生死疲劳》完成了记录中国整个20世纪历史的艰巨任务。《丰乳肥臀》被《华盛顿邮报》称为是"莫言冲击诺贝尔文学奖"的作品，小说以一个家族的女性的故事，嬉戏不恭地再现了20世纪上半叶这一段时期的历史。《生死疲劳》是莫言的最新小说，叙述了20世纪后半叶许多悲剧性的荒唐事和荒唐的悲剧，被《纽约时报》赞赏为"最富有想象力和创造力的小说"，该小说将革命人性化（同时也兽性化），充满了黑色幽默、元小说式的插入、幻想等，这些都是让莫言的读者十分期待和欣赏的。
>
> 大多数优秀的小说家都不能始终如一地保持作品的高质量，但是莫言却不是，他的每一部小说都受到普遍好评，每一部小说都反映了他超凡的才能。他擅长各种不同文体和形式：寓言、魔幻现实主义、古典现实主义、现代主义、后现代主义等。他的故事引人入胜，有着迷人的意象和人物。简单地说，莫言作为作家是独一无二的。[①]

---

① http://www.ou.edu/uschina/newman/Goldblatt.MoYanNomination Statement.Chi.pdf。

"将革命人性化（同时也兽性化）"有些费解，检读英文文本，这一句话是 it puts a human（and frequently bestial）face on the revolution，葛浩文所指是说《生死疲劳》将二十世纪后半叶的中国革命进程形象化地体现在作品人物及动物身上。悲剧性的荒唐与荒唐的悲剧，则是葛浩文的独到评价。其次则是莫言创作文体的丰富驳杂和他持久的创新能力。更值得注意的是葛浩文所言，"他擅长各种不同文体和形式：寓言、魔幻现实主义、古典现实主义、现代主义、后现代主义等"。这样的评价可以破除许多迷思：莫言的创作长达近30余年，不断地花样翻新，用任何一种创作方法和主义都是无法对其进行定位的，为此还引发出诸多的论争，比如对莫言与拉美魔幻现实主义之关系，就有许多人为此纠缠不休却又掰扯不清，越说越糊涂。葛浩文是对的，应该"多谈些问题，少谈些主义"。还有，这是莫言在英语语境中第一次获奖，葛浩文不曾刻意强调其文本向中国文学传统的高调回归，一来是在英文译本中，这些特征弱化了许多，二来也是要引导英语读者走向莫言，应该考虑其可行性吧。

茅奖和诺奖：柳絮飞来片片红

2011 年，莫言的《蛙》获第八届茅盾文学奖。授奖词如下：

在二十多年的写作生涯中，莫言保持着旺盛的创造激情。他的《蛙》以一个乡村医生别无选择的命运，折射着我们民族伟大生存斗争中经历的困难和考验。小说以多端的视角呈现历史和现实的复杂苍茫，表达了对生命伦理的深切思考。书信、叙述和戏剧多文本的结构方式建构了宽阔的对话空间，从容自由、机智幽默，在平实中尽显生命的创痛和坚韧、心灵的隐忍和闪光，体现了作者强大的叙事能力和执着的创新精神。

这是对莫言创作 20 余年间坚持的锐意创新的高度肯定，它对《蛙》的称赞，一是其复杂的结构方式建构宽阔的艺术空间，二是其对生命的创痛和坚韧的卓越显现。《蛙》的获奖是一个标志，自从《丰乳肥臀》引发政治批判和脱下军装，却坚守自己的信念，一直在思想和艺术探索上走钢丝的莫言，终于得到了主流话语的积极认可。

这篇颁奖词，篇幅简短，却可圈可点。对于《蛙》，从故事的层面看，是直指二十世纪后半叶中国大陆的生育制度史，尤其是对二十世纪七十年代后期开始执行的计划生育体制多有冒犯，融入了包括莫言在内的诸多当事人的惨痛记忆，非常具有感情的冲击力。但是，莫言的创作，一向是不会停留于就事论事的层面的，他懂得"作诗必此诗，定知非诗人"，总是力图在写实的同时追求一种精神高远、寓意深刻的境界的。颁奖词对作品的故事层面是"不着一字"，而强调其"折射着我们民族伟大生存斗争中经历的困难和考验。小说以多端的视角呈现历史和现实的复杂苍茫，表达了对生命伦理的深切思考"，就是"尽得风流"了。

以《子夜》确立了现代长篇小说高峰的茅盾先生，在其去世之前以自己的稿费 25 万元建立长篇小说奖，至今已经评选过九届。时间越长，它的建设性意义就越是得到彰显。有许多人指责其获奖作品良莠不齐，但是，客观地说，衡量一个文学奖项，恐怕不是要批评其有鱼目混珠之嫌，而是要看它推出和挽留下了哪些经典名作。短短 30 余年，从《芙蓉镇》《钟鼓楼》《平凡的世界》，到《白鹿原》《长恨歌》《繁花》等，历届茅奖功不可没。而到 2011 年，莫言已经连续三届有作品入围茅奖，一直呼声很高；但是，前面两届获得提名的《檀香刑》和《四十一炮》，依我之见，《檀香刑》的艺术成就还要明显地高于《蛙》，却都在最后的冲刺阶段被淘汰出局。而且，在莫言新世纪以来的诸多作品中，就数《蛙》的现实指涉性最强，直接指向现实中的现行政策与行政管理部门，也确实招来后者的反向施加影响力，因此，它的获奖之难度可想而知。《蛙》荣获茅奖，让许多一直为莫言抱不平的人们松了一口气，事后来看，也为莫言荣获诺奖铺平了道路——茅奖以及中国作家协会，多年来一直饱受非议，如果莫言一直未能得到这项具有政府奖色彩的奖项而直接获得诺奖，对于各方面来讲，恐怕都不是好事，都会陷入各自的尴尬。当然，《蛙》的获奖也是充满争议的，评奖过程一波三折。最终折桂，一是得益于新修订的茅奖评奖规则，二是得益于有关人士的担当精神。笔者亦是第八届茅奖评委，亲历评奖的全过程，深知个中艰辛。此处不赘。

　　莫言的写作历程，始终伴随着艺术方式的不断出新和思想情感的日渐深沉，《生死疲劳》和《蛙》中，在主人公与社会环境的紧张冲突中，除了展现其坚韧不拔出生入死的执着，人物的自我调适和反省，也初露端倪。《蛙》中"我姑姑"万心和莫言的化身"蝌蚪"，更是成为进行自我清算、自我忏悔的标志性人物，"将自己当罪人写"，标志着莫言思想的进一步拓展，也让我们对莫言今后的写作充满期待。

　　终于到了临门一脚。北京时间 2012 年 10 月 11 日 19 时（瑞典当地时间 10 月 11 日 13 时），瑞典诺贝尔委员会宣布 2012 年诺贝尔文学奖获得者为莫言。同年 12 月，诺贝尔委员会公布了给莫言的授奖词。依照其行文的各个段落，我将其概括为六大要点：

　　　1. 莫言是个诗人，他扯下程式化的宣传画，使个人从茫茫无名大众中突出出来。他用嘲笑和讽刺的笔触，攻击历史的谬误、贫乏以及政治的虚伪。他有技巧地揭露了人类最阴暗的一面，并且赋予其强有力的形象化的象征。

　　　2. 高密东北乡体现了中国的民间故事和历史。在这些民间故事中，驴与猪的吵闹淹没了人的声音，爱与邪恶被赋予了超凡的能量。

　　　3. 莫言有着无与伦比的想象力。他很好地描绘了自然；他基本知晓所有与饥饿相关的事情；中国二十世纪的疾苦从来都没有被如此直白地描写：英雄、情侣、虐待者、匪徒——特别是坚强的、不屈不挠的母亲们。他向我们展示了一个没有真理、常识或者同情的世界，这个世界中的人鲁莽、无助且可笑。

4. 莫言生动地向我们展示了一个被人遗忘的农民世界，虽然无情但又充满了愉悦的无私。每一个瞬间都那么精彩。作者知晓手工艺、打铁、建筑、挖沟开渠、放牧和游击队的技巧并且知道如何描述。他似乎用笔尖描述了整个人生。

5. 他比拉伯雷、斯威夫特和马尔克斯之后的多数作家都要滑稽和犀利。他的语言辛辣。他对于中国过去一百年的描述中，没有跳舞的独角兽和少女。但是他描述的猪圈生活让我们觉得非常熟悉。意识形态和改革有来有去，但是人类的自我和贪婪却一直存在。所以莫言为所有的小人物打抱不平。

6. 在莫言的小说世界里，品德和残酷交战，对阅读者来说这是一种文学探险。曾有如此的文学浪潮席卷了中国和世界么？莫言作品中的文学力度压过大多数当代作品。①

这六大要点，其一是讲莫言的幽默和讽刺艺术，戳破了意识形态宣传的假象，揭示了历史与人性的黑暗本相。其二是说莫言作品中爱与恶都具有超自然的神秘强力，猪狗牛羊都赢得了众声喧哗的权利而与人类比肩而立。其三是莫言的无与伦比的想象力，对乡村生活的饥饿与疾苦、对各种人物的成功描写，也歌颂了坚强的英雄和母亲。其四是将被现代世界人们遗忘的冷酷却有趣的中国乡村情景推送到读者眼前，而且栩栩如生。其五称赞莫言滑稽、辛辣、犀利，展示人类的自私与贪婪，是继拉伯雷、斯威夫

① 2012 年诺贝尔文学奖颁奖词全文，http://china.caixin.com/2012-12-11/100470901.html。笔者对照英文颁奖词做了少数修订。

特和马尔克斯之后的讽刺作家。其六肯定莫言表现人性善恶的超强力度。

这样的归纳，是从完整的文稿中节略而成，它基本符合原意，却也可以重新整理其要点。莫言具有无比的想象力亦熟悉乡村生活种种，他以辛辣犀利的讽刺，戳穿了历史的假面，展现了高密东北乡和中国乡村的真实景观，塑造了英雄、土匪、母亲等农民形象，高强度地发掘历史与人性的黑暗、人性的自私与贪婪，也有爱、坚强、温情和品德，他描写了劳动、战乱与苦难，富有诗人的抒情性和民间本色，给世界文学带来巨大的冲击波。这其中，"莫言是个诗人"的论断，以及第一条和第五条两次讲到莫言的讽刺艺术，都是值得我们予以高度关注的。

但是，诺奖颁奖词也有非常明显的破绽，有对莫言的误读。其中最需要辨析的就是下面这段话：

> ……这一苦痛的证据就是中国历史上经常出现的吃人肉的风俗。在莫言的笔下，吃人肉象征着毫无节制的消费、铺张、垃圾、肉欲和无法描述的欲望。只有他能够跨越种种禁忌界限试图加以阐释。
>
> 莫言的小说《酒国》中，最美味的佳肴是烤三岁童子肉。男童成为很难享受到的食品。而女童，因无人问津，反而得以生存。这一讥讽的对象正是中国的独生子女政策，因为这一政策女婴被流产，规模之众多达天文数字：女孩子不够好，都没人愿意吃她们。莫言就此话题还写了一部完整的小说《蛙》。

关于中国传统文化"吃人"的寓言，始自鲁迅的《狂人日记》，在莫言《酒国》中更是得到了铺陈扬厉的表现。被作为"肉孩"饲养和烹饪的确实都是男婴，但是，这和重男轻女的习俗，和独生子女政策，以及女婴的被人工流产，两者间并没有逻辑关系。《酒国》寓意繁复，但是并非以重男轻女及女婴被流产为抨击对象。这样的误读，确实令人费解。或许是《酒国》结构的山重水复，让瑞典的学者们迷失了路径？

余论

费了很大力气梳理莫言的获奖经历与分析授奖词，总括起来，对莫言的肯定，许多时候，中外是有一定差异的。在本土和华语文学语境中，莫言往往是"第二轮"的获奖者。这其中有偶然因素，如"红楼梦奖"，在第一届候选作品的年度中，莫言没有出版新作；但是，在更多的情况下，如"冯牧文学奖"，一个奖项刚刚建立，需要一个各方面都可以接受、争议较少的作家，以奠定一个平稳的基础，便于接下来继续进行。而莫言自从以《红高粱》跻身文坛的强手之林，就一直是非常有争议性的，《红蝗》《丰乳肥臀》《檀香刑》和《蛙》，一路走来，莫不如此。直到他获得诺奖，争议都没有平息。而且，从思想倾向到艺术探索，这种争议的激烈程度，大开大合，褒贬鲜明，尖锐对立，很难予以调和。还有一个情况，在二十一世纪的第一个 10 年，直到莫言获诺奖之前，莫言都是中国文坛的第一梯队，但是位置并不冒尖。我曾经在中国知网查阅过中国作家的研究论文数量，贾平凹、王安忆、余华等的期刊和硕博论文数量此期间都要高于莫言，而且呈稳定状态分布，多年都是如此。如果说，贾平凹和王安忆都是高产作家，不断地有新作推出，那么，相对而言，余华是个慢手，他在《许三观卖血记》后时隔 10 余年，才有《兄弟》问世。而且，在这几位作家中，莫言的折腾劲儿是最大的。余华自《活着》回归现实主义写作，其后作品的主题或者会有变化，写法上却基本稳定。王安忆对写小说的方法是最为注重的，早先《叔叔的故事》和《纪实与虚构》是在叙事探索上走得最远的，从《长恨歌》以后，《富萍》《启蒙时代》《天香》的表现内容和人物形象丰富驳杂，但写实的笔法一以贯之。直到 2015 年的《匿名》，王安忆奇异地腾身一跃翻了一个漂亮的筋斗云，其变化之大让人叹为观止，却也极大地疏离了她的读者群。贾平凹可以说是文坛"福将"，一向是既叫好又叫座。就从《秦腔》数起，《古炉》《带灯》《老生》《极花》《山本》，每隔一两年他就有新作问世，许多重量级的评论家对他热情有加，几乎每一部作品都得到诸多名家的叫好。上述作品中，除了《老生》因为融入《山海经》的古文而显得晦涩难读，他的作品的可读性和日常生活性让他雅俗共赏，而且在普通读者中极有口碑。贾平凹的散文成就极高，与他的小说创作相得益彰，这也是他走向普通读者的另一条路径，早在二十世纪八十年代，他的散文《丑石》等就进入中学语文课本大面积流传。贾平凹的《废都》和莫言的《丰乳肥臀》都曾经遭受毁灭性的批判，都曾经被迫停止发行，但是，两位作家的应对是各有千秋的。比较起来，贾平凹的弹性更大一点，其后很少有"越轨"，莫言的挑战性更强一些，一次又一次地向某些领域发起冲击。莫言的极致化写作，是以丧失许多读者为代价的。二十世纪八十年代，中国文坛曾经唯新是趋，作家能走多远，批评家和读者就能够跟随多远。在当下，浅阅读和文化快餐流行，文坛和读者许多时候都失去耐心，惨烈的现实也使得人们拒绝"残酷叙事"而寻求脉脉温情。这样的语境对莫言显然不是很有利。而在世界语境中，莫言的境遇就大相径庭了。新世纪以来，莫言不仅是海外翻译作品最多的，也屡屡以独立不羁的姿态斩获文学大奖，西方世界借助于拉伯雷、福克纳和马尔克斯的导引而接受莫言，日本、韩国、越南等则从中看到了亚洲特性。莫言获福冈亚洲文化大奖，在同代人中是仅见的，获首届纽曼文学奖，也表明其文学地位的不可动摇。而且，这些奖项的授奖词，毫不含混地称赞莫言是亚洲文学的旗手，中国最伟大的作家，也是本土所无——这都给我们以深刻的启示。

再有，在对莫言的评价中，来自法国、美国、意大利和瑞典的声音，都非常看重莫言的幽默与讽刺艺术。诺奖颁奖词中两次讲到这一点，绝非偶然。谁说老外仅仅是把中国当代文学看作是历史与社会学的素材呢？

结　语

　　经历了数年的艰辛跋涉，这部《莫言文学世界研究》终于可以画上句号了。心情为之一松，却也为之一重。我们预设的目标，"资料丰富翔实，逻辑谨严，文字畅达，学术创新意识鲜明，提出若干居于莫言研究和中国当代文学研究的前沿命题，并且做出开拓性的阐述和论断"，究竟做到了几分呢？

　　莫言可以说是当代作家中最为幸运的，从他的《民间音乐》得到孙犁先生的褒扬开始，他就进入了研究者的视野。《透明的红萝卜》问世的同时，刊载此文的《中国作家》双管齐下，一是请其时的解放军艺术学院文学系主任徐怀中组织文学系学员召开作品对话会，并且以《有追求才有特色》为题，与《透明的红萝卜》一起发表在《中国作家》1985 年第 2 期，显示出他们对作品的高度重视；二是一个更大的动作，组织了一个小规模的作品研讨会，由《中国作家》主编冯牧主持，参加者都是名重一时的作家评论家，汪曾祺、史铁生、李陀、许子东等，将一个文坛新秀推向文坛的高点。从此，莫言佳作不断，随着《红高粱》的问世，形成莫言研究的第一个高潮。

　　但是，莫言也是当代中国作家中遭受争议最多、批评最烈的。关于《红高粱》中的活剥人皮残酷叙事，《欢乐》《红蝗》的审丑争端感觉泛滥，还不曾脱离文学研究的范畴；《丰乳肥臀》遭遇的政治批判，可以说是泰山压顶之势、足以一击致命的；获得诺奖之际，批判和谴责之声来势汹汹，从普通读者到专家学者，从本土到海外，既有左派，又有右派，还有人裸奔……形成一种独特的文化奇观。

　　还有大量的期刊论文，还有若干的国家社科项目和教育部人文社科项目、省市级学校级研究课题，莫言研究是当代中国文学研究中的"显学"。在这样的众声喧哗中，如何开辟出我们自己的研究路径，做出富有个性的学术新创呢？

先勾勒一个基本的轮廓，把本成果的眉目再理一下。

"引论——红高粱上飞翔的自由精灵"提纲挈领、全面考察莫言创作特色，从农民本性、儿童视角、神奇意象和生命通感，和伟大变革的时代一起成长，残酷叙事与生死英雄，中国农民故事的本土性与世界性等方面阐述莫言的文学经验，以此展开莫言研究的基本脉络，引领全局。

正文共分为五编十五章。第一编和第二编是作品新论，分别以莫言的不同文本细读入手，考察童年叙事的缘起；高密东北乡的建立及其拓展；写"主观化的战争"的思考与实践；现实关怀与作家的社会责任感；新闻报道如何经由结构艺术的改造生成小说的多重叙事；慈恩广被大爱无疆的母性精神；从画面优先到声音优先的创作发生学，从仿戏曲的小说写作到亲自操刀写戏曲，以及"人生如戏，戏如人生"的戏剧观；乡村手工劳作所蕴涵的劳动美学等。我们也及时地关注到莫言 2017 年新作中展现的新的思想质素：告别斗士心态，消除怨恨情结，呼唤人间和解，等等。

第三编"文学思想论"，以莫言及当代作家作品中凸显出的大悲悯、拷问灵魂诸命题，以及作家面对伟大变革时代所自觉意识到的时代感，进行了深度的探讨，这两个层面，前者重在精神境界，后者重在时代画卷，合成莫言和中国当代作家创作追求的基本样貌。

第四编"文学关系论"，是讨论莫言对中国现代文学和古代文学的传承关系的，分别以鲁迅和司马迁为个案，借此也讨论了莫言的话剧剧本创作。第三编"文学思想论"重在共时性考察，借此见出莫言与同时代作家的异与同以及他们如何共同构建了当代文学的景观；第四编"文学关系论"则是纵向展开，用以一当十的方式，考察莫言文学创作的本土资源和精神传承。它论及的鲁迅、司马迁，不仅是说给莫言以灵感和榜样，他们的精神气质也渗透到莫言的血脉中，而且后者是更为重要更值得研究的。

第五编"莫言研究：回顾·现状·展望"，对莫言研究的历史进行较为全面的回顾，也对莫言研究现状进行考察和批评，并且提出莫言研究的若干新界面新命题。如研究莫言的劳动美学、阅读史和地域地理图景，并且很快得到学界响应，福建师范大学郭洪雷教授就莫言阅读史做出专题论文，襄阳学院陈晓燕博士对莫言的河流叙事、湖北警官学院周文慧博士对莫言的劳动美学也分别有很精彩的阐述。《大奖纷纷向莫言——经典化的过程及其价值取向》有两个要点，其一，当代作家经典化，是近年间学界的一个研究热点，但是对于当代作家如何才能实现经典化，尚无成熟的思考和研究路径；其二，莫言自《红高粱》以来在中国本土和世界各国获奖众多，如何从这些不同奖项中梳理出各自的理路，分辨出各自的异同，综合出一幅完整的图景，有待深入考察。这一篇章深入发掘相关资料，对莫言出道以来荣获的各种奖项及颁奖词，进行语境还原，提炼出各个奖项的评选特色，对中外各种文学奖项包括诺奖颁奖词加以深度辨析，勾勒出各种奖项的时代特征与民族个性，揭示莫言如何在本土和世界文坛逐渐得到确认和形成共识的过程。它还有一个明确的意图，就是回击那些将莫言荣获诺奖看作是西方反华势力策划的一个阴谋的非常有煽动性的说法。我们用很大力气去检索国内外的各种奖项及其颁奖词并且进行深度阐述和相互比较，就是为了揭示出泛政治化的"阴谋论"的非理性诉求——早在 2012 年荣获诺奖之前，莫言就先后荣获亚洲、欧洲和北美的民间和官方的各种奖项，难道说，果真有一个如此庞大如此顽固的文化界文学界的反华大联盟吗？此章的减缩版荣获《当代作家评论》2016 年度优秀论文奖。颁奖词指出："作者通过对作家莫言获得的各种重要文学奖和颁奖辞的系列梳理与分析，论述了莫言在当代文学史上的'经典化'过程，以及在这一过程中反映出的不同社会文化价值取向。文章切入角度独特，材料丰沛，论证别开生面，特别是能从文学国际化视野、文学接受学角度来看待'经典化'过程。"

我们的成果具有几个鲜明的特征：

一、在百年中国现当代文学与改革开放时代的宏大背景下，勾勒莫言的创作全貌，全面总结莫言的文学经验，着力点在于莫言创作中的思想艺术特征，丰盈的艺术感觉，神奇的想象能力，透辟而灵动的乡村生活描绘，残酷处境下的生生死死与个性、意志的顽强坚守和热烈追求，生命的英雄主义和生命的理想主义，从高密东北乡文学世界展现百年中国风云跌宕沧海桑田的历史进程，及其辐射人类命运与情感的共同性的艰辛努力与累累硕果。

二、莫言创作历程几近四十年之长，创作成果丰富，作品数量众多，创作的前后期有很大的变化，因此，就需要有一个全长时段、全过程性的动态考察，呈现其创作中的坚守与嬗变，并且剖析这种坚守与嬗变的时代背景与文学思潮。同时，莫言自己也是锐意创新、不重复他人也不重复自己的一位杰出作家，他的艺术探索历程和思想的逐渐成熟，需要用大力气下大功夫加以把握，本成果提出的和解与宽恕，大悲悯、自我忏悔与拷问灵魂，打铁故事和割麦竞赛表现出的劳动美学，以及莫言学习鲁迅从形似到神似等命题，就是从时间的维度上进行长时段的追寻，并且提出若干学术新创见的。莫言获诺奖之后 5 年间未有新作问世，曾经让文坛和读者充满不确定性的猜测，2017 年 9 月莫言携一批新作归来，此后屡有小说、诗歌和戏剧戏曲作品问世，我们也对其进行快速跟踪，将其纳入研究范围，使得本项目成果具有更强的涵盖力和可延展性。

三、坚持文本优先，审美优先，将艺术分析和审美评判置于非常重要的位置。在文化研究、东方主义以及本土的民间理论等大行其道的时候，如何坚持和加强文学本身的研究，把文学的叙事视角、结构营建、意象象征、人物塑造等作为重要的着力点，也是对研究者的艺术分析能力的重要考验。何况，还有那些将文学直接等同于历史、比附为政治的简单粗暴。对此，我们一直是将文学当作文学，外部研究和内部研究并重，力求做到马克思、恩格斯提倡的美学的与历史的价值尺度的统一。这一努力也贯穿于本成果的始终。

研究内容的前沿性和创新性。

要实现研究内容的前沿性和创新性，需要克服双重的困难。首先，从孙犁先生赞扬《民间音乐》起始，莫言研究的既有成果非常丰富，名家林立，名作众多，尤其是莫言获诺奖以来，莫言研究的期刊论文和硕博论文都进入一种爆炸状态。其次，本项目负责人从1985年开始发表莫言研究论文，1990年率先出版国内第一部莫言研究专著《莫言论》，此后一直关注莫言的创作。因此，在莫言研究中，既不重复他人，也不重复自己，确属不易。本项目成果中，既有温故而知新的成分，也在若干论点和阐释上做出积极创新，如莫言创作发生学，莫言创作中的结构意识，劳动美学，和解心态，大悲悯与拷问灵魂，人生如戏、戏如人生与以戏化人，生命的英雄主义与生命的理想主义，莫言创作与改革开放四十年的中国历史进程，莫言与鲁迅、与司马迁的承续关系等，都是他人和我自己在1980—2010年间的相关研究中未曾或者很少论及的。在研究方法上，博采众长，又力求新见。我们注意及时吸收莫言研究的众多成果，对于尼采、马克思、本雅明、马尔库塞、赛义德、费孝通、李长之等诸多大家的理论，都有所汲取；对国内外的莫言研究名家，刘再复、雷达、季红真、陈思和、朱向前、张清华、程光炜、李敬泽、李建军、马悦然、顾彬、葛浩文、张旭东等都有很多关注；文本细读、比较研究、叙事学、成长心理学、文学发生学、地域历史学和文化学等，都给我们很大教益和帮助。求真务实，为善为美，融裁百家，自铸伟辞，是我们持守的基本信念。

这部著作，耗时甚久，一方面是给笔者提供了较为充分的思考空间，一方面是行文中对于现实时间论述中屡屡出现不一致性，许多事件性的指认都被后来的新发展所增补，却又难以对此做出整一的叙述。

从事文学研究和教学多年，阅人无数，阅书无数。我念念不忘的初心是：

它向社会向读者提供了解读莫言作品的基本路径，有助于社会和读者了解和推广中国当代文学的杰出作家作品，也提高社会和读者的文学鉴赏能力；

它会积极推动方兴未艾的莫言研究走向开阔和深化；

它会积极推动改革开放时代中国文学经验的总结和推广；

它有助于更好地推动莫言和中国当代文学走向世界、增强民族的文化自信、向世界讲述独特而迷人的中国故事的步伐。

附录：

2013—2017 国家社科基金、
教育部人文社科基金莫言研究立项一览

国家社科基金项目（17 项）

年　份	项目名称	主持人	单　位	级　别	学科门类
2013	莫言与现代主义文学的中国化研究	王洪岳	浙江师范大学	一般项目	中国文学
	莫言与当代中国文学的变革研究	张清华	北京师范大学	重点项目	中国文学
	莫言文学思考	林敏洁	南京师范大学	中华学术外译项目	中国文学
	基于平行语料库的认知叙事学视域下的莫言作品汉英版本比较研究	楚　军	电子科技大学	一般项目	语言学
	莫言小说叙事学研究	张学军	山东大学	一般项目	中国文学
	莫言剧作及小说中的戏剧性研究	邹　红	北京师范大学	一般项目	中国文学
	村上春树与莫言小说比较研究	尚一鸥	东北师范大学	一般项目	中国文学
	世界性与本土性交汇：莫言文学道路与中国文学的变革研究	张志忠	首都师范大学	重大项目	中国文学

年　份	项目名称	主持人	单　位	级　别	学科门类
2014	基于语料库的莫言小说译本风格研究	宋庆伟	济南大学	一般项目	语言学
2015	莫言文学思想	李红梅	南京师范大学	中华学术外译项目	中国文学
	后现代视阈下的莫言小说与海外接受研究	聂英杰	大连工业大学	一般项目	中国文学
	莫言与沈从文乡土小说比较研究	魏家文	贵州大学	西　部	中国文学
	莫言小说的语象与图像关系研究	陆　涛	江西师范大学	青年项目	
2016	莫言家世考证	程光炜	中国人民大学	重点项目	中国文学
	莫言文学中怪诞审美形态功能价值研究	刘法民	南昌师范学院	后期资助	中国文学
	莫言小说修辞研究	郭洪雷	福建师范大学	一般项目	中国文学
2017	莫言的中国主体重建与新文学传统研究	王金胜	青岛大学	一般项目	中国文学

教育部人文社科基金项目（6项）

年　份	项目名称	主持人	单位	项目级别	学科门类
2013	莫言小说英译者葛浩文的译者风格研究	邵　璐	西南财经大学	青年项目	语言学
	莫言的文学世界研究	张志忠	首都师范大学	规划项目	中国文学

莫言文学世界研究

399

年　份	项目名称	主持人	单位	项目级别	学科门类
2014	旅行与赋形：美国莫言作品英译研究	王启伟	淮北师范大学	青年项目	语言学
	基于语料库的莫言文学作品中的颜色隐喻研究	纪　燕	江苏科技大学	青年项目	语言学
2016	福克纳与莫言小说的时空叙事比较研究	杨红梅	长沙学院	青年项目	外国文学
	莫言小说英译的体验认知机制及其心理模型研究	张伟华	江苏大学	青年项目	语言学

本表由王西强整理

参考文献

1. 莫言研究论著

著作:

[1] 陈晓明主编:《莫言研究(2004—2012)》,华夏出版社,2013年。

[2] 孔范今、施战军主编,路晓冰编选:《莫言研究资料》,山东文艺出版社,2006年。

[3] 李斌、程桂婷编:《莫言批判》,北京理工大学出版社,2013年。

[4] 林建法主编:《说莫言》(上下卷),辽宁人民出版社,2013年。

[5] 刘再复:《莫言了不起》,东方出版社,2013年。

[6] 莫言、王尧:《莫言王尧对话录》,苏州大学出版社,2003年。

[7] 莫言研究会编:《莫言与高密》,中国青年出版社,2011年。

[8] 任瑄编:《文学与我们的时代:大家说莫言,莫言说自己》,人民日报出版社,2013年。

[9] 杨守森、贺立华主编:《莫言研究三十年》(上中下卷),山东大学出版社,2013年。

[10] 杨扬编:《莫言研究资料》,天津人民出版社,2005年。

[11] 张清华、曹霞编:《说莫言:朋友、专家、同行眼中的诺奖得主》,华中科技大学出版社,2013年。

[12] 张旭东、莫言:《我们时代的写作——对话〈酒国〉、〈生死疲劳〉》,上海文艺出版社,2013年。

[13] 朱向前:《莫言:诺奖的荣幸》,百花洲文艺出版社,2013年。

论文：

[14] 陈思和：《莫言近年小说创作的民间叙述》,《当代作家评论》, 2001 年第 6 期。

[15] 陈晓明：《"在地性"与越界——莫言小说创作的特质和意义》,《当代作家评论》, 2013 年第 1 期。

[16] 樊星：《莫言之狂及其文化意味》,《福建论坛》, 2016 年第 11 期。

[17] 程光炜：《小说的读法——莫言的〈白狗秋千架〉》,《文艺争鸣》, 2012 年第 8 期。

[18] 郭洪雷：《个人阅读史、文本考辨与小说技艺的创化生成——以莫言为例证》,《文学评论》, 2018 年第 1 期。

[19] 季红真：《忧郁的土地, 不屈的精魂——莫言散论之一》,《文学评论》, 1987 年第 6 期。

[20] 雷达：《历史的灵魂与灵魂的历史——论红高粱系列小说的艺术独创性》,《昆仑》, 1987 年第 1 期。

[21] 李建军：《是大象, 还是甲虫？——评〈檀香刑〉》,《海南师范学院学报》(人文社会科学版), 2002 年第 1 期。

[22] 王春林：《民间、启蒙与悲悯情怀——关于莫言的文学近作》,《当代文坛》, 2018 年第 1 期。

[23] 吴义勤《原罪与救赎——读莫言长篇小说〈蛙〉》,《南方文坛》, 2010 年第 3 期。

[24] 谢有顺：《当死亡比活着更困难——〈檀香刑〉中的人性分析》,《当代作家评论》, 2001 年第 5 期。

[25] 张闳：《〈酒国〉散论》,《今天》, 1996 年第 1 期。

[26] 张柠：《文学与民间性——莫言小说里的中国经验》,《南方文坛》, 2001 年第 6 期。

[27] 张清华：《叙述的极限——论莫言》,《当代作家评论》, 2003 年第 2 期。

2. 史论著作

[1]（美）埃德加·斯诺《西行漫记》，董乐山译，生活·读书·新知三联书店，1979年。

[2]（俄）巴赫金:《陀思妥耶夫斯基诗学问题》，白春仁、顾亚铃译，生活·读书·新知三联书店，1988年。

[3]（美）本尼迪克特·安德森:《想象的共同体:民族主义的起源与散布》，吴叡人译，上海人民出版社，2005年。

[4]（日）柄谷行人:《日本现代文学的起源》，赵京华译，生活·读书·新知三联书店，2006年。

[5]（法）丹纳:《艺术哲学》，傅雷译，人民文学出版社，1988年。

[6] 丁帆等:《中国乡土小说史》，北京大学出版社，2007年。

[7]（德）恩斯特·卡西尔:《人论》，甘阳译，上海译文出版社，2013年。

[8] 费孝通:《乡土中国》，生活·读书·新知三联书店，1985年。

[9]（美）海登·怀特:《后现代历史叙事学》，陈永国、张万娟译，中国社会科学出版社，2003年。

[10]（德）赫伯特·马尔库塞:《审美之维》，李小兵译，广西师范大学出版社，2001年。

[11] 洪子诚:《中国当代文学史》，北京大学出版社，1999年。

[12] 姜智芹:《中国新时期文学在国外的传播与研究》，齐鲁书社，2011年。

[13] 李长之:《司马迁之人格与风格》，天津人民出版社，2007年。

[14] 李欧梵:《现代性的追求》，生活·读书·新知三联书店，2000年。

[15] 鲁迅:《鲁迅全集》，人民文学出版社，2005年。

[16]（德）马克思:《1844年经济学哲学手稿》，马克思、恩格斯:《马克思恩格斯全集》第42卷，人民出版社，1986年。

[17]（美）马泰·卡林内斯库:《现代性的五副面孔》,顾爱彬、李瑞华译,商务印书馆,2002年。

[18] 孟繁华:《文学革命终结之后:新世纪文学论稿》,现代出版社,2012年。

[19] 司马迁:《史记》,光明日报出版社,2015年。

[20] 陶东风等:《中国新时期文学30年（1978—2008）》,中国社会科学出版社,2008年。

[21] 王光东主编:《中国现当代乡土文学研究》（上下卷）,东方出版中心,2011年。

[22] 吴义勤:《中国新时期文学的文化反思》,江苏文艺出版社,2009年。

[23] 赵稀方:《翻译与新时期话语实践》,中国社会科学出版社,2003年。

[24] 朱栋霖主编:《1949—2000中外文学比较史》,江苏教育出版社,2009年。

图书在版编目（CIP）数据

莫言文学世界研究 / 张志忠著. -- 北京：作家出版社，2021.11

ISBN 978-7-5212-1582-3

Ⅰ. ①莫… Ⅱ. ①张… Ⅲ. ①莫言－文学研究 Ⅳ. ①I206.7

中国版本图书馆CIP数据核字（2021）第218915号

莫言文学世界研究

作　　者：张志忠
责任编辑：郑建华　李　雯
装帧设计：孙惟静
出版发行：作家出版社有限公司
社　　址：北京农展馆南里10号　　邮　　编：100125
电话传真：86-10-65067186（发行中心及邮购部）
　　　　　86-10-65004079（总编室）
E-mail:zuojia@zuojia.net.cn
http://www.zuojiachubanshe.com
印　　刷：唐山嘉德印刷有限公司
成品尺寸：152×230
字　　数：374千
印　　张：26.25
版　　次：2021年11月第1版
印　　次：2021年11月第1次印刷
ISBN 978-7-5212-1582-3
定　　价：88.00元